MARK BURNELL

ÎN RITMUL INIMII

LEDA EDGE

Colecție coordonată de
Shauki Al-Gareeb

MARK BURNELL

ÎN RITMUL INIMII

Traducere din limba engleză și note de
Carmen Ion

CORINT
BOOKS
2020

Redactare: Alina Bâltâc
Tehnoredactare: Mihaela Ciufu

ISBN 978-606-793-701-5

Descrierea CIP a Bibliotecii Naționale a României
BURNELL, MARK
În ritmul inimii / Mark Burnell; trad. din lb. engleză și note de Carmen Ion. - București: Corint Books, 2020
ISBN 978-606-793-701-5

I. Ion, Carmen (trad.)

821.111

Părinților mei,
cu dragoste și mulțumiri pentru
sprijinul vostru statornic.

„Caracterul unui om este destinul său."

George Eliot, *Moara de pe Floss*

„Fii tare: crunta noastră răzbunare
Să fie leacul ăstui chin de moarte."[1]

William Shakespeare, *Macbeth*

---

[1] William Shakespeare, *Macbeth*, actul IV, scena 3, trad. din engleză Ion Vinea, Editura pentru Literatură Universală, 1964 (n. tr.).

0617 GMT/0117 EST

Afară, temperatura a ajuns la -52°C. Înăuntru, se menține constantă la 23°C. Afară, stăpână e viteza. Înăuntru, nemișcarea. Afară, presiunea atmosferică este cea specifică unei altitudini de 12 850 de metri. Înăuntru, presiunea atmosferică este echivalentă unei altitudini de 1 984 de metri. Executată din aluminiu și asamblată undeva lângă Seattle, linia de demarcație dintre aceste două medii reciproc ostile are o grosime de numai doi milimetri.

Martin Douglas își ținea ochii închiși, dar nu adormise. Ocupant al locului 49C, născut în Uniondale, statul New York, și stabilit în Manhattan, Douglas se concentra să respire și să ignore tensiunea care îl însoțea asemenea unui pasager invizibil în fiecare zbor. Din canalul cu muzică clasică pus la dispoziție de linia aeriană îi picura în căști o piesă de Mahler. Aceasta atenua zgomotul făcut de motoare și masca micile schimbări de altitudine care, de obicei, îi accelerau pulsul. Acum însă, cu muzica liniștitoare în urechi și cu oboseala care începuse să se instaleze după anxietatea necruțătoare care nu îi dăduse pace, aproape că se relaxase. Întredeschise ochii cu pleoapele grele. Imagini dintr-un film pâlpâiau pe ecranele TV de deasupra culoarelor, dar majoritatea pasagerilor din jur adormiseră. Îi invidia. Observă în capătul îndepărtat al cabinei două conuri de lumină care cădeau din ledurile pentru citit încastrate în tavan. Închise din nou ochii.

La momentul exploziei, zborul NE027 al companiei North Eastern Airlines, care decolase de pe aeroportul JFK din New York cu destinația Heathrow, Londra, se afla deasupra Atlanticului. La bordul avionului, un Boeing 747 cu o vechime de douăzeci și șase de ani, se găseau, cu tot cu piloți și echipajul de cabină, trei sute optzeci și opt de persoane.

Copilotul Elliot Sweitzer bea cafea. Larry Cooke, inginerul, se întorcea la locul său după o scurtă plimbare pentru a-și dezmorți picioarele. În carlingă, luminile erau difuze. Afară era o noapte frumoasă, senină. Luna strălucitoare arunca raze argintii peste întinderea liniștită a oceanului. Deasupra avionului, stelele sclipeau. Spre est și spre nord, cerul căpătase o nuanță violacee, cu mici pete de roșu-sângeriu către linia curbată a orizontului.

Nenumăratele ore petrecute într-un simulator 747, combinate cu anii de experiență practică de zbor, nu îi pregătiseră însă deloc pe piloți pentru șocul fizic resimțit la momentul exploziei. Ceașca de cafea zbură din mâna lui Sweitzer și se sparse la impactul cu instrumentele aflate în fața sa. Cooke nu își legase bine centura de siguranță și fu aruncat în spatele scaunului pe care stătea colegul lui. Auzi cum i se rupe clavicula.

Într-o clipă, carlinga se umplu parcă de ceață și se auzi țiuitul ce însoțea procesul de depresurizare. Căpitanul Lewis Marriot fu primul care reacționă. Își trase o mască de oxigen peste față și încercă să pună cap la cap informațiile terifiante din jur.

— Activăm procedura de depresurizare rapidă! zise și se răsuci către copilot. Ești teafăr, Elliot?

Sweitzer bâjbâia după mască.

— Da... Sunt OK.

— Preia tu avionul! îi comandă Marriot, după care se întoarse pentru a verifica starea lui Cooke. Larry?

Pe fruntea lui Cooke apăruseră picături de sânge. Brațul stâng îi amorțise. Prin cămașă își simțea clavicula ruptă. Se târî cu prudență înapoi în scaun și-și potrivi masca de oxigen.

— N-am... nimic...

— Bun, atunci dă-mi raportul!

Pe panoul din fața lui Cooke pierderea de presiune din cabină era indicată de o lumină roșie intermitentă. O alarmă porni să urle. Cooke apăsă pe buton pentru a o reduce la tăcere.

— Avertizare gravă de pierdere a presiunii în cabină.

Sweitzer spuse:

— Trebuie să coborâm la o altitudine mai joasă.

Marriot încuviință.

— Setează schimbarea de altitudine de zbor! Micșorează forța de tracțiune! Activează frâna pneumatică!

O lumină galbenă începu să pâlpâie în fața lui Cooke.

— Avertizare hidraulică gravă, anunță el și apăsă pe buton pentru a-l reseta.

Două secunde mai târziu, lumina se stinse din nou.

— Am pierdut un set de sisteme hidraulice.

Avionul 747-200 era echipat cu trei tipuri diferite de sisteme hidraulice.

— Am și o avertizare de dezechilibru la carburant.

O lumină roșie de avertisment se aprinse, însoțită de un sunet de sonerie. *Foc la bord!*

— Avem probleme cu pilotul automat, spuse Sweitzer. Se simte o vibrație.

Marriot aruncă o privire spre Cooke.

— Lista de verificări în caz de incendiu la motoare! Care dintre ele e afectat?

— Numărul doi.

Sub supravegherea lui Cooke, Marriot opri motorul cu pricina și butonul de control al carburantului, după care trase de maneta de incendiu pentru a închide sistemele hidraulice și supapele de scurgere a combustibilului. Apoi răsuci maneta pentru a activa stingătoarele de incendiu.

— Pierdem pilotul automat! Ne lasă și al doilea set de sisteme hidraulice!

— Dezactivează pilotul automat, Elliot!

Sweitzer încuviință cu o mișcare din cap.

— Va trebui să încetinim. Vibrația e prea puternică!

— Ține avionul stabil și întoarce! Aterizăm la Gander!

Indiscutabil, Gander, în Newfoundland, era cea mai apropiată pistă de aterizare.

Sweitzer se străduia să stăpânească manșa.

— *Doamne, ce greu răspunde la comenzi!*

Alarma de incendiu răsună din nou, dublată de aprinderea luminii principale de avarie.

— Trebuie să mai facem o încercare cu extinctorul! spuse Cooke. Motorul încă arde.

— Cred că avem probleme cu manșa, iar stabilizatorul s-a defectat. Ne pierdem echilibrul!

Marriot comută radioul pe VHF 1215, frecvența de urgență.

— SOS, SOS, SOS! Aici Northern Eastern Zero Doi Șapte. Am activat procedura de aterizare de urgență. Avem avarii structurale. Foc la motoare nestins.

Decelerația violentă îi aruncă pe toți înainte. Aceia care nu își legaseră centurile de siguranță fură imediat azvârliți de pe scaune. Martin Douglas fu săltat în aer, însă centura, strânsă peste partea superioară a coapselor, îl ţinu în loc. Se lovi cu capul de scaunul din faţă. Îşi pierdu cunoştinţa, iar corpul îi fu imediat aruncat înapoi în propriul scaun.

Leşinul nu dură decât trei secunde. Deşi ameţit, Douglas îşi dădu seama că avea nasul spart. Şi-l zdrobise când se lovise de scaunul din faţă, iar pielea i se jupuise în mai multe locuri. Din rana în formă de stea se scurgea sânge, care nu i se prelingea însă pe chip. Nu îi păta cămaşa şi nu îi stropea poala. În schimb, sângele era parcă supt din piele. Un fir lipicios de picături purpurii fusese împins înainte şi zbura peste scaune, purtat de aerul ce năvălise la bord.

Şi mai în faţă, o parte din podeaua cabinei de zbor se prăbuşise. Scaunele rupte se desprinseseră din locurile unde fuseseră fixate, absorbite în aerul întunecat al nopţii. O tornadă zdrobise fuzelajul, sfâşiase hainele de pe oameni, dezlipise corpurile de pe scaune, bagajele de mână de pe podea şi din compartimentele de deasupra. Toate acele resturi fuseseră aspirate de o forţă invizibilă enormă spre partea din faţă a Boeingului 747. Majoritatea celor care încă mai erau în stare urlau, dar ţipetele lor disperate se pierdeau în vuietul decompresiei. Alţii erau inconştienţi. Sau deja morţi.

Durerea din urechile lui Douglas era chinuitoare, consecinţă a zgomotului ca de tunet, de o forţă percutantă colosală, şi a schimbării bruşte în presiunea atmosferică. Însă comparativ cu spaima pe care o încerca, durerea nu era decât un motiv minor de iritare. Groaza îi strângea ca un cleşte gâtul, stomacul, pieptul. În timp ce avionul începu să coboare, bărbatul se împinse instinctiv în rezemătoarele de braţe şi se săltă de pe scaun, întinzându-se ca pentru a contracara, oricât de anemic, inevitabila deplasare în jos. Aparatul de zbor vibra acum incontrolabil.

Lui Douglas i se păru că ajunsese în iad și că, indiferent de ceea ce avea să urmeze, mai rău de atât nu se putea.

Băiatul care adormise pe locul 48B nu se mai afla acolo. Purtase centura de siguranță, însă nu suficient de bine strânsă. Fata de pe locul de lângă geam era fie inconștientă, fie moartă. Părul îi căzuse peste față, acoperind-o, dar pe storul de lângă ea se prelingea un fir gros de sânge. Care părea negru la culoare.

Măștile de oxigen căzuseră din tavan, fiind atrase spre sursa depresurizării. Douglas întinse iute mâna spre una dintre ele, o scoase din tubul de plastic și își acoperi cu ea nasul și gura. Respirația prin mască se dovedi a fi mai dificilă decât plasarea ei peste față; plămânii păreau să i se închidă, trăgea aer în piept tot mai superficial, iar timpii dintre inhalări se scurtau. Mici stele albe îi explodau în ochi.

Își permise răgazul de a arunca o privire în jur. În cabină era întuneric, dar reuși să zărească câțiva pasageri și își dădu seama că se număra printre puținii conștienți încă. Deși avea emoții de fiecare dată când zbura, niciodată nu își imaginase că va simți o spaimă atât de acută, că vechiul său coșmar devenit, între timp, realitate avea să se transforme într-un soi de bisturiu care tăia în carne vie.

Alarma de incendiu sună din nou. Cooke nu mai știa ce să facă. Toate luminițele de pe bord se aprinseseră. Presupuse – căci nu voia să recunoască nici măcar față de sine însuși că știa cu certitudine – că focul, care ardea în continuare cu putere, cuprinsese și cel de-al treilea și ultimul dintre sistemele hidraulice. Coborârea avionului se transformase acum într-un plonjon în gol.

Îl prinse pe Marriot de umăr.

— Focul se extinde. E cazul să suni.

Marriot apelă frecvența de urgență 1215.

— SOS, SOS, SOS! Aici North Eastern Zero Doi Şapte. Am activat procedura de aterizare de urgenţă. Ne prăbuşim! Incendiul a scăpat de sub control. Sistemele hidraulice nu mai funcţionează. Poziţia noastră este cincizeci şi patru grade nord, patruzeci vest. Vom încerca să…

Martin Douglas era pe punctul de a hiperventila, o stare pe care şi-o dorea din toată inima. Leşinul ar fi fost o uşurare şi o binecuvântare. Cabina se umpluse de fum.

Cândva avusese un accident de maşină. Circulase cu peste o sută zece kilometri la oră pe un drum care traversa o pădure în Vermont şi nimerise pe o porţiune cu polei. Maşina derapase şi intrase pe sensul opus. Din fericire, din faţă nu venea niciun vehicul. Din nefericire, şoseaua era mărginită de pini. Atunci avusese la dispoziţie câteva clipe, în anticiparea coliziunii, pentru a simţi spaima şi a cântări posibilitatea, reală, a morţii. Acum lucrurile stăteau diferit. Moartea nu mai era o posibilitate reală. Ci un fapt inevitabil. Avionul se prăvălea din înaltul cerului. Douglas ştia că era deja un om mort.

Când nu reuşi să respire mai adânc şi mai iute, se opri. Preţ de o clipă. După care inspiră prelung. Şi, odată cu aerul care îi pătrundea în plămâni, tensiunea acumulată îl părăsi. Simţi cum i se scurge din cap, prin piept şi stomac, apoi mai jos, prin picioare, şi se prelinge afară din tălpi, contopindu-se cu carcasa Boeingului 747, care se dezintegra.

Şi pentru o clipă, într-un avion, Martin Douglas fu copleşit de un sentiment de pace.

1

LUMEA LISEI

1

Are părul vopsit blond.

Individul era un *skinhead* solid, îmbrăcat într-un trening Reebok. Căra după el un sac de pânză burdușit cu cartonașe care făceau reclamă unor prostituate. Umbla de-a lungul străzii Baker, din cabină telefonică în cabină telefonică, și lipea afișele pe geam cu ajutorul unui adeziv. Keith Proctor îl urmări de la distanță înainte de a-l aborda. Îi arătă bucățica de carton care îi fusese dată de una dintre prietenele ei și-l întrebă dacă o recunoștea pe femeie. Individul se lăsă convins să-i răspundă numai după ce îi plăti cincizeci de lire. Da, știa cine e. Dar nu, tipa nu făcea parte din grupul lui de dame. Auzise însă un zvon cum că lucra în Soho.

Pe bucata de carton de un galben murdar era fotografia unei femei care își arăta sânii, ținându-i umflați în față, între mâini. Jumătatea de jos a cartonașului, cea care conținea numărul de telefon, lipsea.

După o oră, Proctor străbătea grăbit Shaftesbury Avenue. Burnița care cădea era atât de fină, încât rămânea agățată în aer precum ceața, însă umezeala pătrundea peste tot. Oamenii care traversau Cambridge Circus către Palace Theatre pentru a urmări spectacolul *Mizerabilii* arătau cu adevărat mizerabil, în perfectă concordanță cu titlul piesei, cu umerii încovoiați și capetele plecate, de parcă asta i-ar fi putut apăra de frig și de umezeală. Pe Charing Cross Road traficul era aglomerat. Luminile de poziție roșii ale mașinilor se reflectau tremurând în băltoace.

În Cambridge Circus se afla un grup de patru cabine telefonice de modă veche. Proctor așteptă cinci minute să se elibereze una. În timp ce ușa se balansă în spatele său, înăbușind sunetele de afară, își dădu seama că cineva fumase înăuntrul cabinei. Mirosul rânced de țigară era neplăcut, însă Proctor se simți, împotriva voinței sale, recunoscător pentru că masca în mare măsură duhoarea de urină.

Cabina telefonică era acoperită pe trei laturi de cartonașe cu reclame la prostituate. Proctor își trecu ochii peste ele. Unele erau fotografii, color sau alb-negru, altele, desene. Unele nu conțineau decât texte, în majoritate tipărite, deși câteva, puține la număr, erau pur și simplu mâzgălite de mână. Ofereau sex obișnuit, sex oral, sex anal. Femeile erau roșcate, blonde și brunete. De la adolescente la dame trecute de prima tinerețe. În partea de sus a cabinei telefonice, cartonașele erau rânduite precum mărfurile de pe rafturile unui supermarket. Negrese, asiatice, orientale, scandinave. Unele reclame semnalau naționalitățile: „olandeză pieptoasă - numai 21 de ani", „transsexual brazilian - nou sosit în oraș", „puicuță australiană numai bună pentru distracție și jocuri", „nimfomană nemțoaică, 19 ani - nu se dă în lături de la nimic". Un cartonaș proclama: „Femeie matură și mândră de asta! Patruzeci și patru măsura pieptului, dar și vârsta".

Proctor scoase din buzunar cartonașul galben rupt și îl compară cu cele din cabina telefonică. Găsi potrivirea în stânga sus. Bucata de hârtie lipită pe peretele cabinei era întreagă, iar numărul de telefon ocupa jumătatea sa inferioară. Vârî o monedă de douăzeci de pence în fantă și formă numărul.

Răspunse imediat o voce de femeie mai degrabă plictisită decât seducătoare.

— Mă aflu... într-o cabină telefonică, se bâlbâi Proctor. În... în Cambridge Circus.

— Noi suntem în Brewer Street. Știi unde e?

— Da.

— Fata pe care ți-o putem oferi azi e grozavă. Se numește Lisa, e blondă, are o față superbă și picioare lungi și frumoase. Are optsprezece ani, nici o lună în plus, și măsoară...

Lui Proctor i se înmuiară genunchii.

— Treizeci de lire masajul cu ejaculare, iar prețurile urcă până la optzeci de lire pentru servicii complete. Ce anume cauți, drăguțule?

Nu avea un răspuns pregătit.

— Nu... nu sunt sigur...

— Atunci de ce nu discuți în persoană cu tânăra domnișoară?

— Poftim?

— Te poți hotărî la fața locului. Când aveai de gând să vii?

— Nu știu. Când ar fi...

— Domnișoara e liberă în clipa aceasta.

Precum un comis-voiajor abil, femeia nu îi dădu răgazul de a se răzgândi.

— Nu-ți ia decât cinci minute să ajungi aici. Vrei să îți dau adresa completă?

Decorațiunile de Crăciun împodobeau străzile, aninate de felinare, sau umpleau vitrinele puburilor și restaurantelor. Strălucirea lor țipătoare se potrivea de minune cu aranjamentele luminoase vulgare din sex shopuri. Proctor trecu pe lângă doi tineri fără adăpost care se strânseseră unul într-altul într-un mic gang, încercând să se ferească măcar de ploaie, dacă nu să se încălzească. Împărțeau o doză de Carlsberg Special Brew.

Adresa pe care o căuta se afla vizavi de Raymond Revuebar, între un minimarket asiatic și un magazin care închiria filme porno. Femeia cu care vorbise la telefon îi răspunse la interfon.

— Urcă la ultimul etaj!

Holul era înghesuit și prost luminat. Sub scara fragilă fuseseră depozitate biciclete stricate și piese de mobilier aruncate. Proctor simți o gheară în stomac când începu să urce scările. Pe fiecare palier erau fie două, fie trei uși. Niciuna nu semăna cu cealaltă. Majoritatea erau șubrede, cu balamalele abia ținându-se de cadrele putrezite și cu zăvoarele inutile. La etajul al treilea trecu însă pe lângă o ușă cu aspect nou. Era vopsită în negru, iar o bucată întreagă din perete fusese îndepărtată și refăcută pentru a-i face loc. Avea trei încuietori strălucitoare și masive din oțel.

În capătul scărilor, ușa era ținută deschisă de o femeie obeză, trecută de cincizeci de ani, cu ochelari colorați. Purta pantofi sport Nike, o pereche de colanți de culoare gri și un jerseu violet cu mânecile suflecate până la coate. Apartamentul se afla într-o mansardă. Micul living era dominat de un televizor de mari dimensiuni. Pe o canapea bej dezmembrată trona o cutie de carton deschisă, cu jumătate de pizza neatinsă. Femeia îl conduse pe Proctor spre încăperea din fund.

— Vrei ceva de băut, scumpule?

— Nu!

— Cum vrei! Așteaptă aici! Fata va veni într-o clipă.

Închise ușa și îl lăsă singur. O saltea de mărimea unui pat matrimonial fusese așezată pe o ramă de lemn joasă. Cuvertura era verde-închis. Pe polița căminului, pe masa din capătul îndepărtat al camerei și pe cele două cutii care serveau drept noptiere se puteau observa sticle de vin din ale căror gâturi ieșeau lumânări. Mai multe duzini de prezervative se ițeau dintr-un bol din sticlă albastră așezat pe blatul unui scrin. În cameră era foarte cald și puțea a ulei de bebeluși și a tutun. Proctor se apropie de fereastră, iar scândurile podelei scârțâiră sub pașii săi. Luminile care pulsau de afară hașurau perdelele atât de subțiri, încât erau aproape străvezii. Le dădu la o parte și aruncă o privire în jos, spre strada aglomerată.

— Te uiți după cineva?

Nu o auzise intrând. Se răsuci spre ea. Fata era îmbrăcată cu un halat de satin rubiniu, iar când se întoarse pentru a închide ușa, Proctor observă că avea imprimat pe spate un dragon mare. Halatul era deschis, așa că văzu că pe dedesubt tânăra purta lenjerie neagră, portjartier și o pereche de pantofi cu toc înalt. Avea părul blond, *vopsit*, dar rădăcinile închise la culoare erau vizibile. Îi atârna până la umeri și, chiar și în întunericul acela, se vedea cu ușurință că nu i-ar fi stricat să fie spălat.

Lumina înșelătoare nu îi putea ascunde însă fața palidă, corpul slab și oboseala. Avea constituția unei persoane mai solide, dar îi lipsea carnea care să o acopere. Când se mișcă, halatul i se deschise și mai mult și, din partea opusă a încăperii, Proctor îi zări coastele care ieșeau prin piele. Era machiată – obraji de culoare piersicii, buze sângerii și mult dermatograf –, însă restul corpului îi era alb ca brânza, iar când zâmbi, nu reuși decât să pară și mai obosită.

— Numele meu este Lisa. Pe tine cum te cheamă?

Proctor ignoră întrebarea.

— Nu arăți la fel ca pe cartonaș.

Fata ridică din umeri.

— Nu vreau să merg pe stradă și să îmi văd figura în cabinele telefonice. Și nici n-am chef ca oamenii să mă arate cu degetul fiindcă m-au recunoscut din poză.

— Mda, presupun că ai dreptate.

Fata păstră distanța și își puse o mână în șold, dând la iveală și mai mult din ceea ce purta pe dedesubt.

— Deci, ce anume dorești?

Proctor duse mâna la buzunarul hainei. Pipăi cartonașul galben rupt.

— Doar să stăm de vorbă.

Zâmbetul fals de pe buzele fetei se șterse.

— Tariful meu minim este de 30 de lire. De banii ăștia ai parte de masaj cu mâna până la ejaculare.

— Cum te cheamă?

— Ți-am spus. Lisa.

— E numele tău adevărat?

— Poate.

— Da sau nu?

— Ce te privește?

— Vreau să știu, atâta tot.

Fata rămase tăcută o clipă.

— Știi ceva, de ce nu-mi spui tu? Ia zi, ce crezi, sunt Lisa sau mă cheamă altfel?

— Cred că nu ești Lisa.

— Nu zău? spuse fata, dar zâmbetul nu-i îndulci asprimea privirii. Și cine crezi că sunt, mă rog frumos?

— Mă gândesc că s-ar putea să fii... Stephanie.

Nicio tresărire. Proctor fu dezamăgit.

— Spune-mi: *ești* Stephanie?

— Depinde.

— De ce anume?

— De câți bani ești dispus să cheltuiești. Dacă nu ieși cu niște mălai la înaintare, sunt nimeni. Dacă nu vrei decât să stăm de vorbă, foarte bine, dar tot o să te coste treizeci de parale. Nu fac nimic gratis.

Proctor vârî mâna în buzunar după portofel.

— Treizeci ai zis?

Fata dădu din cap.

— Treizeci. Și de banii ăștia o să fiu Stephanie sau Lisa, sau cine vrei tu să fiu.

Proctor scoase trei hârtii de zece lire și le ținu în sus, departe de mâna ei.

— Nu vrei să fii cine ești cu adevărat?

Fata nu răspunse până ce nu îi înmână bancnotele. Le luă, le împături în două și îl întrebă:

— Ce cauți aici? Ce vrei să știi?

— Adevărul.

— Uite ce-i, sunt prostituată, nu preot. Nu ai ce adevăr să descoperi aici. Nu de la mine, în orice caz, și nici de la tine. Proctor se încruntă, așa că fata adăugă: Diseară, când o să ajungi acasă, o să îi spui nevestei că ai fost la curve? Și că ai plătit pentru serviciile lor?

— Nu sunt căsătorit.

— Atunci prietenei. Sau oricui altcuiva…

Proctor nu simți nevoia să-i răspundă.

— Știam eu! Așa că nu mă mai bate la cap cu prostia asta cu aflarea adevărului.

Nu numai tonul i se schimbase, ci și accentul; cel londonez sudic era înlocuit de un altul mai greu de identificat. Dacă din primele ei remarci răzbătuse o doză de ațâțare vulgară, acum i se adresa pe un ton rece și direct.

Proctor îi răspunse la fel de tăios.

— Cred că numele tău real este Stephanie Patrick.

De data asta știu că lovise drept la țintă. Fata îngheță, chiar dacă numai pentru o clipă, la auzul numelui de familie, și asta o trădă. Proctor văzu cum încerca să-și revină din șoc, dar sesiză și că ea era conștientă că o observa cu atenție.

— Nu mă înșel, nu-i așa?

Pentru prima oară fata îl privi deschis cu dușmănie.

— Cine ești?

— Numele tău *este* Stephanie Patrick?

Fata se uită în jos la bancnotele strânse în pumn și zise:

— Mă duc să-i dau banii cameristei și, când mă întorc, o să stăm de vorbă. OK?

Lui Proctor îi luă câteva secunde ca să priceapă cine era „camerista" – femeia grasă care îi deschisese ușa.

— OK!

Lisa, căci, din câte se părea, așa insista să rămână, ieși și îl lăsă singur în încăpere. Se întoarse peste câteva minute transformată într-un bărbat de un metru nouăzeci și trei cu alură de halterofil. Individul nu avea gât, iar capul său ras uriaș se contopea cu umflăturile grotești ale mușchilor de pe umeri. Tricoul alb îi era lipit atât de strâns pe corp, încât părea pictat.

Nu fu nevoie să ridice vocea când arătă cu degetul spre Proctor, murmurând:

— Tu. Afară. Acum.

Proctor se răsuci pe o parte, vag conștient de gunoiul îmbibat cu apă pe care zăcea. Burnița îi cădea ușurel peste față, care îl ustura. Un ochi îi era închis. Cu celălalt desluși două ziduri de cărămidă înnegrită care păreau să se unească în vârf. Se afla pe un fel de alee împuțită.

Bătaia pe care o încasase fusese scurtă, brutală și deprimant de eficientă; cel care i-o administrase nu era, în mod cert, un novice. După o ultimă lovitură cu picioarele în coaste, îi servise un avertisment lipsit de echivoc, sâsâind:

— Dacă te mai prind că dai târcoale, îți smulg boașele! Și asta doar așa, de început. Acum cară-te naibii de aici!

După aceea auzise o ușă trântindu-se undeva în spate și fu lăsat să zacă singur, lungit pe un strat de gunoi putrezit. Pentru o vreme, nu încercă să se miște. Rămase întins pe spate, cu brațele înfășurate peste coastele care îl ardeau. În gură simțea gust de sânge.

Își ridică privirea și zări pete de lumini untoase strecurate printre crăpăturile unor perdele. Iar printr-o fereastră pe jumătate deschisă îl auzi pe Bing Crosby fredonând la radio:

I'm dreaming of a White Christmas...[1]

---

[1] Celebră melodie compusă în 1940 de Irving Berlin și interpretată de-a lungul timpului, în diverse versiuni, de Bing Crosby, Frank Sinatra, Andy Williams, Michael Bolton sau Bette Midler (n. tr.).

2

O văzu înainte ca ea să-l observe. Proctor se proptise în pragul unui restaurant, încercând să se ferească de ploaie. Burnița din noaptea precedentă se transformase într-o aversă în toată regula. Fata se îndrepta spre el, așa că se retrase cu un pas pentru a nu fi văzut. În interiorul localului, personalul făcea pregătiri pentru masa de prânz, aranjând pahare înalte de vin și farfurioare cu unt rece pe fețele de masă albe scrobite.

O așteptă să se apropie.

— Lisa?

Fata se opri, însă îi luă câteva clipe să îl recunoască sub masca de vânătăi. Proctor ridică brațele în semn de capitulare.

— Nu vreau să-ți fac necazuri. Vreau doar să stăm de vorbă.

Aproape că o făcu s-o ia la fugă.

— Lasă-mă în pace! sâsâi ea.

— Te rog! E important!

Privirea ei se înăspri din nou.

— Ce anume nu pricepi? Te pomenești că-ți place să fii bătut măr?

— Nu, sigur că nu-mi place. D-asta te-am așteptat aici, nu pe Brewer Street.

— De unde ai știut că o s-o iau pe drumul ăsta?

Proctor ridică din umeri.

— N-am știut. Dar m-am gândit că, din moment ce nu locuiești acolo, de undeva trebuia să vii. Și pe urmă mi-am zis că o să iei metroul, nu autobuzul. Și cum pe aici e drumul cel mai scurt dintre Brewer Street și cea mai apropiată stație de metrou...

— Foarte isteț din partea ta! remarcă fata pe un ton plat. Dar la fel de bine aș fi putut să o iau prin altă parte. De multe ori așa fac.

— Tot ce se poate! Numai că azi ai luat-o pe aici.

Potrivit informațiilor lui Proctor, Stephanie Patrick avea douăzeci și doi de ani. Femeia din fața lui părea însă cu cel puțin zece ani mai în vârstă. Părul blond vopsit îi era zburlit și, nemachiat, chipul îi era la fel de lipsit de culoare ca și restul corpului. Cu excepția cercurilor negre de sub ochi. Care acum, la orele dimineții, erau naturale, nu rezultatul aplicării de produse cosmetice.

Purta o geacă de aviator neagră și uzată, din piele, peste o bluză de trening gri. Având în vedere vremea câinoasă, blugii rupți în genunchi și peste coapse păreau mai degrabă să reflecte situația ei financiară decât interesul față de modă. Pantofii sport din pânză albastră erau îmbibați cu apă.

— De când stai aici? îl întrebă ea.

— De la 9.30.

Fata își privi cu atenție ceasul de plastic de la mână. Era trecut de unsprezece.

— Cred că ai înghețat.

— Sunt fleașcă. Și am dureri.

O umbră de zâmbet apăru pe chipul ei.

— Da, îmi imaginez. Tipul nu e tocmai cunoscut pentru subtilitatea de care dă dovadă. Mai degrabă pentru meticulozitate, adăugă fata în timp ce îi cerceta chipul. Arăți ca naiba!

Proctor nu dormise defel. Când paracetamolul nu produsese efectul scontat, apelase fără succes la analgezice pe bază de alcool. Nefiind un băutor de forță, experiența îl costase o mahmureală care se adăuga stării sale oricum proaste. Avea corpul acoperit de vânătăi, ochiul stâng era umflat rău, coastele îl dureau de fiecare dată când trăgea aer în piept, iar glezna dreaptă, pe care și-o sucise pe scări, îl ardea.

— Uite ce-i, nu mă supăr dacă nu vrei să vorbești cu mine. Lasă-mă însă să-ți pun o singură întrebare. Ești sau nu ești Stephanie Patrick, fiica doctorului Andrew Patrick și a Monicăi Patrick?

Știa răspunsul, însă trebuia să-l afle din gura ei. Fata nu se grăbi să i-l ofere.

— Mai întâi, cine ești?

— Mă numesc Keith Proctor.

— De ce îmi pui toate întrebările astea?

— Fiindcă fac parte din meseria mea.

— Ce meserie, mai exact?

— Sunt ziarist.

Așa cum se aștepta, fata intră și mai mult în defensivă, iar postura pe care o adoptă îi trădă clar intenția de a păstra tăcerea. Proctor continuă:

— Părinții tăi s-au aflat la bordul avionului North Eastern Airlines care s-a prăbușit în Atlantic în urmă cu doi ani. Erau cu sora ta și cu fratele tău mai mic.

O urmări cum încerca să își aleagă cuvintele cu grijă înainte de a-i răspunde:

— N-am nimic de declarat. Lasă-mă în pace! Și renunță să tot scormonești și să pui întrebări!

— Crede-mă, aș vrea. Dar nu pot.

— De ce?

— Pentru că nu a fost un accident.

Momeala fusese aruncată și o observă pe interlocutoarea lui căzând o clipă pe gânduri, după care respingând ideea.

— Nu te cred!

— Nici nu mă așteptam să mă crezi. Nu încă. Nu înainte de a avea șansa să-ți explic. Fata clătină din cap, însă Proctor insistă: Mi-ar prinde bine o cafea. Îmi permiți să îți ofer și ție una, domnișoară Patrick? O să te plătesc pentru timpul acordat.

— Oamenii plătesc pentru corpul meu, nu pentru timpul pe care li-l acord.

— Ba nu, plătesc pentru ambele. Haide, te rog, nu-i decât o cafea!

Barul Bruno, situat la intersecția dintre Wardour Street și Peter Street, era pe jumătate plin. Oferta zilnică includea un mic dejun pe bază de prăjeli. Imediat după ușă se afla un automat de mari dimensiuni care vindea Coca-Cola. În spatele tejghelei lungi din sticlă se înșirau farfurii cu diverse feluri de sandviciuri. Blaturile meselor păreau din lemn, cu toate că nu erau. Un material plastic verde lucios acoperea banchetele.

Comandară cafea și se așezară la o masă din spate, ceva mai ferită. Stephanie își scoase geaca din piele și o lăsă să cadă alături pe banchetă. Privirea lui Proctor fu imediat atrasă de încheieturile mâinilor ei, ambele învinețite urât, ca și cum ar fi fost strânse în cătușe. Nu arătaseră așa în seara precedentă; era sigur că le-ar fi remarcat. Fata observă că se uita la ele.

— Ce s-a întâmplat? întrebă Proctor.

— Nimic! îl repezi ea.

— Nu mi se pare că ar fi nimic.

— Tu vorbești? Te-ai uitat în oglindă azi-dimineață?

— Da, din păcate.

Brusc iritată, ea își răsuci ambele încheieturi, aducându-le mai aproape de fața lui.

— Vrei să ştii ce s-a întâmplat? Riscurile meseriei, asta s-a întâmplat. Se calmă şi amestecă zahărul cu linguriţa în ceaşca de cafea cu lapte, apoi schimbă subiectul: Ai cumva vreo ţigară la tine?

— Nu fumez.

— Mda, mi-am închipuit, dar nu strică să întrebi.

Proctor o urmări cum scoate un pachet de ţigări din buzunarul gecii. Aprinse una şi lăsă chibritul să cadă pe farfurioară.

— Bun, deci zici că eşti ziarist...

— Da!

— Nu arăţi a ziarist.

— N-am ştiut că ziariştii arată într-un anume fel.

— Nici n-am zis asta. Ci că *tu* arăţi într-un anume fel. Tunsoare de calitate, costum frumos, pantofi scumpi şi piele curată… În afară de vânătăi, desigur. Pari genul de bărbat îngrijit.

— Mă străduiesc.

— Şi pentru cine lucrezi?

— Acum sunt pe cont propriu. Dar înainte am lucrat la *The Independent* şi mai apoi la *Financial Times.*

— Impresionant!

— Nu şi pentru tine, aş zice.

Stephanie sorbi din cafea.

— Habar nu ai ce gândesc eu.

În ciuda tonului agresiv cu care purta acea conversaţie pe teme generale, fata părea extrem de agitată. Se foia mereu şi îşi muta privirea de colo, colo. Proctor sorbi şi el din cafea şi se strâmbă.

— Părinţii tăi au fost ucişi, spuse el fără niciun avertisment pentru a-i capta atenţia.

Stephanie nu reacţionă, ca şi cum nu-l auzise.

— La fel şi ceilalţi pasageri, continuă el.

— Nu-i adevărat. A fost o anchetă şi…

— O defecțiune la sistemul electric din pântecele avionului, care a produs o scânteie ce a aprins gazul combustibil, cauzând prima dintre cele două explozii catastrofale? Am citit și eu concluziile Administrației Federale de Aviație și ale Autorității de Aviație Civilă. Și până de curând le-am dat crezare. Ca toată lumea. Ca urmare a acestui incident, o parte dintre sistemele electrice de pe unele aeronave 747 mai vechi au fost schimbate. Problema a fost rezolvată. Dar numai aparent. Fiindcă problema există și acum, umblă, are puls, creier și poartă un nume.

Privirea ei spunea totul. *Ești nebun de legat! Sau tâmpit!* Proctor se aplecă în față și coborî vocea.

— O bombă a distrus avionul. Nu a fost un accident.

Tăcu, în așteptarea unei reacții: un icnet de șoc, un gest de negare sau orice altceva. Nimic. Stephanie râcâia sub unghiile de la mână, iar Proctor observă cât de murdare erau. Și crăpate. Iar vârfurile degetelor păreau jupuite.

— Câți bani ai la tine? întrebă ea.

— Poftim?

— Cash. Câți bani ai la tine?

— Nu știu.

Fata își ridică ochii și privirile li se întâlniră.

— Am nevoie de bani și mi-ai promis că mă plătești.

Proctor era perplex.

— Ascultă, eu încercam să-ți explic că...

— Am înțeles. Numai că am nevoie de bani acum.

— Nu te interesează ce ți-am povestit?

— Ai de gând să-mi dai banii promiși sau nu? Pentru că dacă nu-mi dai, n-am de ce să-mi mai pierd timpul cu tine.

— Aseară ți-am dat treizeci de lire și uite cu ce m-am ales.

Stephanie se ridică în picioare și-și luă geaca de pe banchetă.

Pentru a mai câștiga ceva timp, Proctor întinse din nou mâna după portofel.

— În avion a fost plasată o bombă. Autoritățile știu, dar au preferat să țină totul secret.

Stephanie părea plictisită.

— Nu zău!

— Se știe chiar și cine a pus bomba.

— Așa o fi...

Ochii ei erau fixați pe portofel.

— Individul e în viață și trăiește aici, în Londra. Dar nimeni nu face nimic să îl pună sub acuzare.

Stephanie întinse mâna.

— Cum zici tu!

Proctor îi dădu două bancnote de douăzeci de lire.

— Nu te înțeleg. E vorba de familia ta, nu a mea.

— Doar patruzeci? Am nevoie de o sută. Sau cel puțin șaptezeci și cinci.

Proctor scoase un râset amar.

— Pentru ce să îți dau atâția bani? Pentru *timpul* acordat? Fă-mi o favoare și...

— Nenorocitule!

Proctor întinse brațul și o prinse de una dintre încheieturile violete. Stephanie se trase înapoi, însă Proctor nu o eliberă din strânsoare. Cu mâna cealaltă îi îndesă în pumnul rece o carte de vizită peste cele două hârtii de douăzeci de lire.

— Ce-ar fi să te duci acasă, să te gândești bine și pe urmă să mă suni?

Fata îl măsură din ochi cu o privire plină de ură, pe care Proctor o recunoscu din experiență.

— Dă-mi drumul!

Sunt o persoană dificilă. Așa am fost dintotdeauna, așa voi fi mereu. Nu mă mândresc cu asta, dar nici nu mi-e rușine. Așa sunt eu, așa e firea mea. În trecut eram dificilă în mod agresiv – uneori din pură răutate –, însă, în ultima vreme, aș zice că am devenit dificilă într-un sens defensiv. Ca mijloc de autoapărare.

Proctor s-a înșelat când m-a acuzat că nu-l ascult. Ascult tot, numai că nu mă încarc cu prea multe. Sunt ca o stâncă; o masă topită la cald, răcită și întărită. Da, vorbeam într-adevăr despre familia mea. Dar cei patru plecați dintre noi nu pot fi înviați – de fapt, nici cea rămasă în viață –, și cu asta am spus totul.

Așa că ies din barul Bruno și merg pe Wardour Street fără să mă gândesc la Keith Proctor. Nu mă interesează teoriile conspirației pe care le vehiculează. Mă gândesc la orele care vor urma și la cei care vor veni la mine. Clienți fideli și străini. Și la cel care mi-a lăsat aseară dungile astea învinețite pe ambele încheieturi. Mă îndoiesc că un om ca Proctor ar putea înțelege cum de accept așa ceva, pentru ca în ziua următoare să mă întorc în același loc, cu riscul de a primi același tratament. Sau unul și mai rău. Adevărul este că nu-i așa de complicat. Mai bine zis, nu mai e. Trăiesc de una singură într-o fortăreață pe care mi-am clădit-o cu mâna mea. Durerea fizică nu înseamnă nimic pentru mine.

Sunt sigură că mulți psihanaliști s-ar bucura să mă studieze. Deși, desigur, ar fi frustrați fiindcă aș refuza să le vorbesc. Nu permit nimănui să pătrundă în interiorul meu. Așa am supraviețuit. În mine sunt doi oameni diferiți: înăuntrul zidurilor, un suflet vulnerabil, care are nevoie să fie protejat, în afara zidurilor, un suflet indestructibil, gol. Când totul merge cum trebuie, așa trăiesc; însă când mă abat de la drumul meu, lucrurile se schimbă.

Nu e ușor să fii doi oameni într-unul. Presiunea este mereu prezentă. Dacă nu ai trecut prin așa ceva, n-ai cum să înțelegi. Astfel încât, uneori, atunci când granițele se estompează, clachez.

Când mă aflu în starea de amorțeală, trebuie să dețin controlul total asupra ființei mele, chiar și în cele mai rele circumstanțe. Dacă pierd și cea mai mică parte din acel control, îl pierd efectiv în întregime. Și atunci mă prăbușesc. Spectaculos. Alcoolul și narcoticele sunt cele două lucruri la care recurg în căutarea uitării totale. Când termin o repriză de băut sau de drogat, o încep imediat pe următoarea. Faptul că nu-mi acord răgaz de deșteptare între aceste runde este un lucru grav, însă, pe de altă parte, în timpul etapelor prelungite de decădere mă văd așa cum mă văd ceilalți. Apoi se instalează vina, rușinea și dezgustul de sine. În astfel de momente, ura pe care o simt față de mine devine insuportabilă, iar simpla idee de a mă gândi la alte opțiuni mă sperie. Așa că ignor gustul de vomă din gură ca să înșfac din nou sticla cu votcă. Și continui până ce mă trezesc, ca să descopăr că am depășit faza și că sunt din nou împietrită.

Psihanaliștii ar susține probabil că situația în care mă găsesc se datorează, în parte, circumstanțelor. Și, în parte, ar avea dreptate. Dar adevărul adevărat este acesta: situația mea este rezultatul unei alegeri. Eu am ales această viață. Aș fi putut să am o alta, sunt suficient de inteligentă să fi putut opta pentru altceva. De fapt, oricât de lipsit de modestie ar suna, nici nu îmi amintesc când am întâlnit ultima oară o persoană care să-mi fie egală din punct de vedere intelectual. Numai că în majoritatea timpului mă prefac că sunt proastă, ca să evit orice neplăceri; în meseria mea, nimeni nu se dă în vânt după femeile cu gura mare. Le preferă pe cele cu gura dispusă la orice.

Prin urmare, dintre toate opțiunile pe care le-am avut la dispoziție în urmă cu doi ani, pe asta am ales-o. Și atunci se ridică, în mod firesc, întrebarea: de ce? Sincer, nu îmi mai amintesc motivul.

3

O tuse tabagică o trezi din somn, un hârâit îngrozitor, de genul acela care îți face coastele să pârâie și care se repeta zilnic la prima oră a dimineții. Stephanie se bucură că nu ieșea din gâtul ei. Apoi își dădu seama că tipul care tușea era Steve Mitchell, soțul Annei, și-și aminti unde se afla. Pe canapeaua din livingul lor modest și înghesuit.

Amețeala veni însoțită de un val de greață. Îl înghiți. Avea gâtul uscat, capul o durea, nasul i se înfundase. Anne și Steve se certau în dormitor, țipând unul la altul între accesele lui de tuse. Dăduseră drumul la radio suficient de tare, încât să rivalizeze cu urletele scoase de ei. Stephanie încercă să ignore zgomotul și mirosul de pâine prăjită arsă. La a câta mahmureală consecutivă se afla? Cât trecuse de când Keith Proctor îi făcuse cinste cu o cafea? Patru zile? Cinci?

Se săltă cu greu, clătinându-se, de pe canapea și se apropie în vârful picioarelor de fereastră. Denton Estate, din cartierul Chalk Farm, pe colțul dintre Prince of Wales Road și Malden Crescent, era un bloc-turn înconjurat de mai multe clădiri mai puțin înalte. Un loc sumbru, o combinație urâtă de construcții pe verticală și pe orizontală, dar care compensa printr-o singură calitate: din blocul-turn din cărămidă roșie cu aspect întunecat unde Steve și Anne Mitchell își aveau mica lor locuință la etajul al optulea se deschidea spre sud o panoramă spectaculoasă, demnă de orice mansardă luxoasă din Park Lane. Stephanie își îngădui să se bucure de priveliște în tihnă, trecând cu ochii peste Primrose Hill, Regent's Park, Turnul Telecom și străzile de dincolo de el.

Intră în baie și se încuie înăuntru. Se așeză pe marginea căzii și se încleștă cu mâinile de chiuvetă, întrebându-se dacă avea să vomite. În seara trecută băuse gin, apoi un fluid scârbos care trecea drept vin – posibil turcesc –, asta înainte de alte licori în cantități și cu identități despre care în clipa aceasta nu-și mai amintea nimic. Nu avea idee cum ajunsese în Chalking Farm. Își amintea, totuși, de oamenii de afaceri străini din hotelul de pe King's Cross care o îmbuibaseră cu alcool și lătraseră la ea într-o limbă fără sens. Cu mustățile lor pe oală, spinările păroase, burțile umflate, medalioanele din aur și costumele ieftine din poliester, ei nu reprezentaseră o surpriză pentru Stephanie. Din păcate, era familiarizată cu acest gen de bărbați.

Măcar se limitase doar la alcool. În seara de după a doua întâlnire cu Proctor, Stephanie îl căutase pe Barry Green pentru a cumpăra heroină cu banii primiți de la ziarist. Îl rugase pe Green să-i injecteze drogul – un serviciu pe care acesta îl oferea uneori clienților fideli –, însă fusese refuzată.

— Niciunui client nu-i place să reguleze o bucată de zgură cu înțepături pe braț.

— Ce-ți pasă ție?

— Îmi pasă chiar foarte mult, să știi. Nu vreau să fiu nevoit să îi explic lui Dean West de ce i-am scos din circulație una dintre fete.

— Nu sunt fata lui Dean West! Nu sunt fata nimănui!

Lui Green îi era întotdeauna greu să refuze pe cineva care îi flutura bani pe sub nas, astfel încât Stephanie își căpătă heroina, pe care o fumă în loc să și-o injecteze. Așa după cum se așteptase – și, de fapt, își dorise în secret –, drogul se dovedi a fi prea mult pentru ea; vomită și își pierdu cunoștința. Se trezi pe o saltea pătată și udă aruncată pe jos într-o cameră de depozitare prost luminată, lipită de agenția de bilete, afacerea lui Green. Era înconjurată de conserve de roșii tăiate, saci cu orez, bidoane cu ulei vegetal. Geaca îi mirosea a vomă, iar duhoarea îi produse greață.

Green stătea în picioare, dominând-o cu statura lui.

— E pentru ultima oară, Steph, ai priceput? Dacă o să continui, o să devii dependentă. Mă auzi?

Se aplecă și o lovi de trei ori peste față, după care își șterse saliva de pe palmă de cracul pantalonilor.

— Ți-ai făcut deja prea mult rău cu mâna ta. N-ai de ce să împingi lucrurile mai departe.

— Ai dreptate! croncăni Stephanie. N-am de ce să împing lucrurile mai departe.

Anne Mitchell îi pregăti o nouă ceașcă de cafea. În bucătărie abia era loc pentru amândouă. Se așezară în jurul măsuței, cu vraful de farfurii murdare între ele; pe cea din vârf, sosul de roșii se întărise și se transformase într-o crustă. Boilerul pe gaz încastrat în perete huruia când și când.

— Trebuie să vorbim, Steph!

Stephanie anticipase momentul din clipa când Steve plecase la muncă. Steve era instalator de meserie, o ironie nefericită dacă era să se gândească la numeroasele lui aventuri extraconjugale. Pentru Stephanie nu era clar în ce măsură Anne era conștientă de toate infidelitățile lui; chiar dacă avea idee de unele dintre ele, le tolera pentru că alternativa ar fi fost mult mai proastă. Când Stephanie venise la Londra și se cunoscuseră, Anne era, de asemenea, prostituată și credea – fără a putea oferi argumente convingătoare – că dacă Steve o părăsea, avea să revină la vechile obiceiuri. Nu îi povestise lui Steve cu ce se ocupase înainte de a-l întâlni și era ferm convinsă că infidelitatea lui era prețul pe care trebuia să-l plătească pentru că îi ascunsese adevărul despre trecutul ei.

— E vorba de Steve, zise ea cu ochii în cana cu cafea.

— Mi-am închipuit.

— Îmi pare rău! Ne-ai auzit?

— Am auzit că țipați unul la altul, dar n-am înțeles despre ce vorbeați.

Anne fusese o femeie drăguță; trăsături fine, păr blond-roșcat, obraji pistruiați. Cu zece ani în urmă, clienții fideli o invitau să îi însoțească în weekenduri și-i cumpărau cadouri. Dar cu doi ani înainte, atunci când o cunoscuse Stephanie și cu puțin înainte de a-l întâlni pe Steve, Anne ajunsese să se vândă ieftin și fără să facă nazuri, totuși fără a câștiga suficient. Acum părea obosită și arăta cu cincisprezece ani mai bătrână decât era de fapt din cauza lipsei de somn și a grijilor pe care și le tot făcea.

— Mi-ai zis că n-o să stai decât o noapte, cel mult două. Dar a trecut aproape o săptămână și...

— E în regulă, am înțeles.

Anne își zgândări o rană de pe antebraț.

— Dacă ar fi după mine, ai putea să rămâi cât vrei. Dar știi cum e Steve...

Stephanie știa mult prea bine. Chiar dacă Steve nu era la curent cu ocupația ei, se purta cu ea ca și cu o prostituată sau, oricum, cu cineva demn de dispreț. Nu rata nicio ocazie să o pipăie sau să se înghesuie în ea. O dată, când Stephanie era în baie, intrase peste ea și încuiase ușa în urma lui. De cealaltă parte a paravanului subțire Anne dormea, motiv pentru care Steve îi șoptise instrucțiuni lui Stephanie în timp ce-și dădea jos pantalonii: „În genunchi."

Iar ea îi răspunsese tot în șoaptă: „Dacă îți mai apropii chestia aia de gura mea, o să sfârșești cu un penis așa de mic, încât nu va putea fi văzut decât de un ochi bionic. Îmbracă-te imediat și ieși de aici!"

După incident, Steve se purtase din ce în ce mai dușmănos cu ea. Drept consecință, vizitele ei în Chalk Farm se răriseră. Stephanie nu zăbovea nicăieri mult timp. Nu mai închiriase o cameră de nouă luni, de la acel apartament pentru cinci persoane în care locuiau unsprezece. De atunci se mutase de pe o canapea pe alta, punând de fiecare dată la încercare răbdarea tot mai puținilor numeroșilor ei prieteni.

— Cât timp mai pot să stau?

— Numai în seara asta.

Expresia de pe fața lui Anne sugera că ar fi preferat ca Stephanie să nu profite de invitație.

Stephanie se așezase în ultimul vagon al metroului. Plictisit, omul de la pază se distra scoțând capul pe ușă de fiecare dată când trenul se îndepărta de peron și vârându-l înăuntru abia când se intra în tunel. Pe Northern Line se circula încet. Din Chalk Farm până la Leicester Square drumul dură cam o jumătate de oră.

Lui Stephanie îi plăcea cartierul Soho dimineața, când era mai liniștit, iar trotuarele nu erau pline de turiști și bețivi, ci de măturători și oamenii veniți să ridice gunoiul. Se opri la o cafenea pentru o ceașcă de cafea și observă trei prostituate așezate la o masă. Niciuna dintre ele nu dădu semne că ar recunoaște-o. Se cocoță pe un scaun la tejghea, cu spatele la ele. Experiența o învățase că prieteniile și solidaritatea erau lucruri rare printre prostituate. Într-o lume populată în majoritate de clienți de ocazie, mușteriul uneia reprezenta o șansă ratată pentru o alta, așa încât sentimentalismele nu prea își aveau locul.

Trase cu urechea la conversația fetelor. Vorbeau despre o târfă suedeză care fusese victima unui viol în grup la o petrecere a burlacilor. Stephanie și-o aminti în mod special pe una dintre cele trei fete. Își zicea Claire. Avea șaptesprezece ani și provenea din Chester sau Hereford, sau Carlisle, sau din oricare dintre sutele de orășele englezești care nu ofereau adolescenților născuți acolo decât motive de dezamăgire. Claire venise în Londra când avea paisprezece ani, iar de atunci practica prostituția. Cu un an înainte, petrecuse trei luni într-un spital, după ce un vânzător de aspiratoare din Liverpool, beat fiind, o bătuse crunt și o lăsase inconștientă într-un hotel soios de pe o alee lăturalnică ce dădea în Oxford Street. Fata avea cicatrici adânci și albe în jurul ochilor, iar Stephanie știa că nefericita își lăsase părul lung pentru a masca arsurile lăsate de atacator pe ceafă.

Cele trei fete comentau rănile suedezei cu indiferența cu care contabilii fac schimb de păreri cu privire la reducerile de taxe. La exterior, Claire părea la fel de neafectată emoțional ca și celelalte două. Sigur, faptele erau neplăcute, dar nu neobișnuite; dacă lucrai în branșă suficient de mult timp, nu aveai cum să eviți actele de violență. Stephanie nu făcea excepție. Era un risc pe care oricare prostituată și-l asuma zilnic, oră de oră.

Atunci când lucra, Stephanie ajungea de obicei în West End dimineața târziu, venind de unde petrecuse noaptea, după care trebuia să-și omoare timpul până ce îi venea rândul să fie „de serviciu". De cele mai multe ori se uita la televizor împreună cu Joan, „camerista" ei. Beau cafea, fumau și citeau tabloidele. La un moment dat, Stephanie catadicsea să-și amintească să mănânce – aceasta era, de obicei, singura perioadă din zi când i se făcea foame –, iar atunci comasa toate mesele într-una. Uneori mergea la McDonald's sau Burger King, alteori cumpăra furaje servite turiştilor pe post de specialităţi locale: cartofi prăjiţi şi bucăţi de peşte înotând în grăsime ori uriaşe felii triunghiulare de pizza cu toppinguri sintetice călâi şi blaturi ce semănau cu nişte bucăţi de carton umede. În alte zile îşi vizita puţinii prieteni pe care şi-i făcuse în cartier: un vânzător de ziare din Bangladesh, o japoneză născută în Osaka pe nume Aki sau Clive, un scoţian din Glasgow, un bărbat mic de statură care ţinea o tonetă în piaţa din Berwick Street şi îi îngăduia să se servească gratis cu un fruct ori de câte ori trecea pe acolo. Când era prost dispusă, bea înainte de a merge la lucru, de obicei la barul Coach and Horses ori la The Ship.

De regulă, cu cât orele erau mai înaintate, cu atât meseria ei devenea mai periculoasă, aşa încât, dacă chiar avea de ales, Stephanie prefera să încheie ziua de lucru pe la zece seara. Totuşi, de cele mai multe ori, depăşea. Iar când termina, indiferent când, chiar şi în serile liniştite, era epuizată. Efortul de a-şi menţine detaşarea emoţională o seca de puteri.

Îşi termină cafeaua, le lăsă înăuntru pe cele trei fete, care continuau să discute despre atacul asupra nefericitei suedeze, şi se îndreptă spre Brewer Street. Urcă scările şi observă că uşa ranforsată de la etajul al treilea era deschisă. Dinăuntru răzbătu o voce familiară.

— Sunt aici, Steph!

Dean West. Stephanie se încordă şi zăbovi o clipă ca să-şi adune gândurile înainte de a intra. West sorbea dintr-o doză de Red Bull. Era îmbrăcat cu o jachetă de piele roşu-închis, un pulover pe gât negru, jeanşi negri şi purta o pereche de bocanci Doc Martens. Ca de fiecare dată, privirea lui Stephanie fu atrasă de ochii bărbatului, atât de bulbucați, încât păreau să-i iasă din cap, ca la broaște, și de dantura oribilă. Gura, o aglomerație infernală, părea prea mică pentru atâția dinți galbeni încălecați.

— Cum a fost aseară? Un hotel de lângă gara King's Cross, nu-i așa?

Stephanie încuviință dând din cap,

— Da, numai că erau doi. Bulgari, presupun. Sau poate că erau români.

— Cu atât mai bine. Preţ dublu.

— Au refuzat să plătească dublu.

— Poftim?

— Nu vorbeau englezește. Au crezut că tariful era valabil pentru amândoi.

— Nu-mi pasă ce au crezut nenorociții ăia. Banii înainte! Asta-i regula! Banii întotdeauna înainte.

— Nu și de data asta.

West se înfurie și mai tare și se încruntă.

— Ce mama dracului e în capu' tău? Noi doi ne înțelegeam bine. Am crezut că ești mai deșteaptă decât celelalte fete, da' acu' nu mai sunt așa sigur. Ce ți-am tot repetat io expre'? *Banii înainte!* De câte ori să-ți mai spun?

— Mi-au plătit înainte, zise Stephanie și îi înmână partea lui. Dar numai tariful pentru o persoană.

West începu să numere banii.

— Nu-i vina mea că nu i-ai taxat dublu. Vreau partea mea din banii pentru amândoi! Și nu mă privește dacă asta înseamnă să-ți micșorezi tu partea.

— Când am ajuns la hotel i-am găsit deja beți. Au vrut să mă îmbete și pe mine. Și având în vedere starea în care erau, m-am gândit că era mai bine să le fac pe plac. Așa că am făcut tot ce mi-au cerut și am băut până ce i-am băgat sub masă. Și le-am luat astea.

Scoase din buzunar două portofele și i le aruncă lui West.

— Poți să-ți iei partea pentru al doilea client de acolo.

Buzele livide ale lui West se lărgiră într-un zâmbet în timp ce examina conținutul portofelelor.

— Carduri de credit. Diners, Visa și Mastercard. Drăguț! Ia să văd io ce-i în celălalt! Aha, Visa și Amex Gold. Super! Barry va fi încântat.

Barry Green, cel care îi vindea ocazional droguri lui Stephanie, se ocupa și cu clonarea cardurilor de credit cu ajutorul unei mașinării coreene care schimba codurile PIN pe benzile magnetice. Starea de bună dispoziție a lui West dispăru la fel de rapid cum apăruse.

— Da' numa' șaizeci de lire cash? Auzi, care mai e tarifu' tău, Steph?

— Același.

— Și n-avea decât șaizeci de lire la ei?

— Nu știu. N-am numărat banii.

— Aiurea. Ți-ai tras partea, este?

Trei sute cincizeci și cinci de lire. Nu le lăsase decât mărunțiș în portofele.

— Probabil că au cheltuit tot ce aveau pe vinul ăla ieftin pe care mi l-au turnat pe gât.

— Nu cumva să-ncerci să mă aburești, Steph! Sau să mă tragi pe sfoară! Hai, scoate banii!

— Asta îmi spune mereu și detectivul McKinnon. Să știi că am păstrat numărul lui de telefon.

De fațadă, West își stăpâni furia, însă pe dinăuntru fierbea, lucru pe care îl știau amândoi.

— Nu-ți forța norocul, Steph! Pen' că-ntr-o bună zi o să dai de dracu'!

— Știu. La fel și tu. Nu facem amândoi decât să amânăm inevitabilul.

Dean West m-a violat o dată. Zic că m-a „violat" pentru că așa mi se pare acum că s-a întâmplat, dar, la momentul acela, nu eram la fel de sigură. Anne Mitchell a fost cea care ne-a făcut cunoștință. Pe vremea aceea era și ea prostituată și lucra pentru West, dar cred că doar a vrut să-i intre lui pe sub piele, deși a pretins că e în interesul meu. Mi-a explicat că West îmi putea acorda protecție contra unui mic procent din încasările mele și că, oricum, fără acordul lui, nu avea să mi se permită să prestez în zonă. O minciună. La fel ca multe altele pe care Anne mi le-a servit atunci. Dar nu-i port pică. Se purta la fel ca toate fetele din branșă, la fel ca mine.

S-a petrecut aici, în Brewer Street, chiar în încăperea în care mă aflu acum. În clipa asta stau față în față cu West și mă întreb dacă și el se gândește la povestea aceea. Care pare să se fi petrecut cu secole în urmă. Sau mai degrabă într-o altă viață. Nu a mea, a altcuiva. Abia dacă o recunosc pe acea Stephanie. Dacă am fost vreodată așa, acum nu mai sunt.

În dimineața cu pricina, când intrasem în cameră, West mă întâmpinase cu o politețe demodată. Curtenitor, îmi ținuse scaunul ca să mă așez. Asta, aveam să aflu ulterior, era ceva tipic pentru el. Pentru o clipă e fermecător, iar în următoarea clipă devine o fiară. Nu am descoperit dacă așa e felul lui de-a fi sau e ceva ce a cultivat de-a lungul timpului, dar, indiferent cum ar fi, face parte din aura lui de legendă. Ceea ce știu cu siguranță este că West s-a bucurat întotdeauna de reputația unui bărbat cu care nu e bine să te pui. Are treizeci și cinci de ani și, din ultimii nouăsprezece, a petrecut nu mai puțin de doisprezece în închisoare.

Când îl privești, nu-ți vine să crezi că e un om atât de rău. Nu are nimic amenințător în înfățișare. Nu este prea înalt – în jur de un metru șaptezeci și cinci, aș zice –, e foarte slab și are trăsături fine: mâini delicate, cu degete lungi, ca de pianistă. Părul castaniu-deschis și rar îi atârnă moale în jurul capului, despărțit în două de cărarea trasată drept pe mijloc, ceea ce îl face să arate cam efeminat. Nu iese cu nimic în evidență într-o mulțime. Însă atunci când se înfurie, ochii bulbucați amenință să-i sară din orbite, sângele i se scurge din pielea palidă, care capătă nuanțe aproape albăstrii, și întregul său corp radiază un aer inconfundabil: răul în formă pură.

West e genul care nu știe de glumă. Toată lumea e la curent cu asta. Dacă îți zice că are de gând să joace x și zero pe fața ta cu o pereche de foarfeci, fii sigur că o va face, căci dacă ai ajuns să-l cunoști, știi că a mai făcut așa ceva. Când am intrat pentru întâia oară în camera asta, în urmă cu vreo doi ani, nici măcar n-am observat șurubelnița așezată pe masa de lângă mine.

La început mi-a spus că sunt sexy și că voi face mulți bani. Mi-a spus că dacă aveam nevoie de ceva, nu trebuia decât să-i cer. Și pe urmă dăduse ocol biroului, luase șurubelnița de pe masă și se postase în picioare în spatele meu, aplecându-se ca să-mi șoptească la ureche: „Vreau să văd ce ai de oferit. Și să te încerc. Dezbracă-te".

Nu m-a amenințat nici verbal, nici cu șurubelnița. Nu a avut de ce. Și faptul că n-a avut motiv m-a convins la momentul acela – și încă o vreme după – că nu m-a violat, de fapt. Acum știu că mă supusesem din automatism și din convingerea că, într-un fel sau altul, tot va face sex cu mine. Nu se punea problema să am de ales. Supunerea era dictată de necesitatea autoconservării.

Chiar dinainte de a afla ce reputație avea. Simțisem *amenințarea și știusem că era reală. Bănuiesc că West ar fi preferat să mă vadă protestând sau chiar opunând rezistență, ca să aibă pretext pentru violență. Numai că eu nu i l-am oferit. M-am dezbrăcat și l-am lăsat să-și facă mendrele cu mine așa cum a vrut. A fost un act mecanic, brutal și dureros, dar nu m-am plâns.*

Asta l-a dezamăgit. Așa că în următoarele două săptămâni m-a forțat de douăsprezece ori să fac sex cu el. Și de fiecare dată a fost și mai brutal, și mai hotărât să provoace o reacție din partea mea, însă nu i-am dat această satisfacție. Mi-am păstrat mereu cumpătul și comportamentul glacial și fiecare umilință la care m-a suspus nu a făcut decât să mă întărească. După ce termina, îi susțineam privirea și amândoi știam a cui fusese victoria. Cu fiecare încercare de a mă face să clachez, își pierdea și mai mult din bărbăție.

Acum îmi dau seama ce prostie făcusem. Mai devreme sau mai târziu, și-ar fi pierdut răbdarea și m-ar fi făcut să plătesc un preț imens pentru faptul de a-l fi umilit. Din fericire, nu s-a ajuns la asta.

Gary Crowther, un traficant de droguri din East End, a intrat în conflict cu Barry Green pe tema unei sume pe care i-o datora celui din urmă. Ca să-i facă o favoare lui Green, Dean West a acceptat să-i dea personal o lecție lui Crowther. Din nefericire, cu un an înainte, Crowther avusese un accident cu o motocicletă Kawasaki pe M25. Se alesese cu multiple fracturi craniene și avusese nevoie de două operații pe creier pentru a supraviețui. West i-a dat un pumn care l-a culcat la pământ, lăsându-l inconștient, și nu și-a mai revenit. Ceea ce se dorise a fi un simplu avertisment se transformase în crimă.

N-am asistat la lovitura care l-a ucis pe Crowther – din surse am aflat că fusese mai degrabă o palmă decât un pumn –, însă, prin ușa întredeschisă, zărisem corpul inert. Nu a durat decât o secundă, suficient totuși, din câte se pare.

Eram singura martoră pe care West nu se putea bizui. Prietenii lui cei mai apropiați fuseseră cei care azvârliseră corpul în zona docurilor. Ei nu reprezentau o problemă. Altfel stăteau lucrurile cu mine: având în vedere felul cum mă tratase, West avea toate motivele să se teamă.

Cel mai bine îmi amintesc expresia confuză de pe fața lui, fiindcă nu cred că am mai văzut-o de atunci. Era realmente speriat. Știa că dacă se ajungea la proces și era găsit vinovat, urma să fie condamnat pe viață. În ceea ce mă privea, nu era hotărât cum să mă abordeze: să mă ia cu vorba bună sau să recurgă la violență. Până la urmă, n-a apucat să facă nici una, nici alta, fiindcă i-am luat-o înainte. I-am spus:

— Dacă declar că nu am fost aici, n-o să mă mai atingi niciodată. Ai înțeles?

Mut de uimire, n-a reușit decât să dea din cap.

— Să te aud cum o spui!

— Am înțeles.

Și, uite așa, eu mi-am ținut gura, iar el și-a ținut cuvântul și detectivul McKinnon – ofițerul care a condus ancheta – a rămas cu buzele umflate.

Cât despre viol – sau poate că ar trebui să-i spun primul viol? –, n-am încetat să mă gândesc la el și să-l analizez. Nu susțin că a fost un atac brutal, așa cum ar fi putut fi, de genul care devine știre în presă și lasă în urmă un cadavru mutilat, dar a fost o oroare greu de îndurat. Trecând peste asta, experiența m-a făcut, în mod ciudat, să fiu mai puternică. Mai presus de orice fiindcă am supraviețuit *unei asemenea încercări, iar asta mi-a dovedit că* pot *să merg mai departe.*

Am început să mă văd așa cum mă vedea West – ca pe un lucru, nu o persoană –, iar asta mi-a permis să mă împart în două, așa încât o parte din mine să rămână de neatins, indiferent de abuzurile exercitate asupra corpului meu. Mi-a permis să fac ceea ce fac, să privesc cu indiferență faptele respingătoare pe care le comit pentru clienții mei scârboși. Să trăiesc sub amenințarea permanentă a violenței fără a-mi pierde mințile.

Relația cu West mă îngrijorează și acum, căci controlul pe care îl am asupra lui este fragil. N-am nicio garanție că, la un moment dat sau altul, nu voi deveni victimă a violenței sale. Odată cu trecerea timpului și îndepărtându-ne de incidentul cu Crowther, intoleranța lui față de mine a crescut. Amenințări slab voalate au început să se strecoare în conversațiile noastre. Am văzut felul cum mă privește și știu că i-ar plăcea să mă distrugă, cu toate că susține că nu mai sunt atrăgătoare și că-l dezgust.

Adevărul este că nu mai arăt bine în ultima vreme. Am slăbit prea mult. Am pielea practic incoloră, cu excepția petelor roșii. Ochii îmi par învinețiți tot timpul, chiar și atunci când nu sunt, iar gingiile îmi sângerează permanent.

Poate că lucrul cel mai umilitor care mi s-a întâmplat în calitate de practicantă a celei mai umilitoare meserii din lume a fost acela că am fost forțată să-mi micșorez tarifele. O dată, pe vremea când pornise să alunece în jos, iar eu abia îmi făcusem debutul în domeniu, Anne mi-a spus: „Nu vei afla ce înseamnă cu adevărat degradarea până ce nu vei fi nevoită să te devalorizezi, ca să constați că, de fapt, n-ai rezolvat nimic."

Încă nu am ajuns acolo. Dar nici mult nu mai am.

Am douăzeci și doi de ani.

Joan desfăcea celofanul de pe al treilea pachet de țigări Benson & Hedges din ziua aceea.

— Tremuri.

Era adevărat. Mâinile lui Stephanie tremurau.

— Nu-s decât obosită, atâta tot.

De gura lui Anne, nu se întorsese la Chalk Farm, așa că-și petrecuse ultimele două nopți pe canapeaua plină cu cocoloașe ocupată acum de trupul deformat al lui Joan. Fuseseră două nopți inconfortabile; după ce căldura fusese oprită, înghețase și se făcuse ghem, înfășurată în două haine, pentru a nu muri de frig. Pe urmă băuse din sticla de gin până ce-și pierduse cunoștința și, astfel, reușise să doarmă trei ore în prima noapte și două în următoarea. Iar acum plătea prețul.

Învăluită în fumul de țigară, Joan mestеca arahide în timp ce butona telecomanda. Pe podea, lângă scrumiera care dădea pe dinafară de mucuri, stăteau trântite trei telefoane tăcute, în așteptarea apelurilor de afaceri. Niciunul nu sunase.

— Tipul te așteaptă, zise ea.

— Cum arată?

— E solid. Cred că a luat ceva la bord.

Îi aruncă o privire lui Stephanie prin lentilele jegoase ale ochelarilor și clătină din cap.

— Adună-te, fato! Nu arăți deloc bine!

Joan semăna cu o balenă eșuată pe plajă. O balenă în ciorapi lycra.

— Tu vorbești? răspunse Stephanie.

Își turnă o cană de gin, fură o țigară de la Joan și merse în baie. Se spălă pe față, iar apa rece îi învioră temporar trăsăturile, după care își aplică fondul de ten și rimelul. Atunci când arăta rău, Stephanie încerca să atragă atenția asupra gurii și a ochilor, de un căprui intens, ascunși sub gene lungi și dese. Rujul pe care îl alese de această dată era cu o nuanță mai roșu decât de obicei. Indiferent cât de sfrijit îi era corpul, buzele ei pline arătau la fel de proaspete ca întotdeauna.

Se schimbă în lenjeria de dantelă neagră și-și trase pe ea portjartierul. Pe coapse avea urme mov, suvenire de la degetele anonime care le strânseseră cu prea multă ardoare. Vânătăile de pe încheieturile mâinilor se decoloraseră, transformându-se în fâșii de un galben pal abia vizibile.

Dădu pe gât restul de gin, trase un ultim fum din țigară și-și clăti gura cu Listerine. Apoi inspiră adânc și încercă să-și limpezească mintea. Dar când își privi reflexia în oglindă, senzația reveni: spaima de străinul care o aștepta, teama de a i se face teamă. O simțea acut în stomacul strâns dureros și în gâtul uscat și încordat.

Feței cadaverice care o privea din oglindă îi șopti un ordin scurt și răspicat:

— Nu! Nu acum!

— Bună, sunt Lisa! Tu cum te numești?

Bărbatul medită o clipă, alegând probabil un nume nou.

— Grant.

Joan avusese dreptate în privința staturii lui. Era nu numai înalt, ci și masiv. Burdihanul i se revărsa peste pantalonii negri, dureros de strâmți, după toate aparențele. Stephanie nu aflase până atunci că Ralph Lauren comercializa cămăși cu măsuri atât de gargantuești. Omul își suflecase mânecile până la coate, expunându-și antebrațele groase, ambele pictate cu tatuaje de mari dimensiuni. Avea părul tuns foarte scurt, iar un șnurulet din aur îi atârna din urechea stângă. Dar ceasul de la mână era un Rolex. Arăta de parcă purta lucrurile altcuiva. Ca un impostor. Dar, pe de altă parte, așa arătau mai toți bărbații cu care avea ea de-a face.

— Ce anume dorești să facem?

Bărbatul ridică din umeri.

— Nu știu.

Stephanie își așeză o mână pe șold, așa cum făcea întotdeauna la acest moment, lăsând halatul să se deschidă și mai mult. În zilele ei bune, gestul era menit a fi o ațâțare. Acum însă părea rece și trist. Urmări privirea bărbatului, ochii care o măsurau din cap până în picioare.

— Tariful minim este treizeci de lire și poate urca până la optzeci. Pentru treizeci, ai masaj cu ejaculare. Pentru optzeci, servicii personale complete.

— Sex?

Îi veni să-l repeadă, dar reuși să se stăpânească și să-i arunce un zâmbet fals.

— Asta dacă nu cumva ai în vedere ceva și mai personal.

Grant se încruntă.

— Ce?

Stephanie observă cum aburii alcoolului întunecau ochii bărbatului din fața ei.

— Deci, te-ai hotărât?

— Ăăă... serviciile alea... complete.

— Face optzeci.

— OK.

Când dădu din cap, întreg corpul i se clătină.

— Ce-ar fi să rezolvăm problema banilor acum?

— Mai încolo...

— Cred că ar fi mai bine acum.

— Jumătate acum, jumătate mai târziu?

— Nu! Totul acum! Așa e mai bine.

Bărbatul căscă gura, ca și cum dădea să protesteze, însă niciun sunet nu-i ieși dintre buze. Își îndesă o mână în buzunar și scoase un teanc de bancnote de cinci și zece lire. Se apropie, iar Stephanie îi simți mirosul de alcool din respirație și pe cel de transpirație de pe corp. Scotoci cu degete grase și roz prin teancul de hârtii soioase și îi întinse hârtiile.

Stephanie numără iute banii.

— Nu-s decât șaptezeci de lire.

— Mai mult nu am.

— Nu-i de ajuns. Nu pentru sex. Poate că ai vrea altceva?

Omul rânji prostește.

— Zău așa, bolborosi el. Zece lire… Doar atât…

— Mda, știu, doar atât lipsește.

— E ziua mea sâmbătă.

Stephanie deveni conștientă de iritarea care amenința să iasă la suprafață, de roșeața care începuse să-i invadeze corpul.

— Atunci întoarce-te sâmbătă! Și vino cu toți banii!

Schimbarea de ton păru să-l trezească un pic pe bărbat. Își îndreptă umerii.

— Ce capăt de șaptezeci de lire?

Cuvintele răsunară ca un ecou în capul ei. *Ce capăt de șaptezeci de lire?* Întrebarea nu era una nouă, la fel cum nu era nici disprețul din voce. Totuși, Stephanie anticipase că avea să vină un asemenea moment. Știa de câteva zile că era ceva în neregulă cu ea, dar refuzase să accepte ideea. La început ignorase semnele, încercase să se autoconvingă că totul era doar în imaginația ei. Mai apoi, pe măsură ce plaga anxietății începuse să se răspândească, se străduise să o zdrobească, folosindu-se de forța rațiunii. Iar când și această tentativă eșuase, încercase să o șteargă cu mijloace chimice.

Era ceva ce n-avea legătură cu Grant. Ar fi putut la fel de bine să fie oricine. *Ce capăt de șaptezeci de lire?*

— Nimic!

Grant se holbă la ea perplex.

— Poftim?

— Îmi pare rău!

— Ai zis că ai tarife de la treizeci la optzeci de lire. Deci ce capăt de șaptezeci?

— Nu înțelegi. Nu capeți nimic! Nici pentru șaptezeci, nici pentru optzeci, nici pentru o sută optzeci.

Îi aruncă bancnotele în față.

— Poftim! Ia-ți banii înapoi!

Bărbatul o lovi cu brutalitate peste mână, iar hârtiile se împrăștiară pe podea.

— Nu vreau banii. Vreau...

— Știu ce vrei! Dar n-o să capeți.

Grant făcu un pas spre ea, iar asta fu de ajuns. Mâna dreaptă a lui Stephanie se strecurase deja prin spate și găsise ceea ce știa că se afla acolo, pe masă, lângă bolul albastru: o sticlă veche de șampanie din gâtul căreia, acoperit de picături de ceară rece, se ițea o jumătate de lumânare.

Își roti brațul cu toată forța de care era capabilă într-un arc de cerc perfect. Sticla se sparse de fața bărbatului. Cioburi se împrăștiară pe podeaua goală. Stephanie văzu cum luminile se sting în ochii lui Grant. Bărbatul reuși să-și ducă o mână la fața mutilată, dar fără a fi conștient de gest. Se clătină într-o parte, apoi în cealaltă, după care se prăbuși. Podeaua se cutremură la impactul cu corpul său.

Lui Joan îi luă zece secunde pentru a năvăli, împleticindu-se, pe ușă. Se holbă mai întâi la corpul întins pe podea, apoi la Stephanie, ghemuită deasupra lui și ținând încă în mână o bucată din gâtul sticlei într-un mod care sugera că era dispusă să o înfigă în el.

Joan își acoperi gura cu mâna. Stephanie se răsuci spre ea. Pe chip nu i se citea nicio emoție. Joan murmură printre degete:

— Rahat! Ce mama dracului ai făcut?

Stephanie își căută micul rucsac în care își ținea catrafusele. Îl deschise, verifică să nu lipsească nimic și legă curelele. Apoi începu să-și tragă pe ea haina.

— West o să-și iasă din minți, zise Joan. Tre' să-l scoatem de aici pe labagiu.

Stephanie o privi în ochi.

— Dacă aș fi în locul tău, m-aș scoate *pe mine* de aici. Acum. Asta o să fac și eu.

— N-ai cum s-o ștergi. Pentru numele lui Dumnezeu, West e aici, la etaju' trei! Poate că a auzit bufnitura. Și urcă încoa' în clipa asta.

— Exact! Și când o să vadă ce s-a întâmplat, cum crezi că o să reacționeze? Crezi că o să caute explicații? Sau pe cineva pe care să dea vina?

Joan se întunecă la față.

— Ei bine, scumpo, nu io o să fiu aia. Pent' că nu io-s vinovată.

— Treaba ta, dacă așa vrei! Eu o să plec.

— Io nu plec nicăieri. Și nici tu!

Joan întinse mâna după telefon. Stephanie înșfăcă sacul și o luă la fugă.

Persoana de la etajul al treilea care răspunse la telefon nu se grăbi să acționeze. Ușa apartamentului era încă închisă când Stephanie trecu pe lângă ea. Tocurile de la pantofi îi încetiniră fuga pe treptele inegale, însă ajunsese la parter și străbătuse jumătate din holul de intrare când auzi de sus un strigăt, urmat de tropăituri pe scări.

Știa că trebuia să scape imediat de urmăritori. Dacă o vedeau, aveau să o prindă. Coti la dreapta și încă o dată la dreapta, ieșind din Brewer Street și intrând pe Wardour, după care o luă pe prima la stânga pe Old Compton și imediat la stânga pe Dean Street. Nu îndrăzni să arunce nicio privire în spate.

Încă nu era zece seara, iar pe stradă era, din fericire, multă lume. Coti la dreapta pe Carlisle Street și nu se opri din fugă decât în clipa când ajunse în Soho Square.

Nu alergase prea mult, însă plămânii ei cerșeau îndurare. Încetini, înaintând cu pași nesiguri. Abia atunci sesiză că nu-și încheiase haina decât pe jumătate, ceea ce explica unele priviri uimite de pe fețele pe lângă care trecuse ca prin ceață. Pe sub haină nu purta decât lenjeria neagră și portjartierul. Și având în vedere felul cum arăta, își dădu seama brusc că dacă urmăritorii i-ar întreba pe trecători despre ea, majoritatea i-ar fi reținut figura.

Încheie nasturii hainei până la gât și se forță să o ia din nou la goană. Știa că nu era în formă bună, însă nu bănuise că decăzuse fizic în asemenea hal. Pentru moment, spaima compensa declinul, însă era conștientă că asta nu va ține mult.

Ieși din Soho Square prin Soho Street, apoi traversă în grabă Oxford și se uită pentru prima oară în spate. Niciun semn că era urmărită. Pătrunse în Rathbone Place și coti la dreapta pe Percy Street. Mintea începu să-i funcționeze din nou. Din câte se părea, evitase pericolul imediat, însă o amenințare și mai gravă se profila la orizont. Dacă urmăritorii se întorceau cu mâna goală în Brewer Street, West avea să apeleze la rețeaua lui de cunoștințe pentru a o localiza. Avea să dea sfară în țară și să declanșeze imediat vânătoarea. Și atunci, toți trecătorii pe lângă care trecea pe stradă aveau să reprezinte pentru ea un potențial pericol.

Se întrebă cât timp mai avea la dispoziție. Chalk Farm ieșea din discuție. La o adică, toți cunoscuții ieșeau din discuție;

a-i implica ar fi fost prea riscant. De aceea îl alese pe Proctor. Față de el nu simțea nimic.

La intersecția cu Tottenham Court Road, coti la stânga și se îndreptă către nord. Găsi o cabină telefonică la ieșirea din clădirea National Bank of Greece. Formă numărul și norocul îi surâse.

— Sunt Stephanie Patrick.

Dacă surpriza ar fi avut voce, cu siguranță s-ar fi regăsit în tăcerea lui Proctor.

— Putem să ne întâlnim? întrebă Stephanie.

Proctor încerca să-și adune gândurile.

— Cred că da... Sigur. Când?

— Acum.

— Acum? Ăăă... nu-i tocmai momentul potrivit. Am niște treabă. Lucrez.

— Am dat de necazuri. Și am nevoie de ajutor. Acum!

4

Beau o ceașcă *de cafea la McDonald's, pe colțul dintre Warren Street și Tottenham Court Road. Îmi țin capul plecat, conștientă de privirile ciudate aruncate de unii clienți. Ar trebui să stau vizavi, la intrarea în metrou, însă afară e frig. O să mă întorc acolo când va veni să mă ia.*

Încerc să nu mă gândesc la bărbatul pe care l-am atacat sau la situația în care mă găsesc. Ci la ceea ce a declanșat-o.

Mă întreb cum ar fi să te afli într-un avion care se prăbușește. Să urmărești cum plonjează în gol fără să-ți fi pierdut cunoștința. Să știi că ți-a sunat ceasul. Cum te-ai simți? Sunt lucruri la care am meditat de prea multe ori. Imaginile se furișează în mintea mea noaptea. O văd pe sora mea, Sarah, cu părul în flăcări. David, fratele meu mai mic, se uită la ciotul din umăr, acolo unde îi atârna brațul. Iar părinții mei s-au transformat în cenușă, arși pe loc și împrăștiați de vânt.

Sunt lucruri care mă trezesc din somn. Și din cauza cărora beau până adorm. Fiindcă acolo le e locul, în lumea somnului. Numai că în seara asta au trecut pragul dincoace.

M-am uitat la Grant – sau cum l-o chema – și m-am gândit la ceea ce aveam să facem. Pentru șaptezeci de lire – nici măcar optzeci –, fiindcă aveam să scad prețul în cele din urmă. Numai că nu ajunsesem acolo. Îmi imaginasem, în schimb, că părinții erau în cameră cu mine, flancați de Sarah și David, că mirosul de carne arsă plutea peste tot, că podeaua devenise alunecoasă de la sângele lor. M-am văzut stând în patru labe, cu Grant împingându-se beat în mine pe la spate și cu familia privindu-mă cu o dezamăgire totală, vizibilă chiar și prin rănile hidoase.

Nu mi s-a mai întâmplat niciodată. Nu i-am văzut niciodată cu ochii minții în timp ce îmi vindeam trupul. Un instinct i-a blocat întotdeauna, pe ei și tot ce am iubit cândva. Însă ceva s-a petrecut cu mine în ultima vreme. Am simțit-o cum crește în mine, un soi de presiune care se voia eliberată. Și acum știu cauza.

Proctor. Proctor și teoriile lui conspiraționiste deplasate. El e cel care a readus fantomele la viață. El este vinovatul.

Afară, pe Euston Road, într-un pasaj subteran, e o construcție din beton cu un mic grilaj metalic. Poate un fel de gură de aerisire. Habar n-am. Oricum, nici nu contează. În spatele grilajului sunt niște graffiti pe care le-am văzut în drum încoace.

E un înscris: NIMENI NU ESTE NEVINOVAT.

Proctor conducea un Fiat mic, cu tabla ruginită. Stephanie și-l imaginase într-un BMW sau Audi ultimul răcnet sau, oricum, într-o mașină nemțească aerodinamică. Bărbatul se întinse și deschise portiera din dreptul pasagerului. Stephanie ieși din dreptul gurii de metrou de pe Warren Street și traversă rapid trotuarul.

— Ai întârziat douăzeci de minute.

— Nu a pornit motorul.

Îi aruncă o privire disprețuitoare.

— Nu mai spune!

Expresia de surpriză de pe fața lui nu lăsă loc la interpretări.

— Pentru cineva aflat în dificultate, ăsta-i un mod cretin de a-mi mulțumi. Stephanie nu răspunse, așa că Proctor continuă: Ai de gând să urci sau nu?

— Nu știu.

— *Nu știi?* Credeam că ai nevoie de un loc unde să stai.

— Am nevoie de un loc *sigur*.

Vântul răscoli niște foi de ziar căzute pe trotuar. Stephanie fu străbătută de un frison.

Proctor dădu încet din cap.

— N-o să-ți fac rău...

Fata nu părea convinsă.

— Îți promit.

— N-o să fac sex cu tine.

Sinceritatea ei îl dezarmă.

— *Poftim?*

— Nu o să facem sex.

Proctor dădu din mână a lehamite.

— Ce ușurare! Nu ești genul meu. Acum hai, urcă!

Dar Stephanie continua să îl privească la fel de hotărâtă.

— Vorbesc serios!

— Nu-mi vine să cred! Uite ce-i, tu m-ai sunat. În caz că ai uitat. Și eu lucram, dar m-am încălțat și m-am urcat în mașină și am venit aici după tine.

Stephanie își strânse haina în jurul gâtului.

— N-o să te las să...

— Nu vreau să fac sex cu tine. Arăți de parcă ai fi înviat din morți. Ai de gând să urci în mașină sau nu? Pentru că n-o să stau după tine toată noaptea ca să mă aresteze poliția că acostez prostituate pentru partide de sex.

Din nou zări în ochii ei acea privire care putea fi de supărare, ură sau frică. Ori poate toate trei la un loc. După o ultimă pauză încărcată de suspiciune, Stephanie urcă, în cele din urmă, în mașină.

Proctor își ținu ambele mâini strâns pe volan și privi îndârjit drept înainte.

— Îmi pare rău! N-ar fi trebuit să spun asta!
— Nu face nimic! N-ai idee cât de revigorant poate fi adevărul.

Îmi ia ceva timp să-mi dau seama unde sunt. Canapeaua asta nu e în Brewer Street. Ci în Bell Street, care se află între Edgware Road și Lisson Grove. Mă aflu în livingul din apartamentul lui Proctor.

Viața mea atârna de un fir de pai și fără să mă fi urcat în mașina unui străin. Aseară trebuia să mă adăpostesc undeva și să mă odihnesc, așa că am fost recunoscătoare pentru ajutor. Dar acum s-a făcut dimineață și trebuie să mă gândesc cum voi proceda mai departe, trebuie să-mi fac planuri. Și să mă mențin în mișcare – o pradă aflată permanent în mișcare este mai greu de prins – până ce voi găsi un loc sigur unde să mă ascund. Iar pentru asta voi avea nevoie de bani. Cele trei sute cincizeci și cinci de lire pe care le-am furat de la oamenii ăia de afaceri în King's Cross mă vor ajuta o vreme, dar nu reprezintă pașaportul spre o nouă viață.

Când mă ridic de pe canapea îmi dau seama cât de rău mă simt. Nu pare a fi o mahmureală obișnuită: tot corpul mă doare și îmi vine să vomit. Mi-e cald și totodată frig. Poate că așa protestează corpul meu față de modul în care l-am tratat.

Presupun că Proctor încă nu s-a sculat. Mă mișc în tăcere. Aseară, când am ajuns aici, n-am discutat prea mult. Mi-a arătat unde e baia și m-am schimbat în blugii și tricoul pe care îi aveam în rucsac. Pe urmă el m-a îndemnat să mă așez pe canapea și mi-a turnat whisky, pahar după pahar. Nu-mi amintesc de câte a fost nevoie pentru a-mi distruge simțul prudenței, cultivat cu atâta grijă. Dau vina pe oboseală, căci la momentul la care eram pregătită să vorbesc, îmi cădea capul de somn. Proctor a sesizat și mi-a adus o pernă și niște pături. Bănuiesc că s-a gândit că vom avea timp să discutăm dimineața. Numai că va fi dezamăgit.

Când a venit după mine purta o geacă veche de piele. N-o văd pe nicăieri, așa că-mi pun pantofii, îmi strâng lucrurile, leg curelele la rucsac și-mi trag pe mine haina. Pe urmă deschid ușa cât de încet pot, trec în vârfurile picioarelor pe lângă dormitorul lui Proctor, aflat în stânga, și mă îndrept spre hol.

Tâmplele îmi zvâcnesc. Mi-e greață.

Înainte de ușa de intrare în apartament mai e o cameră, tot pe partea stângă. O cameră care ar putea fi folosită ca al doilea dormitor. Proctor a transformat-o în birou. Înăuntru sunt două mese: pe una își ține dosarele și corespondența, pe cealaltă, computerul. Pe speteaza scaunului aflat între ele stă atârnată geaca de piele. Mă strecor în cameră și scotocesc prin buzunare până ce dau de portofel. Îl deschid și ignor cardurile. Nu mă interesează decât banii peșin. Are optzeci de lire: trei bancnote de câte douăzeci și două de zece. Le iau și le împăturesc în două.

Și în clipa următoare îl aud în spatele meu.

— Cauți ceva de-al tău?

Stephanie se răsuci pe călcâie. Proctor stătea în prag, blocând ieșirea.

— Sau poate ceva de-al meu?

Portofelul era în mâna ei.

Proctor purta o pereche de pantaloni de trening și aceeași cămașă neagră de cu o seară înainte. Nu avusese timp să-și încheie nasturii. Pe o parte a capului părul îi stătea turtit de scalp, pe cealaltă, ridicat ca niște țepi de perie.

Avea un aer abătut, însă nu supărat. Stephanie se obișnuise însă de mult să nu se încreadă în aparențe.

— Nu trebuia decât să-mi ceri, zise Proctor. Ți-aș fi dat bani.

— Mda, vezi să nu...

— Serios!

Miji ochii la el.

— Și de ce ai face-o?

— Pentru că știu prin ce ai trecut.

Bărbatul întinse brațul, așteptând să-i fie returnat portofelul. Stephanie făcu un pas în față, ca pentru a i-l înmâna. Pe urmă se repezi la el, lovindu-l în piept cu umărul și dezechilibrându-l. Încercă să traverseze în fugă holul pentru a ajunge la ușă, ținând portofelul strâns în mână. Proctor o prinse de umăr și o răsuci pe loc. Din instinct, Stephanie ridică pumnul și îl pocni în bărbie. Proctor se retrase, șocat de viteza și forța ei.

Stephanie trase de zăvor, dar nu reuși să-l deschidă. Înțelese că n-avea nicio șansă și asta o secătui de puteri. Dădu drumul ușii și lăsă mâna să-i atârne moale pe lângă corp. Când ridică privirea, văzu cheile care zornăiau, prinse de brelocul pe care Proctor îl ținea atârnat de degetul arătător.

Cu cealaltă mână își masa maxilarul.

— Am încuiat ușa de două ori, pentru orice eventualitate, spuse el.

Ușa de intrare în apartament se afla în capătul holului. Stephanie era prinsă în capcană; nu mai avea spre ce camere să alerge, nu-l mai putea lua prin surprindere pe Proctor. Reacționă mecanic, rezultat al experiențelor anterioare. Se retrase într-un colț și se lăsă să alunece pe podea. Își goli mintea, închizându-se în sine, complet amorțită. Când Proctor se apropie, își încolăci capul cu brațele și se făcu mică.

— Ce faci?

Stephanie se pregăti să încaseze prima lovitură.

— N-o să te bat, Stephanie. Nu vreau să-ți fac rău.

De multe ori, cuvintele acestea prefațaseră bătăi crunte. Dean West obișnuia să-i adreseze astfel de vorbe blânde înainte de a o pedepsi. Rămase nemișcată, fără să-și ridice capul.

— Uite ce-i, acum o să mă retrag. Ce zici? O să mă duc la mine în birou și o să mă așez pe jos, ca tine. După aceea vei putea să-ți ridici ochii. Și vom sta de vorbă. OK?

Niciun răspuns.

— Nu vreau decât să stăm de vorbă, nimic altceva.

Îl simți cum se îndepărtează, apoi trase cu ochiul printre brațele încrucișate.

— Vezi? N-am cum să-ți fac rău de aici.

Stephanie se simțea amețită. Înghiți cu greu nodul din gât.

— Unde voiai să pleci?

Niciun răspuns.

— Ai vreun loc *anume*? Sau pe *cineva*?

Stephanie tremura.

— Și ce-a fost noaptea trecută? Nu vrei să-mi povestești ce s-a întâmplat? insistă el.

Stephanie își ținea în continuare brațele în jurul capului.

— Știu că n-ai încredere în mine – de ce ai avea? –, dar să știi că n-am alt interes față de tine decât ceea ce vei dori să-mi povestești de bunăvoie. Am și eu o mulțime de lucruri să-ți spun, dar dacă nu vrei să le auzi...

— Nu vreau să aud nimic, șopti ea.

Proctor clătină din cap.

— E vorba, totuși, de familia ta.

Ea ridică din umeri.

— Atunci ce-ar fi dacă ți-aș pune câteva întrebări de factură generală? Ai fi dispusă să-mi răspunzi?

— Nu!

— De ce?

— N-are de ce să te intereseze de mine sau de familia mea.

— Aha. Atunci poate că vei dori să stai să mă asculți. O să-ți spun la ce lucrez acum, ce am descoperit, cum am...

— Nu pricepi? Nu-mi pasă!

— Nu, nu pricep! Deloc! Dacă familia mea ar fi fost în acel 747, aș vrea să aflu de ce s-a prăbușit și cine este responsabil. Aș dori să se facă dreptate. Pentru ei și pentru ceilalți pasageri. Și pentru toate rudele lor care au fost nevoite să suporte consecințele. Despre asta e vorba. Despre asta a fost vorba atunci când am demarat investigația. Un subiect de interes uman. Despre ce se întâmplă cu familiile și prietenii celor morți la distanță de câțiva ani de la tragedie, atunci când povestea nu mai e de actualitate. Cum au făcut ei față pe termen lung. Chiar dacă tu nu vei dori să-mi vorbești, o vor face alții. Am citit durerea pe fețele lor. Am simțit-o. Cei doi ani și ceva care au trecut de atunci nu au atenuat-o. Au învățat să trăiască cu această durere – unii dintre ei –, însă rănile nu s-au vindecat. Și nu se vor vindeca probabil niciodată. Fiecare din ei a suferit enorm și...

— Și crezi că eu nu? îl repezi ea. Crezi că nu sufăr și acum?

— Sigur că nu cred. Doar că...

— Doar că? Ți se pare ciudat că nu vreau să discut cu ziariștii? Pun pariu că îți închipui că situația mea este consecința prăbușirii avionului. Ar fi o poveste al naibii de bună pentru tine, nu-i așa?

Avea chef să-i răspundă afirmativ, însă rezistă tentației.

— Deocamdată nu te cunosc suficient de bine, așa că nu știu.

— Vezi? Minți, la fel ca toți ceilalți. Parcă o și văd, povestea: o familie distrusă, patru morți, doi supraviețuitori, unul care rezistă cu bine, celălalt nu. Vorba ta, un subiect de interes uman.

— Povestea mea se schimbă pe parcurs.

— Ce te face să crezi că mor de poftă să-mi văd viața transformată în subiect de gazetă?

— Nu-i neapărat nevoie să figurezi în poveste.

— Ba da, cu condiția să o completez. Atunci m-ai include, nu-i așa?

Pentru o clipă, Proctor fu tentat să mintă.

— E slujba mea. Așa îmi câștig existența.

— Mda. Regulezi oameni pe bani. La fel ca mine.

Arăta și mai rău acum decât în seara precedentă, în fața stației de metrou, când pielea de găină îi era scoasă în evidență și mai tare în lumina dură a felinarelor. Acum era toată numai piele și oase. Avea pomeții prea proeminenți pentru a atrage, încheieturile păreau umflate din cauza brațelor subțiri, iar genunchii ce se ițeau prin crăpăturile jeanșilor erau atât de ascuțiți, încât parcă tăiau în pielea pătată.

— Am renunțat la ideea de la care am pornit, spuse Proctor. Acum nu mai e vorba de un subiect de interes uman. Am depășit cu mult faza asta. În fiecare zi aflu ceva nou și îmi modific unghiul de abordare.

— Ești Woodward și Bernstein[1] la un loc, asta vrei să zici?

Surpriza se citi, probabil, pe chipul lui Proctor, căci Stephanie zâmbi trist.

— Da, știu cine sunt cei doi și ce au făcut. Crezi că dacă îmi vând trupul, am mintea unui jucător de fotbal?

— Nu. Știu că ești o tipă inteligentă.

Stephanie își trecu degetele prin părul blond încâlcit.

— Bun, și toți ceilalți cu care ai vorbit, cei aflați în aceeași situație ca mine, ce părere au avut?

— În legătură cu ce?

— Cu teoria ta cu bomba.

Proctor își plecă ochii.

— Nu știu nimic despre asta.

— Poftim?

— Încă nu le-am spus.

Stephanie se încordă din nou.

— De ce?

---

[1] Bob Woodward și Carl Bernstein, jurnaliști la *Washington Post*, au devenit celebri pentru ancheta asupra unui imens scandal politic (Afacerea Watergate), care a dus la demisia președintelui american Richard Nixon în august 1974 (n. tr.).

— Cu cei mai mulţi am discutat înainte să descopăr treaba cu bomba. Şi când am descoperit-o, n-am fost sigur că e adevărată.

— Dar acum eşti?

— Pe cât se poate.

— Şi când anume ai făcut descoperirea?

— Cu trei zile înainte să te întâlnesc prima oară. N-am vrut să-ţi spun ce descoperisem, dar când ai refuzat să-mi vorbeşti, mi-a scăpat din gură. Eram frustrat. A fost total neprofesionist din partea mea. Iar acum e prea târziu ca să-mi retrag spusele.

Stephanie fu străbătută de un frison, după care fu cuprinsă de fierbinţeală.

— Cine mai ştie?

— Nimeni. Doar tu şi eu.

Ea nu încercă să-şi ascundă îndoiala.

— Doar nu te aştepţi să te cred.

— Nu te mint.

— De ce n-ai povestit şi altora?

Proctor îşi muşcă buza de jos.

— Fiindcă mi-e frică.

Clădirea în care locuia Proctor era o mică vilă în stil victorian. Nu foarte elegant, apartamentul avea totuşi o anumită personalitate, inspirată însă în mare măsură din revistele de amenajări interioare. Un sistem audio Bose, un televizor Sony cu ecran lat şi mobilier danez - fotolii, lămpi, rafturi pentru cărţi -, un decor minimalist şi strălucind de curăţenie. O masă din lemn frumos sculptată domina centrul camerei de zi. Pe podea erau carpete turceşti, iar pe pereţi ţesături africane.

Stephanie îşi aprinse o ţigară şi remarcă reacţia lui Proctor, o grimasă. Când ceru o scrumieră, fu servită cu o farfurioară.

Întrebă:

— Ce ai aflat despre el?

— Că e tânăr, probabil sub treizeci de ani, şi că e musulman. Mai ştiu că locuieşte undeva în oraş. Şi e cunoscut de MI5[1], SIS[2] şi CIA. Presupun că şi de FBI, deşi nu sunt sigur.

— Şi individul acesta are vreun nume?

— Mai multe, probabil, dar nu am aflat niciunul.

— Naţionalitatea?

— Idem.

— Vreo fotografie?

— Nu am văzut niciuna.

— Înţeleg că prea mari progrese n-ai făcut.

— Îţi pot spune însă că, în afara grupurilor deja menţionate, tu şi cu mine suntem singurii care ştim de existenţa lui. Şi că n-ar trebui.

Ţigara o făcea pe Stephanie să se simtă şi mai rău. O stinse, numai pe jumătate fumată.

— Ajungem acum la următoarea întrebare. Cum de ai aflat *tu* toate astea?

— Am fost contactat de un bărbat de la MI5.

— Cine?

— Nu ştiu.

Stephanie se ciupi de nas şi se sili să-şi închidă pleoapele, încercând să alunge durerea.

— De ce a luat legătura cu tine?

— Din câte se pare, a descoperit ce se întâmplase şi nu s-a putut împăca defel cu situaţia.

— Dar cu scurgerea de informaţii cum de s-a împăcat?

— Nu ştiu ce motive mai profunde îl animă. E posibil să fi avut pe cineva apropiat în cursa aceea, o rudă sau un prieten. Ce

---

[1] Military Intelligence, Section Five (MI5), agenţia britanică de contrainformaţii şi securitate internă (n. tr.).

[2] Secret Intelligence Service (MI6), agenţia de spionaj a Regatului Unit (n. tr.).

ştiu este că, în momentul când s-a aflat că individul care pusese bomba e în Londra, MI5 a fost însărcinat să îl supravegheze.

— De ce nu a fost arestat?

— Nu am aflat nici până acum de ce.

— Informatorul tău de la MI5 nu ți-a spus?

— Nu. Bănuiesc că dacă mi-ar fi spus, iar eu aş fi dat imediat ştirea, s-ar fi aflat de la cine primisem pontul. Iar el vrea să descifrez eu enigma, ca la final să pară că i-a dat singur de capăt. Ca să se protejeze.

— Și tu l-ai crezut când ți-a spus despre bombă?

— M-am convins pe parcurs. La început am fost sceptic. Acum nu.

— Dar cum de te-a ales tocmai pe tine?

— A descoperit că lucram la seria aceasta de articole. Puțini jurnalişti se mai ocupă acum de caz. Pentru majoritatea, subiectul nu mai e de actualitate.

— Chiar și așa, niciun jurnalist din lume nu s-ar da în lături de la o asemenea știre. Ar mușca imediat momeala, iar dacă povestea s-ar dovedi adevărată, ar deveni o legendă. Tipul de la MI5 ar fi putut să furnizeze informația oricui.

— A vrut să se adreseze cuiva realmente interesat de descoperirea adevărului, nu unui oportunist.

— Așa ți-a spus el?

— Nu. Așa cred eu, dar...

Stephanie simți brusc că o ia cu leșin. Privirea i se încețoșă. Închise ochii pentru o clipă, în speranța că avea să îi treacă. Dar nu.

— Te simți bine? întrebă Proctor.

Fata înghiți și își simți gâtul fierbinte și uscat.

Se săltă în picioare și ameți. Întinse brațul ca să-și recapete echilibrul. Proctor îl prinse și o conduse iute în baie. O lăsă acolo și se întoarse în living, încercând să nu ia în seamă zgomotele de râgâială. Stephanie reapăru cenuşie la faţă şi cu pielea umedă de transpiraţie.

— Sper că nu te simţi la fel de rău precum arăţi, comentă îngrijorat Proctor.

Muşchii stomacului ei zvâcneau.

— Am crezut că e de la mahmureală...

— Stai jos! O să-ţi aduc un pahar cu apă!

— O să-mi revin într-o clipă.

— Nu sunt prea sigur.

Când se întoarse cu un pahar în mână, o găsi îmbrăcată cu haina şi pregătindu-se să-şi ia rucsacul.

— Ce faci?

— Trebuie să plec.

— De ce?

— Nu te priveşte!

— Dar n-ai unde să te duci.

Îi aruncă o privire de om insultat, apoi una sfidătoare.

— Nu pot să rămân aici.

— De ce?

Îi răspunse mai întâi din ochi.

— Pentru că n-am încredere în tine.

— Nici eu n-am încredere în tine, dar sunt dispus să-mi asum riscul.

— Atunci eşti un mare idiot. Dacă ai şti ce ştiu eu, ai fi mult mai precaut.

— Sunt convins că ai dreptate, dar dacă aş fi vrut să-ţi fac rău, aş fi făcut-o deja, nu crezi? N-ai decât să pleci, dacă aşa vrei. N-o să te împiedic. Dar dacă vrei să rămâi, eşti binevenită.

5

O gripă rebelă o doborî pe Stephanie la pat. Proctor îi oferi propria cameră, dar ea îl refuză, preferând canapeaua. El îi găti supă și o hrăni cu ceai și aspirine. Stephanie rămase ursuză și tăcută. Timp de patru zile, aproape că nu făcu altceva decât să doarmă. Temperatura ei fluctua îngrozitor de tare și în primele patruzeci și opt de ore vomită în mod repetat. Durerile nu îi dădeau pace. Se simțea de parcă era în sevraj, drogul destructiv fiind ea însăși, căci corpul său respingea toate aspectele vieții ei otrăvite. La un moment dat, Proctor îi propuse să consulte un doctor, însă Stephanie refuză cu îndârjire. A cincea zi, când se trezi din somn, se simțea mai bine.

Proctor făcea cafea. Nu cafea instant, ci adevărată. Lui Stephanie îi plăcea să urmărească micul ritual, începând cu râșnitul boabelor și terminând cu turnatul în cești. Proctor era genul de bărbat care aprecia lucrurile practice și precizia, își dădu ea seama după felul în care bărbatul ținea curățenie în casă, după ordinea care domnea în apartament și după felul cum se îngrijea de propria persoană. Nu tolera haosul în jur și nici în interiorul ființei lui, bănuia ea.

Se întoarseră în living. Pe masa din lemn de cireș se aflau două dosare voluminoase, o mapă deschisă și o fotografie color mărită a unui Boeing 747. Fuzelajul și motoarele erau de un albastru intens. Pe aripi erau inscripționate cu roșu sângeriu trei litere enorme: NEA. North Eastern Airlines. Literele se întindeau de pe burta avionului până la puntea superioară, iar de acolo până aproape de cabina de pilotaj. Pe coadă era vopsit un cerc alb cu două săgeți îndreptate din centru spre în afară, una către nord, cealaltă către est.

Proctor observă că Stephanie se uită la poză și zise:

— A zbura la altitudine într-un avion presurizat e ca și cum ai zbura într-un aparat cu aerosoli. Imaginează-ți că...

— Nu vreau să-mi imaginez absolut nimic. Povestește-mi tu ce s-a întâmplat.

Proctor răsfoi printr-unul dintre dosare și scoase o foaie de hârtie, pe care o întinse pe masă. Era o diagramă a aparatului 747, văzut din față, din ambele părți laterale și de sus, această din urmă schiță incluzând și poziționarea locurilor. Logoul North Eastern era desenat în colțul din dreapta jos.

— Au fost două explozii. Prima din ele - de intensitate mai mică - a avut loc la o altitudine de 11 278 de metri. A făcut o gaură în fuzelaj chiar în fața aripilor, uite, aici..., arătă el pe una dintre fotografiile luate din lateral, și a lovit în același punct, dar pe cealaltă latură și cu efect mai puțin destructiv. Imediat avionul a coborât brusc, iar echipajul de zbor a încercat să reia controlul. Erau oameni cu suficientă experiență - împreună acumulaseră peste patruzeci și cinci de mii de ore de zbor –, dar, în asemenea situații, nu prea ai ce să faci. La acest moment, cele mai multe dintre victime erau probabil cele poziționate în spatele exploziei. Pasagerii aflați la bordul anterior și pe puntea superioară - la clasa întâi și business - au avut probabil mai puțin de suferit de pe urma decelerației, deși n-au fost cruțați în totalitate. În cele din urmă, desigur, nici nu avea să conteze. La 3 650 de metri altitudine, a urmat a doua explozie, care a rupt practic aeronava în două. Sau mai degrabă a făcut-o bucăți.

Proctor turnă cafea în ceașca liliachie așezată pe o farfurioară. Stephanie își aprinse prima țigară după aproape o săptămână, își luă ceașca și farfurioara și își îndreptă din nou atenția spre diagramă.

— Și care-i treaba cu instalația electrică?

— Verdictul oficial nu a fost concludent. Și n-a cuprins decât ipoteze și teorii, una dintre ele fiind aceea că o secțiune din instalația electrică a fost defectă. Pe rol sunt câteva procese împotriva Boeing și North Eastern Airlines, însă atât timp cât cauzele rămân doar „probabile", e greu de crezut că aceste două companii vor fi găsite vinovate. Dacă s-ar fi descoperit dovezi palpabile că accidentul s-a datorat unor cauze mecanice sau neglijenței, fii sigură că atât Boeing, cât și NEA ar fi investigat mai în amănunt, în căutarea unei căi de scăpare. Cu un asemenea verdict, nu pot decât să fie fericite, mă rog, atât cât se poate, având în vedere circumstanțele. Nu e deloc întâmplător faptul că erorile de pilotaj sunt declarate așa de frecvent drept cauze ale prăbușirii avioanelor; atunci când acuzatul e mort, el nu poate bălmăji răspunsuri neconvingătoare la întrebări-capcană. Erorile de pilotaj sunt mult mai ieftine decât deficiențele structurale, mecanice ori procedurale.

— Dar nu se poate ca unii dintre anchetatori să nu fi aflat adevărul. Ce s-a întâmplat cu cei care au descoperit dovezile?

— În mod normal, când o asemenea tragedie se produce, toate instituțiile abilitate trimit anchetatori. FBI, FAA[1], NTSB[2], ca să enumăr numai câteva. Agenții mișună peste tot, cercetează

[1] Federal Aviation Administration (FVA), Administrația Federală de Aviație (n. tr.).

[2] National Transportation Safety Board (NTSB), Consiliul Național pentru Securitatea Transporturilor (n. tr.).

rămășițele aeronavei și pe cele umane. În cazul în speță însă, avionul s-a prăbușit în mijlocul Atlanticului. Ceea ce a redus numărul de agenți care au putut să ajungă acolo. Mai mult decât atât, FBI-ul a redus numărul și mai drastic, cenzurându-i pe agenți și permițând numai unora să meargă.

— Habar n-am avut că FBI-ul are jurisdicție asupra mijlocului oceanului.

— N-are. Dar, cum FBI-ul a condus ancheta, avea jurisdicție asupra vaselor și avioanelor trimise acolo. Și de aceea a avut ultimul cuvânt. I-au ales cu mare grijă – și au insistat să le fie respectate deciziile – pe agenții FAA și, mai ales, pe cei de la NTSB. Aceleași măsuri de securitate s-au aplicat și la testele făcute asupra resturilor avionului și a rămășițelor omenești aduse în SUA.

— Ce vrei să spui?

— Sursa mea de la MI5 susține că FBI-ul primise două avertizări asupra iminenței unui atac terorist. Primul cu șase luni înainte, iar al doilea cu numai trei săptămâni anterior prăbușirii avionului. Și deștepții ăia au decis să nu împărtășească informația companiilor aeriene.

— De ce?

— Nu știu. Presupun că tipii pot susține oricând că au de-a face cu o grămadă de informații sau alarme false și că de fiecare dată trebuie să cântărească serios toate aspectele pentru a lua decizia corectă. Ori poate că nu au fost realmente convinși de sinceritatea sau legitimitatea avertizărilor.

Într-unul dintre cele două dosare de pe masă Proctor adunase toate informațiile pe care le considerase relevante. Acestea variau de la articole din ziare și reviste publicate imediat după tragedie, până la rapoartele investigațiilor efectuate de FAA, FBI și NTSB. Inițial se presupusese că zborul NE027 se prăbușise ca urmare a unui atac terorist. În primele patruzeci și opt de ore fuseseră interogați suspecții obișnuiți: organizații arabe teroriste, carteluri columbiene care traficau droguri, fanatici americani proveniți din milițiile din Vestul Mijlociu. Însă în lunile următoare, toți potențialii ticăloși fuseseră scoși din ecuație. Izolată de lume în coconul declinului ei, Stephanie păstrase totuși amintirea progresului lent al anchetei către un verdict care făcea trimitere probabilă la o deficiență de ordin mecanic sau structural, cu accent pus pe „probabilă".

Articolele erau însoțite de fotografii. Unele îi erau familiare: secțiunea cu fuzelajul ciuruit plutind la suprafața oceanului, mulțimea de femei agățate și sprijinindu-se una de alta în Aeroportul Heathrow. Alte poze erau însă noi pentru ea, ca de pildă cea înfățișând o micuță colecție de obiecte personale înșirate pe puntea unuia dintre vasele de salvare: mai mulți pantofi, toți desperecheați, două pașapoarte înmuiate de apă, un CD-player portabil, o jachetă din denim, un lănțișor cu o inimă din aur prinsă de el, un ursuleț din pluș cu un picior lipsă. Un alt set de fotografii fusese făcut în vastul hangar unde fuseseră adunate și sortate resturile aeronavei. O serie de lonjeroane, de la bordul anterior până la cocoașa avionului, se răsuciseră ca niște spaghete. Un scaun se prăjise și se lipise de cadru, și numai asta rămăsese din el. Porțiuni din fuzelaj se carbonizaseră. Într-o fotografie, un investigator studia fragmente din carenajul demontabil al motorului. În spatele său, estompat, se zărea restul hangarului, cu podeaua acoperită în întregime de tot felul de resturi. Pe fața investigatorului cu pricina se citea scepticism.

Stephanie spuse:

— Nu se poate să nu existe nicio probă.

— Există. Și e concludentă, indiferent unde s-ar afla în clipa de față. Exploziile puternice lasă urme. Un fuzelaj găurit nu seamănă cu nimic altceva. Are formă de petale, iar acestea sunt îndoite în direcția de zbor. Metalul se supraîncălzește de la gazele fierbinți rezultate din explozie – vorbim de temperaturi de până la 5 000°C – și se răcește aproape instantaneu din cauza aerului înghețat de afară. Forțele de încălzire generate de exploziile puternice întind, fracturează și acoperă cu bășici învelișul din aluminiu al aeronavei într-un mod care nu lasă loc la îndoieli cu privire la cauzele prăbușirii. În chip similar, gazele supraîncălzite își lasă amprenta asupra celor care le înghit, sub formă de arsuri severe ale gurii și plămânilor. Potrivit sursei mele, probele dovedesc că la bord, și anume în zona fuzelajului, a fost plasată o bombă, foarte probabil cu încărcătură modelată pentru a concentra forța exploziei într-o anumită direcție, în afară, pentru a crea o gaură în învelișul aparatului de zbor. Gaura mai mică de pe cealaltă parte a apărut, într-adevăr, incidental.

— De ce tocmai acest zbor?

— Cine știe?

— Era vreun personaj important la bord?

— Nu chiar. Niște oameni de afaceri de succes, un congresmen din Alabama, un diplomat francez, un specialist în chirurgie cardiovasculară din Elveția. Nimeni atât de important, încât să justifice așa ceva.

Tonul nepăsător din vocea lui o duru, pentru că Proctor, fără voia lui, rostise un adevăr: familia ei nu merita atâta considerație. Se aflase acolo pentru a completa numărul de pasageri, și nimic altceva.

— Și a doua explozie?

— A fost, aproape cert, consecința stricăciunilor provocate de prima explozie și de decelerația care i-a urmat.

— Dar cum se face că Boeing și North Eastern au acceptat teoria cu defecțiunea la sistemele electrice?

— Deocamdată nu au acceptat-o. Totuși, teoria e valabilă din punct de vedere tehnic. 747 este o aeronavă foarte sigură.

Se iau multe măsuri pentru a evita ca scânteile sau sarcinile electrice să fie eliberate în interiorul rezervoarelor de combustibil. Prin rezervorul central de combustibil, aflat în burta avionului, nu trece niciun fir electric. Pompele de alimentare sunt poziționate spre exterior. Totuși, la unele dintre avioanele 747 mai vechi, există fire care traversează rezervoarele de pe aripi. Ca mijloc de precauție, ele sunt însă acoperite cu aluminiu și cu două straturi protectoare de teflon.

— Și Boeingul acela 747 al North Eastern făcea parte din generația asta mai veche?

— Da. Era cea mai veche aeronavă a flotilei. Încă operațională după douăzeci și șase de ani. Nu că ar fi ceva neobișnuit în asta, ca să știi.

— Și atunci care e teoria lor?

— Că un fir electric defect din unul dintre rezervoarele de pe aripi a cauzat incendiul. Flăcările au ajuns cu rapiditate în vârfurile aripilor, după care s-au întors spre rezervorul central printr-un tub de ventilație, care are menirea de a elibera vaporii de combustibil. Așa cum am spus, asta nu e decât o ipoteză și e dificil să dai vina pe cineva. Pentru Boeing și NEA, lucrurile ar putea să stea mult mai rău. În plus, cum situația nu afectează decât aparatele 747 vechi, costurile de reabilitare și modificare a sistemelor nu vor fi foarte mari. În fapt, schimbările preconizate nu sunt nici măcar obligatorii. Obligatorie nu este decât o inspecție amănunțită, pentru a vedea dacă sunt necesare intervenții la sistemele electrice.

— Și cum nu s-a descoperit în mod oficial nicio implicare teroristă, nicio agenție de spionaj nu va fi anchetată pentru ignorarea avertizărilor?

— Corect. Și în chip de compromis, decizia se referă la toate părțile implicate, așa încât toată lumea va răsufla ușurată.

* * *

În dimineața următoare, Stephanie se aventură afară pentru prima oară de când Proctor o adusese în apartament. Era o zi rece, iar frigul îi pătrundea în oase. Când își văzuse chipul în oglinda băii, fusese șocată de cât de mult slăbise. Coastele și pomeții nu îi ieșiseră niciodată atât de proeminent prin piele. Găurile de sub obraji erau la fel de adânci și de negre precum cearcănele. În adolescență, în ciuda limbii ascuțite, fusese populară printre băieți mulțumită sânilor plini. Acum, pieptul aproape că i se aplatizase și numai gura mai păstra ceva din voluptatea de odinioară. Sau cel puțin atunci când n-avea buzele crăpate sau pline de pustule.

Trecu pe lângă anticariate, pe lângă Willow Gallery, magazinul de biciclete și cel de antichități. Bell Street părea încremenită în timp. Unul dintre capete dădea în Edgware Road, așa încât, după numai câțiva pași, ieșeai din anii 1950 și intrai în prezent.

Bău o ceașcă de cafea la Bell's Café, o clădire cu fațada verde și draperii din tul la fereastra cu vedere spre stradă. Se așeză la o măsuță și răsuci între degete setul de chei de rezervă pe care Proctor i-l dăduse la micul dejun. Spre deosebire de ea, Proctor era genul de om a cărui încredere putea fi câștigată cu ușurință.

Pe de o parte, ar fi vrut să se ridice și să plece imediat, dar pe de alta, se simțea din ce în ce mai mulțumită să rămână. Se convinsese treptat că Proctor nu avea să-i facă rău; se aflase la mila lui timp de șase zile și nimic nu se întâmplase. Și nici nu sesizase la el vreo înclinație spre violență. În plus, nu avea unde să se ducă și la cine să apeleze. Practic, nu avea niciun motiv rezonabil să plece. Cu excepția faptului că, mai devreme sau mai târziu, va fi nevoită să plătească un preț pentru amabilitatea de care dădea dovadă Proctor. De asta era sigură; o știa din experiență.

* * *

Stăteau în bucătărie. Se înserase, iar Stephanie, așezată pe un taburet din lemn, îl urmărea pe Proctor, care tăia un piept de pui în fâșii subțiri. Când termină cu puiul, începu să felieze broccoli și dovlecei cu un cuțit curat pe un blat la fel de curat. O zări cu coada ochiului cum se holbează la el.

— Râzi de mine?

— Zâmbesc, nu râd.

— De ce?

— Îmi amintești de tata. Nu că ați semăna în vreun fel. Dar și lui îi plăcea să gătească și se pricepea la asta. M-a învățat și pe mine.

— Și ți-a plăcut?

Stephanie ridică din umeri.

— Nu-mi mai amintesc.

— Dar mama ta? Ea nu gătea?

— Ba da, chiar foarte bine. Numai că nu-i plăcea la fel de mult ca tatei. Așa că preferam să învăț de la el. Îmi plăcea să mă uit cum mânuia cuțitele. Tăia totul foarte repede. Avea mâini mari, dar folosea cuțitele cu o incredibilă precizie. Un vârtej de oțel și, dintr-odată, totul era mărunțit frumos.

— Presupun că avea dexteritate fiindcă era doctor.

— Generalist, nu chirurg.

Proctor dădu din cap și se șterse pe mâini cu o cârpă.

— Cum erau părinții tăi?

Zâmbetul se șterse de pe fața lui Stephanie.

— Nu erau *nicicum*. Erau părinții mei și atât.

Era 5.30 dimineața. Stephanie nu putea să adoarmă. Se ridică de pe canapea și se îmbrăcă repede; fusese o noapte friguroasă, iar sistemul de încălzire centrală nu avea să pornească decât la ora șase. Își pregăti cafeaua la fel cum o făcea Proctor.

Luă cana, o duse în living și își aprinse o țigară. Afară, un bărbat îndepărta gheața de pe parbrizul mașinii sale Vauxhall. Norișorii din respirația lui înghețată îi învăluiau fața.

Pe masa din lemn de cireș se aflau rapoartele examinate de Proctor în seara dinainte. Stephanie se așeză și începu să frunzărească fotocopiile. O dată fusese scrisă cu cerneală fosforescentă pe coperta unei mape din plastic. Era cu numai trei luni în urmă.

Raportul cuprindea o analiză a cauzelor morții acelor victime ale căror corpuri fuseseră recuperate. Douăzeci și opt de pasageri rămăseseră neidentificați. Având în vedere locul prăbușirii avionului, Stephanie considera numărul remarcabil de scăzut. Scafandrii se scufundaseră de aproape 4 500 de ori pentru a aduce la suprafață rămășițele avionului și pe cele umane. Sarcina le fusese îngreunată de zona vastă pe care se împrăștiase materialul, ca și de furtunile violente ce se abătuseră asupra regiunii la douăzeci și patru de ore după prăbușirea aeronavei. Circa două duzini din cadavrele recuperate erau mai mult sau mai puțin intacte. Celelalte se găseau în diverse stadii, de la „parțial" la „total dezintegrate". Dintre toate fotografiile făcute, numai opt fuseseră considerate potrivite pentru a fi puse în circulație în scopul identificării victimelor de către un psiholog însărcinat să fie omul de legătură dintre autorități și rudele celor aflați la bord. În cele din urmă, niciuna din cele opt nu fusese utilizată.

O secțiune dintr-un raport FAA descria impactul decelerației explozive asupra pasagerilor. Mulți muriseră instantaneu. Forța cu care trupurile le fuseseră aruncate în față fusese atât de puternică, încât unii sfârșiseră decapitați, în timp ce alții pieriseră din cauza separării violente de corp a trunchiului cerebral. Cei care supraviețuiseră primului impact fuseseră supuși apoi altor forțe nimicitoare. Aerul presurizat se scursese prin punctele în care fuzelajul fusese găurit cu o forță suficient de mare pentru a smulge hainele de pe corpuri și lentilele de contact din ochi. În cursul căderii libere a avionului, unii pasageri fuseseră arși de vii, iar alții, despicați de sfărâmături.

Într-un alt dosar, Stephanie dădu peste lista pasagerilor. Proctor făcuse mai multe copii ale listei și pe majoritatea inserase propriile adnotări. Comentariile lui se refereau în mare parte la stricăciunile structurale produse de prima explozie. Stephanie parcurse lista până ce ajunse la numele căutate.

Locul 49A: Patrick, Sarah
Locul 49B: Patrick, David
Locul 49C: Douglas, Martin
culoar
Locul 49D: Patrick, Monica
Locul 49E: Patrick, Andrew

În acea secțiune a avionului, spre partea din spate de la clasa economic, scaunele erau poziționate în configurația trei-patru-trei, despărțite de două culoare. La vederea numelor tipărite și a locurilor pe care le ocupaseră membrii familiei sale, Stephanie amorți. Nu avea probleme cu emoțiile pe care le vedea la ceilalți; disperare instantanee, deznădejde prelungită, uimire, furie. Mai greu îi era să suporte adevărul brutal, clinic, statisticile tipărite, cauzele morții pe un certificat de deces, numele de pe o listă de pasageri.

Știu că Proctor o privește înainte de a-și ridica ochii spre el. Stătea în prag.

— Te simți bine? o întrebă el.

— Nu am putut să dorm. Te-am trezit din somn?

— Te-am auzit cum trebăluiai în bucătărie.

— Bărbatul de pe locul 49C, Martin Douglas, zise ea, holbându-se la numele înscris între cel al mamei și al fratelui ei. Știi cine era?

— Un arhitect născut într-un oraș pe nume Uniondale. Locuia și lucra în Manhattan.

— Un american.

— Da.

Stephanie dădu încet din cap, ca pentru sine.

— Așadar un arhitect american care a fost condamnat la moarte din capriciul unui adolescent englez despre a cărui existență nu avea habar.

— Nu înțeleg...

— Eu ar fi trebuit să fiu în locul lui. Locul fusese rezervat pentru mine.

— Și cum de n-ai fost acolo?

— Era o vacanță cu familia în care n-am vrut să merg. Am pretins că nu vreau să lipsesc de la deschiderea anului universitar. Că nu voiam să întârzii la școală două zile. Căci doar despre atât era vorba. Dar nu acesta fusese motivul, iar ai mei au știut.

— Dar care?

Stephanie zâmbi trist.

— Nici măcar nu-mi mai amintesc. Ceva meschin și foarte urât, bănuiesc.

— De ce presupui așa?

— Pentru că așa eram eu pe atunci. Dușmănoasă și rebelă. Își ridică ochii spre Proctor.

— Acum nu mai sunt decât dușmănoasă.

— Martin Douglas ar fi căpătat un alt loc, Stephanie.

— Poate...

— Avionul era aproape plin, dar mai rămăseseră câteva locuri libere. Dacă ai fi fost la bord, Martin Douglas ar fi ocupat alt loc, iar numărul morților ar fi crescut cu unu.

— Câți ani avea?

— Dacă îmi amintesc bine, treizeci și trei.

— Căsătorit?

— Nu.

— Bine.

Stephanie se întrebă dacă pasagerii de pe rândul 49 supraviețuiseră primei explozii. Sau chiar celei de-a doua. Dar speră că nu când se gândi la viteza cu care rămășițele în flăcări ale cursei NE027 se prăbușiseră în ocean. La o viteză a impactului de circa 900 de kilometri pe oră, valurile molcome ar fi putut la fel de bine să fie din granit.

2

LUMEA LUI STEPHANIE

6

Asta e ultima mea *țigară. Trag din ea până ce flacăra ajunge la vârf și inhalez adânc fumul. Proctor pare iritat, așa cum e de fiecare dată când fumez, dar nu știe că am de gând să mă las. E un secret care se va dezvălui treptat, oră după oră, zi după zi.*

A trecut aproape o lună de când m-a luat cu mașina din fața stației de metrou de pe Warren Street. De atunci locuiesc la el și am început să mă schimb. Renunțarea la fumat este parte din acest proces. Un simptom.

Nu pretind că am devenit mai ușor de suportat, dar Proctor mi-a câștigat un pic încrederea. Mi-a permis să stau la el. Nu mi-a cerut să contribui cu bani la cheltuielile zilnice. Nu s-a dat la mine. Nu s-a supărat din cauza rezervei constante cu care am reacționat la încercările lui de a da de urma atacatorului; nu-mi înțelege reticența, dar o ia ca atare. Adevărul e că nici eu nu o înțeleg pe deplin.

Nu l-am văzut prea des pe Proctor în ultima lună, iar ancheta lui nu a înaintat deloc. Ca jurnalist independent, nu are nicio organizație în spate care să-i finanțeze cercetările. Pentru a-și câștiga existența, scrie articole de călătorie pentru ziare și reviste. Pentru moment, aceasta este singura lui sursă de venit. Atunci când poate, înghesuie mai multe excursii într-o singură deplasare, ceea ce îi permite să dispună de câteva luni de timp liber între ele.

De când m-am instalat la el în apartament, a fost o săptămână în Israel și două săptămâni în Indonezia. Iar astăzi urmează să se întoarcă dintr-un weekend prelungit la Miami. Detestă munca pe care o face, dar n-are încotro, are nevoie de bani.

În apartamentul său – și în zona imediată care îl înconjoară – am învățat să mă simt liberă. E o senzație nouă pentru mine. Totuși, când mă aventurez dincolo de Edgware Road sau Lisson Grove, devin agitată. Mă gândesc la Dean West, la Barry Green. Mă gândesc la cum eram atunci când Proctor a intrat la mine în camera de pe Brewer Street și cum l-am privit drept un client ca oricare altul, venit să mă închirieze pentru sex.

Și pe urmă mă gândesc cum îl privesc acum și devin confuză. Mi-a înviat din morți familia, dar nu a rezolvat nimic cu asta. Poate că motivele rezervei mele nu sunt, la urma urmei, așa de neobișnuite. Poate că incertitudinea mă face să mă simt mai în siguranță decât adevărul. Dacă adevărul este mai greu de suportat decât neștiința? Pot să trăiesc fără să capăt răspunsuri. Mai important pentru mine este să nu fiu subminată. Chiar nu vreau să recidivez.

De când m-am instalat aici nu am mai luat droguri. Și beau mai puțin. Am terminat rezerva de băuturi tari a lui Proctor în primele trei zile, iar el nu a înnoit-o. Aș fi putut să o fac eu, dar mi-a fost rușine. Rușine. Având în vedere cu ce m-am ocupat în ultimii doi ani, mi se pare ciudat că încă mai pot simți așa ceva. Dar asta s-a întâmplat și m-am adaptat în consecință. Proctor nu bea decât rar și mi-am revizuit și eu obiceiurile. Dacă va bea un pahar de vin și îmi va oferi și mie unul, voi accepta. Dacă nu, nu voi bea nici eu.

Un singur derapaj grav am avut de când sunt aici.

Stephanie formă prefixul și primele trei cifre din număr înainte de a pune receptorul la loc, repetând acțiunea pentru a patra oară în cinci minute. Își lăsă mâna atârnată în aer pe deasupra telefonului. Știa că într-un final avea să ducă gestul până la capăt, pentru că, dacă nu o făcea, chestiunea avea să o bântuie în continuare. O jumătate de oră mai târziu, formă 1-4-1 și întreg numărul, după care își apăsă aparatul de ureche. Când începu să sune, speră că nu va răspunde nimeni. Speranță deșartă!

— Alo?

Coardele ei vocale paralizaseră.

— Alo?

De data aceasta reuși să îngâne:

— Chris?

— La telefon.

Bărbatul aștepta ca persoana de la celălalt capăt al firului să se prezinte. Ea, în schimb, îi recunoscu imediat vocea. Dacă Chris ar fi sunat-o pe neașteptate, Stephanie și-ar fi dat seama pe loc că era el. El, care acum nu o recunoscuse, lucru care nu îi scăpă.

— Sunt Steph.

Pauza fu previzibilă, la fel și lungimea ei.

— Steph?

— Da!

Glasul lui coborî de la cel de tunet adânc la o șoaptă.

— Nu-mi vine să cred. Chiar ești tu?

— Da!

— Dumnezeule. Cât a trecut? Ce mai faci? *Unde* ești? Ce-ai mai făcut?

Stephanie închise ochii și îl văzu clar. Un metru optzeci și trei, păr întunecat care începuse să se rărească, în timp ce talia, cândva subțire, se îngroșase. Așa și-l amintea. Un simț al modei lipsit de imaginație, dar strâns legat de scurgerea anotimpurilor.

Astăzi, în zi de weekend, fiind acasă, purta probabil niște blugi albaștri, o cămașă în carouri, un jerseu gros – posibil bleumarin – și o pereche de pantofi solizi. Stephanie simți vântul care se agăța cu ghearele de casa lor de la fermă, așezată deasupra micului sat West Woodburn din Northumbria, nu departe de locul unde se născuseră și crescuseră cu toții. Un loc sumbru și frumos, puțin populat. În zonele mai joase se întindeau fermele, în timp ce dealurile nu erau bune decât ca pășuni pentru oi.

— Ești teafără, Steph?

— Sunt teafără. Dar tu?

— Și eu.

— Și ce mai face Jane?

— Și ea e bine.

— Dar Polly și James?

Polly era nepoțica ei și avea trei ani. James, nepotul ei, avea paisprezece luni. Christopher spuse:

— Sunt bine amândoi. Polly a fost cam arțăgoasă în ultimele șase luni, exact așa cum ne povestea mereu mama că erai și tu la vârsta ei.

Inima bătea cu putere în pieptul lui Stephanie.

— A trecut al naibii de mult timp...

— Da, știu.

— După ce ai plecat din Holborn ți-am pierdut urma. Cum o chema pe tipă? Smith?

— Karen Smith.

— Exact. Ne-a spus că ai plecat pur și simplu într-o bună zi și n-ai lăsat niciun număr.

Iar voi nu ați făcut niciun efort să mă găsiți. Era un cerc vicios. Ea nu păstrase legătura cu ei, așa că ei se străduiseră din ce în ce mai puțin să nu piardă contactul cu ea. Cât trecuse de la ultimul lor schimb de replici tăioase? Nouă luni? Zece?

Christopher fusese cel care îl ajutase pe Proctor să dea de urma lui Stephanie. Cu o vară înainte, Proctor îl contactase pentru a-i solicita un interviu, care îi fusese acordat. În toamnă, călătorise în nord, la West Woodburn, iar în timpul interviului cu Christopher, simțise că Stephanie putea reprezenta un subiect bun. După tragedie, cele două fragmente rămase din familie nu se agățaseră unul de celălalt pentru a-și oferi reciproc sprijin. Unul dintre ele încercase să facă față situației și să ducă o viață cât mai normală, celălalt dispăruse. Christopher avea un număr vechi de telefon - al lui Karen Smith -, însă insistase pe lângă Proctor că era puțin probabil ca femeia să știe unde se află Stephanie și că, și dacă o găsea, Stephanie nu avea să accepte să-i vorbească. Atunci când Proctor întrebase cu ce se ocupa Stephanie, Christopher fusese evaziv, apoi reticent.

— N-am idee, răspunsese atunci Christopher. Probabil că nu se ocupă cu nimic. Ba chiar cu mai puțin de atât.

Dar Proctor nu renunțase, mânat de instinctul care îi spunea că dăduse peste un subiect gras. Luase legătura cu Karen Smith, care, așa cum se așteptase, nu știa unde se află Stephanie. Cunoștea însă niște oameni și îl îndrumase în direcția bună. Din cunoștință în cunoștință, în mintea lui se conturase imaginea unei fete de viitor care o luase pe calea pierzaniei. De la studenta promițătoare la prostituata care se droga, ce mai, povestea era perfectă! Dintre toți cei care avuseseră legături cu pasagerii din cursa NE027, declinul tragic al lui Stephanie era cel mai evident. Și, prin urmare, cel mai suculent.

— Ce-ai mai făcut în ultima vreme? întrebă Christopher.

— Una-alta. Mărunțișuri. Știi și tu...

— Cam ce?

— Tot felul de chestii. Orice, numai să-mi plătesc chiria.

— Unde locuiești?

Stephanie simți cum panica punea stăpânire pe ea. Conversația aluneca deja în aceeași direcție ca multe altele de dinainte. Presimțea asta din tonul lui Chris, tot mai rece. Așa se întâmpla întotdeauna. Răspunse din vârful buzelor:

— În Wandsworth.

— Dă-mi numărul de telefon.

Situația îi scăpa de sub control. Toate acele lucruri pe care voia să i le spună rămăseseră nerostite și se simțea în schimb atrasă în vortexul atât de familiar.

— Chris, am ceva să-ți spun. Despre accident.

— Stai așa, nu găsesc niciun pix!

— N-ai nevoie de pix.

Chris nu o asculta. Nu o asculta niciodată.

— OK, am găsit pixul. Care-i numărul? Știi ceva, mai bine dă-mi și adresa!

— Te rog, Chris!

— Ce-i?

Stephanie clătină din cap. Nu putea să o facă la telefon. Momentul trecuse, iar la orizont se adunau nori negri de furtună.

— Nimic.

— *Ce-i?*

— Nu contează!

— Ai probleme?

— Nu!

— Ești sigură? Ai nevoie de bani?

Din motive inexplicabile, aceasta era întrebarea care o rănea cel mai tare de fiecare dată.

— Nu!

După o pauză, Christopher rosti pe un ton deopotrivă critic și îngrijorat:

— Steph, sper că nu vei face vreo... *prostie*.

— Nu mai fac prostii.

— Ce vrei să spui?

— Nimic. Nu are importanță.

— OK, dă-mi numărul de telefon și adresa!

Stephanie tăcu.

— Steph?

Darul vorbirii o părăsise.

— *Steph?*

În seara aceea m-am îmbătat. Am băut multă votcă la Brazen Head, în capătul îndepărtat al Bell Street, și m-am întors acasă cu două sticle de vin roșu prost. Care mi-a alunecat în jos pe gât la fel de iute cum a venit înapoi, cu puțin înainte de a adormi. A funcționat, chiar dacă numai temporar, ca mijloc de a-mi șterge conversația din memorie. Timp de două zile m-am simțit de parcă aveam din nou gripă.

Proctor este pasionat de fitness. Mănâncă sănătos și face sport, aleargă de trei sau patru ori pe săptămână. Dimineața, înainte de micul dejun, face tot felul de exerciții de întindere. Zice că întinderile sunt mai importante decât joggingul sau ridicarea de greutăți, sau orice altă formă de exercițiu fizic. L-am surprins de câteva ori în timp ce exersa și ne-am jenat amândoi. Nu pentru că mi-ar displăcea ce văd sau că el nu ar vrea să fie văzut. Ne jenăm din cauza lucrurilor la care ne gândim, dar pe care nu le articulăm. De fiecare dată am remarcat în ce formă bună e. Este zvelt și vânjos. Mai toate corpurile pe care le-am văzut în ultimii doi ani erau flasce.

Nu nutresc sentimente de afecțiune pentru Proctor, dar m-am întrebat deseori cum ar fi să facem sex. Nu-mi mai amintesc cum e să faci sex de-adevăratelea. Proctor a căpătat acum în ochii mei personalitate – ca să nu mai spun că și un nume real –, în timp ce clienții mei erau cu toții niște anonimi. Care mințeau în legătură cu identitatea lor, iar sexul cu ei era o chestiune pur fizică. În cursul căreia mă prefăceam că gem de plăcere atunci când sosea momentul. Nu am simțit niciodată nimic, cu excepția unor dureri ocazionale. În ultima lună însă, pe măsură ce am început să îl cunosc mai bine, am tot speculat despre cum ar fi să fim împreună. Faptul că îl cunosc ar afecta calitatea sexului sau am fost dintotdeauna străină de plăcerile pe care ți le poate oferi un asemenea act?

Cum aș reacționa?

Știu că și el se gândește la asta. Îmi dau seama din privirile pe care mi le aruncă pe furiș, când crede că nu-l văd. Și poate că aceste priviri, mai mult ca orice, au dezvoltat în mine un sentiment nou față de corpul meu, acela de timiditate. Ca prostituată, sunt dispusă să mă dezbrac în fața oricui pentru prețul corect. Nuditatea nu înseamnă nimic pentru mine, la fel exploatarea ei de către un străin, atât timp cât obțin profit de pe urma ei. Dar privirea lui Proctor – chiar și atunci când sunt complet îmbrăcată – mă face să mă simt stingheră.

În ultimele două săptămâni am început și eu să fac întinderi. Am descoperit cu uimire cât de țeapănă sunt și cât de tare îmi trosnesc încheieturile. În general, ultima lună mi-a prins extraordinar de bine la sănătate; mănânc sănătos la intervale regulate și dorm bine. M-am îngrășat un pic și pielea nu mai e așa pătată și cenușie. Cearcănele au început să se estompeze. Însă nu mai sunt așa de suplă cum eram în adolescență. Sunt supărată din cauza condiției mele fizice și hotărâtă să o îmbunătățesc.

Crăciunul a trecut. Proctor era în Israel, așa că am rămas singură. A fost cel mai frumos Crăciun al meu de când mi-am pierdut familia. Și Anul Nou a trecut, cu Proctor în Indonezia. Acum suntem în ianuarie. Pentru toți ceilalți e un an ca oricare altul. Pentru mine, e începutul unei vieți noi. Schimbările pe care le-am inițiat au ritmul lor și nu mai pot să le opresc.

Proctor era în continuare încruntat. Stephanie împinse scrumul de țigară pe farfurioară. Trecuse mai puțin de o oră de când bărbatul intrase pe ușă cu valiza în mână și oboseala pe chip. După ce făcuse duș și se schimbase de haine, părea să-și fi revenit.

— Cum a fost? îl întrebă Stephanie.

— Groaznic! Dacă te va invita cineva vreodată în vacanță la Miami, poți fi sigură că te urăște.

— Și atunci ce o să scrii în articol?

— Că e un paradis pentru weekendurile de iarnă.

Se aflau în camera de zi. Proctor stătea așezat pe canapea, iar la sistemul audio se auzea cântând formația Massive Attack. El observă o schimbare în înfățișarea ei și spuse:

— Te-ai coafat altfel?

Stephanie își trecu degetele prin păr și încuviință cu o ușoară mișcare din cap.

— Îți place?

Se tunsese mai scurt, iar părul nu îi mai ajungea acum până la umeri. Și își vopsise rădăcinile închise la culoare.

— Sigur că da. Arăți bine, numai că am crezut că n-o să te mai vopsești.

Stephanie scutură din cap.

— Nu pot.

— De ce?

— Întotdeauna mi-am dorit să fiu blondă. De când eram mică...

— Și acum?

— Acum mă ajută să mă prefac că sunt altcineva.

— Am crezut că ai trecut peste asta.

Stephanie stinse ultima ţigară.

— Niciodată nu voi trece peste asta.

Mai târziu, Stephanie dădu peste Proctor în baie. Stătea întins pe spate pe podea, sub chiuvetă, şi deşuruba panoul aflat în capăt.

— E vreo scurgere? întrebă ea.

Proctor rânji.

— Sper că nu, după câte precauţii mi-am luat.

Abia atunci văzu ea cele trei dischete de pe podea, lângă el.

— Ce faci?

— Îmi securizez datele. Aici îmi ţin informaţiile importante. Pe dischete şi laptop. Nu am nimic relevant pe desktop – salvez back-up-urile pe o linie telefonică şi pe urmă le şterg –, iar pe hârtie nu păstrez nimic interesant. Tot ce e de valoare e stocat aici.

— Nu-i o metodă cam primitivă?

— Uneori metodele primitive sunt cele mai bune.

— Dar de ce nu-ţi montezi o alarmă sau aşa ceva?

— În apartament? Glumeşti, nu-i aşa? Ar fi o invitaţie pentru spărgători.

Puse cele trei dischete într-o pungă de plastic etanşă care conţinea alte patru. Resigilă apoi punga şi o puse la loc, lipind-o de partea de jos a căzii de baie. Laptopul, înfăşurat într-o husă de protecţie, fu împins între două plăci de gresie murdare. La final, înşurubă la loc panoul.

Era un local impersonal din cartierul Victoria, unde cele mai bune afaceri se făceau la orele de vârf. Pe un perete se înşirau aparate de jocuri cu fise, televizorul uriaş suspendat deasupra barului era setat pe Sky Sport, iar sistemul audio funcţiona la un volum asurzitor. Proctor comandă o jumătate de halbă de Guinness pentru el și o Coca-Cola pentru Stephanie. Se așezară la o măsuță rotundă cu vedere bună spre bar.

Proctor își scoase geaca de piele, o împături și o așeză pe banchetă, lângă Stephanie. Era îmbrăcat cu o cămașă din denim. Cutele de la fierul de călcat erau încă vizibile pe manșete. Stephanie purta aceleași haine cu care se îmbrăca aproape zilnic: o pereche de blugi decolorați și o bluză de trening peste diverse tricouri cu mânecă lungă sau scurtă. Își strânsese părul blond la spate și îl prinsese într-o agrafă, o coafură nouă pentru ea. Înainte obișnuia să-și ascundă fața prea slabă. Nu se machiase, încă o noutate cu care se simțea din ce în ce mai confortabil.

— Îl vezi pe tipul așezat pe scaunul înalt de la bar, cel cu ochelari în formă de semilună și geacă gri-închis?

— Da!

— Cu el se va întâlni. Nu cred că Bradfield frecventează localul ăsta, însă tipului de la bar îi convine fiindcă e aglomerat și zgomotos, perfect pentru păstrarea anonimatului.

— Cine e Bradfield?

Proctor sorbi din halbă, apoi își șterse cu dosul palmei dâra subțire de spumă de pe buza de sus.

— Ți-am povestit câte ceva despre el. Se ocupă cu falsificarea de documente.

— Da, știu. Dar de ce este el important?

— Pentru că e posibil să fi falsificat un pașaport pentru omul nostru. În Whitechapel e un tip - Ismail Qadiq pe nume -, un egiptean importator de tricouri. Frații lui se ocupă cu cealaltă parte a afacerii, producția, în Cairo, iar Qadiq aduce tricourile și le vinde aici angro. Dar nu importă numai tricouri. Aduce și documente furate pentru a fi reprocesate sau documente noi-nouțe, gata pentru a fi folosite.

— Noi-nouțe?

Proctor încuviință.

— Pașapoarte sau permise de conducere autentice din Siria, Iran, Irak, Egipt, Algeria. De peste tot. Care au fost furate acolo – sau cumpărate pe sub mână – și pe care le distribuie în toată Europa. Există zeci de oameni care mijlocesc intrarea unor astfel de documente în Anglia. Qadiq e numai unul dintre ei. Ideea e că s-ar putea să-l fi văzut la față pe omul nostru, dar nu e sigur. Cel puțin așa susține el, numai că nu poți pune bază, e un mincinos patentat. Un intermediar l-a adus pe un străin la depozitul lui din Whitechapel – locul unde își ține mărfurile – și l-a rugat pe Qadiq să proceseze cât de repede posibil niște documente, printre care un pașaport israelian și un altul pe numele Mustafa Sela. Banii nu reprezentau o problemă. Qadiq mi-a spus că nu a apucat să-l vadă bine pe străin, care rămăsese undeva în spate, în umbră, dar că a stabilit o întâlnire între cei doi bărbați și Cyril Bradfield.

— Și atunci de ce avem nevoie de tipul de la bar?

— Pentru că numărul lui Cyril Bradfield nu e trecut în cartea de telefoane. Pentru că, din câte se pare, nimeni nu știe cum arată și unde locuiește. Și pentru că, probabil, Cyril Bradfield nu e adevăratul lui nume.

Stephanie sorbi din paharul cu Coca-Cola.

— Tipul e simpatizant al organizațiilor teroriste islamice?

— Cine, Bradfield? Nici vorbă. Nu are nicio treabă cu politica. Și nu-l interesează nici măcar banii. Se pare că se ocupă cu falsurile doar de amorul artei. Vrea calitate, perfecțiune. Așa încât, în mod firesc, a atras atenția celor mai răi oameni.

— Și care e legătura cu omul de la bar?

— Individul e un intermediar al unui grup de joasă speță din Birmingham care reprocesează pașapoarte pentru infractori și care preferă ca treaba să fie făcută aici, în Londra. Are sarcina de a se asigura că Bradfield și clientul final nu se întâlnesc niciodată față în față, ceea ce este preferabil pentru ambele părți.

— Cum de ai descoperit toate astea?

Proctor zâmbi.

— Încet și cu răbdare.

Goli halba și se săltă în picioare.

— Mă întorc imediat.

Stephanie se gândi la Barry Green și la cea de-a doua afacere a lui, de modificare a codurilor PIN pe cardurile de credit furate. Era ca și cum ar fi împrumutat amintirile altcuiva.

— Te-ai cam îndepărtat de zona ta de acțiune, nu-i așa?

Își ridică privirea. Bărbatul din fața ei răsărise din marea de costume care dădeau pe gât pahar după pahar, din valurile de contabili, oficiali guvernamentali locali și agenți de voiaj care vindeau excursii la preț redus. Se uită spre omul de legătură al lui Bradfield: stătea în continuare cocoțat pe scaunul înalt de la bar și își făcea de lucru cu o halbă de bere de un auriu pal și o țigară slim.

— Scuze, rosti ea. Ce spuneai?

— Că te-ai îndepărtat de zona ta de acțiune.

Omul purta un costum care îi venea la fel de prost ca tuturor celorlalți: pantaloni strâmți care mușcau din burta de mărimea unei mingi medicinale, o jachetă prea largă în umeri, manșete care nu acopereau încheieturile mâinilor. Față rozalie și gât spuzit de o iritație în urma bărbieritului.

— Nu știu despre ce vorbești. Cred că mă confunzi.

— Neah. Mi s-a părut mie că te cunosc de undeva, deși arăți un pic altfel. La început n-am știut de unde să te iau, dar pe urmă mi-a picat fisa. Lucrai în vest, nu în centru. Pe Brewer Street, la ultimul etaj, lângă Raymond Revuebar, este?

Stephanie retrăi una dintre cele mai rele senzații în clipa când stomacul păru că i se scurge prin mațe și prin scândurile podelei, dispărând adânc în pământul de dedesubt. Încercă să ia o expresie neclintită: duritate în ochi, buze strânse, hotărârea de a nu trăda niciun semn de slăbiciune. Dar nu reuși să-și mascheze emoțiile, care i se citeau cu ușurință pe chip.

— Lisa, nu-i așa?

Bărbatul rânji scabros, amuzat de starea ei de șoc.

— Acum îți amintești de mine, sper.

Adevărul e că nu-și amintea. Era la fel ca alți o mie. Ar fi putut să fie *oricare* din ei. Pubul păru să se micșoreze dintr-odată, mulțimea să crească în înălțime, luminile să devină difuze, până ce în încăpere nu mai rămaseră decât ei doi.

— Te-ai mai îngrășat un pic. Nu-ți șade rău deloc. Ultima oară când te-am avut erai prea slabă. Acum ai mai multă cărniță în care să te afunzi, dacă înțelegi ce vreau să spun.

Nicio replică usturătoare nu îi veni în minte, nicio reacție potrivită pentru această situație.

Bărbatul coborî glasul.

— Ai pus contorul?

— Poftim?

— Ești pe treabă?

— Ți-am spus, mă confunzi...

Fanfaronada se văzu în ochii lui de porc, care coborâră pe coapsele ei, ca și în tonul vocii.

— Am optzeci de parai în buzunar care-mi șoptesc că ai păstrat ceva pentru mine acolo, jos.

— Îți repet...

Dintr-odată Proctor apăru lângă bărbat. Îi aruncă o privire lui Stephanie, zări panica din ochii ei și spuse:

— Ești teafără? Ce se petrece aici?

Și de această dată vorbele fetei îi rămaseră blocate în gâtlej. Bărbatul se răsuci spre Proctor într-un gest agresiv.

— Tu cine ești?

Proctor îl măsură din cap până în picioare în tăcere. Stephanie observă cum aroganța dispărea treptat de pe fața individului, înlocuită de o stare de confuzie. Bărbatul se întoarse către ea și comentă pe un ton neplăcut:

— Ar fi trebuit să mă previi că ești ocupată.

— Nu trebuie să te previn de nimic.

Bărbatul se răsuci din nou cu fața spre Proctor, într-o încercare nereușită de a mai salva ceva din respectul de sine pe jumătate distrus.

— Să știi că o să te tragă pe sfoară tipa. O să-ți golească portofelul și n-o să-ți dea mai nimic în schimb. Așa că fă bine și asigură-te că-ți oferă serviciile complete. Ai priceput?

Dispăru, înghițit de marea de costume, înainte ca Proctor să apuce să-i răspundă. Proctor se uită la Stephanie, își luă geaca de piele de pe banchetă și o prinse de mână.

— Hai să plecăm de aici!

— Dar cum rămâne cu Bradfield?

— Nu-i nicio grabă!

Vântul sufla tăios peste Victoria Street. Rămaseră pe trotuar, în așteptarea unui taxi. Stephanie tremura, iar asta o deranja mai tare decât cauza în sine a frisoanelor.

— Te simți mai bine acum? o întrebă Proctor.

— Mi-e cam frig, răspunse ea, uitându-se în jos. Îmi tremură mâinile.

Proctor le cuprinse în mâinile lui. Stephanie își ridică ochii și-i întâlni privirea. El trasa absent linii pe palma ei. Apoi își împleti degetele cu degetele ei.

— N-ar fi trebuit să renunți la șansa asta, spuse Stephanie.

Proctor se trase mai aproape.

— Nu.

— La Bradfield mă refer.

Ochii lui încețoșați se limpeziră.

— Ce vrei să spui?

Stephanie zâmbi ușor de stângăcia lui.

— Pot să ajung singură acasă. Ar trebui să rămâi aici. Ai șansa să-l întâlnești și ar fi o prostie să o ratezi.

Proctor era conștient că ea avea dreptate.

— Ești sigură că te descurci?

— Absolut. Nu era decât un labagiu care s-a dat la mine. Mi s-a întâmplat de un milion de ori. Nu știu de ce m-am enervat acum. Nu o să se mai repete.

Se țineau de mână în continuare.

7

— **Ce faci acolo?**

— Ce ți se pare că fac? Gătesc. Sau cel puțin asta intenționez.

Proctor apăru în prag.

— Ce gătești?

— Legume la tigaie și tăiței.

— De ce ai așteptat atât? E miezul nopții.

Stephanie mărunți prazul de pe blat. Apoi așeză o tigaie cu apă pe cercul albastru al flăcării.

— Cum a mers? întrebă ea.

— Bradfield a apărut la vreo două ore după plecarea ta. Nu a rămas decât zece minute. L-am urmărit până la un local, Gallagher's, pe Longmoore Street, nu departe de pubul unde am stat noi, la circa zece minute de mers pe jos. A rămas acolo până la închidere și pe urmă s-a dus acasă. Localul ăsta pare să fie preferatul lui; locuiește pe aceeași stradă.

— Și acum ce urmează?

— O să îl abordez.

— Ce o să-i spui?

— Încă nu știu, dar o să mă gândesc la asta. Vrei un pahar de vin?

— O să bei și tu?

— Am o sticlă deschisă în frigider.

— OK.

Paharele aveau picioare înalte și subțiri. Proctor îi oferi unul și îl umplu pe jumătate.

— Pot să te întreb ceva personal, Stephanie?

— Poți.

— Știu că mi-ai spus mai de mult că nu vrei să vorbești despre familia ta, dar poate că te-ai răzgândit acum. Aș vrea să aflu cât mai multe despre ei. Nu pentru un articol; uite, îți promit că tot ce îmi vei spune va rămâne confidențial.

— Ai cumva impresia că dacă apelezi la sentimentele mele ai șanse mai mari să spargi gheața decât dacă mă abordezi în chip strict profesional?

Proctor zâmbi și clătină din cap, cele două gesturi combinându-se într-un aer de oboseală.

— Nu reușesc să te înțeleg. De fiecare dată când am impresia că am făcut un mic progres, spui tu ceva și ne întoarcem de unde am plecat.

— În cazul ăsta, o să mă străduiesc să nu-ți mai alimentez speranțele. Ca să nu te dezamăgesc. Cât despre povestea alor mei, mi-e teamă că e foarte plicticoasă.

— Mă îndoiesc. În fiecare istorioară e ceva interesant.

Tatăl meu, Andrew Patrick, a lucrat ca medic în Falstone și împrejurimi. Falstone se află în nordul regiunii Northumberland, nu departe de West Woodburn, unde locuiește acum fratele meu, Christopher, cu familia lui. Aria pe care o acoperea tata era mare chiar și pentru un medic de țară. Este un loc sălbatic, cu teren accidentat, și singurul lucru, probabil, pe care nu l-am păstrat în mine ca pe o otravă. Îl voi iubi toată viața. Vara, zona poate fi idilică: zile calde și nopți în care lumina nu-și pierde niciodată pe deplin strălucirea – obișnuiam să citesc afară până la unu dimineața. Iarna vremea poate fi urâtă și rece. În lunile de iarnă, nu se luminează până la nouă dimineața, iar pe la patru după-amiaza se întunecă. Atunci când vine vorba de locurile acelea, n-am însă niciun anotimp preferat; le-am iubit în egală măsură, așa cum am iubit tot ce era acolo.

Ambii părinți moșteniseră trăsături puritane puternice, așa încât viața pe care o duceam era dură, fără a fi lipsită de confort. Petreceam mult timp în aer liber. Le plăcea să meargă pe jos și erau amândoi alpiniști excelenți, mama fiind de origine elvețiană, iar tata, pasionat de vacanțe montane. Ne-au transmis și nouă atașamentul față de natură. Iubeam pământul și trăiam pe seama lui, cultivând legume și pomi fructiferi, crescând găini și câteva oi. Am avut mereu câini în casă, întotdeauna boxeri; niciodată mai puțini de doi și adeseori patru. Una peste alta, duceam o viață care pentru mulți ar fi părut perfectă.

Dar Proctor are dreptate. Nu există familie în care ceva să nu fie în neregulă. Iar în familia noastră acel ceva am fost probabil eu.

Puritanismul părinților nu era întrecut decât de încăpățânarea lor. Drept urmare, atmosfera la noi în casă era mereu aprinsă. Ei doi se certau între ei și se certau cu noi, iar noi, copiii, ne certam unul cu altul. În afară de David, cel mai mic dintre frați, care suferea de o timiditate paralizantă. Când cineva se lega de el, David se retrăgea în sine. Părinții erau severi cu noi toți și-și exprimau deseori dezamăgirea față de comportamentul sau insuccesele noastre. De departe însă, cea mai mare cotă de exasperare îmi era rezervată, cel mai inteligent dintre copii și totodată sursa celor mai mari frustrări ale lor, un lucru de care mi-am dat seama de la o vârstă fragedă. Nu îmi valorificam în mod deliberat potențialul și găseam o plăcere perversă în asta. Eram tipul clasic de „al doilea copil dificil".

Nu plângeam niciodată. Eram ursuză și distantă. Când eram provocată sau înfuriată, resentimentele mele se manifestau de obicei tăcut și profund. Rareori iertam și nu uitam niciodată. Preferam să stau de una singură. Aspectele sociale ale vieții de familie nu mă atrăgeau. Independența era ceea ce îmi doream mai presus de orice. Tânjeam după un viitor fără rude.

Nu pentru că ar fi fost ei niște oameni antipatici. Ci pentru că eu eram o persoană antipatică.

Adolescența mea a fost probabil un iad pentru părinți. Rareori ratam șansa de a-i supăra sau dezamăgi. Spre deosebire de ceilalți copii de vârsta mea, studiul mi se părea o treabă extrem de ușoară, dar picam des examenele dintr-un spirit absurd de revoltă. Când părinții mi-au făcut morală cu privire la pericolele alcoolismului, am trecut printr-o fază în care m-am îmbătat cu fiecare ocazie, preferabil în public. Până și pierderea virginității a fost un act de sfidare. Nimic altceva. L-am tratat pe băiat cu același dispreț cu care îmi tratam părinții, cărora le-am povestit ce se întâmplase în dimineața următoare. Au reacționat cu dezgust, apoi cu amărăciune. Iar eu am jubilat.

Când mă gândesc acum la toate acestea – la lipsa de sens a faptelor mele, la supărările și tristețile inutile pe care li le-am provocat –, încerc să mă consolez cu ideea că am avut motivele mele, că a existat o explicație. Dar nu a existat. Și acum e prea târziu ca să le mai cer iertare. Ei nu mai sunt. Au murit. Și dacă n-aș fi fost așa o cățea răsfățată și n-aș fi refuzat să merg cu ei, acum aș fi și eu moartă.

Pe lumea asta nu există dreptate.

— Cum ai aflat de cele întâmplate?

Stephanie strânse paharul de vin cu ambele mâini.

— Eram la facultate, la Durham University...

— Deci, până la urmă, ți-ai valorificat potențialul.

— Eram suficient de inteligentă ca să-mi dau seama ce era cu adevărat important pentru mine și munceam atât cât să-mi ating scopul. Nu aveam cum să ratez șansa de a merge la facultate. Era și o ocazie bună de a sta departe de familie.

— La ce cursuri te-ai înscris?

Stephanie zâmbi.

— Limbi străine. Germana, pe care o vorbeam deja foarte bine. Mama provenea dintr-o familie germano-elvețiană. Noi toți am fost crescuți trilingvi. Tata era fluent în franceză.

— De ce nu ai ales ceva mai solicitant pentru tine?

— Pentru că nu mă interesau cu adevărat studiile. Dacă m-ar fi interesat, m-aș fi străduit să ajung la Oxford sau Cambridge. Pentru mine, facultatea nu însemna o diplomă care să mă ajute să obțin o slujbă. Nu era decât o fază prin care eram nevoită să trec.

Stephanie turnă o cantitate mică de ulei de nucă în tigaia wok, pe care o puse pe foc. Legumele se aflau pe fundul de lemn, lângă cuțit. Proctor stătea la acest moment în spatele ei, ceea ce îi convenea.

— În noaptea de dinainte de a afla de prăbușirea avionului am fost cu un student din anul al doilea care locuia într-o căsuță închiriată în Sherburn, un vechi sat minier aflat la câțiva kilometri de Durham. Organizase o petrecere la care ne-am îmbătat cu toții. Am rămas la el peste noapte. Nu m-am întors la Hild and Bede – colegiul meu – decât a doua zi pe la unsprezece. Eram la mine în cameră și mă schimbam de haine când cineva a ciocănit la ușă. O studentă din anul întâi, la fel ca mine. Cenușie la față, părând pe punctul de a vomita. Eu nu ascultasem știrile și nu citisem ziarele, dar ea aflase. Mi-a spus că mă cauta directorul, așa că m-am dus la el în birou și mi-a spus. Îmi amintesc cât de greu i-a fost să-mi dea vestea, cum încerca să găsească cuvintele potrivite.

Se întoarse cu fața spre Proctor.

— Cum ai reacționat? întrebă el.

— Cât se poate de previzibil. Nu am gemut și n-am plâns. Nu mi-a venit să cred până ce n-am văzut reportajele de la televizor. Chiar și la înmormântare am avut senzația că ceea ce trăiam nu era ceva real. Mă așteptam din clipă în clipă ca totul să se termine, iar cineva să-mi spună că nu fusese decât o farsă macabră.

— Și ce ai făcut după aceea?

— După aceea a trebuit să plec, s-o rup cu trecutul. Să scap de Durham, de Christopher și familia lui, de mine însămi. Am venit aici. Restul... îl știi deja în mare parte.

— Ai stat întâi la niște prieteni?

— Nu erau propriu-zis prieteni, doar cunoștințe. M-am mutat dintr-un loc într-altul, două nopți la cineva, alte două în altă parte. Beam și mă drogam ca să uit de durere. Băusem și luasem droguri și la facultate, dar când am ajuns la Londra am început să beau mai mult și să mă droghez mai des. După scurt timp, pe nesimțite, am ajuns să mă înhăitez cu oameni de aceeași teapă. De la vin și bere, am trecut pe cidru ieftin și alcool de contrabandă. În loc să împart ocazional cu alții o țigară cu marijuana, am început să bag în mine Valium, metamfetamină, cocaină, heroină. Orice, numai să mă facă să mă simt în al nouălea cer sau să mă doboare, oricare din ele. Îmi era indiferent. Știi cum e. Obiceiul devine dependență, oamenii de care te înconjori, de speță tot mai joasă, cercul vicios se strânge. Nu mi-a luat mult timp ca să rămân lefteră - șase săptămâni, două luni poate, nu-mi mai amintesc -, și atunci am început să fac sex pe bani.

— Presupun că ți-a fost greu.

— Nu așa de greu pe cât ai crede. Eram cu mintea dusă în majoritatea timpului și deja regulasem un traficant de heroină în schimbul aprovizionării constante cu tranchilizante. Asta a fost un fel de punte către decăderea totală. Tăiasem orice legături, mutându-mă la Londra și, odată ajunsă aici, am tăiat și orice legături cu mine, pierzându-mi mințile. Prețul plătit a fost acela de a-mi vinde trupul.

Proctor clătină din cap.

— Nici nu pot să-mi imaginez cum ar fi.

— Oh, sunt sigură că ai fost și tu curios și ai încercat.

— Ce vrei să spui?

— Că în realitate nu este atât de excitant pe cât ai vrea să crezi.

Proctor abordă o expresie indignată.

— Nu m-am gândit niciodată că prostituția ar fi ceva excitant.

— Nu?

— Nu.

Își dădu seama că nu îl credea.

— Cum zici tu, replică Stephanie. Adevărul e că meseria asta este una murdară, monotonă și deprimantă. Și periculoasă, uneori. Dar în cea mai mare parte a timpului e vorba de aceeași rutină ca a unui funcționar care merge la serviciu de la nouă dimineața la cinci după-amiaza. Atâta doar că noi lucrăm de obicei de seara până dimineața.

— Câte zile pe săptămână?

— Patru sau cinci, cu o medie de cinci clienți pe zi și un tarif de treizeci până la optzeci de lire. În unele zile nu venea niciun client, în altele le pierdeam șirul.

— Ce fel de oameni veneau?

— Clienți regulați, dar și ocazionali.

— Pot să îți pun cea mai firească dintre întrebări?

Stephanie o ghici.

— Cum mă descurc cu bărbații pe care îi găsesc respingători?

— Exact.

— La fel cum procedează avocatul care îl apără pe criminalul despre care e convins că este vinovat. Fără să pună suflet și strict profesional.

— Bine, dar este vorba despre *corpul* tău.

— Tocmai. Nu despre sufletul sau spiritul meu, deci nimic care să conteze.

De data aceasta fu rândul lui Stephanie să vadă că răspunsul îi era pus sub semnul îndoielii.

— Cum sunt în general bărbații care frecventează prostituate?

— Majoritatea de vârstă mijlocie și însurați. Câțiva - puțini la număr, unul sau doi, de obicei clienții regulați - sunt chiar oameni drăguți, dar restul sunt niște nenorociți. Mai ales cei care încearcă să se târguiască. Și așa e rău, darămite atunci când trebuie să îi explic unui labagiu că sunt dispusă să-mi desfac picioarele pentru optzeci de lire, dar nu și pentru patruzeci. Și pe urmă mai sunt și ăia care nu pot să și-o scoale sau să termine. Ăștia sunt cei mai predispuși la violență. Alții plâng în timpului actului sau după. Dar cel mai tare detest tipii gen macho, care insistă să le rezervi toată jumătatea de oră, niciun minut mai puțin, și par să încerce să doboare un record la ejaculare. Ca și cum ar fi un test de virilitate pe care trebuie neapărat să-l treacă. Dintre toți, ăștia sunt cei mai jalnici.

— Și chiar trebuia să iei atâția clienți?

— De ce mă întrebi? Îți închipui că îmi făcea plăcere?

— Nu. Dar cinci clienți pe zi ori optzeci de lire fac patru sute de lire. Două mii pentru cinci zile pe săptămână.

— Hai să-ți explic cum stă treaba! În primul rând, nu toți clienții sunt dispuși sau își permit să plătească pentru servicii complete de optzeci de lire. Și pe urmă mai e și chiria. Îi plăteam chirie lui Dean West. Și tot lui îi dădeam și taxa de protecție. Dacă aș fi apelat la altcineva, nu numai că ar fi trebuit să plătesc chirie la prețul pieței, dar și pe cineva care să închirieze apartamentul pe numele său, pentru că nicio agenție imobiliară nu acceptă să ofere camere spre închiriere unei persoane care nu are cont bancar.

— Poftim?

— Exact. N-am cont în bancă și nici număr de asigurare[1]. Nu am nimic. În plus, persoana care ar fi închiriat casa pe numele său și-ar fi tras partea leului. Pe urmă a trebuit să plătesc și camerista - cincizeci de lire pe zi, plus zece la sută din câștiguri. Și, ca să pună capac, mai erau și cartonașele de reclamă - douăzeci de lire mia și zece lire la suta de bucăți pentru tipul care le lipea în cabinele telefonice. Și cum British Telecom a început să curețe unele cabine și de patru ori pe zi, fă și tu socoteala cât de mult costă cartonașele.

— Nu m-am gândit niciodată în detaliu la toate astea, recunoscu Proctor.

— Fii pe pace, nimeni nu se gândește! E o muncă al naibii de grea, ăsta-i adevărul.

Proctor dădu din cap.

— Da, pare foarte dură.

— Așa și este. Proctor dădu să adauge ceva, poate câteva cuvinte de simpatie, dar Stephanie i-o tăie scurt: Dar nu la fel de rău ca zborul ăla cu North Eastern Airlines.

Proctor deschise frigiderul, luă sticla cu vin și umplu din nou paharele. Stephanie aruncă o parte din legume în tigaie. Uleiul sfârâi.

— Știai că trupul lui David nu a fost găsit? întrebă ea brusc. Toți ceilalți au fost identificați până la urmă - Dumnezeu știe cum -, dar David a fost printre cele douăzeci și opt de victime ale căror cadavre nu au fost recuperate.

— Nu, n-am știut. Îmi pare rău.

---

[1] Numărul de asigurare (National Insurance Number) este un cod numeric unic de identificare care centralizează contribuțiile sociale plătite în Regatul Unit, fiind necesar persoanelor care desfășoară activități în calitate de angajat sau lucrător pe cont propriu, precum și celor care solicită primirea de contribuții sociale (n. tr.).

Stephanie ridică ușor din umeri, părând surprinsă de propriile afirmații.

— Nu știu de ce ți-am povestit treaba asta. Doar n-are nicio importanță, nu-i așa?

O jumătate de oră mai târziu, terminaseră de mâncat. Subiectul conversației se schimbase, la fel și starea lor de spirit.

Stephanie spuse:

— E rândul meu să-ți pun o întrebare personală.

— Dă-i drumul!

— Ești gay?

— *Poftim?*

Nu-și dădu seama dacă Proctor era doar surprins de întrebare sau iritat.

— Ești gay?

— Ce te face să crezi asta?

— Nu te-am văzut cu nicio femeie.

— În caz că nu ai remarcat, am fost plecat mult timp.

— Știu, doar am locuit aici. Și nimeni nu te-a căutat la telefon. Cel puțin nimeni în interes personal și nicio voce feminină.

Proctor zâmbi, amuzat de analiza ei.

— Ca să-ți răspund la întrebare, nu. Nu sunt gay. Doar foarte ocupat.

Stephanie strânse farfuriile și le duse în bucătărie. Proctor o urmă. Ea așeză farfuriile în chiuvetă și dădu drumul la robinetul de apă rece. Proctor se postase în spatele său, de data aceasta mai aproape. Stephanie presimți că avea să o atingă înainte ca el să facă mișcarea. Își puse o mână pe șoldul ei și o sărută pe ureche. Un pupic scurt, urmat de:

— Mulțumesc! A fost o cină delicioasă.

Apa rece curgea peste mâinile ei.

— N-a fost cine știe ce.

— A fost drăguț din partea ta să-mi pregătești masa.

Proctor nu se îndepărtă. Aşteptă o reacţie, o formă de respingere. Când aceasta nu veni, îi interpretă absenţa drept un semn de încurajare. Îşi aşeză o mână pe umărul lui Stephanie şi o răsuci cu blândeţe cu faţa spre el. Stephanie îl lăsă. Ştia de ceva vreme că va sosi momentul.

Curiozitatea care o anima era ceva mai puternică decât sentimentul de tulburare. Proctor o sărută. Timid şi cu ochii închişi. Stephanie îşi ţinu ochii deschişi şi nu clipi. El îşi plimbă mâinile de pe umeri spre şalele ei. Buzele ei, lipite de ale lui, rămaseră amorţite.

Se desprinse din îmbrăţişare,

— Te simţi bine? murmură Proctor.

Stephanie recunoscu senzaţia: tensiunea unei coarde de chitară pe cale să se rupă. Pulsul i se acceleră, degetele se încleştară.

Proctor îşi coborî din nou faţa spre ea, luându-i tăcerea drept acceptare. Numai că Stephanie îşi întoarse faţa, îl prinse de braţ şi îl împinse în spate. Surprins de vigoarea cu care îl respingea, Proctor fu de-a dreptul uluit de privirea ei. Ochii îi ardeau. Amărăciunea din ei întrecea orice văzuse la ea până atunci.

— Ce este?

— Nu te apropia de mine! şuieră Stephanie.

Proctor se holbă la ea şocat.

— Stephanie, ce Dumnezeu se întâmplă?

— Ce credeai?

Până şi vocea ei se schimbase. Trecuse de la un ţipăt isteric la un mârâit jos.

— Că o să-mi găsesc alinarea dacă te las să mi-o tragi toată noaptea? scuipă ea vorbele. Spune-mi, asta ţi-ai închipuit? M-ai văzut pe mine plângând şi pe tine cu rânjetul întins pe faţă?

— Ce tot spui? N-a fost decât un sărut. N-am vrut să...

El făcu un pas în faţă, ea unul înapoi, până ce se trezi cu spatele lipit de chiuvetă. Dărâmă cu cotul un pahar de vin.

Paharul se sparse, dar nu-şi luă ochii de pe Proctor. Apa rece de la robinetul lăsat deschis sărea, împroşcând stropi de pe farfurii pe braţele ei. Simţi prezenţa cuţitului pe fundul de lemn. Îl luă de mâner şi îndreptă lama spre Proctor, care încremeni.

— Un pas dacă mai faci şi te ucid! Îţi jur că te ucid!

El ridică braţele.

— Ia-o uşor, Stephanie! Linişteşte-te!

— Vorbesc serios, să ştii!

— Uite ce-i, îmi pare rău dacă te-am supărat.

— Îţi pare *rău*?

— Îţi cer scuze dacă am interpretat cumva greşit semnalele. N-am vrut...

— Ce semnale?

— Am crezut că între noi e... *ceva*.

— *Ceva?*

Furia o cuprindea tot mai tare.

— Ce ai văzut? O firmă luminoasă deasupra capului meu: *Regulează-mă, dacă aşa vrei*? Ce mama dracului? Despre ce semnale vorbeşti?

Proctor nu mai înţelegea nimic.

— Te rog...

Stephanie tremura. Faţa, care se înroşise la început, se golise acum de orice culoare. Proctor nu văzuse în viaţa lui ochi aşa de negri sau aşa de scânteietori. Glasul ei coborî până la o şoaptă încordată:

— Dacă mă mai atingi vreodată...

Proctor întinse încet braţul drept spre ea şi murmură:

— Dă-mi cuţitul!

Mişcarea fu atât de iute, încât nici unul dintre ei nu văzu bine lama.

Şocat, Proctor se uită în jos la palma sa, la tăietura ce se întindea de la baza degetului arătător până la marginea încheieturii mâinii.

Preț de o clipă, tăietura nu fu decât o linie stacojie perfectă. După care din ea porni să curgă sânge ce se împrăștia peste mână și degete, încolăcindu-se în jurul încheieturii, prelingându-se de-a lungul antebrațului, picurând pe manșeta cămășii, împroșcând dalele de gresie de pe podeaua bucătăriei.

Sunetul ușii apartamentului trântite îl făcu să-și revină în simțiri. Stephanie plecase, iar el avea nevoie de îngrijire medicală.

La ora două dimineața, cele mai aglomerate locuri din Londra sunt cluburile de noapte, secțiile de poliție și cele de urgențe din spitalele orașului. Proctor coborî de la etajul întâi al spitalului St Mary's Paddington și păși pe South Wharf Road. Pe palmă îi fuseseră cusute copci, iar mâna îi fusese bandajată. Era o noapte geroasă. Se uită în ambele direcții, cu ochii după un taxi, cu toate că Bell Street nu se afla departe. Recunoscu în dreapta acoperișul mare și curbat de deasupra peroanelor din Gara Paddington. Dincolo de ea, doar câteva lumini ardeau în blocurile-turn. Se profilau pe cerul nopții, perfect vizibile mulțumită felinarelor din stradă.

Proctor o luă la stânga. Nu o văzu pe Stephanie, ascunsă în umbra spitalului. Iar ea nu avea să îl mai vadă niciodată viu.

8

Descui ușa *apartamentului lui Proctor cu cheia mea – cheia lui – și respirația mi se oprește în gât.*

Am petrecut noaptea pe străzi. Nu e ceva nou pentru mine. M-am familiarizat cu orașul în chip de pat. La fel ca multă altă lume în Londra, am dormit pe praguri de magazine și în apropiere de aerul cald suflat din gurile de ventilație de la metrou. M-am furișat în zona de servicii din hoteluri pentru câteva ore de somn confortabil. Uneori o gară de tren – sau o stație de autobuz – a fost cea mai bună alegere ca loc de odihnă. În seara asta însă nu somn am căutat. Ci răspunsuri.

Așa că am mers fără țintă pe străzi, numai vag conștientă de locurile pe lângă care treceam, ceea ce este neobișnuit pentru mine. Am învățat să fiu precaută. Când lucrezi noaptea în zonele rău famate ale orașului, îți dezvolți un soi de al șaselea simț al pericolului. Văd în spate. Simt amenințările, le miros în aerul poluat. Asta dacă nu mă aflu sub influența drogurilor sau a berii Carlsberg Special. Atunci sunt lipsită de forță și vulnerabilă, la fel ca noaptea trecută. Când toate zidurile mele de protecție căzuseră.

Nu-mi vine să cred ce am făcut. Până spre zori, chiar nici nu am acceptat adevărul. Mi se părea că visez. Dar dimineața aduce de obicei cu ea limpezirea gândurilor, în toate chipurile sale dureroase.

Nu înțeleg de ce am reacționat așa. Știam că Proctor avea să mă atingă, să mă sărute. Îmi doream să o facă. Fusese un moment cumva anunțat; avusesem suficient timp să-l resping înainte de a se apropia de mine, dar n-o făcusem. Știam că va fi tandru și înțelegător. Când și-a pus mâna pe șoldul meu și și-a apăsat buzele de buzele mele, a fost în mare parte așa cum sperasem. Nu, a fost chiar mai bine. Și după aceea... m-am repezit la el. Așa cum o făcusem cu ultimul client, cu toate că situațiile erau cum nu se poate mai diferite.

În jurul orei șapte dimineața m-am oprit la o cafenea pentru o ceașcă de cafea. Am rezistat cu greu tentației de a fuma. Timp de o oră m-am chinuit să iau o decizie. În cele din urmă am recurs la o alegere lașă: să mă furișez înapoi în apartamentul de pe Bell Street, să-mi iau lucrurile de acolo și s-o șterg. M-am rugat ca Proctor să nu fie acasă, ca să îmi fie mai ușor. Aveam apoi să-i las cheile și un bilet cu scuze. Acum o lună, absența lui ar fi reprezentat pentru mine o invitație de a scotoci în apartament după lucruri de valoare. Nu și acum. Îi sunt datoare lui Proctor. E singurul bărbat care s-a purtat frumos cu mine în ultimii doi ani. Și eu cum l-am răsplătit? Tăindu-l cu cuțitul.

Nu mă recunosc. Ce fel de creatură cu sânge-rece am devenit?

Pe holul apartamentului curat lună al lui Proctor erau risipite hârtii. Acestea fură primele lucruri pe care Stephanie le observă. Autocompătimirea și rușinea se evaporară ca prin farmec. Avea mâncărimi pe piele și gâtul uscat. Se opri pentru o clipă, împinse ușa, deschizând-o complet, și trase cu urechea. Nimic. Pe urmă păși înăuntru și închise încet ușa în spate.

Dâra de hârtii o conduse spre biroul aflat în partea dreaptă. Din holul scurt zări sertarele goale trântite pe jos, fotoliul cu rotile căzut pe o parte, ecranul computerului lăsat aprins. O luă la stânga. În bucătărie, toate dulapurile și sertarele fuseseră răscolite. Frigiderul era gol. Ușa lui era deschisă, iar conținutul fusese împrăștiat pe podea. Tacâmuri curate umpleau chiuveta din oțel. Dormitorul lui Proctor arăta la fel de răvășit ca acela al unui student, însă în mod normal încăperea era păstrată ordonată și sclipind de curățenie. Salteaua fusese luată de pe pat și sfâșiată. Cearșafurile zăceau făcute sul într-un colț. Se cotrobăise prin bufete și toate ușile cu balamale stăteau căscate. În baie, cada conținea tot ce se aflase în dulăpiorul de medicamente și în dulapul de sub chiuvetă.

Proctor era în camera de zi, o insulă într-un ocean de roșu.

Stephanie rămase aplecată deasupra lui, incapabilă să strige după ajutor, să icnească oripilată, să verse o lacrimă. Omul acela nu era Proctor. Nu era decât un corp. Așa cum era și ea atunci când un străin o folosea pentru propria plăcere. Spiritul îl părăsise, însă imaginea tot îi opri inima în loc lui Stephanie.

Proctor fusese împușcat în frunte și în mâna stângă. Avea pete întunecate lucioase și pe cămașă, pantaloni, pe coapsa stângă și în jurul genunchilor. Bandajul care fusese înfășurat pe mâna lui dreaptă în seara dinainte zăcea mototolit pe canapea. Copcile fuseseră smulse de pe rana făcută de Stephanie, iar spintecătura fusese adâncită și mărită. Pe palma rănită avea patru tăieturi încrucișate și degetul mic, arătătorul și degetul mare erau rupte. Ochii îi înghețaseră deschiși. O picătură mare de sânge atârna de pupila stângă.

Stephanie nici nu-și putea imagina agonia prin care trecuse Proctor înainte să moară și se întrebă cum procedase atacatorul pentru a-l împiedica să strige; urletele de durere i-ar fi alertat fără îndoială pe ceilalți locatari. Faptul că apartamentul fusese răscolit sugera că ucigașul căutase ceva anume. Ceva ce nu găsise, judecând după tortura aplicată lui Proctor. Oare premiul se afla în spatele panoului din camera de baie? Observase că acesta era intact. Sau poate ucigașul căutase altceva și luase cu sine ceea ce găsise. O informație de pe hard disk? Un secret încuiat în mintea lui Proctor? Pe care el să-l fi dezvăluit în cele din urmă? Ori, știind probabil că avea să moară, încercase să ia secretul cu el în mormânt? Cât ar fi rezistat torturii? Cât ar fi putut *ea* să reziste?

Luă telefonul în mână. Apăsă tasta 9 o dată, apoi din nou. „Gândește-te bine!" Se opri și așeză receptorul la loc. Pentru moment nu mai putea face nimic pentru Proctor. Era singura rămasă în viață. Se întrebă dacă pericolul o păștea și pe ea. Intrusul se așteptase să îi găsească pe amândoi în apartament sau Proctor fusese unica lui țintă? Și cine fusese intrusul? Oare Bradfield? Un asociat de-al lui? Sau altcineva, un necunoscut?

Avea nevoie de timp de gândire și de un loc sigur unde să cântărească toate opțiunile.

Setată pe pilot automat și cu emoțiile temporar suspendate, porni să cerceteze apartamentul. Micul ei rucsac se afla într-un colț al camerei de zi, cu conținutul împrăștiat pe masa din lemn de cireș. Banii pe care îi furase de la clienții din King's Cross dispăruseră, dar restul – toate lucrurile ei inutile – fuseseră lăsate. Panica începu să se instaleze în ea, dar o înlătură printr-un efort de voință. Își îndesă obiectele personale în rucsac și căută geaca lui Proctor. Cu ea fusese îmbrăcat când îl văzuse ieșind din spitalul St Mary's Paddington. O găsi în dormitor, printre alte haine aruncate pe podea. Portofelul zăcea alături. Fusese golit. Nu rămăseseră decât cardurile: Barclays Connect și Visa. Scotoci prin propriile buzunare și descoperi șase lire șaptezeci.

Puse portofelul lui Proctor în rucsac și intră în birou. Examină ecranul computerului. Văzu o scrisoare adresată redactorului-șef al unei reviste de care nu auzise. Deplasă cursorul mai jos pe pagină. Conținutul articolului părea inofensiv. Pe urmă își aminti că Proctor îi spusese că nu păstra nimic important pe desktop. De aici, necesitatea torturii.

Din câte se părea, Proctor își ținuse fișetul cu dosare încuiat și nu divulgase locul unde ascunsese cheia, căci dulapul fusese forțat și deschis cu ajutorului unui ciocan și al unei șurubelnițe lăsate apoi deasupra. Dosarele fuseseră examinate și abandonate. Stephanie se așeză în patru labe și începu să răsfoiască prin hârtii.

După treizeci și cinci de minute dădu de bucățica de hârtie pe care fusese scris codul PIN de la cardul Visa. Pe cel de la Connect nu îl găsi, dar își notă data de naștere a lui Proctor, numărul de telefon, cel de fax, numărul de asigurare și pe cel al pașaportului. Un extras bancar vechi de trei luni îi dezvălui faptul că Proctor avea în contul curent nouă sute optzeci de lire. Nu-i rămânea decât să spere că și suma de pe cardul Visa era la fel de frumușică.

Luă șurubelnița de deasupra fișetului și merse în baie, unde deșurubă panoul și extrase laptopul și punga de plastic cu cele șapte dischete. Ocupau prea mult spațiu ca să încapă în rucsacul ei, așa că luă o mică geantă de umăr de pe podeaua din dormitor. Se autoservi cu un jerseu ponosit marca Aran, o relicvă din garderoba lui Proctor. Adăugă câteva perechi de șosete groase, trei tricouri și un fular bleumarin pe care și-l înfășură în jurul gâtului. Pe masa din lemn de cireș, așezat lângă rucsacul ei, descoperi telefonul mobil al lui Proctor, lăsat la încărcat. Îl luă.

Când termină cu cotrobăitul, vru să facă ceva pentru Proctor, să acopere cadavrul sau să îl miște și să-l aranjeze într-o poziție în care să nu mai arate atât de nefiresc – și de chinuit –, după care să anunțe pe cineva. Dar nu făcu nici unul dintre aceste gesturi.

Își luă în schimb gențile și părăsi apartamentul, având grijă să încuie de două ori ușa de la intrare, așa cum Proctor insistase să procedeze de fiecare dată.

Începuse să plouă când păși pe Bell Street. Se uită în dreapta și în stânga, aproape așteptându-se să fie abordată de un străin sau ca o mașină cu geamuri fumurii să se oprească lângă ea în scrâșnet de frâne. Ori să fie săgetată de durere în clipa când o lamă din oțel călit avea să îi alunece printre coaste, mânuită de un braț invizibil. Însă pe stradă nu se afla nimeni și nimic. Coti la dreapta și se îndreptă către Edgware Road. Banii erau cea mai urgentă problemă.

Încercă să utilizeze cardul Connect la primele două bancomate peste care dădu, combinând pentru codul PIN numerele din luna și anul nașterii lui Proctor cu ultimele patru cifre din numărul lui de telefon. Niciuna dintre variante nu avu succes. La bancomatul Halifax de la intersecția Edgware Road cu Old Marylebone Road alese soluția sigură și inseră cardul Visa, la care știa codul PIN. Retrase două sute de lire, după care își îndreptă atenția către a doua prioritate: căutarea unui adăpost.

Zona Sussex Gardens oferea o mulțime de spații de cazare ieftine și nebătătoare la ochi în hoteluri dărăpănate, despărțite de drum prin grilaje și garduri vii. Ar fi putut alege din mai bine de douăsprezece variante, însă, într-un final, se hotărî la Sherburn House Hotel pentru cel mai frivol dintre motive: numele. Sherburn era satul de lângă Durham unde stătuse în noaptea în care zborul NE027 plonjase în Atlantic.

Plăti cash și se înregistră sub un nume fals pe care îl uită aproape instantaneu. Camera era la etajul al doilea. Avea un pat de o persoană, acoperit cu o cuvertură portocalie, iar draperiile erau de culoarea castanei. Pe perete era montat un radiator electric cu o singură rezistență. Tapetul fusese cândva în nuanța galbenului de zinc - culoare păstrată pe locul dreptunghiular unde un tablou atârnase ani de zile –, dar acum era de un crem murdar, cu pete maronii acolo unde se infiltrase cel mai tare apa. Într-un colț era instalată o chiuvetă cu o găleată verde dedesubt în care se scurgeau picăturile de apă din îndoitura în formă de U a țevii.

Stephanie lăsă genţile jos şi se aşeză pe pat. Arcurile scârţâiră când se afundă în saltea ca în nişte nisipuri mişcătoare. Îşi prinse capul în mâini. Bun, şi acum?

O ţigară. În clipa asta aş da orice pentru o ţigară. Plus un pahar, poate. Sau două. O votcă mi-ar fi de mare ajutor, mai ales dacă ar fi dublă. Urmată, dacă se poate, de multe altele. Şi de ceva şi mai tare, doar aşa, ca să fiu sigură.

Mă aflu la o răspântie de drumuri. Din nou.

Am mai trecut prin asta. Dintre toate opţiunile pe care le am la dispoziţie, pe una o cunosc cel mai bine şi simt cum mă trage acum spre ea. Este cărarea care îmi promite amorţirea durerii. Şi binecuvântata ignoranţă drept soluţie. Cărarea pe care am ales-o ultima dată.

Sistemul de operare de pe laptopul lui Proctor era Windows 98. Stephanie folosise ultima oară un computer în facultate, când cel mai nou program disponibil era Windows 95. Nu se dăduse niciodată în vânt după calculatoare sau după sufletele amărâte care erau moarte după ele, dar învăţase chestiunile de bază. Care i se păruseră surprinzător de simple. Acum, după doi ani distrugători, se simţea mai puţin încrezătoare în sine. Lucrând încet şi cu prudenţă, îi luă cam două ore pentru a izbuti să pătrundă în sistem.

Găsi o listă cu materialele păstrate de Proctor pe desktop. Majoritatea fişierelor din ancheta iniţială se aflau acolo: interviurile cu rudele şi prietenii celor care pieriseră la bordul cursei NE027. Presupunea că interviul cu Christopher fusese şi el salvat pe desktop şi şi-ar fi dorit să afle ce îi spusese fratele ei lui Proctor. Cum făcuse *el* faţă în ultimii doi ani? Stephanie se străduise să-şi şteargă totul din memorie, dar Christopher nu era ca ea. Îşi ţinea emoţiile sub control, aşa încât ceea ce ascundea în suflet rămânea un mister.

Pe a doua dischetă pe care o introduse în computer se afla un fel de jurnal, o prezentare cronologică a investigației derulate de Proctor. Era precizată ordinea în care contactase rudele îndurerate și răspunsurile lor la cererile de acordare a unui interviu. Iar când permisiunea fusese acordată, exista o trimitere la interviu, toate fiind stocate pe desktop. Majoritatea celor la care apelase Proctor fuseseră intervievați o singură dată, fie telefonic, fie în persoană, dar existau și unii care își deschiseseră sufletul de două sau chiar de trei ori. Cronologia arăta de asemenea deplasările lui Proctor și datele exacte ale interviurilor. Stephanie observă că pe Christopher nu îl chestionase decât o dată.

Jurnalul îi spuse lui Stephanie și câte ceva despre omul de legătură de la MI5 al lui Proctor. La început, crezu că Smith făcuse și el parte dintre cei intervievați, o persoană apropiată de una dintre cele trei sute optzeci și opt de victime. Numai că numele apărea mai des decât toate celelalte, iar Stephanie fu obligată să își reconsidere opinia atunci când dădu peste următoarele adnotări.

10 dec. Sunat Smith. Telefonul deconectat.
15 dec. Smith a sunat. De folosit de acum încolo numai afară telefonul.
6 ian. Smith a sunat. Urmărește și e urmărit.

Urmărește și e urmărit? Stephanie călători în timp, plimbând cursorul în sus și în jos pe pagini. Găsi prima mențiune a numelui Smith.

22 iul. Vorbit cu Beth Marriot, văduva căpitanului NE027 – a refuzat interviul. Am fost contactat de „un prieten" care s-a oferit să mă ajute cu informații.

25 iul. Contactul de pe data de 22 mi-a lăsat azi dimineață un pachet. Incredibil! Tipul e sărit de pe fix! Semnat Smith. Întrebare: cum m-a găsit? Și cum a aflat ce fac?

Stephanie procedă cu grijă, asamblând încet, bucată cu bucată, informațiile. Din adnotările succinte din jurnal sesiză că Proctor se îndepărtase treptat de opinia inițială cu privire la Smith, lăsându-se împins de la spate pe calea deschisă de acesta. Celelalte persoane contactate – rudele și prietenii victimelor – figurau din ce în ce mai rar în jurnal, până când, începând din 30 noiembrie, dispărură cu totul, în afară de primul lui contact cu Stephanie, la jumătatea lunii decembrie. În trecere, Stephanie dădu și peste două nume cunoscute – Bradfield și Qadiq –, ceea ce o readuse la întrebarea esențială: cine îl ucisese pe Proctor? Și de ce? În plus, cum rămânea cu ea? Dacă apartamentul lui Proctor fusese pus sub supraveghere, ucigașul știa că ea locuia acolo. Ori poate că moartea lui Proctor fusese rezultatul unui gest impulsiv?

Pe eticheta uneia dintre dischete fusese scris cu carioca verde numele „Smith". Stephanie introduse discheta în computer. Pe ea nu apăreau decât trei fișiere. Unul dintre ele detalia versiunea lui Smith, așa cum i-o relatase el lui Proctor.

Smith aflase de Caesar – numele pe care el, sau poate altcineva, îl atribuise presupusului atacator cu bombă asupra cursei NE027 – atunci când avusese acces la rezultatele unei operațiuni de supraveghere a MI5. Nu era clar dacă misteriosul informator făcuse parte din echipa de supraveghere însărcinată să-l urmărească pe Caesar, dacă o condusese ori dacă nu avusese practic niciun rol în operațiune, însă aflase, într-un fel sau altul, de existența ei. Stephanie presupuse că Smith îl lăsase deliberat în ceață pe Proctor. În mod cert Smith pusese la îndoială oportunitatea unei asemenea operațiuni, însă se izbise de refuzul de a-l asculta al unui superior ierarhic. Susținea că SIS știa de prezența lui Caesar în Londra, după cum știau și unele servicii ale Scotland Yardului. Mai afirma că individul poza în student la Imperial College la University of London și precizase chiar ce curs urma: studii postuniversitare de Inginerie și tehnologie chimică.

Lui Proctor supărarea lui Smith i se păruse autentică. Și justificată. Un individ care plasase o bombă într-o aeronavă plină cu oameni nevinovați – o bombă care îi ucisese pe toți – se plimba acum nestingherit prin Londra, pe sub nasul agenților guvernamentale a căror sarcină era vânarea unor asemenea specimene și aducerea lor în fața justiției. Mai rău decât atât, se dădea drept student și trăia din subvenții guvernamentale plătite din banii contribuabililor. Din câte se părea, Proctor fusese convins de integritatea morală a lui Smith doar auzindu-i vocea, căci cei doi nu se întâlniseră niciodată.

În cursul unei alte conversații, Smith îl prevenise pe Proctor să fie atent la cei cu care discuta. Întrebările adresate, de pildă, poliției aveau să fie în mod inevitabil raportate mai sus și, mai devreme sau mai târziu, cineva din interior avea să descopere identitatea informatorului. Evident, orice tentativă de abordare directă a MI5 sau SIS era de la început sortită eșecului, și cine putea anticipa consecințele pe termen lung ale unei asemenea acțiuni? Efectele negative erau clare. Așa încât: *Pășește cu grijă, rămâi în umbră, vorbește în șoaptă.*

Stau întinsă pe pat, complet îmbrăcată sub cearșafuri, pături și cuvertura portocalie. Radiatorul montat în perete funcționează și degajă o cantitate de căldură jalnic de mică. Tremur, dar asta nu are nimic de-a face cu faptul că mi-e frig.

E 11.45 noaptea. În camera din stânga e o prostituată. A fost ocupată, începând de la opt și jumătate seara. Tăblia patului se lovește de peretele dintre noi când lucrează. Mă mir că nu a spart despărțitura dintre camere, care este atât de subțire, încât aud tot ce vorbește ea cu clienții. Aud schimburile acelea triste de replici: tachinările nesincere și minciunile. Șoaptele și gemetele de încurajare, icnetele și suspinele falsei eliberări sexuale. Îi cunosc întregul repertoriu deprimant. Sunt ea.

Cât despre faptul că tremur, ce știu eu? Am suferit un șoc, desigur, și nu a fost decât o chestiune de timp înainte să mă las copleșită de el. Sinceră să fiu, mă mir că am rezistat atât. Dar poate că la mijloc este și altceva.

De fiecare dată când închid ochii, îl văd pe Proctor, corpul lui contorsionat și torturat, secat de viață la modul propriu. Sau îl văd ca pe un bărbat cumsecade, cineva care nu merita să moară, cineva diferit de mine. Eu mă lăsam toată ziua condusă de rațiune și mă feream de emoții. Dar acum sunt prea obosită ca să opun rezistență. O tristețe copleșitoare urcă în mine și amenință să mă înece. Mă gândesc la rănile lui Proctor și la procesul revoltător care le-a provocat. Și la faptul că, dacă nu ar fi fost acea crudă coincidență de sincronizare – o coincidență născută din comportamentul meu brutal –, m-aș fi aflat și eu în apartament atunci când criminalul sunase la ușă. Și fie că amândoi am fi supraviețuit ca o echipă, o bijuterie de adăugat la vistieria mea de vinovăție, fie aș fi urmat același drum ca el.

Așadar ce se va întâmpla acum cu mine? Proctor mi-a dat o șansă cu bunătatea lui. În urmă cu șase săptămâni, soarta mea era pecetluită, așa cum fusese în ultimii doi ani. O alunecare treptată spre un sfârșit inevitabil, poate ca rezultat al unei supradoze, poate de mâna unui client psihopat, poate prin sinucidere. Dar Proctor a schimbat toate acestea și mi-a oferit o alternativă.

Prin felul cum s-a purtat cu mine a așezat un tampon între cea care fusesem și cea care aveam să devin. Mi-a arătat că încă mai aveam opțiuni. Fusese genul de om cinstit și responsabil, și se pare că ajunsesem să mă bazez pe el mai mult decât mi-am dat seama, căci acum, după ce a murit, simt deja că sunt din nou pe cale să îmi pierd controlul.

Abia acum am început să înțeleg pe deplin ce s-a întâmplat. Proctor nu se va mai întoarce. Stânca mea a dispărut. Sunt pe cont propriu. Nu sunt numai șocată, sunt împietrită, și de aceea tremur. Sunt îngrozită de mine însămi pentru că știu cât rău îmi pot face cu mâna mea și nu mai am pe nimeni care să mă oprească. Sunt propriul meu dușman.

Dar nu numai spaimă simt. Ceva pândește într-un colțișor întunecat al sufletului meu. Supurează, se hrănește din propria mizerie, stă în expectativă.

E furia.

9

O dimineață nouă, o stare de spirit nouă. Stephanie nu știa cu exactitate la ce oră reușise, în sfârșit, să adoarmă, dar era în mod cert după patru dimineața. În cele din urmă, extenuarea învinsese șocul. Acum, la trei ore distanță, era din nou trează. Teama era în continuare acolo, adânc ascunsă în ea sub pojghița de la suprafață, dar, pentru prima oară de la sărutul catastrofal al lui Proctor, Stephanie simțea că deține iar controlul.

Petrecu următoarele trei ore verificând restul dischetelor. Apoi își puse lucrurile în cele două genți, părăsi Sherburn House Hotel și intră într-o cafenea din apropiere pentru a mânca niște pâine prăjită și a bea cafea. După aceea, retrase alte două sute de lire de pe cardul Visa al lui Proctor de la cel mai apropiat ATM. Cumpără un pachet cu dischete pentru a face copii pentru propria protecție. Trebuia să găsească o ascunzătoare pentru informațiile descoperite de Proctor și asta era o problemă, căci locurile unde i se cerea să-și dovedească identitatea ieșeau din discuție. Un loc îi veni totuși în minte, dar riscurile erau încă și mai mari. Însă nu avea de ales. Cumpără o lanternă mică.

Se cază într-un alt hotel, în zona Gării Waterloo. Un hotel la fel de prăpădit și de nebătător la ochi precum Sherburn House. Restul zilei îl petrecu în mare parte trecând din nou prin dischetele lui Proctor, selectând fișierele pe care voia să le copieze și umplând cu ele două dischete noi. Spre sfârșitul după-amiezii terminase și era pregătită să ascundă laptopul și cele șapte dischete originale.

Se gândi că o baie fierbinte ar putea avea un efect calmant. Timp de o jumătate de oră lăsă apa să o răsfețe și să-i facă pielea rozalie. Când începu să se răcească, adăugă altă apă fierbinte. Aburii ridicați la suprafață îi învăluiau capul, adunând picuri de transpirație pe față. Ieși din cadă, șterse oglinda de apa condensată și se examină. Nu era nici pe departe voluptoasă, dar avea mai multă carne pe ea decât în oricare altă perioadă din ultimii doi ani. Sânii îi crescuseră, pusese ceva mușchi pe coapse, iar coastele îi erau mai puțin proeminente. Fața nu îi mai era numai piele și os. Petele întunecate de sub ochi dispăruseră în bună parte și pielea avea un aspect incomparabil mai sănătos. Schimbările petrecute în ultimele șase săptămâni în înfățișarea ei erau cu adevărat spectaculoase. Dar nu suficiente. Rămăsese tot Stephanie. Sau, mai degrabă, Lisa.

Perspectiva întoarcerii în Brewer Street o neliniștea foarte tare.

Fusese o idee bună să aștepte să se întunece, căci șansele de a fi recunoscută scădeau. Stephanie plusase, cumpărând o șapcă neagră de baseball cu înscrisul Newcastle United în litere argintii de la un vânzător care-și etala marfa pe trotuar pe New Coventry Street. O trăsese pe ochi pentru a-și umbri fața. Se îmbrăcase cu jerseul Aran al lui Proctor, nu cu una dintre bluzele ei obișnuite de trening, își înfășurase gâtul cu fularul lui bleumarin și încercase să-și schimbe un pic și mersul. Cu inima bubuindu-i în piept, străbătuse străzile familiare și se îndreptase către locul pe care jurase să-l ocolească tot restul vieții.

Acum însă, întunericul se dovedea a fi un handicap. Se afla pe scara de incendiu din spatele clădirii situate lângă cea în care lucrase. Se gândi că era mai bine să nu aprindă lanterna cumpărată în dimineața aceea; nu voia să atragă atenția. Singura sursă de lumină provenea din crăpăturile draperiilor și ale obloanelor prost montate.

Treptele scării de incendiu erau înguste și abrupte. Păreau să se clatine sub greutatea ei, amenințând să se desprindă din cărămizile sparte. Nu-și amintea să fi fost atât de fragile. Ajunse în vârf, pe un palier mic și pătrat care dădea spre o ușă încuiată cu lacăt. Numai că zăvorul nu avea unde să alunece: tocul putrezise. Fu nevoită să împingă cu umărul de trei ori pentru a deschide ușa, iar partea de jos a acesteia zgârie scândurile goale ale podelei.

Abia când ajunse înăuntru și închise ușa în urma ei, îndrăzni să aprindă lanterna. Mansarda semăna ca două picături de apă cu cea din clădirea alăturată. Inițial, cele două case formaseră o singură construcție. Când fuseseră vândute separat, noii proprietari ai clădirii alăturate transformaseră mansarda într-un mic apartament, în timp ce proprietarii mansardei în care se afla acum o lăsaseră goală. În zidul dintre cele două mansarde fusese montată o ușă. Stephanie o lumină cu lanterna. Faptul că nimeni dintre locatarii clădirii alăturate nu știa de existența ușii nu era o surpriză. Ușa fusese încastrată în spatele unui șifonier care nu fusese mutat din loc de ani de zile. În plus, cei de teapa lui Dean West nu erau interesați să investească în modificarea structurală a clădirilor deținute, ci doar de profitul adus de afacerile derulate între zidurile lor. Stephanie descoperise ușa întâmplător atunci când încercase să recupereze un cercel care se rostogolise sub șifonier. Ulterior, observase din Brewer Street că ferestrele de la mansarda casei învecinate fuseseră bătute în scânduri. Cercetase clădirea pornind de pe aleea din spate, urcase pe scara de incendiu și descoperise că ușa mansardei nu era bine zăvorâtă, așa cum părea la prima vedere, și că putea fi deschisă cu ușurință de oricine dispus să o împingă zdravăn.

În interior locul era neluminat, plin de mucegai și aproape gol. Așa cum fusese dintotdeauna. Stephanie bănuia că nimeni în afară de ea nu mai intrase în mansardă de cel puțin un deceniu. Rezervorul de apă nu mai era funcțional, iar pe podea zăceau câteva valize abandonate și mai multe vrafuri de ziare și reviste datând din anii '70, legate strâns cu sfoară. Stephanie aflase că la etajul de dedesubt se găsea o cameră de proiecție privată pentru filme pornografice și că atunci când constructorii o izolaseră fonic, astupaseră și accesul la mansardă.

După ce descoperise mansarda, o folosise ocazional ca ascunzătoare, având de fiecare dată grijă să nu fie văzută atunci când venea și pleca. Îi servise destul de frecvent drept dormitor noaptea, o experiență extrem de neplăcută. Era un loc rece și expus curentului, în care își făcuseră culcuș șobolanii. Dar atunci când nu avea alternativă, era mai bine decât să doarmă în ploaie. Acum, după ce îi servise drept ascunzătoare part-time, mansarda avea să devină cutia ei de valori.

Așeză laptopul în interiorul rezervorului de apă ruginit și gol. Scoase apoi una dintre multele scânduri desprinse din podea și prinse cu scotch punga de plastic cu cele șapte dischete de dedesubtul unei scânduri alăturate stabile. La sfârșit, puse la loc scândura desprinsă și numără bucățile de lemn până la ușa care dădea spre scara de incendiu, remarcând cât de mult se deplasase spre stânga.

Îmi amintesc Crăciunul când tata și-a luxat glezna. A alunecat pe gheață și a căzut rău. Îmi amintesc cârjele pe care le-a folosit și beculețele ieftine care luminau slab bradul. Îmi amintesc zăpada așternută în iarna aceea și că bunicii elvețieni au venit să petreacă sărbătorile cu noi la Falstone. Acestea sunt primele mele amintiri. Sau cel puțin așa cred. Deși poate că nu sunt decât o invenție, rod al imaginației mele; n-aș fi primul om care rescrie istoria.

Acum, când sunt mai singură ca niciodată, dau frâu liber amintirilor. Acestea sunt lucrurile care îmi revin în minte și mă copleșesc: guma de mestecat lipită de pupitrul de la școală; cum mă luam de David și pe urmă îmi părea rău, iar sentimentul de vinovăție fierbea în mine și se transforma în furie față de fratele meu mai mic, pentru că el era sursa acelui sentiment; noaptea de iarnă când Jimmy Craig – un fermier din zonă care ne vindea miel și carne de vită – s-a înecat în North Tyne; prima noastră vacanță în străinătate, în Elveția; Sarah, care m-a mușcat pentru că râdeam de ea din cauza acneei; „Transformer" al lui Lou Reed[1], primul album pe care l-am cumpărat; „Perfect Day", prima melodie care m-a emoționat până la lacrimi; părinții certându-se în bucătărie dacă să îi permită sau nu lui Christopher, care avea atunci șaisprezece ani, să petreacă un weekend la Londra cu un amic; prima dată când am fost suspendată de la școală pentru că băusem alcool; moartea Matildei, prima noastră cățea boxer tigrat – timp de o săptămână adormisem plângând; varicela de care ne-am îmbolnăvit toți; eu sorbind vin pentru întâia oară și trăgând concluzia că e o porcărie; prima iubită a lui Christopher, Laura, o blondă dolofană cu aparat dentar care îi împingea în spate dinții de țap; eu având rău de mașină într-o după-amiază fierbinte, la întoarcerea de la Seahouses[2]; shopping la magazinul Fenwick din Newcastle – nimic nu o enerva mai tare pe mama decât aglomerația din magazine; prima mea țigară Benson &

---

[1] Lou Reed (1942–2013), muzician american cunoscut mai ales drept chitarist și solist vocal al trupei punk The Velvet Underground și pionier al rockului alternativ. Albumele *Transformer* și *Perfect Day* au fost lansate în 1972 (n. tr.).

[2] Sat aflat pe coasta nordică a regiunii Northumberland (n. tr.).

Hedges, oferită când aveam treisprezece ani de Michael Carter, un coleg de clasă, în schimbul unui sărut, și prima limbă care a atins-o pe a mea; mirosul prânzurilor de duminică plutind peste tot prin casă; eu stând afară în noaptea de Sânziene sub cerul de safir; prima mea lecție de șofat într-un Ford Fiesta, cu un instructor care stătea cu ochii fixați mai mult pe sânii mei decât pe drum; botezul lui Polly – îmi venea greu să cred că fratele meu, Christopher, era tată, iar eu, mătușă; sexul oral, primul meu act sexual plătit: douăzeci de lire.

E patru dimineața, ora când suntem cei mai vulnerabili, ora la care ne dorim cel mai tare să ne rescriem istoria și să ne protejăm viitorul.

A doua zi dis-de-dimineață, Stephanie schimbă din nou hotelul. Merse cu metroul până la stația Queensway. Retrase alte două sute de lire de la bancomatul Barclays aflat la intersecția dintre Queensway și Moscow Road, apoi căută un hotel în Inverness Terrace. Un cablu TV aerian lung și negru atârna de acoperișul hotelului King's Court. Rămăsese suspendat la cincisprezece metri de pământ și se legăna în vântul aspru. Ferestrele franțuzești de la etajul întâi se deschideau spre balcoane dărăpănate. Printre bucățile sfărâmate de tencuială răsăriseră ca prin minune buruieni. Pe geamul cu model al ușii de la intrare fusese lipit un afiș scris de mână: „Nu facem angajări; accesul cu câini interzis".

Mai târziu, Stephanie luă metroul pe Linia Centrală până la Tottenham Court Road, apoi merse pe jos pe Shaftesbury Avenue până aproape de intersecția cu Wardour Street, unde, la etajul întâi, se afla agenția de bilete a lui Barry Green. Intrarea în clădire era înghesuită între un magazin de difuzare a presei și un restaurant.

Cu o seară înainte, Stephanie fusese cuprinsă de neliniște la ideea întoarcerii în această zonă din West End. Acum, când în sfârșit se hotărâse, nu mai voia să ia în seamă riscurile.

Agenția de bilete reprezenta pentru ea un teritoriu familiar. Aici Green vindea droguri clienților cunoscuți, cu toate că nu depozita la fața locului niciun produs; agenția era o acoperire mult prea utilă pentru a-și asuma asemenea riscuri. Stephanie știa bine cum mergeau lucrurile. Clientul intra în birou și îi plasa comanda lui Green, care dădea un telefon pentru a stabili locul și ora când avea să fie făcută livrarea. Banii trebuiau să ajungă în mâna lui Green înainte ca mușteriul să părăsească încăperea. Nu era admisă nicio excepție de la această regulă. Cei care preferau schimbul direct erau invitați să se adreseze în altă parte.

Stephanie urcă scara până la primul etaj, conștientă de încordarea din stomac. Intră în birou; pe geam fusese pictat cu litere aurii un text care se putea citi din stradă: BARRY GREEN – Cea mai bună agenție de bilete din Londra. Pe pereți erau lipite postere cu *Chicago* și alte reprezentații muzicale de succes din West End. Pe un panou din aluminiu erau anunțate mai multe concerte pop și rock, cu datele evenimentelor, sălile unde aveau loc și prețurile biletelor. Un afiș postat lângă canapeaua cafenie din piele proclama sus și tare faptul că agenția garanta bilete la toate meciurile de acasă ale echipelor Arsenal, Spurs sau Chelsea.

În spatele unei perechi de mese de lucru negre mătuite stăteau două tipe vopsite blond. Erau machiate strident, iar obrajii pudrați piersică nu se împăcau de niciun fel cu buzele date cu ruj rozaliu. Stephanie se simți brusc extrem de inconfortabil, gândindu-se la decizia luată în grabă care putea să o coste scump.

Un bărbat stătea așezat într-un colț, părând să-și vadă de treburile lui; citea *The Sun*. Ar fi putut să treacă drept un client în aşteptarea biletelor. Purta un costum de un gri-şters, o cămaşă kaki şi o cravată purpurie, subţire. Stephanie îl recunoscu, era tipul plătit pentru a împiedica persoanele indezirabile să intre în biroul privat al lui Green sau pentru a-i da afară pe cei care reuşiseră să se strecoare înăuntru. Nu-şi aminti însă numele lui. Individul îşi ridică rapid capul din paginile tabloidului în clipa când Stephanie trecu de recepţionere şi se îndreptă spre uşa din spatele lor. În mod normal, ar fi trebuit să o intercepteze înainte ca Stephanie să apuce să atingă clanţa, însă reacţionă cu întârziere după ce o recunoscu uimit.

Green stătea în picioare în faţa unei ferestre cu vedere spre Shaftesbury Avenue. Vorbea la telefonul mobil şi râdea răguşit la o glumă.

— Hai că e bună! chicoti el de câteva ori la rând.

Era un bărbat scund şi corpolent, cu faţa cărnoasă, mai multe bărbii duble şi păr negru care începuse să se rărească. Îl pieptăna, atât cât îi mai rămăsese, în aşa fel încât să-i acopere urechile. Avea sprâncene negre şi stufoase, nas lat, buze groase şi limba umflată. Purta pantaloni negri, largi, mocasini imitaţie Gucci şi o bluză de trening Nike cu înscrisul JVC pe spate. Pe cinci din degetele groase, trei de la mâna stângă şi două de la dreapta, avea inele. O brăţară lată din aur cu numele său gravat pe ea îi înconjura încheietura mâinii stângi şi zornăia ori de câte ori se lovea de ceasul Omega pentru scufundări la mare adâncime.

Când se răsuci pe călcâie şi dădu cu ochii de Stephanie, încetă conversaţia. Buna dispoziţie îi pieri. Lăsă mobilul jos şi se holbă la ea. Stephanie îşi dădu seama că bărbatul însărcinat cu paza şi protecţia pătrunsese în încăpere în spatele ei.

— Scuze, boss, dar...

Green îi făcu semn să tacă şi să iasă, fluturând din mână. Uşa se închise în urma lui Stephanie. Green lăsă telefonul şi se întoarse în spatele mesei de lucru, părând fericit să pună ceva solid între ei. Deschise capacul unei tabachere din onix și scoase dinăuntru o țigaretă Embassy Regal. Stephanie zâmbi; gestul o amuzase întotdeauna, chiar și în cele mai negre momente. Green aprinse țigareta cu o brichetă Cartier din aur primită de la Dean West în semn de apreciere după incidentul cu Gary Crowther, când Green se ocupase de aruncarea cadavrului în Docklands.

Într-un târziu, bărbatul își reveni din șoc.

— Mare tupeu ai să apari aici! Pe unde ai umblat în ultimele luni?

— Pe ici, pe colo, dar nu suficient de departe.

— Ce mama dracului ți s-a întâmplat?

— O grămadă de lucruri.

Green era obișnuit să o vadă într-o stare de disperare. De obicei, Stephanie apărea în agenție pentru a face rost de droguri și era dispusă să accepte orice insultă sau umilință atât timp cât Green îi vindea alinare.

— De ce te-ai întors?

— Ca să te văd pe tine, Barry.

Observă că bărbatul părea să-și fi pierdut curajul. Când era înconjurat de lucruri familiare care îi creau o stare de confort, Green se purta ca un fanfaron cu pieptul gol. Dacă se confrunta însă cu ceva neașteptat, se făcea mic. Așa cum se întâmpla acum din cauza tonului vocii ei și a felului în care îl privea.

Recurse la o tentativă destul de stângace de a porni o discuție de complezență.

— Arăți bine, Steph! Ai pus ceva cărniță pe tine.

— Și tu.

Green ignoră faptul că era luat peste picior.

— Îți șade bine!

— Ești prea amabil, replică ea pe un ton cât se poate de plat, susținându-i privirea.

— Pare că ai urcat nițel pe scara socială.

— De unde eram n-aș fi putut decât să urc.

— Și ce-ai mai făcut? Te-ai apucat să regulezi turbanele din Park Lane?

Stephanie nu răspunse.

Green se așeză. Părea mai puțin neliniștit.

— După ce ai dispărut, West și-a ieșit din minți. Labagiu' pe care l-ai pocnit cu sticla aia de șampanie a ajuns la spital. Curcanii l-a tot bătut la cap pe West și el și-a vărsat nervii pe noi de două ori mai tare. Așa că dacă ai venit aci ca să ceri favoruri, las-o baltă! Ne ești datoare. *Mie* îmi ești datoare. Al naibii de datoare.

— Ba nu-ți datorez nimic!

— Ce-ar fi să te duci să-i spui asta și lui Deano?

— Ce-ar fi dacă te-aș turna că ai fost complice la moartea nefericitului de Gary Crowther? Sau poate că ar trebui să-i spun crimă?

— Las-o moartă, Steph! Nu te-ai plictisit să repeți aceleași lucruri? De ce nu schimbi placa?

— Fiindcă, spre deosebire de tine, eu nu am nimic de pierdut.

Green se încruntă, iar sprâncenele groase i se întâlniră deasupra nasului. Trase din țigară. Telefonul sună, dar nu răspunse.

— Bun, deci ce mama naibii vrei de la mine? Bani? Sper că nu! Sunt lefter.

— Mă îndoiesc. Dar nu-i cazul să-ți uzi blugii Calvin Klein. N-am venit să-ți cer bani.

Green zâmbi neconvingător.

— Oh, am priceput! Ai venit după doctorii, este? întrebă în timp ce Stephanie continua să se holbeze la el fără un cuvânt. Și ce anume îți poftește inimioara?

— Un pistol!

Green crezu că n-auzise bine.

— Ce-ai zis?

— Vreau un pistol!

Bărbatul rămase cu gura căscată.

— Pentru ce mama dracului îți trebe un pistol?

— Nu te privește!

— Pe dracu'! Sigur că mă privește.

— Am bani - dintr-ăia care-ți plac ție cel mai tare - cash. Așa că ce-ți pasă?

— Ia gândește-te! Să presupunem că îți vând un pistol și că-l împuști cu el pe Deano. Ceea ce ar fi de înțeles, având în vedere circumstanțele, știu asta, dar ce mă fac dacă începe să umble vorba că io am fost gagiu' care ți-a vândut arma? Știi ce zic? Aș fi la fel de popular ca un sandvici cu slănină la un bar mitzvah. Chiar dacă l-ai căsăpi pe West - chestie care presupun că nu are șanse mai mari de cin'zeci la sută -, pun pariu că următoru' pe listă aș fi io.

— N-am nicio treabă cu West.

— Îmi dai cuvântu'?

— Da!

Green mimă exasperarea.

— Și cam cât crezi tu că valorează cuvântu' unei târfe scoase din uz? Scuze, scumpo, da' poți să mă pupi în fund.

Stephanie își păstră expresia neclintită.

— Într-un fel sau altul, tot voi face rost de un pistol. Dacă nu de la tine, atunci de la altcineva.

— Foarte bine. Atunci cară-te! Nu-mi pasă nici cât negru sub unghie de unde cumperi pistolu' ăla, atâta timp cât…

— Dar o să am grijă să-mi scape o aluzie cum că tu mi l-ai vândut. Poți să fii sigur de asta!

Green o privi bănuitor.

— Ce faci? Mă ameninți?

— Îți sugerez să facem un troc.

— Aș putea să-i zic tipului meu să te facă să dispari uite *așa*! zise Green, pocnind din degete.

— Maturizează-te, Barry! Doar nu îți închipui că am venit aici după șase săptămâni – și după tot ce s-a întâmplat în Brewer Street – fără să-mi iau niște măsuri de prevedere.

— Ce măsuri?

— Nu-i treaba ta!

— Aiurea! Mergi la intimidare!

— Atunci n-ai decât să mă faci să dispar.

O oră mai târziu, așa cum conveniseră, Stephanie stătea la intrarea în hipodrom când Shogunul lui Green opri lângă bordură. La volan era bodyguardul. Green, care era așezat pe bancheta din spate, îi făcu semn lui Stephanie să urce. Stephanie se cocoță lângă el, iar mașina 4x4 o luă din loc.

— Condu în cerc și asigură-te că nu ești oprit de curcani! îi dădu Green instrucțiuni șoferului.

Pe bancheta din spate, între ei doi, se afla o sacoșă de plastic John Lewis. Green vârî mâna înăuntru și scoase o cârpă făcută sul care se dovedi a fi un tricou vechi. Îl despături, dând la iveală un pistol.

— Browning 9 mm, din dotarea armatei, spuse el mândru. Știi cum să-l folosești?

Stephanie ridică din sprâncene.

— Ce adică? Să țintesc și să apăs pe trăgaci?

— Nu face pe deșteapta cu mine, Steph! N-am chef de glume!

Green îi întinse pistolul, ținându-l jos, sub nivelul geamului. Îi arătă încărcătorul, trase la loc percutorul, apoi îi indică mecanismul de siguranță.

— Uite, îl eliberezi ușor și pe urmă poți să tragi. Ai un glonț pe țeavă și cinci în încărcător, în total șase. Dacă o să ai nevoie de mai multe, va trebui să faci rost din altă parte.

— N-o să-mi trebuiască decât unul. Poate două.

— Bun, atunci asta e tot ce trebe să știi! Da' îți mai dau un pont. Apropie-te cât poți de mult de țintă! Chestiile astea nu face doi bani la distanță, indiferent cât de mică. Dacă ajungi să te întrebi dacă te-ai apropiat suficient înseamnă că nu ești destul de aproape. De aproape e mai greu să ratezi.

Green șterse pistolul cu tricoul, pe care îl împături apoi la loc și îl vârî în sacoșa John Lewis. Își șterse palmele de pantaloni și își aprinse o țigară. Stephanie observă că era agitat. De asta se ocupase personal de tranzacție.

Scoase un teanc de bancnote din buzunar și-l întrebă apoi pe Green:

— Cât face?

Green aruncă o privire lacomă spre bani și fu pe punctul de a rosti o cifră, dar se opri.

— E din partea casei. Lui Stephanie nu-i veni să creadă și uimirea i se citi probabil pe chip, căci bărbatul se grăbi să adauge: După ce termini, folosește banii ca să-ți iei un bilet numai dus spre Noua Zeelandă. Și ca să știi: cu chestia asta suntem chit.

— Cu mare drag.

— Și mai vreau să-mi dai cuvântu' că n-o să tragi în West.

— Credeam că nu pui bază pe cuvântul meu.

— Termină cu prostiile, Steph!

Stephanie aproape că se amuză de starea lui de neliniște.

— OK, promit! Dar data viitoare când îl vezi, spune-i să nu mă mai caute. Fiindcă voi fi de negăsit. Permanent.

— Nu mai spune! Ce mama dracu' ai de gând? Să ne faci tuturor o favoare și să-ți iei singură gâtu'?

Stephanie clătină din cap tristă.

— Nu ți-a zis nimeni că nu-i frumos să înjuri?

Stephanie văzu știrile la televizor în camera ei din King's Court Hotel. Un jurnalist fusese găsit mort în apartamentul său din Marylebone. Polițiștii descriseră rănile lui Keith Proctor ca fiind „înfiorătoare" și confirmară zvonurile că asupra lui se trăseseră mai multe gloanțe. Precizară că doreau să discute urgent cu tânăra în compania căreia jurnalistul fusese zărit în ultimele săptămâni. Descrierea pe care o furnizară presei era nerelevantă: caucaziană, înălțime medie, constituție medie, păr blond, în jur de douăzeci și cinci de ani. Menționară, de asemenea, că voiau să poarte o discuție și cu un bărbat care fusese văzut ieșind din blocul în care locuia Proctor cu câteva nopți înainte. Îl descriseră ca fiind scund și îndesat, cu barbă și originar din Orientul Mijlociu.

Un tip din Orientul Mijlociu, așadar. Deci nu era vorba de Bradfield. Atunci poate că era atentatorul. Dar cum ar fi putut el să afle de Proctor? Sau poate că era un alt bărbat, iar dacă da, cine era acesta?

Stephanie se gândi toată după-amiaza cum să procedeze. În final, optă pentru abordarea directă, pentru simplul motiv că nicio alternativă mai inteligentă nu-i trecu prin cap.

Găsise fără dificultate pubul Gallagher & Sons; se afla pe colțul dintre Wilton Road și Longmoore Street. Înăuntru era cald. Niște măsuțe erau amplasate pe un covor verde, pereții erau lambrisați cu panouri din lemn care ajungeau până la nivelul taliei, iar tavanul fusese zugrăvit într-o nuanță de galben-muștar. Ca apariție și poziție, Cyril Bradfield confirma întru totul descrierea furnizată de Proctor: stătea așezat în fundul încăperii, avea în spate o oglindă montată pe perete, direct deasupra capului, și bea bere Guinness. Trei pensionari se certau la o masă, vorbind toți deodată, fără să asculte ce spunea celălalt. Unul dintre ei părea cam slab de minte sau beat, Stephanie nu-și dădu seama care din două. Aruncă o privire în direcția lui Bradfield, după care ieși, convinsă că nu fusese zărită.

Adresa lui Bradfield, pe aceeași Lungmoore Street, se afla pe una dintre dischetele de valoare inestimabilă ale lui Proctor. Stephanie trecu pe lângă casa cu fațadă înnegrită din cărămizi pline de funingine și cu tocuri putrede la ferestre, după care coti la dreapta pe Guildhouse Street, depășind în stânga partea din spate a unui bloc de birouri unde își aveau sediul, printre alții, Comitetul de Petiționări în Serviciul Public[1] și Avocatul Poporului. Observă cu atenție camerele de supraveghere care acopereau zona. Termină turul și reintră pe Guildhouse Street prin Warwick Way, după care se opri la intersecția cu Longmoore Street. Continuă să se miște pe loc pentru a se încălzi și a nu trezi suspiciuni, nu că ar fi fost cineva prin preajmă.

Patruzeci și cinci de minute mai târziu, Bradfield își făcu apariția. Sosise momentul.

Stephanie simți Browningul greu în buzunar. Când bărbatul se apropie de casă, ea ieși din Guildhouse Street. Era întuneric. Bradfield auzi pași în urmă și întoarse capul. „Nu-i decât o tânără." Vârî cheia în ușă. În timp ce ușa se deschidea cu un scârțâit, din spate răsună o voce:

— Scuzați-mă, vă rog!

---

[1] Civil Service Appeal Board (CSAB) (în orig.) este un organism guvernamental independent înființat în 1971 cu scopul soluționării plângerilor funcționarilor publici referitoare la demiteri și pensionări anticipate forțate (n. tr.).

Bradfield se răsuci pe călcâie. Tânăra pe care o zărise mai devreme stătea la baza celor trei trepte care urcau de la trotuar până la intrarea în casă.

— M-am rătăcit. Vreau să ajung la Gara Victoria.

— Oh, nu e departe de aici...

Zâmbind dulce, ea urcă o treaptă, apoi încă una. Scoase mâna din buzunar. Așteptă ca bărbatul să observe pistolul, pe care îl ținea lipit de corp, după care zise:

— Intră în casă!

O clipă, Bradfield rămase prea uluit pentru a putea să se miște, iar Stephanie nu știu ce să facă. După ce-și reveni, bărbatul dădu din cap în semn de încuviințare și o luă înainte. Intrară, iar Stephanie închise ușa în spate, împingând-o cu piciorul.

— Ce vrei?

Se aflau într-un hol îngust, luminat de un singur bec montat într-un glob prăfuit din sticlă mată. Cyril Bradfield părea să aibă între cincizeci și șaizeci de ani. Era cam cu doi centimetri și jumătate mai scund decât Stephanie și mergea târșâind picioarele. Avea păr cărunt, țepos și ciufulit. Stephanie fu atrasă de ochii albaștri spălăciți care o măsurau din priviri de sub fruntea ridată.

— Ce vrei? Bani? N-am prea mulți la mine...

„O să vadă prin mine. O să-și dea seama că sunt o impostoare, că nu știu ce fac."

Se simțea stângace, așa cum stătea, cu pistolul în mână, la fel de străin pentru ea precum panoul de control al unui tren sau bagheta unui dirijor. Bradfield începu să-și descheie nasturii pardesiului.

— Nu vreau bani, răspunse Stephanie, conștientă de tremurul din voce. Altceva mă interesează. Munca. Munca *ta*.

Afirmația păru să-l neliniștească pe Bradfield mai mult decât perspectiva de a fi jefuit. Miji ochii la ea și șopti:

— Cine ești?

— Am nevoie de informații despre o persoană pentru care ai lucrat.

Bradfield tresări.

— Confidențialitatea este crucială în meseria mea. Nu pot să divulg informații.

Stephanie flutură amenințător pistolul prin fața lui atât cât să-i atragă atenția.

— Ba cred că o să descoperi că poți.

Bărbatul oftă și renunță la bruma de rezistență afișată. Porni să urce scara. Stephanie îl urmă. Ușile de pe palierul de la etajul întâi erau închise. Continuară să urce spre mansardă în întuneric, până ce Bradfield găsi și apăsă un comutator pe perete. Întreg spațiul mansardei fusese transformat în studio. În capătul îndepărtat erau două bancuri de lucru, o masă de lucru și un taburet, iar, mai aproape de ușă, trei mașinării pe care Stephanie nu izbuti să le identifice. De-a lungul unuia dintre pereți se aliniau rafturi pline de sticle cu cerneală, dizolvanți, vopsele - unele preparate, altele nu -, adezivi, cuțite, diverse tipuri de hârtie, echipament fotografic, fluid pentru developarea pozelor, o gamă variată de pixuri, un dispozitiv de francare, seturi de ștraifuri din plastic și treizeci sau patruzeci de bibliorafturi etichetate.

— Ăsta este biroul meu.

Stephanie răspunse absentă:

— Și eu am lucrat într-o mansardă.

— Ce făceai?

— Aici eu pun întrebările.

Căută din ochi dispozitive de securitate, dar nu zări nici unul.

— Ai făcut un document pentru o persoană pe care o caut. Posibil un pașaport. Poate israelian.

— N-ar fi singurul.

— Tipul a venit la recomandarea cuiva. Și însoțit probabil de un bodyguard, poate doi.

— Cine m-a recomandat?

— Ismail Qadiq.

— N-am auzit de el.

— Mai gândește-te! E egiptean. Printre altele, se ocupă cu importul de tricouri.

— Poate că m-o fi recomandat, dar asta nu înseamnă neapărat că l-am cunoscut. Am pe cineva care lucrează ca intermediar pentru mine.

— Îl știu. Fumează panatella[1].

Bradfield păru brusc tulburat.

— Ce treabă ai cu omul ăsta?

Stephanie ignoră întrebarea și-și aminti un alt nume din dosarele lui Proctor.

— S-ar putea să fi făcut și alte documente pentru el. De exemplu, un pașaport algerian sau un permis de conducere pe numele Mustafa Sela.

Proctor bănuise că numele – real sau de împrumut – al atacatorului cu bombă asupra cursei NE027 era Sela. Lui Stephanie i se păru că sesizează un licăr în ochii lui Bradfield. Sau, oricum, o schimbare de expresie.

— Când s-a întâmplat? întrebă Bradfield.

— Acum mai mult de șase luni și mai puțin de un an.

Bărbatul se îndreptă spre rafturi, de unde extrase un bibliorafț. Îl așeză pe un banc de lucru și începu să răsfoiască printre sutele de hârtii: documente, chitanțe, fotografii, notițe scrise de mână.

Stephanie se uită de jur-împrejur și spuse:

---

[1] Țigară de foi lungă și subțire (n. tr.).

— Mă mir că lucrezi acasă. Credeam că e mai sigur să ai studioul în altă parte.

Bradfield ridică din umeri.

— De ce să-mi bat capul? Dacă vrea cineva să dea de mine – ca tine, de pildă –, cât de greu poate fi să-mi găsească studioul? Iar dacă mă găsește la studio, cât de greu i-ar fi să-și dea seama că locuiesc aici?

— Ai o atitudine fatalistă.

— E alegerea mea.

— De asta nu pari prea îngrijorat că ai primit un intrus înarmat în casă?

Mâinile lui Bradfield se opriră în aer. Își ridică apoi privirea spre ea.

— Nu! Acum e vorba de altceva.

— Ce?

Ochii li se întâlniră.

— O să îți dau un sfat! zise Bradfield. Nu purta niciodată arme asupra ta decât dacă ești pregătită să le folosești!

Își coborî apoi privirea și continuă să răsfoiască prin hârtii, iar Stephanie rămase cu gura căscată. Se simțea umilită. Așa de al naibii de evident fusese? Renunță să-l mai amenințe pe Bradfield cu arma și-și lăsă brațul să atârne pe lângă corp. Se simțea însă tot ridicol cu pistolul în mână, așa că îl strecură înapoi în buzunarul hainei.

— În orice caz, continuă Bradfield conversația, ca și cum schimbul neplăcut de replici nici nu avusese loc, eu nu dorm prea bine. Lucrez mult noaptea, așa că îmi e la îndemână să locuiesc aici.

Stephanie, care se dezumflase, încerca să facă față situației.

— Ți-ai dat imediat seama?

Bradfield dădu din cap.

— Afară, pe scară.

Continuă să caute prin hârtiile din biblioraft.

Stephanie se apropie.

— Și atunci de ce faci asta?

Bradfield ridică din nou din umeri.

— Pentru că s-ar putea să mă fi înșelat în privința ta. Pentru că ai aflat unde locuiesc. Sau poate fiindcă majoritatea oamenilor cu care am de-a face în meseria mea sunt bărbați neatrăgători, nu femei atrăgătoare.

Trei răspunsuri, și nici unul dintre ele sincer, de asta era sigură. Bradfield zâmbi, iar Stephanie nu știu dacă să-i răspundă cu un zâmbet sau să-l împuște mortal; era deopotrivă ușurată și furioasă. Se întrebă care era adevăratul motiv.

— Îmi amintesc că bărbatul - subiectul - nu a venit personal să ridice documentele, zise Bradfield. A trimis pe cineva.

— Pe cine?

— Nu știu cine era. Atunci l-am văzut singura dată. Știu însă că documentele erau pentru bărbatul care organizase totul. Cum ai zis că-l cheamă?

— Ismail Qadiq.

— Cine știe, poate că el a fost cel care a venit după ele. Nu crezi că e posibil?

Degetele lui Bradfield se opriră și scoaseră din biblioraft o fișă de contact fotografiată. Se apropie de o lampă și o ținu în lumină.

— O, da! murmură el. Iată-l!

Bradfield ieși din camera obscură din capătul mansardei, care era doar cu o idee mai mare decât un dulap etanșat la lumină. Îi dădu fotografia lui Stephanie. Era o poză bust în alb-negru. Înfățișa un bărbat de treizeci-treizeci și cinci de ani cu pielea netedă şi închisă la culoare, păr negru tuns scurt şi o barbă deasă, dar îngrijită. Ochii umbriţi de pleoape grele se holbau direct în aparatul de fotografiat, direct spre Stephanie, direct spre trecut. O răceală îi cuprinse pieptul.

— El e Mustafa Sela? şopti ea fără să-şi ridice privirea.

— Nu. Este bărbatul care se dă drept Mustafa Sela. Cine ştie cum îl cheamă cu adevărat?

Stephanie se simţi acum tentată să-şi ridice ochii. Cyril Bradfield îşi rula o ţigară. Avea degete butucănoase şi groase, brăzdate de tăieturi şi zgârieturi adunate în ani, înăsprite de solvenţi şi adezivi, deformate de vârstă. Dexteritatea nu şi-o pierduse însă. Rulă ţigara într-o clipită, fără măcar să se uite în jos, şi rezultatul fu perfect. Fără increţituri, fără subţirimi nedorite.

— Şi cine crezi *tu* că ştie? întrebă Stephanie.

Bradfield îi oferi o nouă ridicare din umeri.

— Amicul tău, Qadiq, poate?

— De ce?

— A fost o treabă făcută în mare grabă. Bani buni, dar treabă urgentă. Cel care a organizat-o ştia cu certitudine la ce se înhamă. Aşa că este posibil – sublinez, posibil – ca persoana respectivă să-l fi cunoscut personal pe destinatar.

Stephanie îl urmări cum îşi aprinde ţigara rulată. Privirile li se întâlniră şi simţi că între ei se stabilise un fel de comunicare, însă creierul ei nu reuşi să traducă mesajul.

— Se pare că ţi-a revenit memoria.

— Unele experienţe sunt mai memorabile decât altele.

— Şi asta a fost una dintre ele?

— Da, în felul ei.

— Cum adică în felul ei?

Observă că Bradfield părea dornic să vorbească, însă ceva – poate teama sau poate o rămăşiţă de respect faţă de ideea de confidențialitate – îl împiedica. Stephanie știa din experiență că dacă aștepta, bărbatul avea, în cele din urmă, să cedeze și să se descarce. Așa se întâmpla cu toți. Ezitările diminuau senzația de vinovăție, făcând din dezvăluire o alegere mai onorabilă. Stephanie se mira mereu de ceea ce îi povesteau clienții. Ca și de faptul că dintre toți cei cu care ar fi putut vorbi, o alegeau pe ea ca să i se confeseze. Situația de acum nu era cu nimic diferită.

Într-un târziu, când nu mai putu suporta tăcerea apăsătoare, Bradfield spuse:

— Tipii au refuzat să se folosească de intermediarul meu. Pentru mine, el reprezintă o formă importantă de protecție. În fapt, unica, după cum ai putut constata singură. Și, în general, aș zice că forma aceasta de protecție este benefică pentru ambele părți. Dar ei au insistat să o ocolească.

— Au insistat?

Bradfield dădu din cap.

— Într-o manieră specifică numai unor asemenea oameni.

Mesajul era însă limpede: *Nu m-ar deranja dacă indivizilor li s-ar întâmpla ceva rău.*

10

Îmi amintesc foarte bine *ce mi-a spus Cyril Bradfield aseară. „Nu purta niciodată arme asupra ta decât dacă ești pregătită să le folosești!". Știu că nu-l voi omorî pe Ismail Qadiq, însă el habar nu are de asta. Poate că se gândește că îl paște moartea. Două lucruri mă ajută să creez această iluzie. Primul din ele este Qadiq însuși. Spre deosebire de Bradfield, el este un tip agresiv – și foarte probabil un misogin violent –, așa că-mi vine ușor să-l detest. În al doilea rând, deja am tras în el, chiar dacă din greșeală. Îmi fluturam amenințător Browningul prin fața lui și, în încercarea de a-i dovedi că nu glumesc, am eliberat piedica. Trăgaciul cântărea mult mai puțin decât crezusem. Când arma s-a descărcat, am fost la fel de șocată precum Qadiq. Din fericire, el era prea preocupat de glonțul care se înfipsese în peretele mesei de lucru ca să mă privească. Adevărul e că l-am ratat cu un metru, o distanță totuși suficient de mică pentru a-l convinge că reprezint o amenințare serioasă.*

Qadiq se răsuci cu fața spre Stephanie. Era un bărbat scund și corpolent; pe sub jacheta vătuită de alpinist purta o cămașă din mătase bej, bine întinsă peste burdihan. Lentilele colorate ale ochelarilor îi măreau enorm ochii. De cureaua de la pantaloni avea prins un telefon mobil minuscul. Tremura și își ținea mâinile butucănoase pe jumătate ridicate în aer, ca într-un gest de capitulare. Stephanie își recăpătă iute calmul și îl fixă cu cea mai ostilă expresie pe care izbuti s-o compună. Spera ca bărbatul să nu observe că și ea tremura.

Oare cineva de afară auzise împușcătura? Și sunase la poliție? Se gândi la ceva sinistru de rostit.

— Al doilea o să doară rău.

Cu o oră în urmă, când ajunsese la Whitechapel, afară era încă întuneric. Parcursese cea mai mare parte a traseului de metrou în compania unui singur pasager, un bărbat în vârstă cu barbă căruntă și pungi sub ochii injectați. Capul îi căzuse într-o parte în timp ce moțăia. În schimb, Stephanie se foise tot timpul pe scaun, rămasă în alertă și cu nervii întinși la maximum din cauza adrenalinei. Whitechapel era liniștit și tăcut, doar câțiva negustori începuseră să-și deschidă prăvăliile, iar un câine cerceta curios gunoiul adunat pe trotuar. Aroma de Balti[1] plutea în aerul înghețat. Depozitul lui Ismail Qadiq se afla pe o străduță laterală. De o parte a ei se aliniau spatele înnegrite ale unor spații comerciale de mici dimensiuni, cu fațadele construite pe strada paralelă. De cealaltă parte se înșirau mici depozite pe ale căror uși de garaj era pictat cu alb câte un număr mare.

Stephanie găsise sediul lui Qadiq, după care căutase un punct de observație unde să aștepte și de unde să țină sub supraveghere strada. Petrecuse o oră ghemuită în spatele unui container plin cu așchii de lemn și cioburi. Mâinile îi înghețaseră în câteva minute și degetele îi amorțiseră strângând mânerul pistolului din buzunar. Își încleștase dinții pentru a-i împiedica să nu mai clănțăne. Clădirile aflate pe ambele laturi ale străzii o împiedicau să vadă altceva decât o mică bucată de cer. Urmărise cum culoarea lui trecea treptat de la azuriu la acvamarin. Ziua se anunța a fi luminoasă, dar de un ger mușcător.

---

[1] Mâncare indiană, curry de miel sau capră gătit la foc iute cu usturoi, ceapă, curcuma și alte ingrediente locale (n. tr.).

Când Qadiq sosise, aşteptase până ce îl văzuse cum descuia lacătul şi deschidea uşa garajului. Se strecurase apoi din spatele containerului. Qadiq închisese uşa garajului, însă lăsase în partea de jos o crăpătură de patruzeci şi cinci de centimetri, suficientă pentru Stephanie. Se rostogolise peste pragul betonat. Înăuntru atmosfera era rece și umedă. Lângă intrare se afla un mic stivuitor cu furcă. Zări lăzi nedeschise, sosite recent de la Cairo. În stânga erau cutii din carton pline cu tricouri în toate culorile. Unele erau inscripţionate cu desene şi logouri şi ambalate individual în pungi din plastic. Trecu pe lângă o jumătate de duzină de stative încovoiate sub greutatea jachetelor de piele care degajau un miros puternic.

Îl urmărise pe Qadiq în întuneric până la o mică masă de lucru amplasată în fundul depozitului. Abia atunci tuşise, semnalându-și prezența, iar bărbatul se întorsese cu fața spre ea, ducându-și o mână la piept.

— Cine eşti? lătrase el.

Stephanie spera că atitudinea dură avea să-i dea prestanță. Ținuse în sus fotografia developată de Bradfield cu o seară înainte şi spusese:

— Uită-te la asta! Unde îl pot găsi pe individul ăsta?

Qadiq își revenise din şoc şi răspunsese pe un ton duşmănos:

— Pleacă de aici! Cară-te imediat!

— Mai întâi răspunde-mi la întrebare!

Qadiq aruncase o privire spre o masă de lucru înțesată de hârtii. Pe ea se afla un telefon.

— Sun la poliție!

Stephanie scosese pistolul din buzunar.

— Ba n-ai să suni!

În spatele lentilelor de mărire, Qadiq căscase ochii cât cepele şi fiecare pupilă se transformase într-o minge de golf de culoare întunecată.

— Cine ești?

— Răspunde la întrebare și pe urmă poți să uiți că m-ai văzut.

Sub aparența superficială de calm, Stephanie era un ghem de nervi. Qadiq aruncase o privire fotografiei și clătinase din cap.

— Nu l-am văzut în viața mea. Acum pleacă, te rog!

— Individul a fost aici, iar tu l-ai ajutat.

— Ți-am spus, nu îl cunosc.

— Avea nevoie de documente contrafăcute. Tu ești cel care a organizat totul.

Qadiq ridicase vocea, din ce în ce mai iritat.

— Mă ocup cu importul de tricouri.

— Printre altele!

— Nu știu despre ce vorbești.

Îndoiala începuse să se strecoare în sufletul lui Stephanie, în ciuda hotărârii de a o suprima.

— Despre pașapoarte vorbesc, firește. Despre pașapoarte furate sau falsificate.

— OK, atunci spune-mi unde sunt! zisese Qadiq, fluturând o mână spre depozit. Arată-mi locul unde crezi că le-am ascuns.

Stephanie rămăsese fără replică. Văzuse disprețul profund din ochii bărbatului.

— Așa mă gândeam și eu, continuase el. Acum ce-ar fi să lași pistolul ăla tâmpit din mână și să te cari de aici?

Expresia de pe chipul lui sugerase că era de neconceput ca ea – o biată femeie – să reprezinte o amenințare pentru el. Cât despre Stephanie, aceasta se trezise pentru a doua oară în ultimele douăzeci și patru de ore în postura de nu-și găsi cuvintele. Pistolul se afla în mâna ei, însă Qadiq, la fel ca Bradfield, puțin mai nainte, era cel care deținea controlul.

— Hai odată! Cară-te de aici!

Acela fusese momentul când Stephanie eliberase piedica, în chip de amenințare și nimic altceva. Poate din cauza frustrării ori a nervilor, degetul arătător de la mâna dreaptă îi tremurase și apăsase pe trăgaci.

Împușcătura accidentală schimbă diametral situația. Qadiq fusese convins că interpretase corect lucrurile, dar acum era confuz. După disprețul prelungit cu care își tratase vizitatoarea, teama întârzia să se instaleze. Se holbă la gaura din teancul de chitanțe prins cu un ac pe perete în timp ce Stephanie își examina pistolul alarmată, ca și cum arma suferise mutări și se transformase într-o ființă vie, cu minte și voință proprii. Totuși, până să se întoarcă Qadiq cu fața spre ea, își regăsi masca la care recursese atât de des în ultima vreme, aceea de impenetrabilitate.

Qadiq clipea des, fără să-i vină să-și creadă ochilor, reacție determinată mai degrabă de schimbarea din atitudinea lui Stephanie decât de împușcătura în sine. Stephanie îi arătă din nou poza.

— De ce nu te mai uiți o dată? Și nu-mi spui unde îl pot găsi?

Qadiq scutură din cap.

— Nu știu!

Stephanie ridică iar arma.

— Te rog, se tângui el. Habar nu am unde locuiește. N-am știut niciodată.

— Atunci măcar spune-mi cum îl cheamă.

Qadiq rămase tăcut preț de o clipă, apoi răspunse:

— Nu știu cum îl cheamă.

Pauza îl trădase, lucru de care erau conștienți amândoi.

— Mă minți!

— Nu! Jur că...

— Glonțul următor o să se înfigă între picioarele tale, Ismail.

Reglă ținta și Qadiq icni:

— *Mohammed!*

— Mohammed?

Bărbatul dădu din cap cu putere.

— Da. Așa îl cheamă. Mohammed.

— Ei bine, asta micșorează numărul suspecților la câteva sute de milioane. Mohammed și mai cum?

Urmări agonia din ochii lui Qadiq. Într-un final, acesta șopti:

— Reza Mohammed.

— E numele lui real sau doar unul folosit aici?

— Nu știu.

— Dacă ai fi fost pisică, ți-ar fi rămas acum opt vieți. Bun, spune-mi unde pot să-l găsesc!

— Jur că nu știu.

Potrivit informațiilor lui Proctor, Mohammed era student la Imperial College.

— Ce face aici, în Londra?

— N-am idee.

— Dar trebuie să aibă un serviciu.

— Probabil...

— Ismail, simt că-mi pierd răbdarea. Spune-mi cu ce se ocupă Mohammed?

— Te rog! Nu mi s-au dat niciodată asemenea detalii.

Stephanie îl lăsă să fiarbă în suc propriu, în ideea că tăcerea neplăcută așternută peste ei avea să-i dezlege limba. Când își dădu seama că nu mai avea să afle nimic, zise:

— Acum o să plec, dar mai întâi vreau să mă asculți cu atenție. O să-l găsesc pe Reza Mohammed. Poți să fii sigur de asta. Dar dacă individul adulmecă pericolul și se face nevăzut, voi ști de unde a primit informațiile. Și atunci o să mă întorc aici și o să te împușc în amândoi genunchii. Și pe urmă o să mă duc la poliție și o să le povestesc cu ce afaceri te ocupi, așa că, după ce îți vor repara picioarele și-ți vor da drumul din spital, o să te arunce în închisoare pentru douăzeci de ani. Ai înțeles?

Qadiq încuviință încet din cap.

Stephanie ridică arma și o îndreptă spre locul situat între ochii lui ridicol de mari în spatele lentilelor.

— Vreau să te aud cum spui „da"!

Întoarsă la King's Court Hotel în Bayswater, Stephanie dădu trei telefoane și află două lucruri. Primul, că Reza Mohammed *era* student la Imperial College. Al doilea, că Mustafa Sela *fusese* student la Imperial College până în urmă cu un an și jumătate. Stephanie analiză informațiile. Un an și jumătate în urmă, adică înainte ca Reza Mohammed să procure de la Bradfield documentele pe numele Mustafa Sela. Ceea ce nu însemna neapărat că Sela mai vechi și Sela mai nou nu erau una și aceeași persoană și niciuna dintre ele Mustafa Sela cel real. Poate că Mohammed pierduse documentele originale sau îi fuseseră furate. Sau poate că existau doi Mustafa Sela, unul legitim și unul impostor. Și dacă era așa, poate că existau mai mult de doi. De ce nu?

Pe drumul de la Bayswater la South Kensington, încercă să retragă alte două sute de lire cu cardul Visa al lui Proctor, tranzacție respinsă de bancomat, care îi reținu cardul. Se lăsă pentru o clipă în voia panicii, după care logica puse din nou stăpânire pe mintea ei. La urma urmei, era de așteptat. Și avusese noroc să poată retrage atâta numerar.

Clădirile care adăpostesc Colegiul Imperial de Știință, Tehnologie și Medicină din cadrul Universității din Londra sunt situate între Exhibition Road și Queen's Gate. Stephanie găsi centrul administrativ în clădirea Sherfield, un bloc urât, poziționat în centrul complexului studențesc. Aflase codul de cursuri UCAS[1]

[1] Organizație neguvernamentală non-profit înființată în 1992 care se ocupă în principal de cererile de admitere la cursurile de învățământ superior din Regatul Unit, oferind informații despre programa de studii, modul de completare a formularelor de înscriere, taxe etc. (n. tr.).

al lui Mustafa Sela - H402 - de pe una dintre dischetele lui Proctor. Folosindu-se de cod, obținuse orarul cursurilor pentru studenți urmate de Mustafa Sela: inginerie aeronautică, cu un an de studii în Europa. Obținuse, de asemenea, și orarul cursurilor urmate de Reza Mohammed: studii postuniversitare de inginerie și tehnologie chimică.

Reza Mohammed își făcu apariția la ora trei și jumătate după-amiaza.

Se afla într-un grup care ieșea de la o prelegere și în care erau mai mulți studenți care păreau de origine arabă sau proveniți din Orientul Mijlociu, însă Stephanie îl recunoscu imediat. Comparativ cu fotografia, avea părul puțin mai lung și barba rărită, cu numai câțiva țepi negri rămași, însă nasul acvilin și ochii umbriți de pleoape grele îl făceau de neconfundat. Deși se găsea în mijlocul grupului, era singur. Ceilalți pălăvrăgeau între ei, doi câte doi sau mai mulți, dar nu și Mohammed.

Stephanie îl urmări de la o distanță sigură până la Queen's Gate, unde Mohammed coti la stânga, apoi la dreapta și o luă pe Cromwell Road, iar Stephanie bănui că se îndrepta către stația de metrou Gloucester Road. Se apropie pentru a nu-l pierde din ochi în clipa când ajungea la stație. Numai că Mohammed trecu de stație și nu ieși de pe Cromwell Road decât când ajunse la Knaresborough Place, care dă spre Courtfield Gardens. Intră într-o clădire situată pe colțul cu Barkston Gardens.

Stephanie rămase pe loc câteva clipe înainte de a face o primă mișcare. De pe trotuar se înălțau trepte din piatră pe sub un balcon aflat la etajul întâi către o intrare care, prin ușa din sticlă, părea să dea într-un fel de hol de recepție unde un tânăr stătea gârbovit în spatele unui birou fumând o țigară. Avea un aer plictisit. Majoritatea clădirilor din preajmă erau rezidențiale private - foste case de locuit de mari dimensiuni transformate în apartamente sau hoteluri ieftine. Clădirea în chestiune însă nu părea să fie nici una, nici alta. Stephanie se apropie de balustradă și aruncă o privire în subsol: două încăperi mari, despărțite de un coridor. Într-una dintre camere se aflau un automat cu băuturi răcoritoare, scaune de plastic pe o podea din linoleum și un televizor vechi într-un colț. În cealaltă, zări un aparat ergometric pentru exerciții, un set de greutăți pe o saltea de cauciuc, un aparat de exerciții de urcat scările. Observă un telefon cu fise montat pe coridor, imediat după ușa care dădea spre scara de incendiu, la baza treptelor care coborau de la poarta montată între balustradele de la nivelul străzii.

La intrarea principală nu se afla nicio firmă, dar exista o a doua intrare, mică și laterală, iar lângă ea, pe o plăcuță din alamă cam murdară, erau gravate cuvintele: al-Sharif Students Hostel. Pe colțul uneia dintre ferestre fusese lipit un abțibild alb pe fond verde, cu o semilună și o stea.

Când făcu a treia mișcare, îl văzu pe Reza Mohammed la parter, așezat cu spatele la geam și părând să urmărească o emisiune la televizor. Lângă el stătea un alt tânăr, dar cei doi nu-și vorbeau.

Stephanie sună la serviciul de abonați telefonici și află numărul de la al-Sharif Students Hostel. Îl apelă. Răspunse o voce masculină. Ceru cu Reza Mohammed și i se spuse să aștepte un moment. Un alt telefon începu să sune. De pe trotuar văzu un tânăr care ieșea din sala de fitness și intra pe coridor. Bărbatul ridică receptorul de la telefonul cu fise. Stephanie îl văzu și îl auzi cum rostește un cuvânt de neînțeles, apoi închise mobilul lui Proctor.

Sunt mistuită de o furie pe care nu o pot descrie în cuvinte. În ultimele două zile am dat probabil impresia de observator ocazional, calm și detașat. Nimic mai neadevărat.

În ultimii doi ani am dus o viață vădit ferită de amărăciuni. Am fost prea împietrită, prea beată sau prea obosită pentru a găsi în mine energia de a mă înfuria. Nu am putut să îl urăsc pe Dean West, nici pe Barry Green sau pe ceilalți bărbați care m-au exploatat. Nu am simțit furie față de cei care mă cumpărau cu ora. Și nu sunt sigură că ar fi contat prea mult dacă aș fi știut atunci că tragedia a fost provocată de un act de terorism. Comportamentul meu era determinat de mine, nu de evenimentele din jur.

Dar lucrurile s-au schimbat acum. Acum simt furie. Și o simt într-un fel care îmi spune că ea a fost tot timpul acolo, închisă într-un depozit bancar secret cu acumulare de capital în sume de-a dreptul astronomice. Simt furie față de Christopher pentru că a fentat moartea. Simt furie față de restul familiei pentru că nu a fentat-o. Simt ură față de West, Green și toți ceilalți care m-au folosit. Nici Proctor nu scapă mâniei mele: de ce m-a părăsit tocmai când începusem să mă încred în el? Și pe urmă mai e, desigur, Reza Mohammed, tipul cu bomba. Cel mai mult sunt însă furioasă pe mine însămi. Disprețuiesc declinul în care m-am complăcut și sunt frustrată pentru tot ce mi s-a întâmplat în ultimii doi ani. Sunt furioasă pe modul în care m-am comportat în anii de dinainte. Și ceea ce înrăutățește și mai mult lucrurile este faptul că nu pot schimba absolut nimic din ce a fost, că nu pot acționa retroactiv.

Așa că meditez la ce voi face. Mâine.

Mă gândesc la cursul urmat de Mustafa Sela la facultate. Inginerie aeronautică, cu un an de studii în Europa. Oare cunoștințele căpătate la Imperial College l-au ajutat să arunce în aer cursa NE027? La acel moment, Sela ar fi fost în anul al treilea din cei patru de studii. Examinez orarul. Ar fi parcurs deja materii precum Structura aeronavei, Materiale și mecanica zborului sau Designul corpului aeronavei. Dacă Sela și Mohammed sunt una și aceeași persoană, fapt care mi se pare foarte plauzibil, atunci cursul urmat de el are o anumită semnificație personală. Iar cel la care este înscris acum Reza Mohammed are un potențial alarmant: studii postuniversitare de inginerie și tehnologie chimică. Înarmat cu asemenea cunoștințe, coșmarurile pe care le poate transforma cu siguranță în realitate sunt absolut înspăimântătoare.

Deschid o doză de cola în timp ce studiez fotografia lui Reza Mohammed. Mă uit la el, iar el se uită la mine. Oare părinții lui mai sunt în viață? Știu unde e el și cu ce se ocupă? Are frați sau surori? Care poate că seamănă cu el? Va fi jelit și i se va duce dorul?

Cât despre viitorul meu, pentru moment, nu vreau să mă gândesc decât la ziua de mâine. Nu voi mai ceda tentației alcoolului sau drogurilor, dar chiar și așa, viitorul nu se anunță prea luminos. Pe de altă parte, m-am obișnuit să trăiesc în întuneric. Întrebarea pe care mi-o pun nu are însă nimic de-a face cu ceea ce se va întâmpla după ziua de mâine: când va veni momentul și mă voi uita în ochii lui Reza Mohammed – ochii unei ființe omenești, la fel ca mine –, oare voi fi în stare să apăs pe trăgaci? Am făcut-o deja accidental – și am ratat –, dar voi putea oare s-o fac deliberat și drept la țintă? Pentru că, în ciuda furiei care mă copleșește, acest gest este împotriva oricărui instinct natural din mine.

Chiar pot ucide cu sânge-rece?

Stephanie nu reuși să închidă un ochi în noaptea aceea. Se uită la televizor, în speranța deșartă că asta-i va distrage atenția. Nici cuplul care se certa în camera alăturată, nici sirenele ce răsunau în depărtare sau scrâșnetul ocazional al unor frâne nu o liniștiră.

Tânjea după o ţigară, după un pachet întreg. Tânjea după votcă, după heroină, după orice ar fi oprit-o să gândească. Tânjea să fie din nou copil, acasă, în siguranţă, în atmosfera caldă a bucătăriei, cu mama învârtindu-se pe lângă ea, ţesând la pânza protectoare a dragostei părinteşti. Voia ca Reza Mohammed să dispară. Voia să doarmă şi să nu se mai trezească niciodată. Voia să fie altcineva, cineva care să nu fie înspăimântat şi vlăguit.

Zorii aduseră burniţă în oraş. Perfect. Încercă să mănânce ceva şi i se făcu greaţă aproape instantaneu. Ziua înainta încet ca un gheţar. Se aştepta ca adrenalina să i se scurgă din corp şi să înceapă căderea nervoasă, dar nu se întâmplă aşa. Acum, la opt şi jumătate seara, secătuită de puteri şi mai incapabilă ca oricând să gândească, Stephanie era o epavă.

Din locul în care stătea îl vedea perfect pe Reza Mohammed şi îşi simţi inima în gât. Vreo şase studenţi se adunaseră în hol pentru a urmări o emisiune la televizor. Mohammed se aşezase în spatele lor, pe un scaun întors în direcţia opusă. Discuta cu un bărbat mai în vârstă; cei doi stăteau faţă în faţă, aplecaţi înainte, cu coatele sprijinite pe genunchi. Mohammed ţinea în mâini un pahar de hârtie. Stephanie bănui că vorbeau încet între ei; limbajul corpurilor ducea cu gândul la o conspiraţie.

În minte avea totul bine planificat. Avea să îl aducă pe Reza Mohammed la telefonul cu fise. Pe urmă va deschide uşa dintre balustrade – stabilise deja că nu o va găsi încuiată –, va coborî treptele şi-l va împuşca prin geamul uşii care dădea spre scara de incendiu. Estimase distanţa la mai puţin de trei metri. Şi avea şansa să scape. Dacă trăgea prin geamul uşii, nu trebuia să intre în clădire şi, astfel, posibilitatea de a fi prinsă sau doar zărită scădea. Şi cum presupunea că zgomotul împuşcăturii avea să creeze haos, spera că asta, plus întunericul, aveau să îi ofere oarece protecție în timp ce încerca să dispară. Cu cinci gloanțe pe țeavă, nu avea de ce să rateze, doar dacă greșea ținta; ea era singura verigă slabă din lanț.

I se părea că întreaga ei viață se cristalizase, redusă la un singur moment definitoriu. Deci asta era! Tot ce se petrecuse înainte condusese aici și tot ce avea să se întâmple de acum încolo urma să fie consecința a ceea ce se petrecea acum.

Formă numărul și apăsă mobilul lui Proctor de ureche. Telefonul sună de trei ori înainte să răspundă cineva.

— Bună seara!

Era vocea recepționerului.

— Pot să vorbesc cu Reza Mohammed, vă rog?

— Cine îl caută?

De undeva, de nicăieri, îi veni în minte un nume.

— Sunt Mary Stuart, secretara profesorului Pearson de la Imperial College.

Pauză. Și pe urmă:

— Vă rog să așteptați un moment!

Stephanie stătea pe trotuar, lângă balustradă. Poarta era ușor întredeschisă. Cu mâna stângă ținea telefonul, iar cu dreapta, pistolul din buzunar. Ploaia înghețată îi picura pe ceafă. La fel ca înainte, în ureche îi sună un alt telefon, cel pe care îl văzuse prin geamul de la ușa care dădea spre scara de incendiu. Un necunoscut răspunse, iar Stephanie ceru din nou cu Reza Mohammed. Îl văzu pe necunoscut dispărând pe coridor, pentru a reapărea, câteva clipe mai târziu, în încăperea alăturată. Urmări filmul mut: capul lui Reza Mohammed întorcându-se, gura mișcându-se – un cuvânt adresat în grabă companionului său –, corpul ridicându-se de pe scaunul din plastic. Purta pantaloni kaki, o pereche de pantofi sport vechi și o jachetă bleumarin din molton peste un tricou alb. Stephanie își imagină cum aveau să arate petele de sânge pe îmbrăcămintea lui.

Împinse poarta și urcă până la treapta lată de sus. Reza Mohammed ajunse la telefon și întinse mâna după receptorul lăsat să atârne. Stephanie scoase pistolul din buzunar.

Nu purta niciodată arme asupra ta decât dacă ești pregătită să le folosești!

Mohammed avea o voce joasă.

— Alo?

— Sunteți Reza Mohammed?

— Da. Cu cine vorbesc?

Telefonul nu mai era, pistolul nu mai era.

Mâna așezată peste gura ei înăbuși un cuvânt, apoi un țipăt. Acum mâinile erau peste tot pe ea, degetele îi săpau în piele, prin haine. Mergea înapoi, în sus, trasă, împinsă, cu tocurile pantofilor zgâriind treptele de piatră. Brațe puternice o țineau captivă. Auzi schimburi scurte de replici pe care nu le înțelese. Avea picături de ploaie în ochi. Și pe urmă nu mai avea.

Brusc se trezi într-un vehicul – o dubă poate –, împinsă pe podeaua goală. Înăuntru era întuneric. Auzi o comandă:

— Calc-o!

Reuși să-și miște puțin capul și să muște mâna care îi acoperea gura. Un bărbat își retrase mâna, țipând de durere. Stephanie se zbătu cu toată forța și dădu cu piciorul rămas liber în ceva care se feri mârâind. Vehiculul luă o curbă strânsă. Se deplasară cu toții.

Altcineva murmură:

— Pentru numele lui Dumnezeu, faceți ceva s-o potoliți!

Nu mai era timp de gândit, și încă și mai puțin de acționat. Stephanie își goli mintea de orice emoții; nu mai avea timp nici măcar să-i fie teamă. Dădu din mâini și din picioare cât de tare izbuti, găsind în ea rezerve neașteptate de putere, până ce un pumn de mărimea unei cizme se izbi de ochiul ei. De două ori. O singură dată ar fi fost de ajuns. După a doua lovitură încasată, puterile o părăsiră complet. Capul și umerii îi fuseseră înfășurați într-un material aspru – o pătură rugoasă sau un sac, ceva umed care puțea ca un coș de gunoi –, în timp ce corpul îi era supus de brațe și picioare invizibile. Degete de oțel se încleștaseră de mâneca brațului ei drept, sfâșiind geaca. După care brațul îi fu țintuit de podeaua rece din metal de două mâini puternice.

O voce murmură:

— Suntem gata!

11

Când deschise ochii, întunericul o învălui complet, exact la fel ca atunci când fuseseră închişi. Stephanie îşi reveni încet. Se simţea ameţită, iar întunericul nu o ajuta să-şi găsească o ancoră vizuală. Nu văzuse – sau mai degrabă nu nevăzuse – sau nu-şi imaginase niciodată cum ar fi absenţa totală a luminii. Ceasul ieftin din plastic îi fusese luat de la mână, aşa încât până şi pâlpâirile slabe din spatele cifrelor îi erau refuzate. Aşa arăta, fără îndoială, întunecimea deplină a morţii.

Stătea întinsă pe o suprafaţă dură. O podea probabil, dar cum putea să ştie dacă nu vedea nimic? Poate că stătea pe o ieşitură de stâncă, suspendată la treizeci de metri deasupra pământului. Îşi trecu palma peste suprafaţă. Era rece şi netedă.

Era conştientă de faptul că trebuia să definească îngrăditura şi să-i descopere dimensiunile, limitele. Limite care trebuiau să existe. Întunericul şi infinitatea erau concepte mult prea înspăimântătoare. Simţea deja cum creierul îi sădeşte seminţele panicii în stomac. Se săltă în patru labe cu oarece dificultate; nu avea echilibru. Bezna era şi aşa groaznică, dar şi mai rău era acel ceva care se prelingea prin sânge în vene. Vomită violent, cu spinarea curbată în sus, ca un câine care se întinde după ce a dormit.

Nu numai ceasul, ci şi geaca, pantofii şi cureaua îi fuseseră luate. Buzunarele fuseseră golite. Înţepătura de ac de pe braţul drept era moale la pipăit. Îi era frig. Se târî înainte încet, lăsând să-i alunece în față o palmă, apoi cealaltă, tot mai neliniștită la gândul a ceea ce va descoperi cu degetele. Cu simțul orientării grav afectat, nu putea decât să spere că se deplasa în direcția bună. Pentru că, altfel, ar fi putut să se miște în cerc într-o încăpere mică și să creadă în tot acest răstimp că traversa drept ca o săgeată un hol imens.

Degetele i se loviră de ceva tare. Tresări, își retrase mâna și aproape că încetă să mai respire. Apoi întinse din nou mâna în față. Dădu de ceva neted, dur, rece, vertical. Un perete. Își apăsă ambele palme de suprafața lui și o folosi drept sprijin ca să se ridice, clătinându-se pe picioare. Alese să o ia la stânga. Dădu de un colț, apoi de un alt perete și un alt colț. Cel de-al treilea perete îi oferi prima spărtură în zid: linii foarte fine, verticale, din podea până sus. Un contur de ușă. Dar o ușă fără clanță. Bătu în ea și strigă, dar își dădu seama că nu o auzea nimeni. Descoperirea ușii nu părea să o ajute cu nimic; era la fel de solidă ca și peretele în care fusese zidită. Fusese în mod clar gândită pentru a fi etanșă, ceea ce însemna una din două: fie că aerul pe care îl respira era pompat printr-o gură de ventilație la care nu avea acces – se întrebă cât de înalt era tavanul –, fie că nu exista nicio gură de ventilație, caz în care rezerva de aer era limitată. Stephanie încercă să nu ia în seamă a doua variantă. Ultimul lucru de pe lume de care avea nevoie era un nou motiv de a intra în panică. Numai că posibilitatea, odată sădită în mintea ei, rămase acolo.

Pipăi cel de-al patrulea perete și încă o dată pe primul, pentru a închide circuitul. Estimă că fiecare perete era lung de vreo șapte metri și jumătate. Ce fel de încăpere era? O celulă? O debara? Deși debaraua era și ea tot o celulă. O celulă de depozitat oameni.

Se retrase în primul colț și se așeză pe jos, cu brațele în jurul genunchilor. Măcar acum avea un cadru de referință, chiar dacă unul invizibil; în spatele ei nu se mai desfăşura la infinit un gol. Acesta se găsea, alături de întuneric, înlăuntrul ei.

Urinez în al treilea colț. M-am abținut cât de mult am putut, deși nu am idee cât timp. O jumătate de oră? O oră? Mai multe ore? Senzația de izolare pe care mi-o creează întunericul îmi afectează judecata. Fără un ceas la care să mă uit, fără un cer după care să mă ghidez, sunt suspendată în timp. Mă întorc la primul colț, ușurată fizic, dar rușinată. Mă simt umilită.

Unde mă aflu? Și cine m-a adus aici?

Două întrebări care nu-mi dau pace. Răspunsul la prima pare evident. Sunt nicăieri. Cât despre a doua întrebare, variantele sunt mai puțin clare. Nu i-am văzut pe răpitori. M-au prins pe la spate și m-au târât înapoi. Până să apuc să arunc o privire vreunuia dintre ei, m-am trezit în bezna unui vehicul, țintuită la podea. Sunt sigură că nu e lucrătura poliției. Dar poate că o altă agenție este implicată. Informatorul de la MI5 – adică Smith – l-a prevenit pe Proctor asupra consecințelor dezastruoase dacă autoritățile aflau de investigația derulată de el. Este posibil ca răpitorii să fie de la MI5, de la SIS sau de la altă agenție de care n-am auzit în viața mea? Ideea îmi pare alarmantă și totodată surprinzător de liniștitoare, căci alternativele ar fi cu mult mai rele. Dacă atacatorii sunt asociați de-ai lui Reza Mohammed sau Ismail Qadiq? În mintea mea de fugară revine imaginea nefericitului Keith Proctor, așa cum arăta ultima dată când l-am văzut.

Sunt înspăimântată de moarte. Toată agresivitatea glacială care m-a ținut concentrată până acum s-a evaporat. Nimic din ce am trăit în ultimii doi ani nu seamănă cu experiența asta. Chiar și în cele mai negre momente am simțit că mai aveam o șansă, că încă mai puteam face ceva în beneficiul meu. Dar nu și acum. Acum sunt singură și nu pot face nimic.

Întunericul deplin este acum și mai întunecat, pustiul mă învăluie. E o senzație de claustrofobie pe care o simt pentru întâia oară și mă blochez complet. Logica mă părăsește. Nu văd nimic – îmi apropii mâna de față și-mi simt răsuflarea în palmă, dar nu disting niciun contur –, totuși simt că zidurile se închid peste mine. Întunericul se strânge. E ceva ce simt. Aerul îmi zdrobește plămânii. Transpir abundent. Respir din ce în ce mai slab. De vină să fie anxietatea ori rezerva de oxigen este pe cale să se epuizeze?

Frica de a fi prinsă în capcană, spaima de spații mici. Golul și bezna sunt deopotrivă infinit de vaste și terifiant de apropiate. Sunt amorfe și totuși alcătuiesc un fel de a doua piele care mă sufocă. Mintea îmi cedează sub presiune. Mă dezintegrez.

Aeronava fisurată e floare la ureche. Așa se simte decompresia explozivă.

Lumina îi produse durere. Stephanie se chirci într-un colț, apărându-se de strălucirea ei până ce ochii i se obișnuiră puțin. Când își ridică, în cele din urmă, capul, zări un bărbat stând în pragul ușii.

Bărbatul spuse:

— Urmează-mă!

Nu îi trecu prin minte să întrebe unde se află sau încotro mergeau. Oriunde era mai bine decât în întuneric. Se săltă în picioare și, încă clipind mărunt, păși cu tălpile goale pe un coridor cu tavan jos prin care treceau țevi ruginite. Pe pereți erau montate becuri acoperite cu plase de sârmă protectoare.

Bărbatul o conduse spre capătul coridorului și în sus pe o scară cu trepte din beton. Pereții fuseseră vopsiți în gri și verde cu mulți ani în urmă; acum se scorojeau. Pe suprafețele dure zgomotul făcut de pantofii individului făceau ecou. Trecură de parter și de etajul întâi. Stephanie aruncă o privire prin casa scărilor murdară și nu zări nimic familiar, doar o platformă industrială în depărtare și un șantier de construcții ce se dădea drept parcare. O imagine urbană banală. Bănuia că se afla în continuare în Londra, dar n-avea cum să fie sigură. Odată ajunși la etajul al doilea, bărbatul împinse un rând de uși batante și o conduse pe un coridor care se intersecta cu un birou abandonat. O invită să intre în încăpere, îi spuse să aștepte și pe urmă o încuie înăuntru. Stephanie încercă clanța, pentru orice eventualitate.

Un birou din lemn domina camera. Pe el trona un telefon vechi din bachelită. Stephanie ridică receptorul și constată că era mort. Alături se afla un fișier rotativ pentru cărți de vizită pe care îl frunzări. Cartonașele erau îngălbenite de vreme; la numerele din Londra prefixul era cel vechi, 01. Pe o măsuță se afla o mașină de scris antică, o relicvă din perioada preelectrică. Nici urmă de fax sau computer. Se simți ca într-un muzeu al civilizațiilor: biroul din anii '50 al unui cadru de conducere de nivel mediu. Impresie la care contribuia și praful adunat în încăpere. Plus aerul stătut.

Își frecă îndoitura brațului, apoi se uită în jos și văzu vânătaia întunecată formată în jurul înțepăturii acului.

La momentul în care auzi cheia zgâriind încuietoarea, se săturase să mai inspecteze și se așezase pe un scaun rotativ, cu picioarele goale pe birou.

Un bărbat intră în încăpere – altul decât cel care o escortase până aici –, iar Stephanie zări alți doi rămași pe coridor. Individul închise ușa în urma lui. Ținea un dosar plat sub braț. Stephanie estimă că avea între cincizeci și șaizeci de ani, cu toate că părul îi albise aproape complet. Nu era mai înalt decât ea, avea o constituție subțire și trăsături fine: nas lung și îngust, pomeți aproape slavi și o gură severă, încadrată de buze subțiri și pale. Pielea îi era roșcovană, ca bătută de vânt. Ochii, în nuanța cea mai pură de acvamarin, erau însă trăsătura cea mai izbitoare a feței sale. Purta un pardesiu vechi peste o cămașă în carouri groasă și o pereche de pantaloni uzați din catifea velur. Bocancii de culoare cafenie erau scâlciați.

Individul lăsă dosarul să cadă pe birou, lângă picioarele lui Stephanie. Impactul iscă un nor de praf.

— Domnișoara Stephanie Patrick. Vârsta? Douăzeci și doi. Profesia? Prostituată. Domiciliul? Nicăieri și oriunde.

Scoase din buzunar un pachet de țigări Rothmans și gesticulă spre dosarul de pe birou.

— Toată viața dumitale e adunată aici, domnișoară Patrick. Sau cel puțin viața pe care ai dus-o înainte de a te retrage din societate și a te da la fund. Dar ce se întâmplă cu dumneata acum? *Cine* ești acum? Nu ai cont bancar, nici dosar medical, și nu plătești taxe. Ai carnet de conducere, dar adresa e veche. Pașaportul ți-a expirat și nu a fost reînnoit. Nu te-ai înregistrat pe listele electorale și nu plătești taxa locală pentru proprietățile deținute. Nu ai număr de asigurare. De fapt ai, dar funcționarii de acolo nu știu dacă mai ești în viață sau nu cumva ai murit. Și nu sunt singurii.

Bărbatul vorbea cu accent scoțian. Nu puternic, dar inconfundabil. Vocea îi era mai joasă decât s-ar fi potrivit unei persoane cu fizicul său.

— Unde mă aflu?

— Se pare că ești genul care dă mereu de bucluc. Exmatriculată de la două școli, prima oară pentru încălcări repetate ale regulilor privind fumatul și consumul de băuturi alcoolice, a doua oară pentru comportament sexual inadecvat. La Durham University nu ți-a luat decât o lună până la cel dintâi avertisment...

— Un lector s-a dat la mine.

— Nu asta scrie în dosar.

Stephanie își coborî picioarele de pe birou.

— Cine ești?

— De fapt, scrie că lucrurile s-au petrecut exact invers. Că lectorul ți-a respins avansurile și dumneata ai mers la soția lui și ai mințit-o pentru a-l pedepsi.

— Crede-mă, metodele mele de a pedepsi sunt mai creative de atât.

Bărbatul zâmbi, însă era un surâs lipsit de veselie. Scoase o țigară din pachet și o aprinse.

— Ce nu scrie în dosar este cum de ai ajuns în Earls Court cu un pistol încărcat cu care te pregăteai să tragi în ceafa unui bărbat neînarmat. Îmi permit să fac o presupunere, oricât de hazardată. Ești tânăra care a fost văzută recent în compania lui Keith Proctor, jurnalistul asasinat.

— Iar tu ești...

— Numele meu este Alexander.

— Alexander și mai cum?

— *Domnul* Alexander.

— De unde ești? De la poliție?

— Nu!

Stephanie trecu în revistă în gând celelalte opțiuni.

— MI5 sau ceva de genul ăsta?

— Da, ceva de genul ăsta.

Ceva despre a cărui existență n-ai avut habar.

— Ai un dosar interesant, continuă Alexander. Ești, din câte se pare, o tânără foarte inteligentă, cu talent la limbi străine. Sincer să fiu, mi-e greu să cred așa ceva. În schimb, nu mi-e deloc greu să cred că ai o capacitate de autodistrugere remarcabilă. Nu mă interesează câtuși de puțin faptul că trăiești cu impresia că ești capabilă să ucizi cu sânge-rece. Sunt sigur că te-ai descurca de minune. Manifești o înclinație deosebită spre practici pe care noi, ceilalți, ne străduim din greu să le evităm, și te pricepi la ele. Ceea ce mă interesează însă pe mine este ca Reza Mohammed să nu pățească nimic rău.

Stephanie fu cuprinsă din nou de furie.

— Și în cazul ăsta unde e dreptatea?

— Aveai de gând să împuști în ceafă un bărbat neînarmat și crezi că ai dreptul să-mi ții predici pe tema dreptății? întrebă

Alexander, urmărind-o prin vălul albăstrui al fumului țigării. Mohammed e mai util în viață decât mort din motive justițiare.

— Ar fi în viață și dacă ar fi condamnat la douăzeci și cinci de ani de închisoare într-un penitenciar de maximă securitate.

— În viață, dar nefolositor. Mohammed trebuie să rămână liber și... *neinhibat*.

— De ce?

— Asta nu-i treaba ta!

— Mi-a omorât părinții, sora și fratele, iar voi îl protejați. Cum să nu fie asta treaba mea?

— În privința asta suntem de acord. Dar atât.

— Nu e de ajuns!

— Mi-e teamă că mai mult nu vei obține.

— Măcar spune-mi motivul pentru care mă aflu aici. Oriunde ar fi acest *aici*.

— Te afli aici pentru a fi evaluată. Eu voi face asta.

— Evaluată din ce punct de vedere?

— Al riscului. Trebuie să mă convingi că nu mai reprezinți o amenințare fizică la adresa lui Reza Mohammed și că-ți vei ține gura. Trebuie să mă asigur că îmi vei face aceste promisiuni și că le vei respecta.

— Și dacă nu?

Alexander ridică nepăsător din umeri, ca și cum chestiunea era lipsită de importanță. Dar Stephanie văzu ce se afla în ochii lui și apoi ce se afla și în mintea ei: epava carbonizată prăbușită în Atlantic, genunchii zdrobiți ai lui Keith Proctor, Reza Mohammed în aula facultății.

— Nu-ți pot promite nimic.

Alexander ridică din sprâncene.

— Nu am deloc simțul umorului, domnișoară Patrick, după cum vei descoperi cât de curând. Poți deduce, prin urmare, că n-am glumit când ți-am spus toate acestea.

Bărbatul se uită la ceasul de la mână, apoi adăugă:

— Acum trebuie să plec. Poate că nu ți-ar strica să mai meditezi un pic la propunerea mea, cu toate că decizia mi se pare a fi una foarte simplă.

— Îți închipui cumva că voi renunța la planul meu doar fiindcă mă amenințí?

— Cred că nu îți dai seama de gravitatea situației.

Stephanie încercă să alunge din minte senzația de claustrofobie.

— Nu înțelegi? Nu-mi pasă ce crezi. În plus, mă aflu, în chip surprinzător, într-o poziție puternică de negociere.

— Nu te afli în nicio poziție de negociere.

— Dimpotrivă. Toate informațiile adunate de Proctor au fost stocate pe dischete.

Bărbatul schiță din nou un zâmbet, la fel de lipsit de însuflețire ca înainte.

— Da, știu. Au fost recuperate, împreună cu obiectele dumitale personale, din camera de la King's Court Hotel.

Stephanie încercă să-și păstreze avantajul.

— Și ați verificat conținutul lor? Desigur. Stai să ghicesc ce ați găsit! Povești zguduitoare de interes uman pe două dischete. Relatări tragice despre modul în care familiile și prietenii celor decedați încearcă de doi ani să facă față tragediei prin care au trecut. Nimic care să reprezinte o amenințare la adresa voastră, oricine ați fi.

Alexander fuma în tăcere. Conținutul desktopului lui Keith Proctor fusese salvat și pe cele șapte dischete ale sale. Stephanie îl transferase pe două dischete noi. Expresia de pe fața lui Alexander nu trăda nimic, însă Stephanie știu instinctiv că trebuie să pluseze.

— Sunt șapte dischete. Sau mai corect, *au fost*. De fapt, acum sunt douăzeci și una, trei seturi complete. Și mai sunt și patru rânduri de copii printate. Nu pretind că am parcurs tot materialul, și adevărul e că mare parte din el nici nu am înțeles-o. Dar atât cât am citit, mi-am dat seama de valoarea lui. Cursa NE027 a fost doborâtă de o încărcătură de Semtex făcută la comandă. Probele erau peste tot în epavă și asupra victimelor, dar nu au fost luate în seamă. Nu știu de ce. Ceea ce știu este că Reza Mohammed – în prezent înscris la cursuri postuniversitare la Imperial College – este cel responsabil. Pe dischete există dovezi că Mohammed e în viață, trăiește în Londra și că autoritățile competente sunt la curent cu acest lucru și îl încurajează. Poate dintr-un motiv *bine întemeiat*, însă nu cred că opinia publică va fi de aceeași părere atunci când știrea va apărea pe prima pagină a ziarelor. Tu ce părere ai?

Observă că pupilele lui Alexander se dilataseră.

— Doar nu-ți imaginezi că li se va permite ziarelor să publice astfel de acuzații ridicole și neargumentate?

— Ba argumente există, dar îți înțeleg punctul de vedere. Și tocmai de aceea am trimis majoritatea informațiilor în străinătate. Un set de dischete se află în posesia unei firme de avocatură; cei de acolo au primit instrucțiuni ce să facă dacă mi se întâmplă ceva. Am stabilit împreună metodele de comunicare. Cât despre restul dischetelor, ar putea fi oriunde.

Alexander zâmbi acum superior.

— Foarte bine!

— Germania, Argentina, Africa de Sud, Canada, cine știe? Ar putea fi o mare rețea de televiziune sau o mică publicație independentă. Banii nu intră în această ecuație. Așa încât, la fel de bine, ar putea fi un individ căruia îi place să posteze tot felul de chestii pe internet.

— Și pe cine ai putea cunoaște dumneata în Argentina? întrebă el. Mă minți, domnișoară Patrick.

— Din câte înțeleg, mi-ai oferit varianta de a mă retrage fără să pățesc nimic, cu condiția să-mi țin gura. De ce aș respinge o asemenea ofertă? N-ar avea niciun sens. Decât dacă aş dispune de o protecție serioasă.

Alexander nu zise nimic preț de câteva clipe, deși lui Stephanie i se păru mai mult. Poate că se aşteptase ca ea să spună ceva când tăcerea avea să devină apăsătoare. Numai că Stephanie se pricepea la tăceri glaciale.

În cele din urmă, bărbatul se uită din nou la ceas și zise:

— Ai reușit să câștigi ceva timp și atât. Trase un ultim fum din țigară, aruncă mucul pe jos și îl strivi cu piciorul, apoi adăugă: Dar nu foarte mult.

Seara, doi bărbați veniră după ea. Unul rămase afară, celălalt intră în cameră ca să îi returneze obiectele personale. Stephanie își puse ceasul la mână și văzu că era opt fără zece.

— De când mă aflu aici?

— De ieri.

— Unde mergem?

— Vei vedea.

Afară era frig. Era aşteptată de un Mercedes albastru cu motorul pornit și țeava de eșapament pufăind tare. Stephanie remarcă la intrarea în clădire o placardă de la o agenție imobiliară pe care stătea scris „De vânzare". Părea să se afle acolo de mult timp.

Unul dintre bărbați deschise portiera din spate și îi făcu semn cu mâna să intre. Stephanie privi în jur, dar nu avea unde să fugă. Nu avu încotro și se conformă. Bărbatul se aşeză lângă ea pe bancheta din spate, în timp ce însoțitorul său se postă în față, lângă șofer. Portierele erau cu închidere automată centralizată și mașina porni.

Alunecară silențios pe sub conurile de lumină portocalie aruncate de felinare, pe lângă case lipite două câte două printr-un zid și retrase de la trotuar, pe lângă mici parcele industriale și supermagazine de mobilă ale căror nume străluceau în noapte, scrise cu litere uriașe de neon. Stephanie zări un indicator către Wembley, la numai o milă distanță. Se aflau în zona de nord a Londrei. Și pe măsură ce arhitectura se schimba, îi deveni tot mai clar că se întorceau în centrul orașului.

O jumătate de oră mai târziu, Mercedesul se înscrise pe curba descendentă strânsă de la Lower Robert Street, după care păru să străbată clădirea aflată pe colțul dintre Robert Street și Adelphi Terrace. Mașina nu-și continuă însă drumul pe Savoy Terrace, ci opri în fața unei uși zidite în perete. Unul dintre bărbați o deschise, formând un cod pe o minitastatură. Stephanie îl urmă și pătrunse în clădire într-o mică zonă de recepție cu un birou la care nu stătea nimeni, dar pe care se afla un monitor. În față se vedea un lift. Escorta îl chemă. Intrară în ascensor și bărbatul apăsă pe „trei". Stephanie aruncă o privire spre cifrele de pe panou; începeau de la un nivel denumit „minus patru".

Ușile se deschiseră, dând la iveală un coridor mochetat și un tapet crem. Pe pereți stăteau agățate reproduceri după gravuri care înfățișau scene rurale idilice. Bărbatul o conduse spre o încăpere. Camera avea un pat de o persoană lipit de perete, un televizor, un birou, două fotolii, o bibliotecă plină cu cărți și o ușă care dădea într-o baie mică. Pe birou se afla o tavă cu un pahar și o farfurie cu sandviciuri.

— Odihnește-te! Cineva va veni să te ia mâine-dimineață!

Închise ușa în urma lui și o încuie.

Stephanie cercetă ferestrele. Erau etanșate. Pe deasupra vârfurilor copacilor din Victoria Embankment Gardens zări Tamisa și, pe malul său sudic, Royal Festival Hall. Lăsă draperiile deschise.

Făcu un duș fierbinte și lung și se înfășură într-un prosop alb și gros, apoi se așeză pe pat și mâncă sandviciurile. Șuncă și brânză. Aprinse televizorul și butonă, însă descoperi că nu putea să se concentreze. Studie volumele din bibliotecă; în majoritate cărți de ficțiune în ediții broșate și trecute prin multe mâini. Nici camera și nici conținutul ei nu îi spuneau nimic.

În ciuda oboselii, nu se putu relaxa. Trecuse de ora două când adormi și se trezi cu puțin înainte de nouă dimineața. Făcu din nou duș. Păși pe covorașul de la baie, se uită la propria imagine din oglindă și-și trecu o mână prin părul blond-deschis. Rădăcinile începuseră să crească, la fel de negre ca părul ei pubian. Pe vremea când încă nu se impusese în fața lui Dean West și nu ajunseseră la acea înțelegere neplăcută, el o forțase să-și radă părul pubian sub pretextul că așa era mai bine pentru afaceri. Implicațiile din spatele explicației i se păruseră atunci dezgustătoare lui Stephanie, însă fusese prea speriată ca să protesteze. West insistase să urmărească personal îndeplinirea ritualului, iar amintirea acelor momente o îngrețoșa de fiecare dată, ajungând să se transforme în timp, în chip inevitabil, într-un resentiment clocotitor.

Își înfășură un prosop în jurul corpului de pe care picurau stropi de apă și reveni în cameră, unde dădu cu ochii de o femeie scundă, cu umeri rotunzi, care ducea o tavă. Cafea, pâine prăjită, unt, gem. Își răsuci imediat capul spre ușă. Un bărbat cu tenul de culoarea unei bucăți de carne negătite îi bloca prezumtiva cale de scăpare. Un al doilea, mai gras, pândea pe coridor. Stephanie se prefăcu indiferentă în timp ce femeia cea scundă luă tava din seara precedentă și ieși. Nimeni nu rosti niciun cuvânt.

O oră mai târziu, ușa se deschise din nou. De data aceasta era Alexander. Îmbrăcat mai elegant, într-un costum bleumarin impecabil la două rânduri, cu dungi fine. Purta cămașă albă, cravată cafenie din mătase și butoni din aur la manșete. Hainele lui Stephanie, de acum murdare, zăceau grămadă pe covor. Își pusese pe ea un halat alb din prosop pe care îl găsise agățat în cui pe spatele ușii de la baie.

— Ai dormit bine?

— Ce caut aici?

Alexander îi oferi o ţigară Rothmans, pe care Stephanie o refuză. Îşi aprinse el una.

— O să îţi pun o întrebare simplă. Ai de gând să-l laşi în pace pe Reza Mohammed?

Da. Acesta ar fi fost răspunsul instinctiv. Stephanie spera că ceea ce gândea nu i se citea pe faţă, căci de acum ştia că nu se mai punea problema vreunei opţiuni. Undeva între furie şi obligativitate, răspunsul era la fel de clar pe cât era dorinţa ei de a-l nega.

Alexander păru deranjat de tăcerea ei.

— Crede-mă, te înţeleg perfect. Problema e că tu nu mă înţelegi. *N-ai cum.*

— Care e treaba cu locul ăsta?

— Mă asculţi?

Lui Stephanie nu îi plăcea cum arăta el acum. Ca un bancher sau un avocat.

— Aşadar, ce ar trebui să fac, după părerea ta? Să încerc să uit totul? Să mă prefac că Reza Mohammed nu există şi că nimic din toate astea nu s-a întâmplat?

— Ca să-ţi spun drept, nu ştiu ce ar trebui să faci.

— Să-mi spui drept? îl maimuţări ea. Realitatea este că nu mi-a mai rămas nimic.

— Nu ai decât douăzeci şi doi de ani. Îţi poţi face viitorul aşa cum doreşti.

— Viitorul meu este istorie.

— Dar nu trebuie să fie. Poţi să te schimbi.

— Mai du-te dracului, de ce nu te schimbi tu? îl repezi ea.

Alexander se aşteptase la orice, dar nu la asta.

— Ăsta-i răspunsul tău?

Stephanie tăcu, iar el oftă trist.

— Atunci să știi că avem o problemă gravă. Gravă pentru tine. Pentru că eu pot să o rezolv pe a mea, dacă voi fi nevoit.

— Nu fără a fi demascat.

Alexander ridică din umeri.

— Asta e valabil doar dacă spui adevărul. Eu unul cred că minți, dar nu m-aș supăra să aflu că m-am înșelat. Pe de altă parte, dacă va fi cazul, n-o să ezit să-mi asum riscurile. Poate că n-ar strica să meditezi la asta. Nu ești de neînlocuit, să știi, așa cum nu e nimeni.

— În afară de Reza Mohammed, nu-i așa?

Alexander îi susținu privirea.

— N-ai cum să-ți salvezi familia sau pe ceilalți care s-au aflat în acea cursă. Și nici pe Keith Proctor. Dar te poți salva pe tine însăți, domnișoară Patrick. Încă mai e timp. Deși acesta nu se scurge în favoarea ta.

Stephanie presupuse că Alexander acționa după o anumită tactică, aceea de a-i sugera că nu mai avea mult timp la dispoziție și a o lăsa pe urmă să aștepte. Fu dusă înapoi și încuiată în cameră. Prânzul și cina îi fură servite pe tavă de aceeași femeie tăcută. Care evita până și contactul vizual, atunci când putea. Stephanie nu se lăsă descurajată de izolarea la care era supusă. Frunzări cărțile de pe rafturi, butonă telecomanda și dormi. Alexander nu se întoarse în seara aceea și nici în ziua următoare. În cea de-a treia dimineață, apăru însă la micul dejun; pe tava adusă de femeie erau două cești. După plecarea ei, Alexander închise ușa și turnă cafea în ambele vase.

— Te afli aici de peste patruzeci și opt de ore. Și au trecut șaptezeci și două de la dispariția ta.

Își privi ceasul de la mână.

— De fapt, mai bine de optzeci și două. Așa că spune-mi: poți să ghicești la ce mă gândesc?

Stephanie cunoştea exact răspunsul, dar alese să tacă. Alexander îi întinse ceaşca şi o farfurioară.

— Cât o să mai dureze până ce cedezi?

Stephanie şedea pe pat. Alexander întoarse un fotoliu şi se aşeză cu faţa spre ea. Sorbi din ceaşcă.

— Se pare că ne aflăm într-un impas. Există totuşi o cale de a ieşi din el. O cale pe care am studiat-o cu atenţie pentru că te-am studiat *pe tine*. Vreau să înţelegi însă că, propunându-ţi asta, fac un compromis şi că e tot ce îţi pot oferi. Poţi să-mi accepţi propunerea, caz în care va fi nevoie să faci şi tu compromisuri, sau s-o refuzi şi să suporţi consecinţele.

Stephanie simţi furnicături pe piele. Aşadar, venise momentul.

— Vino să lucrezi pentru noi!

Să lucreze? Ce fel de muncă? Stephanie rezistă cu greu tentaţiei de a scuipa întrebarea. Ridicatul oamenilor de pe stradă, târâtul lor în puşcării? Cum ar putea fi descrisă o asemenea muncă? Şi cum s-ar numi funcţia ei?

— Te vom antrena. Şi apoi te vom pune în funcţiune.

O vor *pune în funcţiune?* Dar ce era ea? O maşină?

— Şi în schimb ţi-l vom da pe Reza Mohammed. Dar numai dacă îţi vei duce misiunea la bun sfârşit, adăugă Alexander aproape ca pe un gând întârziat.

— Ce misiune?

— Cea pe care ţi-o vom da. Stephanie dădu să protesteze, aşa că Alexander se grăbi să detalieze: Presupun că nu sunt multe lucruri pe care le consideri tabu, având în vedere ocupaţia ta din ultimii doi ani. Şi având în vedere ce îţi propuseseşi să faci mai deunăzi în Earls Court.

— Asta nu intră la socoteală. Au existat circumstanţe speciale.

— Adică?

— Adică ceea ce mi-aş propune să fac ar depinde întotdeauna de circumstanţe.

— Circumstanțele ar fi - *întotdeauna* - faptul că noi ți-am dat un ordin.

— Și în asta ar consta compromisul meu, acela despre care îmi vorbeai?

Alexander clătină din cap.

— Nu. Aceasta nu este decât una dintre condițiile pe care ți le punem. Compromisul este următorul: va trebui să aștepți să pui mâna pe Mohammed. N-am idee cât timp va dura instructajul. Nici măcar nu știu dacă vei trece testele. Dar dacă le vei trece și îți vei îndeplini misiunile, astfel încât Mohammed să nu mai reprezinte o persoană importantă pentru noi, va trebui să aștepți. Nu săptămâni, nu luni, ci un an, poate doi, poate mai mulți.

Stephanie împietri.

— Poți să ai atâta răbdare? se întrebă Alexander. Poate că, la un moment dat, te vei lăsa copleșită de furie și...

— Ți-ar plăcea, nu-i așa?

— Nu-mi pasă câtuși de puțin. Am menționat această posibilitate numai fiindcă, dacă îmi accepți oferta, va trebui să te implici trup și suflet, iar odată ce vei face asta, nu vei mai avea cale de ieșire.

— Dar dacă nu trec testele?

— Atunci nu ne vei fi de niciun folos. Ceea ce înseamnă că vom avea nevoie în continuare de Reza Mohammed.

— De ce?

— Pentru moment nu ești îndreptățită să știi răspunsul la această întrebare, indiferent ce ai crede.

— Dar dacă trec testele mi-l dai pe mână?

— Da, dacă îți vei duce la îndeplinire misiunea. Îți dau cuvântul meu.

Stephanie se întrebă în ce măsură se putea bizui pe promisiunea lui.

— Și dacă nu-mi îndeplinesc misiunea?

Întrebarea păru să-l ia prin surprindere pe Alexander. Nu avea un răspuns pregătit și rămase câteva clipe pe gânduri.

— Atunci uite cum facem: dacă abandonezi cursul de instructaj – sau pici testele –, te voi lăsa să pleci, cu condiția să-mi juri că vei păstra tăcerea. Cu alte cuvinte, cam aceeași ofertă ca aceea pe care ți-am făcut-o. Nici mai mult, nici mai puțin, și în aceleași condiții.

Se ridică și așeză ceașca și farfurioara pe tavă.

— Ne vedem după-amiază! Până atunci, gândește-te!

— Cum m-ați găsit?

— Ce importanță are?

— Are.

— Ușor. Așa te-am găsit: ușor.

Stephanie își dădu seama că ajunsese într-o fundătură și renunță să mai insiste.

— Cât timp va trebui să lucrez pentru voi?

— Atât timp cât vom decide. Ne aparții. Acesta este prețul pe care va trebui să-l plătești dacă vrei să pui mâna pe Reza Mohammed.

Cât de biblic! Ochi pentru ochi, dinte pentru dinte. Când puneam la cale uciderea lui Reza Mohammed, nu mă gândeam decât la orele și minutele de până în momentul când aveam să apăs pe trăgaci. Viitorul nu exista. Deci de ce ar fi cu ceva diferit acum? Cinci minute, un an, cinci ani, oare dreptatea se prescrie? Oare ea n-are relevanță decât dacă se înfăptuiești aici și acum?

Eu n-am nicio prescripție.

Timp de doi ani nu am avut niciun motiv să trăiesc. Muream încetul cu încetul. Dar Keith Proctor a schimbat totul. Dacă accept oferta inițială a lui Alexander – eliberarea condiționată –, știu sigur că voi recidiva. Morții trebuie răzbunați. Gândul ăsta nu-mi va dace pace niciodată. Va crește în mine, se va hrăni din mine, îmi va nimici treptat respectul de sine până ce, într-un târziu, durerea va deveni insuportabilă și voi ceda dorinței de a lua ceva - orice -, numai să scap de ea. Și asta va însemna sfârșitul pentru mine. Un singur moment de slăbiciune, și răul va fi fost făcut. Și cât ai clipi, voi fi din nou Lisa, iar Proctor nu va mai fi cu mine ca să mă salveze. De genul ăsta de intervenție nu ai parte decât o dată în viață, iar asta numai dacă ai noroc.

Cât despre ideea de a lucra pentru Alexander atât timp cât va considera el de cuviință... ei bine, vom trăi și vom vedea. Eu nu aparțin nimănui și lumea e mare.

Nu este o decizie prea greu de luat.

— Eu, noi, nu facem parte din nicio organizație. Nu existăm decât în eter, acolo e singurul loc sigur pentru noi.

Se aflau pe Adelphi Terrace, o stradă cu vedere spre Tamisa. Alexander îi propusese să iasă la aer curat ca să-și dezmorțească picioarele. Era o după-amiază cenușie și înnorată, iar vântul aspru agita apele fluviului. În spatele lor, pe colțul cu Robert Street și eclipsată de uriașul bloc Adelphi, se afla clădirea în care Stephanie își petrecuse precedentele trei nopți. În realitate, erau două clădiri separate: una mai veche, din cărămidă neagră cu coloane de culoare crem, și una mai mică și mai înghesuită, amplasată în față.

O plăcuță din alamă mâncată de vreme și fixată pe ușa de intrare anunța: L. L. Herring & Sons Ltd., numismați din 1789. Birourile acestora se găseau în clădirea din față și constau dintr-o înșiruire de încăperi prăfuite, populate de bărbați și femei la fel de prăfuiți, cu toții înfășurați confortabil în bucla lor temporală. Imediat după ce pătrundeai pe ușă, pe o placă erau enumerate celelalte companii care își aveau sediile în clădirile siameze: două firme mici de investiții, una englezească, alta spaniolă; trei firme înregistrate pe numele Galbraith Shipping (Regatul Unit), toate împărțind o singură cameră înghesuită în spatele clădirii mai mari; Truro Pacific, o companie minieră anglo-australiană; o agenție imobiliară pe nume Porterhouse Services; Adelphi Travel, o agenție de voiaj aparent lipsită de clienți.

— Înainte ne aveam sediul într-o clădire de pe Edgware Road, Magenta House, continuă Alexander cu explicațiile. Un loc oribil. O porcărie construită imediat după război unde nimic nu funcționa. Majoritatea companiilor din clădire lucrau în domeniul comerțului prin telefon, vindeau spații publicitare pentru reviste de bricolaj și chestii dintr-astea. Firme înființate peste noapte și care crăpau a doua zi. Nu știai niciodată cu cine ai de-a face. Ceea ce era, la urma urmei, un avantaj. În final, clădirea a fost demolată. Apropo de uzura morală: n-a rezistat decât patruzeci de ani. După aceea ne-am mutat aici. Ți-am povestit toate astea pentru că uneori ne spunem Magenta House; nimeni din afară nu ne zice așa.

— Dar nu aveți, de fapt, niciun nume?

Alexander clătină din cap.

— După cum n-avem nici angajați și nici nu ținem arhive. Nu suntem un departament din cadrul unei organizații mai mari. Pur și simplu nu existăm. Suntem agenți de turism, consultanți în domeniul minier, proprietari de terenuri, colecționari de monede.

— Nu înțeleg.

Alexander se sprijini de zid și-și lăsă brațele cu mâinile împreunate să se odihnească pe piatra rece. Se uită la o barjă cu fund plat care se zbătea să înainteze împotriva curenților de apă. Pe deasupra gunoiului pe care îl transporta planau pescăruși care scoteau sunete stridente.

— Trăim într-o epocă în care terorismul global a luat mare avânt. Un terorism tot mai sofisticat și mai periculos. În același timp este o epocă a responsabilității. Sfârșitul Războiului Rece a creat iluzia siguranței. Politicienii au reușit să obțină tăieri de bugete și mai multă transparență. În consecință, serviciile secrete au ajuns la mâna politicienilor mai rău decât oricând, și asta într-un moment în care se cerea să acționeze cât mai ascuns. Pot spune că, în chip paradoxal, suntem un produs secundar al acestei noi culturi. Era responsabilității și a transparenței totale este cea care ne-a creat. Toate națiunile au nevoie de servicii secrete, iar acestea trebuie să fie realmente secrete, nu o jucărie pentru politicieni. O mare parte din ceea ce facem nu e pe placul tuturor, dar cineva trebuie să răscolească în gunoi, așa după cum cineva trebuie să-i apere pe pedofili în fața justiției.

Se întoarse cu fața spre Stephanie.

— Aici nu e vorba despre ideea de națiune, de monarhie, de nu știu ce stindarde. E vorba de ordine, de protejarea acelor condiții care asigură majorității populației un trai liniștit. Este un joc al numerelor. O știm și noi, o știu și dușmanii noștri. Problema care se pune este cum îi înfruntăm și îi învingem pe acești oameni. Și ce ne facem dacă soluțiile noastre nu sunt acceptabile din punct de vedere politic?

— Ce soluții?

Alexander rămase câteva clipe pe gânduri.

— Hai să presupunem următoarele: prindem un terorist, îl aducem în fața justiției, e găsit vinovat și condamnat pe viață. Brusc, individul devine nu numai erou, ci martir. Faptul că a fost închis îi inspiră pe cei prost sfătuiți să treacă la acțiune. Pedepsirea sa invită la represalii. Momentul inițial de triumf - prinderea și încarcerarea - se risipește în vânt odată cu gloanțele și bombele următorilor teroriști.

Stephanie încheie ea argumentația lui Alexander.

— Și atunci îl ucideți, nu-i așa?

Alexander încuviință, dând din cap.

— În modul cel mai eficient și mai anonim cu putință, răspunse el cu un calm imperturbabil, care era de așteptat, la urma urmei; cum altfel ar putea să acționeze un om cu meseria lui? Atunci când putem, încercăm să facem ca și cum a fost un accident, continuă el. Sau dăm vina pe alții. Orice, numai să nu fim blamați. Poate că nu e un mod moral de a proceda – ca să nu mai spun că e și ilegal –, dar, în ultima vreme, s-a impus tot mai mult drept singura soluție realistă la unele probleme ale terorismului.

— Și asta faceți voi aici?

Știa răspunsul dinainte de a pune întrebarea. Îl știuse – sau cel puțin îl bănuise – încă de la început. Nu i se părea șocant și nici măcar foarte surprinzător. Nu dăduse niciodată doi bani pe autoritate și reguli.

— Da!

— Și asta e *tot* ce faceți?

— Da!

— Nu mă mir că-ți place să rămâi în umbră.

Alexander zâmbi neprefăcut pentru întâia oară.

— Umbra e tocmai bună pentru cei mărunți.

— Și asta aștepți și de la mine?

— Nu tocmai. Cu tine va fi altceva. Ceva unicat, personalizat aș putea spune.

A doua zi dimineața. Un Mercedes albastru cobora umedul Cromwell Road. Stephanie ședea lângă Alexander pe bancheta din spate. El vorbea la telefon, iar Stephanie se uita pe geam prin ploaia măruntă la panourile publicitare și hotelurile pe lângă care trecură înainte de a coti spre Knaresborough Place. Se gândea la felul în care îi luase urma lui Mohammed de la Imperial College până la al-Sharif Students Hostel.

Alexander încheie în sfârșit convorbirea telefonică. Păru să-i citească gândurile.

— Reza Mohammed este cel care a plasat dispozitivul în cursa NE027, dar încă nu am aflat cu exactitate cum a procedat. Ceea ce știm cu certitudine este că ideea nu i-a aparținut. N-a fost decât un curier în slujba altcuiva.

— Dar de ce a făcut-o? Vreau să zic, de ce tocmai cursa aceea?

— Nu știm.

— Presupun că nici nu mai contează acum, murmură Stephanie. El va fi cel care va plăti.

— Da, exact, în cele din urmă. Dar asta nu înainte să-l găsești pe Khalil.

— Khalil?

— Omul din spatele lui Mohammed. Creierul.

— Khalil și mai cum?

Alexander ridică din sprâncene.

— Ce întrebare! În lumea arabă, uneori pare că pe toți bărbații îi cheamă Khalil. Dumnezeu știe care e numele lui adevărat. Are atâtea identități false, încât nu m-ar mira să fi uitat cine este. Și nu m-ar mira nici dacă a uitat deliberat. Nimeni nu-i știe adevărata naționalitate sau cum arată, nu avem fotografii autentificate cu el. Are probabil spre patruzeci de ani sau e cu puțin trecut de această vârstă. Îți pot spune că, în afară de a pune la cale distrugerea avionului care efectua cursa NE027, e responsabil și de trei atentate cu bombă la Beirut, de asasinarea unui diplomat francez în Ciad, uciderea unui om de afaceri israelian în Anvers și transportul de gaz sarin de la secta japoneză Aum Shinrikyo la separatiștii kurzi din nordul Irakului. În 1995, la Atena, a organizat răpirea, torturarea și uciderea a doi agenți Mossad. De asemenea, e suspectat că a orchestrat tentativa eșuată de plasare a unei bombe la finala Cupei Mondiale de Fotbal de la Pasadena din 1994. Și astea sunt numai câteva dintre isprăvile pe care le cunoaştem. Din informaţiile noastre, Khalil nu face parte din nicio grupare, motiv pentru care e şi mai greu de depistat. Are obiceiul să formeze alianţe temporare prin intermediari, la rândul lor temporari. Nu ştim dacă e motivat ideologic sau financiar; avem argumente solide pentru ambele variante. Ştim însă că Reza Mohammed se numără printre foarte puţinii care au legături directe şi de durată cu Khalil, deşi cât de puternice sunt aceste legături nu avem idee. Şi tocmai de aceea ne este Mohammed atât de util.

După A4 urmă M4, trei benzi pe sens, cu trafic înaintând chinuitor de încet, învăluit într-o ceaţă fină, punctată de luminile de frână roşii. Şoferul se înscrise apoi pe breteaua către Heathrow şi Mercedesul se afundă în tunelul de sub pistă.

— Unde mergem? întrebă Stephanie.

— Nu *mergem*, ci *mergi*. Alexander vârî mâna în buzunarul de la piept al hainei, de unde scoase un bilet de avion şi-i spuse: Te va aştepta cineva la sosire.

— Unde sunt lucrurile mele?

— Presupun că te referi la lucrurile pe care le-am luat de la hotelul tău.

— Da!

— Le-am aruncat pe toate.

— Poftim?

— O să laşi totul în urmă. Alexander lăsă afirmaţia vagă să plutească în aer preţ de o secundă, înainte de a adăuga cu cruzime: Oricum, nu părea să fie nimic demn de a fi păstrat acolo.

Stephanie îşi stăpâni furia, hotărâtă să nu-l lase să vadă ce simţea. Maşina opri în faţa Terminalului Unu.

Alexander spuse:

— Este ultima oară când îţi spun asta: nu-i prea târziu să te răzgândeşti.

Enervată, ea îi răspunse ţâfnoasă:

— Nu-ți face griji.

— Știu despre ce este vorba. Răzbunare, nimic mai mult...

— Și ți-ai dat seama de asta singur?

— ... dar mai știu un lucru: când vei obține satisfacția răzbunării - *dacă* o vei obține –, nu vei simți nicio ușurare. Nu vei căpăta niciun răspuns. Morții tot morți vor fi. Și îți vei fi irosit ani din viață. Ani pe care ai fi putut să îi trăiești în chip mai profitabil, îngrijindu-te să-ți asiguri un viitor productiv și fericit. Îți cer să nu faci alegerea asta.

— Iar eu ți-am spus deja că nu e vorba de nicio alegere.

— Răzbunarea e un lucru găunos. La fel de lipsit de valoare ca promisiunea unei prostituate.

Stephanie luă biletul din mâna lui.

— Nu-i cazul să-mi amintești, domnule Alexander! Ca prostituată, am încălcat mai multe promisiuni decât vei respecta vreodată dumneata.

12

Stephanie pătrunse în clădirea terminalului de la Aeroportul Inverness, bucuroasă să scape de vântul care îngreunase aterizarea. Cercetă fețele nefamiliare din jur, în speranța că cineva va păși spre ea. Nimic. Și deodată auzi o voce venind din spate:

— Domnișoara Patrick?

Tresări și se răsuci pe călcâie. Era un bărbat înalt – poate în jur de un metru optzeci și opt, își dădu ea cu presupusul – și subțire, după cum observă, în ciuda hainei groase de molton pe care o purta. Părul blond și aspru era tăiat scurt, iar pe ceafă nu depășea lungimea unor țepi. Avea fața lată, cu trăsături plate, și mâini uriașe, cu degete aproape la fel de groase ca încheieturile ei.

Stephanie era derutată.

— Ai călătorit în avion cu mine?

Bărbatul încuviință din cap.

— Te-am urmărit încă de la Heathrow. Ca să mă asigur că urci în avion și nu dispari în ceață.

Vorbea cu un accent mai pronunțat decât Alexander.

— Și ce ai fi făcut dacă aș fi dispărut?

— O să îți dau un indiciu: mă bucur că n-ai făcut-o. Numele meu este Iain Boyd. Mașina ne așteaptă afară.

Mașina era un Land Rover vechi de treizeci de ani. Stephanie se așeză pe locul din stânga, lângă Iain, care zdrobi pedalele și se luptă cu volanul în timp ce înaintau pe A9 spre nord peste golful Moray Firth și de-a lungul peninsulei Black Isle. Le luă mai mult de o oră și jumătate pentru a ajunge la Lairg, unde Boyd făcu plinul. Nu era genul vorbăreț. Stephanie rămase așezată pe scaunul pasagerului, cu brațele încolăcite în jurul picioarelor, urmărind peisajul tot mai mohorât și din ce în ce mai frumos, după părerea ei. Părinților ei le-ar fi plăcut mult. Avea poftă de o țigară.

Din Lairg porniră pe A838, un drum îngust, cu o singură bandă, dar care se lățea la intervale dese, șerpuind pe malurile lacurilor Shin, Merkland și More. Pe măsură ce înaintau spre nord, dealurile cu vârfuri acoperite de zăpadă deveneau tot mai abrupte, o adunătură de pante dințate cu suprafețe de stânci golașe. Vremea era capricioasă; într-o clipită se trecea de la un soare orbitor la nori joși și umflați care se rostogoleau printre râpe, acoperind culmile. Vântul stârnea valuri crețe într-un lac, în timp ce pe un altul, luciul apei arăta ca o oglindă neagră perfectă. Lumina și întunericul se succedau, iar culorile se schimbau și ele. De la auriu, azuriu, chihlimbariu și ruginiu, dintr-odată totul căpăta nuanțe vineții și plumburii. Stephanie urmări o rază de soare care se dădea de-a dura pe un deal și un lac, poleind totul sub ea, înconjurată de o zonă de lumină atât de fadă, încât imaginea în trei dimensiuni părea redusă la numai două.

Ajunși la Podul Laxford, cotiră la dreapta pe drumul către Durness, o mică așezare de pe coasta nordică a Scoției. După câtiva kilometri, părăsiră șoseaua și virară la dreapta pe un drum de țară. Le luă un sfert de oră de șerpuit printre zone mlăștinoase și aflorimente stâncoase, până ce, la ultima cotitură, în fața lor se ivi un mic lac. În capătul îndepărtat, un povârniș abrupt se înălța din apă preț de câteva sute de metri, pentru ca apoi să se ridice vertical încă o sută. În apropiere de malul apei se vedea un mănunchi de clădiri, iar în spatele lor, la vreo cincizeci de metri, o casă din piatră.

Boyd parcă Land Roverul într-un garaj încăpător, lângă două vehicule cam de aceeaşi vechime. De unul dintre ele era ataşată o mică remorcă pe care se afla un transportor Argo-Cat. Şase caiace stăteau lipite de perete în fundul garajului.

Clădirile de pe mal erau destul de moderne: cabane lungi din lemn cu un singur nivel și acoperişuri din carton asfaltat sau tablă ondulată. Boyd o conduse pe Stephanie spre cea mai apropiată. Înăuntru mirosea a igrasie. Două treimi din construcție erau ocupate de un dormitor comun cu paturi cu cadre din fier plasate la intervale regulate de-a lungul fiecărui perete. Paturile nu aveau saltele. Cealaltă treime din clădire era împărțită cu paravane în șase camere mici cu un pat. Boyd gesticulă spre una din ele.

— Aici o să dormi.

Patul arăta ca toate celelalte, numai că avea o saltea subțire și plină de cocoloașe, precum și o pernă care începuse să capete o nuanță maronie din cauza vechimii. În capătul opus erau așezate câteva cearşafuri, o față de pernă atât de subțire, încât devenise aproape străvezie și două pături groase făcute dintr-un material zgrunțuros ca șmirghelul. În încăpere se mai găseau un dulap, un scrin, o oglinjoară rotundă și o chiuvetă. Și o fereastră mică prin care se zărea lacul.

Boyd o conduse din nou afară și îi spuse să îl aștepte în garaj. Stephanie îl urmări îndreptându-se spre casa din piatră. După ce îl văzu intrând, aruncă o privire pe geamurile celorlalte clădiri. Descoperi o cantină închisă la acel moment, o mică baracă prevăzută cu două băi, patru chiuvete și mai multe dușuri, o alta ce adăpostea un generator de curent, un atelier de mari dimensiuni și o altă clădire goală.

Boyd reapăru după cinci minute, echipat cu pantaloni de trening, pantofi de alergat și o bluză de rugby pe sub care avea două tricouri. Ducea în mână un sacoșă, din care scoase două bluze de trening, o pereche de pantaloni de trening descusuți în dreptul genunchilor și o pereche de bocanci. Aruncă totul la picioarele lui Stephanie.

Ea își simțea deja degetele amorțite.

— Îmbracă-te cu astea! Pe urmă pune hainele pe care le porți acum în sacoșă și vâr-o în garaj!

Stephanie luă lucrurile și dădu să pornească spre garaj.

— Unde te duci?

— Să mă schimb.

— Schimbă-te aici, ce Dumnezeu!

Începu să plouă.

Stephanie alunecă și se prăvăli într-o groapă de turbă. Noroiul negru atenuă căderea și îi dublă greutatea hainelor. Avea senzația că înoată prin nisipuri mișcătoare. Boyd se uita la ea de sus, de pe o ridicătură de pământ acoperită cu iarbă lucioasă. În ciuda frigului, Stephanie simțea că ia foc. Plămânii o dureau de parcă se umpluseră de sânge, obrajii i se înroșiseră și erau fierbinți, iar transpirația i se amesteca deasupra sprâncenelor cu picăturile de ploaie care i se scurgeau în ochi. Umilită pentru forma proastă în care se afla, încercă să nu se gândească la ceea ce avea să urmeze.

Boyd clătină din cap dezgustat.

— Ce naiba cauți tu aici? Ar trebui să te întorci în oraș. Să-ți pilești unghiile și să bârfești la telefon cu amicele. Hai să-ți spun ceva: n-o să faci mulți purici pe aici. O să fie un adevărat miracol dacă vei rezista până la sfârșitul săptămânii. Șaptezeci și două de ore, atât îți dau.

Stephanie reuși să tragă aer în piept.

— N-o să abandonez!

— Uită-te la tine! N-a trecut nici o jumătate de oră și te zbați în noroi, fără să ai habar de ce o să urmeze. Dacă ar fi după capul tău, acum ai fi într-o băltoacă dintr-o parcare.

Stephanie se agăță de marginile negre ale gropii, cu picioarele lipăind sub ea. Se prinse de o piatră din apropiere și se săltă pe ridicătura unde stătea Boyd, care nu își pierduse răsuflarea.

Continuară antrenamentul, cu Boyd tropăind în urma ei la fel de sigur pe picioare precum o căprioară care trăiește printre vârfuri și curmături de munte, în timp ce Stephanie înainta clătinându-se. Boyd o mâna de la spate, murmurând obscenități și amenințări ori de câte ori ea încetinea pasul. Iar când Stephanie încetă să-l mai asculte, o îmbrânci cu mâinile în față. Stephanie căzu, vomită și fu trasă imediat în sus fără ca Boyd să aștepte să-i treacă greața.

— Ce mai mironosiță! îi șuieră el în ureche.

La momentul când se întoarseră la cabane, Stephanie abia mai putea să meargă. Parcursese cea mai mare parte a coborârii în patru labe, spre nemulțumirea tot mai evidentă a lui Boyd.

Acum se aflau în fața garajului. El îi întinse sacoșa din plastic cu lucruri și arătă spre una dintre cabane.

— Ai acolo un duș! Spală-te și pe urmă vino în casă!

Apa curgea dureros de tare și de fierbinte, dar Stephanie se bucură când păși sub jet clătinându-se. Se poticni și căzu pe dalele din gresie, își zdreli umărul și apoi se lăsă să alunece pe podea. Nu încercă să se ridice, ci se încovrigă și lăsă apa și aburii să-și facă treaba.

Ușa fu dată de perete și se izbi de paravan, care se clătină. Lumina se aprinse, un singur bec amărât, atârnat de tavan, însă a cărui strălucire părea acum la fel de penetrantă ca aceea a unui reflector antiaerian.

— Scularea!

Auzise vocea lui Boyd în coşmarul ei.

— *Acum!*

Patul se mişcă sub ea. Stephanie deschise ochii. Boyd trăsese patul de la perete şi acum îl răsturna. Stephanie căzu pe podea, încă înfăşurată în pături şi cearşafuri şi, practic, încă adormită.

— Ne vedem afară, gata de alergare, în două minute. Nu întârzia, că o păţeşti!

Şi cu aceasta Boyd se făcu nevăzut.

Toţi muşchii o dureau. Unii păreau să se fi întărit şi orice flexibilitate dispăruse din ei. Se întrebă dacă nu cumva se căptuşise cu o artrită peste noapte. La viaţa ei avusese parte de nenumărate dimineţi rele, dar parcă niciodată nu se simţise aşa de mizerabil.

Era ger în cameră, aşa că îşi trase pe ea hainele cât de repede îi permise corpul. Deşi le pusese la uscat, erau încă umede şi miroseau puternic a turbă. Afară nu se luminase de ziuă. Gheaţa trosni sub picioarele ei.

— Isuse, exclamă Stephanie, lăsând respiraţia îngheţată să-i scape din gură şi pe nări. Cât e ceasul?

Evident, iritarea ei îi făcu plăcere lui Boyd. Aceasta era prima şi ultima dată când îi dădea satisfacţie, îşi propuse Stephanie.

Alergară în beznă de-a lungul drumului de ţară care dădea, într-un final, în şoseaua principală. Iar asta i se păru lui Stephanie un soi de tachinare. I se vântura pe dinaintea ochilor faptul că aceasta era calea ei de scăpare – că *exista* o cale de scăpare – şi că tot ce trebuia să facă era să o urmeze.

Alergarea fu o revelaţie pentru ea. Niciodată nu trăise o asemenea durere, nici măcar în mâinile unui client violent.

După aceea, Boyd îi pregăti micul dejun în bucătăria lui din casa din piatră. Care era un adevărat sanctuar; uscată şi încălzită de la o sobă cu cărbuni marca Rayburn. Stephanie se aşeză la masa din lemn, în timp ce Boyd se mişca în jurul ei în tăcere.

Terciul de ovăz fusese preparat înainte și lăsat să fiarbă la foc mic în cuptor. Boyd îi așeză castronul în față.

— Cât de scoțian! murmură Stephanie.

Boyd îi pregăti o cană cu ceai dulce și răspunse:

— Mănâncă! O să-ți prindă bine!

— Nu vreau!

— Sigur că nu. Dar o să ai nevoie.

O rutină se instală repede între ei: sularea la o oră păcătos de matinală; antrenament; micul dejun la casa din piatră; după o oră, alte antrenamente; prânzul la casa din piatră; o oră de prelegeri despre tehnici de supraviețuire pe teren; alte exerciții la orele când după-amiezele scurte făceau loc serii; duș sau baie, în funcție de decizia lui Boyd; cina la casa din piatră; alte perle de înțelepciune livrate de Boyd, de obicei în bucătăria cea călduroasă; în fine, culcarea la o oră absurd de devreme, dar care tot nu îi asigura lui Stephanie timpul necesar pentru refacere.

N-am energia să mă dezbrac. Tot ce pot face e să mă târăsc până la pat și să mă vâr sub pături, în loc să mă prăbușesc peste ele. Dacă n-ar fi oboseala, m-aș simți cu siguranță înspăimântată. Am făcut o greșeală îngrozitoare. A avut dreptate Alexander. Și Boyd a avut. Nu am puterea să fac asta. Nici fizică și nici emoțională. Sunt distrusă. Credeam că sunt imună la durere, dar Boyd mi-a dovedit că m-am înșelat amarnic.

Oasele îmi crapă, pielea îmi crapă, creierul îmi crapă.

În cea de-a șasea seară, Boyd îi povesti că de la Paști până la finele lunii septembrie ținea cursuri în aer liber pentru funcționari de birou palizi pe care șefii lor îi trimiteau în nord ca să intre în formă și să socializeze. Cursurile erau în general benefice pentru participanți, pretinse Boyd, cu toate că un mic procent dintre aceştia considera exerciţiile nu numai ca fiind înfiorătoare, ci şi având un efect negativ asupra lor. În timpul iernilor lungi, tabăra era închisă, însă el continua să locuiască în casa din piatră pe care o renovase împreună cu soţia. Ea murise de cancer cu doi ani în urmă, un fapt care ar fi trezit în mod normal un soi de compasiune din partea lui Stephanie. Dar nu acum, când trecea prin dureri aşa de mari a căror cauză era chiar el.

Boyd făcu aluzie şi la o oarecare experienţă militară şi îi spuse că în lunile de iarnă când tabăra era închisă, mici unităţi ale armatei erau trimise la el pentru antrenamente „discrete". În plus, era oricând, indiferent de sezon, la dispoziţia unor alpinişti. Care veneau la el pentru a antrenamente personalizate.

Zilele scurte păreau să se scurgă la infinit, iar nopţile, cât ai clipi din ochi. La fel ca muşchii, creierul lui Stephanie trecea de la momente de maxim disconfort la altele de totală amorţire. În majoritatea timpului supravieţuia ca setată dureros pe pilot automat, răspunzând fără să gândească şi pe muteşte comenzilor lătrate de Boyd.

În ziua a şaptea îi veni ciclul. Semnalele obişnuite de avertisment fuseseră mascate de crampele cumplite care o chinuiau şi de o extenuare atât de dramatică, încât simţea că era deja moartă.

Îl căută pe Boyd şi îl găsi transportând cărbuni de la o magazie în bucătărie.

— Îmi trebuie tampoane.

Boyd se încruntă la ea.

— Poftim?

— Îmi trebuie tampoane. Mi-a venit ciclul.

— Asta nu-i treaba mea.

— O să fie atunci când o să îţi murdăresc salteaua.

Boyd îi aruncă o privire furioasă.

— Dacă sângerezi pe ea, o să ţi-o vâr pe gât!

— Şi ce-ar trebui să fac?

— Cam ce crezi? Dormi pe podea până se termină.

Se uita mânios la ea, dar Stephanie îi susținu privirea, la fel de mânioasă.

— Bine!

În dimineața următoare, în timpul alergării, ajunseră la marginea micului lac. Boyd se opri și începu să se dezbrace. Stephanie presupuse că avea ea halucinații, ceea ce i se păru a fi inevitabil. Era atât de distrusă, încât nu avea nici cea mai vagă idee de ce corpul ei continua să funcționeze. Nicio cantitate de Valium nu îi împrăștiase vreodată conținutul creierului cu așa mult succes.

Boyd se răsuci cu fața spre ea în timp ce lăsa pantalonii să cadă de pe el.

— Scoate-ți hainele!

De pe umerii lui se înălțau aburi.

Stephanie scutură din cap când bărbatul păși peste chiloți și rămase gol pușcă.

— De ce?

— De ce? Fiindcă așa am zis eu, de aia. Hai odată, dezbracă-te!

Stephanie își dădu jos hainele cu stângăcie. Avea fierbințeli, transpirase toată, dar imediat ce pielea îi intră în contact cu aerul, i se făcu frig.

Rămaseră amândoi goi pe firele aspre de iarbă. Boyd avea o privire ciudată, sticloasă. Una cu care Stephanie era deprimant de obișnuită. Și care o puse în alertă. Boyd păru să încurajeze tăcerea grea așternută între ei, poate pentru a permite celor mai urâte elemente ale imaginației ei să se pună în funcțiune. Stephanie îl privi drept în ochi și zise:

— Bun, și acum ce ai de gând să faci? Mă regulezi sau nu?

Boyd se zbârli pe dată la auzul întrebării, pe care o luă drept o provocare.

— Crezi că nu aș putea să o fac?

Se holbară unul la altul, amândoi împietriți. Nu numai corpul lui Stephanie dădea semne de amorțeală.

— M-am culcat cu bărbați mai îngrozitori decât tine. Și mai urâți. N-ar fi lucrul cel mai rău pe care ai putea să mi-l faci.

Se uită în jos și văzu sângele prelingându-se pe interiorul coapselor și petele de pe haine. Își ridică ochii și văzu că Boyd observase și el totul. Nici nu ar fi avut cum să nu vadă roșul intens, aproape purpuriu, de pe pielea ei albă.

Brusc, Boyd se ghemui, își întinse pantalonii pe pământ și începu să înfășoare pantofii și celelalte haine în ei. Evită contactul vizual și spuse:

— Fă o legătură din lucruri, așa ca asta, ca să o ții deasupra capului când înoți.

Stephanie aruncă o privire spre apa din micul lac. Părea neagră. Se bucură că tremura deja. Încercă să nu se gândească la temperatura apei.

— E în regulă, zise Boyd, încurajat de tăcerea ei. Așa o să tranșăm problema.

— OK! răspunse Stephanie pe un ton plat, în speranța că astfel își putea masca nervozitatea. N-ar fi rău să mă spăl.

Vântul lovea cu putere în partea laterală a casei. Ferestrele se zgâlțâiau. Era noapte. Stephanie stătea așezată la masa din bucătărie și-l urmărea pe Boyd, care înmuia farfuriile în chiuvetă. Deși afară o supunea la exerciții brutale, înăuntru nu o lăsa să ridice un deget. Comportamentul lui agresiv se sfârșea odată intrat pe ușă. Când erau înăuntru, ea se așeza la masă și îl asculta în timp ce gătea și servea mâncarea, după care strângea și făcea curat. Se întrebă dacă la fel decurseseră lucrurile și atunci când soția lui era în viață.

Boyd dispăru pentru o clipă și reveni cu o planșă din lemn, o cutie din lemn și o carte groasă.

— Joci șah?

— Știu *cum* se joacă. Vreau să zic, cunosc elementele de bază...

Bărbatul aşeză planşa cu pătrăţele pe masă între ei şi deschise cutia, dând la iveală treizeci şi două de piese negre şi crem. Stephanie se întrebă dacă acesta era primul semn de dezgheţ în atitudinea lui faţă de ea.

Boyd spuse:

— Mintea este un muşchi. Pe al tău l-ai lăsat să se atrofieze. La fel ca orice muşchi, mintea are nevoie de exerciţii pentru a se menţine sănătoasă. Trebuie să înveţi cum să absorbi în timp scurt cantităţi mari de informaţii şi cum să le reţii. Trebuie să înveţi cum să păstrezi flexibilitatea acelor informaţii, ca să te poţi adapta la orice situaţie. Trebuie să înveţi să gândeşti tactic. Şahul te poate ajuta să-ţi pregăteşti mintea pentru astfel de tehnici.

Împinse cartea spre ea. Stephanie o luă. „Deschideri moderne în şah", peste o mie cinci sute de pagini tipărite cu font mic.

— Pare o lectură încântătoare.

— Vei învăţa deschiderile pe care ţi le voi indica eu. Vei memora toate variantele, la nivelul de detaliere pe care îl voi specifica. Şi după ce îţi vei fi fixat toate acestea în creier, îţi vei folosi elasticitatea mintală în faza de mijloc a jocului.

— OK.

— OK? zâmbi Boyd cu răceală. Fiecare eroare pe care o vei comite va fi pedepsită. La fel şi fiecare scăpare de memorie. Indiferent ce pedepse voi alege, fii sigură că vor fi suficient de aspre pentru a fi preferabil să le eviţi.

Stephanie îşi muşcă limba timp de o secundă. Apoi întrebă:

— Şi cam când se presupune că aş putea să învăţ toate lucrurile astea?

— Noaptea, fireşte. Nu ai nevoie decât de jumătate din orele de somn.

Sunt trează. Mă strecor afară de sub pături şi îmi aşez picioarele pe podeaua din lemn. Ştiu că podeaua e rece, deşi nu o mai simt prin tălpi. Nu simt decât bășicile și vânătăile. Primele bășici sângerânde s-au vindecat, lăsând cruste în locul pielii. Al doilea set e încă proaspăt, dar și astea sunt pe cale să se întărească și să se lecuiască.

Treaba aceasta se întâmplă cu întregul meu corp. Fiecare lacerație și fiecare încheietură răsucită nu mă schilodește, ci mă întărește. Incidentul de pe malul lacului s-a dovedit a fi crucial. M-a adus înapoi în timp: Dean West care mă penetra cu forță din ce în ce mai mare și cu tot mai puțin succes. Fiecare tentativă brutală se întorcea împotriva lui, făcându-mă pe mine mai puternică și făcându-l pe el să-și piardă bărbăția. Eu și Boyd trecem acum printr-o experiență similară, cu toate că nu cred că el își dă seama.

N-o să abandonez! Nu acum! Mai bine mor!

Crampele mă deranjează mai puțin. Îmi amintesc ceva ce mi-a spus Proctor. Că exercițiile de întindere sunt cele mai bune. Când revin de la o alergare cu Boyd și sunt trimisă la dușuri, fac în secret întinderi. Durerile sunt atroce în acele momente, dar recompensa e mare; mușchii îmi rămân acum mai flexibili, au început să devină mai flexibili.

Mă îmbrac și încep micul set de întinderi pe care l-am inventat. Mă simt înțepenită, dar pe măsură ce fac exercițiile, fluxul de sânge mă încălzește. Devin suplă. Mă simt energică și puternică. Și pentru asta îi sunt recunoscătoare lui Proctor, de care îmi amintesc cu drag de fiecare dată când fac exercițiile. La rândul lor, exercițiile sunt ca un fel de îndemn pentru mine, un îndemn de a-mi aminti motivele pentru care mă aflu aici și ceea ce trebuie să fac.

E prima dimineață când m-am trezit înainte de apariția zgomotoasă a lui Boyd. Pentru mine asta este o piatră de hotar. Continui întinderile până ce îl aud afară.

Când deschide ușa de perete, dă de mine stând în picioare sub bec, complet îmbrăcată și pregătită de alergare. Face o încercare să-și ascundă surpriza, însă e prea târziu; am observat-o.

Așa după cum observ și furia care urmează. Privirile ni se încrucișează într-o înfruntare a voințelor.

Într-un final șoptește:

— Crede-mă, tot o să abandonezi!

Ridic din umeri cu nepăsare.

— Cum zici tu...

În cea de-a patra săptămână se porni un viscol care dură cinci zile. Spulberată de vântul șfichiuitor, ninsoarea sufla orizontal prin coridoare. Zilele păreau să se scurgă direct de la răsărit la apus, iar din clipa când temperatura scăzu, rămase sub zero grade timp de aproape o săptămână.

Deși forțat de vremea proastă să se limiteze în mare parte la cabană și dependințe, Boyd reuși să mențină rutina. În prima zi, alergară în cerc în jurul lacului, ținându-se aproape de mal. În ziua a doua, zăpada le ajungea până la genunchi, așa că o conduse pe Stephanie la cabana goală de lângă cantină. Înăuntru era doar un pic mai cald ca afară; pe geamuri se așternuse un strat gros de gheață. Cabana fusese gândită ca loc de întâlnire multifuncțional. Într-unul dintre colțuri, acoperite de cearșafuri, stăteau stivuite scaune. Podeaua era făcută din scânduri de lemn lăcuit și pe ele Stephanie exersă în următoarele patru zile. În cursul după-amiezilor și serilor întunecoase jucau șah. Boyd continua să câștige partidele, însă din ce în ce mai greu, căci Stephanie începuse să folosească diverse variante de deschideri Najdorf învățate, ca și apărări siciliene memorate fără știința lui.

Spre sfârșitul celei de-a cincea săptămâni, Boyd o anunță că aștepta sosirea unui mic grup de soldați pentru niște antrenamente speciale și că îi interzicea să stabilească orice fel de contact cu ei. În după-amiaza aceea, când Stephanie se întoarse după alergare la cabana ei, pe o duzină de paturi din dormitorul comun văzu că fuseseră așezate saltele.

Soldații își făcură apariția în toiul nopții. Ploua tare. Stephanie asculta picăturile care loveau acoperișul când auzi huruitul motoarelor. Preț de câteva clipe, pe tavan se succedară mici raze de lumină. Timp de o jumătate de oră, din dormitorul comun răzbătu forfotă și zgomot înăbușit de conversații, după care, cu excepția ploii, nu se mai auzi nimic.

Până să vină Boyd să o scoale în dimineața următoare, soldații plecaseră. Stephanie îi auzise totuși alergând mai devreme în capătul îndepărtat al lacului. Când ieși din cabană împreună cu Boyd, observă doi bărbați care lucrau în cantină. Boyd îi spuse că ei doi vor continua totuși să mănânce în casa din piatră.

În următoarele douăsprezece zile, Stephanie abia dacă îi zări. La fel de bine ar fi putut să fie numai ea cu Boyd. Îi auzea ocazional când plecau dimineața și se întorceau seara și câteodată îi vedea la cantină. Uneori plecau îmbarcați într-un camion și se întorceau pe jos, alteori procedau invers. La un moment dat, lipsiră trei zile la rând. Sau cel puțin așa i se păru ei, dar n-avea cum să verifice.

În cea de-a treisprezecea dimineață urma să alerge împreună cu ei. Boyd o anunțase în seara dinainte și adăugase:

— N-au fost deloc impresionați când le-am spus că o să li te alături.

În zori, când le fu prezentată, observă că sentimentul nu dispăruse. Erau doisprezece bărbați tari ca piatra. Care radiau o forță amenințătoare cât se poate de reală. Stephanie cunoscuse mulți bărbați care se considerau duri, în majoritate mici infractori care se bucurau de o nemeritată reputație. Nici măcar cei realmente duri nu se puteau compara cu niciunul dintre cei doisprezece soldați din fața ei. Doar Dean West avea aceeași charismă brutală, dar nu pentru că ar fi fost vreun dur, ci fiindcă era psihopat.

Unul dintre soldați nu alerga. Ceilalți unsprezece fură împărțiți în grupuri de câte doi, cu Stephanie distribuită să facă pereche cu soldatul lăsat pe dinafară. Bărbatul își lăsă umerii să cadă un pic când află cine avea să-i fie partenerul; ceilalți răsuflară vizibil ușurați. Fiecărei perechi i se atribui apoi un traseu diferit.

Stephanie alergă echipată ca de obicei: bocanci de mers ușori, pantaloni de trening groși, două tricouri largi pe sub o bluză de trening groasă și o vestă Gore-Tex. Bărbații alergau în combinezoane de luptă, cu bocanci grei în picioare și ranițe pline cu echipament prinse pe umeri. Partenerul lui Stephanie compensa prin agilitate diferența de greutate și sprinta pe terenul înșelător de parcă era gol pușcă. Stephanie făcu tot posibilul să țină pasul, mergând pe ideea că vanitatea masculină era cea care îl propulsa înainte și sperând că soldatul va obosi cât de curând și se va lăsa prins din urmă. Ceea ce nu se întâmplă.

Fu în schimb salvată de vreme. Ceața se abătu peste ei în numai câteva secunde.

La acel moment alergau pe o coamă înaltă dintre două culmi. În trecătoarea aflată mai jos erau nori, dar asta nu era ceva neobișnuit. Deși pâcla nu se ridicase după ivirea zorilor, vizibilitatea nu reprezentase o problemă serioasă. Pe urmă, ca din neant, ceața porni să coboare, deasă ca fumul. După ce, cu o clipă înainte, soldatul se aflase în fața ei, acum Stephanie se trezi singură într-o lume de vată cenușie.

Întregul ei univers se redusese la o porțiune de aproximativ trei metri pe trei.

Bărbatul îi strigă să rămână pe loc și abia pe urmă să-l cheme. Stephanie se conformă și soldatul se întoarse și o găsi. Un vânt aspru pulveriza picături de ploaie prin ceața groasă.

Soldatul spuse:

— Va trebui să așteptăm să se ridice ceața.

Stephanie fu de acord; Boyd subliniase în repetate rânduri cât de important era să nu te miști atunci când dădeai de zone acoperite de ceață. Cei neinițiați se dezorientau aproape instantaneu în astfel de situații. Chiar și cu ajutorul busolei care să te direcționeze, distanțele nu puteau fi corect evaluate.

Soldatul o ajută să coboare de pe coamă pentru a se apăra de vântul puternic. Înaintară cu prudență până ce găsiră adăpost în spatele unor stânci zimțate de pe marginea unei gropi de turbă. Se ghemuiră la pământ și se lipiră cu spatele de peretele umed al gropii, un disconfort preferabil forței cu care atacau vântul și ploaia.

— Vrei o țigară? întrebă soldatul.

Stephanie refuză cu o mișcare energică din cap. Bărbatul scoase o cutie mică din tablă din care extrase o țigară. O aprinse cu un băț de chibrit pe care îl stinse între degetul mare și arătător, după care îl vârî în buzunarul de la coapsă al pantalonilor.

— Cum te cheamă? îl întrebă Stephanie.

El clătină din cap.

— N-avem voie să ne dăm numele.

— Fă o excepție!

— Geordie.

Numele se potrivea cu accentul.

— Și eu sunt din nord.

— Nu s-ar zice.

— Am plecat de mult de acasă.

— Naiba să-i ia pe rahații de sudiști molâi!

— Că bine zici!

Soldatul rânji.

— Ce mai tragedie cu idioții ăștia!

Era cu vreo cinci centimetri mai scund decât ea, dar incredibil de lat în spate și tot numai mușchi, după cum era Stephanie sigură. Presupuse că nu o depășea cu mult ca vârstă, însă fața îi era permanent încrețită din cauza încruntării care nu îl părăsea nici atunci când zâmbea. Prin părul blond tuns scurt și îmbibat de ploaie i se vedea scalpul plin de cicatrice. Fuma ținând capătul aprins al țigării adăpostit în palmă.

— Ce faci aici? întrebă el.

— Nu știu. Dar tu?

— Una, alta.

— Din ce corp de armată faci parte?

Bărbatul ridică din umeri.

— Cine știe?

— Dar *ești* militar, nu-i așa?

— S-ar putea!

Ploaia se întețise. Apa înghețată picura peste ei de pe marginea muchiei de stâncă sub care se adăpostiseră. Ceața continua să se învârtejească. Umezeala și frigul începură să o pătrundă și încercă să-și ia gândul de la ele. Își aminti cum stătea pe treapta de sus a scării de la al-Sharif Students Hostel, cu Reza Mohammed de cealaltă parte a geamului. Oare ar fi făcut-o, ar fi *putut* să o facă?

— Ai omorât vreodată pe cineva? Vreau să zic, nu în legitimă apărare.

Geordie îi aruncă o privire suspicioasă.

— De ce mă întrebi?

— Din curiozitate.

— N-ai cum să știi ce simți atunci doar din auzite.

— Nu vreau să știu ce simți. Vreau să știu cum e să faci saltul de la planificare la apăsatul pe trăgaci.

— Habar n-am ce să-ți spun.

Geordie continuă să fumeze, părând aproape mulțumit să stea acolo pe vremea aceea îngrozitoare. Când termină, stinse țigara de talpa udă a bocancului și vârî chiștocul în același buzunar de la coapsă al pantalonului în care plasase bățul de chibrit.

Rămaseră amândoi tăcuți timp de câteva minute, după care el zise brusc:

— E o chestiune de autocontrol. Totul ține de autocontrol.

Stephanie îl privi cu atenție; bărbatul mijise ochii și privea prin ceață.

— Când te afli într-o situație dificilă, n-ai voie să intri în panică. Trebuie să te stăpânești.

— Și cum faci asta?

— Fiind atent la secția ritmică.

— Poftim?

— Când simți că intri în panică, reglează-ți respirația! Dacă reușești, îți vei recăpăta controlul. Dacă nu, ești terminat, o halcă de carne atârnată într-un cui.

— Nu înțeleg!

— E ca în muzică. Tobele și chitarele bas formează secția ritmică. Inima e toba, respirația e basul. Dacă le reglezi pe acestea două, *te-ai scos*. N-ai cum să intri în panică atunci când îți ții respirația sub control, iar pulsul e normal. E imposibil din punct de vedere fizic. Asta trebuie să ții minte. Să-ți supraveghezi secția ritmică și muzica va veni de la sine.

A doua zi dimineața când se trezi, Stephanie era din nou singură cu Boyd.

Alergară timp de patruzeci de minute înainte de a ajunge la stâncă. Mușchii de la picioarele lui Stephanie acționau în deplină armonie cu gleznele, genunchii și șoldurile, mișcându-se peste terenul accidentat. Gesturile ei nu mai erau o serie de salturi spasmodice, împleticeli urmate de ridicări stângace. Fluiditatea cu care alerga îi dădea acum siguranță. Se bucura de îmbunătățirea condiției ei fizice la fel de mult ca și de sentimentul că stabilise un fel de legătură cu mediul care, inițial, o întâmpinase cu atâta ostilitate.

Își ridică ochii spre peretele stâncii. Se întrebase de mai multe ori dacă Boyd avea să o aducă acolo. Trecuseră și înainte pe lângă stâncă și pe deasupra ei, urcând pe panta mai domoală de pe latura îndepărtată. Cățăratul era un element nou introdus în antrenament și pe care Stephanie îl plăcu instinctiv, surprinzându-l pe Boyd și stârnind un șuvoi de emoții în ea însăși. Pentru prima oară în viață simțea o puternică legătură spirituală cu mama ei. Și, ca de fiecare dată, sentimentele afectuoase îi produceau confuzie.

Monica Patrick, sau Monica Schneider, după numele de fată, fusese una dintre cele mai respectate alpiniste elvețiene din generația sa. Amândoi părinții ei fuseseră alpiniști de renume și, până să îl cunoască pe Andrew Patrick, tânăra cucerise Everestul (la a doua tentativă), K2[1] și multe dintre cele mai faimoase vârfuri din Europa. Iubirea dusese însă la căsătorie și mai apoi la copii, și, astfel, cariera ei promițătoare de alpinist se sfârșise, cu toate că atât ea, cât și tatăl lui Stephanie iubeau stâncile și culmile golașe. Stephanie își aminti că mama ei considera Eiger[2] drept singura sa mare nereușită. De două ori încercase să îl escaladeze și eșuase de ambele dăți. Și din ambele ocazii avusese noroc să scape cu viață.

— Urc eu prima! zise Stephanie.

Boyd clătină din cap.

— Nu! O să urci după mine!

Stephanie zâmbi în sinea ei, urmărindu-l pe Boyd cum se cățăra printr-un șanț săpat în munte de un izvor. Luând conducerea, el îi refuza posibilitatea de a-l lăsa în urmă. La prima lor cățărare, Boyd o lăsase pe ea în față, sub pretextul că astfel

---

[1] Al doilea vârf ca înălțime din lume, după Everest, cu 8 611 de metri (n. tr.).

[2] Munte din masivul Alpii Bernezi cu o înălțime de 3 970 de metri (n. tr.).

o putea ajuta în caz de nevoie. Ceea ce se dovedise rapid că nu era necesar. Stephanie părea că depistează crevasele și fisurile din pereții stâncilor mai iute decât el. Descoperi că putea descifra cu ușurință detaliile unui perete de stâncă și că traseul cel mai bun i se înfățișa imediat în fața ochilor la fel de clar ca și cum ar fi fost pictat pe o pânză.

Escalada nu necesita frânghii și crampoane. Stânca nu era verticală, deși avea câteva secțiuni perpendiculare scurte. Era o combinație de roci, margini năpădite de buruieni și, din loc în loc, copaci care păreau să fi răsărit pe neașteptate din porțiunile mai abrupte și mai stâncoase. Urâți și aducând mai degrabă cu niște cioturi, ei arătau totuși impresionant datorită locului unde crescuseră.

Stephanie ridică privirea și văzu cele trei muchii pe care le identificase deja drept puncte de prindere naturale. Boyd se pregăti să atace vârful. Ea îl urmă. Cățărarea era foarte ușoară până la prima muchie, la care ajunse cu o secundă după Boyd, remarcând că bărbatul părea să gâfâie un pic mai tare decât ea. Între prima și a doua ieșitură era o suprafață înșelătoare cu înălțimea de numai nouă metri, însă aproape complet netedă. A doua platformă stâncoasă se afla la cincisprezece metri în stânga lor.

Boyd spuse:

— Mergi tu prima până la următoarea muchie și către ultima merg eu în față!

Stephanie nu zări niciun drum direct, așa că se deplasă cu prudență pe peretele stâncii, în poziție ghemuită acolo unde nu existau mai multe posibilități de prindere. Când se desprinse de perete, se lăsă să cadă pe piatra acoperită de iarbă de la o înălțime de doisprezece metri. Mâinile și picioarele i se mișcară cu repeziciune, degetele găsiră adâncituri în care să se înfigă și noduri de care să se agațe. Testă fiecare punct de prindere înainte de a-l folosi. În capătul îndepărtat al peretelui stâncii crestăturile erau mai adânci, alcătuind un fel de scară cu trepte de lățimi diferite până la a doua muchie, la care ajunse repede. Se răsuci şi-l văzu pe Boyd cum urca în urma ei. Se mişca mai încet decât ea și părea mai puțin agil. Stephanie se întrebă dacă așa stăteau lucrurile cu adevărat sau la mijloc era o anumită neîncredere în sine.

Boyd nu se opri când o ajunse din urmă. Și nici nu-i vorbi. Porni în schimb să atace următoarea porțiune de traseu, una mai lungă, cu două cățărări verticale scurte de câte nouă-doisprezece metri, aflate la distanță de circa optsprezece metri una de alta. Stephanie privi în sus. De la a treia muchie până în vârf nu erau decât vreo șase metri, care nu necesitau în fapt o escaladare, fiind doar o pantă stâncoasă și abruptă. Din depărtare zărise cerbi și căprioare care se cățărau pe ea foarte siguri pe picioare. Când Boyd ajunse la a treia muchie, Stephanie porni pe urmele lui. După ce încheie porțiunea de escaladare, merse pe făgașul tăiat în peretele stâncii, care o conduse mult în sus spre stânga, unde dădu peste o cascadă mică. Apa era rece ca gheața. Își vârî fața în ea și bău, după care continuă cățărarea către a treia muchie.

Știa acum ce cursese prin venele mamei ei, sânge din sângele său. Monica Patrick atinsese cele mai periculoase culmi ale munților, dar emoția primordială rămăsese în ea. Nu înălțimea la care ajungeai era lucrul cel mai important și nici amploarea căderii de acolo, ci felul în care te agățai de pereții muntelui și te deplasai pe suprafețe. Senzația de suplețe în mădulare, de echilibru și forță laolaltă, de economie în mișcări.

Acestea erau gândurile care treceau prin mintea lui Stephanie în clipa când pietrele o pocniră.

Deasupra ei și pe nevăzute, Boyd, plictisit, se hotărâse să continue cățărarea înainte ca ea să i se alăture la a treia muchie. Se îndepărtase de zona plată și alunecase, antrenând în cădere mai multe pietre înainte de a-și recăpăta echilibrul.

Pulberea fu cea care o izbi mai întâi. Se uită în sus, văzu ce urma și încercă să se lipească de suprafața stâncii. Fără succes. Piatra cea mai mare o tăie pe umărul drept și îi smulse mâna încleștată din crăpătură. Corpul i se legănă, piciorul drept îi alunecă. Încercă să se prindă de o altă fisură. O piatră o lovi pe partea stângă a feței.

După care nu mai avu nimic de care să se agațe.

Timp de o jumătate de secundă rămase suspendată în aer. Își smuci toate cele patru mădulare înainte ca accelerația gravitațională să-i vină de hac. Până la urmă avu noroc. Mâna dreaptă se încleștă de un mic afloriment zimțat. Nu era de ajuns pentru a-i opri căderea, dar o încetini și reuși să-și vâre mâna stângă într-o crăpătură în formă de V înainte ca dreapta să se desprindă, lăsând fâșii din pielea de pe palmă pe piatră. Restul corpului ei se legăna ca o pendulă. Își simți degetele pocnind.

Dibui cu bocancul drept o mică ieșitură și se opri din legănat; simți cum o parte din greutatea care îi apăsa brațul se eliberează. Peste ochiul stâng i se scurgea sânge, obturându-i vederea. Își plimbă degetele de la mâna dreaptă peste piatră cât de departe putu, până ce dădu de un pinten stâncos de care să se agațe. După care găsi un prag în care își înfipse cu putere bocancul stâng.

Pentru moment era în siguranță.

— Stephanie?

Închise ochii și își apăsă obrazul de roca rece și dură. Adrenalina îi pompa cu furie în corp, făcând-o să tremure.

— *Stephanie?*

Nu-și aducea aminte ca Boyd să o fi strigat vreodată pe numele mic.

Îl văzu întins pe burtă pe muchia stâncii, aplecat peste margine și uitându-se în jos la ea.

— Ești rănită?

Deschise ochii. Cu dreptul zări ce se afla sub ea. Stâncă, pomi, din nou stâncă. Și o râpă de peste șaizeci de metri adâncime.

— Trebuie să te întorci la a doua muchie.

Avea dreptate Boyd. În ciuda rănii de la mâna stângă, retragerea era posibilă. Până și porțiunea netedă de stâncă dintre prima și a doua muchie putea fi traversată. Stephanie încercă să-și elibereze mâna stângă, dar era înțepenită. Trebuia să urce ca să o elibereze. Degetele o furnicau.

Pipăi cu piciorul până dădu de noi puncte de sprijin și se săltă cu greu.

— Ce faci? strigă Boyd la ea. Trebuie să cobori. *Să cobori!*

Stephanie își smulse mâna stângă din crăpătura în formă de V. Durerea o făcu să țipe. Văzu că-și rupsese arătătorul și degetul mijlociu.

— Pentru numele lui Dumnezeu, întoarce-te odată la a doua muchie!

Umărul stâng o durea, dar părea să nu-și fi pierdut mobilitatea.

Centimetru cu centimetru și oră cu oră – căci așa i se păru ei că se scurge timpul – continuă să urce, apropiindu-se de Boyd, care tot striga la ea să se întoarcă. După zece minute chinuitoare, ajunse la mai puțin de doi metri de muchie.

Expresia de pe fața lui Boyd spunea totul: era șocat că Stephanie nu căzuse.

Își întinse brațul spre ea și spuse:

— Hai că nu mai e mult. Prinde-te de mâna mea!

Printre gâfâieli, Stephanie murmură:

— N-am nevoie de ajutor!

— Ce Dumnezeu, nu fi proastă! Prinde-mă de mână!

— Am ajuns până aici fără ajutorul tău. O să mă descurc singură și de aici încolo.

Boyd era încordat la maximum și chinuit de două sentimente deopotrivă: șoc și vinovăție. Așa că izbucni:

— Crede-mă, scumpo, o să ai parte de o mulțime de ocazii să fii ucisă, așa că fă bine și mori pentru o cauză dreaptă. Nu căzând de pe o stâncă la mama dracului în pustiu, unde moartea ta n-ar valora nici cât o ceapă degerată.

Stephanie îi ignoră însă mâna, aflată acum la puțin de un metru de ea.

— N-o să abandonez!

— Bine! Acum dă-mi mâna!

— Am spus că n-o să abandonez!

— Te-am auzit din prima.

Stephanie își suci fața în sus, așa încât Boyd să îi vadă tăietura de deasupra ochiului stâng și sângele care se scurgea din ea. Și să simtă ce ardea în spatele ochilor.

— Niciodată!

Dură o secundă. Apoi Boyd își feri privirea și replică încet:

— Știu!

Stephanie recunoscu tonul unei capitulări respectuoase. Boyd adăugă:

— Acum dă-mi, te rog, mâna!

13

Norii se sparseră, dând la iveală zone deluroase punctate de câmpuri bolovănoase, o mână de păduri, câte o fermă ici-colo și o rețea de drumeaguri șerpuitoare. Pale de vânt zgâlțâiau elicopterul care cobora aproape vertical spre un câmp cu iarbă aspră și un hambar dărăpănat într-un colț. Lângă el, pe potecuța care mărginea o latură a câmpului, era parcată o mașină.

Ziua începuse ca de obicei, cu o scurtă alergare înainte de micul dejun. După aceea, Boyd o dusese pe Stephanie cu mașina la Durness, unde alergaseră pe plajă și printre dunele de nisip. Fusese o dimineață frumoasă, rece și luminoasă, cu un soare sclipitor care transforma apele Atlanticului în nestemate lichide. Stephanie se bucurase să simtă nisipul rece gâdilându-i degetele de la picioare și gustul de sare pe buze. Se bucurase de compania unui Golden Retriver care o însoțise jumătate de plajă, gonind nebunește pe lângă ea. Se bucurase să-l vadă pe Boyd cum se lupta să țină pasul cu ea.

La întoarcere în tabără, un elicopter aștepta pe iarba de pe malul lacului. Boyd nu păru surprins la vederea lui. O lăsase pe Stephanie în Land Rover și se dusese să discute cu pilotul. Revenise și îi spusese:

— Ai zece minute să faci duș și să te schimbi de haine.

Stephanie nu mai zburase cu elicopterul. Când aparatul se înălță pe cer și se îndepărtă spre sud, i se păru captivant. Rămase cu fața lipită de geam, absorbită de tot ce se vedea jos, până ce intrară într-un nor gros deasupra Munților Grampieni[1]. Urcară la o altitudine și mai mare pentru a scăpa de zona cu vreme rea, pe care o regăsiră însă la coborâre. Când Stephanie întrebă unde mergeau, pilotul îi răspunse prompt că fusese instruit să nu-i divulge destinația.

Elicopterul ateriză. Pilotul se întoarse spre Stephanie și-i făcu semn să iasă. Fu imediat asaltată de aerul care o izbea cu putere. Forța descendentă culcase iarba la pământ. Trânti ușa elicopterului și o luă la fugă, pe jumătate ghemuită. Huruitul se intensifică, iar aparatul de zbor decolă înainte să apuce să dea ocol elicei. Îl urmări înălțându-se spre nori.

Se întoarse pe călcâie și îl zări pe Alexander stând în poarta hangarului și aranjându-și părul alb cu mâna. Purta o pereche de pantaloni gri din flanel, un tricou polo din cașmir bleumarin și un pardesiu cenușiu. Nu schimbară niciun salut. Stephanie îl urmă și împreună ieșiră de pe câmp și urcară în Roverul negru care îi aștepta. Se așezară unul lângă altul pe bancheta din spate.

Alexander îl întrebă pe șofer:

— Crezi că ajungem la timp?

— Așa ar trebui. Suntem în întârziere. Dar nu cu mult.

Lui Stephanie nu-i luă decât două minute ca să-și dea seama unde se afla. Se întâmplă când se înscriseră pe șoseaua A6088, la sud de Hawick. Îl surprinse pe Alexander uitându-se la ochiul ei învinețit și mai apoi la părul ei. După mai bine de zece săptămâni de când nu-l mai vopsise, rădăcinile negre de sub firele blonde o făceau să arate ciudat. Își legase părul strâns la spate într-o coadă de cal.

---

[1] Lanț muntos din nordul Scoției (n. tr.).

— Ce-ți fac degetele? întrebă el.

Erau în continuare legate unul de altul, după ce oasele fuseseră puse la loc în Lairg. Doctorul îi cususe și tăietura de deasupra sprâncenei drepte și îi dezinfectase și bandajase palma dreaptă julită.

— O vreme n-o să mai pot să cos goblenuri, dar, în rest, sunt foarte bine.

— Iain mi-a spus că faci progrese satisfăcătoare.

Stephanie își permise un mic zâmbet batjocoritor.

— Nu zău, așa a spus?

— Mi-a zis și că ți-ai îmbunătățit condiția fizică.

— Cred și eu, după cât s-a străduit să mă termine. Urmând instrucțiunile tale, sunt sigură. Nu știu dacă el m-a subestimat sau dacă eu l-am supraestimat.

— Ai fost o reală surpriză pentru el.

— Spre dezamăgirea ta, cumva?

Pentru o clipă, păru că Alexander era pe punctul de a nega. După aceea expresia feței i se schimbă de la protest prefăcut la un soi de resemnare.

— Nu-i pentru prima oară și sunt ferm convins că nu va fi nici ultima.

Cotiră spre micul sat scoțian Saughtree și curând traversară localitățile englezești de la graniță Deadwater și Kielder înainte de a rula pe malul vestic al Kielder Waters[1]. Cu cât înaintau și locurile deveneau mai familiare, cu atât creștea tulburarea lui Stephanie.

Ajunseră la o cotitură, iar șoferul frână. În fața lor se afla o altă mașină – un jeep Cherokee stropit de noroi –, parcată pe partea stângă a drumului. Roverul opri în spatele său, în apropierea

[1] Cel mai mare lac de acumulare artificial din Regatul Unit, situat în Northumberland, în nordul Angliei (n.tr).

unui indicator care informa că orașul scoțian Jedburgh se află la aproape 50 de kilometri spre nord.

În stânga, dincolo de drum, se întindea un câmp cu iarbă țepoasă. Pe el pășteau cai. În dreapta, solul se înălța abrupt. La marginea unui pâlc de conifere se vedeau oi. Mai departe, la un kilometru distanță, drumul cotea la stânga și ducea, pe lângă cimitir, la Falstone, satul unde se născuse și crescuse Stephanie. Toate acestea erau vizibile de pe ridicătura de pământ unde se găseau ei, un bun punct de observație.

În jeep se aflau trei bărbați, iar unul dintre ei coborî din mașină când Alexander și Stephanie se apropiară. Alexander îl întrebă:

— Am întârziat?

— Nu, domnule. Ați ajuns la țanc.

Picăturile de ploaie cădeau peste ei ca niște săgeți micuțe. Deasupra capetelor lor, norii zgomotoși dinspre est reflectau toate nuanțele posibile de gri. Vântul o făcu pe Stephanie să lăcrimeze, dar chiar și așa, cu vederea încețoșată, observă pentru întâia oară mașinile negre oprite de-a lungul zidului cimitirului. Unul sau doi oameni ieșiră lipăind din cimitir prin porțile care dădeau în mica porțiune de pietriș cu pretenție de parcare. Din depărtare și în lumina aceea slabă, siluetele, în majoritate îmbrăcate în negru, aproape că se contopeau cu fundalul.

Alexander se uita printr-un binoclu primit de la șoferul jeepului Cherokee. I-l întinse lui Stephanie, care îl duse la ochi cu teamă parcă. Fețe palide, păr răvășit de vânt, haine cernite. Alți oameni părăseau acum cimitirul, dar Stephanie nu recunoscu pe nimeni. Până ce o văzu pe Jane, cumnata ei, mai vârstnică decât ea cu doar trei ani. Îl ținea lipit de șold pe James, nepotul lui Stephanie, în timp ce o conducea, cu o mână așezată pe umărul ei, pe Polly, nepoata lui Stephanie, către una dintre mașinile negre. Într-o străfulgerare de alb zări batista cu care Jane își tampona ochii.

Îl căută din ochi prin mulțimea îndoliată pe fratele ei, dar nu-l găsi.

— Dumnezeule, nu... *Christopher!*

Continuă să cerceteze chipurile și începu să recunoască unele. Karl și Claudia Schneider, părinții mamei ei. Părul alb al lui Karl contrasta cu bronzul alpin și îl făcea să arate cu douăzeci de ani mai tânăr decât cei optzeci pe care îi avea. Stephanie își aminti ciocolata caldă pe care Karl i-o pregătea atunci când stătuse, în copilărie, la ei în Elveția. O beau la micul dejun din boluri din ceramică emailată de un albastru intens. Karl adăuga întotdeauna scorțișoară. Stephanie îi simțea aroma și acum, după cincisprezece ani. Claudia, care împlinise între timp șaptezeci și cinci de ani, se ascunsese în spatele unor ochelari cu lentile întunecate și a unei eșarfe negre. Isabelle Fouchard, mătușa lui Stephanie, venise la înmormântare de la Paris. Părul ei arămiu ieșea în evidență în monotonia cromatică. Părinții tatălui lui Stephanie erau și ei prezenți; la șaptezeci și șapte de ani și la un metru nouăzeci și opt înălțime, Richard Patrick se ținea și acum drept ca parul lângă Angela, care mergea sprijinită într-un baston.

Stephanie coborî binoclul și se întoarse către Alexander.

— Ce a pățit?

— Cine?

— Fratele meu. Christopher.

— Nimic. E și el pe acolo, pe undeva.

Alexander încercă de mai multe ori să-și aprindă cu bricheta o țigară Rothmans, ținând-o în căușul palmei ca să protejeze flacăra de vânt.

— Nu este înmormântarea lui. Este a ta, adăugă el din colțul gurii.

Stephanie simţi că i se face rău.

— Poftim?

Alexander reuşi în cele din urmă să aprindă ţigara, pufăi din ea şi dădu din cap.

— A fost nevoie să o facem.

— De ce?

— Ştii de ce.

Stephanie duse din nou binoclul la ochi şi, într-un târziu, îl descoperi pe Christopher. Păstră însă pentru sine sentimentul de uşurare.

— Cum mi-aţi înscenat moartea?

— Un accident de maşină. Unul *urât* de tot. O coliziune frontală. Una dintre maşinile implicate – întâmplător furată – a luat foc. Şoferul şi pasagerul de pe scaunul din faţă au fost complet carbonizaţi.

— Cine erau?

— Contează?

— Da, pentru unii.

Alexander păru dezamăgit de afirmaţia ei.

— Maşina furată era condusă de un puşti de cincisprezece ani beat. Era singur la volan. Tu ai apărut ulterior.

— Familia mea a aflat?

— Ce să afle? Circumstanţele accidentului? Faptul că te aflai împreună cu un hoţ de maşini de cincisprezece ani care era beat la momentul când a intrat pe contrasens şi s-a izbit de o maşină care venea din faţă? Da, a aflat.

— Dar *de ce*?

— Fiindcă povestea este plauzibilă. S-a considerat că e mai bine să fii moartă decât în viaţă. Identificarea s-a făcut pe baza amprentei dentare. Slujba de înmormântare a avut loc mai devreme la St Peter, biserica parohiei locale. Şi ai fost îngropată în cimitirul din Falstone.

Stephanie rămase pentru moment fără cuvinte.

Alexander spuse:

— A fost alegerea ta, în caz că ai uitat.

— Nu am ales niciodată să-i fac așa ceva lui Christopher.

— Ba da, ai făcut-o, deși în mod indirect.

— Și pentru asta m-ai adus aici? Ca să-mi arăți asta?

— Nu. Te afli aici în alt scop. Dar m-am gândit să îți ofer o ultimă șansă de a-ți vedea familia. Chiar dacă de la distanță.

Stephanie nu își dădu seama dacă Alexander era un om crud de felul lui sau doar se prefăcea. Părea destul de sincer. Chiar și în clipa când puse sare pe rănile ei, adăugând pe un ton lejer:

— Apropo, cumnata ta este din nou însărcinată.

Stephanie răspunse din pur reflex:

— Cum de știi?

Era o întrebare la care Alexander nu avea să îi răspundă și la care, își dădu seama, Stephanie nici nu-și dorea răspuns. Se uită iar prin binoclu.

— Când trebuie să nască?

— Peste șase luni.

Christopher plângea. Stephanie îl văzu cum se șterge la ochi. Jane se ocupa de copii, complet debusolați. Imaginea îi frânse inima lui Stephanie.

Era atât de dureros să vadă lacrimile fratelui ei și să-și aducă aminte cât de rău se certau și cât de imposibil le fusese să își găsească un dram de consolare unul în altul după moartea rudelor! Era un moment în care ar fi putut să plângă, însă prezența lui Alexander o obliga să rămână sobră. Uitându-se însă la Christopher, încercă să se convingă că drumul pe care îl alesese ar fi fost în asentimentul lui, însă era conștientă că se mințea. Indiferent de divergențele lor, vedea acum că existența ei contase enorm pentru el. Era un chin să-i vadă tristețea, a cărei cauză era ea. Oare Christopher nu suferise și așa destul?

Preț de o clipă, se gândi că putea curma durerea celor care o jeleau, că putea să coboare în fugă dealul ca să le spună că nu murise și că totul era în regulă. Realitatea îi spulberă însă iluzia și își dădu seama că nu putea face așa ceva. Nu azi. De fapt, niciodată. Fiindcă i-ar fi expus la riscuri. Nici măcar nu era nevoie ca Alexander să-i amintească asta.

Se îndepărtă și îi returnă șoferului binoclul în timp ce patru dosare voluminoase erau transferate de pe bancheta din spate a Jeepului în Rover. Alexander și Stephanie urcară în mașină. Șoferul ieși de pe marginea drumului și întoarse.

O vreme rulară în tăcere. Apoi Alexander bătu ușurel cu palma peste cele patru dosare voluminoase așezate acum între ei și spuse:

— Astea sunt pentru tine.

— Ce sunt?

— Informații. Toate detaliile trebuie memorate. Absorbite.

— Ce fel de informații?

— Despre o teroristă germană care a început ca anarhistă, dar a renunțat la aceste idealuri din considerente de ordin financiar. Este, cum s-ar zice, o teroristă *profesionistă.* Se numește Reuter. Petra Reuter.

Stephanie luă dosarul aflat cel mai aproape și începu să-l frunzărească, cercetând fragmente de informații. Petra Reuter se născuse la Hamburg în 1968. În timpul celui de-al Doilea Război Mondial, tatăl ei, Karl Reuter, la vremea aceea adolescent, luptase la Stalingrad, sub comanda generalului-locotenent Stempel, în Divizia 371 de Infanterie, parte a nevictorioasei Armate a Șasea a lui Paulus. Supraviețuise, iar după război intrase în poliție. În 1959 se mutase la Stuttgart. În 1965, la vârsta de patruzeci și doi de ani, se căsătorise cu Rosa Holl, mai tânără decât el cu douăzeci de ani. Petra era singurul lor copil. Rosa murise într-un accident de mașină în 1985. La acel moment, lucra ca arhivar la Bibliothek für Zeitgeschichte[1] din Stuttgart. Karl Reuter, un fumător înrăit toată viața sa, murise de cancer la plămâni în 1987.

Stephanie sări peste partea din mijloc a dosarului și răsfoi o secțiune dinspre sfârșit, care conținea date despre școlile urmate de Petra, un set de fotocopii ale amprentelor ei, detalii privind relațiile sale sexuale, fotografii ale unei femei cu părul negru și trăsături atât de blurate, încât erau aproape imposibil de identificat. De fiecare poză era prinsă o etichetă cu data și locul unde fusese făcută.

— N-am auzit niciodată de femeia asta, spuse Stephanie în timp ce așeza dosarul înapoi pe banchetă între ei.

— Nici n-aveai cum. Însă în ultimii doi ani, și mai cu seamă în ultimul, multă lume a auzit.

— Are legături cu Khalil? Sau cu Reza Mohammed?

— Nu.

— Atunci ce treabă am eu cu ea?

— Ai. Stephanie Patrick a murit. Petra Reuter ești tu.

---

[1] Biblioteca de Istorie Contemporană din Stuttgart, una dintre cele mai mari instituții de acest gen din Europa (n. tr.).

3

LUMEA PETREI

14

Aparatul de aer condiționat era stricat, așa că te coceai în camera de hotel de la etajul al cincilea. Fereastra, lăsată larg deschisă, nu era de niciun folos. Încă o zi caniculară, înăbușitoare. În mijlocul podelei, o femeie goală exersa întinderi, iar pielea îi lucea de sudoare în timp ce se concentra asupra respirației. Pe noptieră, lângă un pahar cu apă, se afla un ceas de mână. Verifică ora.

Termină exercițiile și închise ochii pentru o clipă, mai conștientă de fierbințeala dinăuntrul ei decât de cea din jur. Părul scurt și des atât de întunecat, încât părea negru era îmbibat de transpirație. Prin geamul deschis pătrundea zgomotul neîntrerupt al traficului – sirene, motoare, claxoane aflate în competiție unele cu altele – și mirosul sufocant de gaze de eșapament, care contribuia la pâcla de culoarea muștarului ce plutea permanent pe deasupra orașului. Se ridică de pe podea și își zări imaginea în oglindă. Își văzu mușchii și tendoanele – cablurile umane – care se mișcau pe sub piele, dar și lipsa de grăsime corporală. Își văzu puterea animală.

La 9.30 dimineața, temperatura sărise deja de 35°C și avea să urce spre 40°C, maxima zilei precedente, în timp ce umiditatea se apropia de sută la sută. În Rio de Janeiro, Brazilia, iarna sosise cu un val de căldură.

* * *

Taxiul albastru cu galben își croia drum pe străzi, tăind calea altor mașini și făcând depășiri triple periculoase; părea că toți șoferii bărbați se visau Ayrton Senna conducând ca un om beat. Așezată pe bancheta din spate cu tapițeria crăpată, Petra Reuter se uita pe geam la golful Guanabara[1], încercând să nu ia în seamă vacarmul motorizat. Trecură de Santos Dumont, aeroportul din centrul orașului. Cu o zi înainte, când urcase pe vârful Pão de Açúcar[2], urmărise avioanele care decolau. Urmărise soarele care apunea în spatele munților, văzuse luminile de pe plajă care prindeau viață în amurg, văzuse statuia lui Hristos Mântuitorul profilându-se pe cerul sângeriu de pe culmea muntelui Corcovado. Cu o zi înainte, fusese o turistă americană ca oricare alta.

În capătul plajei Flamengo, taxiul se îndreptă spre Centro, cartierul financiar și comercial al orașului Rio. Îi spuse șoferului să oprească la Avenida Presidente Antonio Carlos. De acolo nu mai era decât un drum scurt până la Rua Araujo de Porto Alegre. Trotuarele erau la fel de aglomerate ca șoselele: oameni de afaceri care transpirau în costumele lor ușoare, vânzători de mâncare la tonetele parcate în colțurile străzilor, lustragii, niște puști care își făceau reclamă în gura mare, polițiști leoarcă de sudoare, cu burțile revărsate peste curelele pantalonilor și pistoalele prinse la șold, fete care vindeau țigări la bucată sau lame de gumă de mestecat. Aerul fierbinte mirosea a motorină.

Blocul de birouri adăpostea sediile a cincisprezece companii diferite. Petra urcă până la etajul al șaselea într-un ascensor lent. În holul de recepție pentru seria de încăperi aparținând firmei Boa Vista Internacional era ger; machism în materie

[1] Al doilea golf ca mărime din Brazilia, situat în estul țării, în statul Rio de Janeiro (n. tr.).

[2] Pão de Açúcar (în traducere „pâine de zahăr"), stâncă de 396 de metri înălțime din golful Guanabara (n. tr.).

de mașinării - din câte se părea, numai în Brazilia sistemele de aer condiționat simțeau nevoia să-și dovedească virilitatea. Petra întrebă de Eduardo Monteiro și fu condusă într-o încăpere mare, cu un geam colorat care ținea loc de perete din spate. Prin el se zăreau blocurile de birouri mai vechi de vizavi. Bărbatul care intră în birou un minut mai târziu era scund și uscat, cu pielea maronie, ca de hârtie maro de ambalaj. Avea nasul coroiat ca un cioc de vultur, iar puntea forma o stinghie perfectă pentru ochelarii mici, cu rame metalice. Costumul bej pe care îl purta îi era la fel de încrețit ca și fruntea. Petra îl întrebă dacă el era *Senhor* Monteiro.

Bărbatul zâmbi și clătină din cap.

— Nu. *Senhor* Monteiro nu e momentan disponibil. Mi-a cerut să discut cu dumneavoastră în locul lui.

— Dar Marin?

— *Senhor* Marin este plecat din oraș. E acasă la el, la Búzios, cu familia și niște prieteni.

— Am venit aici pentru că am stabilit să ne întâlnim.

— Și așa se va întâmpla dacă totul va decurge în mod satisfăcător. Are un elicopter care îl poate aduce rapid în oraș. Dar numai dacă e absolut necesar. De aceea el și *Senhor* Monteiro mi-au cerut să discut eu cu dumneavoastră.

— Cine sunteți?

— Numele meu este Ferreira.

Bărbatul se așeză în spatele biroului din fața ferestrei.

— Doriți o *cafézinho*[1]?

Petra refuză cu o mișcare din cap.

— Suc? Apă minerală?

— Nimic.

Se așeză vizavi de Ferreira, care spuse:

---

[1] Cafea preparată în stil brazilian (n. tr.).

— Sunt sigur că înțelegeți rezervele lui *Senhor* Marin. Dânsul nu știa că face afaceri cu dumneavoastră. Și nu dorește să sfârșească precum Lehmans.

— Lionel Lehmans a murit de infarct.

— Mda, și noi am auzit același lucru. Totuși, în lumea în care trăim, nu poți fi niciodată sigur.

— Ar trebui să-l întrebați pe medicul lui curant. Lehmans avea probleme cardiace și nu se îngrijea prea mult de sănătatea lui. Mâncăruri grele în exces și prea mulți băieți tineri; mai devreme sau mai târziu una dintre aceste slăbiciuni avea să-i vină de hac. Până la urmă, un grec de cincisprezece ani l-a terminat, și nu porțiile generoase de *foie gras* pe care le îngurgita.

Ferreira ridică din umeri.

— De ce ați insistat să veniți până aici? Ați fi putut aștepta ca *Senhor* Marin să revină în Europa.

— Am de respectat un termen. Am crezut că Lehmans v-a explicat detaliile.

— Nu. N-a menționat niciodată un termen strict.

Petra știa că bărbatul minte.

— Bun, atunci vă spun eu.

— Ne-a spus că livrarea urma să fie făcută în două-trei luni. Noi nu ne grăbim.

— Dar mie îmi trebuie garanții. Acum. Pentru ca, în cazul în care se ivește vreo problemă, să am timp suficient să caut în altă parte.

— Și pentru asta ați riscat să ieșiți la lumină?

Petra se întunecă la față.

— Ar fi mai bine pentru dumneavoastră să nu vă mai dați cu presupusul în privința mea.

Ferreira zâmbi.

— Desigur.

— Am înțeles că voi putea să inspectez toate produsele incluse în comandă. La fel cum ar fi procedat și Lehmans, dacă ar fi fost aici.

— Ați înțeles bine.

— Bun. Atunci haideți s-o facem!

— Astăzi?

— Acum.

— Chiar acum?

Ocazia unică pe care Alexander nu o putuse rata apăruse ca urmare a două evenimente distincte, unul planificat, celălalt ivit printr-un noroc chior. În fapt, succesiunea întâmplărilor fusese cea care produsese ocazia: cel de-al doilea incident avusese loc la șaizeci de ore după primul.

În 1967, la vârsta de numai douăzeci și unu de ani, Lionel Lehmans părăsise armata belgiană pentru a deveni mercenar în căutarea siamezilor bani și conflicte armate în Zair, Angola, Etiopia, Somalia și Ciad. În 1987, se săturase însă de vărsarea de sânge. Lista lui de răni se lungea, puterile începuseră să-l lase, iar apetitul pentru război era rapid înlocuit de o înclinație tot mai pronunțată către toleranță. Nevrând să se mai limiteze la târfele și barurile comunităților din pustiurile Africii, decisese să renunțe la partea dură a afacerii în favoarea celeilalte, mai plăcute și mai profitabile. Se folosise de relațiile pe care și le făcuse de-a lungul a peste două decenii și intrase în afaceri cu trafic de arme. Spre deosebire de Gustavo Marin, brazilianul pe care îl cunoscuse în 1994, Lehmans nu întreținea contacte directe cu producătorii. Nu discuta decât cu cumpărătorii. Marin, în schimb, cunoștea pe toată lumea și, pentru un preț bun, era dispus să joace orice rol: de furnizor, beneficiar, curier pentru clientul final, intermediar, garant. Chiar și de producător, după cum umbla vorba.

Lehmans se întorsese la Bruxelles, orașul său de baștină, și începuse să facă afaceri în calitate de intermediar, luând o cotă parte din tot ce îi trecea prin mână. Curând, reputația sa se extinse, la fel și zonele pe care le acoperea se înmulțiseră, însă tot la Bruxelles îl întâlni pentru întâia oară pe Grigori Ismailov. Georgian de origine, acesta din urmă luptase în Armata Roșie pe tot parcursul campaniei nereușite duse de Uniunea Sovietică în Afganistan. După retragerea trupelor sovietice din Kabul, se alăturase grupărilor infracționale, asasinatul fiind singura profesie pentru care îl pregătise experiența din Afganistan. Lucrase pentru organizații criminale din Sverdlovsk și Perm, în munții Urali, după care, în 1994, se întorsese acasă, în Georgia. În Tbilisi devenise cunoscut fiindcă nu refuza nicio misiune, oricât de dificilă sau neplăcută, cu condiția să fie bine plătită. În 1996, începuse să lucreze sporadic pentru bandele cecene care operau în Moscova și doreau să se răzbune anonim pentru atrocitățile comise de ruși în Groznîi. Ismailov era alegerea perfectă: nu avea familie de care să fie legat și nici conștiință care să-i slăbească voința. Majoritatea misiunilor care i se încredințau se limitau la simple asasinate – polițiști, politicieni, jurnaliști, țintele uzuale –, însă cu timpul primi însărcinări mai ample, legate de terorism. Și asta îl adusese la Bruxelles, unde intrase, în cele din urmă, în atenția lui Alexander.

Lehmans era supravegheat de Magenta House din cauza legăturilor cu Gustavo Marin. Acesta, la rândul său, era ținut sub observație fiindcă întreținea relații cu Marc Serra, un francez suspectat că face afaceri în beneficiul lui Khalil. Atunci când Grigori Ismailov veni la Lionel Lehmans cu o listă de „cereri speciale", Lehmans se adresă lui Marin, despre care știa că se ocupa cu furnizarea de arme la comandă. Linia de comunicații fiind astfel stabilită, Alexander reușise să afle sursa comenzii. La acel moment, Ismail planifica o campanie de bombardare

„acasă", adică în Rusia, ținta fiind birourile firmei Aeroflot. Pe seama slabelor măsuri luate de aceasta în materie de siguranță a zborului circulau tot felul de glume, așadar ce rost avea să-i bombardeze avioanele?

Ceea ce îl interesa însă pe Alexander nu era asaltul preconizat asupra Aeroflot, ci programul de asasinate la care lucra Ismailov. Trei dintre țintele alese de ceceni locuiau în Londra, iar printre acestea se afla însuși ambasadorul Rusiei. Acesta fusese considerentul pentru care Alexander aprobase uciderea lui Ismailov, dusă la bun sfârșit de un agent operativ al Magenta House care călătorise la Groznîi într-un moment care coincisese cu cel al vizitei lui Ismailov în capitala cecenă pentru o întâlnire cu angajatorii săi. Agentul amplasase bomba în mașină și o declanșase cu un comutator cu mercur. Dispozitivul îi ucisese pe loc pe Ismailov și șoferul său cecen. Așa cum anticipase și își dorise Alexander, vina pentru asasinat fusese dată pe o bandă cecenă rivală, iar răzbunarea urmase aproape imediat, haosul rezultat acoperind orice eventuală urmă lăsată de făptaș.

Acesta fusese primul dintre cele două evenimente. Al doilea fusese infarctul care pusese capăt vieții lui Lionel Lehmans.

Acesta aflase de moartea lui Ismailov la șase ore de la producerea ei. Dornic să pună capăt afacerii inițiate de georgian, încercase să-l contacteze pe Marin, însă nu reușise deoarece brazilianul se găsea pe iahtul său și tăiase deliberat orice posibilitate de comunicare. Foarte sentimental când venea vorba de familie, nu accepta nicio intruziune atunci când se afla cu ai lui. Frustrat, Lehmans se consolase cu ideea că istoria avea să fie oricum oprită și că weekendul îi va oferi plăcerile grecești cu care se regala. În seara de duminică Lehmans era însă mort pe podeaua din dormitorul casei sale, infarctul fiind singurul semn demn de luat în seamă că avusese vreodată inimă.

Alexander se trezise dintr-odată în fața unei ocazii nesperate. Știa că, din punctul de vedere al lui Marin, tranzacția se efectua între el și Lehmans; sursa comenzii îl privea exclusiv pe belgian, la fel ca și mărimea comisionului pe care îl percepea. Alexander mai știa că Lehmans lucra singur, șansa să fi aflat cineva de înțelegerea lui cu Ismailov fiind neglijabilă. Când Marin avea să afle de moartea lui Lehmans, avea să caute pe altcineva care să preia afacerea. Fie asta, fie avea să renunțe cu totul și să accepte pierderea.

Alexander era de felul lui un om prudent. Operațiunea pe care o conducea era de mică anvergură și nu nutrise niciodată ambiția de a o extinde. Obligat de împrejurări și împotriva propriei voințe, își presă oamenii să treacă la fapte. În privința Petrei avusese întotdeauna mari rezerve. Nu voise să se ocupe de ea de la bun început. După ce fusese forțat să o accepte, nu dorise să o antreneze ca asasină și, astfel, ajunsese să o pregătească pentru munca de agent operativ destinat unei unice misiuni, ceea ce nu corespundea misiunii organizației sale și reprezenta încă un motiv de îngrijorare. Acum se trezise în fața unei dileme și mai mari. Odată cu moartea lui Ismailov și a lui Lehmans, se crease un gol care putea fi umplut de Petra, însă șansele erau mici. Marin nu avea să aștepte prea mult. Dacă nu găsea pe cineva care să preia afacerea, avea să renunțe la ea. Iar pe de altă parte, Petra nu își încheiase antrenamentul.

În împrejurări normale, Alexander nu ar fi dat curs ocaziei. Dacă ar fi fost după el, Petra ar fi trebuit să mai petreacă încă un an – poate chiar mai mulți –, mutându-se din oraș în oraș, urmând indicațiile lui și făcându-se cunoscută unor persoane de interes pentru Magenta House. Acum se ivise șansa de a pătrunde în cercul exclusivist al lui Gustavo Marin și, eventual, de a intra în contact direct cu Marc Serra. Cei doi bărbați aveau încredere unul în celălalt, așa cum Marin avusese încredere în Lehmans. Era genul de situație în care cei interesați erau nevoiți să se bazeze pe un substitut capabil să ducă afacerea la bun sfârșit, nu pe cineva venit din afară. În cele din urmă, acest considerent cântări în balanță mai mult decât rezervele lui Alexander față de stadiul de pregătire al Petrei.

Din Londra, via Bruxelles, Alexander luă legătura cu Marin, dându-se drept Petra, permițând astfel ca identitatea ei să fie dezvăluită, un lucru care avea cu siguranță să atragă atenția lui Marin, și informându-l că ea era sursa comenzii plasate de Lehmans. Petra, avea Marin să descopere, era dornică să finalizeze repede tranzacția și, din motive legate de propriile circumstanțe, era dispusă să vină să-l întâlnească în Brazilia. Alexander socoti că acesta avea să fie un imbold suficient – numele Petrei Reuter era cunoscut, fața ei însă nu – și se dovedi că avusese dreptate. Marin acceptase să o întâlnească în Rio de Janeiro și să finalizeze contractul pe jumătate negociat.

Misiunea Petrei era clară: să zboare în Brazilia și să negocieze prețul cu Marin. Apoi să revină acasă și să lase restul în seama lui Alexander. Importantă era, în faza aceasta, inițierea unei relații cu brazilianul. Și pornind de acolo, se putea pune la punct o abordare credibilă a lui Marc Serra.

Din punct de vedere fizic, Petra se afla într-o formă excelentă, forța corpului fiind completată de tehnicile de autoapărare predate de Iain Boyd. Din punct de vedere psihic, părea mai dură ca niciodată – Alexander nu îi descoperise niciun semn de slăbiciune. Ceea ce îi lipsea totuși era fundalul; legenda pe care o inventaseră era destul de subțire, iar cunoștințele ei, încă fragmentare. În plus, sângele-rece de care trebuia să dea dovadă nu putea fi testat decât în condiții extreme. Acestea erau lucrurile care îl preocupau pe Alexander de când luase hotărârea de a transforma terorista pe hârtie într-una reală.

Parcară pe cheu și ieșiră din mașină sub un soare dogoritor aflat acum chiar deasupra capetelor lor și care părea suficient de fierbinte pentru a le incendia până și umbrele. Petra aruncă o privire apei care clipocea; era murdară, plină de insulițe de spumă întunecată la culoare care pluteau peste petele de ulei ce înconjurau carcasele ruginite ale vaselor andocate. Remarcă numele porturilor de origine pictate pe etrave: Osaka, Vancouver, Rotterdam, Magadan. Macaralele din port nu lucrau. În stânga văzu un tanc petrolier mare care trecea pe sub secțiunea ridicată a podului Niterói. Podul însuși abia se zărea în pâcla așternută peste golful Guanabara.

Ferreira o conduse într-un depozit întunecat care avea vopsit deasupra intrării, cu litere galben cu verde ce se cojeau, denumirea firmei Boa Vista Internacional. Înăuntru aerul era înăbușitor. Șine vechi de cale ferată erau răspândite pe podea, iar deasupra se legănau poduri rulante scârțâitoare. În partea stângă câțiva bărbați stivuiau lăzi, în timp ce alții stăteau gârboviți în jurul unor cutii de împachetat și fumau, omorându-și timpul. Petra le simți privirile și recunoscu intențiile.

Doi bărbați îi așteptau în biroul din spatele clădirii. Erau îmbrăcați în costume prost croite, aveau pete de transpirație la subraț, bărbi nerase de câteva zile și ochelari de soare care le mascau ochii. Pe birou era întinsă o bucată de foaie de cort. Pe ea erau înșirate mai multe piese din plastic gălbui și o cutie metalică mică și neagră. Unul dintre bărbați închise ușa biroului și îi înmână Petrei un dosar gros, apoi spuse:

— Sper că ați înțeles că încă nu am asamblat sau manufacturat produsele comandate de *Senhor* Lehmans.

— Desigur.

— Dar vă putem arăta produse similare. Iar aici, bătu el cu vârfurile degetelor în dosar, vă putem arăta variante, cu tot cu specificațiile tehnice.

Oferta lui Gustavo Marin consta într-o abundență de arme de distrugere. Explozive și arme de toate felurile și în toate cantitățile imaginabile, cu livrare garantată. Ferreira o informă că puteau livra oriunde în lume. Iar în cazul în care un client avea solicitări mai speciale - de genul celor obscure, nespecificate în catalog -, și acestea puteau fi îndeplinite. Recent, de pildă, unul dintre laboratoarele lui Marin falsificase două pachete de țigări Camel pentru un client irakian, acoperind filtrele cu spori de antrax, un procedeu cumpărat de la sud-africani, care îl concepuseră în cadrul programului lor de dezvoltare a armelor biologice. Puteau livra până și material nuclear, susținu Ferreira.

— Dar mai întâi, zise el, întinzând Petrei o foaie de hârtie, iată lista pe care ne-a trimis-o Lehmans.

Petra parcurse încet și cu atenție conținutul printat în engleză: douăzeci și cinci de dispozitive de armare în siguranță Memopark, o sută de kilograme de Ammonal, un exploziv de proveniență rusă, o sută de kilograme de Semtex fabricat în Republica Cehă, cincisprezece detonatoare Iraco, douăzeci de carabine Heckler & Koch, zece senzori în infraroșu. Una peste alta, de ajuns pentru a provoca un masacru în Moscova sau în oricare altă parte a lumii. În josul foii și separate de restul, erau notate două articole pe care Petra nu le recunoscu: șase Seria-410/5s și trei CBT.

Își alese cu grijă vorbele:

— Cele două din josul listei... Nu sunt familiarizată cu aceste denumiri.

Ferreira zâmbi și își îndreptă privirea spre piesele împrăștiate pe pânza de cort.

— Seria-410 este o gamă de arme personalizate pe care le fabricăm ca produs secundar în cadrul unui proces industrial mai amplu la una dintre uzinele noastre din São Paulo. Sunt confecționate din rășini și material ceramic și au fost concepute pentru a trece prin punctele de control automate.

Puncte care existau probabil în casele și la birourile aflate în vizorul lui Ismailov, își spuse Petra.

— Sunt ușor de asamblat, continuă Ferreira, și pot fi transportate nemontate în cazul când clientul se așteaptă la o percheziție fizică. Piesele componente pot fi mascate în obiecte folosite în viața de zi cu zi: tocuri de ochelari, telefoane mobile sau pagere, în walkman, stilouri, brichete, brelocuri, adăugă el, fluturând o mână pe deasupra pieselor întinse pe pânza de cort. După cum vedeți, componentele sunt acum în stare brută, dar vă puteți face o idee despre cum funcționează, zise el și începu să asambleze o armă. Acesta este un prototip din Seria-410, unul simplu, cu o singură tragere. Un model experimental, de fapt. Seria 410/5 pe care ați comandat-o este automată și poate trage până la cincisprezece cartușe de 9 mm pe minut.

Pistolul asamblat arăta ca un cleşte de prindere a unui aparat foto din material plastic, cu un cilindru butucănos și urât atașat la el, însă principiul de funcționare era suficient de clar. Petra dădu din cap în semn de apreciere, după care arătă spre cutia metalică neagră de pe pânza de cort.

— Și asta?

— E un CBT[1]. Un detonator personalizat. O adevărată operă de artă.

Ferreira deschise cutia. Pe o pernă din spumă de culoare gri era așezată o singură capsulă subțire din sticlă de formă aproape ovală și cu lungimea de circa trei centimetri și optzeci

[1] *Customized barometric trigger* (CBT) (în orig.) (n. red.).

de milimetri. O scoase și o ținu între degetul mare și arătător înainte de a i-o întinde Petrei. Suprafața capsulei era perfect netedă, cu excepția unui punct minuscul aflat în centru. Ferreira văzu că Petra mijește ochii și se grăbi să-i explice:

— Este o valvă de presiune.

— Cum funcționează?

Ferreira se răsuci pe călcâie și luă de deasupra unui fișet o cutie din care scoase un mic comutator cu arc încastrat într-o ramă de sticlă. Înlătură arcul cu degetele.

— Capsula este introdusă aici, pe urmă dispozitivului i se atașează detonatorul. Atunci când se atinge presiunea corectă, capsula se dezintegrează, arcul e eliberat și dispozitivul este detonat. Sau dispozitivul poate fi atașat unui cronometru, în care caz se inițiază numărătoarea inversă.

— Nu-mi dau seama cum funcționează.

Ferreira zâmbi.

— Asta fiindcă nu aveți cum *să vedeți*. Adevărul este că sunt două capsule, nu una. A doua se află în interiorul primei. Între cele două se află diferență de presiune, iar când presiunea exterioară se schimbă, liniile de fractură interioară se sparg și capsula se fărâmițează, eliberând arcul. Și astfel se activează detonatorul.

— Foarte ingenios!

— Și frumos. Toate acestea sunt confecționate individual pentru noi în Minas Gerais[1]. Fiecare piesă este calibrată precis pentru a fi detonată la o presiune prestabilită. Lehmans a menționat că toate cele trei comandate de dumneavoastră vor fi folosite pe elicoptere. Este corect?

„Habar n-am." Petra își ridică privirea și îi aruncă un zâmbet rece.

---

[1] Una dintre cele 27 de unități administrativ-teritoriale în care este împărțit statul federal brazilian (n. tr.).

— Da, este corect.

— Vor opera de la nivelul mării?

Oricare răspuns era preferabil tăcerii.

— Da.

— Vor fi presurizate?

— Nu.

Petra își plimbă degetele peste suprafața netedă a sticlei. Lucrurile începeau să se lege. Cronometrul implica riscuri. Zborurile comerciale erau adesea întârziate. În plus, dacă se dorea ca o aeronavă să fie doborâtă deasupra unui loc anume – în mijlocul Atlanticului, de exemplu, unde recuperarea cadavrelor și a resturilor navei era mai dificilă –, atunci un astfel de detonator atașat unui cronometru era ideal; cronometrul era activat numai atunci când avionul se afla în aer și numai după ce presiunea din cabina de zbor depășea nivelul stabilit. În afară de asta, un detonator din sticlă era aproape perfect, probele fiind total distruse de explozia pe care o provoca, așa încât, dacă resturile aeronavei erau împăștiate pe pământ, până și cel mai abil investigator era nevoit să se recunoască învins.

Petrei îi venea ba să zdrobească pe loc capsula, ba să o strângă pentru totdeauna la piept. Își ridică ochii spre Ferreira.

— Pare să fie detonatorul ideal pentru un zbor comercial.

— Așa a și fost, o asigură bărbatul.

15

Mașinile se deplasau încet pe Avenida Niemeyer, care șerpuia la poalele lui Morro Dois Irmãos, muntele cu două cocoașe care despărțea cartierele Leblon și São Conrado. În dreapta drumului se înălța abrupt Vidigal, una dintre faimoasele *favelas*[1] din Rio. În stânga, brazilienii ridicaseră, cu acea nepăsare care îi caracteriza, un hotel Sheraton. Vidigal era un amestec de trepte și pasaje înguste din beton, de blocuri din zgură cimentate în grabă și acoperișuri din tablă ondulată, de câini vagabonzi și copii abandonați. Mașina coti la stânga spre intrarea în hotel, trecând pe lângă cabina de poliție permanentă aflată pe bucata de pământ din mijlocul străzii.

Căldura și umiditatea erau greu de îndurat, așa că holul de recepție, unde Petra se răcori instantaneu, reprezenta o ușurare revigorantă și binevenită. Trecu pe lângă un grup de turiști americani adunați la un loc de un reprezentant agitat al tour-operatorului. Întrebă la biroul de recepție de Eduardo Monteiro. I se spuse că era așteptată și că persoana căutată se afla în camera 1625 de la etajul al șaisprezecelea.

---

[1] Tip de cartier intra- sau suburban cu locuințe inițial provizorii construite de populația rurală braziliană migrată în număr excesiv la oraș, fără a beneficia de facilitățile specifice civilizației urbane (n. tr.).

Un bărbat îmbrăcat într-un costum de pânză cafenie şi o cămaşă bleu deschisă la gât se aşezase în hol, astfel încât să poată vedea perfect întregul birou de recepţie. Împăturea un exemplar din *Jornal do Brasil*. Petra nu-l remarcă - n-avea niciun motiv să o facă -, dar el o urmări din priviri.

Hotelul avea şase lifturi, aşa că Petra urcă singură. Se privi în metalul arămit care o înconjura. O rochie simplă din bumbac - bleumarin cu mici buline albe - şi pantofi sport albi marca Superga. Pe umăr îşi aruncase un sac de pânză neagră în care îndesase un prosop de plajă, o carte broşată umflată din cauza umidităţii şi două flacoane cu loţiune de potecţie solară. O turistă ca oricare alta, echipată de vacanţă. Nu îşi îndepărtă ochelarii de soare.

Ieşi din lift şi coti la dreapta. Camera 1625 se afla în capătul coridorului. Bătu la uşă, care fu deschisă de un bărbat înalt, cu păr de culoarea pielii de căprioară şi faţa plină de urme de vărsat-de-vânt. În încăpere se aflau alţi doi bărbaţi. Niciunul dintre ei nu era Eduardo Monteiro. Unul era Ferreira, celălalt, Gustavo Marin, pe care Petra îl recunoscu din fotografia pe care Alexander i-o arătase la Londra. Cercetă din priviri locul. În dreapta, două paturi de o persoană, în stânga, lipite de perete, o masă şi un bufet pe care era aşezat un televizor. În capătul îndepărtat, uşi glisante care dădeau într-un balcon îngust cu vedere la Atlantic.

Marin îi făcu semn lui Ferreira să plece. Petra auzi cum uşa se trânteşte în spatele ei şi, un minut mai târziu, zgomotul înăbuşit al uşii închise a încăperii învecinate. Marin era un bărbat gras, cu păr cărunt ondulat care începuse să se rărească şi pe care îl dăduse cu ulei din belşug, pieptănându-l pe spate pentru a-şi acoperi scalpul presărat cu pete hepatice. Purta o bluză de tenis largă marca Fila şi pantaloni de trening Adidas negri.

— Petra Reuter, femeia fără chip, zise el, inspirând adânc și expirând încet. Sper că nu te deranjează dacă vom purta conversația în engleză. Deși locuiesc în Elveția, nu vorbesc bine nici germana, nici franceza.

— Presupun că nu petreci prea mult timp în Europa.

Marin chicoti.

— Nu! Ai dreptate!

Făcu un semn din cap spre bărbatul care stătea în picioare lângă Petra.

— Mii de scuze, dar trebuie să mă asigur că nu ești înarmată!

Petra îi întinse bodyguardului sacul. Bărbatul îi cercetă conținutul cu atenție și scoase dinăuntru până și prosopul, pe care îl despături. La final puse totul la loc și clătină din cap spre Marin, care spuse:

— Sper că nu te superi dacă te va percheziționa.

— Dar de aceea m-am îmbrăcat în rochie. Ca să vedeți că nu sunt înarmată.

— Am auzit o mulțime de povești despre tine. Și despre ingeniozitatea ta. Nu-ți face griji, Luiso e foarte rapid!

Luiso nu se grăbi. Zăbovi în special când mâinile îi urcară peste rochia Petrei, pe șoldurile ei.

Marin se distra urmărind spectacolul.

— Îmi place ca oamenii mei să-și facă bine treaba.

Petra îi susținu privirea și își păstră expresia impenetrabilă.

— Și mie.

După ce Luiso termină, Marin îi oferi o băutură, pe care Petra o refuză. Marin se sculă cu greu din fotoliu și-și târșâi picioarele până la minibarul din bufetul aflat în stânga ei, unde își prepară un amestec de votcă și suc de portocale.

— În fiecare an petrec o lună în Brazilia. Îmi văd familia și prietenii. Când vin acasă, nu-mi place să mă ocup de afaceri. Iar când merg la vila din Búzios nu fac *niciodată* afaceri. Așa că întâlnirea aceasta este ceva neobişnuit pentru mine. Se pare însă că tu te grăbeşti.

— Aşa e!

— Te rog, arată-mi cicatricea!

Nu era o cerere surprinzătoare. Petra îşi desfăcu fermoarul rochiei şi-şi dezgoli umărul stâng, dând la iveală rana cauterizată. Pe urmă se răsuci cu spatele ca să-i arate rana de ieşire a glonţului. Îşi acoperi din nou umărul şi închise fermoarul rochiei.

— Cum ai căpătat-o?

— Poliţia belgiană.

— Unde?

— Mechelen[1].

Indiferent în ce oraş se afla, lui Marin îi plăcea să-şi conducă afacerile din camera unui hotel ales la întâmplare şi în ultima clipă; nu se întâlnea niciodată cu clienţii pe proprietăţi private. Camerele în care aveau loc întâlnirile nu erau niciodată rezervate pe numele său, ci pe cel al unuia sau altuia dintre oamenii lui. În general, rezervarea era făcută cu doar o oră sau două înainte de întâlnirea stabilită, iar cel care se ocupa de asta stătea în ea până la sosirea lui Marin şi a anturajului său. În cazul de faţă, camera fusese rezervată pe numele lui Eduardo Monteiro, bărbatul pe care Petra nu reuşise să-l întâlnească mai devreme în ziua aceea în Centro. Monteiro avea patruzeci şi patru de ani, era avocat cu studii la Harvard şi angajat full-time şi bine plătit al lui Marin. Petra se întrebă unde se afla el în momentul acela. Poate în încăperea alăturată?

După ce verificase lista de produse comandate la depozitul de pe cheu, fusese condusă de Ferreira până la plaja Flamengo. Se declarase mulţumită de inventar, iar el îi promisese că o să-l

[1] Oraş din regiunea belgiană Flandra (n. tr.).

contacteze pe Marin pentru a stabili o întâlnire pentru negocierea și definitivarea prețului. Îi dăduse două numere de telefon. Petra sunase la primul la ora trei și fusese informată că întâlnirea urma să se desfășoare în acea seară, între orele șase și șapte. Se conformase instrucțiunilor primite și la ora cinci sunase la al doilea număr. I se spusese că locul întâlnirii era hotelul Sheraton, unde trebuia să întrebe de Eduardo Monteiro. Și astfel ajunsese în camera 1625.

— Vino și uită-te! spuse Marin, care stătea în picioare în fața ușilor care dădeau în balcon. Nu-i așa că-i frumos?

Petra se apropie ca să admire priveliștea. Ușile glisante erau deschise și o briză fierbinte pătrundea în cameră. Perdelele se umflară, valuri de țesătură, extensie la etajul al șaisprezecelea a oceanului de afară. Peste Atlantic cobora amurgul. Faleza plajei Leblon-Ipatema o lua la stânga și, odată cu ea, o luau și felinarele, nenumărate puncte de marcaj de un alb incandescent. Hotelurile și blocurile de apartamente păreau să sclipească pe fundalul luminii începutului de seară.

— Știi, noi, aici, în oraș, avem o vorbă: Dumnezeu a creat lumea în șase zile și în a șaptea a creat Rio de Janeiro. Nu crezi că-i adevărat?

— Poate, privind de la distanță. Dar nu și din apropiere.

Marin să răsuci cu fața spre ea. Părea iritat.

— Povestește-mi despre Mechelen!

— Credeam că ne-am întâlnit ca să discutăm afaceri.

— Da, dar sunt curios. Cei doi bărbați care erau atunci cu tine - și care au fost omorâți - cine erau? Ziarele au scris că erau traficanți de droguri.

— Dacă așa au scris, atunci înseamnă că așa e.

Marin desfăcu celofanul unui pachet de țigări Hollywood.

— Știai că armele erau pentru teroriștii irlandezi?

— Ceea ce știu este că afacerea ar fi picat. Tipii erau filați.

— Dar la momentul acela nu știai.

— Ce vrei să spui?

Marin ridică din umeri.

— Ce părere ai despre irlandezi?

— Nu mă interesează! N-am nicio legătură cu ei. Republicani sau loialiști, pentru mine sunt totuna. Nu sunt teroriști, nici implicați politic, doar niște criminali și atât.

Marin rămase o clipă pe gânduri, apoi zise:

— De acord. În trecut, am livrat marfă ambelor tabere și mi-au făcut aceeași impresie. La ei, totul se reduce la bani.

— Exact.

— În acest caz, banii *mei*.

Marin ținea în mână un pistol îndreptat spre stomacul Petrei și, pe cât își dădea ea seama privind în butoiașul întunecat la culoare, Luiso se afla în spatele ei, țintind-o și el. Pentru câteva clipe, Petra rămase sclava confuziei. Se întâlnise cu Marin pentru a discuta prețul comenzii. Și a încheia afacerea. De aceea se deplasase până în Brazilia. Contractul cu Lehmans era real. Și atunci ce se întâmplase?

Începu să gândească mecanic.

Ochelarii pe care îi purta în continuare erau circulari. Lentilele complet plate îi permiteau să vadă, prin marginile exterioare ale discurilor întunecate, reflexii fragmentare ale mișcărilor din spatele ei. O schimbare de lumină însemna mișcare, și asta o făcu să reacționeze. Luiso nu avea să tragă, de teamă să nu-și lovească stăpânul, dar Petra era sigură că Marin nu își bătea capul cu crize de conștiință similare. Așa că plonjă în față, făcu o fentă la stânga, apoi la dreapta. Marin trase, dar rată. Glonțul lovi ușa.

Luiso rămase nemișcat preț de o secundă, șocat de ceea ce vedea și neștiind cum să reacționeze. Petra întinse brațul și îl prinse pe Marin de încheietura mâinii în care ținea arma. Într-o succesiune de mişcări care nu durară decât o clipă, schimbă punctul de prindere şi-i rupse încheietura mâinii. Marin se încovoie de mijloc şi scoase un urlet. Pistolul se descărcă din nou. Petra i-l smulse dintre degete şi se răsuci pe călcâie pentru a-l înfrunta pe Luiso. Numai că bărbatul nu se afla în locul unde se aştepta. Se clătina, cu mâna stângă încă încleştată pe pistol, dar sprijinită de bufet. Cu mâna dreaptă îşi apăsa în lateral trunchiul. Avea gura căscată şi făcuse ochii mari de uimire. Printre degete începuse să i se prelingă sânge.

Undeva adânc înlăuntrul Petrei un computer porni să funcţioneze, stabilind priorităţi şi luând decizii. Asta însemna calculul secundelor care trecuseră de la prima împuşcătură şi localizarea zgomotului făcut de picioarele care se auzeau din camera alăturată. Ţinti Coltul lui Marin spre Luiso, apoi înapoi spre Marin, care scoase un scâncet.

Se roti pe piciorul stâng şi îl lovi cu dreptul pe Luiso în rană. Bărbatul icni şi se prăbuşi la podea. Petra îi smulse Beretta din mână şi o azvârli pe covor, între cele două paturi. Îl prinse apoi pe la spate de gulerul cămăşii şi îl strânse cât putu de tare, sugrumându-l şi secătuindu-l de puteri. Îşi apăsă corpul de spinarea lui şi îl forţă să se ridice. Nu îşi făcuse datoria de bodyguard faţă de Marin, dar acum avea să-i servească ei drept scut. Aruncă o privire rapidă spre Marin, care se retrăgea spre balcon, disperat să se îndepărteze cât mai mult posibil, şi întinse braţul înarmat cu Coltul spre uşa dormitorului.

Uşa se deschise cu o izbitură în perete, iar încuietoarea fu făcută ţăndări. Era Ferreira. Aşa cum prevăzuse Petra, atenţia lui Ferreira fu distrasă la vederea lui Marin, ghemuit în faţa ferestrei şi cu mâna stângă încleştată în jurul încheieturii fracturate. Petra trase succesiv şi rapid mai multe gloanţe. Ferreira se prăvăli mort înainte de a atinge covorul, dar nu înainte de a fi reuşit să tragă trei gloanţe. Unul dintre ele îl nimeri pe Luiso în umăr. Bărbatul țipă ca un copil, ascuțit și înnebunit de spaimă. Împușcătura puternică o dezechilibră pe Petra. Al doilea glonț pătrunse în ușa glisantă. Al treilea o răni pe Petra în braț. O durere mistuitoare îi săgetă partea dreaptă a corpului. Căzu pe podea cu Luiso deasupra și greutatea bărbatului o sufocă.

Se săltă împleticit de sub corpul lui. Marin mieuna lângă fereastră; se scăpase în pantalonii de trening. Luiso se afla în stare de șoc, iar gura i se închidea și deschidea incontrolabil; arăta ca un pește scos din apă. Picioarele îi zvâcneau spasmodic. Ochelarii lui Ferreira se spărseseră. Orbita stângă se transformase într-o lacrimă stacojie. Petra își pipăi cu palma partea dreaptă a corpului și simți sângele cald care se îmbibase în țesătura din bumbac. Pocnetul împușcăturilor îi suna în urechi, mirosul de praf de pușcă îi umplea nările.

Lăsă Coltul lui Marin să cadă în sacul ei de umăr și luă de jos Beretta lui Luiso. Verifică încărcătorul – rămăseseră opt gloanțe –, apoi îl închise la loc. Îl ținti pe Marin.

— De ce?

— Nu mă împușca, te rog! se văită el.

— *De ce?*

Mintea lui Marin era prea confuză pentru a putea oferi răspunsuri coerente.

— *Te rog!* Am bani. Putem să...

Petra se gândi la detonatorul din sticlă. Și la cadavrele carbonizate care se prăbușeau în oceanul cel negru.

Marin plângea când îl împușcă.

Dură o veșnicie până să vină liftul. Petra verifică încă o dată coridorul. Nimic. Ușile ascensorului se deschiseră, dând la iveală cinci oameni, trei bărbați și două femei. Umeri arși de soare, prosoape de plajă, o șapcă inscripționată Dallas Cowboys, cinci fălci căzute. Ridică Beretta.

— Afară!

Cei cinci ezitară și Petra le citi gândurile: *poate că ușile se vor închide și vom fi salvați.* Ținti arma spre femeia aflată cel mai aproape de ea, o ființă slăbănoagă cu arsuri roșii ca sfecla acoperite de bijuterii din aur.

— Acum!

Ieșiră în șir, ca niște oi; unul dintre bărbați luă șovăielnic conducerea și se strecură pe lângă ea înainte de a o lua la goană, cu ceilalți urmându-l orbește. Petra păși în ascensor. Ușile se închiseră. Vârî Beretta în sacul de umăr, lângă Colt. Se privi în metalul arămit. Nu avea ce să facă în privința petei de pe rochie, dar, din fericire, materialul era în cea mai mare parte bleumarin. Scoase din sac prosopul de plajă verde-închis și își șterse sângele lui Luiso de pe șolduri și umărul stâng. Urmări numerele descrescătoare ale etajelor. Liftul începu să încetinească.

Atunci când ușile se deschiseră, văzu că mai mulți oameni așteptau să urce. Ieși din lift și trecu pe lângă ei fără să se uite în spate. „Dacă te miști sigură pe tine, nu atragi atenția." Turiștii americani erau tot acolo, strânși în hol, cu fețele lor rozalii și burțile moi, și îl băteau la cap pe ghid. Afară, arșița o pocni ca o palmă peste față. Un bărbat în livrea o întrebă dacă dorea să-i cheme un taxi. Petra merse mai departe, apoi coti la dreapta. La câțiva metri distanță, o ușă dădea în parcarea subterană. Ascensorul era stricat, așa că fu nevoită să coboare pe scări.

Ajunse la nivelul al patrulea. Înăuntru era – incredibil – mai cald decât afară. În viața ei nu îi fusese așa de cald. Mirosul de carburant evaporat și gaze de eșapament o copleși. Auzi voci și scoase Beretta din sacul de umăr.

Cât timp îi luase panicii să se răspândească în hotel? Câtă lume auzise împușcăturile? Oamenii pe care îi scosese din lift sub amenințarea armei erau acum cu telefoanele la ureche. Aveau să-i anunțe pe cei care asigurau paza, iar aceștia aveau să sune la poliție. Cât timp urma să treacă până ce intrările și ieșirile din hotel vor fi blocate?

Ieși din pasajul care lega scările cu etajul. Tavanul, și așa jos, părea și mai scund din cauza rețelei haotice de țevi atârnate; din o bună parte din ele picura apă. Înaintă în vârful picioarelor printre bălți de apă și ulei. Se auzeau voci, dar proprietarii lor nu se vedeau nicăieri.

Mașina neagră Omega era parcată lângă un stâlp. Se lăsă pe vine și inspectă partea de dedesubt, fără a observa nimic deosebit, așa că urcă la volan, își puse centura de siguranță și porni motorul. Conduse încet spre barieră, cu tichetul așezat pe scaunul pasagerului. În clipa când paznicul ridică brațul pentru a o opri, auzi scrâșnet de cauciuri pe betonul neted, vopsit. Se uită în jur, dar nu văzu nimic. Paznicul îi făcu semn să treacă. Petra coti la dreapta și se îndreptă spre rampă, bâjbâind la bord pentru a aprinde farurile. În schimb, puse în funcțiune ștergătoarele. Când ajunse la nivelul solului apăsă pe accelerație și trecu în viteză pe lângă trei autocare parcate în fața intrării hotelului. Pe Avenida Niemeyer încercă să vireze la dreapta pentru a se întoarce în Leblon cât mai repede cu putință.

Avenida Niemeyer este în mod normal o arteră cu două benzi, dar nu și în orele de vârf. Legendarul trafic din Rio de Janeiro obligase autoritățile să ia măsuri drastice pentru a fluidiza circulația în punctul cel mai aglomerat. Una dintre soluții fusese transformarea bulevardului într-un drum cu sens unic spre oraș în timpul orelor de vârf din cursul dimineții și de ieșire din oraș seara în orele de vârf. Petra, care nu cunoștea aceste reguli, își făcuse planul de a intra pe prima bandă spre Leblon. Dădu să vireze și zări mașinile înscrise pe ambele benzi de circulație care se îndreptau direct către ea. Apăsă frâna și trase de volan. Mașina derapă. Un Volkswagen alb se răsuci brusc pentru a evita ciocnirea și urcă pe bordura trotuarului. Un Ford albastru ruginit lovi Omega din spate.

Cauciucurile scrâşniră, claxoanele mugiră, pumni se agitară în aer. Şoferul Fordului deschise portiera. Nu era timp pentru politeţuri. Alarma avea să fie dată în hotel dintr-o clipă în alta. Dacă nu fusese dată deja. Petra manevră rapid volanul cu ambele mâini şi dădu cu spatele, lovind în lateral un Fiat de culoare mov, după care băgă în viteza întâi, izbi marginea bordurii şi băgă din nou în marşarier, intrând în Fiat. Uimit, poliţistul din cabina din mijlocul drumului porni cu paşi mari spre ea, ducându-şi mâna la tocul lipit de şold. Petra încheie întoarcerea din trei mişcări bruşte, băgă maşina în viteza întâi, roti volanul şi apăsă acceleratorul până la podea.

Trecu dintr-o viteză într-alta în timp ce arunca priviri în oglinda retrovizoare. Poliţistul scosese arma, însă atenţia îi fusese distrasă de furia şoferilor lăsaţi în urmă. Petra era convinsă că cineva notase numărul de înmatriculare al maşinii. Trebuia să scape de vehicul cât mai repede cu putinţă. Portbagajul şi capota lovite aveau să facă mai uşoară identificarea. Drumul şerpuitor prinse să coboare. Petra văzu în faţă plaja São Conrado, mărginită de serpentine întinse cale de aproape doi kilometri. Bulevardul se lărgi când acceleră pe lângă Inter-Continental şi turnul din sticlă cilindric şi gol al hotelului Nacional. Rămase blocată în spatele unui autobuz. În traficul aglomerat fără speranţă, cu suspensiile făcute praf, maşina se înclină pe o parte, înaintând mai mult în salturi. Drumul cotea la stânga când Petra zări în dreapta un indicator cu „Retorno". Apăsă cât de tare putu pe frână şi trase dreapta, ciupind din bordură şi evitând în ultima clipă mulţimea de pietoni. Reuşi să intre pe breteaua semnalizată Retorno, care urca şi se unea cu drumul pe două benzi care pătrundea în tunelul ce ducea înapoi în Leblon.

Abia acum îşi dădu seama cât de violent tremura. Fiecare muşchi din corp părea să freamăte. Se uită constant în oglinzi, așteptându-se din clipă în clipă să audă sirenele unei mașini de poliție pornite în urmărirea ei. Se dojeni singură pentru ieșirea greșită din parcarea hotelului. Dacă ar fi condus un pic mai încet, ar fi avut timp să vadă schimbarea în sensurile de circulație. Însă în circumstanțele în care se găsise atunci, condusul mai încet ar fi echivalat cu o invitație la dat de bucluc. Încă o verificare în oglinda retrovizoare; deocamdată nicio mașină de poliție în spate. Zări un semafor în capătul tunelului și începu să se liniștească. După ce ieșea din el, avea la dispoziție un întreg oraș în care să se piardă.

Petra urmări cum apa rozalie încercuia gaura din cădița dușului înainte de a se scurge prin ea. Își prinse partea dreaptă a corpului cu mâna dreaptă, lăsând apa să-i clătească pielea, după care închise dușul. Conținutul trusei ei medicale era întins pe un prosop de hârtie de lângă bazin. Dezinfectă tăietura și simți că o usturĂ, apoi, strângând laolaltă cele două margini ale rănii, o închise cu copci-fluture. Își dădea seama că avusese noroc. Glonțul trecuse razant pe lângă coaste. Nu știa dacă le atinsese – întreaga zonă o durea –, însă numai câțiva centimetri lipsiseră pentru ca împușcătura să-i fie fatală.

Își înfășură corpul într-un prosop și intră în dormitor. Aparatul de aer condiționat menținea temperatura răcoroasă, iar ferestrele etanșe înăbușeau zgomotul străzii. Fără a fi nici pe departe un stabiliment elegant, Hotel Plaza de pe Rua Joana Angélica, situat între Rua Visconde de Pirajá și Rua Prudente de Morais, oferea mult mai mult confort decât cel din Copacabana unde petrecuse ultimele trei nopți. Asta pentru că Marina Gaudenzi avea un stil de viață mai luxos decât Susan Branch.

Susan Branch era o studentă matură la New York University, venită la Rio pentru patru zile la nunta unei vechi prietene. Marina Gaudenzi era de origine elvețiană, se născuse la Geneva și se afla la Rio cu afaceri pentru o singură noapte. Iar aceea trecuse.

Cu pașaportul pe numele Susan Branch, Petra zburase de la New York la Rio cu o cursă United – cea mai ieftină pe care o găsise. În afara nunții la care nu participase, trăise în oraș ca Susan Branch până la întâlnirea cu Ferreira. Marina Gaudenzi era o identitate stabilită de altcineva, un curier pe care nu-l cunoscuse. Femeia sosise în Rio de la Buenos Aires seara-târziu în ziua precedentă. Mersese direct la culcare și părăsise hotelul dimineața devreme, după micul dejun comandat la room service. Petra se întrebă unde se afla individa acum.

Curierul îi lăsase ceva bani – reali și dolari americani – și toate documentele Marinei Gaudenzi într-un buzunar interior al valizei, asigurate cu un lacăt cu cifru. Petra știa cifrul. Pe birou, curierul lăsase și ceva corespondență de afaceri contrafăcută. Tichetul de avion arăta itinerarul: Geneva-Buenos Aires-Rio de Janeiro-Londra-Geneva. O săptămână în cap, deși secțiunea finală nu avea să fie folosită niciodată.

După ce străbătuse tunelul și se întorsese în cartierul Leblon, Petra trebuise să scape rapid de mașina avariată. Din fericire se întunecase, iar seara îi oferea suficientă protecție, în ciuda felinarelor. Parcase pe Rua General Venáncio Flores, pusese sacul de umăr în portbagaj și parcursese pe jos distanța scurtă care o despărțea de Hotel Plaza. La intrarea în clădire își aruncase prosopul de plajă verde-închis ușor pătat de sânge peste umărul drept pentru a masca rana umedă.

Ajunsă în cameră, își examină hainele întinse pe pat. O bluză albă de mătase, o jachetă bleumarin, pantaloni Armani bine călcați. O pereche de ochelari Calvin Klein ovali completa efectul. Susan Branch fusese genul de fată care purta blugi și tricouri, în timp ce Marina Gaudenzi era o profesionistă europeană serioasă.

Petra stătea pe bancheta din spate a mașinii și se uita pe geam. Străbăteau Avenida Brasil. Șoferul renunțase la încercările de a mai flecări cu ea, folosindu-se de puțina engleză știută.

Zona morte era în mare parte o platformă industrială. De o parte și de alta a autostrăzii cu mai multe benzi de circulație, printre fabrici aflate în ruină se ițiseră și clădiri de locuințe. Case dărăpănate răsăriseră în jurul unităților de producție la fel de haotic precum buruienile pe un câmp. Mașini abandonate și pline de praf rugineau lângă așa-zise borduri. Copii sărmani dormeau sub panourile care făceau reclamă la mașini Chevrolet și bere Brahma.

Traversară podul spre Ilha do Governador și Galeão, aeroportul internațional al orașului Rio de Janeiro. În terminalul de plecări era răcoare, dar aglomerat; marea majoritate a curselor spre Europa și America de Nord decolau într-un interval de patru ore, noaptea. În plus, brazilienii au obiceiul să-și conducă în număr mare la aeroport rudele sau prietenii care pleacă. Petra considera însă că aglomerația putea fi un avantaj pentru ea.

Străbătu încet terminalul pentru a doua oară ca să-și confirme observațiile făcute în primul tur: în zona birourilor United se aflau mai mulți oficiali decât în oricare alt colț al sălii. Polițiștii și personalul de securitate al aeroportului stăteau în spatele birourilor, în așteptarea unui semnal din partea angajaților companiei aeriene, care fuseseră probabil preveniți. Susan Branch avea programat în noaptea aceea zborul de întoarcere la New York. Marin era mort, dar nu și afacerea sa; cineva le spusese polițiștilor pe cine trebuie să caute, căci singuri nu ar fi fost în stare să pună lucrurile cap la cap. La biroul de recepție al hotelului Sheraton, ea avusese grijă să nu-și folosească propriul nume. Sau, mai corect spus, pe cel al lui Susan Branch.

Prezentă pașaportul Marinei Gaudenzi la biroul Varig Executive Class și se așeză la coada pentru Imigrări. Funcționarul de la ghișeu nu se grăbi; studie cu atenție pașaportul ei elvețian și cotorul biletului de avion de la Buenos Aires la Rio, lăsat de curier pentru ea la hotel cu o seară înainte. După ce trecu de ghișeu, Petra ignoră salonul privat la care avea dreptul datorită biletului scump, preferând să se miște de colo-colo până la anunțarea zborului. Prin geamurile terminalului văzu aeronava Varig MD-II parcată afară, cu scara de îmbarcare atașată la ea ca un vast cordon ombilical. Se plimbă prin magazinele duty-free care vindeau pungi de cafea braziliană ușor de transportat și cutii cu trei sticle de *cachaça*[1].

Zborul United cu destinația New York întârzie o oră. Petra nu se miră. Apoi fură anunțate și alte întârzieri, tot de o oră, inclusiv la cursa sa Varig spre Londra. Majoritatea celorlalte curse decolară totuși la timp și, pe măsură ce aeronavele părăseau pistele, numărul pasagerilor care se plimbau prin sală începu să scadă.

La 11.45 noaptea zborul fu în sfârșit anunțat. O stewardesă îi luă talonul de îmbarcare și o conduse spre locul ei, 9L. Cât timp ceilalți pasageri se îmbarcară, Petra citi *Frankfurter Allgemeine*. Văzu pe geam Boeingul 747 United cu destinația New York la poarta de îmbarcare învecinată. Chiar și atunci când aeronava sa începu să ruleze pe pistă, pregătindu-se de decolare, rămase încordată, o parte din ea încă așteptând anularea cursei. Senzația persistă cât avionul străbătu pista și nu încetă decât în clipa când roțile de la MD-II pierdură contactul cu solul.

---

[1] Cea mai populară băutură alcoolică distilată din Brazilia, produsă din suc de trestie-de-zahăr lăsată la fermentat (n. tr.).

Cu fața lipită de geam, urmări cum luminile scânteietoare din Rio de Janeiro dispăreau de sub ea.

Când se trezi și-și limpezi cât de cât mintea, Petra intră în panică. Deschise ochii. Rana de pe partea dreaptă a corpului o durea, dar și mai tare o durea capul. Era înconjurată de întuneric și zgomot; îi luă o clipă pentru a-și aminti unde se află. Avea ambele brațe încleștate pe brațele scaunului și întreg corpul încordat, aproape rigid. Se căzni să respire cât mai adânc și mai rar. Ochii i se obișnuiră treptat cu lumina difuză și aruncă priviri în jur. Cabina era aproape goală; era singurul pasager din rândul 9.

Conștientă de umezeala ce se prelingea pe coaste, scoase mica trusă medicală din bagajul de mână și se duse la baie. Își descheie nasturii bluzei albe de mătase. Materialul se pătase de sânge. Desfăcu bandajul și văzu că suturile nu închiseseră bine rana. Șterse sângele, uscă zona și o acoperi cu un bandaj nou.

Se uită în oglindă și se văzu așa cum era în realitate, nu cum fusese programată să devină – o impostoare speriată și confuză. Preț de câteva clipe nu mai fu Petra Reuter. Ci Stephanie. Iar când închise ochii, îl văzu pe Marin plângând, îl văzu pe Ferreira prăbușit la podea și simți în mână greutatea pistolului. Când deschise iar ochii, nu mai recunoscu pupilele care se holbau la ea din oglindă.

În dreptul bucătăriei dădu de o stewardesă și îi ceru o cafea. Se ghemui pe locul său și ridică un pic storul, lăsând lumina zilei să i se împrăștie în poală. Se minună de frumusețea cerului și a curburii orizontului, unde nuanțele de safir se transformau în violet și apoi în negru, și se entuziasmă la apariția primelor limbi învăpăiate ale soarelui.

Cafeaua era tare și dulce.

16

La Heathrow, Petra trecu de vamă și sună de la un telefon cu fise. Răspunse o voce familiară, liniștitoare pentru ea:

— Da?

— Sunt...

Cine era ea pentru el? Îi luă o secundă ca să-și amintească.

— Sunt Stephanie.

— Ah, da. Ce mai faci?

— Asta vreau să-mi spui tu. Pot să vin la tine?

— Unde ești?

— La Heathrow.

— Bun! Atunci te aștept într-o oră!

Petra urcă în metrou și se așeză cu capul lipit de geamul murdar, uitându-se la periferiile din vestul Londrei pe lângă care trecea trenul. Îndoielile nu îi dădeau pace. Ce anume mersese prost? De ce Marin îndreptase dintr-odată pistolul spre ea? Din cauza poveștii cu Mechelen? Puțin probabil. La urma urmei, Alexander - dându-se drept Petra - fusese cel care îl contactase pe Marin, nu viceversa. Poate că făcuse ea o greșeală de care nu-și dădea nici acum seama și care o trădase. Încercă să reconstituie din memorie conversația purtată cu Marin, însă nu reuși să-și amintească decât fragmente disparate.

Marin fusese într-adevăr un monstru responsabil de moartea mai multor oameni decât ar fi putut cineva să țină socoteala.

Fusese însă şi soţ. Chiar de trei ori. Şi tatăl a cinci copii. Dar Ferreira? Fusese şi el soţ şi tată? Dacă nu, fusese fiu şi, poate, frate. Suferinţa fiind o reacţie în lanţ, Petra influenţase, prin intermediul lui Marin şi Ferreira, vieţile multor oameni.

Se simţea suspendată între două stări: femeia care fusese cândva şi femeia care ar fi trebuit să fie acum. În Rio, fusese Petra. Acum, chiar dacă numai temporar, simţea că este Stephanie – confuză, izolată, vulnerabilă –, lucruri care nu puteau fi asociate cu numele Petrei. Cel mai mult o îngrijora uşurinţa cu care intrase în pielea celeilalte femei, cât de natural i se păruse. Reacţionase mecanic, corect şi clinic, exact aşa cum o învăţase Boyd, exact aşa cum îi ceruse Alexander. Abia acum, când totul se terminase, vedea consecinţele acţiunilor ei. Faptul că scăpase ca prin urechile acului îngheţa nu doar acea parte din ea care era Stephanie, ci şi pe cea care era Petra.

La Green Park schimbă metroul, trecând de pe Piccadilly Line pe Jubilee Line, şi ajunse în Bond Street. De acolo merse pe jos spre George Street. Doctorul Brian Rutherford o primi călduros, ca de obicei. Era un bărbat scund, cu păr înspicat cu fire albe şi ten palid. Purta un costum gros din tweed, acel gen de haină care pica prost pe oricine şi fusese promovat în filmele britanice începând din anii '50. O conduse cu amabilitate spre sala de operaţie.

Copcile îl făcură să ridice din sprâncene.

— Cine te-a cusut?

— Eu.

— Ce uşurare! Nu mi-ar fi plăcut să aflu că responsabil pentru asta este un membru al breslei medicale, indiferent de unde ar fi el.

— Aşa de rău e?

— Eşti o novice, aşa că ar fi putut să fie şi mai rău. Mai ales având în vedere unghiul dificil. Va trebui să le descos.

— Mi-am închipuit.

Rutherford se îndreptă de spate.

— Trebuie să-mi spui unde ai fost.

— În Brazilia.

— Amazon?

— Nu, Rio.

Medicul redeschise tăietura, o dezinfectă atent cu antiseptic, apoi o închise cu suturi noi. Verifică cu grijă și vânătăile din jurul coastelor.

— O să-ți revii. N-ai fracturi. Vânătăile o să înceapă să pălească într-o zi-două. O să-ți dau niște antibiotice pentru rană. Să le iei pe toate. Ai nevoie și de analgezice?

Stephanie își încheie sutienul.

— Da, dar nu din cele foarte tari.

Rutherford dădu din cap și aruncă o privire spre cicatricea de pe umărul ei stâng.

— A ieșit foarte bine. Foarte realist.

Mechelen. Ce nebunie, câte erori și încurcături: o încărcătură de arme destinată Belfastului; o operațiune de supraveghere compromisă; informații false vândute pe un preț bun; o bandă înarmată care credea că interceptează cocaină și că dădea cea mai tare lovitură din toată cariera sa infracțională! Planul fusese destul de simplu: când camionul ajungea la depozitul din Mechelen, nu trebuiau să se ocupe decât de o singură persoană, șoferul nebănuitor – banda credea că omul nu știa nimic despre încărcătura ascunsă printre televizoare și videocasetofoane –, după care mașina urma să fie dusă spre un loc de întâlnire din afara orașului, unde mărfurile aveau să fie transferate într-un alt vehicul, al lor. Polițistul francez care le vânduse informația îi asigurase că vor găsi cocaina ascunsă în videocasetofoane, în fantele în care se introduceau casetele.

Banda executase cu succes șase jafuri armate în Belgia în patru ani. Inițial, fuseseră patru membri, dar, pe parcurs, rămăsese un trio, și dintre cei trei, Anna Gerets era singura care supraviețuise incidentului de la Mechelen. Se dovedi că șoferul camionului nu numai că știa în ce consta încărcătura, dar era și înarmat și avea un complice, care îl împușcase pe Guy, iubitul Annei. Iar ea îl împușcase pe complice. În acel moment, poliția belgiană, care preluase sarcina supravegherii de la cea franceză, interveni. În schimbul de focuri care urmă, Jean, cel de-al treilea membru al bandei, și șoferul fură uciși, la fel și un polițist, în timp ce alți patru fură răniți. Anna scăpase fugind prin spatele depozitului, dar nu înainte de a fi fost împușcată în umărul stâng.

Două săptămâni mai târziu, polițistul francez care vânduse informația bandei fu găsit mort. Din câte se părea, era vorba de o sinucidere: aflase că anchetatorii îl suspectau și nu putuse face față situației. După o altă săptămână, Anna Gerets se înecase. Nimeni nu văzuse nimic. Corpul i se scufundase în Canalul Mânecii, nevăzut și nejelit de nimeni. Totuși, pentru poliție, ea continua să fie în viață și în libertate.

După trei luni porni să circule un zvon: banda știuse, de fapt, că în camion nu era cocaină, ci armament. Armament pe care intenționa să îl fure, deși nimeni nu știa în ce scop. Și că cei doi bărbați făcuseră într-adevăr parte de la început din bandă, dar că femeia care îi secondase pe parcursul jafului nu era Anna Gerets. Un alt zvon se răspândi iute: Anna Gerets era bine mersi în Thailanda. Sau poate Indonezia? Nimeni nu știa cu exactitate unde, dar, în mod cert, pe undeva prin partea aceea de lume. Se mai spunea că se despărțise de Guy cu un an înainte și că trăia acum din cota parte care îi revenise din jafurile anterioare. Se muta dintr-un loc într-altul și se gândea să înceapă o viață nouă, într-o țară nouă, sub o identitate nouă. Și de unde provenea informația aceasta? Ei bine, nimic nu era sigur. *Nu am văzut-o cu ochii mei, dar am cunoscut un tip, Dane, într-un bar din Manila, și el auzise toate astea de la altcineva. Cineva care se întâlnise personal cu ea. Cel puțin așa mi s-a spus.* Și așa mai departe. Zvonurile se amplificaseră și, cu timpul, căpătaseră suficientă consistență pentru a fi luate, măcar parțial, drept fapte.

O întrebare despre care la început se credea că-și va găsi răspunsul, deși cu dificultate, rămase complet în ceață: cine era femeia pe care poliția belgiană o împușcase în umărul stâng? Femeia care scăpase în chip miraculos?

După alte trei luni, o nouă posibilitate, una înspăimântătoare, prinse contur. Numele era rostit întotdeauna în șoaptă: Petra Reuter, ciuma umană. Descrierile fizice semănau oarecum între ele – deși cu Reuter nu puteai fi sigur niciodată; femeia era o maestră a deghizărilor –, iar modul în care reușise să scape corespundea cu ceea ce se știa despre abilitățile ei nemaipomenite. În plus, ideea că Petra Reuter jefuise un camion cu arme era mai plauzibilă decât aceea că Anna Gerets și cei doi complici ai ei încercaseră să fure o încărcătură despre care fuseseră greșit informați că ar conține cocaină.

Și astfel ficțiunea deturnă realitatea.

Petra nu întrebase niciodată de ce fusese supusă unei intervenții chirurgicale cosmetice care avusese drept rezultat cicatricea de pe umăr și nici dacă polițistul francez se sinucisese cu adevărat. Sau cum de fusese găsită Anna Gerets, cine o ucisese și-i aruncase trupul în mare. Preferase să nu știe cum se plantaseră și fuseseră hrănite zvonurile. Lua totul ca atare: o altă felie de viață reală adăugată celei false create special pentru ea. Viața ei era un colaj de falsuri și înșelăciuni, în mare parte asamblate pe vremea când încă era Stephanie sau o prostituată pe nume Lisa.

Inițial, legenda Petra Reuter fusese creată ca o opțiune deschisă într-un set de patru identități false, două masculine și două feminine. Stephanie devenise Petra pentru că fizic semăna cel mai bine cu descrierile celor două personaje feminine. Dintre cele patru legende, Petra era singura care fusese activată. Era ceva straniu, dacă stăteai să te gândești: în timp ce Stephanie își distrugea viața, Magenta House îi confecționa treptat și cu eforturi următoarea viață. Incidentul de la Mechelen avusese loc cu aproximativ șase luni înainte de intrarea lui Keith Proctor în camera ei din Brewer Street.

La asta se gândea în timp ce ieșea din John Adam Street și intra pe Robert Street. Se opri o clipă în fața deja cunoscutei plăcuțe L. L. Herring & Sons Ltd., numismați din 1789. Colecționari de monede. Nu numai asta se colecționa în clădire; vieți erau și ele adunate, sortate și depozitate acolo. Vieți și morți.

Margaret, secretara lui Alexander, era o femeie corpolentă și generoasă din fire, ca pentru a compensa stilul sobru al șefului ei. În tinerețe fusese măritată. Acum era căsătorită profesional cu Alexander și cu infernalul lui program de lucru. Petra se întrebă dacă secretara avea viață socială.

— Mă bucur să te revăd, Stephanie!

Margaret se număra printre foarte puținii care continuau să-i spună pe numele real.

— Intră, Alexander te așteaptă!

Biroul lui Alexander se afla la etajul superior al cădirii mai scunde, cea situată cel mai aproape de Tamisa. Era o încăpere demodată ca stil, două computere așezate pe o masă de lucru din lemn de mahon fiind singura concesie reală făcută modernității. Din multe puncte de vedere semăna cu o bibliotecă: rafturi pline, de la podea până în tavan, veioze pe masa de lucru a lui Alexander și pe o măsuță amplasată lângă ușă. Peste toate pluteau un aer de vechime și o senzație de liniște. În restul celor două clădiri surori se găsea suficientă tehnologie pentru prezent și viitor, așa că încăperea dădea impresia unui mic sanctuar, un loc în care mintea era lăsată să lucreze neîncorsetată de microcipuri.

Alexander era așezat în spatele biroului de lângă fereastra boltită și lucra la unul dintre computere. Petra traversă covorul și se așeză. Cu ochii încă pe ecran, Alexander o întrebă:

— Ai fost rănită?

— Nimic grav. Am avut noroc.

Alexander medită un pic la răspunsul ei.

— Cu timpul vei descoperi că norocul e la fel de important ca priceperea.

— Aproape că am fost ucisă.

— Aproape! Dacă ai fi fost ucisă, asta nu ar fi fost decât dovada că ne-am înșelat în privința ta și că nu erai atât de bună pe cât am crezut noi. Poate că te interesează să afli că bodyguardul lui Marin - cred că numele lui este Luiso - a supraviețuit.

Petra ridică din umeri.

Alexander continuă:

— Am înțeles că l-ai folosit drept scut uman.

— Așa m-a învățat Boyd.

Alexander dădu din cap, mai mult pentru sine, și-și luă ochii de pe monitor. Avea pe masa de lucru o tavă pe care erau așezate o cafetieră, două cești cu farfurioare, o zaharniță din argint și o cană mică, plină cu lapte. Începu să toarne cafea în cești.

— Marin a fost implicat în afacerea Mechelen; el a fost vânzătorul, zise Petra.

Alexander rămase încremenit pentru o clipă.

— Serios?

Petra se întrebă dacă reacția fusese provocată de informația în sine sau de faptul că ea o aflase. Îi așteptă comentariul, dar Alexander tăcu, așa că tot ea continuă:

— Aș vrea să știu cum de v-a scăpat informația asta.

El îi întinse ceaşca şi farfurioara.

— N-avem cum să ştim totul. Nici măcar cele mai mari agenţii din lume n-au cum să ştie tot.

— Ai studiat în amănunt afacerea Mechelen ca să obţii informaţii pentru mine, dar n-ai ştiut de implicarea lui Marin? Nu prea îmi vine să cred.

— Despre Marin am aflat iniţial dintr-o altă sursă.

— Chiar dacă n-ai ştiut prea multe despre Marin, despre Mechelen cred că ai ştiut totul. Altfel, cum ai fi putut să mă bagi la mijloc?

— Presupun că Marin s-a folosit de un intermediar pentru treaba de la Mechelen.

— Ca, de pildă, Lehmans?

— E posibil. Tot ce ştiu cu certitudine însă este că numele lui Marin nu a apărut atunci când am cercetat incidentul cu pricina.

— Cine a fost sursa ta iniţială?

— Marc Serra.

Avea oarece sens.

— M-ai trimis la Rio să negociez preţul cu Marin. Mi-ai spus că e o chestiune de rutină.

— Aşa ar fi trebuit să fie.

— Oamenii lui Marin au fost surprinşi că am călătorit până la Rio doar ca să închei afacerea. Şi acum, dacă stau bine să mă gândesc, şi eu mă mir. Preţul ar fi putut să fie stabilit şi telefonic.

— Ce vrei să spui?

— Ceva e în neregulă aici.

— Marin nu era genul pe care să te bazezi. Poate că a vrut să te ucidă doar ca să se dea mare că a omorât-o pe temuta şi deopotrivă celebra Petra Reuter. Aşa era el.

Petra se pricepea bine la minciuni. Faţă de ea, Alexander nu era decât un amator, iar asta se vedea cu ochiul liber. Explicaţia cel mai greu de înghițit despre ceea ce se petrecuse la Rio începuse să pară cea mai plauzibilă.

— Și acum? întrebă ea.

— Așteptăm. Serra e din același aluat ca Marin, doar că poziționat mai sus în ierarhie.

Petra dădu să intervină, dar se opri. Instinctul îi spunea că îi scapă ceva, dar nu știa ce.

— Sfatul meu e să te odihnești vreo două zile, zise Alexander. Să te recuperezi. Site-urile tale funcționează?

— Da!

— Atunci tot ce-ți rămâne de făcut e să le verifici din când în când. Să așteptăm să vedem ce se întâmplă.

— Chiar crezi că vor încerca să mă contacteze?

— Cine știe? Un lucru este însă cert: ai ieșit din umbră, nu mai ești doar o legendă. Ai devenit identificabilă, un mit transformat în carne și oase.

Petra se întoarse în apartamentul ei cu un dormitor aflat într-un bloc-plombă dintre Half Moon Street și Clarges Street; apartamentul dădea spre prima dintre străzi, în timp ce intrarea în clădire, spre a doua. Nu trecuseră decât șase zile de când zburase spre New York ca Susan Branch. Și numai două săptămâni de când se mutase în apartament.

Închisese căldura când plecase de acasă, așa că acum era frig înăuntru. Reglă termostatul și boilerul prinse viață. Prin comparație cu cele mai multe locuri unde stătuse în ultimele luni, apartamentul de acum nu era așa de rău. Era mic, dar confortabil, deși lipsit de personalitate; tipic, cu alte cuvinte, pentru locuințele corporatiste care formau majoritatea în clădirile din zonă. În acte, aparținea firmei belgiene de produse farmaceutice și chimice Brillex-Martins, pentru care lucra Marina Gaudenzi.

Își aminti fără plăcere de celelalte apartamente în care stătuse. Unul friguros, cu două camere, deasupra unei cafenele, în Ostend[1]. Asta fusese în martie. Zilele se târâseră cu greu acolo. Petrecuse ore în șir așteptând să sune telefonul, holbându-se în gol la port și la marea și cerul ca din alamă roșie. Trei luni mai târziu, proprietarul cafenelei, un bărbat de vârsta a doua – cel care îi închiriase locuința – avea să o descrie agenților de poliție, însă numai în termeni vagi. Ce ar fi putut să le spună, la urma urmei? Nu o văzuse decât de trei sau patru ori. Avea să declare și ce aflase despre ea, adică nu mare lucru. Că nu ieșea prea des din casă. Că plătise cash și în avans și că nu-i făcuse nicio problemă. Îi povestise cumva cu ce treburi se afla în Ostend? Nu, din câte își amintea.

După Ostend, mersese la Berlin, unde stătuse o lună – lungă și chinuitoare – într-un bloc dărăpănat cu apartamente de închiriat, locuit aproape în exclusivitate de imigranți turci. Din Berlin se mutase pentru două săptămâni în Zürich, unde se amestecase printre dependenți de heroină și hoți mărunți.

Barcelona, Sarajevo, Marsilia, București. Așa continua lista, cu orașe care deja se estompau în amintirile ei, legătura dintre ele fiind doar dorința de a scăpa de acolo. Nu că ar fi fost neapărat niște locuri neatrăgătoare. Viața pe care fusese obligată să o ducă în ele fusese însă neplăcută. Trebuia să se lase zărită în trecere, dar nu văzută cu adevărat, doar ca o prezență, nu ca o persoană în carne și oase. Așteptase instrucțiuni într-o izolare totală. *Mergi la aeroport! Ai întâlnire cu un pasager al cursei Lufthansa din direcția Frankfurt! Persoana nu se va afla în avion, așa că vei suna la numărul pe care ți-l voi da acum de la cel mai apropiat telefon cu fise din terminal! Când va răspunde, nu spune nimic!*

---

[1] Ostend sau Oostende, oraș belgian situat pe țărmul Mării Nordului (n. tr.).

Închide telefonul! Și pe urmă întoarce-te în apartament! Nu întrebase niciodată care era rostul acestor proceduri. Dacă exista metodă în nebunie, ea una n-avea chef să o descopere. Uneori primea instrucțiuni care o trimiteau mai departe. Într-un weekend la Oslo sau o deplasare de trei zile la Milano. Destinațiile nici nu contau, de fapt, fiindcă realitatea era întotdeauna aceeași; o cameră de hotel, un telefon, o așteptare lungă în timp ce urmărea la televizor emisiuni într-o limbă pe care nu o înțelegea.

Se salva deseori făcând exerciții fizice, tonificându-și atât corpul, cât și mintea. Își spori forța și suplețea, inventând noi exerciții cu care să-și umple timpul și să scape de gândurile negre. Cu acestea din urmă nu avea întotdeauna succes. Devenise o nomadă singuratică și, oricât de mult încerca să o combată, depresia se instala câteodată, provocată de izolare și plictiseală. Mai ales atunci când se gândea la viitor. Alexander o prevenise că așa avea să se simtă încă un an, poate mai mult. Ceea ce făceau era necesar, insistase el, pentru a o transforma pe Petra într-o realitate tridimensională convingătoare. Nu era de ajuns ca Stephanie să se dea drept Petra; trebuia să *devină* Petra, și asta nu se putea realiza decât în timp. Până la urmă, procesul nu dură totuși decât șase luni. Moartea lui Grigori Ismailov și a lui Lionel Lehmans schimbase totul.

— Vă simțiți bine?

Tresări la auzul întrebării. Îi luă o clipă pentru a se acomoda cu lumea reală. Vocea bărbatului îi era familiară. La fel și ce se afla în jur. Se afla în superscumpul supermarket Europa de la colțul dintre străzile Curzon și Clarges. Acum își amintea. Rămăsese fără mâncare.

— Sunteți domnișoara Gaudenzi, nu-i așa? spuse bărbatul.

— Da!

Individul ținea în mână o pungă cu mere.

— V-a căzut punga.

Petra se uită lung la mere.

— Da?

— Sunteți sigură că vă simțiți bine? Păreți cam... *pierdută*.

— N-am nimic.

— Dar tremurați.

Așa era, dar Petra îl repezi:

— V-am spus că n-am nimic.

Mințea. Trecuse cu lejeritate de la cumpărături la băcănie la împușcat oameni în camere de hotel. Gândul o copleși. Era ca un vis – i se părea ceva ireal – care se afla totuși acolo, în capul ei, amintindu-i de ceva ce făcuse.

Bărbatul purta blugi și un jerseu negru și gros peste un tricou alb. Petra îi estimă înălțimea la un metru optzeci și opt. Avea părul la fel de întunecat ca al ei – aproape negru – și la fel de des, nas roman și ochi limpezi și albaștri, în aceeași nuanță cu cea pe care Petra o zărise pe geamul avionului mai devreme în acea zi. Numele bărbatului îi scăpa pe moment.

Rosti tulburată:

— Scuze! Am uitat...

Bărbatul îi întinse punga cu mere.

— Sunt Frank.

Frank White, da. Erau vecini. Se intersectaseră de câteva ori în holul de intrare în bloc în săptămâna de dinaintea plecării ei la New York. Și schimbaseră câteva fraze: saluturi de bun găsit și la revedere, comentarii despre vreme.

Petra spuse:

— N-am vrut să fiu nepoliticoasă.

— Nu face nimic.

— Sunt obosită. Decalajul orar, bănuiesc.

— Ați fost în străinătate?

— Da.

— Unde?

Întrebările era prea directe și se succedau prea rapid.

— Într-o călătorie de afaceri, în mai multe locuri.

Bărbatul păru să-i simtă rezervele. Plătiră cumpărăturile și ieșiră amândoi pe Curzon Street. El aruncă o privire mărunțișului primit ca rest și spuse:

— Locul ăsta e ca Triunghiul Bermudelor. Banii dispar, pur și simplu, în el.

În fața lor, pe trotuarul de vizavi, se afla fațada Bisericii a Treia a lui Hristos, Om de Știință[1]. Pe porticul de deasupra intrării erau gravate în piatră trei fraze: TĂMĂDUIEȘTE-I PE CEI BOLNAVI; CURĂȚĂ-I PE LEPROȘI; RIDICĂ-I PE CEI MORȚI. Petra și-l aminti din nou pe Marin stând lângă ușile glisante și plângând ca un copil, dar și primul glonț care îl nimerise în gât. Tatăl a cinci copii. Închise ochii pentru o clipă și încercă să-și alunge imaginea din minte.

Frank White se străduia în continuare să însăileze o conversație. Intrară în clădire și așteptară să coboare un lift. Pe masa din holul blocului se afla un plic mare dublat adresat ei. Se uită pe spate și recunoscu ștampila mâzgălită cu cerneală. Expeditorul era Adelphi Travel. Sau mai bine zis, Magenta House. Alte informații de procesat și memorat, bănuia ea.

Aruncă o privire ceasului de la mână. În Brazilia, după-amiaza făcea loc serii. Se întrebă cum arăta vila lui Marin de la Búzios. Acolo se găseau copiii în timp ce ea le împușca tatăl. O durea capul. Își duse mâna la frunte.

— Sunteți sigură că vă simțiți bine?

— Da, mulțumesc.

— Aș putea să vă ofer o ceașcă de cafea?

Petra se încordă.

---

[1] Ramură a Primei Biserici a lui Hristos, Om de Știință, înființată de Mary Baker Eddy în Boston, SUA, în 1879 (n. tr.).

— Cafea?

— Sau ceai, dacă preferați.

Undeva adânc în ea se trezi, inexplicabil, furia față de acest Frank White. Nu-și dădu seama de unde venea, dar recunoscu sentimentul.

— Nu prea cred, domnule White. Nu cred să vreau nimic de la dumneavoastră.

Afară căzuse chiciură. Petra o văzu pe parbrizele mașinilor parcate sub felinare. La șapte fără zece dimineața, încă nu se luminase. Sorbi din ceaiul verde și se instală apoi în fața laptopului Compaq așezat pe blatul de masă din sticlă fumurie. Modemul bâzâi în timp ce tentaculele sale se deschiseră, vânând alte tentacule de care să se agațe. Intră în legătură cu Magenta House via Adelphi Travel. Computerul de la Adelphi Travel căută o gazdă și îi propuse o listă scurtă de variante: Bank of America, RTZ, Nike, Finnair, Renault, DuPont, Crédit Suisse, Marriott. Alese Nike, doar din antipatie. Lista scurtă varia zilnic și cuprindea cinci până la zece nume alese la întâmplare. Apoi firma selectată trimitea la linkul propriu-zis. De acolo se putea face legătura, mergând în sens invers, cu inițiatorul comunicației.

Accesă mai întâi primul ei web site, Heavens Above, dedicat cititorilor în stele, profeților de comete și celor interesați de răpiri de către extratereștri și apariții de OZN-uri. Ken și Byron, cei doi bărbați – sau băieți, poate? – care administrau site-ul și editau scrisorile online, locuiau în Urbana, Illinois. Vizitatorii aveau la dispoziție un forum de discuții în care mesajele erau postate în ordine cronologică lângă numele expeditorului și ziua și ora la care mesajul fusese primit. Când lista se lungea prea mult, Ken și Byron o editau, fapt care se petrecuse în timpul călătoriei ei în străinătate. Se pregăti să posteze un mesaj fără nicio semnificație; ceea ce conta era numele pe care îl folosea.

Poate cineva să îmi spună dacă a văzut o lumină ciudată pe cer în Hamburg pe 3 decembrie?

S-a întâmplat pe la 2.45 a.m.

A fost un disc alb, cam de două ori mai lung decât o aeronavă comercială.

V. Libensky

Verifică două adrese de e-mail, una înregistrată prin AOL ca Rosario Alcon, cealaltă prin MSN ca Andrew Smith. Niciun mesaj nou. Nimic nou nici pe celelalte site-uri folosite.

Închise computerul.

Se vrea să nu mai fiu o ființă umană. Ăsta e tot șpilul. Ieri m-am comportat ca o mașină perfectă, proiectată de experți, construită după specificații tehnice riguroase și programată fără cusur. Am funcționat exact așa cum s-a dorit. Am urmat instrucțiunile atât de adânc impregnate în mine, încât au devenit instinctive. M-am purtat automat și letal, ca o entitate lipsită de conștiință.

Sorb iar din ceaiul verde și sper ca mahmureala să-mi treacă iute. Aseară, singură în acest apartament deprimant, am băut votcă. Nu ca să-mi alin anxietatea, așa cum s-ar putea crede, ci lipsa ei. Am fost șocată de ceea ce am făcut, dar n-am simțit niciun regret. Am examinat consecințele celor făcute și am ajuns la concluzia că toate acțiunile pe care le-am întreprins au fost corecte. M-am gândit la prietenii și rudele celor doi pe care i-am ucis și știu că vor suferi, dar eu nu simt milă față de ei. Sunt în stare să analizez orice, însă din punct de vedere emoțional sunt amorțită. Dacă aceia care m-au creat ar putea să mă vadă acum, ar fi extrem de încântați.

Am inima unui computer.

17

Aveau mai multe fotografii cu el, unele color, altele alb-negru. Avea păr des, castaniu, care începuse să încărunțească la tâmple. Pielea feței era întunecată la culoare și încrețită, combinație care sugera că petrecea prea mult timp la soare. Pe acest fundal, ochii lui păreau de un albastru mai pal decât erau probabil în realitate. Petra îi verifică vârsta. Patruzeci și patru. Pentru un bancher – căci așa se prezenta –, bărbatul părea într-o formă fizică destul de bună.

Tatăl său, Paul Serra, fusese dentist în Marsilia, în timp ce mama lui, Claudette, crescuse la o fermă din Provence. Marc era cel mai mare dintre cei trei copii ai cuplului; Luc, fratele său – al doilea născut în familie – murise de leucemie la treisprezece ani. Françoise, sora lui, era căsătorită cu un doctor și locuia în Lyon. Sclipitor din punct de vedere intelectual, Serra fusese un copil dificil, fiind exmatriculat de la două școli din Marsilia, fapt care trezi în Petra un sentiment de solidaritate. Obținuse totuși calificative excelente și mai târziu urmase cursurile INPG – Institut National Polytechnique de Grenoble –, după care se hotărâse să călătorească și să vadă lumea. Se presupunea că lipsise din Franța timp de un an, însă dosarul său nu mai menționa nimic până când, la vârsta de douăzeci și nouă de ani, se angajase la Crédit Lyonnais, unde rămăsese până la treizeci și trei de ani.

Se mutase apoi la Banque Henri Lauder, o mică firmă privată cu un singur birou, în Zürich. O mutare aparent neprofitabilă pentru cariera sa, asta dacă nu cumva adevărata lui ocupație nu avea nimic de-a face cu domeniul bancar.

Era și acum angajat la Banque Henri Lauder, în funcția de director, o slujbă mai degrabă de fațadă, având în vedere că în ultimii cinci ani își luase de două ori un an „sabatic". Dosarul mai preciza că Serra călătorea mult și petrecea mai puțin de o lună pe an în Elveția. Faptul în sine nu avea de ce să surprindă; o grămadă de oameni de afaceri dormeau mai multe nopți în avioane decât în patul de acasă cu soțiile. Numai că firma pentru care lucra el nu era o multinațională cu interese majore în străinătate.

Petra împrăștie pe podeaua din camera de zi conținutul dosarului care îi fusese expediat în plicul dublat. Așa cum se întâmpla adesea în astfel de cazuri, spațiile goale din dosar erau mai interesante decât informațiile intercalate între ele. Ce făcuse Serra între momentul absolvirii INPG și cel al angajării la Crédit Lyonnais? Unde fusese în cei doi ani sabatici? În dosar nu se sufla o vorbă. Nici măcar nu se avansau ipoteze.

Serra locuia acum la Paris. Avea un mic cerc de prieteni, dintre care doi erau membri ai Partidului Comunist, așa cum fusese și el în perioada studiilor la Grenoble. Nu era căsătorit și, din câte se știa, era heterosexual; dosarul cuprindea o listă a relațiilor sale amoroase. Petra tresări. Dacă numele fostelor iubite fuseseră trecute în dosar însemna că cineva considerase că informația se putea dovedi valoroasă la un moment dat. Iar ea știa prea bine câte probleme puteau crea indiscrețiile sexuale.

Cursul postuniversitar al lui Reza Mohammed în inginerie și tehnologie chimică era plătit de Societatea de Burse Franco-Arabă, care îi finanța și cheltuielile de întreținere pe perioada studiilor prin mici donații lunare pentru al-Sharif

Students Hostel și plăți directe într-un cont curent deschis la filiala din Earls Court a băncii NatWest. Banii pentru cursul urmat la Imperial College erau vărsați direct de Banque Henri Lauder către Societatea de Burse Franco-Arabă, dar cei destinați să acopere cheltuielile de întreținere ale lui Mohammed erau plătiți la NatWest de filiala londoneză a Islamic Industrial Bank. Era același aranjament de care beneficiase și Mustafa Sela pe durata studiilor la Imperial College.

Societatea de Burse Franco-Arabă avea sediul la Paris și fusese înființată de Marc Serra în 1991. Scopul său declarat era „promovarea mai bunei înțelegeri între popoarele francez și arab, speranță realizabilă în cele mai bune condițiuni prin schimburi mutuale între studenți promițători". Dosarul preciza că schimburile erau mai degrabă unidirecționale: nouăzeci la sută dintre studenții bursieri erau arabi veniți în Europa și numai zece la sută invers. Deși Societatea era franceză, studenții erau împrăștiați prin Europa, nu numai în Franța. Nu se știa de ce fonduri dispunea aceasta, dar în prezent sponsoriza un număr de o sută treizeci și cinci de studenți înscriși la facultăți din Uniunea Europeană.

Petra răsfoi restul dosarului. Văzu fotografii cu Serra în compania unor directori de la Telegenex, o firmă franceză care proiecta sisteme de ghidare a rachetelor. Un instantaneu neclar îl înfățișa în partea din spate a unei bărci scăldate în soare, încadrat de bărbați bronzați care râdeau și cu o baracudă rănită pe punte. Bărbații erau directori executivi la Murray-Gardyne, un producător canadian de armament care avea și o linie de fabricație de mine terestre într-o uzină a unei filiale din Guadalajara, Mexic, pe care o deținea integral. Într-o altă poză, făcută la o strângere de fonduri în Dallas, Serra dădea mâna cu Jim Buchanan, una dintre cele mai proeminente figuri ale Asociației Naționale a Deținătorilor de Arme.

Petra îl plăcu instinctiv pe Serra. Era un bărbat inteligent și cultivat, care se mișca fără dificultate printre oameni și își făcea relații fără să iasă din umbră. Până și în fotografii reușea să nu apară în centrul atenției. Lista asociaților cunoscuți era impresionantă, dar Petra era mai interesată de felul în care el izbutea să se adapteze la orice situație. Serra mințea pe toată lumea. La fel ca ea. Și de aceea știu din prima clipă că nu era genul de om pe care îl puteai cunoaște doar citindu-i dosarul.

Stau întinsă pe canapea și butonez telecomanda. Mă uit la un concurs care are ca miză un automobil cu caroserie hatchback. Mă uit la un meci de fotbal unde milionari adolescenți cu tunsori urâte se rostogolesc pe iarbă și se sărută. Mă uit la prognoza meteo. Mă uit la EastEnders[1]. *Mă uit la o emisiune de artă în care o tânără scriitoare vorbește agresiv despre femei, care trebuie să preia controlul asupra vieților lor. Are spirit acid și-l folosește pentru a denigra bărbații. Vorbește mult despre respectul de sine și voința proprie, iar la final mă întreb ce a vrut să zică.*

Femeile de vârsta mea au slujbe; muncesc de la nouă la cinci pentru salarii de mizerie. Sunt nevoite să meargă de două ori pe zi cu metroul sau autobuzul. Merg cu prietenele la cinema și în cluburi. Se plâng una de alta și trec fără speranță de la un nemernic la altul. Își cumpără de mâncare atunci când sunt obosite și le e frig și când ăsta e ultimul lucru de pe lume pe care și-ar dori să-l facă în drum spre casă. Dimineața scotocesc după lucruri curate cu care să se îmbrace la fel cum face și persoana lângă care s-au trezit. Sunt mame și fiice. Se întrețin singure și sunt casnice, au slujbe și sunt șomere. Se mențin în formă și fumează treizeci de țigări pe zi. Visează să petreacă două săptămâni la soare și să câștige Loteria Națională. Nu-l caută pe

[1] Serial britanic de televiziune difuzat de BBC începând din anul 1985 (n.tr).

Brad Pitt, caută un bărbat cumsecade, cinstit și care să le facă să râdă. Sau nu caută pe nimeni pentru că viața e prea scurtă ca să o irosești alegând bărbații buni de cei răi. Sunt fragile și rele, sunt de nestăpânit și generoase, sunt în toate felurile imaginabile. Sunt normale.

Nu ca mine. Și asta mă întristează, fiindcă acum așa aș vrea să fiu și eu.

Trotuarele din Piccadilly erau aglomerate, dar una dintre fețe ieși în evidență din marea de chipuri. Petra îl zări înainte ca el să o vadă și se rugă ca bărbatul să nu se uite în direcția ei, știind totuși dinainte că o s-o facă. Dintre toate direcțiile posibile, tocmai pe asta o alese.

Frank White.

Schimbul de saluturi fu ca un dans stângaci: *Bună, ce mai faci? Mă bucur să te văd. Ce faci aici? Niște mici cumpărături. Ce zici de vremea asta? Da, dar au zis că spre sfârșitul săptămânii o să se încălzească puțin.* Cuvintele răsunară mai goale de înțeles ca de obicei și încă și mai lipsite de sens din cauza vorbelor rămase nerostite.

Într-un final, Petra puse punct conversației de complezență. Își feri privirea și spuse:

— Uite ce-i, domnule White…

— Frank.

— Frank. Uite ce-i, Frank: ieri…

— Da?

— Scuze că ți-am tăiat macaroana. Doar că…

— N-are importanță!

Petra se frecă la ochi.

— Ba are. Pentru mine.

— Păi nu era vorba decât de o ceașcă de cafea.

— Ba nu, insistă Petra, observând un Pret À Manger[1] la treizeci de metri de ei. De ce nu ți-aș oferi *eu* o ceașcă de cafea? În chip de scuză.

— Acum?

— De ce nu?

În local era aglomerație, dar reușiră să găsească două scaune lângă fereastra cu vedere la stradă. Frank comandă *latte*, Petra bău *mocha*. Frank fusese la librăria Hatchards. Așeză sacoșa de culoarea mentei pe masă, lângă ceașcă.

— Ce carte ți-ai cumpărat? întrebă ea.

— O istorie a Namibiei.

— Namibia?

— S-ar putea să ajung acolo luna viitoare. Îmi place să mă documentez despre locurile unde ajung.

— Și ce o să faci acolo?

— Să lucrez. Sunt geolog.

— Serios?

— Lucrez la o mică firmă de consultanță minieră. Atunci când un client vrea să știe ce se află sub picioarele lui, sunt trimis să verific.

— Deci călătorești mult?

— Da.

— Și-ți place?

— De fapt, da. Multă lume în situația mea se plânge, dar nu și eu. Dacă stau mai mult timp într-un loc devin agitat. Dar tu?

Petra uitase cum e să ai o casă adevărată.

— Călătoresc mai mult decât mi-ar plăcea, dar n-am ce face, asta e slujba.

— Unde lucrezi?

— La Brillex-Martins. Frank clătină din cap și Petra adăugă: E o firmă belgiană de produse farmaceutice și chimice.

[1] Lanț londonez de localuri tip fast-food (n. tr.).

— Și cu ce te ocupi acolo?

Pauză.

— Remediez problemele apărute.

— Și asta te ține tot timpul ocupată?

— Oh, da!

— De când ești în Londra?

— De vreo două săptămâni. Prima dată când ne-am intersectat pe hol, cred că abia mă mutasem. Iar săptămâna trecută am fost plecată.

Frank sorbi lung din paharul de hârtie cu *latte.*

— L-am cunoscut pe predecesorul tău.

Petra simți cum pulsul i se accelerează.

— Predecesorul meu?

— Bărbatul care a locuit în apartament înaintea ta. Cum îl chema oare?

Petra nu putea decât să spere că nu arăta prea tulburată. „Inspiră adânc, expiră încet! Prefă-te că te gândești! Și pe urmă spune: «Sinceră să fiu, nu știu cine a locuit în apartament înaintea mea»."

Frank ridică din umeri cu un aer înțelegător.

— Așa se întâmplă, presupun, cu toate apartamentele de genul ăsta. Oamenii vin și pleacă, mobila rămâne.

Vorbea cu o expresie blândă întipărită pe față. Și realmente prietenoasă. Și așa cum ultima dată când vorbiseră Petra simțise furie față de el, acum o încercă ceva la fel de inexplicabil și profund. Tristețe. Zâmbi sincer.

— Ai mare dreptate. Oriunde merg, sunt în exact același loc ca înainte.

Era a șasea zi de la întoarcerea din Rio. Patru dimineața. Petra nu putea să doarmă. Mai întâi îi fu cald, apoi frig. Într-un final, se ridică din pat și începu să se plimbe în sus și în jos, în speranța că plictiseala o va obosi. Nu se întâmplă și se gândi să-și verifice computerul. Pe site-ul Heavens Above dădu de o nouă intrare.

Către V. Libensky
Sora mea a zărit lumina aceea de pe 3 decembrie la mine acasă, în Zeven.
În ziare s-a scris că a fost din cauza condițiilor atmosferice, dar eu nu cred.
Tu ce părere ai?
R. Julius

Julius era unul dintre cele trei nume alese de Petra drept semnal. La vederea lui simți fiori pe șira spinării. Primele litere din primele trei cuvinte trimiteau la serverul pe care trebuia să-l folosească – MSN[1] –, iar literele dintre virgula și punctul din prima propoziție formau numele „inzeven", care era o adresă de mail menită a fi utilizată o singură dată. Indiferent cine era Julius, el sau ea trebuia contactat la adresa inzeven@MSN.com.

Se logă de pe contul MSN al lui Andrew Smith și răspunse:

Către R. Julius
Primit mesajul. Aștept răspuns.
V. Libensky

Știa că la ora aceea era puțin probabil să primească răspuns, dar mica emoție o ținu o vreme în fața ecranului albăstrui. Renunță la ideea de a se întoarce în pat. Dădu drumul la boiler, exersă întinderi o oră, apoi făcu o baie prelungită. După aceea își prepară micul dejun. La 8.20 primi un mesaj pe adresa lui Andrew Smith.

[1] În original în text „My sister noticed..." (n. tr.).

Către V. Libensky/Andrew Smith

Înțeleg că avem un interes comun în America de Sud.

Ar fi bine să ne întâlnim ca să discutăm despre asta. Și despre viitor. E posibil?

R. Julius

Și astfel începu un dialog care dură toată dimineața. Mesaje cu înțelesuri ascunse fură primite și trimise, iar conținutul lor fu atent analizat înainte de a genera o reacție. Propuneri și contrapropuneri și, în final, un acord. Un *rendez-vous* fu stabilit peste două zile la Paris, în inima lui *huitième arrondissement*[1], undeva la intersecția dintre Boulevard Haussmann și Avenue Matignon. Petra tastă un răspuns afirmativ și se holbă la el pe ecran preț de un minut. Mașinăria o întrebă dacă dorea să trimită mesajul. Apăsă tasta „Da".

Apoi îl sună pe Alexander. Se întâlniră două ore mai târziu la Round Pond în Grădinile Kensington. Se îndreptară către fântâna de lângă Poarta Marlborough de pe Bayswater Road. Era o dimineață rece, iar cerul cenușiu și jos se aliase cu un vânt zgomotos, care făcea crengile copacilor să freamăte. Trecură pe lângă câțiva joggeri curajoși cu capetele învăluite în respirațiile lor înghețate și obrajii de culoarea verzei roșii. Unul sau doi stăpâni de câini își scoseseră animalele la plimbare. În afară de acești oameni, grădinile erau pustii.

Petra spuse:

— M-am uitat peste materialul pe care mi l-ai trimis și mă întreb cum este Serra privit de agențiile străine.

— Nu prea îi dau importanță. Francezii nu-l consideră demn de luat în seamă. Cel mai rău lucru care i s-a întâmplat

---

[1] Arondismentul opt, unul dintre cele 20 în care este împărțit Parisul. Cartierul se întinde pe malul drept al Senei, între Arcul de Triumf și Piața Concorde, și este unul dintre cele mai elegante din capitala franceză (n. tr.).

în Franța a fost să fie investigat de două ori pentru evaziune fiscală, fără succes de ambele dăți. În Germania, BKA[1] l-a suspectat de asociere cu o grupare de contrabandiști ucraineni care încerca să vândă material nuclear militanților islamiști pakistanezi. Numai că Serra nu a avut nimic de-a face cu ei.

— Deci nimeni altcineva nu mai știe ce se află în dosar?

— Cea mai mare parte din material poate fi pusă cap la cap din diverse informații cu caracter public. Cât despre restul, poate că una dintre agenții știe câte o bucățică, iar o alta, altă bucățică. Sau poate că ambele cunosc aproape tot și au ajuns la concluzia că nu prezintă interes. Cine poate ști? În plus, nu prea avem cum să ne împărtășim informațiile cu alții, nu-i așa? Noi nici nu existăm din punct de vedere oficial. Și chiar dacă am exista, nu sunt sigur că aș vrea să se afle.

— Nu văd de ce nu.

— Pentru că nu știi niciodată unde ajung astfel de informații. În trecut, toate datele cu privire la Irlanda pe care cei de la MI5 sau SIS le-au transmis către FBI sau CIA au ajuns în patruzeci și opt de ore la IRA. Spre deosebire de americani, noi nu credem că psihopații care aruncă în aer copii în malluri sunt eroi care au nevoie de asistență psihiatrică - sau de beatificare din partea Hollywoodului -, așa că ținem pentru noi informațiile despre Irlanda. Un principiu care funcționează și în privința lui Khalil și Marc Serra. Ultimul lucru de pe lume pe care ni-l dorim este ca Serra să afle că este filat și să dispară la fel ca Reza Mohammed.

Petra se opri din mers.

— *Poftim?*

Vântul răvăși părul lui Alexander.

— Nu fi așa șocată! Era o posibilitate la care cred că te-ai gândit și tu.

---

[1] Bundeskriminalamt (BKA), Biroul Federal de Investigații Criminale din Germania (n. tr.).

Primul ei instinct fu să dea frâu liber impulsului şi să se enerveze. Îl suprimă însă iute. Nu avea nicio îndoială că Alexander abordase deliberat atitudinea aceea nepăsătoare. Era genul de om care nu lăsa nimic la voia întâmplării. Presupunea că voise să o provoace, aşa că se hotărî să nu-i dea satisfacţie.

— Unde a dispărut?

— Acolo unde mulţi se fac nevăzuţi. În Atena.

— Ce făcea acolo?

— Nu ştim. Presupunem că acţiona în calitate de curier.

— Abandonase studiile la Imperial?

— Nu! În săptămâna următoare am luat legătura cu reprezentanţii colegiului, care ne-au spus că era bolnav. Cineva de la hostel sunase ca să anunţe că Mohammed are gripă.

— Şi asta a fost tot?

Alexander încuviinţă din cap.

— L-am urmărit până la Heathrow, unde s-a îmbarcat într-o cursă spre Atena. Am aranjat să fie preluat sub supraveghere acolo, dar l-au pierdut.

— Când s-a întâmplat?

Alexander îşi aprinse un Rothmans.

— Acum ceva vreme.

— *Când?*

— În urmă cu şase săptămâni.

— De ce nu mi-ai spus?

Alexander ridică din umeri.

— Ce rost avea? Khalil e cel care ne interesează cel mai tare. Fără el, Mohammed nu ar exista. Cel puţin nu pentru tine. Oricum, Mohammed va ieşi din nou la lumină. Aşa se întâmplă cu cei ca el. Încă mai ai şansa să îl ucizi, dacă îţi vei câştiga acest drept.

Nu prea cred în intuiţia feminină. Cred că unii oameni sunt intuitivi, alţii nu, iar diferenţa asta nu are nimic de-a face cu genul.

Îl urmăresc pe Alexander cum dispare prin Marlborough Gate. Alarmele în caz de pericol explodează în creierul meu ca un foc de artificii.

Știu că singurul lucru care m-a ținut în viață este faptul că Alexander a investit în mine timpul și resursele organizației sale și că nu se grăbește să-mi stingă datoria. Acum existența mea fictivă este în mare parte compromisă. Pe parcursul instructajului am avut perioade în care comunicarea cu lumea exterioară mi-a fost tăiată, fără ca asta să producă rezultate negative; niciun tabloid german nu mi-a solicitat o „exclusivitate mondială", nicio rețea TV malaysiană nu a difuzat breaking news de senzație cu mine, nicio teorie a conspirației avându-mă în centru nu a circulat pe internet. Pe de altă parte, bănuiesc că Alexander încă mai crede că posed ceva potențial periculos pentru el și, din acest punct de vedere, are, desigur, dreptate. Totuși, noi doi am ajuns la un acord nerostit tacit: eu l-am ademenit să se bage în povestea asta, iar el nu a uitat și nici nu m-a iertat, așa că aș face bine să nu-l las baltă.

Acum însă bănuiesc că agenda de lucru s-a schimbat. A apărut o subagendă despre care nu știu nimic. Sunt conștientă că nu sunt indispensabilă – e un risc asumat atunci când duci o viață ca a mea –, dar nu sunt pregătită să mă sacrific. Nu am nicio dovadă în sprijinul suspiciunii mele și, de fapt, nici nu am nevoie de așa ceva. O știu din instinct și îmi dau seama că am nevoie de protecție.

— Domnule Bradfield?

Bărbatul se răsuci pe călcâie. Se aflau în Victoria Arcade, iar pietonii treceau pe lângă ei în ambele sensuri.

— Cine ești? întrebă el cu asprime în glas.

— Nu mă recunoști?

Provocarea fiind lansată, bărbatul miji ochii la ea. Petrei i se păru că sesizează un licăr, ca și cum ar fi recunoscut-o, însă Bradfield clătină din cap.

— Nu... nu cred.

Petrei i se păru interesant. Fețele erau profesiunea lui. Fețe reale, fețe contrafăcute, fețe pe care și le amintea cu plăcere și fețe pe care nu le putea uita. Îl văzu măsurând-o din cap până-n picioare, încercând să-și amintească unde și când se cunoscuseră.

— Ultima oară când ne-am văzut aveam părul blond. Și eram mai slabă.

Undeva, adânc în memoria lui, ceva tresări, dar parcă nu era suficient.

— Aveam o armă, continuă Petra. Și tu mi-ai spus să nu port arme asupra mea decât dacă sunt pregătită să le folosesc.

Bradfield își arcui sprâncenele stufoase.

— *Tu?*

— Da, eu.

— Tu mi-ai trimis biletul?

Petra dădu din cap în semn de încuviințare. În după-amiaza zilei precedente strecurase un plic în cutia de scrisori din fața casei lui Bradfield de pe Longmoore Street. În plic nu se afla decât o foaie de hârtie. Mesajul fusese simplu și succint: *Vreau să discut cu tine. Mâine, la Victoria Arcade, la unsprezece dimineața. A ta, o prietenă.* La unsprezece fără zece, Bradfield își părăsise locuința de pe Longmoore Street și mersese pe Wilton Road. Petra îl urmărise de la distanță. Când bărbatul ajunsese sub galeria boltită, rămăsese cu un ochi pe el și cu celălalt pe oricine ar fi putut să-l țină sub supraveghere. Nu zărise pe nimeni. La unsprezece și un sfert, Bradfield hotărâse că așteptase destul și ieșise de sub arcade, iar în acel moment Petra îl strigase pe nume.

Bradfield era îmbrăcat cu o jachetă veche cu petice de piele pe coate. Pentru a se feri de aerul rece, o încheiase până la gât și-i ridicase mult gulerul. Își vârâse mâinile adânc în buzunarele pantalonilor uzați din catifea reiată de culoare verde-cenușiu închis.

— Ce vrei?

— Vreau să faci pentru mine același lucru pe care l-ai făcut data trecută.

Bărbatul păru mai întâi surprins, apoi ușurat, apoi suspicios.

— Ce fel de lucru?

Petra aruncă mai întâi o privire în jur pentru a se asigura că nu erau auziți.

— Dintr-acela la care te pricepi cel mai bine. Ce zici de o cafea fierbinte? E al naibii de frig aici.

Se așezară la o masă într-o cafenea bine încălzită unde picăturile de condens se scurgeau pe fereastră, iar petalele florilor din plastic începuseră să-și piardă culoarea după prea mulți ani petrecuți în lumina soarelui. Cyril Bradfield amestecă două cuburi de zahăr în ceașca de ceai Earl Grey cu lapte.

— De ce ai nevoie? întrebă el.

— Permise de conducere. Și cărți de identitate, acolo unde va fi necesar.

Bradfield își deschise tabachera din metal ruginit și scoase dinăuntru o foiță de țigări Rizlas.

— Ce naționalitate?

Vorbeau încet, iar șoaptele lor nu se auzeau din cauza radioului așezat pe tejgheaua din melamină a casei de marcat.

— Am nevoie de trei seturi complete de documente de identitate, dar nu britanice. Pot fi din țări vorbitoare de limba engleză, de franceză sau de germană.

— Inclusiv pașapoarte? Sau numai documente naționale?

— Toate seturile trebuie să conțină și pașapoarte. De fapt, astea sunt cele mai importante dintre documente.

— Și cum vrei să apari? Așa cum arăți acum sau altfel?

— Cât mai apropiat de cum arăt acum.

Bradfield se uită la ea peste ochelarii în formă de semilună.

— Cu alte cuvinte, ceva ce poate fi făcut în grabă?

Petra îi susținu privirea. Nu se punea problema să-i răspundă pe ocolite, își dădu ea repede seama. Mai degrabă era o chestiune de încredere.

— Da! Dacă voi vrea ceva radical diferit, o să te anunț.

Bradfield dădu din cap în semn de apreciere față de candoarea ei și de faptul că îl înțelesese. Linse foița de țigară și înfășură tutunul în ea.

— Vrei identități noi sau unele furate?

— Care sunt argumentele pro și contra?

— Păi, cu niște documente furate îți asumi identitatea unei persoane reale. Unul dintre avantaje este că astfel e posibil să te folosești de ratingul de credit al persoanei ca să-ți deschizi un cont bancar, să obții împrumuturi și carduri de credit, ceea cea înseamnă că vei avea bani la dispoziție. În plus, poți să soliciți eliberarea unui permis de conducere legal în loc să cumperi unul contrafăcut.

Bradfield aprinse țigara și îi examină vârful aprins.

— În zilele noastre, în țara asta, furtul de identitate a devenit un domeniu în ascensiune.

Chiar și în caz de nevoie, Petra știa că nu va avea la dispoziție timpul necesar pentru a obține un împrumut bancar. În consecință, urma să plătească totul cash.

— Cred că mi-ar fi mai bine cu identități noi.

— O să te ocupi tu de documentele bancare sau mă lași pe mine să o fac?

— Te las pe tine.

— Vrei ștampile pe pașapoarte?

— Da, câteva.

— Atunci va trebui să-mi dai o listă cu locuri pe care le pot include și o alta cu locuri excluse.

— OK.

Petra sorbi din cafea. Era oribilă. Bradfield părea mulțumit de ceaiul pe care îl bea.

— Acum îmi amintesc de tine, zise el. Memoria îmi revine încetul cu încetul. Te-ai schimbat.

„Dacă ai ști..."

— Poate, un pic.

Bradfield clătină din cap.

— Ba nu. Mult. Mă uit la tine, la felul cum te miști, cum ți se mișcă ochii, și văd o cu totul altă persoană.

— Pe dinăuntru am rămas la fel.

— Mă îndoiesc! Pe dinăuntru îmi pari goală.

Era pe Boulevard Haussmann, iar vântul tăios îi pătrundea prin jacheta de lână și prin tot ce purta pe dedesubt. Avea pielea de găină. În Rio, iarna venise cu arșiță. În Paris, cu îngheț.

Verifică ora, uitându-se la ceasul de mână. Mașina apăru de pe Avenue Matignon, un Volkswagen Golf negru, cu portiera dinspre locul pasagerului lovită. Petra se așteptase la ceva mai elegant. Se așteptase și ca Serra să vină însoțit, dar era singur. Bărbatul se întinse și-i deschise portiera.

— *Fräulein* Libensky?

Avea un ton ușor batjocoritor. Ea îi răspunse aspru:

— *Herr* Julius?

Urcă în mașină, iar Serra se înscrise în trafic fără a se uita în oglinzi. Un claxon răsună din spate.

— Lumini pe cer deasupra Hamburgului? întrebă el.

— A fost primul lucru care mi-a trecut prin cap.

— M-am gândit să discutăm în timp ce luăm prânzul. Dacă nu ai nimic împotrivă.

— Am mâncat deja, dar nu mă deranjează să te însoțesc.

— Bun, atunci vom bea doar o cafea. Rămâi la Paris?

— Nu, o să plec astăzi.

Petra luase trenul Eurostar din Gara Waterloo. Cardurile de credit pe care le avea asupra ei fuseseră emise la Londra pe numele Susan Branch. Paşaportul era pe acelaşi nume, dar nu cel american cu care intrase în Brazilia, ci unul canadian.

Se îndreptară spre cartierul Montmartre. Serra forţă Golful să iasă de pe strada parţial pietruită şi să urce pe un trotuar rupt, ignorând protestele unei femei fusiforme şi cărunte care pierdea vremea în pragul unei case învecinate. Femeia scuipă pe jos şi îi înjură. Serra o conduse pe Petra în jos pe scări spre o cafenea amplasată pe colţul unei străzi înguste. Interiorul era întunecos, pereţii erau vopsiţi în verde-închis, podeaua goală era netedă de la atâţia paşi care o bătuseră, iar tavanul, pătat de ani de fumat. Bărbatul alese o masă mai retrasă, se aşeză şi-şi aprinse o ţigară.

— Eşti sigură că nu vrei să mănânci?

— Sunt sigură.

— Ce ai vrea să bei? Vin? Sau cafea?

— Poate nişte Coca-Cola, zise Petra şi îşi ridică ochii spre chelnerul care se apropiase de ei, târşâindu-şi picioarele. Nedeschisă, vă rog!

Serra zâmbi.

— Nu bei, nu fumezi? Doar o cola în cutie nedesfăcută? Nu-i nevoie să-ţi iei atâtea precauţii, să ştii.

Petra identificase între timp trei potenţiale căi de a scăpa din cafenea. Cât despre arme, în încăpere erau cuţite şi furculiţe, pahare ieftine fără picior, o scrumieră şi cutia cu chibrituri aşezată în ea, un sfeşnic cu două braţe, suporturi pentru sare şi piper, scobitori într-un recipient din sticlă, creionul fixat după urechea chelnerului şi tirbuşonul atârnat de un şnur la brâul lui. Se uită în jur. Personalul părea rezervat, în stilul tipic parizian, părând mai dispus să fiarbă clienţii la foc mic decât să-i servească la timp.

Petra abia aştepta să înceapă ca să termine cât mai repede.

— Bun, care e scopul acestei întâlniri?

— În bună măsură e vorba de curiozitate. Am vrut să te cunosc. Să stau față în față cu femeia fără chip.

— Să știi că sunt alergică la conversația de complezență și la comentariile măgulitoare.

— Dar e vorba și de afaceri. Am vrut să o cunosc pe femeia care m-a costat așa de mulți bani. Făceam multe afaceri reciproc avantajoase cu Marin. Când el a murit, a murit și afacerea.

— Îmi pare rău!

— Nu atât de rău pe cât îmi pare mie.

Petra ridică nonșalant din umeri.

— Aranjamentul ăsta cu Marin se limita la afaceri?

— Da!

— Și în cazul meu la mijloc au fost tot afacerile. Ca de la un profesionist la altul, sunt sigură că înțelegi. N-a fost nimic personal. Nimic.

Chelnerul se întoarse cu cafeaua și Coca-Cola comandate. O tăcere apăsătoare se așternu până ce se retrase. Atunci Serra se încumetă să înceapă:

— Trebuie să știi că am venit să discut cu tine în numele unui client.

— Cine?

— Nu pot să-ți spun. Știi și tu cum e...

— Continuă!

— Persoana în speță dorește să-ți solicite serviciile.

— Ce fel de servicii?

— Persoana a auzit de tine, a aflat ce i-ai făcut lui Marin – nu de la mine, te asigur – și a mai auzit că ești – cum să zic – *disponibilă*?

Disponibilă? Petra avea un întreg trecut de disponibilitate. Mai ales față de clienții care doreau să rămână anonimi.

— E vorba de un bărbat din New York, continuă Serra. Un bărbat de vază care a devenit o problemă pentru clientul meu.

Petra deschise cutia de Coca-Cola.

— Nu prea cred că o să meargă.

Serra păru surprins, iar asta i se păru ciudat Petrei. Oare la ce se așteptase?

— Nici măcar nu vrei să auzi oferta?

— Nu-i vorba de bani. Oricum, eu nu negociez niciodată. Fixez prețul și cu asta basta.

— OK. Care e prețul tău?

— Nu lucrez pentru clienți anonimi.

— Te-ar plăti foarte bine.

— Ți-am spus, nu-i vorba de bani. Sunt sigură că vei găsi pe altcineva care să se ocupe. Bun, dacă nu mai ai nimic altceva să-mi spui, cred că am terminat!

— Ce-ar fi să discut cu clientul și să văd dacă nu cumva e dispus să se răzgândească? propuse Serra, nerăbdător să o rețină.

Petra ridică din umeri.

— Dacă așa vrei. Cine e ținta?

— Cred că asta mai poate aștepta, nu-i așa?

— Dacă voi avea obiecțiuni față de țintă, înțelegerea va pica oricum. În care caz vei fi obligat să iei din nou legătura cu clientul, iar asta va fi o pierdere de vreme pentru toată lumea.

Serra trase mecanic și gânditor din țigară. Pe urmă dădu din cap în semn de încuviințare.

— OK! Bărbatul se numește Giler. Leon Giler.

18

Margaret, secretara lui Alexander, împacheta o cutiuță în hârtie roz. Petra o urmări în tăcere cum lega niște funde verzi. Margaret ridică privirea și se înroși. Obrajii căpătară aceeași culoare ca a bluzei.

— E pentru nepoțica mea, fata surorii mele, explică ea. Un cadou pentru ziua de naștere. Primul ei ceas de mână.

Petra își văzuse ultima oară nepoata printr-un binoclu. Stând pe marginea drumului care ducea la Falstone, își urmărise familia care o înmormântase și o jelea. Își aminti că Alexander îi spusese atunci că Jane rămăsese iar însărcinată. Zdruncinătura pe care Petra o simți brusc în stomac era, fără îndoială, consecința sentimentului de culpabilitate; uitase cu totul de sarcina cumnatei ei. Se întrebă dacă, la cei douăzeci și trei de ani ai săi, devenise din nou mătușă. Și dacă da, ce avea, nepot sau nepoată? Ori poate Jane născuse gemeni?

Margaret se aplecă peste masa de lucru. Păru să sesizeze tulburarea Petrei. Îi luă mâna și o strânse.

— Ai grijă de tine, Stephanie!

Privirea din ochii ei spunea mult mai mult de atât. Petra îi mulțumi și intră în biroul lui Alexander.

Trecuseră trei zile de la excursia ei la Paris, o perioadă care se dovedise a fi relaxantă. Își exersase corpul și-și odihnise mintea. Fără apeluri telefonice pe care să le aștepte, zilele fuseseră în întregime ale ei. Citise două cărți din pură plăcere, lectura fiind o pasiune pe care o pierduse de mult, iar într-o dimineață cu o ploaie mocnită și sâcâitoare se plimbase prin Regent's Park, după care vizitase, pentru prima oară în viață, British Museum și Tate Gallery. Se purtase ca o turistă în propriul oraș și îi plăcuse.

Alexander își ridică, în fine, ochii spre ea și tresări. Petra presupuse că din cauza felului cum era îmbrăcată. Pe sub jacheta din catifea reiată zdrențăroasă și prea largă pentru ea purta o bluză de trening neagră, inscripționată peste piept cu un slogan scris cu litere fluorescente verzi:

FEMEILE CARE VOR EGALITATE CU BĂRBAȚII NU AU AMBIȚIE.

Sau poate că nu îi plăceau bocancii ei negri. Ori pantalonii kaki de camuflaj. Nu avea cum să-și dea seama. Alexander, în schimb, arăta destul de spilcuit în costumul lui Paul Smith și tricoul polo de culoarea ciocolatei.

— Avem o problemă, spuse el. Nu vrei să stai jos?

— O să fie nevoie?

Alexander se așeză.

— Acum vreo două săptămâni, o echipă Mossad a ridicat un tânăr musulman de pe străzile Romei. În următoarele patruzeci și opt de ore l-au transportat în Israel pentru a-l interoga.

— Pare ceva grav. Cine e tânărul?

— Abbas Karim Kassir. Membru de bază al aripii militare a Hezbollah, direct subordonată consiliului militar. În ultimii doi ani a fost staționat în Roma ca reprezentant al Asociației Culturale Islamice pe lângă ambasada Republicii Islamice. Luna trecută a zburat la Zürich, unde ghici cu cine s-a întâlnit?

Petra ridică din umeri.

— Tu să-mi spui!

— Cu Gustavo Marin. Chiar înainte ca Marin să se întoarcă în Brazilia pentru vacanța de iarnă. Evident, israelienii au vrut să afle ce discutaseră cei doi și, măcar în privința asta, au avut succes. Kassir îi comandase lui Marin rachete sol-aer SAM-7. Israelienii n-au reușit să descopere însă unde și când aveau să fie livrate, și nici cantitatea. Așa că au decis să-l răpească pe Kassir ca să-l interogheze. Kassir le stătea de ani buni ca un ghimpe în coastă, așa că și-au zis că răpirea lui avea să fie o treabă bună atât pentru ei, cât și pentru restul lumii. Iar când specialiștii lor s-au pus pe treabă, interogatoriul s-a dovedit a fi foarte productiv.

— Ai început să vorbești despre Kassir la timpul trecut.

Alexander își despreună mâinile, gesticulând cu palmele îndreptate spre ea.

— Nu e niciun secret că metodele de interogare practicate de israelieni sunt uneori destul de... *viguroase*.

— Ador eufemismele!

— Cei de la Mossad sunt foarte încântați că Marin a dispărut din ecuație, dar n-au fost prea darnici cu împărtășirea informațiilor aflate din interogarea lui Kassir. Am aflat totuși că între Kassir și Khalil au existat legături. Nu s-au întâlnit niciodată, însă Kassir lucra sub comanda șeicului Ismail Mahmud Hussayn, care fusese și șeful lui Khalil, asta până în ziua când Khalil a decis că nu vrea să mai fie controlat de nimeni. Totuși liniile de comunicație au continuat să existe între Khalil și Hussayn, ca și între Hussayn și Kassir. Cu puțin înainte să moară, Kassir a făcut mărturisiri despre un atac terorist spectaculos asupra Occidentului pe care îl pune la cale Khalil, dar fără a preciza când și unde va avea loc.

— Ar putea fi un bluf.

— Israelienii nu cred. În afara aplicării de proceduri chimice brutale și distructive asupra lui Kassir, au obținut din surse independente informații care confirmă spusele lui. Și mai e ceva, ceva ce Kassir a mărturisit chiar înainte de a-și da obștescul sfârșit. A folosit o expresie asociată cu planul lui Khalil. Nu știm dacă se referea la agenții operativi care vor fi implicați în atacul preconizat sau dacă este însăși denumirea operațiunii. Expresia este „Fiii lui Sabah".

— Fiii lui Sabah?

Alexander se ridică de pe scaunul din spatele mesei de lucru și o conduse pe Petra afară din birou. Trecură pe lângă Margaret, care le zâmbi, și merseră de-a lungul coridorului îngust până ajunseră pe palier. Alexander apăsă pe butonul din alamă de pe panou, iar liftul antic prinse viață, parcă tușind.

— Fiii lui Sabah, explică el, și-au spus așa în onoarea lui Hassan Sabah, considerat de mulți specialiști omul care a dezvoltat și a pus în practică primul teoria potrivit căreia asasinatul politic trebuie să fie un element crucial în obținerea și păstrarea puterii politice.

— Nu cred că am auzit de el.

— Dacă nu ai studiat istoria islamului nu-i deloc de mirare. Hassan Sabah a trăit în secolul al unsprezecelea.

Liftul sosi. Alexander deschise ușa și trase cablurile de alamă într-o parte. Intrară. El apăsă pe butonul marcat „cinci" – clădirea nu avea însă cinci etaje – și, în loc să urce, cabina porni să coboare.

— Hassan Sabah ocupă un loc special în inimile noastre, spuse Alexander. El ne-a lăsat moștenire termenul „asasin".

— Cum așa?

— Asasin vine de la cuvântul *hashasheen*, care înseamnă, literal, fumători de hașiș. Adepții lui Sabah – *Fedayeen* – fumeau hașiș. Neînțelegând proprietățile chimice ale hașișului, ei nu știau că au halucinații și credeau că întrezăresc bucăți din paradis, ceea ce îi ajuta să ucidă în numele lui Allah.

Liftul opri la un nivel subteran. Alexander o luă înainte pe un alt coridor îngust, dar care nu avea aspectul învechit al celui de dinainte. Podeaua era din piatră, pereții fuseseră vopsiți într-o nuanță mată de crem. În capătul coridorului trecură printr-o ușă și pătrunseră într-o mică sală de conferințe cu o masă ovală în centru. Într-un capăt al încăperii se afla un ecran, iar în stânga lui, un banc cu nouă monitoare TV. O indiancă pe care Petra o știa numai drept Rosie îi aștepta. Purta o pereche de pantaloni negri plisați, o cămașă violet și un șal din mătase. Ochelarii Calvin Klein erau asemănători cu cei purtați de Petra atunci când părăsise Rio de Janeiro ca Marina Gaudenzi.

Rosie reduse lumina, iar pe ecranul mare din capătul încăperii apăru imaginea unui bărbat. Mai exact bustul său. Avea trăsături proeminente și era păros. Părul i se rărise pe creștet, iar pe restul scalpului fusese tăiat scurt, dar fire negre și groase explodau de sub partea de sus a cămășii. Părea genul de bărbat care trebuia să se bărbierească la fiecare oră.

Prin semiîntunericul din încăpere, Petra miji ochii în direcția lui Alexander.

— Abbas Karim Kassir?

— Nu. Leon Giler.

— Nu înțeleg.

Alexander își aprinse un Rothmans.

— Kassir are legături cu Marc Serra, dar Mossadul nu știe. Agenții israelieni sunt în căutarea unui danez pe nume Preben Olsen. Kassir a mărturisit că a aflat de Fiii lui Sabah de la șeicul Ismail Mahmud Hussayn. Mossadul a încercat să afle cine mai știa. Kassir nu le-a putut divulga decât un nume: Preben Olsen. Kassir știa că Olsen îl vizitase pe Hussayn de două ori la Teheran și că vizitele aveau legătură cu Fiii lui Sabah.

— Cum a aflat asta?

— Nu ştiu. Poate că i-a spus Hussayn. Sau poate că Olsen se întâlnise cu Kassir şi îi spusese el însuşi. Cine poate şti? Important este că noi am aflat că Preben Olsen este, de fapt, Marc Serra. Olsen este una dintre identităţile pe care le foloseşte. Mossadul nu ştie însă asta. Nimeni nu ştie în afară de noi.

Petra îşi îndreptă din nou privirea spre ecran.

— Tot nu pricep...

— Va trebui să accepţi contractul pentru Leon Giler.

Petra se holbă la el şi o tăcere lungă se aşternu până ce, într-un final, ea o sparse:

— Doar nu vorbeşti serios!

— Credeam că ai ajuns să mă cunoşti.

— Sarcina mea a fost să mă apropii de Serra şi să văd dacă pista asta duce undeva. Să accept să iau în considerare oferta lui – ceea ce am şi făcut – şi, după aceea, să refuz pe motiv de angajamente anterioare. Sau orice altceva la fel de vag.

— Situaţia s-a schimbat între timp.

— Tot ce se poate, numai că eu n-am acceptat să mă alătur organizaţiei tale ca să mă apuc să ucid în stânga şi-n dreapta oameni care nu au nimic de-a face cu Khalil sau Reza Mohammed.

— Te-ai alăturat organizaţiei pentru a face exact ceea ce ţi se spune să faci. Astea au fost condiţiile pe care le-am convenit. Şi sincer să fiu, după ce le-ai făcut lui Marin şi Ferreira la Rio, rezervele tale mi se par neconvingătoare.

— I-am ucis în legitimă apărare.

— Serios? Potrivit declaraţiei date de bodyguardul lui Marin poliţiei locale, l-ai împuşcat pe Marin cu sânge-rece.

— M-am lăsat luată de val.

Iritarea lui Alexander era acum evidentă.

— Ne îndepărtăm de la subiect. Ai stabilit contactul cu Serra, iar acum, când legăturile lui cu Khalil au fost confirmate, trebuie să te ţii aproape de el.

— Cum? Ucigând un om nevinovat?

— Leon Giler nu e nici pe departe un om nevinovat.

— Lasă-mă să ghicesc: nu și-a plătit amenzile de circulație?

Alexander trase adânc din țigară, lăsând fumul să rămână un timp în plămâni și vorbele în gâtlej. Rosie se feri să se uite la ei și-și făcu de lucru cu dosarul pe care îl ținea în poală.

— Vei accepta contractul. Și vreau să-l execuți cât mai repede cu putință. Ca să-l impresionezi pe Serra. Și, mai ales, pe clientul lui.

— Nu știi dacă clientul este Khalil.

— Nu, dar am argumente întemeiate să cred că da. Între el și Leon Giler există animozități vechi, iar Khalil vrea să-i distrugă afacerea. Și, printre altele, cum Giler lucrează mai mult din SUA, Khalil nu va risca să meargă acolo pentru a-l ucide el însuși.

Petra privi din nou chipul de pe ecran. Știa că nu avea cum să-l refuze pe Alexander – nu aici, nu acum –, așa că încuviință cu o mișcare din cap. Alexander spuse:

— Rosie a adunat niște informații pe care ți le va prezenta acum. Vei fi instruită mai în amănunt după ce îl vei înștiința pe Serra că accepți contractul. Încă ceva! adăugă el, ridicându-se în picioare. Nu știu cât de eficientă este rețeaua lui Serra, dar e posibil să te pună sub supraveghere, așa că, până la noi ordine, va trebui să nu mai vii pe aici. Cu cât vom reduce contactele dintre noi, cu atât va fi mai bine. Folosește canalele obișnuite de comunicare și așteaptă instrucțiuni!

Stau în întuneric și mă uit la un ecran. E o sală mai mare, cu un ecran mai mare și mult mai întuneric; sunt la cinema. Frank White stă lângă mine. Când m-am întors acasă de la întâlnirea de la Magenta House am găsit un bilet care fusese strecurat pe sub ușă. Marina, vrei să mergi cu mine la cinema astăzi? Sună-mă când te întorci. Al tău, Frank. *Un mesaj timid și stângaci. Ceea ce mi-a plăcut. În plus, în era telefoanelor mobile și a pagerelor e drăguț să primești un bilețel scris pe o foaie de hârtie și strecurat pe sub ușă.*

De când am băut cafeaua aceea împreună în Piccadilly l-am văzut pe Frank o singură dată. Ieri. Ne-am întâlnit în holul de intrare în bloc. Eu ieșeam, el intra. Normal ar fi fost să purtăm conversația aceea tipică pentru doi oameni grăbiți să-și vadă de treburile lor: un schimb de saluturi politicoase și un comentariu gen „acum trebuie să plec, am ceva de făcut". În schimb, discutaserăm un sfert de oră, unul dintre noi în hol, celălalt afară. Nu-mi amintesc nimic din ce am spus. Însă când mi-am dat seama de cât timp stăteam acolo, ne-am simțit amândoi încurcați și am încercat să bagatelizăm situația, râzând. Fără succes.

Suntem în cinematograful Curzon Mayfair de pe Curzon Street. Filmul pe care îl urmărim face parte din retrospectiva Kiéslowski. Se numește Trei culori. Roșu[1]. *Statul aici în beznă mă face să mă simt din nou ca o școlăriță care a chiulit de la ore. Îmi amintește de băieți stând pe rândul din spate al sălii, de limbile lor lacome și degetele stângace, de țigările furate. Pe vremea când eram Lisa, obișnuiam să merg la cinematografele din West End după-amiaza. La orele acelea biletul era mai ieftin, iar sălile, mai goale. Acolo găseam singurătatea de care aveam nevoie. Uneori mergeam la cinema ca să mă ascund, să-mi îngrijesc vânătăile în beznă, să mă holbez în gol într-un loc unde nimeni nu mă băga în seamă.*

După film, Frank mă invită să luăm cina și mergem într-un mic bistrou din Shepherd Market, unde eu mănânc biban copt în sare, iar el, ton gătit la foc iute. Bem un vin roșu sicilian robust. Mă port destul de distant, însă el nu pare deranjat; chiar dă senzația

---

[1] Parte a trilogiei cinematografice „Trei culori" („Albastru", „Alb", „Roșu") realizată în anii 1990 de cunoscutul regizor polonez Krzysztof Kieślowski (1941–1996) (n. tr.).

că nu are niciun fel de așteptări. O parte din mine se simte jignită, dar cealaltă parte, mai mare, e ușurată. Nu simt nicio presiune și cred că nici el nu simte. Discutăm lejer, știind amândoi că întâlnirea asta nu va duce nicăieri. Pe drumul de întoarcere mă întreabă dacă poate să gătească pentru mine într-o seară. Îi răspund că nu știu - dar chiar poate să gătească pentru mine? Inițial nu înțelege ce vreau să zic și mă simt stânjenită. Iar când îi pică fisa, își dă seama cât de proastă a fost gluma și e rândul lui să se simtă stânjenit. Așa că, pentru a pune capăt situației neplăcute pentru mine - pentru noi -, îi răspund că da, mi-ar face plăcere.

Se întâlniră în Jardins du Luxembourg într-o după-amiază geroasă când aerul cenușiu era atât de umed, încât avea consistența zloatei în care se transformă zăpada într-un oraș. Marc Serra purta un pardesiu lung din cașmir cafeniu, care îi displăcu instinctiv Petrei. Ea era îmbrăcată într-o jachetă de iarnă marca North Face și blugi decolorați vârâți într-o pereche de șosete groase de culoare gri, la rândul lor vârâte în niște cizme solide. Se plimbară printre pâlcurile de castani și terasele sobre. Vremea rece le asigura un anumit grad de intimitate.

— Pot să-ți pun o întrebare personală?

— Poți.

— Câți ani ai?

— Câți îmi dai?

— Nu știu exact. Mă rog, sursele mele nu știu. Poate în jur de treizeci și doi? Unii spun că ai treizeci, alții treizeci și cinci...

— Dar tu ești de părere că aș avea treizeci și doi?

— Repet, nu sunt sigur. Pari mai tânără de treizeci și doi.

— Iar tu pari mai bătrân de patruzeci și patru, dar n-am de gând să te condamn pentru asta.

Petra constată cu plăcere că remarca îl duruse. Observă și că Serra era surprins că ea se obosise să-i afle vârsta. Îl bănuise de vanitate din clipa când îl văzuse. Se întrebă câți ani i-ar fi dat el dacă ar fi știut că nu este Petra Reuter. Douăzeci și șapte, poate douăzeci și opt? Când se uita în oglindă avea impresia că fața ei nu îi reflecta cei douăzeci și trei de ani. În patru ani, atât cât trecuse de când avusese nouăsprezece, se întâmplaseră prea multe lucruri ca să mai poată arăta de douăzeci și trei.

Stăteau în picioare la marginea iazului octogonal din centrul teraselor denumit Grand Bassin. Petra urmări stolul de porumbei cenușii care explodă din vârfurile copacilor din stânga. Păsările dădură ocol de două ori înainte de a porni în zbor spre Palais du Luxembourg, care părea să plutească pe un nor de ceață.

— Clientul tău s-a răzgândit cumva? întrebă ea.

Serra își aprinse o țigară.

— Nu, din păcate. Dar tu te-ai răzgândit?

— Da!

Serra păru realmente uimit.

— Serios?

Petra dădu din cap.

— Dar trebuie să știu când. Există vreun termen-limită?

— Cât mai curând cu putință.

— Are vreo importanță unde se va întâmpla?

— Nu! Avem informații că Giler se va afla la New York în următoarele două săptămâni. Dacă ai putea să o faci atunci, ar fi perfect!

— O să vedem.

— Cum o să procedezi?

— Încă nu știu.

Serra scoase fumul încet pe gură.

— Clientul meu va fi încântat să afle vestea.

— Mă îndoiesc de asta. Decizia de a rămâne anonim îl va costa scump.

— Cât de scump?

— Un milion de dolari americani. Jumătate acum, jumătate după.

— Un milion de dolari? Pentru Giler?

— Exact.

— Dar e ridicol. E... *jaf la drumul mare.*

— Dă-mă în judecată!

Serra începu să gesticuleze.

— Dar ai putea să-l ucizi pe stradă. Sau, mă rog, oriunde vrei. Bodyguardul lui e la fel de ieşit din formă ca şi el.

— Ştiu.

— E doar un om de afaceri, nu preşedintele Israelului. Fii, te rog, rezonabilă!

— Afacerea asta nu are nimic rezonabil în ea.

— Aş putea să angajez un drogat dispus să facă treaba pentru o sută de dolari. Nu este chiar un asasinat, e ca şi cum ai face un comision.

— Atunci n-ai decât să faci rost de un curier. Preţul meu e un milion de dolari. Nenegociabil.

Serra părea disperat. Clătină din cap şi mârâi ceva în barbă, însă Petra nu înţelese. Se îndepărtară de iaz şi porniră spre cea mai apropiată ieşire din parc, situată în vecinătatea staţiei de metrou. Când Serra îi dădu răspunsul final, Petra rămase tăcută pentru o clipă. Se aşteptase - şi sperase din toată inima - să fie refuzată. Capitularea lui Serra nu putea să însemne decât un singur lucru: nu avea încotro, era obligat să o angajeze. La fel de bine ar fi putut să-i ceară şi două milioane, iar el tot ar fi acceptat.

— Cum poţi să justifici tarife aşa de mari? vru să ştie bărbatul.

— Fără nicio dificultate. Gândeşte-te că sunt un avocat care se lasă angajat de clienţi bogaţi, dar face şi multă muncă *pro bono.* Onorariile mari pe care le cer muşteriilor înstăriţi îmi subvenţionează munca prestată benevol. Gândeşte-te că eşti unul dintre clienţii mei bogaţi. Nu o să-ţi vină prea greu, pentru că aşa arăţi.

Serra se încruntă la ea un moment, apoi zâmbi. Poate că avea senzaţia că e tachinat – ceea ce nu era cazul –, ori poate că îi plăceau femeile care ştiau să riposteze.

— Şi unde vrei să facem plata?

Mintea Petrei se goli brusc. Nu se gândise deloc la asta.

— Poftim?

— Banca? Desigur, contul? Pentru prima tranşă de cinci sute de mii de dolari.

Îmi cumpăr haine de la un magazin Joseph şi nu-mi face nicio plăcere, fiindcă hainele sunt pentru Marina. Aceasta poartă lucruri bine croite, multe dintre ele negre, poartă compleuri şi haine de firmă. Adică exact genul de veşminte pe care Stephanie şi Petra nu l-ar purta nici moarte. Preferinţa lor pentru ţinutele neglijente este, probabil, singurul lucru pe care îl au în comun. În afară de corpul pe care îl împart.

O vânzătoare scheletică trece cardul Gold Amex pe numele Marinei Gaudenzi prin dispozitivul de plată. O mie patru sute optsprezece lire în total. Absurd. La fel ca milionul de dolari cerut pentru a omorî un om de afaceri. Sau optzeci de lire pentru sex.

Când sunt Marina, sunt o elveţiancă necăsătorită, catolică, în vârstă de treizeci şi unu de ani, cu toate că mă comport ca o femeie de patruzeci. Am două surori, una mai mare, cealaltă mai mică decât mine. Am o diplomă în chimie şi iubesc muzica clasică şi, în special, Sibelius. Îmi place să navighez; m-a învăţat tata, care avea o barcă, pe lacul Geneva. Vorbesc engleza cu acelaşi accent ca Petra. Dar, spre deosebire de ea, îmi place să mă parfumez – şi numai cu Chanel.

Vânzătoarea îmi pune hainele cumpărate în două sacoşe. Îmi dau seama că nu mă place. Sentimentul e reciproc. E o snoabă care consideră că n-am ce căuta într-un asemenea magazin, în ciuda sumei pe care tocmai am cheltuit-o. Nu mă deranjează, pentru că are dreptate. Mă aflu pe un teritoriu care aparține strict Marinei. Îmi este dificil să fiu ea și am început să ignor o parte din elementele care îi definesc personalitatea. Marina nu se atinge de alcool, în timp ce eu beau ocazional. Temperamentul meu o ia uneori înaintea autocontrolului ei. Cât despre Sibelius, din când în când îl ascult cu plăcere, dar nu la fel de des pe cât ascult formații precum Radiohead sau Manic Street Preachers, un lucru pe care Marina nu l-ar face în veci.

Părăsesc magazinul cu câte o sacoșă în fiecare mână. În timp ce merg pe trotuar am senzația că nu mai știu cine sunt, dar un lucru e cert: hainele pe care le car după mine aparțin unei alte persoane.

Potrivit clasamentului *Fortune 500*, averea lui Leon Giler se ridica la 3,5 miliarde de dolari americani. Așezată cu picioarele încrucișate sub ea pe covorul din camera de zi, Petra împrăștie documentele pe podea. Giler își făcuse averea din publicații: în 1977, cumpărase primul ziar cotidian în Baltimore. Curând urmaseră altele în Washington, Pittsburgh, Philadelphia și New York. În anii 1980, se extinsese în domeniul radio și TV, iar, în 1989, își împlinise visul, achiziționând un studio de la Hollywood aflat în dificultăți financiare. Deși, în esență, o investiție cu valoare mai degrabă sentimentală, metodele lipsite de scrupule pe care le practica în afaceri deveniseră legendare și, pentru o vreme, numele său ajunsese în atenția marelui public. Oamenii care erau concediați de el în chip nu tocmai diplomat spuneau că fuseseră „gilerați". De curând individul se lansase în afaceri în sfera comunicațiilor prin satelit.

În afară de un conac în Long Island și două apartamente în Manhattan, Giler deținea și un apartament în Paris, o mică insulă grecească, o suită de apartamente închiriate pe termen nelimitat la Dorchester Hotel din Londra și o fermă în New Mexico, pe care însă nu o vizita niciodată. În ciuda ostentației sale, ura publicitatea. Finanțator extrem de generos al unor cauze caritabile, era de o zgârcenie proverbială în privința cheltuielilor de orice fel, de la cele legate de corporațiile sale până la alocațiile copiilor. Îi plăcea să se înfățișeze lumii drept un familist respectabil, un soț iubitor și un tată ideal, ceea ce, totuși, nu-i scădea apetitul pentru prostituate. Pentru Petra, Giler reprezenta imaginea unui om neîmpăcat cu sine.

În luptele care se dădeau în interiorul lui, cea mai mare amploare părea să o fi luat chestiunea legată de originile sale evreiești. Giler nu respecta regulile impuse de halaha[1], corpusul de legi religioase evreiești, ceea ce generase, probabil, un sentiment de vină pe care nu reușea să-l domolească, oricât de mult încerca. Sponsoriza Yeshiva University din New York și acoperea în mare parte cheltuielile cu chiriile în blocurile de apartamente din Borough Park, Brooklyn, o zonă predominant evreiască a orașului. Finanța și Lubavitcher Hasidim[2] din New York, precum și Muzeul Evreiesc.

Giler oferise, de asemenea, sprijin financiar guvernului israelian pentru programul de crearea de așezări evreiești în Teritoriile Ocupate. Cei care alcătuiseră dosarul speculau că acesta putea fi motivul pentru care Khalil îl voia mort. Petra căzu pe gânduri. Oare motivul era suficient? Problema era, fără îndoială, spinoasă și capabilă să genereze mari animozități, dar se

---

[1] Ansamblu de legi cu caracter normativ-juridic, cuprinse în Tora și codificate în Talmud, care organizează viața personală și colectivă în comunitățile evreiești (n. tr.).

[2] Una dintre cele mai răspândite mișcări evreiești hasidice ortodoxe, fondate în secolul al XVIII-lea și cunoscute mai mult ca „Habad", acronim pentru „înțelepciune, înțelegere, cunoaștere" (n. tr.).

îndoia că cineva precum Khalil – oricine ar fi fost el – ar fi putut ordona uciderea unuia ca Giler doar pentru atâta lucru. Până la urmă însă nici nu conta. Serra o angajase pentru o treabă anume. Motivele îl priveau și nu aveau nimic de-a face cu ea. Până la urmă, ea nu era decât un simplu executant.

Mai târziu dădu de o fotografie cu soția lui Giler și cei cinci copii ai cuplului, patru băieți și o fată. Întoarse poza și o așeză cu fața în jos pe covor.

Nici vorbă să-și exerseze talentul la conversație; tăcerea se așternuse peste ei. Sau așa percepea ea. Petra se afla în camera de zi a apartamentului lui Frank White, care îi turna un pahar de vin Saint-Véran răcit. Bărbatul nu zicea nimic, dar părea mai puțin deranjat de asta, ceea ce ei i se păru ciudat, având în vedere că se considera o expertă în materie de tăceri jenante.

Se uită la ceasul de la mână. Trecuseră patru zile de la întâlnirea din Paris cu Serra. Mâine pe vremea asta avea să fie în Manhattan. La gândul ăsta, i se făcu pielea de găină.

Pe măsuța pentru cafea din mijlocul livingului erau așezate câteva eșantioane de roci ornamentale. Petra luă una în mână. Era de culoare turcoaz, cu vinișoare ruginii, și surprinzător de ușoară. Forma zimțată semăna oarecum cu cea a unei bucăți de cuarț.

— Beril, spuse Frank în timp ce-i întindea paharul.

— Poftim?

— E beril. Mineralele de beriliu se folosesc în aliajele de cupru, nichel și aluminiu ca material de protecție pentru tuburile de raze X și reactoarele nucleare. Smaraldul și acvamarinul sunt varietățile de pietre prețioase, dar berilul este sursa comercială pentru beriliu. Cu toate că, dacă e clar și transparent, poate fi și piatră prețioasă. Mostra aceasta am prelevat-o din Mozambic.

— A, da, am uitat că eşti geolog! Omul care verifică ce se află sub picioarele oamenilor.

— De fapt, mult sub picioarele lor.

Petra aşeza berilul înapoi pe masă și luă o altă mostră, una de formă oarecum cilindrică și de un galben murdar.

— Asta ce este?

— Apatită.

— Sunt sigură că circulă destul de multe glume proaste pe seama numelui.

— Mult mai util este să foloseşti acest minereu la fabricarea de îngrășăminte, pesticide ori produse de curățare. Sau chiar bombe fumigene. Mostra provine din peninsula Kola, în nordul Rusiei, lângă granița cu Finlanda.

— Ai fost și acolo?

Frank încuviință din cap.

— Toate mostrele acestea au fost adunate de mine personal.

Petra așeză bucata de minereu pe masă.

— Deci ai aici un fel de album foto, nu-i așa? Numai că mostrele le poți pipăi. Cred că e plăcut să poți simți prin ce locuri ai trecut.

Frank purta jeanși și pantofi negri. Și o cămașă de culoare verde-cenușiu închis. Chiar dacă Marina nu s-ar fi îmbrăcat așa, Petra alesese și ea o pereche de blugi pentru că nu voise să se gătească. Nefăcând niciun efort ca să arate bine nu îl încuraja pe Frank și, astfel, evita surprizele neplăcute. Prin urmare, fără minijupă, fără top minuscul, fără bijuterii, și nici măcar cu machiaj. Doar blugi, un jerseu bleumarin și peria aspră trecută o singură dată prin păr; era Petra, dându-se drept Marina, îmbrăcată ca Petra.

Frank puse o muzică pe care Petra nu o recunoscu, dar îi plăcu. Se uită la coperta CD-ului. John Martyn, *Solid Air*, lansat în 1973, înainte să se fi născut ea. Dar nu înainte de nașterea

Marinei. În astfel de momente, Petra făcea eforturi să nu uite că, pentru Frank, ea era Marina.

În bucătărie văzu o imagine care îi trezi amintiri dureroase: Frank preparând mâncare. Cuțitul era un vârtej, bufnitura lamei pe blat, o bătaie de tobe. În câteva secunde, legumele erau tăiate în felii. Parcă îl vedea pe tatăl ei. Sau pe Keith Proctor. Își lipi paharul cu vin de piept. Frank o surprinse holbându-se la el.

— Te simți bine?

Petra dădu din cap.

— Mă gândeam la altceva.

„Și la altcineva", adăugă pentru sine.

Apartamentul lui Frank era ceva mai mare ca al ei, iar el îi conferise un pic de personalitate. În afara mostrelor de roci, avea și câteva piese de mobilier adevărat, ca, de pildă, masa din lemn de stejar la care se așezară să mănânce. Erau și peisaje din întreaga lume în poze mărite făcute de el: ceruri uluitoare peste întinderi dezolante din Patagonia, dune de nisip auriu în Sahara, soarele sângeriu peste Siberia. Observă că în niciun instantaneu nu apăreau oameni. Petra se gândi la propriul apartament și la cele în care locuise în ultima vreme, iar comparația i se păru deprimantă. Alungă gândul; seara aceea nu trebuia să fie tristă.

Orele se scurseră încet.

Frank aduse mâncarea la masă și, după ce terminară, strânse farfuriile. Petra se oferi să-l ajute, dar el îi spuse că nu era nevoie, așa că nu-i rămase altceva de făcut decât să rămână așezată și să-l privească trebăluind în bucătărie. Terminară sticla de Saint-Véran, iar Frank deschise o alta, de Nuits-St-Georges. Mai târziu, așeză o tablă de șah între ei, lângă un bol cu fructe. În timpul mesei abia dacă schimbară o vorbă și, chiar și atunci când făceau conversație, aceasta era presărată cu tăceri. Care, pe măsură ce noaptea înainta, deveniră tot mai lungi și mai ușor de suportat.

Frank fusese tată. În tinerețe, se îndrăgostise de o studentă la Artă teatrală pe nume Karen Cornwell. Nici că puteau exista doi oameni mai diferiți: ea era impulsivă și colerică, el, serios și echilibrat. Se iubeau, însă, și părea că diferențele nu contau. Șase luni mai târziu, Karen rămase însărcinată. Ea era încântată, el, șocat. Dar când depășise faza aceasta, se bucurase. Nu pentru că și-ar fi dorit în mod special să devină tată – nu-și dorise –, ci fiindcă o făcuse pe ea fericită. O ceruse de soție, iar ea tergiversase. Abia după nașterea copului, îi răspunsese. Voia să se asigure că o ceruse în căsătorie de dragul *ei*, nu fiindcă era însărcinată. Frank acceptase să aștepte. La trei luni după nașterea Rosei, repetase cererea. Era prea devreme, ripostase Karen. Trebuiau să mai aștepte, să treacă de nopțile nedormite și să-și stabilească o rutină. El fusese din nou de acord. După șase luni, ea obținuse primul rol principal într-o telenovelă. Iar după o lună se mutase cu unul dintre scenariști.

Frank își încheie povestirea, declarând:

— Și de atunci n-am mai putut urmări nicio telenovelă.

Petra se încruntă.

— Serios?

Frank rânji; era pentru întâia oară când îl vedea râzând.

— Evident că nu. Nu mă uit la telenovele pentru că sunt o porcărie.

Petra rânji și ea. Luă apoi o portocală din bol și începu să o descojească.

— Vă mai vedeți?

— Cine? Eu și Karen?

— Da!

— Nu! Acum locuiește la Paris. E măritată cu un producător de filme francez. Mă bucur că relația cu scenaristul ăla n-a mers.

— Și Rosa? întrebă Petra.

Își aminti brusc că Rosa era numele uneia dintre mamele ei. Rosa Holl, după căsătorie Rosa Reuter. Se întrebă dacă femeia existase cu adevărat ori, la fel ca multe altele, nu era decât o iluzie, o altă minciună născocită de Magenta House.

— Rosa a murit acum trei ani, răspunse Frank.

Nicio tresărire pe fața lui. Tonul pe care vorbi era la fel de plat pe cât de strâns era ghemul din stomacul Petrei.

— Oh, nu! Îmi pare rău...

Frank ridică din umeri.

— Un accident auto în Paris. Era într-un autobuz. Plecase într-o excursie cu școala. Șoferul a pierdut controlul și s-a ciocnit de alte vehicule. Niciunul dintre copii nu purta centuri de siguranță. Știi cum e în autobuze.

Frank își reumplu paharul.

— S-a întâmplat acum cinci ani.

— Cinci?

— Rosa a stat în comă doi ani. La început, doctorii francezi au crezut că are șanse să se recupereze măcar parțial. Dar lucrurile nu s-au îmbunătățit deloc. Stare vegetativă persistentă, cred că așa se numește. Eu și Karen am fost nevoiți să luăm decizia de a o lăsa să moară.

— Dumnezeule...

Frank ridică din nou din umeri.

— E genul de decizie care se ia în timp, nu pe moment.

Petra întinse ușor brațul peste masă și-și așeză mâna peste mâna lui.

— Iartă-mă, n-am vrut să fiu indiscretă!

— N-ai de ce să te scuzi. Mi-ai pus o întrebare și atât. Nu mă deranjează să discut despre asta atât timp cât pe oameni nu-i deranjează să asculte povestea.

Frank era mai solid decât Keith Proctor. Pe chipul său se citea povestea locurilor vizitate la fel de clar ca pe rocile pe care le adusese acasă. Purtate de vânturi, pârlite de soare, pişcate de sare şi crăpate de gheaţă, călătoriile pe care le făcuse se impregnaseră în el. Când se afla în mişcare dădea impresia de putere, dar şi de stângăcie, însă Petra înţelese că impresia era eronată, pentru că Frank era la fel de sprinten şi avea gesturi la fel de precise ca Proctor. În ciuda diferenţelor, între aceşti doi bărbaţi existau şi asemănări izbitoare. Când îl urmărea cum prepară cafeaua, pentru ea era un déjà vu; Frank parcurgea ritualul cu aceeaşi atenţie la detalii ca şi Proctor.

Se uită la ceasul de mână pentru a doua oară de când intrase în apartament; era 2.10 dimineaţa. Îşi ridică ochii şi văzu că Frank o priveşte:

— Mă tem că trebuie să plec, îi spuse. Nici n-am apucat să-mi fac bagajul.

El dădu din cap. Petra se ridică în picioare, cu paharul încă strâns în mână. Vinul aprinsese un mic foc înlăuntrul ei. Era amorţită, dar într-un mod plăcut, nu beată; era un sentiment infinit mai agreabil decât beţia şi nu-şi amintea nicio altă situaţie când alcoolul o făcuse să se simtă aşa de bine.

Când ajunse la uşă, îi mulţumi lui Frank pentru seara minunată şi îi înapoie paharul.

Atunci fu momentul când el o întrebă:

— Marina, pot să te sărut?

— *Cine?*

— Am nevoie de nişte informaţii.

— Tipul şi nivelul.

— Persoană. Profil de gradul al doilea.

— Nume?

— White. Inițiala prenumelui F, de la Frank. Nu cunosc să aibă alte nume.

Vocea masculină de la celălalt capăt al firului vru să afle ce altceva mai știa despre persoană. Nimic, în afară de faptul că era de meserie geolog – sau cel puțin așa pretindea – și că locuia în aceeași clădire cu ea. Când convorbirea se încheie, puse receptorul în furcă și rămase în picioare, învăluită în beznă. Era ora trei și jumătate dimineața.

Luă de pe masă o fotografie înrămată. Cine erau oamenii din poză? Actori? O duse la fereastră și lăsă chipurile să se scalde în lumina lunii. Un bărbat cu brațul în jurul taliei unei femei. Amândoi zâmbeau la aparatul de fotografiat. Fundalul nu era bine focalizat; o casă înconjurată de pini. Aceștia erau părinții ei. Părinții făcuți la comandă ai Marinei Gaudenzi. O așteptaseră în apartament atunci când se mutase în clădire. Ea aflase deja cum îi cheamă – Alberto și Francine –, dar fusese o surpriză să le descopere fețele.

Petra se răsuci cu spatele la fereastră și azvârli din mână fotografia înrămată. Rama se izbi de perete și se sparse. În ciuda beznei, porni prin apartament, adunând celelalte fotografii „de familie" care îi fuseseră lăsate. Le rupse în bucăți pe care le aruncă la coșul de gunoi.

Marina, pot să te sărut?

Ar fi vrut ca Frank să-i spună „Petra, pot să te sărut?" Sau, și mai bine, „Stephanie, pot să te sărut?" Și, desigur, ar fi vrut să-i răspundă că da. Dar îi fusese prea teamă. În ochii lui văzuse sărutul, cuțitul, sângele care curgea din rana din palmă. În ochii lui Frank îl văzuse pe Proctor ieșind din spital și îndepărtându-se în noapte.

Așa că revenise la vechiul tipar. Își simți inima răcindu-se și privirea transformându-se în piatră. Era mai ușor să se poarte așa, să închidă totul în sine până ce orice sentiment devenea imposibil. Acum, singură în apartamentul ei înghețat, își dădu seama că îl tratase pe Frank la fel ca pe Proctor. Și acum, la fel ca atunci, se înfioră când își aduse aminte, aproape nevenindu-i să creadă că lăsase vorbele acelea să-i iasă din gură.

— Vinul a fost bun, Frank. Dar nu suficient de bun.

Așa îi răspunsese. Iar când el deschisese gura, dând să protesteze poate ori doar să zică ceva drăguț, îi tăiase vorba.

— Ce ți-ai închipuit? Că o să mă îmbeți ca să mă regulezi? Asta ți-ai închipuit?

Nu putea să plângă; răceala din ea i-ar fi înghețat lacrimile.

La patru fără un sfert sună la Magenta House ca să anuleze solicitarea de profil.

19

Petra răspunse la telefon. La celălalt capăt era o voce de femeie.

— Domnişoara Shepherd?

— Da.

— Vă sun de la recepţie. Domnul Brewster este aici.

— Mulţumesc! Vă rog să-i spuneţi să urce la mine în cameră.

Petra se mută din dormitor în living şi se uită pe geam în jos, spre East 63rd Street. O maşină de gunoi bloca drumul, iar şoferii automobilelor care formaseră o coadă în spatele său apăsau pe claxoane. Auzi o bătaie în uşă.

Andrew Wilson purta un hanorac gri peste costumul ponosit, o cămaşă maro din poliester, o cravată roşie imprimată şi un jerseu bleu pal cu anchior. Un englez în New York, cu o apariţie care ieşea imediat în evidenţă.

Bărbatul era un adevărat uriaş, peste un metru nouăzeci şi cinci, slăbănog, şi avea o conformaţie complet lipsită de graţie. Părul des, ondulat şi în neorânduială începuse să treacă de la castaniu-deschis la argintiu. Petra se întrebă dacă omul se pieptănase vreodată de la sosirea la New York. Ochelarii cu rame din carapace de broască ţestoasă şi lentile groase îi distorsionau ochii injectaţi. Pielea lui Wilson era la fel de cenuşie precum costumul pe care îl purta, iar dinţii săi erau ceea ce americanii ar fi definit drept un adevărat coşmar.

— Ar trebui să vezi cum locuiesc eu, mormăi el, aruncând priviri pline de invidie spre mobilier, obiectele vechi, covorul persan, cele două vaze cu trandafiri și evaluând din ochi mărimea încăperii. Cine ești?

— Eliza Shepherd. Consultant în management.

— Consultant în management. Hmmm...

— Mda. Cont gras pentru cheltuieli din bani corporatiști. Dar tu?

— Simon Brewster, profesor de liceu din Brent într-o scurtă vacanță de iarnă.

— Ei bine, iată; de asta eu stau la Lowell, iar tu, într-o hazna. Cafea?

— Ceai, te rog!

Evident. Era de ajuns să-i arunci o privire ca să-ți dai seama că era genul băutor de ceai. Petra sună la room-service.

Wilson spuse:

— Giler are un conac imens în Long Island, lângă Centerpoint, cu vedere spre estuarul Long Island Sound. Acolo locuiește familia în cea mai mare parte a timpului, așa că s-au luat măsuri de securitate speciale. Deține însă și două proprietăți aici, în New York. Un apartament de familie în Park Avenue - de fapt, cele două etaje superioare ale clădirii - și un altul pe Fifth Avenue. Ăsta e cel mai potrivit.

— De ce?

— Pentru că e locul unde își face el de cap. Soția nici măcar nu știe de existența lui.

— Întreține acolo o amantă?

— Nu. Folosește prostituate. Și așa vei interveni tu.

Petra simți că i se face greață. Se întrebă dacă Wilson îi cunoștea trecutul.

— Cum procedăm?

— E foarte simplu. Giler foloseşte întotdeauna serviciile aceleiaşi agenţii de escorte, Premier International. O să-i aranjăm telefonul aşa încât, atunci când va suna la Premier International, vom prelua noi apelul.

— Dar dacă va suna din altă parte?

— Exclus. Are obiceiuri bine stabilite. Merge la apartament la începutul după-amiezii. De cum soseşte, sună la agenţie. Pe urmă face un duş şi bea ceva ca să se simtă bine şi să se relaxeze. La o oră după apel apare fata de la Premier International.

— Cum o să-i aranjaţi telefonul?

— Avem pe cineva la NYNEX[1].

— Şi apartamentul? Ce măsuri de protecţie a luat acolo?

— Tocmai asta-i frumuseţea! Când merge în Fifth Avenue, Giler renunţă la protecţie în favoarea intimităţii. Nu vrea să fie văzut şi auzit. Bodyguardul rămâne la parter şi o verifică pe tipă în hol, înainte să urce în lift. Pe urmă stă la taclale cu portarul sau iese şi îl aşteaptă pe Giler în limuzină.

Petra rămase o clipă pe gânduri.

— Giler are preferinţe în materie de tipe?

— Îi plac blondele cu sâni mari.

Ce mai surpriză! îşi zise Petra. Ghicise deja asta doar uitându-se la câteva poze cu Giler. Stereotipurile nu devin stereotipuri decât dacă au rădăcini în realitate.

— Nu vreau să-mi vopsesc părul, aşa că voi avea nevoie de o perucă. Poţi să-mi faci rost?

— Da.

— Cât despre sâni, ei bine, alţii n-avem.

Wilson se înroşi.

---

[1] Companie de telefonie activă pe piaţa SUA între 1984 –1997 (n. tr.).

— Oricum, nu o să se apropie atât de mult, încât să-şi dea seama cât de mari sunt, adăugă Petra. Ce măsuri de securitate sunt la bloc?

Petra se trezi din somn cu o tresărire puternică. Bâjbâi să aprindă lumina şi îi luă câteva clipe ca să-şi amintească unde era, cine era şi ce căuta acolo. Apoi se gândi la Frank şi la felul cum îl tratase. Avea mâncărimi pe piele. Se rostogoli pe o parte în patul mare, de două persoane. Era patru şi jumătate dimineaţa. Ceasul ei interior încă nu se obişnuise cu fusul orar din New York.

La şase îşi făcu programul de exerciţii de întindere, după care se relaxă cu o baie fierbinte timp de douăzeci de minute. Îşi puse pe ea un halat foarte larg şi comandă micul dejun. În timp ce aştepta să-i fie adus în cameră, se aşeză pe pat cu picioarele încrucişate sub ea şi telefonul în faţă. La New York era aproape şapte, iar la Londra, aproape miezul zilei. Apelul era complet contrar procedurilor – măcar ar fi putut suna de la un telefon public –, dar Petrei nu-i păsa. Formă numărul. Telefonul porni să sune, dar îl întrerupse brusc. Îşi dădu seama că nu era încă pregătită. Trebuia să se gândească la ceea ce avea să spună. Sigur, trebuia să se scuze, dar nu numai atât. Avea nevoie şi de o explicaţie, altfel cum putea să repare răul făcut? Dar *putea* cu adevărat să repare ceea ce făcuse? Şi ce explicaţie putea să ofere?

Micul dejun sosi. Mâncă fructe, iaurt şi chifle proaspăt scoase din cuptor, încercând să inventeze o explicaţie plauzibilă. Nu reuşi. După micul dejun telefonă din nou şi, de data aceasta, nu mai întrerupse apelul. Nu i se răspunse. Se întrebă ce făcea Frank în clipa aceea. Poate că era cu o altă femeie. Ideea îi produse o senzaţie de greaţă.

Până ce telefonul lui Giler avea să fie aranjat, nu era nevoie să stea permanent la datorie. Pentru o zi, se complăcu în postura de turistă. Urcă în vârful Empire State Building, se plimbă prin Village și SoHo, vizită muzeele de artă modernă și Guggenheim. Seara rămase în cameră și lăsă televiziunea americană să-i amorțească simțurile. După o noapte nedormită, se trezi devreme și îl sună pe Wilson la hotelul lui. Conveniră să se întâlnească la unsprezece. El îi dădu adresa, iar Petra se hotărî să meargă pe jos.

Ajunse pe Seventh Avenue și se îndreptă spre sud, către Times Square. Zicala i se păru corectă: nicăieri nu te simți mai singur decât în mijlocul unei mulțimi de străini. Traversă orașul - Manhattan intrase în febra Crăciunului - fără să se lasă pătrunsă de spiritul său. Poate cu excepția frigului. Cu care se asemăna: la fel ca frigul, îngheța orice lucru sau ființă cu care intra în contact.

Hotelul la care era cazat Wilson se afla în apropiere de Autoritatea Portuară și capătul de linie al autobuzului. Camera lui nu era cu mult mai mare decât baia ei de la Hotel Lowell. Comparația o tulbură, pentru că îi aminti de camerele de hotel din trecutul ei, de unicul tablou de prost gust atârnat pe perete, de televizorul din anii 1970, de șifonierul cu perdea portocalie în loc de uși. Când Wilson îi propuse să iasă, se grăbi să accepte.

Găsiră un mic local la câteva cvartale distanță. Petra comandă cafea, Wilson, un mic dejun complet. Chelnerița așeză două pahare uriașe de apă cu gheață în fața lor.

— Problema cu NYNEX a fost rezolvată, spuse Wilson.

Petra dădu din cap.

— Atunci nu ne rămâne decât să așteptăm.

— Nu pentru mult timp. Giler e ocupat astăzi, dar a prevăzut în program o pauză de două ore mâine după-amiază. Posibil pentru ceea ce ne interesează pe noi.

— Abia aștept să se termine.

— Da. Și să ne întoarcem acasă.

— Nu-ți place aici?

Wilson își despreună mâinile.

— Nu prea agreez orașele.

— Și New Yorkul e mai oraș decât orice alt oraș...

— Exact.

— Dar nu-ți place să locuiești în Londra?

— Nu locuiesc în Londra. Ne-am mutat de acolo acum vreo zece ani.

— *Ne-am?*

— Eu și soția. Și cei trei copii. Am cumpărat o casă în Surrey.

Wilson se uită pe geam la vânzoleala trecătorilor. Mintea păru să-i rătăcească odată cu privirea.

— Acum, desigur, cel mai mare dintre copii a plecat de acasă. Locuiește singur în Ealing.

Petra încercă să ghicească vârsta bărbatului. În jur de cincizeci și cinci de ani, bănuia ea. Pe urmă încercă să combine imaginea unei suburbii pentru clasa de mijloc cu munca pentru Alexander la Magenta House.

— Cum reușești? întrebă ea.

Wilson reveni cu picioarele pe pământ.

— Ce anume?

— Să lucrezi pentru Alexander. Având soție și *familie*. Pur și simplu, nu înțeleg.

— E o slujbă ca oricare alta.

Petra clătină din cap.

— Nu, nu e. E... e o...

Nu găsi cuvintele potrivite.

— De pildă, ce îi spui ei? Când ajungi seara acasă și ea te întreabă ce ai făcut în ziua aceea, ce îi răspunzi? Oh, dragă, nimic deosebit. Am lichidat un grup de mafioți ruși, și atât?

— Soția mea nu știe. Crede că sunt contabil. Ceea ce și sunt, din multe puncte de vedere.

— Dar nu suferi din cauza asta? Nu suferi că ești nevoit să o minți tot timpul pe cea pe care o iubești?

— Sigur că da, dar n-am încotro...

— Ai putea să demisionezi. Și să-ți iei o slujbă normală.

Wilson o privi sincer uimit.

— Să demisionez? Ce vrei să spui?

Chelnerița veni cu micul dejun, încărcat pe o farfurie de mărimea unei tăvi. Ouă și șuncă cât pentru patru persoane la o comandă pentru numai una. Lui Petra i se păru o cale sigură către infarct, senzație întărită și de vafele comandate la desert. La fel ca Lisa, în toată săptămâna care trecuse ea mâncase mai puțin de atât.

O marchiză de culoare neagră acoperea intrarea blocului de pe Fifth Avenue. Un portar îmbrăcat cu un pardesiu verde, lung până la glezne, și cu mănuși negre de piele îi zâmbi cât îi ținu ușa deschisă. Holul de intrare era larg. Pe podeaua din marmură cu vinișoare era întins un covor persan. Între ușă și lifturi Petra numără nu mai puțin de trei candelabre. În spatele birourilor stăteau doi bărbați, ambii în uniforme gri-închis cu nasturi de alamă și epoleți stacojii.

— Am întâlnire cu domnul Giler.

Bărbatul mai gras dădu din cap și apăsă un buton. O ușă se deschise în capătul celălalt al holului, iar un bărbat îi făcu semn să înainteze. Petra îl recunoscu din fotografia primită de la Wilson. Ken Randall, fost înaintaș al echipei de fotbal american Cleveland Browns, în prezent bodyguardul lui Leon Giler. Wilson îi povestise că o leziune gravă la genunchiul drept îl forțase să renunțe la sport. Petra reținuse informația; era întotdeauna util să cunoști punctele vulnerabile ale celorlalți. Bărbatul o conduse spre o mică încăpere cu o masă, două scaune și o cameră de supraveghere montată sus, într-un colț al tavanului.

— Nu te-am mai văzut pe-aici pân' acu'.

— Madeleine e bolnavă. M-au trimis pe mine în locul ei.

— Va trebui să te percheziționez.

— Ești invitatul meu!

Randall o verifică atent, dar fără să o pipăie, ca Luiso. Examină apoi conținutul genții: portofel, chei, ruj, eye-liner, tampoane, o pereche de chiloței negri din dantelă. Ochii li se întâlniră pe deasupra lor, iar Petra zâmbi.

— Nu știi niciodată când ai nevoie de o pereche de rezervă.

Randall dădu apoi de un mic tub și încearcă să descifreze denumirea de pe etichetă.

— Ce-i ăsta? Sal... Salbamol... Salbumol... nu, stai așa... Salbu...

— Salbutamol.

— Ce-i ăsta?

— Am astm.

Petra vârî mâna în geantă și scoase dinăuntru micul dispozitiv din plastic.

— Bagi tubul în inhalator și respiri prin pâlnia asta.

Randall începu să îndese lucrurile înapoi în geantă.

— Și zici că ai astm?

— Da.

— O fi de la gâfâit? rânji larg și scârbos bărbatul.

Petra luă liftul până la etajul al patrulea, unde ușile se deschiseră, dând la iveală un hol în formă de semilună. În față era o ușă dublă ușor întredeschisă. Holul dădea într-unul mai mare și oval, înconjurat de coloane cu caneluri. Podeaua era în stil tablă de șah. În mijlocul ei se afla un mic bazin cu o statuie din bronz, înfățișând un delfin din a cărui gură țâșnea apă.

O voce o strigă dinăuntru:

— Închide ușa, fă la stânga și mergi până în capăt!

De la ferestrele salonului se deschidea o panoramă uimitoare asupra celebrului Central Park, acesta fiind singurul lucru elegant pe care Petra îl zări în încăpere. Podea parchetată, canapele din piele albă, tablouri de Picasso pe pereți și aur peste tot; camera arăta ca un altar, un omagiu adus prostului gust.

Leon Giler era îmbrăcat într-o cămașă albă uni. Își scosese cravata și-și suflecase mânecile, dând la iveală antebrațe puternice, acoperite de păr negru des. Ținea în mâna stângă un pahar fără picior cu un lichid de culoarea ambrei în care cuburile de gheață clincăiau, în timp ce ceasul Cartier zornăia când se freca de brățara din aur masiv.

— Sunt Eva, spuse Petra.

— Unde mama dracului e Madeleine?

— Are gripă.

— Femeia de la Premier nu mi-a zis nimic despre asta.

— Nu a aflat decât când a sunat-o pe Madeleine. Pe urmă Madeleine m-a sunat pe mine.

— Ești prietenă cu ea?

— Ne ajutăm din când în când.

— Ce nenorocit de accent mai e și ăsta?

„Bună întrebare", își spuse Petra.

— Suedez.

Bărbatul ridică din ambele sprâncene, iar Petra știu în clipa aceea că avusese dreptate presupunând că îi putea ghici cu ușurință prejudecățile, comune cu cele ale bărbaților cu care avusese de-a face.

— Hm, deci ești suedeză?

Dădu din cap în chip de încuviințare. Giler o măsură din priviri, apoi pufni dezaprobator.

— E vreo problemă? întrebă Petra.

— Mda, e o problemă.

— Ce problemă?

— Una de o sută de centimetri, asta-i problema. N-ai o sută de centimetri peste bust. Nu, nici pe departe. Cât ai? Maximum nouăzeci, este?

Petra rămase imperturbabilă.

— Măcar sunt naturali.

Giler nu păru nici amuzat, nici impresionat.

— I-am spus tipei - femeia de la Premier - că vreau una de minimum o sută. Bust de o sută, păr blond și pricepută cu gura.

Moartă pe dinăuntru, Petra încercă să flirteze.

— Ei bine, două din trei nu-i așa rău. Dar poate că nu mă vrei. Poate c-ar trebui să plec.

Giler sorbi lung din pahar în timp ce chibzuia.

— Nu știu ce să zic. Faci aceleași chestii ca Madeleine?

— Nu ne comparăm notițele. Despre ce chestii ar fi vorba?

— Mă lasă să o regulez așa cum vreau. Și să o plesnesc, dacă am chef.

Din experiența Petrei, nu era nimic neobișnuit în aceste cereri. Mai ales printre oamenii de afaceri care își petreceau toată ziua în birouri sterile, înconjurați de tipi înțoliți în costume. A da comenzi prin intermediul notelor interne nu era de ajuns pentru ei. Pentru a se simți cu adevărat puternici, ei trebuiau să recurgă la abuzuri, și ce cale mai bună decât aceea de a umili fizic pe cineva? Totuși, Petra continua să se minuneze cum de asemenea indivizi nu-și dădeau seama că astfel se umileau pe ei înșiși. Nu se purtau niciodată așa cu cei care contau cu adevărat pentru ei. Nu își tratau așa soțiile din porțelan, ci numai pe profesionistele anonime care erau plătite pentru a chicoti atunci când erau plesnite peste fund, dar fără a simți nicio plăcere.

— Ei, ce zici, ești de acord? întrebă Giler.

„N-ai decât să visezi că o să mă regulezi cum vrei tu, nu contează, peste cinci minute vei fi oricum mort!" Îi aruncă un zâmbet.

— Sigur.

— Bun, atunci dezbracă-te!

— Aici?

— Aici, sigur că aici. Ce mama dracului, nu-i destul loc pentru tine?

Petra se aşteptase la acest fel brutal de a vorbi. Timpul prea îndelungat petrecut în compania unor directori executivi şi în comitetele de conducere ale asociaţiilor caritabile îl făcuse pe Giler să acumuleze un surplus de frustrare care se cerea a fi eliberat. Aşa era felul lui de-a fi. Nimic nou pentru Petra. Limbajul vulgar şi stilul agresiv precedau ciupiturile şi plesnelile, care, la rândul lor, erau precursoarele pumnilor încleştaţi.

— Trebuie să mă duc mai întâi la baie.

— Poţi să te duci mai târziu.

Petra se încordă.

— Am nevoie să mă duc acum.

Giler se încruntă la ea, apoi mârâi:

— Traversează holul, fă la stânga şi treci prin camera octogonală. Toaleta e a doua uşă pe dreapta.

Capitularea minoră îi confirmă Petrei ceea ce ştia deja. Ea era cea care deţinea controlul. Bărbaţii de genul lui Giler nu înţelegeau niciodată situaţia în care se aflau, iar asta convenea de minune femeilor ca ea.

Se încuie în baie şi-şi scoase pardesiul negru, lung până la glezne. Goli poşeta pe inevitabila lespede de marmură în care erau încastrate chiuvetele. Găsi cu degetele agăţătoarea prinsă de fundul poşetei şi săltă despărţitura neagră, dând la iveală un mic compartiment ascuns. Nu destul de mare pentru a adăposti un pistol, dar suficient pentru un pumnal cu două tăişuri şi mâner din oţel inoxidabil. Fixă împreună cele două piese metalice şi verifică să fie bine strânse. Puse apoi la loc întreg conţinutul poşetei, cu excepţia tubului, pe care îl vârî în inhalator. Obiectul era o invenţie ingenioasă, marca Magenta House. Tubul putea fi umplut cu orice tip de gaz sau spray, transformând dispozitivul salvator de vieţi într-o armă care putea fi trecută prin orice sistem convenţional de control al securităţii.

Se dezbrăcă apoi complet, după care îşi puse din nou pantofii cu toc înalt şi pardesiul. Strecură cuţitul în buzunarul drept. Lama străpunse căptuşeala, dar mecanismul metalic de protecţie ţinu mânerul înăuntrul buzunarului. Vârî inhalatorul în buzunarul stâng al pardesiului.

„Va fi foarte uşor", îşi spuse Petra. Lui Giler îi va plăcea probabil să o vadă intrând în cameră doar cu pantofii cu toc şi îmbrăcată numai într-un pardesiu cu nasturii descheiaţi. Se va excita când va întrezări bucăţi de piele pe sub material în clipa când ea se va mişca. Iar asta îi va distrage atenţia până ce ea se va apropia suficient pentru a elibera gazul CS din inhalator peste faţa lui. Orbit de gaz şi icnind de durere, Giler va fi vulnerabil la loviturile cu care îl va trimite la podea. La acel moment, Petra avea să scoată pumnalul, îşi va azvârli pantofii din picioare şi se va dezbrăca de pardesiu. Era mai indicat să lucreze goală atunci când avea de-a face cu o chestie sângeroasă; de pardesiu va avea nevoie când va părăsi clădirea şi nu voia să-l păteze. Prima tăietură va viza gâtul şi o va face din spatele lui Giler, ţinându-i capul cu mâna stângă în timp ce dreapta va fi ocupată cu lama. Îşi va aminti să taie adânc, aşa cum îi arătase Boyd, şi să-şi retragă mâna după ce secţiona traheea şi coardele vocale. A doua tăietură, care nu va face decât să grăbească moartea, va porni din partea de sus a coapsei, va trece prin vintre şi prin tendonul flexor, retezând artera femurală. După ce Giler va muri, Petra avea să intre sub duș pentru a-și îndepărta sângele de pe piele, pe urmă se va îmbrăca și va pleca.

Merg pe coridor; simt aerul pe pielea goală. Îmi țin mâinile în buzunarele pardesiului. Cu stânga pipăi inhalatorul, dreapta strânge mânerul din oțel al pumnalului. Simt priza în cruce aspră în palmă. Pătrund în camera octogonală prin care trebuie să trec, dar mă opresc. Mă uit și-mi văd imaginea în oglinzile întunecate care acoperă pereții. Din lateral, din spate, din față văd cât de extraordinar arăt: pardesiu, tocuri înalte, piele. Sunt iar o prostituată, m-am întors de unde am plecat. Ceea ce nu mă miră foarte tare, și asta mă deranjează. Pe urmă ceva se declanșează în interiorul meu. Prefăcătoria încetează.

Din clipa când am acceptat să îl ucid pe Giler, o întrebare nu mi-a dat pace: oare sunt cu adevărat capabilă să duc misiunea la bun sfârșit? Am încercat să ignor problema. M-am antrenat pentru asta și am reușit cumva să mă autoconving că ceea ce voi face e un rău necesar, care îmi va permite să merg înainte în căutarea dreptății. Ce prostie incredibilă! Mă uit la imaginile reflectate ale surorilor mele identice și văd minciuna în ambele. Proctor a fost un bărbat viteaz care a plătit cu viața pentru curajul său, dar știu că nu ar fi fost niciodată dispus să plătească un astfel de preț pentru a-și face dreptate. Oricât de dezgustător ar fi Giler, nu-l pot ucide pentru a afla cine mi-a omorât familia. Aceasta nu e lumea mea. E lumea altora.

Lucrul care mă uimește cel mai tare este acela că am ajuns atât de departe. Iată-mă, goală în New York, pregătită să-mi eviscerez victima ca pe un pește. De ce nu am pus capăt chestiei ăsteia mai devreme? Nu se poate ca o parte din mine să nu fi știut de la bun început că nu-s capabilă să o fac. În Brazilia a fost altceva. Pe Ferreira l-am ucis în legitimă apărare. Cu Marin nu a fost vorba de legitimă apărare, dar atunci „m-am lăsat luată de val" pe bune. Chiar am crezut că voi putea face saltul spre „asasina cu sânge-rece"? Poate că nu m-am gândit că se va ajunge la asta, poate că mi-am spus că situația se va schimba cumva în mod miraculos și nu voi fi nevoită să acționez în asemenea circumstanțe.

Îmi amintesc cum eram atunci când lucram pe Brewer Street. Mă uit la mine în oglinzi și văd că prea departe n-am ajuns. Văd că aș putea să mă întorc la cea care am fost foarte curând și foarte ușor.

Leon Giler a scăpat de mine, iar eșecul acesta mă eliberează.

Paisprezece ore mai târziu, Petra se afla înapoi în Londra. Coborî din metrou pe District Line, la stația Embankment, la numai câteva minute de mers pe jos de Magenta House. De când părăsise apartamentul lui Leon Giler se așteptase ca altcineva – indiferent cine – să intervină în orice clipă. Până și atunci când se îmbrăca în baie, aproape că se aștepta ca Giler să o strige, să-i ceară să se grăbească. După ce se îmbrăcase, se strecurase în tăcere afară din apartament și chemase liftul. Secundele se lungiseră în chip nefiresc în timp ce-l aștepta. În holul de la intrarea în clădire, Randall păruse surprins să o revadă atât de curând, iar ea îi preîntâmpinase întrebarea, arborând un zâmbet trist și declarând:

— Prea puțin silicon!

Bărbatul păruse să o privească înțelegător. Ieșise și o luase la stânga, nu la dreapta, așa cum o învățase Wilson, după care o rupsese la fugă. Pe drum își pierduse peruca, dar reușise să se întoarcă la hotelul Lowell, unde își făcuse în grabă bagajul, eliberase camera și luase un taxi până la aeroportul JFK. Nimeni nu o urmărise. La aeroport ajunsese prea devreme pentru îmbarcare și se temuse că răgazul de până la decolare avea să le permită urmăritorilor să o găsească. Dar nu se întâmplă nimic. Odată în aer, teama începu să dea înapoi, înlocuită de o senzație de euforie. Era prea agitată și nu putu să adoarmă în timpul scurtului zbor de noapte. Avea în față prea multe variante la care să se gândească, iar una dintre ele era aceea de a dispărea pur și simplu. În cele din urmă o respinse totuși. Se hotărî să îl înfrunte personal pe Alexander, să îi arate că amenințările nu o mai speriau și că, dacă nu o lăsa în pace, putea să riposteze la modul cel mai urât.

Acum, la mică distanță de destinația ei, simți emoția eliberării iminente. Era epuizată, dar asta nu făcea decât să se adauge la senzația de ușoară amețeală provocată de euforie.

Folosi intrarea din Lower Robert Street, tastându-și codul personal de acces. Încuietoarea se deschise, iar ea împinse ușa. Urcă pe scări și străbătu coridorul spre biroul lui Alexander. Margaret o privi uimită.

— Stephanie! Ce cauți aici? Nu poți să intri...

Petra izbi ușa de perete. Biroul era gol. Ieși.

— Unde e?

— Jos. În sala de ședințe.

Alexander fuma. Stătea așezat în capătul mesei ovale. Nu avea niciun dosar în față, doar o scrumieră și o telecomandă pentru cele nouă monitoare TV din dreapta lui. Care erau însă închise. Pe ecranul mare din spatele său nu se zărea nicio imagine. În încăpere lumina era difuză.

Petra își propusese să dea buzna și să-și recite textul fără a-i acorda lui Alexander răgazul de a rosti ceva. Numai că ambianța din încăpere o intimidă. Se uită în jur, aproape așteptându-se să răsară cineva în spatele ei. Dar nu se ivi nimeni.

Alexander spuse:

— Ce-ar fi să închizi ușa?

— Nu intenționez să zăbovesc prea mult.

Bărbatul ridică din umeri.

— Sincer să fiu, mă mir că te-ai obosit să vii până aici. Nimeni nu a crezut că o să apari, am fost singurul care a avut o mică bănuială.

— Am vrut să îți spun ce am de spus față în față.

— Așa mi-am închipuit și eu.

Petra nu dorea să tragă cineva cu urechea la conversația lor – sau mai degrabă la amenințările ei –, așa că închise ușa și se apropie de masă.

— Presupun că ai aflat deja ce s-a întâmplat. Wilson a luat, probabil, legătura cu tine.

— Așa e. Și se cuvine să te felicit.

Petra se încruntă.

— Pentru ce?

Alexander trase lung din țigară și suflă fumul încet pe gură, formând fuioare subțiri care dansau, învăluindu-i fața.

— Pentru o treabă brutală bine făcută.

Luă telecomanda și, cu o mișcare nonșalantă din încheietura mâinii, îndreptă dispozitivul spre cele nouă monitoare din dreapta sa. Nu-și luă o clipă ochii de pe Petra. Monitoarele prinseră viață, dar numai pe unul apăru o imagine. Celelalte ecrane rămaseră albăstrii.

Alexander setă sonorul pe mut. Logoul CNN apăru într-un colț al ecranului. În spatele său, pompieri și paramedici se mișcau frenetic, intrând și ieșind din zona unor resturi fumegânde. Civili șocați se plimbau fără țintă printre mașini abandonate, iar fețele lor goale de orice expresie erau surprinse de luminile pâlpâitoare ale vehiculelor de intervenție de urgență. Urmă o filmare din elicopter. Sub el se zărea un pod. Dâre groase de fum negru se înălţau din mijlocul său. Când elicopterul se înclină pentru a permite filmarea dintr-un alt unghi, în imagine se iviră zgârie-norii din Manhattan. Ecranul fu ocupat de înscrisul „Breaking News", urmat de un titlu concis pe burtieră: CINCI MORŢI ÎN EXPLOZIE CU BOMBĂ PE PODUL QUEENSBORO.

Petra se întoarse cu faţa spre Alexander.

— Nu înţeleg. Ce-i asta?

— Nu ghiceşti?

— O bombă pe podul Queensboro? Nu, nu pricep.

— Ai urmărit o înregistrare de ieri-seară. Acum uită-te la transmisiunea în direct.

Apăsă pe un buton şi un alt monitor prinse viaţă. Postul era tot CNN. De data aceasta însă, pe ecran apărură doi prezentatori în spatele unui pupitru dintr-un studio din Atlanta. Femeia era cea care vorbea; era subţire, aşa cum o cereau rigorile televiziunii, şi avea o privire severă, în timp ce manechinul masculin din stânga sa afişa acelaşi aer sumbru, potrivit cu împrejurările.

„FBI-ul s-a alăturat forţelor de poliţie din New York în căutarea celor responsabili de bombardarea, ieri-seară, a podului Queensboro. În explozie şi-au găsit sfârşitul magnatul media Leon Giler şi trei dintre cei cinci copii ai săi. Ken Randall, şoferul şi totodată bodyguardul lui Giler, fost înaintaş la Cleveland Browns, a murit şi el în explozia care a cauzat o coliziune în lanţ pe pod în cursul căreia treisprezece oameni au fost răniţi. Patru dintre aceştia se află internaţi în stare critică. În declaraţia făcută mai devreme la postul nostru de televiziune, căpitanul Richard Ross, de la Departamentul de Poliţie din New York, a susţinut că numai un miracol a făcut ca numărul victimelor să se rezume la cinci.

În imagine apăru Ross, care țipa în microfon pentru a acoperi zgomotul sirenelor și huruitul elicopterului: „Am fi putut la fel de bine să avem douăzeci sau chiar treizeci de morți aici".

Alexander tăie din nou sonorul, ceea ce nici nu era cazul; pentru o vreme, Petra rămase prea uluită pentru a putea scoate vreo vorbă.

— La ce te așteptai din partea noastră? întrebă el. Să ratăm ocazia? Să te lăsăm pur și simplu să pleci și să pui toată operațiunea în pericol?

Își luă țigara Rothmans din scrumieră.

— Cum? șopti Petra.

— La fel ca în cazul lui Grigori Ismailov. O bombă plasată într-o mașină, declanșată cu un comutator cu mercur. De data aceasta în combinație cu un ceas.

— Wilson?

Alexander încuviință din cap.

— A bănuit că ai putea să nu fii în stare să duci misiunea la bun sfârșit, așa că am pus la punct un plan de rezervă, pentru orice eventualitate.

Andrew Wilson, cu costumul lui prost croit și dantura stricată. Petra își imagină casa lui din Surrey, pe soția lui, o femeie simplă, și cei trei copii, niște adolescenți stângaci, perdelele care nu se potriveau cu canapeaua, familia mâncând friptură de vită la prânzul de duminică.

Încă nu-și putea lua ochii de pe monitoare.

— Trei copii...

— Da, știu.

Se răsuci spre Alexander, conștientă de amărăciunea care începuse să crească în ea.

— Cum adică știi? Ce vrei să spui cu asta?

— Vreau să spun că cei trei nu trebuiau să se afle în mașină. Soția lui Giler era la New York împreună cu toți cei cinci copii.

Giler se ducea la conacul din Long Island să își viziteze mama. Sub impulsul momentului a decis să-i ia cu el pe cei trei copii mai mari ai familiei. Nu am ştiut de asta până după explozie.

— Şi asta e scuza ta?

— Nu încerc să mă scuz, doar îţi explic ce s-a întâmplat. A fost o coincidenţă nefericită. Bombele sunt o chestie murdară. Uneori le cad victime oameni nevinovaţi, aşa că am avut cinci morţi, nu unul.

— Nenorocitule!

— Nu da vina pe mine!

În ochii palizi şi lăcrimoşi ai lui Alexander nu se citea niciun semn de compasiune.

— Dacă ţi-ai fi făcut treaba, Giler ar fi acum mort, dar nu şi cei trei copii ai lui. Gândește-te la asta!

— Du-te dracului!

— N-ai decât să mă înjuri, ăsta e adevărul și îl știi și tu.

Petra încercă să se stăpânească.

— Demisionez!

Alexander plimbă scrumul de ţigară prin scrumieră.

— Nu poţi să faci asta.

— Oh, înţeleg! Chiar crezi că mă sperii de ameninţările tale? Dă-i înainte și o să vezi ce se întâmplă! Nu-mi pasă, o să-mi asum riscul. Poate că o să mă folosesc împotriva ta de minunăţiile învăţate la instructaj. Nu mă mai poţi ţine aici cu forţa.

— Uite ce-i, ăsta nu e un club de golf. Nu poţi să pleci pentru că nu mai ai chef să joci. Ești *Petra Reuter*.

— O să ies pe ușa asta și n-o să mă mai vezi niciodată.

Alexander își ridică ochii și o privi drept în faţă.

— Repet, bombele sunt o chestie murdară. Care ucid oameni nevinovaţi și distrug familii. Ești în măsură să știi asta. Fiindcă deja ţi s-a întâmplat o dată.

Remarca o duru. Îi era greu să înțeleagă cum de Alexander putea fi atât de crud și să dea în același timp impresia de calm și detașare.

— Ești un mare ticălos.

— Se poate întâmpla din nou, zise Alexander.

Petra simți cum toată energia se scurge din ea.

— Ce anume?

— Fratele tău. Soția lui. Cei trei copii *ai lor*.

Îi luă câteva secunde pentru a pricepe pe deplin amenințarea.

— Nici măcar tu nu te-ai coborî până într-atât.

Alexander își stinse țigara.

— Așa crezi? Poate că n-ar fi rău să te uiți mai des la televizor.

20

Udă până la piele, Petra simţea în oase frigul muşcător. Lovi cu pumnul în uşa din lemn masiv de mai multe ori. Din nou niciun răspuns. Merse la fereastra din dreapta. Şterse cu degetele îngheţate geamul şi aruncă o privire printr-o deschizătură din perdea. Lampa de pe masa din spatele fotoliului era aprinsă şi arunca o lumină mohorâtă asupra încăperii, din câte se părea, goale. Razele ei erau primul semn de căldură pe care îl întâlnea după mai multe ore. Începu să bată în geam şi încercă să strige, însă muşchii din maxilar îi înţepeniseră din cauza gerului. Ploaia continua să-i răpăie pe spinare, iar vântul înăbuşea zgomotul slab făcut de încheieturile degetelor sale.

Simţi prezenţa din spatele ei înainte să audă efectiv târşâitul bocancilor pe pietre. Se răsuci încet. Recunoscu imediat pistolul îndreptat asupra ei: un SIG-Sauer P210-6.

— Să ştii că nu prea primesc musafiri în toiul nopţii, spuse Iain Boyd.

Petra îl văzu cum mijeşte ochii la ea prin ploaie.

— Ce cauţi aici? întrebă el.

Se uscase şi se încălzise, dar tot tremura. Amorţeala fizică îi trecuse, dar pe dinăuntru rămăsese îngheţată. Intrase în casă în urmă cu o oră. Acum se aflau amândoi în bucătăria lui Boyd. El îi pregătea încă o ceașcă de ceai dulce cu lapte. Înfășurată în pături, Petra se holba în gol la termometrul montat pe soba Rayburn.

Boyd așeză cana pe masă și luă loc lângă ea. Aburii se înălţau spre faţa ei, iar Petra se bucură de căldura lor umedă.

— Ce s-a întâmplat?

Petra îi întâlni privirea, dar nu spuse nimic și rămase tăcută tot restul nopţii. Boyd renunţă să îi mai pună întrebări, dar continuă să vorbească; îi povesti despre cum decursese sezonul de vară, despre cum escaladase din nou stâncile, un exerciţiu la care ea excelase, și despre vremea care fusese în ultimul timp mai rece și mai ploioasă ca de obicei. Petra îl auzea, dar fără să-l asculte.

Se trezi în frig și întuneric. Îi era rău, iar crampele stomacale o forţau să rămână ghemuită în poziţie fetală. Se holbă în întuneric fără a vedea nimic, fără a simţi nimic.

Ideea că era arhitectul propriilor necazuri o înnebunea. Alexander se ţinuse de cuvânt. Încercase să o convingă să renunţe să urmeze această cale. O prevenise asupra ororilor la care se expunea și pe care nu avea cum să le ocolească. Pledase în favoarea alegerii unei vieţi normale. Oh, vezi să nu! Ea se declarase pregătită pentru orice. Cât de arogant i se părea acum că se purtase! Tristeţea care o învăluia era la fel de inevitabilă și ineluctabilă ca și soarta care o aștepta. Era legată de Alexander până la moartea lui Khalil și nu exista nicio cale de scăpare.

Timp de două zile pluti în derivă. Câteodată simţea aproape fizic greutatea copleșitoare a depresiei; îi era dificil să stea în picioare și să respire, îi era imposibil să mai reziste. Se retrase în sine și închise ușa lumii exterioare. Era o senzaţie pe care o cunoștea prea bine. Era un act de disperare.

În cea de-a treia dimineaţă, zorii veniră cu și mai multă ploaie. O ploaie violentă și îngheţată, adusă de vânt, tipică pentru acel moment al anului și pentru regiune. Petra se îmbrăcă în hainele lăsate de Boyd în camera ei în prima dimineață: blugi vechi, un pic cam largi pentru ea – dar categoric prea strâmți pentru el –, un tricou, o cămașă groasă din lână și un jerseu lălâu cu guler pe gât. Presupuse că lucrurile îi aparținuseră soției lui Boyd.

Când deschisese ochii în prima dimineață, împrejurimile o luaseră prin suprindere. Îi luase ceva timp să cearnă prin sita memoriei detaliile serii de dinainte: panica, impulsul de a o lua la goană, alegerea pe care o făcuse. Boyd. O alegere aparent ciudată, căci Boyd era unul dintre ei. Totuși, simțea că putea avea încredere în el. Zburase la Inverness, luase trenul spre Lairg, iar de acolo, un autobuz în direcția Durness. Șoferul se îngrijorase atunci când îi ceruse să o lase pe marginea drumului. Invocase vremea proastă și întunericul care se lăsase, dar Petra rămăsese neclintită. Așteptase până ce luminile autobuzului dispăruseră în noapte înainte de a porni pe drumul de pământ care ducea spre lacul lui Boyd. În mintea ei, detaliile acestea, deși recente, îi apăreau încețoșate.

Fusese prea dezorientată pentru a putea gândi limpede și rațional. În primele două zile petrecute în grija lui Boyd, confuzia persistase. Nu se putea concentra. Trecea de la stări de extremă agitație la cele de letargie totală. Boyd părea să o înțeleagă; nu o pisase cu întrebări sau cu sfaturi și nici nu-și pierduse răbdarea.

În cea de-a treia dimineață, se găseau din nou în bucătărie. Boyd gătea terciul pe care Petra îl socotise cândva a fi grețos, dar după care tânjea acum cu nostalgie. Bărbatul stătea cu spatele la ea. Petra spuse:

— Am crezut că pot să duc o astfel de viață, dar m-am înșelat.

Boyd nu se întoarse.

— Ce s-a întâmplat?

— Nu ai aflat despre New York?

— Nu!

— Nu ai luat legătura cu Alexander?

— Nu!

— Dar ai de gând?

— Nu știu.

Petra observă că mâinile îi tremurau.

— Cred că n-am suficient curaj. Adică nu pentru treburi cu adevărat importante.

Boyd se răsuci spre ea și îi așeză în față un bol.

— Hai și mănâncă!

Petra își ridică ochii spre el.

— Trebuie să dispar.

— Mănâncă!

Se supuse, așa cum făcuse întotdeauna, iar el o urmări cum înghițea cu poftă. Făcu ceai pentru amândoi, iar când Petra termină terciul, îi spuse:

— Acum povestește-mi ce s-a întâmplat la New York!

Îi descrise operațiunea în detaliu, începând cu Serra și terminând cu întâlnirea de la Magenta House cu Alexander. Boyd rămase tăcut tot timpul, iar relatarea dură o jumătate de oră.

— Nu poți să dispari pur și simplu, Stephanie.

— De ce nu? Lumea e suficient de mare.

— Știi foarte bine de ce. Din cauza fratelui tău și a familiei lui.

— Chiar crezi că Alexander ar merge atât de departe?

— N-ar fi ceva neobișnuit pentru el.

Petra își îngropă fața în mâini și murmură:

— Ce porcărie, Hristoase!

— Nu ești prima care trece prin așa ceva.

— Asta nu mă face să mă simt mai bine.

— Nici n-am intenționat așa ceva. Vreau doar să subliniez că li s-a mai întâmplat și altora. E ceva normal să-ți pierzi curajul la un moment dat. Și în acele circumstanțe, *chiar* a fost ceva normal. Ceva omenesc.

— Nu cred că scopul misiunii a fost ca eu să mă port omenește.

— Sigur că nu. Dar dacă aș fi în locul tău, n-aș considera că a fost un eșec.

Petra se încruntă.

— De partea cui ești tu?

Se aflau în Land Roverul lui Boyd, pe drumul dintre Durness și Laxford Bridge. Era la începutul după-amiezii, dar înserarea avea să se lase curând. Petra se uita pe geam la nuanțele ruginii și plumburii ale crestelor și trecătorilor din jur.

— Părinților mei le-ar fi plăcut la nebunie aici.

Boyd scoase un sunet ce aducea a îndoială.

— Ce vrea să însemne mârâitul ăsta? întrebă ea.

— Că le-ar fi plăcut, dar numai dacă ar fi stat o săptămână sau două pe an. Asta vor să spună oamenii când afirmă că le place aici.

Petra se enervă.

— De unde știi?

— Pentru că a locui aici cincizeci și două de săptămâni pe an nu e același lucru.

— Singur ai tras concluzia?

— Am auzit chestia asta spusă de mii de ori...

— Dar nu i-ai cunoscut pe ai mei. Te asigur că ar fi putut locui bine, mersi aici permanent. Doar ei doi, pământul ăsta în jur și vremea câinoasă. Ar fi fost perfect pentru ei.

Urmă o pauză, apoi Boyd zâmbi, un gest total neobișnuit pentru el și care nu-i venea bine.

— Și noi simțeam la fel.

— Care noi?

— Eu și Rachel.

— Soţia ta?

Boyd încuviinţă din cap.

— Din punctul ăsta de vedere, am fost nişte egoişti. Nici că ne păsa de restul lumii. Nu voiam să avem nimic de-a face cu ea. Noi doi ne-am potrivit de minune.

— Şi acum?

— Acum ce?

— Acum că ea nu mai e...

Boyd rămase pe gânduri preţ de un minut, apoi ridică din umeri.

— Acum nu mai contează. Nimic nu mai contează.

Dintr-odată păru să fi uitat de prezenţa Petrei în vehicul.

— Când Rachel a murit, cea mai bună parte din mine a murit odată cu ea. E pierdută pentru totdeauna și nu o voi mai avea niciodată. Nici nu-mi doresc. Așa încât tot ce-mi rămâne de făcut e să stau aici - în locul unde am fost fericiţi -, iar asta îmi e de ajuns.

Petra îi simţi în piept durerea. Urmărindu-l pe Boyd cum îşi deschide sufletul era o experienţă deprimantă. Mărturisirea părea să-i intensifice sentimentul de pierdere şi durerea care îl însoţea, nu să le aplaneze. Apoi, la fel de brusc precum apăruse, emoţia generată de momentul de confesiune se stinse.

— Va trebui să te întorci, zise el.

— Da, știu! șopti Petra.

În după-amiaza următoare, Petra deschise ușa apartamentului său. Printre plicurile împrăştiate pe podea găsi o hârtie împăturită, având pe ea înscris numele Marina. Deschise biletul. *Marina, nu știu ce s-a întâmplat noaptea trecută. Dacă am făcut ceva care te-a supărat, îți cer scuze. Sună-mă, dacă vrei. Frank.* Petra făcu biletul ghemotoc în mână și închise ușa, împingând-o cu piciorul în spate.

Înainte de a face baie, lăsă un mesaj pentru Marc Serra pe site-ul Heavens Above, semnându-l, ca de obicei, V. Libensky. Serra răspunse trei ore mai târziu, furnizându-i un număr de telefon din Paris la care trebuia să sune la miezul zilei. Petra ieşi din apartament la ora unsprezece, dornică să facă o plimbare care să-i limpezească gândurile.

Cumpără o cartelă British Telecom şi apoi sună dintr-o cabină telefonică.

— Clientul meu e foarte mulţumit de felul cum au decurs lucrurile. Prin ceea ce ai făcut ai transmis mesajul dorit.

Petra închise ochii.

— Mă bucur că e mulţumit.

— Restul de bani va fi transferat în acelaşi cont până la finele săptămânii.

— Bine.

— Mi-a cerut să te anunţ că e extrem de nerăbdător să lucreze din nou cu tine. Când ne putem întâlni?

— Nu-mi place să stabilesc relaţii. Dacă va fi să facem alte afaceri împreună, va trebui să aflu mai multe despre el.

— Cred că se va putea. Nu pot să-ţi garantez deconspirarea totală, dar am senzaţia că va fi mai cooperant decât până acum.

— În cazul ăsta, putem să ne întâlnim. Unde şi când?

— Voi fi în Amsterdam săptămâna viitoare.

— Am vrut să-ţi cer scuze. Şi să îţi dăruiesc ceva ca să îţi dovedesc cât de mult regret felul cum m-am purtat. Dar nu m-am putut gândi la nimic potrivit. Până ce am văzut astea. N-am idee cât de potrivite sunt, dar mi s-au părut aşa de frumoase, încât mi-am zis că o să-ţi placă.

Frank îşi coborî ochii spre crinii pe care Petra îi ţinea în braţe şi spuse:

— Nu-mi amintesc să fi primit vreodată flori.

— Atunci măcar e un cadou original. Asta e bine.

Îi oferi florile şi el le acceptă.

— Ai dreptate, sunt frumoase. Mulţumesc. Vrei să intri?

— Nu.

Frank păru uşor surprins.

— OK.

Petra reuşi să schiţeze un zâmbet.

— Curând, dar nu acum. Încă nu m-am iertat.

Cyril Bradfield purta mănuşi fără degete. Observă că Petra se holba la ele şi spuse:

— Sistemul de încălzire centrală s-a defectat. În mansardă e un ger de crapă pietrele.

Ea îi înmână un plic şi îl urmă sus, pe scări. Pe măsură ce înaintau, se făcea tot mai frig. Pe un banc de lucru erau aşezate trei seturi de documente, câte unul pentru fiecare identitate. Bradfield deschise plicul şi începu să numere bancnotele, în timp ce Petra se apucă să studieze un paşaport canadian pe numele Jennifer Sommers, originară din Toronto. Îşi văzu poza ştampilată şi răsfoi paginile documentului. Vize de Malaysia, Thailanda, Noua Zeelandă şi mai multe ţări europene.

— M-am gândit ca posibilă profesie la cea de jurnalist de călătorii, i-o luă Bradfield înainte cu explicaţia.

— Nu ăsta e planul, dar mulţumesc oricum că te-ai gândit.

Petra cercetă şi celelalte două seturi de documente: Martha Connor, o irlandeză din Dublin, şi Claudia Neumann, cetăţean german. Frunzări cărţile de identitate, paşapoartele, permisele de conducere şi dădu până şi peste o legitimaţie emisă de o bibliotecă din Dublin.

— Când vor fi complete?

— Toate se află în diverse stadii de finalizare.

— Poţi să ai un set gata până săptămâna viitoare?

— Cred că pe cel al Claudiei Neumann. Îți convine?

— Sigur. O să te sun ca să stabilim când să vin să îl iau.

— Apropo, mi-ai dat cu cinci sute în plus.

— Ba nu.

Bradfield zâmbi sincer.

— Discreția face parte din slujba mea. Nu e nevoie să plătești în plus.

— Atunci consideră că e un dar. Doar e sezonul, nu-i așa?

În Ajunul Crăciunului, Petra traversă Oxford Street la ora patru după-amiaza. Se minună de decorațiunile prostești și de aglomerația nebună. La colțurile străzilor stăteau vânzători de castane coapte. Ușile magazinelor universale erau larg deschise, ca niște fălci imense, gata să înghită planctonul de cumpărători care trecea prin ele. Petra își croi drum încet prin mulțimea în mișcare. După accidentul de avion, acesta fusese pentru ea cel mai dificil moment din an. În trecut, clienții regulați îi ofereau ocazional câte un cadou, de obicei unul dintre acele parfumuri ieftine care împânzeau reclamele TV în perioada goanei după cadourile de Crăciun. Anul acesta nu avea să primească nimic și era recunoscătoare pentru asta, fiindcă nu mai rămăsese pic de sentimentalism desuet în ea.

Ziua de Crăciun decurse bine. Se trezi devreme și își făcu programul de exerciții fizice, după care ieși să se plimbe. Londra era pustie. Era ceva aproape suprarealist; nu văzuse orașul atât de golit de oameni decât în filme. La prânz mâncă paste și bău ceai verde. După-amiaza se plimbă prin Hyde Park și nu se întoarse acasă decât după căderea serii.

Când intră pe Clarges Street, Frank White tocmai cobora din mașină. Petra se opri, cu gândul de a se retrage înainte de a fi văzută. Era însă prea târziu.

— Marina! Ce mai faci? Crăciun fericit!

Îi întoarse urarea.

— De unde vii?

— Am fost în vizită la părinţi, ca în fiecare an, răspunse el.

— Unde anume?

— Lângă Marlow[1]. Sora mea locuieşte acolo cu familia, aşa că n-am stat decât la prânz.

— Cred că a fost plăcut să-i revezi.

— Da, a fost. Dar tu? Am crezut că te întorci de sărbători în Belgia sau unde...

Chiar aşa, unde?

— Elveţia, îl corectă Petra. Nu. Nu anul acesta.

— Cum aşa?

Reacţionă cu oarecare întârziere.

— Ăăă... ieri am avut nişte întâlniri. Şi o să am şi mâine.

Frank ridică din sprâncene.

— Mâine? De Boxing Day[2]?

— Sunt japonezi. E o întâlnire foarte importantă, care nu suportă amânare.

Frank închise portiera maşinii şi o încuie.

— Şi ce ai făcut astăzi?

— Oh, mai nimic. Puţină muncă...

— Ai lucrat în ziua de Crăciun?

— Nu mă deranjează.

Intrară împreună în clădire.

— Te-ai iertat? întrebă el.

— Poftim?

---

[1] Oraş situat pe fluviul Tamisa, la circa 50 de kilometri de Londra (n. tr.).

[2] Sărbătoare publică laică, celebrată pe 26 decembrie în Marea Britanie şi alte ţări din Commonwealth prin petreceri, mese în familie, competiţii sau spectacole. Se pare că la originile sale ar sta obiceiul aristocraţiei engleze de a da liber servitorilor a doua zi de Crăciun, împreună cu o cutie cu bani şi alte daruri, în semn de recunoştinţă pentru eforturile făcute pe perioada sărbătorii (n. tr.).

— Deunăzi, atunci când mi-ai oferit buchetul acela de flori, mi-ai spus că nu te-ai iertat încă.

Petra era stânjenită.

— A, da.

— Exact. Deci te-ai iertat?

— Păi…

— Ce zici de un pahar? N-am băut nimic azi și mi-ar prinde bine puțin alcool.

— Uite ce-i, nu e nevoie să…

— Mi-ar face plăcere.

— În cazul ăsta, de acord.

Era ciudat să se afle din nou în apartamentul lui Frank. Revăzu mostrele de beril și apatită pe care le ținuse în mână. Își trecu degetele peste masa din lemn de stejar la care stătuseră. Crinii fuseseră puși într-o vază verde din sticlă, iar capetele lor grele se aplecaseră triste. Frank deschise ușa frigiderului. Lumina din interior îi albi fața în obscuritatea din bucătărie.

— Avem noroc! zise el scoțând o sticlă de șampanie răcită. Am primit două sticle dintr-astea de la serviciu, săptămâna trecută. Voiam să le duc azi părinților, dar am uitat de ele.

Petra îl urmări cum desface folia de pe sticlă.

— N-am mai băut șampanie de secole. Cred că de la botezul nepoțelei mele. Pe vremea când eram la facultate.

— Ai mulți nepoți și nepoate?

— Nu. Numai doi. Adică trei. Vreau să zic că…

Inima i se opri în gât. Greșise viața. Stephanie era cea care avea o nepoată, un nepot și încă o rudă nou-născută de sex necunoscut. Gafa o șocă. Se uită la Frank și îl văzu așteptând-o să-și termine fraza.

Nepoate. Nepoți. Răsfoi în minte dosarele și dădu peste cel al Petrei. Numai că acum ea era Marina, nu Petra. Reporni căutarea, găsi dosarul Marinei și îl deschise. Era gol. Aidoma unei actrițe care și-a uitat replicile, Petra descoperi că nu avea nimic de zis în calitate de Marina, personajul pe care îl interpreta în această piesă. Așa că improviză.

Își flutură mâna în semn că problema nu prezenta importanță.

— Nu contează!

— Ba da! Spune-mi! Mă interesează.

— Nu vreau să te plictisesc. Nu prea țin legătura cu familia. Știi cum e…

Frank păru să-și dea seama că se aventurase pe un teren alunecos și schimbă subiectul.

— Deci înțeleg că ai mers la facultate?

Petra dădu din cap, încercând să-și amintească dacă era așa sau nu.

— Unde ai studiat?

Durham. Așa ar fi răspuns Stephanie. Dar cum ar răspunde Marina? Era din ce în ce mai rău. Totul plutea acum în ceață. Părinții ei erau Alberto și Francine, dar nu-și mai amintea unde locuiau. Nici ce vârste aveau sau dacă aduseseră pe lume și alți copii.

Petra știa răspunsurile, dar nu era în stare să le recupereze din fundul memoriei. Simți cum panica din stomac se ridică și își întinde ghearele spre gâtul ei.

— Roma, rosti ea primul cuvânt care îi veni în minte când tăcerea deveni prea greu de suportat.

„Imposibil să nu existe o universitate în Roma”, își zise.

— Presupun că n-a fost așa de rău.

Îi veni să ofteze ușurată, numai că următoarea întrebare își croia deja drum: ce cursuri urmase?

— Cum de ești așa de curios?

— Cum de ești așa de rezervată când vine vorba să povestești despre tine?

— Ba nu sunt! protestă ea.

— Data trecută când ai fost aici n-am scos nimic de la tine.

— Nici eu n-am scos prea mult de la tine. Dacă îmi amintesc eu bine, nu prea am discutat chestii personale.

— Așa e! Însă de fiecare dată când mi-ai pus o întrebare, eu ți-am răspuns. În timp ce de fiecare dată când eu te-am întrebat ceva, tu ai evitat cu abilitate să îmi răspunzi.

Petra se simți lezată.

— Exagerezi!

Frank clătină din cap.

— Ai fi un bun politician, dacă ai decide să-ți schimbi cariera. Dar știi ceva, dacă nu vrei să discutăm despre asta, e OK...

— Nu, nu! insistă Petra. Vreau să discutăm. Chiar vreau. Numai că...

Pauza se lungi.

— Numai că nu-mi e întotdeauna ușor. Dar poți să mă întrebi orice.

Așa că Frank o întrebă, iar ea inventă răspunsuri pe moment, fără să-i pese dacă avea să le uite în caz că avea să fie iar chestionată. Înșelătoria i se păru deprimantă, un sentiment nou pentru ea. Minciuna se impregnase atât de puternic în ea, încât în mod normal nu-i acorda atenție, iar minciunile în sine nu-i tulburau conștiința. Sau ceea ce mai rămăsese din ea.

Pentru a compensa starea de neplăcere, bău iute șampania. Iar când conversația se îndreptă către subiecte mai sigure și mai neutre, bău și mai mult de ușurare. Împreună cu Frank, dădu gata cele două sticle. Când îi părăsi apartamentul, Petra se simțea ușor beată. Se trezi mahmură și-și aminti ceva ce i se întâmplase în dimineața de după botezul nepoatei: nu îi plăcuse niciodată șampania.

În dimineața de după Boxing Day, Petra aprinse computerul și-și accesă toate site-urile. Nu găsi nimic nou pentru ea, așa că se mulțumi să dea *refresh* la două dintre propriile mesaje. Descoperi totuși un mesaj pe mail pentru Andrew Smith.

Andrew,
Ce mai faci? Nu ne-am văzut de ceva vreme.
Sună-mă cât de curând poți!
M.

Petra își trase pe ea o haină și ieși din apartament. Alese una dintre cabinele telefonice de pe Curzon Street, în apropiere de colțul cu Berkeley Square. Recepționera de la Adelphi Travel îi făcu legătura cu Margaret, care o întrebă:

— Cum te mai simți, Stephanie?

— Dacă vrei să știi, am avut și zile mai bune.

— Știu! Îmi pare rău pentru tine! Chiar foarte rău! Mă simt groaznic...

— Nu-ți face griji, Margaret. Știu că n-ai niciun amestec.

— Dacă ai nevoie de mine, știi unde să mă găsești.

— Mersi. El e acolo?

— Nu. Dar m-a rugat să-ți transmit un mesaj. Cinematograful Empire din Leicester Square. Filmul de la 11.50.

— Diseară?

— În dimineața asta. Așază-te pe rândul din spate, pe latura din dreapta cum te uiți la ecran.

Petra ajunse cu cinci minute mai devreme. Alexander era deja acolo; își trântise pardesiul peste scaunul din față, iar pe scaunul din stânga avea o servietă. Sala de cinema, de mari dimensiuni, era aproape goală. Petra se așeză lângă el. După întâlnirea lor anterioară ar fi avut suficiente motive pentru a continua conversația neplăcută, însă Alexander alese să treacă direct la subiect.

— Înțeleg că mâine te întâlnești cu Serra la Amsterdam?

— Da.

— Mai e ceva ce trebuie să știi despre Fiii lui Sabah. O chestie a lui Kassir de care abia am aflat.

— Ce e?

— Se cheamă Fat Three List.

— Fat Three List? Ce înseamnă?

— Nu știu. Poate fi un fișier de computer. Sau doar o listă memorizată, înregistrată în scris sau printr-un alt mijloc. Ceea ce știm este că ea conține detalii cruciale despre Fiii lui Sabah.

Reflectoarele începură să se stingă, iar draperiile uriașe se desfăcură încet. Pe ecran apărură reclame.

Petra spuse:

— Persoana care a alcătuit dosarul lui Giler pentru mine, indiferent cine ar fi ea, a sugerat că sprijinul acordat de el guvernului israelian pentru programul de creare de așezări evreiești în Teritoriile Ocupate ar putea fi motivul pentru care Khalil l-a vrut mort.

— Și?

— Și eu știu că nu e așa. Nu vreau să mă întâlnesc cu Serra înainte să știu adevăratul motiv, altfel voi arăta ca o proastă. Trebuie să știu mai multe despre relația lui Giler cu Khalil. Mi-ai spus că se cunosc de mult.

— De ce crezi că ar trebui să știi mai mult despre asta?

— Din cauza a ceva ce Serra mi-a spus în treacăt. Mi-a spus că ceea ce s-a întâmplat la New York a transmis mesajul care s-a dorit.

Alexander rămase un timp pe gânduri, apoi zise:

— Mda, ar avea sens.

— Cum adică?

— E greu să știm toate amănuntele fără să cunoaștem identitatea lui Khalil, însă problema lui cu Giler are în mod cert legătură cu șeicul Abdul Kamal Qassam. După bombardarea

World Trade Center în 1993[1], Qassam a organizat o campanie de pedepsire a SUA pentru condamnarea celor găsiți vinovați de explozie.

— E vorba de clericul acela musulman orb?

— Exact. Șeicul Omar Abdel Rahman a fost unul dintre ei.

— Deci cine este Qassam?

— Un adept al lui Rahman. Cel puțin, așa s-a făcut cunoscut.

— Și care e rolul lui în toată povestea asta?

— Qassam vrea răzbunare pentru condamnarea la închisoare a lui Rahman, dar, în același timp, întreține relații directe cu Khalil, care a acționat în numele lui în mai multe rânduri și înainte. Au fost atacuri asupra ambasadelor americane din Madrid, Manila și Kuala Lumpur, ca și alte atentate planificate, dar care nu au avut loc. Însă cea mai mare operațiune sprijinită de Qassam a fost un atac asupra New Yorkului, locul unde era judecat Rahman. Planul era relativ simplu, dar ar fi fost o catastrofă dacă ar fi reușit și suntem destul de siguri că cel care l-a pus la punct a fost însuși Khalil. La început ar fi fost o deturnare a unui avion aparținând companiilor Alitalia sau Olympic, probabil din cauză că Roma și Atena sunt considerate a avea cele mai slabe măsuri de securitate în aeroporturi din toată Europa. Destinația avionului ar fi fost New York. Nu ar fi fost însă o simplă deturnare, ci o misiune sinucigașă pentru care s-au oferit voluntari cinci oameni.

— Cum aveau de gând să procedeze?

— Aveau să aștepte până ce avionul începea coborârea spre aeroportul JFK din New York, fără a le permite astfel autorităților de la sol timpul necesar să reacționeze. Doi dintre

[1] Atentat terorist care a avut loc la Word Trade Center, New York. Atunci o mașină plină cu explozibil a pătruns în parcarea subterană a clădirii. Șase persoane au murit și peste 1 000 au fost rănite (n. red.).

membrii echipei teroriste erau foști piloți de linie la PIA[1]. După ce ucideau echipajul, ei urmau să preia controlul aeronavei și să o facă să explodeze în centrul Manhattanului. Până la urmă însă, unul dintre cei doi piloți s-a speriat de perspectiva de a-și întâlni prematur creatorul. A părăsit echipa în Atena și s-a prezentat la ambasada americană căutând refugiu, care i-a fost garantat în schimbul informațiilor.

— Și Khalil era unul dintre cei cinci?

— Nu, nu credem asta. Khalil nu e genul sinucigaș. Însă el este autorul planului, care a fost abandonat după dezertarea fostului pilot. Totuși, cei de la FBI își făceau griji ca nu cumva Khalil și Qassam să inventeze o altă oroare de proporții similare. Cum nu cunoșteau identitatea lui Khalil, au ales să-l scoată pe Qassam din cărți. Adică să-l răpească. Giler le-a oferit americanilor informații care au ajutat la localizarea lui.

— Cum?

Alexander ridică din umeri.

— Nu știu cu exactitate, însă nu e niciun secret faptul că Giler avea relații excelente în Israel. Toate ușile îi erau deschise acolo. Tot Giler a fost cel care a pus la dispoziția americanilor un avion Gulfstream cu care Qassam a fost extras din Grecia și transportat la o bază aeriană americană din Germania, de unde a fost transferat într-un avion militar și dus înapoi la New York pentru a fi judecat.

— La New York, locul unde a fost condamnat și Rahman?

— Da.

— Și unde își are afacerile și Giler.

— Exact.

— Atunci are într-adevăr ceva sens.

— Mda, în măsura în care ceea ce facem noi are vreunul.

[1] Pakistan International Airlines (PIA) (n. tr.).

Reclamele de pe ecran făcură loc trailerelor pentru noile filme. Alexander se pregăti să plece; întinse mâna după pardesiu.

— Apropo, am înțeles că în noaptea de dinaintea plecării la New York ai solicitat un profil de gradul al doilea.

Sângele încetă pentru o clipă să circule prin corpul Petrei. Se bucură că sala era parțial cufundată în întuneric, iar Alexander nu îi putea vedea bine fața.

— Am anulat cererea.

— Operatorul a procesat totuși solicitarea. Frank White. Ăsta e numele, nu-i așa?

Petra ridică din umeri.

— Cine e?

— Nimeni. În fine, cineva peste care tot dau. Locuiește în aceeași clădire cu mine. Atâta tot.

— Și atunci de ce ai solicitat profilul?

— A fost o greșeală. Eram obosită. N-a fost mare lucru.

— Și nu ești curioasă, totuși? întrebă Alexander. Nu vrei să afli ce am descoperit?

Petra nu era foarte convinsă. Totuși, dacă era ceva în neregulă, o parte din ea – cea mai semnificativă – nu își dorea să afle.

— Ce ați descoperit?

Îl văzu pe Alexander cum zâmbește în întuneric.

— Nimic. Tipul e geolog și lucrează pentru o firmă de consultanță minieră. E necăsătorit, dar a avut o fiică, moartă în urmă cu trei ani. Cam asta e tot.

— Vezi? Ce ți-am spus eu?

— Să stai departe de el! Nu vreau să te vâri în Dumnezeu știe ce relație.

— Nu mă vâr în nicio relație. Nici cu el, nici cu altcineva. Ți-am spus, ne tot întâlneam și, la un moment dat, mi-am zis că poate nu-i o coincidență. Nimic altceva.

Alexander își îmbrăcă pardesiul, scoase dintr-un buzunar un plic și îl înmână Petrei.

— Ai aici tot raportul, dacă vrei să-l citești.

Se așeză pe pat, cu genunchii la piept. Documentul avea cinci pagini. Data nașterii, locul nașterii, numele complet, numele părinților, o copie după certificatul de naștere, adrese de locuințe, școlile urmate, universitatea, locurile de muncă, extrasele de cont bancar, situația taxelor plătite, fișa medicală, numărul de la Asigurările Naționale, numărul pașaportului, numărul permisului de conducere, cazierul - zero -, numărul de înregistrare al vehiculului deținut, cardurile de credit, cu tot cu numerele conturilor și codurile PIN, detalii de călătorie din ultimii cinci ani, starea civilă - necăsătorit. Deci așa arăta un profil de gradul al doilea. Petra se întrebă ce putea include în plus un profil de gradul întâi.

Solicitarea de profil fusese o greșeală, dar crezuse că o îndreptase atunci când o anulase. De fapt, nu făcuse decât să dea poveștii o și mai mare amploare, trezind bănuielile lui Alexander, ultimul lucru de pe lume pe care și-l dorea. Era conștientă că ar fi trebuit să se simtă rușinată că cerceta acum documentul - era ca și cum trișa, ca și cum răsfoia paginile unui jurnal intim -, dar Petra își epuizase rezervele de rușine.

Se trezi studiind amănuntele legate de familia lui Frank. Părinții aveau adresa în Marlow. Sora era căsătorită cu un broker și împreună aveau patru copii. Își imagină prânzul lor de Crăciun, o scenă absolut tradițională. Verificarea unor fapte părea la prima vedere ceva ieșit din comun, dar așa se întâmpla dacă îți petrecuseși toată viața mințind. Devenea dificil, uneori chiar imposibil, să mai crezi ceea ce ți se spunea. Ceea ce făcea necesar ca, din când în când, să îți reamintești că nu toată lumea este la fel ca tine, că mai există și oameni cinstiți.

Era unsprezece fără zece. Petra ieși din apartament și bătu la ușa lui Frank. El deschise și nu încercă în niciun fel să-și ascundă surprinderea.

— Marina?

— Știu, e târziu. Scuze!

— E în regulă. Încă nu mă culcasem.

— Pot să intru?

— Sigur.

Se dădu la o parte pentru a-i face loc, închise ușa și o urmă în camera de zi. Când Petra se răsuci cu fața spre el, o întrebă:

— Vrei ceva de băut?

Petra clătină din cap.

— S-a întâmplat ceva?

— Nu tocmai. Dar mi-a rămas în minte un lucru la care mă tot gândesc.

— Pare grav. Ce e?

— Sărutul acela.

— Care sărut?

— Sărutul pe care nu ni l-am dat.

Frank o privi bănuitor, și pe drept cuvânt.

— Ce-i cu el?

— Am greșit.

21

Frank e întins *în pat lângă mine. Doarme. Cifrele roșii ale ceasului digital indică 4.27. N-am reușit să adorm și curând va trebui să mă scol. Stau și ascult respirația lui Frank. E ușoară și liniștită.*

Am avut emoții; eram din nou Stephanie. Sau cel puțin așa am crezut. În orice caz, nu prea m-am purtat în stilul Marinei, așa cum ar fi trebuit. Sau poate că am fost Marina și în ea s-a petrecut o schimbare. Cine știe? Și cui îi pasă? Mie, în niciun caz.

Frank este primul bărbat, cu excepția lui Proctor, pe care l-am sărutat de când eram studentă – clienților nu le-am permis niciodată să mă sărute – și primul cu care am vrut să fac sex. E dureros, dar nu-mi pot aminti care a fost ultimul băiat cu care m-am sărutat în facultate. Un student, fără îndoială, dar care? Mă întreb ce s-o fi ales de el. Înarmat cu diploma obținută, lucrează probabil în City ca bancher și are soție și copii, un Mercedes și probleme cu alcoolul.

Întregul episod mi s-a părut ciudat: nu a existat nicio coercițiune, nici bani care să treacă dintr-o mână într-alta. Niciun climax artificial. Doar noi doi și dorința de a fi împreună. Nu pot spune că am făcut dragoste – am făcut sex –, și nici că mi-a plăcut prea tare.

Am fost prea preocupată să simt plăcerea. Uitasem cum e să accepți afecțiunea. Pentru mine, sexul a devenit o activitate pe care am învățat să o suport într-o stare emoțională de totală amorțeală. Așa încât atunci când vârfurile degetelor lui Frank mi-au atins sfârcurile întărite, șocul a fost aproape dureros, o surpriză pentru mintea mea, nu numai o senzație fizică. Sunt capabilă să mă dezbrac fără pic de rușine în fața unui străin și, totuși, m-am simțit îngrozitor de intimidată când el mi-a scos hainele. Mâinile îmi tremurau și nu reușeam să-i deschid nasturii de la cămașă. Când ne-am întins pe pat, stomacul mi s-a încordat. Iar când mâna lui s-a strecurat între coapsele mele și pielea lui mi-a atins părul pubian, l-am prins de încheietură și am îndepărtat-o. M-a întrebat dacă era totul în regulă și m-am regăsit într-o dilemă familiară. Numai printr-un efort de voință mi-am învins panica și instinctul de a o lua la goană. Așa că am mințit, i-am răspuns că da și i-am eliberat mâna.

Mai mult ca orice m-a îngrozit ideea că redevenisem o curvă. Nu voiam să-i fac lui Frank nimic din ceea ce le făceam celor care mă plăteau. Nu voiam să simt ceea ce simțisem cu ei. Și cum nebunia se alimentează din propriile resurse, am ajuns chiar să-mi fac griji că Frank ar putea să vadă prin mine și că eu aș putea face ceva care să-mi deconspire trecutul.

Am făcut sex de două ori și, de fiecare dată, am fost distantă și speriată. Niciodată nu am stat atât de dezbrăcată. Frank s-ar fi simțit mai bine dacă ar fi fost un client plătitor. M-am gândit că am uitat probabil cum e să fii om și nici acum nu știu dacă e așa sau nu. Ceea ce știu este că, peste câteva ore, în Amsterdam, voi fi un robot fără suflet.

Va fi o ușurare să redevin un om normal.

Aruncă din nou o privire spre ceasul electronic. 5.05. Petra se strecură afară din pat și-și strânse hainele în tăcere. Se îmbrăcă pe hol și se întoarse în apartamentul ei, unde făcu un duș scurt și-și pregăti o valijoară de mână. La 5.40 se urcă într-un taxi și ajunse la Terminalul Patru de la Heathrow cu puțin după ora șase. Cursa ei decolă la timp, la ora șapte, și ateriză la 9.10 la Schipol, de unde luă un tren spre Centraal Station. La 10.10 se cază la Hotel Ambassade de pe canalul Herengracht. La 10.55, cu cinci minute înainte de ora planificată pentru întâlnire, se afla într-o cafenea și îi mulțumea chelnerului pentru ceașca de ciocolată caldă. Se așezase la o masă de lângă o fereastră mare. Prin ea se uită la Nieuwe Kerk, aflată de cealaltă parte a scuarului. Câțiva turiști muiați de ploaia măruntă se strânseseră sub umbrelele portocalii de la ieșirea din biserică.

Serra întârzie zece minute. Cafeneaua era aglomerată și îi luă ceva timp să o descopere în mulțime. În timp ce își croia drum printre mese, Petra observă că șchiopăta. Când ajunse la masa ei, își scoase cu dificultate haina neagră din lână; părea să aibă o problemă cu umărul drept.

— Ce ți s-a întâmplat?

— Ai fost vreodată la Amman?

— Poate că da, poate că nu.

Replica aduse un zâmbet pe buzele lui Serra.

— Ei bine, dacă ai fost, știi cât de ușor poți să te trezești acolo implicat într-un accident auto.

Comandă cafea și se așeză vizavi de ea. Cerurile plumburii se deschiseră complet și stropi grei de ploaie porniră să împroaște în diagonală fereastra. Scuarul cenușiu lucea în apă.

— Cred că banii ți-au intrat deja în cont.

— Așa e.

— Bun. Atunci e cazul să ne ocupăm de o altă afacere. Clientul meu dorește să discute cu tine despre posibilitatea unei noi colaborări.

Vorbind despre clientul său, Serra avea aerul unui avocat, impresie întărită și de cămașa din bumbac de culoare crem cu butoni de aur, de cravata Hermès, costumul bleumarin la două rânduri și pantofii negri bine lustruiți. Spre deosebire de el, Petra purta o pereche de blugi vechi, cizme Chelsea tocite, un tricou ponosit de un roz electric și un jerseu cu mâneci lungi roșu-maroniu. Își împăturise geaca de piele și o așezase pe scaunul dintre ei.

Își trecu de mai multe ori mâna prin părul negru, tuns scurt.

— Despre ce ar fi vorba?

— Ceva mai, cum să spun, *semnificativ*.

— N-ai vrea să fii mai clar?

— Nu până ce nu vom cădea de acord că vei lua realmente în considerare posibilitatea de a lucra din nou pentru clientul meu. Se știe că rareori lucrezi pentru sau cu cineva de două ori.

— Așa este. Dar nu exclud această posibilitate. În cazul de față, depinde.

— Depinde de ce?

— De sumă. Sau de ceea ce cred eu în legătură cu ideea de a lucra pentru Khalil.

Serra înțepeni. Ochii li se întâlniră, iar Petra îl provocă să-i spună că se înșală. Ceea ce el nu făcu.

— Ce știi tu despre Khalil?

— Știu că-i place să semneze cecuri pe sume mari.

Sângele se scursese de pe chipul lui Serra. Scoase o țigară din pachet și începu să bată darabana cu capătul cu filtru în masă. Petra sperase să iște o reacție, dar nu se așteptase la una atât de serioasă.

— Informația e aur.

— Întotdeauna, se declară Petra de acord. Cum ar putea să fie altfel pentru cineva ca mine? La prima noastră întâlnire te-am informat că doresc să aflu cine mă plătește. Mai ales atunci când acea persoană este dispusă să cheltuie atât de mult. Asta ridică suspiciuni.

— Clientul meu a insistat mult să-și asigure serviciile tale.

— Nu mă îndoiesc. Și asta mă face să trag concluzia, sau măcar să bănuiesc, că își dorește să-i descopăr identitatea. Să vadă dacă sunt în stare să o fac. Și dacă, în cazul în care aș descoperi-o, aș dori să duc contractul la bun sfârșit.

Întoarsă la Hotel Ambassade, Petra scoase din valiză un plic din hârtie groasă de culoare maro și-l deșertă pe pat. Verifică atent conținutul: pașaportul german pe numele Claudia Neumann, permisul de conducere, cardurile de credit și micul portofel de plastic cu bani cash: două mii de mărci germane și o mie de dolari americani. Puse totul înapoi în plic și ieși imediat din hotel.

Luă un taxi până în centrul orașului și închirie o cutie de valori la o sucursală a băncii ABN-AMRO, unde plasă plicul. După aceea sună de la un telefon public la Magenta House pentru a cere instrucțiuni, folosind un card de credit emis pe numele Marinei Gaudenzi. Îl sună și pe Frank, dar nu-i răspunse nimeni.

Se întoarse la hotel și dormi mai multe ore, trezindu-se abia la asfințit. După câteva exerciții de întindere ca să se dezmorțească făcu un duș, apoi hotărî să se plimbe înainte de a doua întâlnire cu Serra. După ce trecu de Oude Kerk, se trezi atrasă de Cartierul Roșu la fel de îndrăcit pe cât este atras un bețiv de sticla cu alcool. Târfele ieșeau din case, pregătite pentru noapte, și se afișau la ferestre. Părea o variațiune pe aceeași temă a cartonașelor pe care Petra le distribuise cândva prin cabinele telefonice londoneze. Își aminti că unul dintre acele cartonașe îl adusese pe Proctor în camera ei din Brewer Street. Fără acel cartonaș, n-ar fi existat nicio intervenție, nicio Petra, nicio șansă de a scăpa din declinul aflat în fază terminală.

Uitându-se la curvele așezate de cealaltă parte a geamurilor, Petra se imagină drept una dintre ele, o halcă de carne nu foarte proaspătă atârnată de un cui într-o măcelărie. *Frank trece pe stradă. Mă vede și se oprește. Mă examinează îndelung de dincolo de geam. Pe urmă pleacă și o alege pe târfa de alături.*

— Pot să te întreb ceva despre Mechelen?

— Ce?

— Cum ai planificat lovitura? Vreau să zic, cum i-ai cunoscut pe cei doi care au fost uciși?

— Prin intermediul Annei Gerets.

Serra se încruntă.

— Dar am crezut că ea nu a fost implicată. Că se afla în Orientul Îndepărtat la acel moment.

— Așa a și fost. Am întâlnit-o la Bangkok.

Serra ridică dintr-o sprânceană și dădu din cap. Aparent, răspunsul avea sens pentru el.

— Au circulat atâtea zvonuri despre ea. Că se afla în Malaysia ori în Filipine. Sau că murise între timp.

— Când am întâlnit-o eu, se afla de o lună în Thailanda și urma să plece în Noua Zeelandă.

— Și s-a hotărât să-ți povestească ce făcuse în Belgia?

— Nu la început.

— Atunci cum?

— A durat ceva timp ca s-o conving.

— Ai torturat-o? întrebă Serra pe un ton jucăuș.

— Dacă am torturat-o?

— N-ar fi chiar așa de neobișnuit pentru tine. Doar ai o anumită reputație.

— Dacă chiar vrei să știi, află că m-am culcat cu ea.

Răspunsul îl prinse pe picior greșit pe Serra. Venise rândul Petrei să îl tachineze.

— Ce-i, te-am șocat cumva?

Reuși să protesteze indignat.

— Sigur că nu!

Văzu că exagerase și-și schimbă tonul.

— E un pic surprinzător poate, dar fiecare face ce trebuie să facă, nu-i așa?

— Anna era o tipă dură. N-aş fi obţinut nimic de la ea cu forţa. Dar avea slăbiciunile ei, ca toată lumea.

— Ai vorbit de ea la timpul trecut.

— Da. Când Serra deschise gura pentru a cere alte amănunte, Petra îi tăie avântul: Gata cu întrebările!

Stăteau așezați la o masă la Speciaal, un restaurant indonezian de pe Nieuwe Leliestraat din cartierul Jordaan. Serra comandase pentru amândoi Tafel Speciaal, un amestec de mâncăruri tradiționale indoneziene. De data aceasta era îmbrăcat mai lejer, în stil european: o cămașă Ralph Lauren galben pal, o jachetă bleumarin, pantaloni gri de flanel și o pereche de pantofi negri, fără șireturi. Petra purta aceleași haine ponosite cu care venise de la Londra.

— Dar de ce ai avut nevoie de tipii ăia? întrebă Serra.

— Am aflat că Marin avea să facă o livrare și m-am gândit că Belgia era locul cel mai potrivit s-o interceptez. Am vrut să fiu sigur că mă pot baza pe niște localnici capabili să ducă la bun sfârșit o astfel de treabă, care să nu fie deranjați că o femeie le dă ordine și care să fie ușor de sacrificat. Au fost perfecți din toate aceste puncte de vedere.

Minciunile curgeau cu ușurință de pe buzele Petrei - așa cum se întâmpla dintotdeauna -, iar asta le făcea cu atât mai convingătoare. Când întrebă ce voia, de fapt, Khalil, Serra păru plictisit. Dădu din mână de parcă alunga o muscă enervantă.

— Oh, știi și tu, nimic deosebit, chestia aia obișnuită a militanților islamiști. Ura față de Israel, față de Statele Unite, în special din pricina sprijinului acordat Israelului, ura față de orice nație prietenă cu SUA, ura față de Occident în general. Iar atunci când îi convine, ura față de orice este nonislamic.

Porcăriile obișnuite care mențin o parte din lume în haos, iar pe mine mă ajută să rămân în branșă.

— Asta înseamnă să fii bancher în ziua de azi, zise Petra pe un ton impasibil.

— Mi-am diversificat activitatea.

— La fel ca noi toți.

— Tu mai mult ca oricine. Studentă anarhistă în Stuttgart, apoi în Berlin, și acum ce?

— Acum am descoperit că am devenit o anarhistă anacronică.

— Nu mi-ai răspuns la întrebare.

— Mai mult n-ai să obții. Păstrez anumite lucruri numai pentru mine. Ceea ce facem noi doi nu are nicio legătură cu ceea ce cred și cu ceea ce fac în mod independent, indiferent pe banii cui.

Vorbeau încet, aplecați unul spre celălalt. Petra își spuse că unui observator i s-ar fi părut că ei doi erau amanți. Serra arăta probabil ca un bărbat căsătorit și bogat, aflat la o întâlnire cu amanta, o fată care se considera a fi un spirit liber, dar care se lăsase cucerită de farmecul, sofisticarea și banii lui. Mai ales de bani.

— Totuși, murmură el, cred că tu și clientul meu aveți ceva în comun.

— Ce anume?

— Asasinarea lui Elaine Freemantle, ambasadorul american în Uganda. Credem că a fost opera ta.

Bomba din mașină fusese rodul imaginației celor de la Magenta House. Asasinatul nu fusese niciodată revendicat în mod convingător. După câteva luni, în comunitatea serviciilor secrete începuseră să circule zvonuri cum că responsabilă pentru cele întâmplate fusese Petra Reuter. Afirmația fusese viguros negată și catalogată, pe drept cuvânt, ca fiind o minciună, dar uneori era de ajuns o mică scânteie pentru a aprinde flacăra.

Expresia de pe fața Petrei rămase de nepătruns.

— Ce-i cu Freemantle?

Serra nu terminase însă.

— A mai fost și povestea cu Bruno Kuhlman, emisarul american în Bosnia, împușcat mortal de o femeie rămasă neidentificată în camera lui de hotel din Geneva.

Moartea lui Kuhlman fusese un accident bizar. Ținta fusese, de fapt, un om de afaceri rus cazat în apartamentul învecinat. Asasina scăpase, dar fusese ucisă peste mai puțin de o săptămână de șefii ei moscoviți, care încercaseră astfel să se protejeze. Adevărul, atunci când fusese dezvăluit, păruse mai improbabil cu fiecare detaliu adăugat, așa încât celor de la Magenta House le fusese relativ ușor să răspândească vorba că totul nu fusese decât niște praf în ochi, o poveste de prima pagină pentru o publicație de mâna a doua.

— Unde vrei să ajungi? întrebă Petra.

— Clientul meu vrea să-ți propună o alianță.

— Ți-am spus că nu fac alianțe.

Dar Serra avea o propunere de făcut și era hotărât să își ducă misiunea la bun sfârșit, oricât de penibil ar fi sunat. Informația fu livrată cu picurătorul în timpul conversației purtate aproape în șoaptă. Petra înțelegea asta. Pe vremea când era Stephanie, cunoscuse mulți bărbați dornici să se despovăreze într-o manieră care depășea aspectul pur fizic. Majoritatea dezvăluirilor pe care aceștia i le făcuseră nu se distinseseră prin nimic - în general, era vorba de neveste care nu mai erau interesate de ei din punct de vedere sexual sau își pierduseră cu totul apetitul sexual -, însă, de fiecare dată, mărturisirea păruse a fi un demers chinuitor pentru ei. La fel se întâmpla acum și cu Serra, care dădea semne că ar fi vrut să îi explice totul în mod concis, dar nu se putea hotărî să o facă.

Așa că Petrei nu îi rămase decât să încerce să pună fragmentele cap la cap. Deci exista un plan, parte a unei scheme mai ample, pentru care Serra dorea sprijinul Petrei. Avea ea să fie inclusă în acest plan? Poate că nu. Poate că avea să fie solicitată în calitate de consultant pentru... Pentru cine? Khalil? Bărbatul rămase de neclintit și nu șopti numele. În plus, părea că Serra însuși se afla la conducere. La conducerea cărei operațiuni? Era greu de spus. În ciuda măștii adoptate de el, pe tot parcursul dialogului, Petra simți o prezență ascunsă, o umbră peste umărul său. O mână invizibilă îl ghida. Khalil! Era sigură de asta.

Petra răspunse la fel de vag pe cât de vag îi fuseseră oferite informațiile. Da, îi spuse ea lui Serra, avea să se gândească la propunere, dar pe moment nu-i putea promite nimic. Cum ar fi putut fi altfel? Cum ar fi putut să se entuziasmeze în fața unei propuneri atât de neclare?

Cina se încheie și porniră împreună înapoi spre centrul orașului, străbătând Nieuwe Leliestraat. Traversară canalele, iar când ajunseră la intersecția cu Herengracht, Petra spuse că avea să se ducă direct la hotel.

— De ce nu vii la mine acasă? o întrebă Serra.

— Ai o casă în Amsterdam?

— Vin des aici de mai bine de douăzeci de ani. Am mulți prieteni în oraș. Casa nu-mi aparține. O împrumut atunci când am nevoie.

— Cât de convenabil!

Petra își dădu seama că ar trebui să accepte invitația, chiar și numai pentru a descoperi adresa, astfel încât cei de la Magenta House să afle proprietarul și să adauge această informație la cele deținute cu privire la Serra. Cu toate acestea, răspunse:

— Nu cred că-i o idee bună.

— Nici măcar pentru un pahar?

Zâmbi rece.

— Mai ales pentru un pahar.

Serra ridică trist din umeri.

— Atunci ținem legătura!

Petra îl urmări întorcându-se pe pod și nu rezistă tentației de a-l persifla un pic.

— Apropo, nu știu nimic despre circulația în Amman, însă, din câte am auzit, Al Mafraq a devenit un loc periculos în ultima vreme.

Serra îngheță, iar Petra știu că informația primită de la Magenta House era corectă. Apelul către sediu făcut în dimineața aceea se dovedea a fi productiv. Trei schimburi de focuri avuseseră loc în orașul iordanian situat la circa 16 kilometri sud de granița cu Siria. Operatorii agenției reușiseră să obțină imagini. La vreo trei kilometri în afara orașului, împușcăturile lăsaseră în urmă trei sirieni morți într-un Mercedes și unul pe marginea drumului. Rapoarte încă neconfirmate vorbeau de o Toyota care părăsise în viteză locul faptei cu patru bărbați înăuntru, dintre care unul păruse a fi ușor rănit.

Serra se răsuci cu fața spre ea, iar când vorbi, fu aproape ca un șuierat.

— Ce-ai spus?

— Al Mafraq.

Bărbatul se holbă la ea îngrozit sau doar furios. Îi era greu să își dea seama. Poate ambele.

Petra ridică din umeri.

— Așa cum ai zis și tu, informația e aur.

În noaptea de Anul Nou merseră în West End pentru a se întâlni cu niște prieteni de-ai lui într-un restaurant italian. Pentru Petra, era ceva extraordinar să fie înconjurată de oameni normali care se distrau. Râse împreună cu acei străini, amicii lui Frank: un doctor, doi ziariști, un sculptor, trei mame cu normă întreagă, un bărbat casnic, un contabil, un lector la universitate, un editor de film și un alt geolog. Avea senzația că reușise cumva să creeze un univers populat numai de ea și de Frank, însă acești intruși se dovediră a fi o surpriză încântătoare. Știa că așa trăiau ceilalți oameni și descoperi cu uimire că se acomodase cu lumea lor. Că *putuse* să o facă. În cele din urmă, trase concluzia că motivul era acela că fusese cu Frank. Ce altceva ar fi putut fi?

Părăsiră restaurantul la ora unsprezece și ieșiră în noaptea înghețată. Însă vinul cu care se îmbuibaseră și mulțimile de pe străzi îi protejau de frig. Grupul se îndreptă spre Trafalgar Square, unde zeci de mii de oameni se strânseseră în așteptarea miezului nopții. Frank și Petra se desprinseră de grup și porniră către Victoria Embankment, unde era, de asemenea, aglomerație, dar nu așa de mare. Își găsiră loc lângă zidul cu vedere spre Tamisa și se uitară la luminile care sclipeau pe malul îndepărtat. Frank o luă pe după umeri și o trase mai aproape ca să o ferească de frig. Petra simți cum i se pune un nod în gât. Încercă să-și amintească ultimul bărbat care făcuse acest gest pentru ea. Proctor? Nu, din câte își aducea aminte. Vreun fost iubit oarecare? Poate, deși nu foarte probabil. Tatăl ei? Mult mai plauzibil. Se abținu să calculeze cu cât timp în urmă se întâmplase.

Miezul nopții veni, iar Noul An începu. Big Ben bătu, iar gloata adunată la Embankment chiui. Mașinile claxonară. Artificiile se înălțară pe cer și explodară pe deasupra Tamisei, oglindindu-și strălucirea pe suprafața tulbure a apei negre. Frank o sărută, iar Petra se simți fericită, iar asta isca, aproape inevitabil, un sentiment de tristețe în ea. Frank observă, dar avu gentilețea de a nu zice nimic. Un an nou era momentul pentru un început nou. Însă orice imagine proiecta ea asupra viitorului era viciată de prezența nevăzută lui Alexander. Inima i se înflăcără, însă stomacul i se strânse. Iar pentru a trăi era nevoie și de inimă, și de stomac.

Se întoarseră acasă, trecând pe lângă bărbați beți îmbrăcați în kilturi și alții căzuți inconștienți pe trotuare, pe lângă autobuze supraaglomerate și exhibiționiști afumați, pe lângă invizibilii oameni ai străzii și serpentinele de hârtie atârnate de ramurile copacilor ca niște spaghete viu colorate, pe lângă cei care încercau în zadar să găsească un taxi.

În ascensor, Frank o întrebă:

— Vrei să intri?

— Nu!

Bărbatul păru dezamăgit. Petra spuse:

— Vino tu la mine!

Abia când pășiră pragul, își dădu seama că Frank intra pentru întâia oară la ea în apartament. Îl văzu cum cercetează livingul, comparându-l ca dimensiuni cu al său, cum caută semne ale prezenței ei în mobilier și în obiectele de uz personal. Dar mobilierul nu îi aparținea și în apartament nu existau fotografii cu familia Gaudenzi. Dispăruseră. Le îndepărtase într-un soi de gest de exorcizare. Eliberată de fantomele trecutului ei prefabricat, Petra putuse, într-un fel, să își privească apartamentul ca pe un cămin, nu ca pe un muzeu.

Îl luă de mână și îl conduse în dormitor. Frank întinse mâna ca să aprindă lustra, dar ea îl opri, șoptindu-i că pe fereastră pătrundea destulă lumină. Lăsase draperiile deschise. Se dezbrăcă încet în timp ce Frank o urmărea. Nici unul dintre ei nu scoase o vorbă. Iar când rămase goală, îl dezbrăcă și pe el, apoi se topiră unul în brațele celuilalt în așternuturi.

Atingerea lui începea să-i devină mai familiară. Prima dată îi produsese încordare și detașare, acum o bucura. Îi lăsă degetele și gura să o exploreze așa cum doreau. Nu-i refuză nimic, iar mintea ei se goli treptat. Gândurile negre se estompară, iar golul fu umplut de senzații pur fizice. Petra pierduse șirul bărbaților care o penetraseră. La sfârșitul primei săptămâni în care se prostituase, numerele deveniseră lipsite de relevanță, iar asta se petrecuse cu atât de mult timp în urmă, încât acum i se părea că era vorba de o altă eră. I se părea că nu existase niciun client, că toți erau doar rodul imaginației sale. Nu existaseră mâini aspre care să o pipăie și să-i desfacă picioarele ca să o pătrundă cu forța, învinețindu-i corpul. Sânii nu o mai dureau de la gurile și degetele care o ciupiseră doar pentru plăcerea de a-i provoca suferință. Se terminase cu plesnelile, cu transpirațiile uleioase, mirosurile grețoase ori halitozele. Și mai presus de orice, cu banii.

Simți cel mai intens orgasmul în stomac. Un tremurat minunat, vulcanic, care o lăsă atât de lipsită de vlagă, încât nu se putu hotărî dacă senzația era una sublimă sau chinuitoare. Așa începu, însă se răspândi apoi ca o febră, o arșiță care o mistui total și căreia nu îi opuse nicio rezistență.

Pentru Stephanie, pentru Petra, pentru Marina, pentru oricine ar fi fost, senzația fu o revelație. A dărui fără rețineri. Ceva contrar firii ei. Dar, pe de altă parte, Stephanie știuse întotdeauna cum să obțină plăcerea maximă din a se pune contra. Iar asta *era* în firea ei.

4

LUMEA MARINEI

22

Petra se privi în oglinda băii. Aerul rece îi făcu pielea de găină. Sfârcurile, întărite și întunecate, se contractară. Își atinse sânul drept, mai plin acum decât pe vremea când era Stephanie, dar mai ferm de când începuse să facă exerciții fizice. Își trecu palma peste mușchii abdominali vizibil pronunțați. Colăceii de grăsime care apăruseră în zilele când locuise în apartamentul lui Proctor nu mai erau de mult. Degetele îi coborâră spre părul pubian întunecat la culoare și între coapse, unde pielea îi rămăsese caldă, moale și lipicioasă. Se uită la părul ei negru tuns scurt și cu greu și-o imagină pe Stephanie cea cu bucle blonde. Noua tunsoare se potrivea mai bine cu trăsăturile acum mai aspre ale feței ei. Se holbă la cicatricea cosmetică de pe umărul stâng. Când Frank o întrebase cum o căpătase, îi răspunsese că o bucată de metal îi pătrunsese în piele când avusese un accident de mașină în adolescență. Pielea zbârcită părea ca de plastic la pipăit. Pe urmă își privi ochii. Adânci și întunecați, lagune uleioase insondabile, ei nu ofereau nimic privitorului. Erau ochi de rechin și, cu excepția gurii, rămâneau și acum cea mai frumoasă trăsătură de pe fața ei.

Reveni în dormitor, unde o aștepta el. Știa ce-i place, așa că se urcă pe pat, luă două perne, le așeză una peste alta și apoi se lăsă să cadă pe ele astfel încât șoldurile să-i stea ridicate ca o invitație.

Îl simți cum se mișcă în spatele ei. Auzi cum prezervativul este scos din folie și îi așteptă coapsele să își găsească locul între ale ei și să le desfacă, așteptă ca mâinile lui să i se plimbe peste fund și șolduri.

O penetră cu o forță care o făcu să se cutremure involuntar și să tragă aer în plămâni printre dinții încleștați. Mâna lui stângă urcă pe șira spinării și peste omoplații ei, împingându-i fața în așternuturile boțite. Petra închise ochii și pretinse că era Frank.

În ianuarie, Marc Serra dispăru. Petra încercă să-l sune, însă numerele lui de la Paris și Amsterdam fuseseră deconectate. Postă mesaje pe site-urile ei, dar nu primi răspuns pe nici una dintre adresele de mail. Cei de la Magenta House se străduiră fără succes să îl localizeze prin intermediul rețelelor altor agenții de spionaj. Pentru Alexander, dispariția lui Serra era motiv de îngrijorare. Pentru Petra, era un bonus. Însemna că putea rămâne la Londra și că avea la dispoziție cât timp dorea în compania lui Frank.

Toată viața ei Petra se opusese din răsputeri iubirii. În copilărie, când dragostea îi fusese oferită necondiționat, crezuse că se poate trăi fără ea. Otrăvise iubirea și îi infectase pe cei apropiați. Pe toți iubiții îi considerase niște faze trecătoare. Își bătuse joc cu cruzime de cei care încercaseră să o cucerească prin gesturi sensibile, preferându-i pe cei care o tratau urât și cărora le răspundea cu aceeași monedă. Iubirea nu își făcuse niciodată loc printre preocupările ei și, astfel, fu perfect pregătită pentru viața lipsită de afecțiune pe care o întâlni când se mută la Londra. În mediul acela iubirea nu exista. Iubirea era dușmanul. Nu și acum. Acum înțelegea asta, totuși nu se putea gândi la dragoste în niciun context legat de ea. Până și lumea întreagă părea înstrăinată.

Spre sfârșitul lunii ianuarie, Frank plecă în Namibia timp de zece zile pentru a efectua teste la un teren cu potențial minier. Petra fu mirată, apoi rușinată de cât de mult îi lipsea el. Nimic nu o pregătise pentru această senzație cu totul nouă: dorul de cineva. Nu dormea bine, își pierdu pofta de mâncare și, cu toate că Frank o sună de două ori, într-un fel, asta înrăutăți lucrurile mai mult decât dacă nu ar fi vorbit deloc cu el, căci nu făcuse decât să scoată și mai tare în evidență distanța care îi despărțea. Spera că Frank suferea la fel; pentru prima oară în viață i se păru important să îi simtă cineva lipsa.

Sentimentul era mai rău decât orice dependență. La început îți spuneai că nu era decât un experiment, ceva de care să te bucuri ocazional, dar fără să-ți asumi complicații. Îți spuneai că poți ține totul sub control. Numai că senzația te copleșea treptat. Pătrundea în orice colț al minții, îți acapara toate gândurile. Te consuma, iar pentru Petra, pentru întâia oară victimă la douăzeci și trei de ani, șocul resimțit fu total.

Împreună puseră bazele unor mici rutine. O viață socială în stadiu embrionic luă naștere; începură să funcționeze ca un cuplu, nu ca două entități separate. Sigur, viața lor socială se învârtea numai în jurul prietenilor lui Frank, dar asta era normal. Se presupunea că Marina, o străină în Londra, nu avea cum să aibă prieteni sau rude în oraș.

Petra ura să fie Marina. Îi displăcea accentul străin cu care era nevoită să vorbească pentru că engleza nu era decât a treia limbă pentru Marina. Ura să se trezească devreme în zilele lucrătoare pentru a pretinde că merge la birou la Brillex-Martins și a-și păstra astfel acoperirea. O deranja faptul că îl mințea pe Frank și era supărată pe sine fiindcă o făcea cu atâta ușurință. Înșelăciunea îi venise întotdeauna ca o mănușă. Devenise o a doua natură în perioada când fusese prostituată. Majoritatea clienților ei erau oameni mincinoși; și ea era o mincinoasă; tot ce făcea era pură prefăcătorie. Iar acum, devenită Petra, minciuna era la fel de vitală pentru ea ca sângele. Era unicul ei garant al unui posibil viitor. Faptul că îl mințea pe Frank era mai rău decât dacă l-ar fi înșelat cu un alt bărbat. Odată spusă minciuna, trebuia susținută de altele, care, la rândul lor, se clădeau pe fundamentul altor minciuni. Procesul nu se încheia niciodată. Minciunile otrăveau toate aspectele unei relații. Nu ocoleau conversațiile, iar gândurile nu puteau fi lăsate în voia lor, trebuiau examinate cu atenție din motive de securitate. În repetate rânduri Petra ajunse la concluzia că ceea ce simțea față de Frank nu exista în realitate. Era doar o minciună ca oricare alta. Din moment ce sentimentul era atât de întinat de înșelăciuni, cum ar putea să existe? Logica nu-i oferi niciun răspuns. Tot ce știa era că nu se descoperise niciun antidot la freamătul pe care îl resimțea atunci când se gândea la Frank. Niciun remediu la atingerile lui.

Spre surprinderea ei, descoperi că ceea ce îi plăcea cel mai mult la Frank erau lucrurile mărunte. Îi plăcea să îl urmărească bărbierindu-se dimineața. Uneori el o observa în oglindă și o întreba ce face, iar ea ridica din umeri fără să îi răspundă. Absorbea detaliile și le cataloga în biblioteca din mintea ei. Ceasul lui Frank era elvețian, cureaua din piele era uzată. Frank era dreptaci. Frank nu avea haine cu etichete de firmă și prefera modelele și culorile conservatoare. Purta ochelari rotunzi atunci când citea, iar ei îi plăcea cum îi stăteau pe nasul roman mare. Mânca încet. Avea o cicatrice micuță lângă ochiul stâng, rămasă de la o căzătură din copilărie. Când povestea despre călătoriile sale, ceea ce, la insistențele Petrei, se întâmpla frecvent, ochii îi fugeau în lături, iar ea știa că, în acele clipe, se întorcea în locurile pe care le descria.

Acestea erau lucrurile care îl făceau pe Frank tridimensional în ochii Petrei. Fiecare fragment banal devenea pentru ea o revelație care le punea în umbră pe toate cele de dinainte. Iar pe măsură ce zilele se transformau în săptămâni, ea se trezi tot mai învăluită în acest univers intim, excluzând tot ce se afla în afara sa. Și asta făcu cu atât mai inoportună reapariția lui Serra.

Era 3 februarie când pe site-ul Heavens Above sosi un răspuns adresat lui V. Libensky. Petra iniție dialogul în maniera uzuală și, patruzeci și opt de ore mai târziu, ei doi se întâlniră în Amsterdam. Frumos bronzat și mai slab, Serra părea mai liniștit decât de obicei. Nu puse pe tapet subiectul unei colaborări iminente, dar făcu aluzie la posibilitatea unui aranjament pe termen lung. Pe de altă parte, păru mulțumit să o întâlnească, așa încât, atunci când îi propuse să se revadă pentru a discuta despre viitor, Petra nu-și dădu seama la ce viitor se referea. Ea una se comportă ca de obicei și rămase indiferentă la avansurile lui. Serra nu ieși nici el din propriile tipare și asta păru să-l satisfacă.

În Londra, Alexander era agitat. Riscase, dezvăluindu-i lui Serra faptul că Petra știa că șeful lui era Khalil și, din câte se părea, reacția nu întârziase se apară. În loc să își asume rolul de intermediar pentru introducerea ei în cercul exclusivist, Serra optase pentru prudență și o exclusese pe Petra din planurile lui. Alexander insistă ca Petra să mențină contactul cu el și să facă tot ce îi stătea în putință pentru a-l determina să se răzgândească. Bronzul căpătat de Serra într-o lună de iarnă îl preocupa pe Alexander. Unde îl căpătase? Respinse destinațiile de vacanță din emisfera sudică și se concentră pe Orientul Îndepărtat și Mijlociu, dar și pe Africa. Lista pe care o alcătui nu făcu decât să-i sporească anxietatea.

Petra și Serra se întâlniră din nou în Amsterdam în a treia săptămână din februarie. La fel ca înainte, ea se cază la Hotel Ambassade. Petrecură trei zile în oraș, întâlnindu-se în funcție de timpul liber pe care el îl avea între diverse alte obligații.

Serra păru mai relaxat și discută deschis despre o alianță cu Khalil: acesta din urmă să selecteze țintele, el să organizeze finanțarea, iar Petra să execute operațiunea. Ea fu de acord să ia propunerea în calcul, dar nu îi promise nimic. În a treia și ultima lor seară în Olanda, Serra se dădu la ea. Petra îi respinse avansurile, dar nu foarte ferm, lăsând impresia unei posibilități pe viitor. Stabiliră data următoarei întâlniri la Paris.

Petra se gândise deja că, probabil, avea să fie nevoită să recurgă la o abordare mai personală pentru a se apropia de Serra. Perspectiva o îngrețoșa, dar nu-și făcea griji în privința abilităților ei. Ca prostituată, învățase cum să-și „compartimenteze" mintea. În Scoția, Boyd îi predase tehnici care să o ajute să-și îmbunătățească performanțele: cum să-și imagineze mintea ca pe o casă cu multe camere separate, fiecare problemă găsindu-și loc într-una dintre ele. Clenciul consta în priceperea de a închide ușa. Ca Stephanie, ea deprinsese acest talent îndepărtându-se complet de Lisa, așa încât era încrezătoare că, în ipoteza că avea să fie obligată să facă sex cu Serra, asta nu avea să influențeze în niciun fel relația ei cu Frank. Nu avea să fie o infidelitate. Nimic personal, era doar o chestiune de afaceri și atât. Așa cum fusese și în trecut.

Serra ejaculă, iar sunetul care îi ieși din gât semăna cu o tuse. Petra simți apoi cum corpul lui o apasă în jos, strivind-o de cearșafuri. Pielea lui era udă de transpirație, a ei era uscată. Timp de câteva momente nici unul dintre ei nu se mișcă. Respirațiile lor erau singurul sunet care se auzea în încăpere. Petra își simți inima bubuind în piept și încercă să ignore ușoara senzație de greață din stomac. Serra se ridică încet de pe ea, lăsând în pat o căldură neplăcută. Ea îl urmări cum se dă jos și intră în baie pentru a scoate prezervativul și a-l arunca. La întoarcere, o întrebă:

— Ești sigură că trebuie să pleci mâine?

Petra dădu din cap în semn de încuviințare.

— Nu ești singurul care are și alte treburi.

— Unde te duci?

— Crezi că dacă ai făcut sex cu mine o să-ți spun tot ce vrei să afli?

— Nu-mi spui niciodată nimic din ceea ce vreau să aflu.

— Atunci avem ceva în comun.

— Dar tu știi unde locuiesc. Suntem la Paris, iar ăsta e apartamentul meu.

— Și tu știi unde locuiesc eu. În computerul meu. Acolo o să mă găsești întotdeauna.

— Aș putea să pun să fii urmărită.

— N-ai decât să încerci.

Mai discutară timp de douăzeci de minute înainte ca Serra să stingă lumina. Era 11.45. Petra așteptă până la 12.30, lăsându-i timp lui Serra să cadă într-un somn adânc. Apoi se ridică din pat.

Intră în baie, își deschise trusa de toaletă și scoase dinăuntru o sticluță de parfum, un set de călătorie pentru tampoane, înfășurat în celofan, și două pachete cu Nu-Fresh Handy Wipes, presupuse a fi niște șervețele dezgustător de umede, dar care conțineau, de fapt, o cantitate mică de gel anestezic. Deschise cutia cu tampoane. Înăuntru se aflau o seringă și două ace. Scoase unul dintre ace din ambalaj și-l atașă de capătul seringii, după care desfăcu capacul sigilat sub presiune al sticlei de parfum. Agentul de mascare avea un parfum dulce, era neutru și inofensiv. Lichidul din sticlă era ketamină, cu care fusese ea injectată atunci când fusese răpită de oamenii de la Magenta House. Zece miligrame pe kilogram corp aveau să producă o anestezie chirurgicală timp de douăzeci și cinci de minute, fără a fi necesară respirația asistată. Petra nu voia să-l facă pe Serra să cadă într-un leșin adânc și prelungit, însă avea nevoie de timp pentru a putea cotrobăi prin apartament, așa că modifică un pic doza. Dacă se dovedea a fi necesar, avea la dispoziție suficientă ketamină pentru o a doua administrare.

Reveni în dormitor înarmată cu seringa și unul dintre pachetele cu șervețele. Urcă fără zgomot în pat lângă Serra, care începuse să sforăie. Bărbatul dormea pe o parte, ceea ce era bine. La început, se gândi să-i facă injecția intramusculară într-o fesă, însă optă până la urmă pentru deltoizii din capătul humerusului, care, în cazul lui Serra, erau acoperiți de păr. Rupse colțul pachetului cu șervețele și stoarse puțin gel pe degete. Bărbatul se foi la atingere, însă ea își plimbă mâna pe pielea lui încet și ritmic și, curând, respirația lui Serra reveni la normal. Anestezicul urma să penetreze pielea și mușchii după șaizeci de secunde. Pentru siguranță, Petra lăsă să treacă două minute.

Era convinsă că înțepătura avea să îl trezească, însă Serra nici măcar nu tresări în clipa când acul îi pătrunse în piele lângă o aluniță mare și întunecată. Petra goli conținutul seringii, trimițând ketamina în corpul lui.

În încăpere era rece, așa că își trase pe ea o pereche de blugi, un jerseu negru și gros și șosetele bleumarin. Își luă rucsacul de pânză și deschise fermoarul unui buzunar interior, de unde scoase un mic scanner portabil pentru documente. Ieși din dormitor, intră în hol, iar de acolo în livingul mare cu vedere spre Rue de Rivoli, de unde pătrunse în camera de lucru situată în capătul apartamentului. Îi luase trei zile pentru a studia obiceiurile lui Serra, pentru a identifica lucrurile pe care dorea să le investigheze, pentru a câștiga un dram de încredere din partea lui. Iar pe parcursul celor trei zile – și nopți –, nu-i refuzase nimic. Acesta era prețul care se cerea plătit. Privit ca un act de prostituție, prestația ei fusese fără egal.

Petra era conștientă de ceea ce reprezenta ea pentru Serra: ceva dificil și periculos. Acestea erau lucrurile care îl excitau pe el; cu toate că disprețuia subcultura și outsiderii, se complăcea să facă afaceri cu drojdia societății. Petra cunoștea genul. Bărbați care în spațiul public se conformau imaginii asociate cu statutul lor social, dar care, în particular, adorau să-și mânjească mâinile, lucrând cu țintele disprețului lor. Văzuse foamea din ochii lui atunci când umblase prin vastul apartament precum o haimana culeasă de pe străzi, cu rucsacul ponosit aruncat pe umăr și încălțată cu bocanci cu tălpile tocite care zgâriau podeaua. În pat se arătase a fi grosolan și abuziv, iar Petra își putea imagina cu ușurință tipul de femeie după care se dădea el în vânt: creaturi palide, cu oase fine, cu care să poată „face dragoste".

Acum era singură. Închise perdelele și aprinse lumina în camera de lucru. Laptopul era așezat pe biroul din lemn de mahon. Îl deschise, îl aprinse și căută directorul de system files și data files. În system files examină datele și orele la care fuseseră accesate fișierele. Apoi își îndreptă atenția către data files, începând cu numele și numerele de telefon. Unele nume îi erau familiare, majoritatea nu, lucru care nu o surprinse. După cincisprezece minute, descoperi un folder intitulat „FDS/12". Cuprindea patru fișiere: FAT, FAT/1, FAT/2, FAT/3. Și astfel un mister minor își găsi rezolvarea: Fat Three List era FAT/3. Văzu că existase o listă FAT originală care fusese revizuită de trei ori. Ultima modificare înregistrată de computer confirma acest lucru. Fișierele fuseseră golite în ordine, la intervale de o săptămână, trei luni și jumătate și șase zile. FAT/3 fusese golit la începutul lui decembrie.

Petra deschise sertarul de sus al biroului și găsi cutia din plastic unde Serra își ținea agrafele pentru hârtii. Degetele i se strânseră în jurul cheii de pe fundul cutiei – îl văzuse pe Serra punând-o acolo cu o dimineață în urmă, într-un moment când crezuse că ea nu îl observa – și descuie cu ea fișetul de lângă ușă. Înăuntru găsi vrafuri de corespondență de la și către Banque Henri Lauder. Găsi dosare cu extrase bancare, unele personale, altele comerciale. Societatea de Burse Franco-Arabă deținea într-un cont din Zürich aproape opt milioane de franci elvețieni. Primea lunar o sută de mii de franci elvețieni de la o sucursală din Sliema, Malta, a Mid-Med Bank. Alexander se întrebase cum era finanțată organizația și cum de își permitea să sponsorizeze o sută treizeci și cinci de „studenți" din întreaga Uniune Europeană. Acum Petra avea răspunsul, iar numărul i se părea destul de modest.

Începu să scaneze informațiile pe care le socotea relevante. O mare parte din ele nu aveau să fie de prea mult folos pentru Magenta House, însă știa că, dacă va considera de cuviință, Alexander va găsi o cale de a transmite datele unei alte agenții, mai potrivite să se ocupe de așa ceva. Și asta în sine va face munca ei valoroasă. Trebuia să scaneze fiecare filă A4 din două bucăți, care aveau să fie ulterior printate, tăiate și asamblate. Când termină, rearanjă cu meticulozitate hârtiile la loc, așa cum le găsise.

În alte sertare descoperi și alte documente. Într-un dosar dădu de chitanțe și facturi de importuri și exporturi ale unei firme londoneze pe nume Anglo-Egyptian Cargo Company, cu sediul în cartierul Earls Court Road. O agenție de voiaj, RJN Travel, avea și ea sediul pe Hogarth Road, adică tot în Earls Court. Își aminti că al-Sharif Students Hostel se afla în apropiere, ceea ce nu părea a fi o simplă coincidență. Își propuse să cerceteze problema. Fu intrigată de o factură a unei companii de electricitate din vestul Londrei care avea trecut înscrisul FAT/3 în căsuța unde ar fi trebuit să se afle data. Lista cuprindea douăsprezece poziții care păreau a fi identificate prin coduri de produse. După ce o scană, închise dosarul și trecu mai departe.

Găsi scrisori către și de la Telegenex, firma franceză producătoare de sisteme de ghidare a rachetelor. Serra acționa în numele unui client care era, la rândul său, intermediarul unui destinatar final anonim. Plăți lunare fuseseră efectuate într-un cont privat de către Murray-Gardyne, micul producător canadian de armament. Fapt interesant, plățile erau făcute dintr-un cont din Mexico City, iar Petra știa că firma deținea o linie de fabricație ilegală de mine terestre în Guadalajara.

Alte dosare dădură la iveală o mare cantitate de informații și, fapt surprinzător, multe dinte ele asociate cu Londra: ziare arabe, oficiali ai corpului diplomatic din Orientul Mijlociu, bănci, restaurante, firme de import-export, hoteluri, firme imobiliare, companii aeriene, persoane private. Aproape toate cele menționate aveau atașate un nume, însă din toate Petra nu reținu decât unul: Alexandria Clothing Company, importator confecții/ Qadiq, I.

Când Serra se trezi, Petra se prefăcu adormită. Bărbatul intră în baie, iar ea îl auzi dând drumul la duș. Se ridică din pat după o jumătate de oră și-și trase pe ea halatul lui gri din mătase. Îl găsi în bucătărie, trebăluind la o mașină cromată de espresso. Mâna în care ținea ceașca și farfurioara îi tremura.

— 'Neața! zise ea.

Serra tresări și vărsă câteva picături de cafea fierbinte pe degete. Petra se rezemă de un perete și-și încrucișă brațele la piept în timp ce Serra se așeză la masa cu blat de zinc și-și aprinse un Marlboro. Avea ochii încețoșați, iar albul lor era pătat cu un galben bolnăvicios. Pielea cu tentă cenușie îl făcea să pară mai bătrân cu zece ani.

— Nu arăți prea bine.

Serra aruncă o privire spre sticlele goale de vin roșu de Burgundia de lângă chiuvetă.

— Mă simt groaznic.

— Ești mahmur?

— Mai rău. Poate că m-am îmbolnăvit...

Petra ridică din umeri, deloc înțelegătoare.

— Sper să nu fie ceva contagios.

Serra întinse mâna stângă spre partea din spate a umărului drept.

— Și mă doare aici.

Petra zâmbi.

— Deci e adevărat ce se spune.

— Ce?

— Că parizienii sunt cei mai mari ipohondri din lume.

Umplu ceainicul cu apă, aprinse un ochi de aragaz și-l așeză peste flacăra albastră.

— Când pleci? o întrebă Serra.

— Peste o jumătate de oră.

Serra se scărpină în barbă.

— Trebuie să discutăm ceva înainte să pleci.

— Nu poate aștepta? Nu pari în formă.

— Nu, nu poate aștepta. E vorba de Khalil.

Petra speră că tresărirea ei nu se manifestase într-o formă care să-i fi atras atenția lui Serra - asta dacă bărbatul era într-adevăr în stare să observe ceva.

— Ce-i cu el?

Serra trase din țigară, părând adâncit în gânduri.

— Pe drept cuvânt sau nu, Khalil crede că Statele Unite au pornit o cruciadă împotriva islamului.

— Nu-i cine știe ce idee originală.

— Nu, dar el crede cu tărie în ea.

— Și s-ar putea să aibă dreptate, zise Petra.

— Exact!

— Nu sunt musulmană, așa că toată povestea asta nu mă privește personal.

— Nu. Dar sunt încredințat că imperialismul american te privește personal.

— Ceea ce mă privește personal rămâne personal.

Se sărutară, se îmbrățișară, apoi se sărutară din nou. După aceea Frank spuse:

— Cum a fost?

Petra îl privi în ochi.

— Obositor.

Frank o conduse în bucătărie și începu să pregătească ceaiul verde. Petra se așeză pe un scaun din oțel și-l urmări. El îi puse întrebări, iar ea inventă răspunsuri. Da, călătoria fusese un succes, dar la Bruxelles vremea fusese rece și ploioasă. Nu, nu știa când avea să plece din nou.

Bucătăria arăta la fel. Frank era tot Frank. Totul era ca înainte. Nu trebuia să se gândească la faptul că făcuse sex cu Serra.

Frank se răsuci spre ea și-i oferi o ceașcă de ceai verde. Petra o luă, o așeză pe masă și-l prinse de mână.

— Mi-a fost dor de tine!

E 5.55 dimineața și mă aflu în camera de zi a lui Frank, cu o cană de cafea în mâini. Sunt îmbrăcată cu un jerseu gros de-al lui care aproape că-mi ajunge la genunchi. Lâna îmi zgârie pielea. Sunt trează de ore bune.

Rosie, unul dintre agenții de la Magenta House, mi-a povestit la un moment dat despre Greta Muller, o spioană est-germană care a lucrat sub acoperire în Marea Britanie din 1981 până la căderea regimului Honecker în Germania de Est. Muller a devenit un soi de legendă în comunitatea internațională a agenților de spionaj. Pozând drept suedeză – vorbea fluent limba –, a intrat în contact cu un agent GCHQ[1] *vulnerabil pe nume Roger Balton, cu care s-a căsătorit în anul următor. Și nu numai că s-a căsătorit, dar a și făcut cu el trei băieți și o fată. A fost demascată abia atunci când dosarele secrete ale Stasi au fost făcute publice, iar adevărata identitate i-a fost dezvăluită. La momentul la care MI5 a fost alertat – în mai puțin de douăzeci și patru de ore de la descoperire –, Muller dispăruse, abandonându-și soțul și pe cei patru copii. Bolton, așa cum a reieșit din anchetă, nu suspectase niciodată nimic. Și de ce ar fi făcut-o? Ea nu-i dăduse motive să o bănuiască. Ba chiar îi vizitase și pe părinții ei – bunicii copiilor lor – în Stockholm, susținuse el. Se descoperi că și aceștia erau niște impostori, figuranți bine instruiți pentru a face parte dintr-o înșelătorie elaborată. Nimeni nu a aflat vreodată unde a dispărut Greta Muller și nici măcar dacă mai e în viață. Reputația ei însă dăinuie.*

Sorb din cana de cafea. Căsătorie, copii și un deceniu de prefăcătorii. Cum de a fost în stare să facă toate astea? Poate că a evitat eroarea critică făcută de mine. A evitat efectele secundare dăunătoare ale iubirii. Când inima intervine, te subminează. Am crezut că rațiunea și puterea voinței mă vor proteja, însă m-am înșelat.

Noaptea trecută am făcut dragoste cu Frank și a fost minunat. Când ne-am sărutat, sufletul mi s-a topit pe buzele lui, iar când m-am uitat în ochii lui, acolo era lumea întreagă, cu tot ce trebuia în ea. Nimic altceva nu conta, nimic altceva nici nu exista. Dar când am închis ochii l-am văzut pe Serra. Și cu cât încercam să îl alung din minte, cu atât prezența lui devenea mai apăsătoare.

Îl vreau pe Frank, dar nu îl pot avea fără Serra. Frank e viitorul, iar Serra este cheia către viitor. Sau către un anume viitor din multe altele. Sunt prinsă în capcană și nu știu ce să fac.

---

[1] Government Communications Headquarters (GCHQ), organizație britanică de comunicații responsabilă cu furnizarea de informații guvernului și forțelor armate ale Regatului Unit (n. tr.).

23

Alexandria Clothing Company. Acesta era numele vopsit lângă ușa din spate a depozitului. Prima dată când îl urmărise pe Ismail Qadiq, acesta intrase în clădire pe ușa din față. Acum, cu cinci minute înainte de miezul nopții, magazia era pustie și așa avea să rămână până dimineața.

Petra își verifică micul rucsac negru pentru a se asigura că era bine legat pe spate, apoi își vârî degetele într-o pereche de mănuși negre, subțiri. Își dăduse cu talc pe palme și vârfurile degetelor pentru o mai bună aderență. Aruncă un ochi spre aleea îngustă, în căutare de ochi curioși, dar nu zări nimic. La baza țevii de scurgere stăteau aruncate patru cutii cu mâncare chinezească. Mirosul dulce-acrișor neplăcut îi ajunse parcă până în fundul gâtului. Începu să urce. În ciuda umezelii, bocancii nu alunecară nicio clipă de pe cărămidă. Un cățărător mai puțin experimentat ar fi încercat să ajungă la cele trei ferestre aflate sus în dreapta ei, în speranța că va găsi una deschisă, dar Petra atacă direct acoperișul plat. În capătul de sus al țevii de scurgere, trase de jgheabul acoperișului. Acesta se clătină, așa că-și îndreptă atenția către ieșitura din beton. Își trecu degetele peste suprafața ei. Era alunecoasă din cauza ploii, dar Petra avea încredere în propriile abilități. O mână se înălță spre partea de sus a bordurii, degetele se răsfirară, apoi se încordară. Urmă a doua mână. Când ambele ajunseră la locurile lor, eliberă încet strânsoarea coapselor de pe țeava de scurgere.

Aruncă o privire de o clipă spre aleea de dedesubt, o felie de negreală care despărțea spatele a două clădiri învecinate. Își îndreptă corpul atârnat și se gândi pentru o secundă la Frank, singur în pat și având impresia că la Brillex-Martins survenise o criză, motiv pentru care ea era nevoită să lucreze toată noaptea.

Era prea riscant să încerce un balans, așa încât își trase corpul în sus, aducându-și bărbia la același nivel cu mâinile, conștientă de fierbințeala care îi cuprinsese bicepșii. Încă patruzeci și cinci de centimetri. Într-un elan de putere, își trase corpul și mai sus și întinse brațul spre partea din spate a bordurii. Se prinse bine, după care se săltă pe ieșitură.

Fusese ușor. Fără doar și poate, era fiica mamei ei. Boyd ar fi fost mândru de ea.

Traversă acoperișul, conștientă de picăturile de ploaie ce i se prelingeau pe ceafă. În centrul suprafeței se afla o unitate de ventilație de mari dimensiuni, iar către colțuri fuseseră amplasate patru luminatoare. Petra păși pe cartonul asfaltat peste bucăți de schelă abandonate și se uită la blocurile-turn din apropiere, cu etajele superioare estompate într-o ceață umedă și întunecată. Dedesubt, felinarele coloraseră strada în portocaliu. Un grup de bețivi ieși râzând și clătinându-se dintr-un pub. Unul dintre ei vomită pe capota unei Vectra parcate. Undeva, în depărtare, se auzi sunetul sirenelor de poliție spărgând liniștea nopții.

Se întoarse la unul dintre luminatoare și scoase din rucsac un șperaclu. Cadrul ruginit din plastic nu opuse cine știe ce rezistență și fu deschis fără probleme. Petra coborî pe schela care înconjura partea de sus a depozitului. O scară închisă ducea la parter.

Văzu lăzile din lemn puse una peste alta de-a lungul unui perete, de partea cealaltă a trei mici stivuitoare cu furcă. Își aminti unde se afla camera de lucru și îndreptă lanterna în acea direcție. Lumina reflectă petele de grăsime de pe sticlă. Își croi drum spre intrarea în depozit și așeză două mici cutii negre de o parte și de alta a ușii pentru marfă. Pe unitatea mai mică era montat un comutator care clipea atunci când era activat. Petra modifică poziția cutiei până ce apăru o lumină verde care nu pâlpâia; acum fasciculul de lumină dintre cele două cutii rămase imobil. Se întoarse în camera de lucru și aprinse monitorul acționat manual; dacă raza era întreruptă, suna o alarmă.

Aprinse lumina. Curiozitatea o făcu să se apropie de peretele din spate al încăperii. Pe el erau prinse în piuneze o mulțime de chitanțe și facturi. Se uită în spatele lor și zări gaura. Cineva scosese glonțul din zidărie, dar nimeni nu se obosise să repare stricăciunea. Petra zâmbi. Doar printr-un noroc chior nu îl ucisese în ziua aceea pe Ismail Qadiq. Stephanie habar n-avea ce făcea, totuși reușise să stoarcă de la egiptean numele lui Reza Mohammed cu mai mare ușurință decât ar fi făcut-o Petra. Pe de altă parte, Stephanie ar fi putut la fel de bine să-l omoare din greșeală.

Timp de cinci ore răsfoi documentele lui Qadiq. O parte din informații era în arabă, însă majoritatea înscrisurilor erau în engleză. Dădu de mai multe ori peste numele Mustafa Sela. Legătura dintre Reza Mohammed și Mustafa Sela rămânea un mister. Găsi și două referiri la al-Sharif Students Hostel din Earls Court. Una avea trecut în dreptul ei numele Obaid, cealaltă, numele Mirqas, care îi trezi curiozitatea atunci când, mai târziu, descoperi o bucată de hârtie într-o agendă veche. Pe un colț fusese mâzgălit cu pixul numele Keith Proctor și adresa lui, urmate de o bară și numele Mirqas. Aceeași mână notase câteva numere formate din patru cifre. Din felul în care informaţia fusese înregistrată, fără a fi materialul principal de pe pagină, Petra deduse că egipteanul notase datele în cursul unei conversaţii telefonice. Probabil că agenda fusese în acel moment obiectul cel mai la îndemână.

La puţine minute după ora patru dădu de fotocopia unui fax. Ochii îi fugiră spre menţiunea din capul paginii: **Re: FAT/3.** Sub ea erau înşirate douăsprezece rânduri incomprehensibile. Fiecare din ele era constituit din cifre şi litere. Niciun factor coerent nu părea a face legătura dintre ele. Numele şi numărul de telefon ale transmiţătorului fuseseră şterse, iar spaţiul destinat datei fusese lăsat gol.

Petra părăsi clădirea la puţin timp după ora şase în acelaşi mod în care intrase. Urcă în Volkswagenul Golf alb pe care îl lăsase la trei străzi distanţă şi traversă înapoi cartierul City. Primii bancheri şi brokeri îşi croiau drum de la staţiile de metrou către turnurile lor din sticlă. Petra se îndreptă spre Embankment şi parcă maşina în Savoy Place. Lăsă cheile în torpedou. Curierul de la Magenta House avea propriul set.

La şapte era în apartamentul ei.

Miezul zilei. Petra străbătea cu căruciorul de cumpărături culoarele supermarketului Europa. Lămpile fluorescente îi înteţeau migrena. Testă bananele şi portocalele pentru a vedea dacă erau proaspete, însă mintea nu îi era atentă la ceea ce îi spuneau degetele. Keith Proctor era cel care îi acaparase gândurile. Se întristase la vederea numelui său mâzgălit pe agenda lui Qadiq.

Se gândise de multe ori că ucigaşul lui Proctor era Reza Mohammed. Proctor intrase în contact cu Qadiq în timpul investigaţiei asupra celui responsabil de detonarea bombei pe cursa NE027 – iar Stephanie luase adresa lui Qadiq din computerul lui Proctor –, aşadar părea logic ca acela care îl înştiinţase pe Mohammed de faptul că un jurnalist intenţiona să îl demaște să fie Qadiq. Dar acum se părea că vinovatul era altcineva, un bărbat pe nume Mirqas. Se gândi dacă era posibil ca Mirqas și Mohammed să fie una și aceeași persoană, însă respinse ideea pe motiv că ar fi fost prea convenabilă.

Din cauza lui Proctor, Stephanie devenise Petra. Chiar dacă scopul asumat fusese acela de a obține dreptate pentru familia ei, Proctor se dovedise a fi catalizatorul. Fără el, Petra ar fi rămas Stephanie travestită în Lisa. Probabil. Ori poate că ar fi fost acum moartă, victimă a unui client cu apucături sălbatice, a răbdării ajunse la limită a lui Dean West sau a unei supradoze luate intenționat sau nu.

Petrecu după-amiaza urmărind un film alb-negru pe Channel Five. Îmbrăcată cu un maiou gri și colanți negri, se întinse pe canapea, ghemuită și strângând la piept pernițele. La ora șase își verifică laptopul. Găsi un mesaj adresat lui V. Libensky pe site-ul Heavens Above. Răspunse de pe adresa de mail a lui Andrew Smith. Era Serra, care îi propunea o întâlnire. Putea ajunge la Paris a doua zi la prânz? Răspunse că da, după care făcu o baie rapidă ca să nu întârzie la întâlnirea cu Frank.

Suntem șase, adunați în jurul mesei dintr-un restaurant italian din Marylebone. În stânga mea e John Fletcher, un vechi prieten de-al lui Frank care lucrează ca analist la o bancă de investiții din City. Mary, soția lui cea tăcută, stă așezată vizavi de mine, iar Rick Donald, în dreapta mea. E arhitect și a lucrat pentru Sir Norman Foster[1]*. Soția lui, Rachel, discută cu Frank.*

John Fletcher a venit direct de la muncă, îmbrăcat într-un costum cu dungi fine mototolit. La fel ca el. Fletcher nu e produsul unei școli private și n-a plutit pe aripi de vis pentru a ajunge

---

[1] Norman Foster (n. 1935), cunoscut arhitect englez proiectant al unor clădiri în stil Hightech avangardist (n. tr.).

la poziția pe care o deține; provine dintr-un mediu modest, marcat de sărăcie, șomaj și divorț. Încearcă să lase trecutul în urmă. Dar oricât succes ar avea în carieră, nu va reuși niciodată. Are tendința de a nu se relaxa deloc, de teamă de a nu rata ceva important, așa încât, cu toate că întâlnirea de la restaurant este în esență un eveniment social, nu rezistă tentației de a introduce elemente de natură profesională în conversația noastră.

— Brillex-Martins, murmură el, scanându-și parcă datele stocate în memorie. Sunt cei care construiesc uzina aceea chimică nouă lângă Anvers, nu-i așa?

Ne îndreptăm spre zone alunecoase pentru mine.

— O fabrică de produse farmaceutice, de fapt, îl corectez eu în timp ce mă întreb dacă eroarea nu a fost comisă intenționat. Dar da, e în apropiere de Anvers. Cam la cincisprezece kilometri de centru.

— Lucrezi de mult acolo?

— De aproape cinci ani, îi răspund.

Sper ca același lucru să îi fi spus și lui Frank.

Stomacul mi se strânge cu fiecare nouă întrebare. Sorb din vinul roșu Barolo. Dacă aș fi Petra, mi-ar fi ușor, numai că acum încerc să fiu Marina și nu pot să transfer pur și simplu abilitățile de la una la alta. Mi-aș dori s-o pot face,

— Și de când locuiești în Londra?

— De vreo trei luni.

Începe să mă chestioneze despre produsele Brillex-Martins. Despre zvonurile care circulă pe seama cercetărilor pe care le face compania. Despre brevete și bârfele legate de niște procese legale iminente. Despre potențiale fuziuni cu alte firme. Pulsul mi se accelerează. Deși Frank discută cu Rachel Donald, brusc devin convinsă că trage cu urechea la conversația noastră și își dă seama că mă aflu în dificultate. Acoperirea mea e menită pentru oameni de teapa lui Khalil, pentru oameni de genul celor cunoscuți de Serra, nu pentru analiști din City. Ei n-au intrat niciodată în ecuație. Nu cunosc în amănunt practicile de afaceri ale companiei și nici măcar produsele pe care le fabrică. Văd suspiciunea din ochii lui Fletcher și nu pot decât să sper că vede în reticența mea dovada unei prudențe profesionale, nu a unei ignoranțe crase.

— Și cu ce anume te ocupi în cadrul firmei? mă întreabă.

Folosesc replica pe care i-am dat-o mai de mult lui Frank:

— Remediez problemele apărute.

Ridică din sprâncene și simt că a sosit momentul să pun capăt conversației înainte de a fi supusă unui interogatoriu încrucișat. Așa că spun:

— Dar tu? Tu cu ce anume te ocupi?

Sosește mâncarea comandată. Spaghetti puttanesca[1]. *Nu mă mir.*

Ăsta e felul cum se poartă unii oameni în acest oraș. Adică normal. Majoritatea au în jur de treizeci și cinci de ani. Sunt bărbați și femei de carieră, sunt soți și soții, sunt părinți. Mă uit în jur la ceilalți comeseni din local și văd că cei mai mulți arată la fel. Normalitatea lor nu face decât să-mi agraveze senzația de anormalitate. Este adevărat, sunt mai tânără decât toți cei așezați în jurul mesei noastre. Am douăzeci și trei de ani și probabil că ar trebui să fiu studentă. Sau o proaspăt absolventă bine

---

[1] În traducere aproximativă, „spaghetti în stilul prostituatelor", fel de mâncare inventat probabil în anii 1950 pe insula Ischia. Pe seama sa circulă o legendă urbană potrivit căreia patronul unui restaurant din zonă care se pregătea să închidă localul a găsit așezați la mese niște clienți foarte flămânzi. Le-a spus că nu i-au mai rămas suficiente ingrediente pentru a le găti ceva, la care unul din ei a replicat: *Facci una puttanata qualsiasi* (aprox. „Aruncă tot ce mama naibii găsești într-o oală"). Omul nu avea în bucătărie decât patru roșii, două măsline și niște capere, cu care a făcut un sos, iar rețeta a devenit cunoscută în special datorită rapidității cu care e preparată (n. tr.).

pregătită, plină de optimism și dornică să îmbrățișeze o carieră prost remunerată. Dar nu mă simt de douăzeci și trei de ani, iar optimismul meu zace pe fundul Oceanului Atlantic. Prezența lui Frank îmi amplifică sentimentul. Dacă nu ar fi fost el, nu mi-aș fi făcut griji că l-aș putea pierde. Aș fi singură și netemătoare.

Mary Fletcher și Rachel Donald încep o conversație despre copii. Mary are un băiețel de patru ani și o fetiță de doi, Rachel, doi băieți, unul de trei ani, celălalt de optsprezece luni. Conversația se întinde pe aproape toată durata serii. Își amintesc de primii pași ai copiilor, de primele cuvinte, de nopțile nedormite și de sfârcurile crăpate. Din când în când, una dintre ele catadicsește să mă includă și pe mine în conversație.

— Fiind italiancă, îmi închipui că îți vei dori la un moment dat o familie cât mai numeroasă, zice Mary.

Zâmbesc și îi răspund că nu sunt sigură. Italiancă? Mamă? Nu sunt nici una, nici alta, și niciuna din ele nu pare să se potrivească adevăratei mele identități. Adevăratului meu eu. Acum am pe cineva pe care mi-ar plăcea să îl cunosc cândva.

Rachel spune:

— Scuze, Marina, probabil că te plictisești de moarte să ne asculți pe noi două trăncănind despre copii. Mi-e teamă că așa se întâmplă cu toți părinții. De cum apar pe lume copiii, nu mai pot vorbi decât despre ei.

Evident!

În adolescență eram ferm hotărâtă că nu voi avea niciodată copii. Nu vorbeam serios. Nici nu mă gândisem la asta. Nu o spuneam decât pentru a provoca o reacție negativă. Acum, când mă gândesc la asta, nu mai sunt așa sigură. De pildă, dacă mă uit peste masă la Frank – care mă vede cu colțul ochiului și reușește să-mi zâmbească chiar dacă o ascultă vorbind pe Mary –, îmi pot imagina că noi doi am fi părinți. Frank și Marina (sau Stephanie) și cei unu/doi/trei copii ai lor. Imaginea aceasta însă vine dintr-un univers paralel în care Frank are jobul perfect, eu sunt o casnică și o mamă fericită și locuim cu toată familia într-o casă la țară.

Simt cumva cum crește adânc în mine instinctul matern? Nu, deocamdată. Am simțit vreodată așa ceva? Poate în copilărie, dar nu-mi mai amintesc. În plus, aducerea unui copil pe lumea în care am petrecut ultimii patru ani ar fi cu siguranță un act criminal. Poate că instinctul meu matern a fost eradicat de alcoolul pe care l-am băut, de drogurile pe care le-am luat ori de bărbații care m-au bătut și m-au regulat, scoțându-l din mine. Sau poate că încă mai trăiește. Dar în stare latentă, în așteptarea momentului potrivit pentru a ieși la lumină. Da, poate că asta s-a întâmplat.

Strâng paharul cu ambele mâini și sorb din nou din vin, agățându-mă de acest gând. Acum îmi simt stomacul plăcut de cald. Un zâmbet obosit se insinuează pe buzele mele, iar asta îi atrage atenția lui Rachel.

— Îți dau un bănuț ca să-mi spui la ce te gândești, zice ea.

Iar eu răspund plină de infatuare:

— Banii nu-mi pot cumpăra gândurile.

Ceea ce, având în vedere trecutul meu recent, pare complet lipsit de sens.

Traversară Oxford Street braț la braț. Amatorii de cumpărături dispăruseră, înlocuiți de oameni fără adăpost care-și făceau paturi din cartoane umede și dormitoare din pragurile magazinelor. Doi bețivi stăteau așezați pe o bancă, având doze Red Stripe în mâini și certându-se fără motiv. Un al treilea bețiv urina pe un puiet proaspăt plantat.

— Ce e? întrebă Petra.

— Nimic, doar că mă gândeam la ceva ce mi-a spus John.

— Ce?

— Că te-ai purtat foarte defensiv.

Petra rezistă tentației de a nega vehement.

— Serios? Așa ți-a spus?

Frank încuviință din cap.

— Mi-a zis că ai evitat să-i răspunzi la întrebări.

— Mda, poate, dar știi și tu cum e. Poate că aș fi fost mai puțin rezervată dacă ar fi fost vorba de un profesor ori un doctor. Dar John e analist financiar la o firmă din City și nu-l cunosc prea bine, așa că trebuie să am grijă ce-i spun. Informația e o mină de aur.

— A avut impresia că reținerea ta se extinde și asupra problemelor personale.

— Și s-ar putea să aibă dreptate. Nu îl cunosc suficient de bine ca să discut cu el chestiuni intime.

Trecură pe lângă ambasada americană din Grosvenor Square și porniră de-a lungul South Audely Street. Tăcerea vibra parcă în jurul lor.

Într-un final Petra zise:

— Ce e? La ce te gândești, Frank?

— Nu are importanță.

Răspunsul o irită. Se opri din mers și îl forță să își întoarcă fața către ea.

— Ba sigur că are!

— Ba nu! insistă el. Nu are!

Petra nu se dădu bătută.

— Lasă-mă să ghicesc: ești de acord cu el. Și tu consideri că sunt evazivă și prudentă.

Îl observă cum lua în considerare varianta negării, pe care o respinse totuși.

— Sincer să fiu, da.

Dintr-odată părea că nu mai e nimic de zis. Petra se simțea ca o proastă fiindcă îl presase. El îi oferi o cale de scăpare:

— Dar nu-i nicio problemă!

Un amestec de panică și furie se aprinse înlăuntrul Petrei.

— Ba este! Mi-e clar că ai impresia că ascund ceva de tine.

— Nu, doar cred că nu te grăbești să-mi spui unele lucruri. Atâta tot. Și e OK.

Petra simți că tremură.

— Toată lumea are secrete, Frank.

— Știu.

— Până și tu. Nu se poate să nu ai secretele tale.

— Sigur că da.

Ceva se declanșă dintr-odată în ea – o dorință năvalnică –, iar vorbele începură să-i curgă din gură înainte să apuce să le cenzureze.

— Atunci nu mai fi așa de ipocrit!

Zâmbetul lui Frank se voia a fi împăciuitor și înțelegător. Petrei i se păru că o tratează de sus, iar asta o înfurie.

— Dumnezeule, chiar ți se pare amuzant?

— Cred că exagerezi.

— Nu trebuie să-ți spun totul despre mine. Nu trebuie să-ți spun nimic!

Un cuplu trecu pe lângă ei. Oamenii se holbară la Petra, iar ea le răspunse, încruntându-se și obligându-i astfel să-și ferească privirea.

Frank spuse:

— Ce-i cu tine, Marina?

Pauza se prelungi suficient de mult timp pentru ca Petra să-și revină. Furia i se risipi la fel de brusc pe cât explodase. Redeveni distantă. Respiră adânc de câteva ori, apoi își îngropă fața în palme. Simți mâinile lui Frank pe umerii ei, simți greutatea binevenită a siguranței pe care i-o transmiteau. Și asta o deprimă și mai tare.

— E în regulă! o linişti Frank. Am vorbit serios, chiar n-are importanţă.

Zorii veniră cu un cer din oţel din care se scurgea ploaia. Când Petra intră în bucătărie, îl găsi pe Frank cu o cană de cafea în mână, stând în picioare lângă fereastra care dădea spre Clarges Street. Se întrebă de cât timp era treaz; când deschisese ea ochii, patul era gol.

— 'Neaţa, îi spuse.

Frank se uită în jur.

— Uite ce-i, Marina, ieri-seară...

Mai mult de ruşine decât de supărare, Petra îl întrerupse:

— Oh, nu, Frank! Te rog!

El ridică o mână.

— Bine. Doar un singur lucru vreau să îţi spun. Unul şi atât.

— Ce?

— Nu am nevoie să ştiu totul despre tine. Şi poate că e mai bine nici să nu ştiu. Îmi pasă de tine, nu de trecutul ori de slujba ta, ori de altceva.

Se întorseseră acasă într-o tăcere apăsătoare şi făcuseră dragoste pe întuneric înainte de a adormi, fără a schimba prea multe cuvinte între ei. Când se trezise singură în pat, Petra se înfiorase la amintirea celor petrecute şi luase absenţa lui Frank drept un semn rău. Îşi trăsese iute pe ea o pereche de pantaloni largi din bumbac şi un jerseu negru, gros, ale cărui mâneci îi depăşeau vârfurile degetelor. Pe urmă se strecurase prin apartament, nerăbdătoare să-l găsească pe Frank. Şi neliniştită în legătură cu starea de spirit în care avea să-l găsească.

— Dacă ai motive să fii rezervată, nu-i nimic, zise Frank. Hai s-o lăsăm baltă! Poate că pe viitor vei simţi că-mi poţi spune unele lucruri... sau poate nu. Dar hai să nu facem acum o problemă din asta! De acord?

Petra rămase mută. Traversă bucătăria, își aruncă brațele în jurul gâtului lui și-l sărută pătimaș. Simți gustul cafelei pe limba lui.

Se sărutară, iar Petra simți gustul de nicotină pe limba lui.

— Mi-a fost dor de tine! zise Serra.

Petra se abținu să reacționeze potrivit primului impuls.

— Și mie mi-a fost dor de tine.

El o sărută din nou, iar ea îi simți degetele bâjbâind după nasturii de la bluză; regretă că nu se îmbrăcase cu altceva.

— Pentru asta m-ai făcut să vin aici? îl întrebă pe un ton aspru și tăios.

— Te-ai supăra dacă da?

— Da!

— Bun, atunci află că nu ăsta e motivul.

O luă de mână și o conduse spre dormitor.

Cu cinci ore în urmă, în Londra, Petra făcuse dragoste cu Frank. Acum, într-un apartament de pe Rue de Rivoli, gura lui Serra era cea care îi lingea sfârcurile, care trasa o linie pe abdomenul ei și își făcea loc între coapse. Închise ochii și încercă să își aducă aminte cum trebuia să-și joace rolul.

O jumătate de oră mai târziu se aflau în camera de zi a apartamentului. Serra bea un pahar de vin, Petra, o cola. Nu se obosise să facă duș - se grăbise să-și tragă pe ea niște haine -, iar acum regreta. Se simțea murdară. Și trupul, și gândurile îi erau murdare.

— Spune-mi despre Khalil! îl îndemnă ea.

— Ce-i cu el?

— Sunt curioasă. Nimeni nu-l știe decât după nume.

— La fel și pe tine.

— Da, dar tu mă știi în persoană. Deci cine e? Ce știi despre el?

Serra ridică din umeri.

— Numai ce mi s-a spus și nicio informație nu provine din sursă directă.

— Dar îl cunoști mai bine decât alții, nu-i așa?

— Da, desigur. Numai că asta nu înseamnă că ceea ce știu este adevărat.

— Înțeleg…

Serra își aprinse țigara cu un băț de chibrit.

— Din câte am aflat, Khalil s-a născut probabil în Kuwait City în anul 1966. Se pare că tatăl său era Mohammed Khalid Mahmud, un inginer originar din Pakistan, din tribul baluchi. Se crede că mama lui era palestiniană, dar numele complet al lui Khalil nu este cunoscut. Totuși, dacă aceștia au fost într-adevăr părinții săi, Khalil a crescut în Kuwait City în cartierul muncitoresc Fuhayil, unde locuiește o numeroasă populație palestiniană. În 1986, Mohammed Khalid Mahmud a revenit în Pakistan și s-a stabilit în Peshawar, în provincia de frontieră de la nord-vest. La acel moment, după cum știi, Peshawar devenise pentru mujahedini un punct strategic de lansare a atacurilor împotriva sovieticilor, angrenați în războiul purtat de cealaltă parte a graniței, în Afganistan. Presupun că experiențele trăite de Khalil în Kuwait City și Peshawar l-au transformat în cel de azi.

Petra sorbi din cola. Spuse:

— Știu că a fost îndrumat spiritual de șeicul Abdul Kamal Qassam și că, la fel precum șeicul Omar Abdel Rahman, Qassam a fost condamnat de un tribunal newyorkez. Asta ar constitui în sine un motiv suficient pentru Khalil, numai că, fără finanțare, nu poți să faci nimic.

— Corect!

— Așa că tu ești cel însărcinat să obții bani pentru el; vreau să știu de unde provin acești bani.

— De la Kamal Ibrahim Karim.

— N-am auzit de el.

— E un adept al lui Osama bin Laden. A fost antrenat într-una dintre taberele din Algeria finanțate de bin Laden. Spre deosebire de majoritatea adepților lui bin Laden, Karim e bogat, la fel ca bin Laden însuși. Familia lui Karim a adunat sute de milioane de dolari din afaceri bancare, cu petrol, transporturi maritime și construcții. Nu cunosc la cât se ridică averea lor, dar cu certitudine la peste o sută de milioane de dolari. Karim nu este singurul sponsor al lui Khalil, dar este cel mai important.

— Ideologic împărtășesc aceleași opinii?

— Numai în ceea ce privește faptul că Statele Unite sunt inamicul numărul unu. Karim este pakistanez, dar face parte din secta sunită Wahhabi, predominantă în Arabia Saudită. Arabia Saudită ocupă un loc special în lumea islamică fiindcă adăpostește cele mai sfinte sanctuare ale Islamului: *Haram al-Sharif*, Moscheea Sfântă de la Mecca, și *Masjed an-Nabi*, Moscheea Profetului din Medina. Chiar și numai din aceste două considerente, pentru Kamal Karim este inacceptabil ca soldați americani - soldați *creștini* - să se afle pe pământ saudit. Aceasta este prima sa motivație. Dar chiar dacă soldații ar fi retrași mâine, Statele Unite tot ar rămâne inamicul numărul unu din cauza sprijinului acordat Israelului, ca și pentru faptul că este o națiune de adulatori ai crucii. El crede că apărătorii islamului nu trebuie să aibă odihnă până ce dușmanii nu vor fi învinși. Pentru Khalil, problema este de natură personală. El vrea răzbunare pentru condamnarea șeicului Abdul Kamal Qassam.

— Khalil și Karim... Cum de s-au cunoscut și aliat ei doi?

— Karim trăiește în Peshawar, acolo unde Mohammed Khalid Mahmud s-a mutat în 1986, așa încât foarte probabil acolo s-au cunoscut. Oricum, acest fapt întăreşte teoria potrivit căreia Mahmud este tatăl lui Khalil.

— Asta dacă nu cumva teoria ne-a fost deliberat servită şi am fost împinşi pe o pistă falsă.

— Corect!

Petra se aşeză cu picioarele încrucişate pe canapea în timp ce Serra se plimba de colo-colo prin living.

— Cât mai rămâi la Paris? întrebă el.

Petra răspunse mecanic:

— Am zbor spre Zürich mai pe seară.

Serra ridică din sprâncene.

— Zürich?

— Nici să nu te gândeşti!

— Desigur! replică el cu o notă de sarcasm în voce. Ar fi trebuit să mă aştept la asta.

— Aşa e, ar fi trebuit.

— Deci nicio şansă să rămâi aici peste noapte?

— Nu!

Bărbatul zâmbi melancolic.

— Ce păcat!

Petra îi zâmbi la fel de prosteşte.

— De când ai plecat, mă tot gândesc la tine, continuă el. La noi.

„Intră în joc!" Petra își coborî privirea și încercă să pară sfioasă, ceea ce îi venea total nefiresc.

— Și eu m-am gândit. Chiar mai mult decât ar trebui.

— Ce vrei să spui?

Își ridică ochii.

— Vreau să spun că ar putea fi periculos pentru noi.

Serra dădu din cap, apoi spuse:

— O să-ți pun o întrebare și trebuie să îmi răspunzi pe loc.

— Pentru asta m-ai făcut să vin aici?

— N-aveam cum să discutăm altfel. Și nu prea mai avem timp. În funcție de răspunsul pe care mi-l vei da, va trebui să mă apuc imediat să fac pregătirile necesare.

— Despre ce este vorba?

— Khalil vrea să te angajeze ca agent în adormire.

Petra nu se grăbi cu răspunsul.

— Să înțeleg că se pregătește o luare de ostatici?

Petra încuviință cu o mișcare din cap.

— Da, o deturnare.

— De avion?

— Da.

Pe parcursul unei deturnări, agentul în adormire trebuia să treacă drept ostatic și, din această poziție, avea sarcina de a-i spiona pe deturnători, pe membrii echipajului aeronavei și pe oamenii de securitate aflați la bord. Nu se implica propriu-zis în deturnare, nici măcar dacă operațiunea nu decurgea conform planului.

— Răspunsul este nu. Deturnările sunt prea dificil de ținut sub control.

— Nu și aceasta.

— Absolut toți deturnătorii își închipuie că au prevăzut orice situație. Asta în cazul în care nu sunt sinucigași. Iar eu nu fac parte din această categorie.

— Crede-mă, operațiunea va decurge ca la carte. Ostaticii vor fi eliberați. Și tu odată cu ei.

— De ce eu? De ce nu unul dintre deturnători?

— Khalil vrea un outsider, cineva care nu a fost antrenat alături de ceilalți din echipă. Un nonmusulman. Cineva pe care să se poată baza.

Petra izbucni în râs; ironia i se părea evidentă.

— Și la asta se reduce credința într-o religie. Crede că se poate baza pe mine doar pentru că mă plătește?

Petra știa la fel de bine ca Stephanie că banii nu garantau loialitatea.

— Nu! Khalil știe că nu poate avea încredere în tine. Și de aceea te vrea; din aceleași considerente pentru care te-a angajat pentru misiunea din New York. Pentru bani.

— Unde vrei să ajungi cu asta?

— Vrea să te cunoască.

— Există modalități mai simple de a o face.

— Nu și în cazul lui Khalil. E obsedat de siguranța personală. Evită orice întâlnire de tip convențional. Suspectează pe toată lumea și se teme să nu fie identificat sau mai rău. În cazul de față a găsit, totuși, o soluție.

— Lasă-mă să ghicesc: o să fie în avion, așezat pe locul de lângă mine?

— Nu, nu va fi la bord. Dar te va aștepta când vei ateriza.

Afirmația stârni curiozitatea Petrei, trebuia să recunoască.

— Continuă!

Serra se opri din mersul de colo-colo și se așeză în fotoliul cel mai apropiat de ea. Se aplecă în față, cu coatele sprijinite pe coapse, și-și coborî vocea de parcă s-ar fi aflat într-un spațiu public și se ferea să fie auzit.

— Aeronava va ateriza în Malta. Va rămâne la sol timp de câteva ore - poate douăzeci și patru sau așa ceva -, după care ostaticii vor fi eliberați.

— De ce?

— Pentru că își vor fi îndeplinit rolul.

— Care este...

— Nu e nevoie să știi asta.

— Care va fi destinația inițială a zborului?

— Nici asta nu-ți pot spune.

— Și presupun că nici locul de îmbarcare?

— Desigur.

— Dar data? Serra îi aruncă o privire dezaprobatoare, la care Petra ripostă: Mai devreme sau mai târziu tot va trebui să-mi spui.

— Știu. Și va fi mai târziu. La momentul oportun, nu mai devreme.

Petra reuși să schițeze un zâmbet.

— Mă bucur să constat că, în ciuda relației dintre noi, n-ai renunțat la vechile obiceiuri. Putem împărtăși totul în afară de încrederea unul în celălalt.

Serra se lăsă pe spate în fotoliu și expiră tacticos fumul albastru al țigării.

— Informații inutile nu trebuie dezvăluite niciodată nici celor mai apropiați prieteni. Profetul Mohammed a zis: „Cel care păstrează secretele își va atinge iute obiectivele".

— Văd c-ai studiat Coranul.

— În domeniul meu e bine să știi câte ceva din toate.

— Oh, te cred!

— Bun, deci ce părere ai?

— E prea din scurt.

— Da, știu, dar am nevoie de răspunsul tău.

Petra își mușcă buza.

— De ce eu?

— Nu înțeleg.

— Presupun că planul a fost gândit de ceva vreme. Khalil s-a decis în mod sigur cu mult timp în urmă să recurgă la un agent în adormire nonmusulman. Și atunci de ce a lăsat totul pe mai târziu? Nu are sens.

— Oh, a existat un agent în adormire. Numai că nu mai este disponibil.

— Ce s-a întâmplat?

— A avut un accident auto.

— Vezi să nu! schiță Petra un surâs atoateştiutor. Spune-mi ce i s-a întâmplat cu adevărat!

Serra începu să gesticuleze.

— E adevărul adevărat. Un accident. S-ar fi putut întâmpla oricui. Și-a fracturat ambele picioare.

— Deci n-a murit?

— Nu. Dar este internat în spital.

— Când s-a întâmplat?

— Acum trei zile. Aici, în Paris.

— Deci eu sunt înlocuitorul?

— Exact!

— Și cum intenționa Khalil să se implice? Voia să îl cunoască pe omul pe care ar trebui să îl înlocuiesc eu?

— Nu. Însă atunci când - cum să zic? - a apărut acest post liber, s-a gândit să profite. Khalil va fi în Malta atunci când avionul va ateriza. Așa cum a intenționat de la bun început.

Încă un şoc pentru Petra.

— Și va avea cu el o mulțime de oameni de pază.

Serra zâmbi.

— Dacă ai fost în Malta, ştii că este un loc în care e uşor să te pierzi. Khalil a vizitat de multe ori insula și se simte în largul său acolo. Pentru el este ca o a doua casă.

— Și ce doreşte să discute cu mine?

Serra ridică din umeri.

— Nu cunosc detaliile. Dar sunt convins că va găsi o cale să te contacteze.

Khalil în Malta. Ideea se cristaliza în mintea ei. Dar pentru a ajunge acolo - pentru a avea parte de şansa pe care și-o dorea –, trebuia să treacă de chestia cu deturnarea avionului. O operațiune pentru care nu i se oferiseră, pentru moment, detalii.

Serra o întrebă ce părere avea despre propunere.

Petra încercă să își adune gândurile.

— Încă nu știu.

— Îmi dau seama că e din scurt, dar trebui să îmi răspunzi dacă e da sau nu.

— Iar eu trebuie să mă gândesc. Nu mult timp, îți promit.

— E vorba de bani?

— Întotdeauna e vorba de bani.

Serra deschise gura - poate pentru a-i face o ofertă generoasă –, dar Petra îi tăie vorba:

— Știu că indiferent cât voi cere, Khalil va plăti, așa că, de data asta, este vorba de altceva.

— Ce?

— Profetul Mohammed a zis: „Cel care păstrează secretele își va atinge iute obiectivele". La fel ca mine, va trebui să aștepți să vezi ce se întâmplă.

24

Așa cum fusese instruită să procedeze, Petra coborî din trenul Eurostar la Gara Waterloo, de unde merse pe jos spre Podul Waterloo. Sunase din Paris la Magenta House și stabilise o întâlnire. Ploua torențial, iar drumurile fuseseră reduse la simple licăriri. Trecea pe lângă Teatrul Național când un Mercedes negru opri la bordură. Pe bancheta din spate stătea Alexander. Petra urcă lângă el, bucuroasă să scape măcar de ploaie. Scutură din cap, împrăștiind picături de apă pe scaunele din piele.

— De ce ai sunat? întrebă Alexander.

— Am aflat cine sunt Fiii lui Sabah.

— Cine?

— Khalil a pus la punct un plan de deturnare. Membrii echipelor antrenate să-l pună în practică sunt Fiii lui Sabah.

— Serra ți-a spus?

— Nu tocmai. Însă totul se potrivește.

— De ce ți-a divulgat această informație?

— Pentru că vrea să fiu la bord ca agent în adormire.

— Cum așa? Ce se așteaptă să faci?

— Nu mi s-a spus. Îl voi înlocui pe agentul ales inițial, care se pare că a avut un accident nefericit la Paris în urmă cu câteva zile. Un accident auto. Și-a fracturat ambele picioare. Problema e că Serra vrea un răspuns imediat. De asta am sunat. Trebuie să aflu amănunte despre accident.

Alexander dădu din cap.

— Nu cred să fie vreo problemă.

Se aflau la jumătatea podului. În stânga se zărea masiva clădire Adelphi, care arăta monumental în întunericul nopții. Magenta House era însă invizibilă în spatele crengilor negre ale copacilor din Victoria Embankment Gardens. I se păru totuși că întrevede pâlpâiri de lumină la ferestre. Magenta House nu dormea niciodată. Și nici Alexander, sau așa umbla vorba.

— O deturnare de avion, spuse el gânditor. Din câte știu, ar fi prima pentru Khalil.

— N-ai sentimentul că e ceva putred la mijloc?

— Khalil va face parte din echipă?

— Nu. Însă va fi prezent la sfârșit. Se pare că ăsta e motivul pentru care m-au racolat.

— Și unde va fi sfârșitul?

Petra deschise gura, apoi o închise. Își aminti apoi de Rio de Janeiro și New York, două operațiuni simple în care lucrurile luaseră totuși o întorsătură proastă.

— Nu știu. Serra n-a vrut să-mi dea detalii. Nici despre cursă, nici despre dată și locuri. Dar se grăbește, așa că presupun că operațiunea va avea loc cât de curând.

— Nu ți-a spus nici măcar unde îl vei întâlni pe Khalil?

Petra clătină din cap.

Traversară Trafalgar Square și se îndreptară pe The Mall[1] către Palatul Buckingham, unde cotiră pe Constitution Hill în direcția Hyde Park. Petra cobori în apropiere de Inter-Continental. De acolo era o plimbare de cinci minute până la apartamentul ei, dar tot ajunse murată până la piele.

Se dezbrăcă de hainele ude în dormitor și făcu un duș fierbinte. După aceea se înfășură într-un prosop și-și prepară

---

[1] Arteră importantă din centrul Londrei care leagă Piața Trafalgar de Palatul Buckingham (n.tr).

o ciocolată caldă aromatizată cu scorțișoară. Scotoci prin colecția ei modestă de CD-uri și alese *OK Computer* al celor de la Radiohead. Îl sună pe Frank.

— M-am întors, îl anunță scurt, fără să-i dea ocazia de a mai rosti ceva.

— Vrei să vii la mine?

— Nu! Sunt terminată. Vino tu aici!

Patruzeci de secunde mai târziu se auzi un ciocănit în ușă. Se sărutară. Petra îl conduse în bucătărie, unde îi oferi restul de ciocolată caldă.

— Oh, nu, mersi! Mi se pare că ai mai mare nevoie de așa ceva decât mine.

Petra își lăsă capul pe umărul lui.

— Nici n-ai idee!

Merseră în camera de zi, se întinseră pe canapea unul în brațele celuilalt și rămaseră tăcuți până ce Frank întrebă:

— Ce ascultăm?

Melodia care se auzea era „Exit Music", în varianta de coloană sonoră pentru un film.

— Îți place?

Frank se strâmbă.

— Îți vine să te sinucizi când o auzi.

— Știu. Dar îți place?

— Ce ar putea să-mi placă? E deprimantă.

— Cea mai bună muzică scrisă vreodată. Eu, când îmi imaginez iadul, mă gândesc la Beach Boys.

— Nu ți-ar plăcea mai mult ceva care să te înalțe sufletește?

— *Asta* mă înalță.

Merseră la culcare, dar, în ciuda epuizării, Petra nu reuși să adoarmă. Telefonul sună la 1.10. Da, dăduseră de urma bărbatului respectiv. În săptămâna precedentă avusese într-adevăr loc o coliziune în care fuseseră implicare șapte mașini.

Se întâmplase pe Boulevard Périphérique, în apropiere de Porte de Bercy. O femeie murise și patru oameni fuseseră răniți, iar printre ei se afla și un turist argentinian pe nume Eduardo Montoya. Acesta își fracturase ambele picioare și, după ce primise primele îngrijiri, acum se recupera într-o clinică privată. Vocea de la celălalt capăt al firului îi spuse Petrei că Montoya era de fapt Hugo Pentoral, un venezuelean care își începuse cariera infracțională ca traficant de droguri, pentru ca, în ultimii trei ani, să acționeze în Europa ca asasin necalificat și prost plătit, specializat pe țările din fostul bloc comunist, unde țintele sale vizau cu predilecție oficialii guvernamentali nepăziți de gărzi de corp care aveau tupeul să fie oameni cinstiți. Petra puse receptorul jos încet, dar Frank se trezise.

— Probleme?

— Ce altceva? răspunse Petra, strecurându-se din pat.

— Unde te duci?

— Trebuie să trimit un e-mail.

— La ora asta?

În camera de zi e rece, o atmosferă potrivită cu starea mea de spirit. Mă gândesc la oamenii care se vor îmbarca în avionul pe care Khalil intenționează să îl deturneze. Sunt aceiași care au fost în cursa NE027. Familia mea; aș putea fi chiar eu.

Într-un cotlon din mintea oricărui călător cu avionul stăruie întotdeauna mici întrebări. Oare cursa va fi întârziată? Este posibil ca un motor să se defecteze în zbor? Ne vom prăbuși și vom muri cu toții? Dar câți oameni își fac griji că avionul lor ar putea fi deturnat? Vedem asemenea situații prezentate la televizor în emisiunile de știri și ne imaginăm ororile, dar ne consolăm cu improbabilitatea statistică a unei astfel de sorți. Totuși, chiar în clipa asta, undeva în lume, niște oameni complotează pentru a prelua controlul asupra unei curse comerciale sau pentru a o arunca în aer. La fel ca implicarea într-un accident auto, a fi victima unui atac terorist nu se poate întâmpla decât altora. Până ce ți se întâmplă ție. Și atunci e prea târziu.

Îi trimit un e-mail lui Serra.

Afișul de pe ușa de la subsol anunța că Anglo-Egyptian Cargo Company era închisă. Dincolo de gardul ruginit, printre crăpăturile din beton, răsăriseră buruieni. Iarba căpătase o nuanță de cenușiu din cauza poluării. Petra împinse poarta și ieși de pe Earls Court Road. În spatele ei, mașinile se târau încet la ora aceea de vârf spre malurile Tamisei. Coborî treptele spre subsol. Plăcuța cu numele firmei fusese fixată deasupra unei uși cu panou din sticlă mată peste care fuseseră montate în diagonală bare de fier. Petra aruncă o privire prin fereastra principală, protejată în același mod, dar nu zări nimic. Nu numai fiindcă înăuntru era întuneric, ci și pentru că geamul era acoperit de o perdea.

Cei de la Magenta House făcuseră cercetări și descoperiseră că această clădire aparținea de Forest Property Services, companie care avea în posesie și blocul ocupat de al-Sharif Students Hostel, precum și firma RJN Travel de pe Hogarth Road. La rândul său, Forest Property Services era deținută de Marchand, o firmă de investiții franceză cu sediul la Paris. Petra nu fusese surprinsă să afle că Marc Serra era membru în consiliul de administrație; adresa provenea din dosarele sale pariziene private.

În dreapta ușii se afla un pasaj mic și întunecos care dădea în spate într-o grădină părăsită. Cu excepția subsolului, întreaga clădire era rezidențială, deși felul cum fusese compartimentată nu corespundea întru totul viziunii arhitecților care o proiectaseră. Planurile clădirii păstrate la departamentul de specialitate al Royal Borough of Kensington & Chelsea[1] ară-

---

[1] Unul dintre cele 32 de districte care formează zona metropolitană a Londrei (n. tr.).

tau că fiecare etaj fusese împărțit în două sau trei apartamente. Gradul de ocupare al acestora varia. În acest moment, din motive necunoscute, erau puțini locatari.

Petra ajunse în capătul opus al pasajului, care se deschidea spre grădină. Buruienile crescuseră atât de înalte în lupta lor necontenită pentru a-și asigura aerul și lumina necesare, încât acoperiseră cu totul zidul cel mai îndepărtat. Petra se întoarse câțiva pași și se opri în dreptul ușii aflate la jumătatea gangului. Încercă clanța. Ușa era încuiată, însă mecanismul care o ținea zăvorâtă se stricase; lemnul care îl înconjura putrezise. Făcu un pas în spate și izbi puternic cu piciorul. Așchii se împrăștiară pe jos în clipa când încuietoarea cedă. Petra forță ușa, împingând-o cu umărul. Se înfioră când un miros scârbos îi asaltă nările. Putea de parcă ceva murise și se dezintegrase în spațiul lipsit de aer. Așteptă câteva secunde ca ochii să i se adapteze la întuneric. Se afla într-o magazie; scaune roase de cari, trântite unul peste altul într-un colț, într-un alt colț, o bicicletă fără o roată și lanț, restul spațiului fiind în mare parte ocupat de cutii din carton care conținuseră cândva televizoare Hitachi. Ușa prin care se ieșea din magazie ducea spre un coridor scurt, care lega cele două încăperi principale ale Anglo-Egyptian Cargo Company.

Încăperea din față servea drept cameră de lucru: două birouri, o jumătate de duzină de scaune din plastic, două computere vechi, calendare pe pereți și trei aviziere pe care erau prinse mesaje, în majoritate în arabă. Pe o latură se afla o mică sală de baie, iar pe latura cealaltă, o bucătărie de mărimea unui dulap. Petra petrecu o jumătate de oră răsfoind documente, dar nu găsi nimic, așa că își îndreptă atenția către încăperea situată în partea din spate a clădirii. Cele mai multe mărfuri comercializate de Anglo-Egyptian Cargo Company nu ajungeau niciodată în Earls Court. Stăteau în depozitele aeroporturilor și ale docurilor, după care erau transferate pe mare sau pe calea aerului spre alte depozite din alte aeroporturi și docuri. Petra știa că Ismail Qadiq folosea firma pentru a importa tricouri din Cairo la Londra, însă în această a doua încăpere, cândva o cameră de zi, fuseseră depozitate și alte bunuri, în cantități mai mici. În capătul său îndepărtat se afla o canapea. Pe ea fuseseră așezate două fotolii pentru a crea mai mult spațiu pe podea.

Unele cutii erau deschise, altele erau sigilate, dar majoritatea aveau lipite pe ele etichete care specificau conținutul și detaliile privind transportul. Adunătura de bunuri era una pestriță: o sută de cartușe de țigări Winfield; un mic pachet cu douăzeci de ceasuri de mână Casio ieftine; un bidon cu ulei de măsline grecesc; două cutii cu benzi VHS de trei ore fabricate în Scoția goale; o cutie plină cu jerseuri din cașmir; cinci lăzi cu Coca-Cola; douăzeci de perechi de pantofi de alergat marca Nike; două cutii cu sticle conținând fluid pentru curățarea lentilelor de contact; trei saci menajeri plini ochi cu blugi Levi 50ls[1]; patru sute de brichete Bic; o ladă cu scotch Glenlivet; baterii Duracell cumpărate în vrac; cincisprezece poșete Gucci; două mii de prezervative Mates; un televizor Bang & Olufsen.

„Import-export", murmură Petra pentru sine pe un ton împărțit între dispreț și admirație.

Peste fundalul îndepărtat al zgomotului circulației se auzi o tuse. Urmată de scrâșnetul metalului pe metal: o cheie introdusă în broască. Ușa din față, își dădu seama Petra. Se îndreptă spre coridor, însă era prea târziu. Cineva – de fapt, mai mult decât *o persoană* – intrase deja. Nu avea cum să ajungă la timp în magazie. Se răsuci pe călcâie în căutarea unei căi de scăpare. Fereastra care dădea spre grădină era blocată de bare și încuiată.

---

[1] Cea mai veche marcă de blugi, produsă între 1886 și 1902 de celebra Levi Strauss & Co. (n. tr.).

„Gândește! Ce ar trebui să faci acum? Cum ți s-a spus să procedezi în asemenea situații? Ce ar trebui să-ți vină din instinct, dar, din câte se pare, ai uitat?"

Mai multe voci vorbeau în arabă. Se apropiau, ieșind din camera din față și îndreptându-se spre coridor. Încercă să le numere. Erau două în mod cert, dacă nu trei. Se retrase în spatele canapelei și se ghemui într-un colț, în spatele cutiei cu televizorul Bang & Olufsen. Trase spre ea perdeaua mâncată de molii și o fixă de spatele cutiei cu genunchiul. Avea să îi ofere un plus de protecție sau, cel puțin, așa spera. Își lipi obrazul stâng de covor, care fusese cândva o masă de fire violet și roșu aprins, dar care, cu vremea, se transformase într-un colaj de pete întunecate. Covorul putea a mizerie, a abandon sau doar a anii care trecuseră peste el. Petra se rugă ca praful pe care îl inhala să nu o facă să strănute.

Fiecare bătaie a inimii ei înnebunite o amețea. O imagine îi reveni în minte. Ploaia, ceața, conversația din groapa de turbă. „Ține-ți respirația sub control și suprimă-ți panica!" Se întrebă unde se afla în clipa aceea bărbatul care o sfătuise așa. Se concentră asupra plămânilor și a inimii. Treptat, pulsul i se domoli.

Printre picioarele canapelei zări trei – apoi patru – perechi de tălpi. Toate bărbătești. Indivizii conversau tare și cu însuflețire între ei. Începură să mute cutii și lăzi prin încăpere. Petra auzi zgomotul ruperii benzilor adezive, pe cel al capacelor deschise. Treptat, o voce deveni predominantă. Celelalte trei nu vorbeau decât rar. Picioarele rămaseră nemișcate, cu excepția unor foieli ocazionale. Poate că li se ținea o cuvântare? Din încăpere veneau și alte sunete care nu însemnau nimic pentru ea, legate de acțiuni ce se derulau în afara razei sale vizuale. Cineva făcea ceva cu mâinile.

Se luptă să-și învingă panica, să își aducă aminte cum o învățase Boyd să rămână nemișcată și tăcută timp de ore în şir, dacă era cazul, indiferent cât de aproape se afla de sursa ameninţării. Se concentră asupra fiecărei părţi a corpului, şi-o zugrăvi în minte ca fiind relaxată, într-o stare de totală inerţie, şi, astfel, produse o încetinire în întreg trupul.

Bărbaţii rămaseră în încăpere o oră şi jumătate. În tot acest răstimp, Petra nu se clinti din loc şi nu luă în seamă furnicăturile din tot corpul şi crampa dureroasă din gamba dreaptă. După plecarea lor, aşteptă zece minute înainte de a ieşi din ascunzătoarea urât mirositoare. Îşi masă gamba şi examină mărfurile din încăpere. Din câte îşi putea da seama, nimic nu fusese scos sau adus înăuntru, dar nu avusese suficient timp pentru a examina înainte totul în detaliu.

E după-amiază, iar Frank m-a dus la National Gallery, unde nu am mai fost. Nu ştiu nimic despre artă şi, cu excepţia vizitei recente la Tate Gallery, nu am intrat niciodată până acum într-un asemenea muzeu, aşa că descopăr cu surprindere cât de mişcată mă simt când, mână în mână, trecem pe lângă lucrări de Tiţian, Rembrandt, Raphael şi Velázquez. Îmi place răcoarea şi liniştea din săli. Mă calmează. Mă uit la tablouri şi la oamenii care se uită la ele. Experţi sau amatori, oameni studioşi sau doar cupluri de îndrăgostiţi. La fel ca noi, poate.

Şi pe urmă, într-o singură clipă, totul se schimbă.

Evident, la început nu-l recunosc. Poartă o jachetă de tweed de prost gust, cu petice de piele cusute la coate. Pantaloni de catifea reiată şi o cămaşă bleu-deschis încheiată cu nasturi până jos. Pe vremuri avea părul un pic mai lung şi şi-a schimbat ochelarii de la rotunzi la ovali, însă rama e tot neagră şi mată. Până acum nu l-am văzut îmbrăcat decât în costum. Nu schimbările subtile intervenite în aspectul său sunt însă cele care mă şochează, ci contextul în care îl revăd.

Philip. Miercurea după-amiaza, la ora trei, dacă îmi amintesc bine. Era unul dintre clienţii mei fideli. Şi printre aceia suportabili. Obișnuia să-mi facă mici cadouri din când în când. Sticluțe cu parfum ieftin sau câte o pereche de ochelari de soare, nimic care să depășească tariful obișnuit pentru o jumătate de oră. Mi-a spus că lucrează în publicitate. Și că e necăsătorit, ceea ce pare să fi fost o minciună, căci lângă el e o femeie. Discută cu el și poartă pe inelar o verighetă. Femeia ține de mână o fetiță. Un băiat mai mare, de unsprezece-doisprezece ani, stă la dreapta lui Philip și are aerul că se plictisește de moarte.

Philip. Mă întreb care e numele lui real. Mă întreb dacă lucrează cu adevărat în publicitate și dacă nu cumva a inventat acele povești de la birou pe care mi le spunea în timp ce se îmbrăca înaintea plecării.

Simte că se uită cineva la el și întoarce capul spre mine. Ochii ni se întâlnesc, iar pupilele i se dilată. N-am cum să zăresc propriu-zis schimbarea de pe fața lui, însă o simt. Încă nu m-a recunoscut, dar știe că m-a mai văzut undeva. Aș putea să-mi feresc privirea și nimic nu s-ar întâmpla, dar n-o fac. Mi-am câștigat dreptul la acest moment.

Și pe urmă mă recunoaște. Văd cum corpul i se încordează și devine rigid. Se albește la față. Soția continuă să-i spună ceva despre tabloul la care se uită, dar el nu o aude. Nu-și poate lua ochii de la mine. Știe că îl văd așa cum este, știe că în clipa asta este gol și vulnerabil. Îmi imaginez că gura i s-a uscat și are acum textura glaspapirului. Dă să zâmbească, în chip de ofertă de pace, pe care, evident, o resping. Continui să mă holbez încruntată și îl îndrept blând pe Frank în direcția familiei lui Philip.

Bărbatul cunoscut de mine sub numele de Philip se întoarce cu spatele și-și mână soția și copiii spre sala următoare. Nu-mi pasă, știu că-mi simte ochii care îl sfredelesc într-un punct situat drept între omoplați. Prezența lui Frank e singura care mă împiedică să merg să mă prezint soției.

Îl urmăresc preț de o jumătate de oră. Observ cum furișează din când în când o privire spre mine și singurul meu regret e că nu pot vedea și zbuciumul dinlăuntrul lui.

Mai târziu, în clipa când părăsim muzeul, Frank se răsucește spre mine și mă întreabă dacă mi-a plăcut National Gallery. Îi răspund că n-aveam idee că o vizită la un muzeu poate oferi atâtea satisfacții.

Ca urmare a e-mailului trimis lui Serra, în săptămâna următoare Petra făcu două călătorii la Paris, dintre care una de o zi. Serra o întâmpinase în apartamentul său cu intenții lubrice, pe care ea le respinsese iritată, susținând că nu avea la dispoziție decât două ore. Serra glumise că două ore erau fără îndoială de ajuns chiar și pentru o tigroaică așa ca ea, la care Petra replicase:

— Poate c-ar fi mai bine ca până la finalizarea operațiunii să ne limităm la relații strict profesionale.

Lui Serra nu îi căzuse deloc bine refuzul, și asta o mulțumi pe Petra. Era o zi geroasă, dar frumoasă, așa că profitară de ea făcând o plimbare pe malurile Senei și în jurul Île de la Cité. Serra purta un pardesiu de cașmir peste un costum Pierre Cardin, Petra, o haină de piele trei sferturi peste o bluză de trening imprimată peste bust cu imaginea decolorată a lui Iggy Pop și cuvintele POFTĂ DE VIAȚĂ.

Serra spuse:

— Khalil nu e deloc încântat de pretențiile tale financiare. Își dă seama că știi că o să te plătească, însă o jumătate de milion de dolari e prea mult pentru un agent în adormire, orice i s-ar cere să facă.

— Dar Kamal Ibrahim Karim are o avere de peste o sută de milioane de dolari sau, cel puțin, așa mi-ai spus tu.

— Așa și e, numai că se așteaptă la beneficii mai consistente pentru o investiție de cinci sute de mii.

— Păi deocamdată nici nu mi-ai spus ce ar trebui să fac, căscă Petra. În plus, nu-mi pasă dacă îi convine sau nu. Sunt mercenară, iar mercenarilor nu le pasă ce gândesc angajatorii. Prețul e jumătate de milion. Totul sau nimic!

Serra îi înconjură umărul cu brațul, iar Petra se înfioră. Mască reacția, apropiindu-se de el și petrecându-și un braț pe după mijlocul lui.

Trecură în tăcere pe lângă un grup de turiști care se plimbau agale. Petra zise:

— Știu că ești genul secretos, dar pot să te întreb ceva?

— Ce?

— De curiozitate, de ce Malta?

— Khalil consideră că Malta reprezintă o problemă islamică.

— De ce?

— La baza islamismului stă conceptul de Oraș al Războiului și Oraș al Credinței.

Petra clătină din cap în semn de neștiință.

— Ce înseamnă?

— Locurile guvernate de islam sunt Dar al-Imam, Orașul Credinței. Toate celelalte sunt Dar al-Harb, Orașul Războiului. În islam se duce o luptă continuă între cele două. Între Orașul Credinței și Orașul Războiului nu poate exista pace. Unul dintre ele trebuie să triumfe și este de datoria tuturor musulmanilor să facă în așa fel încât acela să fie Orașul Credinței. Cel puțin asta este viziunea lui Khalil. Poziția Maltei în mijlocul Mediteranei, la jumătatea distanței dintre Africa și Europa și dintre Orient și Occident, nu este doar o coincidență geografică. Malta este, într-adevăr, o răscruce convenabilă de drumuri, dar nu numai atât, poziția sa geografică are o încărcătură profund simbolică. Tindem să înglobăm Malta în grupul larg și eterogen al țărilor occidentalizate, însă musulmanii o văd ca parte a islamului, adică aparținând Orașului Credinței. Asta în ciuda faptului că nouăzeci și opt la sută din populația insulei este romano-catolică.

Semnificația locului devenea acum limpede.

— Khalil vrea să demonstreze ceva prin alegerea Maltei, nu-i așa?

— Chiar mai mult decât atât. Există rațiuni practice pentru aterizarea în Malta. Oamenii lui Khalil se mișcă liber printre maltezi, iar el se simte în siguranță acolo. Dar, sigur, la mijloc e și dorința lui de a demonstra ceva. O operațiune încununată de succes într-o țară romano-catolică privită drept occidentalizată ar scoate în evidență revendicarea veche și adânc înrădăcinată pe care islamul o are asupra insulei. Insula în sine nu prezintă o semnificație deosebită, însă poziția ei, da.

A doua călătorie la Paris a Petrei avu loc peste cinci zile. Ajunse în oraș după-amiaza târziu și luă un taxi până în Rue de Rivoli. Serra o primi circumspect, nesigur de reacția ei. Petra jucă rolul de prostituată. Mai târziu în acea seară, Serra o invită la un mic restaurant din cartierul Marais. Era genul de local unde Petra și-ar fi dorit să se afle împreună cu Frank, înghesuiți unul în altul la o masă, cu degetele împletite, fețele luminate de lumânări, ochii strălucind de promisiuni și stomacurile înfierbântate de mâncare, vin și nerăbdare. Faptul că totul era o prefăcătorie din partea ei o duru. Mâncă tocană de pește în sos de vin și usturoi. Serra comandă felii subțiri de miel la cuptor care erau atât de crude, încât carnea rozalie din mijloc rămăsese rece.

Se aplecară unul spre celălalt, ca doi îndrăgostiți, dar nu ca să discute despre viitor sau iubire, ci despre Khalil și planurile lui odioase.

— Khalil poate apela la voluntari de oriunde, spuse Serra. Din Filipine, Malaysia, Iran, Pakistan. Nu trebuie decât să răspândească vorba, iar oamenii vin imediat la el. Numele lui atrage ca un magnet.

— Și unde îi duce?

— Depinde de misiune.

— Echipa mea?

— Prima lor bază a fost în Valea Bekaa din Liban, într-o tabără a Hezbollahului. În ultimii zece ani, Khalil a lucrat din când în când pentru Hezbollah și i s-a permis la schimb să beneficieze de centrele lor. La fel ca Malta, Libanul e considerat de musulmani ca fiind parte a islamului, iar fundamentaliștii încearcă de mult să scape țara de creștini. O opinie împărtășită de Khalil.

— Kamal Ibrahim Karim vizitează vreodată taberele?

Serra clătină din cap.

— Trăiește la granița dintre Pakistan și Afganistan, de-a lungul căreia se mută tot timpul, ca un nomad, și nu părăsește niciodată zona. A renunțat s-o mai facă. Însă îi place să-și extindă influența cât mai departe.

Serra îi povesti Petrei despre felul cum voluntarii erau verificați atent, din motive de securitate, înainte de a fi mutați într-o altă tabără.

— Și unde a fost mutată echipa mea? întrebă ea.

— În Libia.

— Cum a ajuns acolo?

— Cu un avion militar libian, zbor direct spre Tripoli – e o procedură standard –, iar, de la aeroport, recruții au fost transferați cu camionul la o bază aflată în deșert. Se cheamă LV241 și este o bază nouă, finanțată de Kamal Ibrahim Karim. Acolo li s-a făcut instructajul propriu-zis.

— Care în ce constă?

— În primul rând în antrenamente fizice. Forma fizică și disciplina sunt socotite a fi cruciale. Pe urmă vin considerentele de ordin ideologic și religios. Mai târziu sunt instruiți în mânuirea armelor, iar, la final, primesc instructajul tehnic. La baza aceasta există un hangar. Înăuntru a fost reconstituit interiorul unui avion cu ajutorul fragmentelor unor aeronave scoase din uz – Tupolev, Boeing, Lockheed, Iliușin și așa mai departe –, așa încât echipa să poată exersa deturnarea în „spațiul real". Khalil zice că oamenii sunt acum bine pregătiți.

— Așa și trebuie. Dar tu ce părere ai?

— Nu știu. Nu i-am cunoscut.

Petra nu-l crezu.

— Să nu-mi spui că n-ai fost acolo. Sau bronzul tău e doar rezultatul unui ianuarie petrecut într-un salon dotat cu solar?

Zilele dintre cele două călătorii la Paris fuseseră grele. Descoperi cât de ușor îi era să-l mintă pe Serra și să-i spună lucrurile pe care ar fi vrut să i le poată spune lui Frank. Era frustrată și când era cu Frank, iar asta începu să se vadă. Neputând să se dezvăluie singurului om care conta pentru ea, se afla mereu sub presiune. Cum se făcea, se întreba ea, că se putea preface perfect în fața lui Serra, în timp ce cu Frank avea dificultăți în a-i spune cât de mult se bucura să fie cu el, că îl plăcea mai mult decât pe oricine și că el era primul și singurul om pe care simțea că se putea baza?

Acum, întinsă pe patul lui Serra, se rostogoli pe o parte sprijinită într-un cot și îi șopti la ureche:

— Știi, Marc, dacă circumstanțele ar fi fost cele potrivite, aș fi putut să mă îndrăgostesc de tine.

Rosti cuvântul *acela* pe care nu reușea să-l facă să iasă din gât în prezența lui Frank. Și pe care îl articulă acum fără pic de efort. Serra, care încerca să-și recapete răsuflarea post-coitală, păru surprins pe moment. Petra simți nevoie să se explice:

— Dar, din păcate, circumstanțele în care ne aflăm acum nu sunt potrivite.

— Peste două zile te voi prezenta echipei de deturnători.

— Unde? Aici?

— Nu. La Londra.

— Londra?

Reacționase prea rapid, prea nervos. Serra observă.

— E vreo problemă?

Încercă să pară nepăsătoare.

— Sigur că nu. N-am nicio problemă cu Londra.

— După ce vei ajunge la Londra, vei rămâne acolo până la începutul misiunii.

— De acolo va pleca zborul?

Serra rânji.

— Nu neapărat. Majoritatea membrilor echipei vor ajunge la locul de decolare, zburând cu diverse curse, pentru a reduce posibilitatea să meargă prost ceva. Dar tu vei porni din Londra.

— Cât timp va trebui să aștept acolo?

— Să zicem că în termen de circa o săptămână te vei întâlni cu Khalil.

Era dimineață, iar Petra se pregătea să plece. Se aflau în hol când Serra spuse:

— Am ceva pentru tine.

— Ce?

— Un cadou.

Scoase de la spate o pungă de plastic cu o cutie în ea.

— Scuze pentru ambalaj!

Petra scoase cutia din pungă. Era un walkman Sony. Un cadou obișnuit între doi oameni normali, dar nu și între ei. Surprinderea inițială fu înlocuită de un sentiment de jenă care o irită.

— Nu-ți place muzica? o întrebă Serra.

Își dădu seama că o tachina.

— Ba da! Unele genuri.

— Acum vei putea asculta exact ce îți place. Lăsă propoziția să plutească în aer, apoi adăugă: Un lucru trebuie să-ți mai spun. Nu apăsa simultan pe fast-forward şi reverse. Cel puţin nu când te vei afla în avion.

Petra simţi furnicături pe piele.

— De ce?

— Pentru că nu ştii ce ar putea exploda atunci în cală.

Fără să vrea, Petra făcu ochii mari.

— Vorbeşti serios?

Da, aşa se părea, judecând după faţa lui Serra.

— Ai vrut să afli care va fi rolul tău ca agent în adormire. Poftim, acum ştii!

Petra îşi păstră calmul.

— Nu am de gând să mă arunc în aer şi să mă fac bucăţi pentru o jumătate de milion de dolari.

— Ţi-am spus deja, tu şi majoritatea pasagerilor, plus echipajul, veţi fi eliberaţi în Malta.

— *Majoritatea?*

— Poate că vor fi câţiva dintre ei care vor rămâne la bord, spuse Serra, apoi arătă spre walkman. Declanşatorul are o rază de acţiune de o mie de metri, dar, pentru a fi siguri, ar trebui să îl foloseşti la o distanţă nu mai mare de opt sute de metri.

— Şi ce se va întâmpla cu oamenii lui Khalil?

— S-au oferit voluntari şi-şi vor da viaţa ca martiri întru gloria lui Allah Răzbunătorul. Treaba ta este să te asiguri că aşa se va întâmpla.

25

Fierul de călcat scoase un șuierat și aburul se înălță de pe talpa fierbinte. Petra întinse un tricou gri mototolit peste masa de călcat. Se mișca stângace cu fierul în mână. Bâzâitul mașinii de spălat rivaliza cu banalitatea programelor TV de dimineață: emisiuni de gătit, de stil și jocuri cu audiență prea mică pentru a fi difuzate în *prime-time*. Mai devreme se luptase cu aspiratorul, încercând să schimbe sacul, și nu reușise decât să-l răstoarne și să împrăștie praful și mizeria pe covorul din camera de zi. Treburile casnice erau ceva nou pentru ea. În copilărie, mama ei se ocupase de toate și rareori îi solicitase ajutorul, iar în studenție, orele de gospodărie fuseseră o materie opțională la care nici ea și nici colegii nu se înghesuiseră să se înscrie. Când practicase prostituția, nici nu se pusese problema treburilor casnice. Locurile în care lucra erau niște cloace, deși Joana, așa-zisa ei cameristă, dădea din când în când cu aspiratorul pe carpetă. Lui Stephanie nu îi păsase atunci de mizeria în care trăia sau de hainele murdare purtate, pentru că nu îi păsa dacă ea însăși era curată. Ce rost avea să cureți exteriorul când tot ce se afla la interior era atât de sordid?

Acum găsea că toate aceste banale treburi casnice erau surprinzător de cathartice. În combinație cu televizorul, îi amorțeau mintea, iar asta însemna o eliberare parțială. Rutinele domestice anoste îi permiteau să pretindă că întreaga ei viață era guvernată de rutine anoste, adică lucrul după care tânjea în prezent. Frank îi netezise asperitățile, îi tocise instinctul de răzbunare și dreptate.

Se auzi un ciocănit la ușă, iar Frank ieși din gândurile ei și intră în persoană în apartament. La 7.30 dimineața, atunci când îl văzuse ultima oară, era gol în pat. Acum purta un costum negru, o cămașă de un albastru foarte închis, fără cravată, și o pereche de pantofi negri din piele netăbăcită. Petra nu-și amintea să-l fi văzut vreodată așa de spilcuit.

— Am trecut pe lângă ușa ta și am auzit televizorul, explică el. Așa că am ciocănit.

— Vrei să intri?

— Nu. Am de dat niște telefoane urgente.

— OK.

— M-am gândit că ai uitat televizorul aprins când ai ieșit.

— Când am ieșit?

— Da, ca să pleci la muncă.

Petra simți că rămâne fără aer. Frank o prinsese pe picior greșit. Nu deliberat, desigur, deși asta conta mai puțin. Bărbatul își lăsă capul pe un umăr și o privi întrebător.

— La muncă te duceai azi-dimineață, nu-i așa?

— Sigur că da, răspunse Petra pe un ton aproape supărat că el ar fi putut crede altceva.

Când începuse să interpreteze rolul Marinei se străduise mai mult. În orele de serviciu mergea prin biblioteci, muzee, la cinema sau prin magazine. Uneori ajungea la Magenta House. Dar, în ultima vreme, disciplina pe care și-o impusese începuse să se clatine. Nu mai avea aceeași hotărâre de a se ține cu dinții de stilul de viață al Marinei, mergând până la cele mai banale aspecte ale sale. În loc să plece „la muncă", se ascundea frecvent în apartament. În loc să se îmbrace în taioare și să se machieze, astfel încât să arate cât mai sever, purta blugi uzați și bluze de trening decolorate. Fațada Marinei crăpa, iar Petrei nici că-i păsa.

Frank aruncă o privire în jur.

— Deci... cum de ești acasă?

Primul ei instinct fu să recurgă la agresivitate în scop defensiv. Acesta era felul de-a fi care îi venea natural și cu oricine altcineva așa ar fi procedat. Dar nu și cu Frank. Îi văzu expresia din privire. Frank voia nu doar să audă o explicație, voia să o și creadă.

— M-am urcat în metrou și am simțit că mi se face rău. Aveam fierbințeli și îmi crăpa capul de durere. Îmi venea să vomit. Așa că am coborât la Holborn și am rămas pe peron vreo zece minute, așteptând să îmi treacă. Dar nu mi-a trecut. Și atunci am ieșit din stație ca să iau aer și pe urmă am luat un taxi și am venit acasă.

Frank luă walkmanul Sony primit de Petra de la Serra și începu să-l răsucească în mâini. Petrei îi veni să strige la el să-l lase jos, dar știa că nu putea face asta. Frank nu examina obiectul, doar se juca gânditor cu el. Tamburul mașinii de spălat începu să se învârtă.

— Și cum te simți acum? întrebă el.

— Ceva mai bine. Am dormit o oră.

— Ar fi trebuit să mă suni, spuse el, apoi apăsă pe butonul „Open".

— Unde?

— Ce?

— Unde era să te sun? Credeam că ai plecat și tu la serviciu.

Preț de o clipă, Frank păru la fel de pierdut pe cât fusese ea, ceea ce Petrei i se păru ciudat. Doar era îmbrăcat ca pentru o întâlnire importantă.

— Mda. Ăăă... ai fi putut să-mi lași un mesaj pe telefon.

— Da, presupun că ai dreptate.

Frank se uită în interiorul walkmanului, care era gol.

— Nu tu Radiohead, nu tu sinucidere. Ce ușurare!

Petra pătrunse în hotelul Hilton din Park Lane, străbătu holul de recepție și parterul, apoi ieși pe ușa destinată personalului. Dubița Ford Transit o aștepta în Pitt's Head Mews. Urcă în spate, trase ușa și șoferul porni. După părerea ei, Alexander insista excesiv și în chip pueril asupra unor astfel de măsuri de securitate, însă el rămăsese de neclintit: dacă Petra voia să vină la Magenta House, numai așa o putea face. După o jumătate de oră mașina ajunse pe Lower Robert Street, unde Petra se conformă solicitării de a folosi intrarea mai joasă și mai ascunsă.

Margaret era așezată la biroul ei și bea ceai.

— Ce mai faci, Stephanie?

— Supraviețuiesc. Și atât. Tu?

— Nimic deosebit, sunt bine.

Petra făcu un semn din cap în direcția ușii închise de la biroul lui Alexander.

— Și Beria[1] al nostru?

— Cred că „agitat" e termenul care l-ar descrie cel mai bine.

— Ce mai noutate!

Îl găsi pe Alexander desfăcând tacticos folia de pe un pachet de țigări Rothmans.

— Am aranjat ca Rosie să te ajute cu cercetarea pe computer pe care ai solicitat-o.

---

[1] Lavrenti Pavlovici Beria (1899–1953), politician de origine gruzină, mareșal, ministrul afacerilor interne al URSS începând din 1938. A condus serviciile de securitate și represiune ale regimului, fiind unul dintre principalii responsabili pentru epurările staliniste din anii 1940. După moartea lui Stalin a fost acuzat de înaltă trădare, judecat și condamnat la moarte, fiind executat prin împușcare la sfârșitul anului 1953 (n. tr.).

— Ca să îți poată raporta pe urmă ție?

— Ce glumă proastă!

— Oh, știu și altele!

— Cum a fost vizita la Paris?

— Am răsfoit o parte din fișierele lui personale, dar n-am găsit mare lucru, răspunse Petra în timp ce așeza un plic din hârtie groasă, maro pe biroul lui Alexander. Ai aici alte materiale care ar putea fi utile sau interesante pentru tine sau alții.

Alexander dădu din cap în semn de apreciere, dar se vedea pe fața lui că păstra ranchiuna.

— Și deturnarea? Ceva nou?

— Nimic.

— Tot n-ai aflat ce ți se va cere să faci ca agent în adormire?

— Nu, minți Petra. Deocamdată nu mi s-a mai spus nimic despre asta.

Pentru propria ei siguranță, se hotărâse să nu-i dezvăluie lui Alexander ce aflase. După cele întâmplate la Rio și New York, puțina încredere pe care o avusese vreodată în el se evaporase. Știa totuși că trebuia să îi ofere când și când fragmente de informații pentru a nu-i trezi suspiciunea, un lucru de care era perfect capabilă.

Se întâlni cu Rosie în subsolul clădirii. Rosie era indiancă de origine și singura persoană necaucaziană pe care Petra o văzuse vreodată la Magenta House. Nu se aflau decât ele în sala computerelor. Petra pregăti cafea pentru amândouă, apoi se așezară una lângă cealaltă în fața ecranului. Rosie era cea care tasta.

— OK, cu ce să începem?

— Caut o bază de antrenamente militare.

— Unde?

— În Libia. Este o bază nouă.

— Are vreun nume?

— Un indicativ: LV241. Asta e tot ce știu.

Rosie scană fișierele, dar nu găsi nimic. Încercă apoi Algeria, Tunisia și Sudan. Din nou, nimic. Extinse, așadar, căutarea la Liban, Iran, Siria, Turcia, Afganistan, Pakistan, Indonezia, Filipine, Thailanda și Malaysia. Nicio mențiune cu privire la LV241.

— Aș putea căuta în dosarele agențiilor străine, propuse Rosie. CIA, poate?

— Ce-ar fi să încerci o cercetare încrucișată cu numele Kamal Ibrahim Karim? La urma urmei, el este individul care asigură finanțarea.

Nici acest demers nu dădu rezultate. Petra o rugă atunci pe Rosie să-i arate dosarul lui Khalil. Din câte se zvonea, tipul fusese antrenat la Niaravan, prima tabără revoluționară din Republica Islamică, locul unde erau instruiți voluntarii Partidului lui Allah pentru Martiriu să ucidă și să moară în numele imamului și în slujba grupării din care făceau parte. Întemeiată în 1980, tabăra Niaravan era situată într-un frumos colțișor cu verdeață din suburbiile Teheranului. Khalil ar fi ajuns acolo în 1988. Studenții cei mai promițători erau selectați pentru a urma cursuri speciale de luptă și a se transforma în instrumente letale pentru Allah Răzbunătorul. Aceste echipe speciale, cunoscute sub numele de *goruh zarbat*, în traducere literală „unități de luptă", erau antrenate pentru a opera în străinătate. Khalil făcuse parte dintr-un asemenea grup aflat sub conducerea șeicului Abdul Kamal Qassam, asta până ce decisese că putea fi mai eficient lucrând pe cont propriu.

Iar acum Fiii lui Sabah existau, ceea ce o făcea pe Petra să se întrebe dacă aceștia nu erau cumva propriul *goruh zarbat* al lui Khalil.

Pe geamul agenției RJN Travel de pe Hogarth Road era lipit un afiș. Pe el erau listate prețurile curselor aeriene spre mai mult de douăzeci de destinații din lume. Cifrele fuseseră scrise cu carioca roșie, însă soarele decolorase cerneala, făcând-o rozalie. Petra intră. În spatele celor trei birouri stăteau trei operatori în fața a trei computere. Toate terminalele arătau ca niște piese de muzeu, ca un abac prin comparație cu computerele moderne. Unul dintre operatori picotea, un altul era ocupat să tragă dintr-o țigară, iar celălalt vorbea la telefon. O ignorară cu toții pe Petra, care se așeză în fața fumătorului.

— Aș dori să cumpăr un bilet.

Bărbatul îi aruncă o privire prin ochelarii cu lentile colorate jegoase.

— Ce destinații?

— Tokyo și Bremen.

Individul își încordă șira spinării.

— Așteptați o clipă!

Luă telefonul și mormăi ceva în el. Câteva secunde mai târziu, ușa din spatele său se deschise, iar în prag apăru Serra. Îmbrăcat în blugi, o cămașă în carouri roșu cu negru și o jachetă gri-închis, un stil pe care Petra nu l-ar fi asociat niciodată cu el, părea american.

Luară metroul de la Earls Court până la Westbourne Park, de unde merseră pe jos. Clădirea era dărăpănată, cu tencuiala și vopseaua cojindu-se de pe fațadă și treptele care urcau spre ușa din față roase și inegale. Pe panoul de plastic al interfoanelor erau douăsprezece butoane. În dreapta lui, patru dintre cele douăsprezece cutii poștale fuseseră smulse din perete. Serra apăsă pe unul dintre butoane. Încuietoarea se deschise cu un zăngănit. Holul fusese împărțit pe lungime, așa că era acum absurd de îngust. Urcară scara, trecând prin diferite zone; miros de ceapă prăjită, un cățel mic care lătra ascuțit, o bucată de zid acoperită de pete umede, negre, formația Pulp urlând dintr-un sistem audio, un bărbat certându-se cu o femeie într-o limbă ce părea a fi rusa.

Apartamentul se afla la etajul al treilea. Prin ușa întredeschisă se zgâiră la ei ochi suspicioși. Serra fu recunoscut, ușa fu larg deschisă, iar ei, poftiți să intre. Pereții erau plini cu graffiti, unele desenate cu pixul, altele vopsite cu spray, o parte din texte în engleză, o parte, în arabă. Trecură pe lângă un mic dormitor în dreapta. Ușa fusese înlocuită cu o draperie purpurie subțire care era parțial deschisă. O femeie stătea așezată pe o saltea și alăpta un bebeluș. În bucătărioară, trei bătrâni se certau în arabă în timp ce ceainicul fluiera pe soba din anii 1960.

Intrară într-o cameră de zi înghesuită, cu vedere la stradă. Alte draperii fuseseră agățate de galeriile de perdea de deasupra ferestrelor. Unele fuseseră legate într-o parte, celelalte atârnau liber, filtrând lumina zilei în nuanțe de oranj și verde. Petra numără opt bărbați și două femei în încăperea lipsită de aer. Bărbatul care îi poftise în apartament se retrase și închise ușa în urma lui.

Serra se răsuci spre Petra.

— Aceștia sunt cei zece membri ai echipei de deturnători. Din rațiuni de securitate, nu se cunosc între ei decât cu numele care le-au fost atribuite în perioada instructajului. Te afli aici pentru ca ei să-ți vadă fața și să te poată recunoaște. Tu nu vei avea nume. OK?

— OK.

— Bine! Atunci dă-mi voie să ți-i prezint.

Începând din partea stângă, le pronunță numele rând pe rând: Yousef, Ali, Mouna, Markoa, Mirqas, Zyed, Khan, Fatima, Basit, Obaid. Toți membrii echipei erau tineri și îmbrăcați convențional. Bărbații purtau pantaloni închiși la culoare, cămăși uni – majoritatea încheiate cu nasturi până la gât –, iar șase dintre ei aveau jachete puse peste cămăși. Hainele erau sărăcăcioase, dar ei arătau curați, aveau părul tăiat scurt, iar bărbile pe care cinci din opt le aveau fuseseră tunse îngrijit. Ambele femei erau îmbrăcate în pantaloni și bluze negre. Cea care se numea Mouna avea părul dat pe spate, în timp ce cealaltă, Fatima, era tunsă la fel de scurt ca bărbații. Privind cele zece perechi de ochi care se uitau la ea plini de suspiciune, Petra se simți exclusă.

— Basit va conduce echipa, adăugă Serra.

La auzul numelui său, Basit se ridică de pe scaun, ieșind din zona întunecată a încăperii.

Am rămas mută. Și fără aer. Serra îmi spune ceva, dar nu îl aud. În schimb, mă holbez la Basit, pentru că Basit este Reza Mohammed. Nu-mi pot lua ochii de la el. Ultima dată când ne-am aflat atât de aproape unul de celălalt, eu aveam un pistol în mână, pe care îl îndreptam spre el printr-un panou de sticlă. Acum are părul un pic mai scurt și barba ceva mai deasă, dar n-ai cum să-i confunzi ochii umbriți de gene lungi sau nasul acvilin, similar ca formă cu cel al lui Frank, dar nu așa de mare. O energie rece urcă brusc în mine. Dacă am fi numai noi doi, aș... sinceră să fiu, nu știu ce aș face. Mă silesc să-mi feresc privirea pentru a nu isca bănuieli. O mut asupra lui Mirqas, un tip vânjos, cam de aceeași înălțime ca Reza Mohammed. Suferă de ambliopie[1]*. Stă așezat pe brațul unei canapele și mă întreb dacă el este cel care l-a ucis pe Keith Proctor. Mirqas era numele scris de Ismail Qadiq în dreptul adresei lui Proctor.*

Serra se adresă Petrei:

— Nu vei avea niciun contact cu oamenii din această încăpere, cu excepția apariției vreunei probleme, în care caz ei sunt

[1] Ambliopia sau „ochiul leneș" este o boală care constă în slaba vedere a unuia dintre ochi, în ciuda corecției optice aplicate cu ajutorul ochelarilor (n. tr.).

cei care vor veni la tine. Dacă așa se va întâmpla, o vor face conform unei proceduri gândite cu scopul de a-ți proteja identitatea.

Se întoarse spre Reza Mohammed.

— Basit?

— În cazul în care vom fi nevoiți să vorbim cu tine, vom intra în secțiunea din avion unde îți ai locul și vom întreba de un doctor vorbitor de limba franceză, zise Reza Mohammed. Tot ce va trebui tu să faci este să ridici mâna.

— Și dacă nu voi fi singura care va ridica mâna, tot pe mine mă veți alege?

— Da!

Serra îi spuse lui Mohammed să-i instruiască pe ceilalți să memoreze trăsăturile Petrei, fiindcă asta era singura ocazie de a le vedea. Îi explică apoi Petrei că numai patru din cei zece membri ai echipei vorbeau engleza. Doi dintre ceilalți știau franceză, dar restul de patru nu vorbeau decât araba.

Mohammed îi dădu Petrei o bucată de hârtie pe care era notat un număr de telefon cu prefix străin.

— Sună-mă mâine și îți voi spune unde și când să te duci să-ți ridici biletul de avion.

Petra luă bucata de hârtie din mâna lui și vârfurile degetelor li se atinseră.

Serra și Petra plecară de la întâlnire pe jos și ajunseră la Notting Hill Gate[1] când primele picături de ploaie porniră să cadă. Se însera rapid. Serra își ridică înfrigurat gulerul de la haină și se uită la ceas.

— Peste o oră se vor împrăștia, spuse el.

---

[1] Una dintre arterele principale din districtul londonez Kensington & Chelsea (n. tr.).

— Unde?

— Care încotro. Cu trenul, cu avionul, cu feribotul. Se vor împrăștia prin absolut toată Europa până ce va sosi momentul să se reunească.

— Și tu unde vei fi peste o oră?

— În trenul Eurostar.

— Deci să înțeleg că asta a fost tot?

— Da, până ce ne vom revedea.

— Unde?

Serra ridică din umeri.

— N-am idee unde vei merge împreună cu Khalil. Sau cât timp vei lipsi. Dar tu știi unde să mă găsești.

Se sărutară la intrarea în stația de metrou. Serra spuse:

— Noi doi suntem altfel decât ceilalți, Petra. Nu ne lăsăm modelați de lumea care ne înconjoară, noi suntem cei care o modelăm. Și ne putem alege ce viitor vrem.

Petra schiță un surâs.

— Sau ce viitor alege Khalil pentru noi.

— Oh, nu! Nici măcar Khalil nu ne poate controla. Nimeni nu poate.

Petra se lăsă purtată de nostalgie și luă un taxi până la Edgware Road. De acolo merse pe jos spre Bell Street și se opri în fața clădirii unde locuise Keith Proctor. Se uită în sus. Prin fereastre nu se zărea nicio lumină. Un afiș al unei agenții imobiliare, plasat lângă intrare, anunța că un apartament fusese scos la vânzare. Petra traversă strada, intră la Bell's Café și comandă o ceașcă de ceai cu lapte. Se așeză la masa aflată cel mai aproape de ușă, cea care fusese dintotdeauna preferata ei. Vederea spre stradă era și cum obstrucționată de perdeaua din plasă agățată de partea de jos a geamului.

Sperase ca înaintea operațiunii de deturnare a avionului să strângă suficiente date despre Khalil care să-i permită să-l localizeze, însă nu aflase decât că, la final, el se va afla în Malta. Nu era de ajuns. Serra fusese zgârcit cu informațiile, iar acum nu mai avea ce să facă. La momentul oportun, avea să se asigure că zborul luat în vizor de deturnători nu avea să decoleze și, cu asta, totul se va fi sfârșit. Khalil va fi din nou de negăsit. Perspectiva întoarcerii de unde plecase era mai mult decât sumbră. Era imposibilă.

Frank sărută cicatricea cosmetică de pe umărul meu stâng, iar eu mă înfior. Suntem pe podeaua din camera mea de zi. Hainele noastre zac împrăștiate în jur – nu pe noi – și încercăm să ne recăpătăm suflul. Închid ochii și îmi imaginez că suntem într-o casă undeva, departe, poate pe Isle of Skye, sau chiar Islay[1]*. Am fost o dată acolo într-o vacanță cu familia, iar frumusețea insulelor mi-a rămas în minte. Îmi imaginez că duc o viață de o simplitate spartană alături de Frank. O viață care cred că ni s-ar potrivi. Am găsi plăcere în obiceiurile zilnice și în inconvenientele formidabile ale traiului într-un astfel de loc.*

— Cred că te-a durut, zice Frank în timp ce-și trece un deget peste cerculețul de piele distrusă.

— Nici nu-ți închipui cât de tare, îi răspund.

Mă rog în gând să nu-mi ceară detalii, să nu mă forțeze să intru într-un alt vârtej de minciuni.

Rămânem tăcuți încă o vreme, apoi începem să ne strângem hainele aruncate pe jos, dar fără să ne îmbrăcăm. Poate fiindcă știm că vom face din nou dragoste. Simt că Frank are ceva să-mi spună și curând se dovedește că intuiția nu m-a înșelat.

---

[1] Insule din arhipeleagul Hebridelor Interioare, aflate în nord-vestul Scoției (n. tr.).

— Te gândești vreodată la viitor? mă întreabă el.

Ce mai întrebare! Și, dintre toți oamenii de pe lume, tocmai mie să-mi fie adresată!

— Am început să mă gândesc, recunosc eu.

— Și eu.

Nu din aceleași motive, îmi spun.

— A trecut multă vreme de când nu m-am mai gândit la viitor, zice el. După ce Karen m-a părăsit, iar Rosa a murit, n-am mai găsit niciun rost în asta. Mai ales după moartea Rosei. Chiar și după ce durerea s-a mai atenuat, nu am mai fost în stare să-mi fac planuri. La început mi-am zis că e o prostie, apoi am ajuns la concluzia că n-ar fi decât o pierdere de vreme. Am luat viața ca atare, zi după zi, săptămână după săptămână. Și a fost de ajuns pentru mine.

Se întoarce și mă privește drept în ochi.

— Dar acum nu mai e.

Rămân împietrită la ideea că va face o nebunie, ca de pildă să declare că mă iubește sau, și mai rău, să mă ceară de soție. Dacă o va face, o parte din mine se va topi de fericire. Dar cealaltă parte va face apoplexie, va plânge sau se va comporta într-o manieră total nepotrivită. Ăsta e necazul dacă te îndrăgostești de mine: ai parte nu doar de mine, ci de toate versiunile mele. Dacă mă iubești pe mine, le iubești pe toate. Dar întrebarea care se pune este cine ar fi obiectul acestei iubiri: Stephanie? Petra? Marina? Sau poate o combinație din cele trei?

— Tu, Marina, m-ai făcut să vreau din nou să trăiesc.

Exact așa simt și eu. A atins coarda sensibilă din mine. Dau din cap în semn de încuviințare, ceea ce pare să îl surprindă.

— E adevărat, îi spun. Încă de când eram mai tânără am simțit că lipsește ceva în viața mea. Și pe măsură ce timpul

trecea, aveam senzația că mă îndepărtez tot mai mult de acel lucru. Dar acum simt, în sfârșit, că m-am apropiat, că acel ceva îmi e la îndemână.

Frank îmi prinde mâinile în mâinile lui.

— M-am îndrăgostit de tine, Marina! Te iubesc!

Nu știu ce să fac. Îmi vine să-i răspund la fel, deși știu că n-aș reuși niciodată să scot cuvântul acela pe gură. Vorbele lui Frank m-au zdruncinat din temelii, iar el nici măcar nu-și dă seama.

— Nimeni nu a nutrit asemenea sentimente față de mine.

— Asta crezi tu.

— Nu! insist eu. În viața mea nu a existat nimeni. Cum ar fi putut să existe, cu băieții pe care i-am cunoscut când eram tânără și cu bărbații întâlniți după aceea…

Îmi pierd suflarea.

— Nu se poate, trebuie să fi fost cineva.

Mă gândesc la Keith Proctor.

— Da, poate. Dar s-a terminat înainte de a fi început.

— De ce?

— El a trebuit să plece. Nu a avut de ales.

Frank mă sărută, iar eu mă gândesc la ceea ce tocmai mi-a spus. Mă îndrept înapoi spre țărm. Are dreptate Frank. Mi-am pierdut pofta de răzbunare fiindcă sentimentul acesta pălește prin comparație cu puterea incredibilă a iubirii. Frank m-a înviat din morți. Dacă nu sunt atentă, risc să facă din mine o ființă umană normală.

Zâmbesc sfios și spun:

— Ciudat poate, dar dintotdeauna m-am opus unor momente ca acesta. În mintea mea, cel puțin. Pentru că, în practică, nu au avut loc niciodată. Nu le-am lăsat eu să se întâmple. Nu am lăsat pe nimeni să se apropie de mine pentru că așa mi-a fost mai ușor și mai sigur. Nici pe părinți, nici pe frați sau pe sora

mea. Mi-a fost frică să-mi deschid sufletul. Eram ferm convinsă că astfel deveneam vulnerabilă. Dar acum este altfel.

Frank pare destul de tulburat. Poate pentru că nu e obișnuit să-mi revărs emoțiile în fața lui.

— Ce s-a întâmplat? îl întreb când pauza se prelungește mult prea mult.

— Am crezut că ești singură la părinți.

— Poftim?

— Mi-ai spus că n-ai frați și surori. Și acum tocmai ai zis ceva despre frați și o soră.

Obrajii îmi ard. Cuvintele de negare încep să se formeze în gât, dar le opresc. Nu îl pot minți pe Frank. Nu într-un moment ca acesta, când ne facem confidențe. Am mințit mult, dar nu vreau să întinez cu o altă minciună sentimentele pe care le exprim. Dar nici nu-i pot spune tot adevărul. Frank citește pe fața mea că se petrece ceva; amândoi știm că momentul pe care îl trăim e crucial.

Trag aer în piept și mă avânt.

— Am avut doi frați și o soră. Mi-a rămas un singur frate și noi doi nu ne vizităm. Părinții mei sunt și ei morți.

Îi ia câteva clipe pentru a procesa informațiile.

— De ce nu mi-ai spus până acum?

— Pentru că nu am putut. Lucru valabil și acum. Nu ar fi trebuit să aduc vorba despre asta.

— De ce?

— Pentru că e posibil ca astfel să te pun în pericol.

Mijește ochii la mine.

— În ce te-ai băgat, Marina?

Îmi mușc buza ca să mai trag de timp. Apoi îl întreb:

— Ai vorbit serios când mi-ai spus ce mi-ai spus?

— Sigur că da.

— Să știi că și eu am vorbit serios. Indiferent ce se va întâmpla, vreau să ții minte asta.

— Dar ce o să se întâmple?

— Încă nu știu.

— Uite ce-i, eu...

Îi acopăr gura cu un deget ca să îl fac să tacă.

— Frank, te rog nu îmi mai pune întrebări! Nu vreau să te mai mint.

Nu știe ce să facă și ce să zică. Își ferește privirea.

— Vreau să fiu cu tine, spun eu. Și de aceea trebuie să rezolv ceea ce am de rezolvat. Iar dacă și tu vrei să fii cu mine, va trebui să mă lași să o fac.

Nu răspunde. Nici nu mă așteptam la altceva.

Mă aventurez să îi pun o ultimă întrebare.

— Spune-mi, dacă ar fi să fim nevoiți să dispărem, ai fi de acord să o faci?

Un saxofonist cânta „In the Mood"[1] la baza scării rulante din Piccadilly Circus. Trecătorii aruncau monede pe pătura gri murdară pe care omul o întinsese la picioarele lui. Acustica bună compensa modestul talent al interpretului. Petra își verifică ceasul de la mână. Mai erau cinci minute până la ora fixată: 4.00. Odată ajunsă în capătul de sus al scărilor, trecu de barieră și se îndreptă către șirul de telefoane, așa cum o instruise Basit-Reza Mohammed. Ambii bărbați erau deja acolo. Mirqas și Yousef. Dădură ușurel din cap în direcția ei, dar fără a-i adresa vreo vorbă.

[1] Piesă muzicală interpretată pentru întâia oară în anii 1920, autorii creditați cu compunerea sa (dar puternic controversați până în ziua de azi) fiind Joe Garland și Andy Razaf. Melodia a devenit celebră în varianta lui Glenn Miller din 1939 (n.tr).

Străbătură împreună Shaftesbury Avenue și pătrunseră pe Wardour Street. Petra încercă să nu ia în seamă proximitatea cu trecutul ei. Clădirea în care intrară era în construcție în perioada când ea era Lisa, iar Keith Proctor o vizitase. Acum clădirea era terminată. Fațada avea ceva elemente Art Deco, însă interiorul nu era decât o îngrămădeală de spații de birouri lipsite de orice imaginație. Un restaurant și un bar ocupau parterul: mese de zinc, pereți albi, multă sticlă, o grămadă de muchii tăioase și spații goale. Accesul spre etaje se făcea pe o ușă situată în stânga restaurantului. Potrivit plăcuței de aramă montate imediat după intrare, clădirea adăpostea o firmă de catering, o companie producătoare de filme pe nume Unicorn Films, o agenție de voiaj specializată în călătorii cu discount pe distanțe lungi, birourile administrative ale unei firme de îmbrăcăminte și o agenție secretarială. Agenția de voiaj avea sediul la etajul cel mai de sus. Petra se întrebă de ce biletele nu fuseseră rezervate prin intermediul RJN și presupuse că faptul se datora politicii de securitate riguroase instituite de Serra. Ține lucrurile separate! Dezbină și stăpânește! Nu lăsa părțile implicate să se afle în poziția de a le putea compromite pe celelalte și, prin extensie, întreg planul.

Biroul avea forma literei L. Pe pereți, în spatele operatorilor de la calculatoare, erau fixate afișe cu terenuri de golf din Bermude și ruine din Mexic. Yousef vorbi cu o femeie slăbuță, îmbrăcată cu un pulover turcoaz uzat. O țigară îi atârna în colțul gurii. Femeia cotrobăi printr-un sertar plin de hârtii și găsi pachetul – un plic voluminos, sigilat cu o bandă din plastic –, pe care i-l înmână lui Yousef, care îl vârî în buzunarul interior al jachetei gri, prea largi pentru el, pe care o purta.

Se aflau la jumătatea scărilor care coborau de la etajul al doilea când doi bărbați ieșiră din birourile Unicorn Films aflate la primul etaj. Se îndreptară spre palier şi-şi răsuciră capetele spre cei trei străini care coborau treptele către ei. Atenţia Petrei fu atrasă de cel mai scund dintre ei. Se apropie şi recunoscu pielea cu tentă bolnăvicioasă, ochii bulbucaţi, dinţii strâmbi şi îngălbeniţi. Bărbatul cu pricina recunoscu în aceeaşi clipă.

Surprinderea reduse vocea lui la un scrâşnet:

— Ce mama naibii, nu-mi vine să-mi cred ochilor!

Dean West.

26

Dean West era îmbrăcat cu o jachetă de piele roșu-închis, lungă până la genunchi, pe care Petra o știa. Pe dedesubt purta un tricou polo negru – o altă piesă de vestimentație preferată –, pantaloni de camuflaj și bocanci Caterpillar. Bodyguardul de lângă el era nou, însă aparținea unei categorii care îi era familiară Petrei: un metru nouăzeci și șase, peri scurți pe post de păr, costum Armani verde-închis, un mic diamant prins în ureche.

— Fir-aș al naibii, ce surpriză! exclamă entuziasmat West. Ce mai faci, Steph?

Paraliză la auzul numelui ei real.

— Văz că te-ai descurcat bine. Nu-ți mai vopsești păru' și ai pus ceva carne pe oase. Pun pariu că ți-ai dublat tarifu'.

Petra aruncă o privire în direcția lui Mirqas și Yousef, care se uitau nedumeriți unul la celălalt.

— Care-i treaba, Steph? N-ai voie să deschizi gura decât dacă-ți dă voie amicii tăi? Poate că nenorociții te pune să mergi în spatele lor. Barry mi-a zis că te-ai apucat să regulezi turbanele din Mayfair, da' eu i-am răspuns: „Fugi d'aci! Nu se poate ca zgârțomanii ăia să arunce cinci sute de biștari pe o nenorocită de curvă ca Steph." Hei, da' se pare că m-am înșelat.

Când vorbi cu acel ușor accent german care îi devenise o a doua natură, privirea Petrei sclipea de duritate.

— Scuze, e o greșeală. Cred că mă confundați.

— Ce ești acu', Eva Braun? Uite ce-i, tu ești aia de a făcut o greșeală. Chestia aia cu pocnitu' cu sticla m-a costat mult. Din cauza ta nenorociții mi-a închis afacerea de pe Brewer Street trei luni.

Mirqas și Yousef erau acum în culmea anxietății. Petra le aruncă o privire și văzu că deja îi pierduse. Yousef porni spre scări. West arătă cu degetul spre el:

— Hei, boule, stai pe loc!

Oamenii îl subestimau pe West din cauza înfățișării pipernicite, însă furia din el compensa cu vârf și îndesat lacunele fizice. Petra recunoscu semnele: buzele pale făcute pungă, sălbăticia din ochi. Bodyguardul le recunoscu și el. Vârî mâna în interiorul costumului Armani și scoase un Heckler & Koch de 9 mm de la betelia pantalonilor.

Petra amorțise. Totul se dezintegra în jur. Se gândi la călătoria pe care o făcuse pornind din Brewer Street. O călătorie în jurul lumii, lună după lună, identitate după identitate, și după toate acestea acum se afla la numai câțiva pași de locul de unde plecase. Ceea ce îndurase nu conta deloc?

Dintr-odată observă că și Yousef ținea o armă în mână. Un Walther P88. Petra presupusese că nici el și nici Mirqas nu erau înarmați. Ochii ca de broască ai lui West se bulbucară în orbite.

— Cine mama dracu' e păcălicii ăștia, Steph?

— Numele meu nu e Steph.

— Lasă prostiile și răspunde-mi naibii...

Ceva se declanșă în interiorul Petrei.

Se întâmplă într-o secundă, însă efectul fu colosal. Pentru prima oară în luni de zile nu mai simți nicio presiune. Se evaporase într-o clipită. Povara minciunilor spuse lui Frank – și cea de a fi Petra pentru Serra – dispăru brusc. Și furia care o înlocui fu pură și eliberatoare.

Falca lui West continua să pompeze, iar gura să se deschidă și să se închidă, dar ea nu auzi niciun cuvânt din cele pe care le rostea el. Cu mâna pe balustradă, sări peste stâlpul care o sprijinea și-și azvârli piciorul stâng înainte, pocnindu-l pe bodyguard în lateral peste față. Oricât de uriaș era individul, tot se învârti ca un titirez. Pistolul Heckler & Koch se descărcă înainte să îi alunece din mână. Glonțul îl nimeri pe Yousef în gât. West și Mirqas încremeniseră. În ciuda loviturii încasate, bodyguardul se mișcă iute și întinse brațul după armă. Petra i-o luă însă înainte. El reuși totuși să o prindă de gleznă și să o tragă, dezechilibrând-o. Petra se răsuci din instinct spre el și îl împușcă în cap.

A doua împușcătură umplu casa scărilor și o lăsă cu un țiuit persistent în ureche. Înlătură mâna moartă de pe piciorul ei. Între timp, Mirqas se strecurase pe lângă West și cobora acum spre parter. West înșfăcă pistolul Walther P88 al lui Yousef și îl ținti spre Petra, dar ea fu mai rapidă. Prima împușcătură îl doborî pe West la podea. Petra îl văzu clătinându-se și-și aminti cele mai rele momente din trecutul ei cu West. Își aminti violurile și cum durerea îi stăruise în minte mult timp după ce vânătăile și zgârieturile se vindecaseră. Până să scape de aceste amintiri, goli pistolul Heckler & Koch din mâna ei.

Inhală adânc în plămâni fumul scos de pistol.

Cu colțul ochiului îl zări pe Mirqas la baza scărilor. Yousef era mort. Vârî mâna în buzunarul jachetei lui și scoase plicul cu biletele de avion, pe care le îndesă în buzunarul ei de la haină, alături de pistol. Pe urmă coborî scara și ieși în stradă.

Știa că avea să câștige timp mulțumită împușcăturilor, mai ales că fuseseră numeroase; numai în West trăsese de opt sau nouă ori. În primele treizeci de secunde, zgomotul lor avea să-i deruteze pe cei aflați în apropiere. Aruncă priviri în dreapta și în stânga. Jumătate din oamenii aflați la acel moment pe

Wardour Street rămăseseră nemişcaţi şi se uitau unii la alţii, ceea ce îi uşură sarcina de a-l descoperi pe Mirqas în mulţime. Bărbatul cotise la dreapta.

Petra porni în urmărirea lui şi nu-l scăpă din ochi când trecu pe lângă sala de jocuri, de camionul oprit care bloca traficul, de biserica St. Anne. Când coti la stânga, bărbatul aruncă o privire în urmă. Petra presupuse că fusese văzută fiindcă Mirqas traversă fără să se uite. Un scrâşnet de cauciucuri răsună dinspre macadam. Un taximetru de culoare neagră viră brusc pentru a-l ocoli pe Mirqas şi izbi un curier pe bicicletă, trântindu-l la pământ. Petra îşi croi drum printre vehiculele staţionate. Îl zări pe Mirqas intrând pe Gerrard Street în Chinatown – se întorcea acolo de unde plecase –, apoi ieşind în capătul îndepărtat al Wardour Street, de unde coti la stânga.

Petra voia să-l încetinească, aşa că încetini şi ea pasul, după care îl văzu pătrunzând în Leicester Square. Ea o luă pe Lisle Street, sprintând pe lângă cinematograful Empire. Îl zări pentru o clipă în Leicester Place. Bărbatul continua să fugă, dar nu la fel de repede ca înainte, căci se întorcea din când în când pe jumătate pentru a vedea dacă mai e urmărit, părând uimit să descopere că, în aparenţă cel puţin, nimeni nu se afla în spatele său. Petra ştia că Mirqas avea să se deplaseze în continuare, cel mai probabil în aceeaşi direcţie, adică încercând să se îndepărteze de locul unde îl văzuse ultima dată pe urmăritor. Accelera pe Newport Street. La momentul când coti la dreapta pe Charing Cross Road, renunţase să mai alerge şi mergea la pas.

Îl zări preţ de o clipă. Zăpăcit, aproape ciocnindu-se de mai mulţi trecători, Mirqas cerceta cu frenezie chipurile, în căutarea ei. Apoi dispăru în staţia de metrou Leicester Square. Petra îl urmă, dar, odată ajunsă înăuntru, nu îl descoperi. Cumpără un bilet, trecu de bariere şi se trezi în faţa unei dileme. Piccadilly Line sau Northern Line?

Optă pentru Piccadilly. Auzi huruitul garniturii de tren care se apropia când se afla la jumătatea scărilor rulante. Se grăbi, coborând trei trepte deodată. Pe peron trebui să facă o nouă alegere. Spre est sau spre vest? Un tren care se îndrepta către est pătrunse în stație, cu metalul din roțile vagoanelor scârțâind. Peronul era aglomerat. Nu îl zări pe Mirqas, așa că se grăbi spre peronul unde opreau trenurile care mergeau în direcția opusă; peronul era aproape gol, căci o garnitură tocmai plecase. Bărbatul nu era acolo. Se întoarse pe celălalt peron. Pasagerii care coborâseră se îndreptau spre scările rulante, în timp ce oamenii care așteptaseră metroul se urcau acum în vagoane. Mulțimea persoanelor aflate în mișcare o descurajă. Poate că ar fi fost mai bine să aleagă Northern Line. Ușile începură să se închidă.

Petra se strecură înăuntru în ultima clipă. Trenul porni să iasă din stație. Și atunci îl zări. Era pe peron. Petra își lipi fața de geam, iar bărbatul se răsuci spre ea. Ochii li se întâlniră. Nu! Nu era Mirqas! Semăna, dar nu era el. Petra își duse mâna la piept și închise ochii. Când îi deschise, mai mulți pasageri se holbau la ea.

Distanța dintre stațiile Leicester Square și Covent Garden este una dintre cele mai scurte din întreaga rețea a metroului londonez. Trenul începu să încetinească aproape imediat ce pătrunse în tunel. Acum ce urma?

Ușile se deschiseră. Numai patru oameni din vagonul ei coborâră. Petra se aplecă în afară pentru a privi de-a lungul peronului și atunci îl zări din nou pe Mirqas. De data aceasta era cu certitudine el. Pe peron, cu două vagoane mai în față și cu spatele la ea. Petra așteptă să coboare mai mulți pasageri și tocmai se pregătea să pășească și ea pe peron când îl văzu cum intră în vagonul de lângă cel în care se afla ea.

Rămase pe loc.

Mirqas coborî la stația Holborn. La fel și o mulțime de alți călători, ceea ce îi oferi Petrei puțină protecție. Însă bărbatul nu ieși din stație, care era una de transfer. Se deplasă spre Central Line, pe peronul cu trenuri care mergeau către vest, și se opri în capătul îndepărtat. În jur nu erau suficienți oameni ca să îl poată urmări fără a fi zărită. Un tren era anunțat să sosească peste două minute.

„Unde te duci? Ce ai de gând să faci?"

Mirqas nu luă trenul decât pentru o stație. Coborî la Tottenham Court Road. Petra aruncă o privire în sus la panoul electronic. Trenul următor sosea peste un minut. Mirqas încă se afla în faza în care căuta să se protejeze, însă Petra își dădu seama că simțurile lui nu mai erau în alertă. Depășise panica inițială și acum încerca să gândească, să absoarbă și să înțeleagă cele petrecute pentru a pune la cale un plan. Adică exact ceea ce făcea și ea.

Ajunse la baza scărilor și observă că Mirqas nu urca spre ieșire, ci înainta agale spre platforma estică. Se retrase iute din raza lui vizuală. Un suflu de aer antrenă o foaie de hârtie, care porni să danseze. Petra simți vibrațiile din tunel. Un grup de oameni se grăbi să coboare pe peron pentru a nu pierde trenul. Petra se lăsă purtată de ei și ajunse pe peronul neaglomerat. Îl zări pe Mirqas la zece metri de ea.

Bărbatul aruncă o privire către grup fără a cerceta fețele și nedându-le importanță. Călătorii se mișcară, apropiindu-se de el. O lumină se ivi din întunericul tunelului, reflectându-se în oțelul lucios al șinelor.

Petra era acum în spatele lui, la numai cinci metri distanță. Grupul se deplasase cu spatele la ei. Trenul ieși huruind din tunelul aflat în stânga și pătrunse în stație. Petra privi în dreapta și văzu că nimeni nu se uita la ei, așa că păși în față până ce gura îi ajunse la câțiva centimetri de urechea dreaptă a lui Mirqas.

— Asta e pentru Proctor! șopti ea.

Mirqas dădu să se răsucească spre ea, însă Petra își înfipsese deja ambele mâini în spinarea lui. Bărbatul nu apucă nici măcar să strige. Se prăbuși, dând din brațe frenetic și inutil în aer. Petra se îndepărtase când trenul îl izbi și se afla deja la baza scărilor în clipa când auzi primul țipăt.

Emoțiile trecuseră. Petra mergea pe Oxford Street. Ora de vârf începuse și era recunoscătoare pentru asta; trotuarele se umpleau de oameni. Deasupra ei, ziua pălea. Un alt plus. În spate, sirenele se făceau auzite peste rumoarea din trafic.

„Analizează! Analizează!" Acum își dădu seama că, în subconștient, știuse că lucrurile aveau să se sfârșească astfel din clipa când Dean West o recunoscuse. Nu existase alternativă. Fusese neglijentă când își golise arma în West, când cu un singur glonț l-ar fi putut doborî pe Mirqas înainte de a ieși pe ușă. Cu trei luni înainte nu ar fi comis o asemenea eroare. Pe de altă parte, cu un an în urmă, nu ar fi reacționat de niciun fel. Nu știa dacă asta era de bine sau de rău.

Mersul o ajută să-și păstreze calmul și să gândească limpede. Treptat, o strategie se contură în mintea ei. Găsi o cabină telefonică goală și formă un număr, sperând că-și amintea corect secvența de cifre și litere. Îi răspunse un mesaj înregistrat. „Ați sunat la biroul companiei Adelphi Travel. Ne pare rău, dar în clipa aceasta niciunul dintre angajații noștri nu este disponibil pentru preluarea apelului. Dacă doriți să lăsați un mesaj, vă rugăm să așteptați semnalul sonor și să vorbiți clar."

— Market-East-unu-unu-șase-patru-R-P.

O așteptare de cinci secunde.

— Spune! Linia e securizată.

— Vreau să vorbesc cu domnul Alexander.

— Unde ești?

— Pe Oxford Street. Sun de la un telefon public.

— Nu închide!

Petra scoase apoi plicul din buzunar, îndepărtă banda din plastic și îl deschise. Trei bilete de avion. Al ei era pe numele Elizabeth Shepherd, pe care îl folosise la New York. British Airways, cursa BA282 cu destinația Los Angeles, plecare peste două zile din Terminalul Patru de la Heathrow, la amiază, ora 12.15. Zbor fără escale. Plicul conținea alte două bilete pe aceeași cursă, pentru Mirqas și Yousef, nici acestea cu escale.

Alexander răspunse la telefon pe un ton la fel de tăios și de direct ca de obicei.

— Alo?

— Am o problemă gravă.

— Cât de gravă?

— Patru morți. Trei pe Wardour Street, unul la metrou, în stația Tottenham Court Road.

De data aceasta, Alexander rămase fără cuvinte. Într-un târziu, întrebă:

— Ești rănită?

— Nu!

— Sub amenințare?

— N-am nimic. Dar e nevoie de un control al daunelor.

— În ce fel?

În ciuda tuturor instinctelor ei, Petra se văzu nevoită să admire calmul lui Alexander. Bărbatul îi ascultă versiunea revizuită a evenimentelor și solicitarea, apoi răspunse că va face tot posibilul, după care o întrebă ce avea de gând.

— Nu știu. Cred că o să îl contactez pe Serra și o să văd ce se întâmplă.

Îl auzi cum își aprinde o țigară Rothmans, apoi cum trage în piept primul fum.

— Poate că ar fi cazul să te extragem, propuse el. Și să încercăm altă variantă.

— Nu!

— Lucrurile au luat deja o întorsătură urâtă și nu mă aștept să se îmbunătățească.

— Da, știu. Dar vreau să continui atât cât o să pot.

Altă pauză lungă, terminată cu:

— Bine, dar vreau să mă ții la curent cu tot ce se întâmplă!

Petra se mută la o altă cabină telefonică pentru a-l suna pe Serra. Telefonul sună în gol. Își continuă drumul. Se opri la Marble Arch, încercă din nou, iar de data aceasta i se răspunse.

— Yousef e mort, iar Mirqas a dispărut.

— Ce s-a întâmplat?

— Ne-am întâlnit conform planului. Am mers să luăm biletele. La plecare am fost acostați de doi indivizi. Unul dintre ei a început să se certe cu Mirqas – am înțeles că se cunoșteau – și pe urmă celălalt bărbat a scos pistolul. L-a împușcat pe Yousef și a vrut să tragă în mine, dar l-am dezarmat. Numai că, până să mă ocup de el și de celălalt, Mirqas dispăruse.

— Ați fost văzuți?

— Nu tocmai. S-a întâmplat în clădire.

— Unde sunt biletele?

— Erau la Yousef, dar le-am recuperat.

— V-ați uitat vreunul din voi la ele înainte de incident?

— Nu. Yousef le-a băgat în buzunar imediat ce le-a luat.

— Dar *tu* ai apucat să le vezi?

— M-am uitat acum.

— Ai spus că Mirqas părea că-l cunoaște pe bărbatul care l-a împușcat pe Yousef?

— Nu, celălalt individ l-a omorât pe Yousef. Bărbatul mai scund era cel care a dat de înțeles că îl știe pe Mirqas. A început să-l întrebe pe unde fusese și ce mai făcuse. Susținea că nu se văzuseră de multă vreme. Mirqas a încercat să facă pe prostul, dar eu și Yousef ne-am dat seama că ei doi se cunoșteau. Și cam atât.

— Unde ești acum?

— Pe stradă.

— În siguranță?

— Da, așa cred.

— O să vin acolo.

— Când? Diseară?

— Nu. Nu pot să vin acum. Vin mâine.

Acum era rândul Petrei să facă o pauză.

— Ce facem mai departe?

— Nimic.

— Cum adică?

— Așteptăm să vedem ce se întâmplă. Dar orice ar fi, vom continua conform planului. Este prea târziu să anulăm totul. Ceilalți s-au împrăștiat deja prin Europa. Nici măcar eu nu știu pe unde.

— Dar echipa a pierdut doi oameni. Ceilalți vor putea oare să-i înlocuiască?

— Nu vor avea încotro.

M-am întors la mine în apartament. Sunt în baie. Au trecut două ore de când l-am împins pe Mirqas sub roțile trenului. Stau în picioare, goală, în fața oglinzii și văd cum tremur. Abia dacă pot să mă uit la monstrul din oglindă și, totuși, nu-mi pot lua ochii de la el.

Cine sunt eu?

Cred că am devenit schizofrenică. Sunt mai multe persoane într-una singură. Pojghița subțire de gheață pe care am patinat până acum se topește sub mine și toate lucrurile care îmi veneau mecanic și instinctual sunt puse sub semnul întrebării. Partea din mine care este Stephanie o judecă pe partea din mine care e Petra.

Nu mai pot continua așa. Astăzi am omorât trei oameni.

Îmi șoptesc: Bună, iubito, ce ai făcut azi? Ce mai e nou la serviciu? Astăzi am omorât trei oameni. Ce mâncăm la cină? Să comandăm pizza? Am împins un om sub roțile trenului și l-am împușcat pe altul în cap. Hai să ne uităm la televizor! Ce-ar fi să plecăm din Londra în weekend? Nimic special la birou, o zi ca oricare alta. Astăzi am omorât trei oameni.

Persoana care se holbează la mine din oglindă s-a oferit voluntar să facă asta. A fost o alegere în cunoștință de cauză. Consecințele se văd cu ochiul liber și va trebui să le accept cât de mult – sau cât de puțin – voi trăi. Cum se vor sfârși toate astea? Cum voi sfârși eu? Unde e Stephanie? Mai există sau Petra a ucis-o și pe ea? Și cine este acum Marina? Evoluez încontinuu. Nu sunt niciodată o singură persoană, sunt mereu un amestec.

Frank bate la ușă, apoi încearcă clanța. Mă întreabă dacă mă simt bine. Mi-am aruncat hainele pe covor. Blugii negri sunt stropiți cu sângele lui Dean West.

În mijlocul mesei, într-o vază de cristal transparent, fusese așezat un buchet de flori proaspete. În jurul ei erau pahare de vin, sticle în mare parte golite, farfurii, un platou cu brânzeturi care fuseseră atacate cu poftă, un bol cu fructe, sfeșnice, lumânări parfumate, două scrumiere, veselă, coate. Opt oameni stăteau adunați în jurul mesei. Frank și Petra plus alți șase. Un eveniment social, o aniversare de treizeci și nouă de ani. Frank fusese cel care gătise și acum toată lumea torcea apreciativ. Apăru o sticlă de brandy. Răsunară murmure aprobatoare. Luminile electrice difuze permiteau lumânărilor să-și arunce razele lichide asupra chipurilor. Zâmbete obosite și ochi somnoroși. Era trecut de miezul nopții.

Petra rămase încordată ca o coardă de vioară. Zâmbea când era cazul și încerca să pară o gazdă atentă. Reuși chiar să râdă de câteva ori, sperând că sunetele pe care le scotea din gât nu semănau prea mult cu o tuse. În interiorul ființei ei nu era nicio frământare. Nu era nimic. Totul împietrise, înghețase, iar ea știa cât de tensionată este. Putea claca în orice clipă și din nimic. Nici măcar după ce și ultimul musafir plecă, starea nu i se îmbunătăți.

Începură să strângă masa, ducând paharele și farfuriile în bucătărie. Îl simți pe Frank în spatele ei, dar când el o atinse pe umăr, tresări. Un reflex pe care nu și-l putu controla. Frank își retrase mâna.

— Te simți bine?

— N-am nimic.

— Pari încordată. Ai fost încordată toată seara.

— Ți-am spus, n-am nimic.

— Iar eu îți spun că nu e așa.

Tonul vocii lui o făcu să tresară. Se răsuci către el.

— Ce vrei să spui?

— Vreau să spun că se întâmplă ceva cu tine.

— Ce anume?

— De ce nu-mi spui tu?

Petra arăta la fel de confuză pe cât se simțea. Știrea aceea cu crimele din Wardour Street fusese difuzată la televizor. Și constituise unul dintre subiectele de conversație din timpul cinei. Să-și fi dat seama Frank că era implicată? Părea foarte puțin probabil.

— Ce este, Frank?

— Azi m-a sunat John Fletcher.

Numele nu-i spunea nimic.

— Cine?

— John Fletcher. Cel care e căsătorit cu Mary.

Petra revăzu în minte chipul lui Mary cea tăcută. Apoi pe al lui John.

— Așa, și ce-i cu asta?

— Îți mai amintești când am ieșit într-o seară cu ei la cină și John mi-a spus că te-ai purtat evaziv față de el?

Da, își amintea, și fără nicio plăcere.

— Da!

— Ei bine, ieri, la serviciu, John avea ceva de verificat și a dat peste numele Brillex-Martins. Și-a amintit că tu lucrezi pentru ei și s-a gândit să te sune ca să te roage să-l ajuți. Și ghici ce?

Petra știa, dar ridică din umeri, mimând ignoranța.

— Ce?

— Nimeni de la birourile din Londra nu te cunoaște. Au auzit de tine, dar nu te-au întâlnit niciodată.

Frank se opri pentru a-i oferi șansa de a spune ceva, însă Petra rămase tăcută fiindcă nu era capabilă să formuleze o propoziție coerentă. În sensul de propoziție care să poată fi luată drept răspuns.

— Orice s-ar spune despre el, John e genul de persoană tenace. Și-a amintit că i-ai spus că sarcina ta este să remediezi situațiile neplăcute apărute în firmă, așa că s-a gândit că ai fost angajată pentru a merge din filială în filială și a rezolva problemele, atunci când ele apar, în care caz cei care ar trebui să știe de tine ar lucra la Serviciul personal din sediul central din Bruxelles. Așa că a verificat și a descoperit că numele tău apare într-adevăr pe statul de plată. Așa că misterul e parțial rezolvat. Sau, cel puțin, așa și-a zis. Până ce s-a apucat să facă alte săpături la Bruxelles și a aflat că nici acolo nimeni nu te-a văzut în carne și oase și că, deși numele tău este înregistrat pe statul de plată, de fapt firma nu îți virează niciun ban. Mai mult decât atât, Brillex-Martins nu deține în baza de date niciun fel de informații cu privire la tine: nicio fotografie de-a ta, nicio referire la adresă, vârstă sau data când ai fost angajată.

Undeva, adânc dinlăuntrul Petrei, se ivi un dram de ușurare. Mai aproape de suprafață domnea însă furia. „Nu pot să mă ocup de asta acum. Nu după cele petrecute astăzi." Ridică mâinile în semn de capitulare.

— Ce-ai vrea să spun?

— Uite ce-i, știi că mi-am dat seama că se petrece ceva ciudat cu tine, dar n-am vrut să insist. Nu crezi că acum ar fi totuși momentul să-mi mărturisești ce te apasă?

— Habar n-ai despre ce vorbești.

— Știu. Tocmai asta e. Nu te pot ajuta dacă nu știu ce...

— Oricum nu mă poți ajuta.

— Cum de ești așa sigură?

— Pentru că, dacă aș fi crezut că poți, ți-aș fi spus despre ce este vorba.

— Am crezut că după noaptea trecută ai putea manifesta mai multă deschidere...

— Te-ai înșelat.

— Pentru numele lui Dumnezeu, Marina, dar nu vreau decât să te ajut!

— Nu mă asculți? *N-ai cum!*

— Ei bine, în felul ăsta nu mai putem continua.

Petra simți cum i se încordează șira spinării.

— Ce vrei să spui?

— Spun că ceea ce se întâmplă cu noi e absurd. Tu nu-mi spui nimic, iar eu înnebunesc, încercând să îmi dau seama ce-i adevăr și ce e minciună.

Petra nu voia să se apere atacând, cu toate că se simți trasă în direcția aceea de o forță invizibilă și familiară.

— Crezi că-mi face plăcere situația?

— Nu știu. Chiar dacă îmi spui că nu, de unde să știu că nu mă minți?

— Asta e chiar hilar, Frank, ripostă Petra, nemulțumită că era nevoită să recurgă la sarcasm. Pe bune! Foarte amuzant! Genial!

— Ba nu, ăsta e adevărul.

Tonul său rațional nu făcea decât să înrăutățească lucrurile.

— Atunci tot ce e între noi n-are sens. Dacă nu poți avea încredere în mine, atunci...

— Ce naiba, Marina! Tu nu te auzi vorbind? Cum să am încredere în tine când știu că mă minți?

Ora 6.10 într-o dimineață cenușie și rece. Sunt pe punctul de a ceda nervos. Cel puțin așa pare, deși cum aș putea ști? N-am trecut niciodată printr-un asemenea moment. Drogurile și băutura au înlocuit declinul cu uitarea produsă de chimicale. Ceea ce simt însă acum este uitare în stare pură. Totul a fost dezgolit până la os.

Marina versus Petra versus Stephanie.

Mă întreb dacă am făcut bine ieșind ca o furtună din apartamentul lui Frank. Ar fi trebuit să vorbim. Chiar voiam să vorbim. Totuși, aș fi fost nevoită să-l mint. Așa că poate că tot răul e spre bine. Mă întreb dacă Frank este treaz și sper că e, sper că ceea ce se petrece între noi este atât de important pentru el, încât îl împiedică să doarmă. Și pe urmă mă simt dezgustată de egoismul meu și sper că Frank doarme. De vină sunt numai eu. Nu există niciun motiv ca el să sufere mai mult decât a suferit deja.

Nu îmi mai pasă de nimic, nu mai vreau răzbunare pentru morți, nu mă mai simt motivată să caut dreptate și condamnarea crimelor rămase nepedepsite. Tot ce vreau este să dorm. Am douăzeci și trei de ani și m-am săturat de viață.

27

La 8.30, Petra bătu la ușa apartamentului lui Frank, dar nu i se răspunse. Se întoarse în livingul ei și formă numărul lui de telefon. Robotul îi ceru să lase un mesaj, însă nu găsi cuvintele potrivite ca să exprime ceea ce simțea, așa că puse receptorul la loc în furcă fără a spune nimic. Sună din nou la ora nouă, tot fără succes. Pe urmă ieși și cumpără un walkman Sony identic cu cel primit de la Serra.

Mai târziu se opri la o cafenea. Se uită la picăturile de ploaie care se prelingeau în jos pe fereastră și se gândi la ziua următoare și la cea de după. Avea să încerce să îi oprească pe Fiii lui Sabah și să împiedice planul pus la cale de Khalil și organizat de Serra. Încă nu știa cum avea să procedeze și nici măcar dacă așa ceva era posibil, tot ce știa era că trebuia să încerce. Până în acel moment, Petra nu îi spusese nimic lui Alexander și, pentru a putea menține controlul și a se proteja, intenționa să continue până la momentul pe care îl va considera ea oportun. Totuși, ce avea să aducă ziua de după ziua următoare? Khalil va continua să se ascundă, iar ea va continua să fie legată de Alexander și de Magenta House. Dacă nu ar fi fost Christopher, Jane și copiii lor, și-ar fi asumat riscul de a deveni o fugară, însoțită sau nu de Frank. Petra nu credea cu adevărat că Alexander era în stare să le facă rău membrilor familiei ei, atâția câți mai rămăseseră, dar îi era clar că nu-și putea permite să riște. Era conștientă că Alexander știa asta. De fiecare dată când era tentată să ignore amenințarea și pur și simplu să dispară, își amintea de Leon Giler și familia lui și vedea cu ochii minții rămășițele carbonizate ale mașinii lui pe Queensboro Bridge. A doua zi avea să fie haos. Dar oare ce îi va aduce ziua de după?

La 11.00, îl sună pe Serra pe telefonul mobil și stabiliră să se întâlnească la amiază.

Clarendon House[1] de pe Jeremyn Street putea fi cu ușurință trecută cu vederea. Nicio plăcuță cu numele nu era instalată la intrare, care se făcea printr-o ușă plasată între o croitorie și un magazin care vindea cămăși excesiv de scumpe. Petra pătrunse printr-un coridor îngust într-un mic hol de recepție poziționat către partea din dos a clădirii. În spatele ei, ușa se închise încet, lăsând afară zgomotele străzii și toate însemnele modernității. Holul era mobilat cu fotolii și o canapea. După ani de folosință, pielea lor se uzase și se tocise, devenind lucioasă. Pereții erau acoperiți de lambriuri din lemn de care atârnau reproduceri după hărți desenate de mână pe hârtii îngălbenite de vreme. În spatele biroului de recepție se afla un bărbat perfect integrat în peisaj: îmbrăcat ca un valet din epoca edwardiană, omul scârțâia din încheieturile roase de vârstă și de manierele elegante.

— Vă pot ajuta cu ceva?

— Am întâlnire cu unul dintre oaspeții dumneavoastră. Preben Olsen.

---

[1] Cea mai impozantă reședință privată londoneză a epocii, construită în anii 1660 pentru renumitul politician Edward Hyde, primul conte de Clarendon (n. tr.).

— Vă aşteaptă?

— Da!

Bărbatul consultă registrul.

— Camera nouă. Etajul al doilea.

Petra era singură în cabina de lift care zdrăngănea în timp ce urca. Simți mirosul de lac din lemn și își văzu imaginea în accesoriile din metal arămit. Tensiunea pe care o simțea nu era vizibilă. Nu acelaşi lucru se putea spune şi despre Serra, a cărui anxietate ieșise la suprafață și se manifesta în culoarea cenuşie a pielii, în petele întunecate de sub ochi și în neastâmpărul mâinilor.

— N-ai dormit azi-noapte? îl întrebă ea.

Bărbatul clătină din cap.

— Dar tu?

— Sigur că n-am dormit.

Închise uşa în urma ei și cercetă din ochi încăperea, care nu era un dormitor, ci o mică sala de recepții. La dormitor se ajungea printr-o ușă plasată în dreapta. În fața ei se afla o masă ovală cu o vază de porțelan în mijloc. Și cu crini în ea. O tavă de argint cu sandviciuri fusese așezată lângă vază. O canapea și două fotolii fuseseră trase lângă fereastră. Pe o măsuță lăcuită ședea însoțitorul permanent al lui Serra, laptopul. Tablourile în ulei de pe pereți reprezentau, în majoritate, peisaje rurale și case de țară impunătoare, cu parcuri mari, presărate cu cai și vaci.

— Frumos loc! comentă Petra.

Serra arătă spre tava cu sandviciuri.

— Le-am comandat pentru noi.

— Nu prea mi-e foame.

Se așezară, iar Serra îi ceru să repete povestea celor petrecute în ziua precedentă. Vru să afle toate detaliile, iar când ea termină, îi ceru să reia totul de la capăt. Îi spuse că în articolul din *Evening Standard* dedicat crimelor din Wardour Street se făcea referire la una dintre victime - un bărbat pe nume Dean West - ca fiind un cunoscut infractor local. Ce fel de legătură ar fi putut avea un asemenea individ cu cineva ca Mirqas? Petra răspunse că n-avea nici cea mai vagă idee, din moment ce nu-i cunoștea nici pe West, nici pe Mirqas. Raportul întocmit de poliție preciza că două persoane fuseseră văzute fugind de la locul crimei și erau în prezent căutate. Petra spuse că nu știa în ce direcție o luase Mirqas; la momentul când ajunsese în stradă, el dispăruse.

După câteva pagini, aceeași publicație inserase un alt articol, mai scurt, despre nefericita sinucidere a unui student din Kuwait, care se aruncase în fața unui vagon de metrou în stația Tottenham Court Road de pe Central Line. Exista un martor al tragediei, o femeie între două vârste care se întorcea acasă după ce făcuse cumpărături pe Oxford Street. În declarația făcută poliției, ea explicase că îl văzuse pe bărbat îndreptându-se către capătul peronului și își spusese că se apropiase prea mult de șine, însă nu îl avertizase deoarece „nu mi-a trecut prin cap că vrea să sară în fața trenului". Petra recunoscu făcătura, era mâna celor de la Magenta House.

Își ridică ochii din ziar și se uită la Serra.

— Sinucidere?

— Mda, asta zic ei, dar nu pot să cred așa ceva.

— Totuși femeia zice că l-a văzut.

— Poate că a văzut ceva, dar n-a fost sinucidere. Imposibil ca Mirqas să se fi sinucis. Sinuciderea este interzisă de Coran.

— Atunci cum rămâne cu teroriștii sinucigași?

— Este o mare diferență între a muri în numele lui Allah și a alege să-ți pui capăt zilelor pur și simplu.

Serra își aprinse o țigară și se ridică, arcuindu-și spinarea. Se îndreptă încet spre fereastră, dădu deoparte perdelele din plasă și se uită în jos la strada pe care continua să plouă.

— Și acum ce o să se întâmple? întrebă Petra.

— Nimic și totul. E prea târziu să modific planul, care, oricum, a fost pus deja în mișcare. Lucrurile astea se dezvoltă oarecum de la sine. Așa că nu-mi rămâne decât să stau și să aștept.

— Bine, dar atunci de ce m-ai adus aici?

O privi din celălalt capăt al încăperii.

— Pentru că tu ești singura parte a planului care se poate schimba. Deturnarea va avea loc cu sau fără tine. Te-am chemat ca să aflu ce intenționezi să faci.

— Ce-ai vrea să fac?

Serra ridică din umeri.

— Planul poate reuși și fără un agent în adormire. Rămân însă două motivații pentru care ar fi bine să participi: pentru a te asigura că avionul este distrus și pentru a te întâlni cu Khalil în Malta. Vreau să știu dacă cele întâmplate ieri te-au făcut să te răzgândești.

O studia cu atenție, încercând să-i citească în ochi răspunsul înainte ca ea să-l rostească. Petra își dădu seama de însemnătatea momentului. Dacă ar recunoaște că are ceva dubii, care ar fi consecințele?

— Nu, nu m-am răzgândit.

Avu impresia că vede o mică tresărire la el, o licărire de tristețe în ochii lui. Dar poate că doar își imagina.

— La ce te gândești? îl întrebă.

Serra își părăsi locul de lângă fereastră, veni spre masă și începu să examineze sandviciurile așezate pe tavă.

— Mă gândesc la Mirqas. La ceea ce i s-a întâmplat.

— Crezi că a fost ucis?

— Da!

— De cine?

Bărbatul se răsuci cu fața către ea.

— Nu știu.

Asta e ceea ce îmi spune Serra, dar nu asta gândește. Văd răspunsul adevărat în ochii lui, care îi întâlnesc pe ai mei și se feresc aproape imediat. Serra crede că eu l-am ucis pe Mirqas.

Mai stăm de vorbă o vreme, apoi îmi spune că vrea să facă dragoste cu mine. Abia în clipa asta îmi dau seama pe deplin ce fel de om este. Nu diferă cu nimic de bărbații care mă plăteau ca să facă sex cu mine în Brewer Street și, în timp ce intrăm în dormitor, știu ce are să se întâmple.

Cercetez iute din priviri încăperea: un pat dublu mare, două noptiere din lemn de stejar, o măsuță de toaletă cu o oglindă aurită așezată pe ea, un șifonier înalt din lemn de mahon și un scrin asortat. Mă întreb din ce direcție va veni atacul.

Serra îmi cere să mă dezbrac în fața lui. Desigur. Vrea să vadă dacă nu cumva sunt înarmată. Totuși, este posibil să mă înșel, așa că nu am încotro și continui actul, spectacolul lung și dureros. Mă dezbrac încet pentru a-i face plăcerea. Chiar își închipuie că, dacă sunt goală, sunt neînarmată?

În pat, vrea totul, iar eu i-l ofer, consolându-mă cu faptul că, indiferent ce se va întâmpla, e pentru ultima oară când voi mai face sex cu Marc Serra. Îmi jur că este ultimul bărbat pe care îl voi folosi ca monedă de schimb. Își împinge degetele în mine, mă suge, iar eu îl sug la rândul meu și, în cele din urmă, mă penetrează cu obișnuita lui lipsă de finețe. Când stau întinsă pe spate, mă apasă cu tot corpul și mă lipește de saltea. Sapă cu degetele în mușchii tari din coapse. Vrea să mă învinețească. Iar când îl călăresc, mă ține strâns de mijloc și mă trage în jos ca să se poată împinge în sus în mine. Când mă las convinsă să stau în patru labe – de departe poziția pe care o preferă; îi place să-mi preseze fața în perne –, devin agitată pentru că nu-l mai pot vedea. Mă rotesc ușor ca să-mi îndepărtez capul de perne și să pot să-l zăresc în oglinda de pe măsuța de toaletă. Mă opun încercărilor lui de a-mi împinge capul în cearșafurile mototolite. Renunță în cele din urmă și se manifestă tot mai egoist, strângându-mă de șolduri și mișcându-se din ce în ce mai adânc și mai repede în mine, până ce, într-un final, ejaculează cutremurându-se și gemând. Pare să-și fi pierdut cu totul suflul.

Rămânem întinși unul lângă altul fără să vorbim. Mă gândesc la Falstone și la casa în care am crescut. Văd priveliștea, văd câmpurile cu iarbă culcată la pământ de vânturile aspre, văd păduceii de pe deal cu crengile aplecate către răsărit pentru a se feri de vânturile care bat continuu dinspre vest. O văd pe Anne Mitchell în apartamentul ei din blocul înalt din Chalk Farm. Când e singură, plânge din cauza infidelităților soțului, din cauza vieții în care e prinsă ca într-o capcană. O dată mi-a povestit că își dorise să ajungă însoțitoare de zbor ca să poată vedea lumea. Acum tot ce vede în depărtarea de nepătruns este Telecom Tower. Îmi amintesc primul meu sărut, o experiență stângace care mi-a produs greață. Văd o fotografie alb-negru cu părinții mei. Sunt pe culmea Matterhornului[1]. Fotografia stătea pe poliția grea din piatră din bucătărie, deasupra sobei. Și pe urmă mă gândesc din nou la Anne și la viața care nu i-a oferit decât dezamăgiri. Nu încerc să fac comparații, de teamă că rezultatul ar înclina și mai mult în defavoarea mea.

— Mi s-a făcut foame, zice Serra. Vrei un sandvici?

---

[1] Munte din Alpi cu înălțimea de 4 478 de metri, situat la granița dintre Italia și Elveția (n. tr.).

Scot un sunet care nu e nici da, nici nu. Serra se ridică din pat și-și trage pe el unul dintre acele halate de prosop groase și albe pe care hotelurile le pun la dispoziția oaspeților. Iese din încăpere. Rămân nemișcată. Se întoarce cărând în brațe tava de argint. Mă încordez, dar sper să dau impresia că sunt în continuare relaxată. El așază tava pe pat lângă mine. Acesta ar putea fi momentul. Dar nu e. Se duce spre masa de toaletă, ia pachetul lăsat acolo și scoate din el o țigară. O aprinde și trage din ea lung și cu poftă.

Se îndreaptă ușor spre mine. Mă gândesc că este posibil să mă fi înșelat.

— Ar trebui să ne gândim la viitor, zice. La ce vom face după ce tu și Khalil…

Cuțitul apare ca din senin în mâna lui. Trebuie să recunosc, e mai agil decât am crezut. E un briceag care pare să fi alunecat în jos de pe mâneca halatului în mâna lui dreaptă ca o extensie a mișcării care îl propulsează către mine. Aruncă țigara și plonjează înainte. Rapiditatea cu care reacționez se reflectă în expresia de pe fața lui: surpriza apare instantaneu. Mă mișc iute, dar nu cu suficientă viteză; lama pătrunde în bicepsul meu stâng. Este atât de ascuțită, încât abia dacă simt contactul.

Mă rostogolesc pe o parte și alunec de sub greutatea corpului său. Deja las urme stacojii pe cearșaful din bumbac alb. Serra dă să se ridice de pe pat, dar eu sunt deja în picioare. Mă pregătesc să lansez un atac, însă el știe și ține lama cuțitului îndreptată către mine. Se saltă, se îndreaptă de spate și acum ne înfruntăm față în față în picioare.

Văd spaima din ochii lui. Îmi cunoaște reputația, care îl cam sperie. Deține arma, dar nu și viteza necesară, și o știe. Știe la fel de bine ca mine că, dacă nu va face o mișcare decisivă, își va pierde tot avantajul.

Încearcă o fentă. Se deplasează spre stânga, apoi se răsucește brusc la dreapta. E o manevră pe care o cunosc bine. Când se duce spre stânga, ar trebui să procedez la fel ca să-l evit, numai că nu așa fac. Mă duc spre dreapta și rămân acolo. El și-a luat deja avânt și, pe măsură ce se mișcă în față, eu mă deplasez și mai la dreapta, îndepărtându-mă de el. Toate acestea se întâmplă într-o secundă. Acum s-a dezechilibrat, iar eu profit de slăbiciunea lui. Încearcă să corecteze împleticeala și simultan să se răsucească spre stânga. E o greșeală. Descriu cu piciorul drept un arc larg și perfect în aer. Piciorul îl lovește în lateral peste față și îi dislocă osul maxilarului. Se zgâlțâie din tot corpul. Lovitura îl lasă pe moment năuc, dar nu cade și încă ține briceagul în mână. Se află totuși în stare de șoc, iar acest scurt moment de confuzie se dovedește a fi critic. Mă răsucesc din nou și de data aceasta îl pocnesc în gât cu pumnul încleștat.

Petra clăti rana cu apă rece. Sângele reapăru din tăietura fină de pe biceps imediat ce o curăță. Lângă chiuvetă erau mai multe fâșii rupte din cearșaful de bumbac pe care îl sfâșiase. Înfășură una dintre ele în jurul rănii și o legă strâns.

În dormitor, Serra își revenise și încerca să desfacă legăturile. Petra îl așezase pe un scaun și îi legase mâinile la spate cu o curea din piele. Era sigură că bărbatul nu putea să o desfacă. Dar chiar dacă reușea, îi legase gleznele cu fâșii de cearșaf de picioarele scaunului. Nu erau cele mai eficiente cătușe, dar erau de ajuns. În cel mai rău caz, aveau să îi ofere timp, și exact de asta avea ea nevoie; amândoi știau că zbaterea lui era mai degrabă simbolică.

Petra își trase pe ea lenjeria de corp și tricoul alb pe care îl purtase pe sub bluza de trening. Bandajul din bumbac care îi înfășura bicepsul ieșea afară de sub mâneca suflecată. O pată stacojie începuse să se formeze pe el.

— Ar fi trebuit să mă ucizi cu prima ocazie.

— Știu, spuse Serra cu vocea redusă la o șoaptă răgușită, aproape la fel de dureros de auzit ca de simțit.

— Ți-ai dat seama că eu am fost de vină încă de dinainte să fi venit aici?

Bărbatul clătină din cap.

— Dar ai avut ceva bănuieli...

Serra dădu din cap aprobator.

— Și atunci, fiind așa cum ești, ți-ai zis că poți avea totul. Tipic! Am cunoscut bărbați ca tine. Prea mulți și prea des.

Furia Petrei era însoțită de un sentiment de dezamăgire.

— Dacă ai fi pe jumătate bărbatul care te crezi, acum aș fi moartă. Dar cei ca tine, odată ce adulmecă ceva bun, nu se mai pot stăpâni. Ești ca un câine. Sau ca un narcoman. Știai că asta avea să fie ultima ta șansă - presupun că știai că o să mor - și te-ai gândit să-ți mai oferi o porție de plăcere. Ultima și gata, parcă așa se zice. Și uite așa a apărut invitația la hotel! De fapt, nu aveai ce căuta la Londra astăzi, nu-i așa?

Tăcerea lui Serra spunea tot.

— Sexul e cel care a dus bărbații la pierzanie mai mult decât orice pe lume, oftă Petra.

Nu încetase niciodată să se minuneze cum de oamenii inteligenți puteau fi, în același timp, atât de proști, cum de cei puternici puteau fi așa de slabi.

— Cum de ți-ai dat seama? îl întrebă pe Serra.

— Au fost mai multe lucruri...

— Ca de pildă?

— Chestia cu Mirqas și cu infractorul ăla londonez nu avea niciun sens.

— Mirqas a fost și el un criminal. Aici, în orașul ăsta. Serra se încruntă la auzul afirmației și ea continuă: Anul trecut a omorât un jurnalist.

— Mirqas nu știa englezește, spuse Serra.

— Poftim?

O mică flacără triumfătoare se aprinse în ochii lui Serra.

— Nu vorbea decât araba și franceza.

Petra dădu să respingă categoric ideea, apoi se opri. Încercă să și-l amintească pe Mirqas vorbind și nu reuși. Nu-l auzise. Niciodată.

— Nu am știut.

— Prin urmare, dacă ucigașul de care vorbești nu era fluent în arabă și franceză...

— Asta e tot? îl repezi Petra. Sau a mai fost și altceva?

— Da. A mai fost și treaba cu LV241.

— Ce-i cu ea?

— LV241 nu există.

„Evident", își zise ea. Avea sens. O fărâmă de informație aruncată ca momeală. Ghici ce urma să spună bărbatul.

— Am plătit surse care să-mi furnizeze informații, continuă Serra. Să afle dacă cineva se interesa de existența unei tabere noi din Libia cu indicativul LV241. Da, cineva se arătase interesat, numai că nu se știa cine.

— Aș fi putut să fiu eu.

— Poate. Dar n-am crezut asta.

— De ce?

Serra ridică ușor din umeri.

— Intuiția.

— Intuiția este un dar prețios. Ar fi trebuit să-l folosești mai des. Ce altceva?

— Decizia ta de a continua ca agent în adormire.

— Ce-i cu ea?

— N-are noimă când e vorba de tine. Sincer să fiu, am fost surprins că ai acceptat rolul.

— Atunci de ce mi l-ai oferit? Doar ca să mă testezi?

— Nu. Kamal Ibrahim Karim a insistat. Iar el este omul cu banii. Dintotdeauna te-a vrut. De cum l-am informat că am luat legătura cu tine, a hotărât să te atragă să lucrezi pentru el, indiferent de costuri.

— Dar de ce?

— Din cauza reputației tale.

— Nu pari prea convins.

— După părerea mea, purtarea lui seamănă foarte mult cu o pasiune adolescentină.

— Dar Khalil? El ce părere are?

— Karim e omul cu banii.

— Da, știu. Dar cum rămâne cu Khalil?

Un zâmbet obosit se lăți încet pe fața lui Serra.

— El e cheia, nu-i așa?

Petra nu răspunse.

— Khalil este motivul pentru care ai acceptat rolul de agent în adormire. O femeie de talia ta - marea Petra Reuter - să joace rolul de agent în adormire numai pe baza promisiunii unui rendez-vous la final? Nu! Doar dacă la mijloc nu sunt și alte motive. Și ce motive ar putea avea o teroristă transformată în asasină bine plătită?

— Dacă chiar ai crezut asta, de ce nu l-ai prevenit pe Khalil? Ori pe Karim? De ce ai riscat, implicându-mă în operațiune?

— În primul rând fiindcă nu există niciun risc. Deturnarea va reuși. N-o poți împiedica. În al doilea rând, pentru că nu am niciun interes personal în afacerea asta. Clienții vin și pleacă. Pentru mine nu are importanță cine sunt, nu contează decât să fiu plătit.

— Nu te cred!

— Nu-mi pasă dacă mă crezi sau nu.

Serra tuşi şi fiecare contracţie a gâtului învineţit se reflecta pe faţa lui. În ochi avea lacrimi. Înghiţi cu grijă înainte de a vorbi din nou.

— Înţeleg acum că, de la bun început, principalul tău punct de interes a fost Khalil, nu suma promisă. Bănuiesc că altcineva te plăteşte şi mai bine ca să-l termini. Şi că Giler n-a fost decât un pion de sacrificiu. Un pion în valoare de un milion de dolari pentru tine, desigur, dar tot un pion. Cât vei încasa pentru Khalil? Două milioane de dolari? Cinci? Zece? Din câte ştiu, guvernul american a promis o recompensă de cinci milioane pentru Khalil.

— După cum ai spus şi tu, clienţii vin şi pleacă. Nu contează cine sunt, atât timp cât sunt plătită.

Petra luă briceagul de pe pat.

— Din moment ce nu ai niciun interes personal în afacere, ai putea să-mi spui unde pot să-l găsesc pe Khalil.

Serra continua să zâmbească.

— Mă aşteptam la asta.

— Unde e?

— Nu ştiu.

— Mai devreme sau mai târziu tot o să-mi spui.

— Câte ceva s-ar putea, într-adevăr, să-ţi spun, dar nu unde se află Khalil. Nici cum arată individul sau cine îl cunoaşte. Nu o să-ţi spun nimic despre el. Şi vrei să ştii de ce?

— De ce?

— Pentru că nu există. Khalil nu este o persoană în carne şi oase. Ci – cum s-ar zice – doar un stindard la îndemână. O fantomă, o legendă fără substanţă.

Dacă ar fi fost altcineva – *oricine* altcineva –, Petra ar fi respins, probabil, afirmaţia cu dispreţ. Dar cu Serra nu putea face asta.

Se holbă la el, iar bărbatul își dădu seama că reacția ei însemna mai mult decât o simplă neîncredere.

— Dar Fiii lui Sabah? Și ei sunt tot fantome?

Numele declanșă o undă de șoc în Serra, care răspunse prea târziu și neconvingător.

— Cine?

— Fiii lui Sabah, Marc. Cei care vor deturna cursa BA283. Și ei sunt tot fantome?

— Cine ești? Pentru cine lucrezi? BKA?

— Mă lași...

— CIA? Mossad?

— Ce contează? Știm de Fiii lui Sabah.

— Nu știți nimic!

— Uiți că i-am văzut cu ochii mei.

— I-ai văzut pe *unii* dintre ei. Atât!

— Corect! rosti Petra pe un ton nepăsător.

— Chiar îți închipui că te-aș fi lăsat să te apropii de ei dacă la asta se reducea totul?

— Chiar m-am întrebat de ce m-ai lăsat să mă apropii.

— Pentru că trebuia să îți ofer ceva. Ceva real.

— Ține-ți prietenii aproape și dușmanii și mai aproape?

— Da, cam așa ceva.

O senzație de răceală o cuprinse.

— Nu cred.

Văzu cum panica pusese stăpânire pe Serra.

— Indiferent dacă zborul BA283 va decola sau nu, Fiii lui Sabah nu vor fi opriți. Tu nu poți să-i oprești. *Eu* nu pot.

— Și atunci de ce toată treaba asta cu deturnarea?

— Pentru a face impresie.

— Ce impresie?

— O să vezi!

Petra ținea briceagul în mâna dreaptă. Începu să bată cu vârful lui pe marginea tăvii. Ochii lui Serra erau ațintiți asupra oțelului, nu asupra ei.

— Fiii lui Sabah sunt creația lui Karim? întrebă ea.

— Are vreo importanță?

— Pentru mine? Da!

— Da, sunt creația lui.

— Dar deturnarea a fost tot ideea lui?

— M-a plătit s-o organizez, însă ideea îi aparține.

— Și tot el a avut ideea amplasării unei bombe pe cursa NE027 a companiei Northern Eastern?

Întrebarea căzu ca un trăsnet asupra lui Serra. Bărbatul își luă ochii de pe briceag și se întoarse spre Petra.

— *Poftim?*

Petra repetă întrebarea.

— A fost ideea lui?

Serra încerca să ghicească unde ducea noua direcție pe care o luase interogatoriul. Spaima de pe fața lui îi spuse Petrei că bărbatul avea să evite să-i răspundă direct.

— A fost ceva... diferit.

— Dar tot Karim a venit cu ideea?

— Da.

O durere ascuțită o sfredeli. Tristețe urmată de furie, apoi de extenuare. Cercul era complet. Păcat că Proctor nu se afla acolo, lângă ea, ca să audă răspunsurile!

— Iar bărbatul care a pus planul în practică a fost Basit, nu-i așa? continuă ea.

Fiecare întrebare ducea la dezvăluirea unui secret și, cu fiecare revelație, Petra urmărea schimbările intervenite pe fața unui om a cărui lume se prăbușea în jur. Serra se zbătu zadarnic să se elibereze din strânsoarea curelei de piele.

— *Cine ești?*

— Mai ții minte ce mi-ai spus o dată: că, după părerea ta, eu și Khalil semănăm?

— Da.

— Ei bine, ai avut dreptate.

— Poftim?

— Atâta doar că nu doar semănăm. Suntem *la fel.*

Serra transpira.

— Nu înțeleg.

— Petra Reuter nu există, Marc.

— Ce tot spui?

Petra savură momentul; nu se grăbi defel, ci lăsă confuzia să pună stăpânire pe el.

— Cum ai zice *tu*? Petra Reuter e doar un stindard la îndemână. O fantomă. Petra Reuter nu există.

— Dar tu ești aici! protestă Serra.

— Da! Numai că tu nu știi cine sunt.

Când bărbatul vorbi din nou, sfidarea agresivă fusese înlocuită de prudență și curiozitate.

— Pentru cine lucrezi?

— Pentru mine.

Bărbatul clătină încet din cap.

— Nu te cred.

— Nici nu mă așteptam. Dar e adevărat.

— Cine ești?

— O târfă. Asta sunt, Marc. O târfă de doi bani. De fapt, de mai mult de doi bani, dar tot o târfă.

Văzu că Serra avea impresia clară că ea nu încearcă decât să pară enigmatică.

— Nu pricep, zise el.

— În ciuda rezervelor pe care le aveai față de mine, ți-ai spus că noi doi ne înțelegem bine, nu-i așa? Că făceam echipă bună. Tu, la patruzeci și patru de ani, eu, la douăzeci și trei.

— *Douăzeci și trei?*

— Și pe ce se baza părerea asta? Pe sex. Noi doi nu am avut niciodată nimic în comun, dar ți-a plăcut cum arăt și ți-a plăcut ideea de a intra într-o relație cu mine. Ți-a plăcut fiindcă eram o femeie periculoasă. Și asta te excita și mai tare. Dar mai presus de orice ți-a plăcut sexul. Am dreptate? Mai mult decât atât, ai văzut că îmi place să fac sex. Ți-a plăcut faptul că făceam tot ce-mi cereai, ți-a plăcut faptul că mă îmblânziseși.

— Ești nebună!

— Nu, zise Petra, fluturând un deget dojenitor spre el. Îi știu pe bărbații ca tine. Aduceți o femeie la orgasm și credeți că, prin asta, v-ați însușit o parte din ea. Numai că nu s-a întâmplat niciodată, Marc. Nu am avut niciodată orgasm cu tine. Nu am strigat niciodată de plăcere. Totul n-a fost decât prefăcătorie.

— Aiurea!

Petra râse, dar fără pic de veselie.

— Cât de tipic pentru tine, cât de arogant! Nu-ți vine să crezi, nu-i așa? Îți imaginai că ești al naibii de bun, și când colo... Nu te învinovățesc că ești așa șocat. M-aș fi mirat ca un bărbat cu orgoliul tău să reacționeze altfel. Dar adevărul ăsta este, Marc: *am fost* prostituată. M-am prefăcut zi după zi pentru bărbați ca tine. Și de fiecare dată când o făceam, mai învățam ceva. Sunt o profesionistă. Înșelătoria este singura mea calificare.

— Minți!

— De data asta, nu. Nu însemni nimic pentru mine. Ai fost o slujbă ca oricare alta.

Sperase că adevărul o va elibera, dar nu făcu decât să îi alimenteze ura. Strânse briceagul în mână cu și mai mare forță. Închise ochii și se imagină înfigându-l în pieptul lui Serra.

„Păstrează-ți cumpătul!"

Trase adânc aer în piept și-l expiră treptat. Se duse în mica sală de recepții și se întoarse cu laptopul lui Serra, pe care îl așeză pe pat. Alcătui o listă de data files, dar nu observă nimic relevant; practic, pe laptop nu fuseseră salvate niciun fel de date.

Era cazul să revină la afaceri.

— Spune-mi ce este FAT/3.

Liniște.

— Am impresia că-ți ții datele stocate în altă parte. Pe o dischetă poate. Sau poate că le descarci pe un dispozitiv mai sigur. Nu, nu prea cred. Liniile telefonice sunt vulnerabile. Presupun că preferi dischetele sau ZIP driverele. Mă întreb unde ai ascunde așa ceva. În haine, poate?

Cercetă fiecare piesă de vestimentație adusă cu el de Serra, scotocind prin buzunare și tăind căptușelile, dar fără a găsi nimic. Verifică și celelalte obiecte ale lui, apoi examină cu meticulozitate dormitorul, baia și sala de recepții.

Într-un final se răsuci cu fața către el.

— Pe ce ai stocat datele?

Bărbatul clătină din cap. Încă își mai ținea furia sub control, însă cu mare greutate. Petra o simți cum clocotește sub pojghița de calm de la suprafață. Trasă cu vârful lamei o linie pe coapsa dreaptă a lui Serra, spre rotulă.

— Data viitoare nu o să te mai întreb politicos.

Din ce în ce mai palid, el clătină din nou din cap.

Boyd îi spusese o dată Petrei că elementul cel mai important în inocularea terorii fizice nu era actul în sine, ci etapa de convingere a victimei că ești în stare să duci lucrurile până la capăt.

Se aplecă spre Serra și îi șopti:

— Dacă țipi, o să te omor!

Înfipse lama prin piele și țesutul moale până ce ajunse să râcâie osul granulos din interiorul genunchiului. Serra scânci și își mușcă limba, iar corpul i se smuci de parcă ar fi stat pe scaunul electric. Cu ochii larg deschiși, dădu din cap dintr-o parte într-alta în timp ce venele de pe gât i se umflau. Picăturile de transpirație care se formaseră pe frunte începură să se prelingă în jos. Petra răsuci lama pe partea cealaltă cu o mișcare lentă, din încheietură, sporindu-i agonia. Culoarea pierise de pe fața lui Serra, iar efortul de a scoate un țipăt o înroși ca sfecla. Lacrimile îi întunecau vederea.

Petra nu simți nimic. Nici plăcere, nici dezgust, doar amorțeala cu care era așa de obișnuită. Încet, foarte încet, îndreptă lama însângerată spre ochiul drept al bărbatului, oprind vârful de oțel la doi centimetri de pupilă. Când vorbi, vocea îi era blândă și joasă, aducând mai mult cu un murmur.

— Pe ce ai stocat informațiile?

Serra cedă.

— Pe un disc, se văicări el.

Vocea îi tremura; renunțase să mai facă pe curajosul.

— Informațiile sunt pe un disc.

Viteza cu care dăduse răspunsul avu darul să stârnească suspiciunea Petrei.

— Și unde-i discul?

— Nu-i la mine.

— Dar la cine?

— La Basit.

— Nu te cred.

— Îți jur că da!

Reza Mohammed, își zise Petra.

— Și el unde e?

— Nu știu.

Petra apropie și mai mult vârful lamei de centrul moale al globului lui ocular. Serra scoase un cârâit:

— Îți jur pe Dumnezeu, nu știu!

— Dar tu ești cel care i-a organizat pe Fiii lui Sabah.

— Au făcut aranjamente individuale. Așa a fost mai sigur.

Vorbele ieșeau acum din gura lui cu o repeziciune lipsită de orice demnitate:

— Așa încât, dacă unul din ei era prins, să nu poată să-i trădeze pe ceilalți. Inclusiv pe mine.

— Rahat!

— E adevărul adevărat, îți jur! Eu m-am ocupat de aranjamentele necesare pentru instructaj și planificare, dar celelalte detalii au fost lăsate în seama lor. Nici măcar n-am idee în ce țară se află acum Basit. Nu-i cunosc numele real sau pe cel înscris în pașaport.

— Dar mâine la 12.15 se va afla la aeroport ca să se îmbarce în cursa către Los Angeles?

— Da!

Îi dau ocol ca să mă asigur că mâinile i-au rămas strâns legate. A trecut o oră. Am verificat fișierele din computer și l-am chestionat pe Serra, dar adevărul e că n-am descoperit mare lucru. Știu că există o parolă din paisprezece litere – LESFISDUSABAH –, care activează și dezactivează materialul încriptat de pe hard disk, însă cum parola este așa de ușor de ghicit, presupun că materialul neîncriptat e tot incomprehensibil. Serra e extenuat. Capul îi cade într-o parte. Furișez o privire pe fereastră. A început să se întunece.

Mi-am epuizat resursele de mânie. Mai devreme aș fi putut să îl ucid pe Marc Serra într-un acces de furie. Ar fi fost ușor. Acum îmi va fi cu mult mai greu. Totuși va trebui să-l ucid. Altă soluție nu există. Nu-l pot lăsa în viață în camera asta de hotel. Când va fi eliberat, va da alarma și urmările vor fi prea haotice și dificil de estimat. Pe de altă parte, nici nu îl pot lăsa pe mâna celor de la Magenta House, care vor scoate de la el tot ce știe, punându-l pe Alexander în poziția de a putea strica totul, lucru pe care nu îl pot permite.

Gâtul lui Serra s-a umflat rău și s-a învinețit. Cu greu pot înțelege ce rostește.

— Cine ești tu, Petra?

Mă ridic în picioare, lăsând briceagul pe pat, într-un loc în care îl poate vedea.

— Numele meu este Stephanie Patrick.

— Pentru cine lucrezi?

— Ți-am mai spus. Pentru mine.

— De ce?

Ce întrebare stupidă! Iau în considerare posibilele răspunsuri, dar durerea mă copleșește. Părinții mei, Sarah, David, Keith Proctor – ei sunt primele cinci motive care îmi vin în minte. Mă gândesc la suferința pe care i-am cauzat-o lui Christopher și mă gândesc la felul în care viața mea a fost distrusă ca urmare a tragediei.

Mă uit în ochii lui încețoșați.

— Majoritatea membrilor familiei mele s-au aflat în cursa aceea a Northern Eastern. O fac pentru ei și pentru un arhitect din Uniondale, statul New York, pe nume Martin Douglas.

— Cine?

— A fost pasagerul de pe locul 49C. Locul meu.

Serra pare mai întâi mirat, apoi ofuscat, ca și cum nu i-ar veni să creadă că toate problemele acestea își au rădăcinile în ceva atât de lipsit de însemnătate.

— Vrei să zici că e o chestiune personală?

— Da, și din ce în ce mai mult, răspund eu. Iar când o să-l văd pe Reza Mohammed, o să iau discul de la el și pe urmă o să-l ucid.

— Cine?

Interesant!

— Reza Mohammed.

Nicio reacție. Poate că Serra este un bun actor sau poate că nu se preface. Pentru mine nu are importanță.

— Basit, îi explic. Numele real al lui Basit este Reza Mohammed.

„Sau o fi Mustafa Sela?" mă întreb în sinea mea.

— El e individul care a plasat bomba la bordul cursei în aeroportul JFK.

Serra dă ușor din cap.

— Nu va avea nicio importanță.

Mă apropii de el pe la spate și scot abajurul de pe lampa din alamă așezată pe masa de lângă fereastră.

— Ce anume nu va avea nicio importanță?

— Faptul că îl vei omorî pe Basit.

Trag firul din priză.

— În cazul ăsta, cu atât mai mult merită să-l ucid.

— Dacă zborul nu va decola mâine, aproape patru mii de oameni vor muri.

Ceva se declanșează în mine în clipa când Serra spune asta. E ceva ce văd în ochii lui când se întoarce să mă privească. E ceva ce aud în vocea lui când cuvintele spintecă aerul. Încerc să ignor ceea ce simt și mă retrag din raza lui vizuală. Strâng și mai tare lampa în mână.

— Ce-ai spus?

— Am spus că patru mii de oameni vor muri.

— Cum?

— Nu contează cum. N-ai cum să împiedici asta. Și nici eu.

— Minți!

— Poate că da, poate că nu. Numai timpul îți va spune.

Dacă îl las pe Serra în viață, Alexander va afla despre deturnare și cursa nu va mai decola. Fără să știe, Serra s-a condamnat singur la moarte. Pierde în ambele variante. Balansez lampa și îl lovesc cu ea în ceafă. Se prăvălește și își pierde cunoștința. Pe urmă mă apropii de pat și iau briceagul.

Petra ieși din duș și se șterse cu unul dintre prosoapele mari și albe al hotelului. Se îmbrăcă repede, își adună lucrurile, apoi selectă obiectele lui Serra pe care intenționa să le ia cu ea. Pe computerul lui, folderul care conținuse fișierele FAT, FAT/1, FAT/2 și FAT/3 se numea FDS/12. Fils du Sabah[1]/12. Inițial fuseseră zece deturnători. Acum rămăseseră opt. Își aminti de factura emisă de firma de electricitate din vestul Londrei pe care o descoperise la Paris printre hârtiile lui Serra. În locul datei, pe factură fusese scris FAT/3. Lista de pe factură cuprindea douăsprezece poziții. Iar în altă parte – nu-și mai amintea unde – văzuse din nou mențiunea FAT/3. În documentul acela apăreau amestecate tot douăsprezece litere și cifre. Înșfăcă telefonul mobil al lui Serra, închise laptopul, îl vârî în husa lui căptușită și întinse mâna ca să-și ia haina.

---

[1] Fiii lui Sabah (în limba fr. în original) (n. tr.).

28

Petra păşi în ploaie pe Jermyn Street. Găsi o cabină telefonică în Church Place şi apelă numărul de la Adelphi Travel, unde fu întâmpinată cu acelaşi mesaj înregistrat care rula non-stop. Parcurse din nou etapele de identificare din ziua precedentă şi, peste un minut, vorbea cu Alexander.

— Clarendon House de pe Jermyn Street. Camera nouă, mai exact. Un dezastru!

— Câţi?

— Unul.

— Cineva cunoscut?

— Serra.

Tăcerea fu la fel de predictibilă pe cât era de lungă.

— *Serra?*

— Da.

— Ce s-a întâmplat?

Întrebarea o enervă.

— Oh, pentru numele lui Dumnezeu, s-a tăiat la gât în timp ce se rădea! Chiar contează ce s-a întâmplat? E mort. Nu pot să îţi explic în clipa asta. N-am timp!

Îi venise întotdeauna uşor să-l mintă pe Alexander. Uneori era chiar plăcut.

— Eşti filată?

— Nu sunt sigură, dar cred că n-ar fi bine să vin până acolo. Chiar dacă Serra e mort, lucrurile vor merge înainte, așa că ar trebui să stau cu capul la fund o vreme. O să te sun mâine dacă o să pot.

— Bine! Dar dacă apare vreo problemă, sună-mă direct, fără să mai parcurgi pașii din protocol!

Al doilea apel îl efectuă din altă cabină telefonică.

Luă un taxi până pe George Street, acolo unde doctorul Brian Rutherford o întâmpină personal.

— Domnișoara Morgan a plecat deja, îi explică el. Și dacă ai fi întârziat un minut, nu m-ai fi găsit nici pe mine.

— Mda. Observ că ești îmbrăcat la patru ace.

Rutherford era la cravată. Una neagră.

— Sunt invitat la un dineu la Grosvenor House[1].

— Scuze că te rețin!

— N-ai de ce să te scuzi! Mi-ai făcut o favoare. E unul dintre evenimentele acelea corporatiste. O firmă de farmaceutice încearcă să ne ademenească să-i cumpărăm produsele.

O conduse spre sala de operații, unde ea își scoase jacheta. Sub luminile albe, puternice, curăță și dezinfectă rana, apoi cusu copcile și o bandajă. În timp ce se spăla pe mâini îi spuse:

— Ar trebui să ai mai multă grijă de tine, Stephanie! Nu știu cum de tot capeți răni dintr-astea mici – și nici nu vreau să aflu –, dar, pentru vârsta ta, ai adunat deja prea multe.

— Știu!

— N-aș vrea ca, într-o bună zi, să fii grav rănită.

Petra își îmbrăcă tricoul.

— O să țin cont de sugestie! Și mulțumesc că-ți faci griji pentru mine!

---

[1] JW Marriott Grosvenor House London, hotel de lux deschis în 1929 în cartierul Mayfair (n. tr.).

— La vârsta ta ai impresia că ești nemuritoare. Dar când ajungi la vârsta mea îți dai seama cât de scurtă e viața.

Petra zâmbi fără să vrea.

— Ce-i asta? O rană care necesită cinci copci și gata, ești dispus să oferi gratis perle de înțelepciune?

Doctorul Rutherford o privi cu un aer trist.

— Dacă sunt gratis ar trebui să le accepți, nu crezi?

— Poate... Apropo, poți să-mi împrumuți niște hârtie de scris, un plic și un pix?

— Presupun că da.

— Mai am nevoie și de o lanternă.

— O lanternă?

— Da, știi tu, chestia aceea pe care o ții în mână, funcționează pe baterii și emite lumină la unul dintre capete.

Rutherford dădu din cap și începu să scotocească printr-unul dintre sertarele biroului.

— Îmi place de tine, Stephanie! Ești o fată drăguță. Dar asta nu înseamnă că vreau să te văd așa de des pe aici. Gândește-te la ce ți-am spus!

De la cabinetul lui Rutherford merse pe jos până la stația de metrou Bond Street. Se deplasă pe Jubilee Line până la Green Park, unde trecu pe Victoria Line și coborî la stația Victoria. De acolo merse până la intersecția Wilton Road cu Longmoore Street. Pubul Gallagher & Sons era o oază plăcută de căldură într-o seară atât de rece și ploioasă. Își aminti cum arăta locul: lambriurile de lemn, vopseaua galben-muștar, oglinda de pe perete, Cyril Bradfield sorbind încet dintr-o halbă de bere Guinness. Se opri în fața mesei lui.

— Pot să-ți fac cinste cu o băutură?

Bărbatul ridică privirea.

— Ce-i cu tine aici?

— Am nevoie de tine!

— Ai numărul meu. Ai fi putut să mă suni.

— Chestiunea nu suporta amânare. Se uită la paharul lui gol pe trei sferturi, apoi spuse: Ce zici, merge încă o halbă?

— Dar n-ar trebui să…

— Nu e genul acela de treabă.

— În cazul ăsta, de ce nu?

Era pentru întâia oară când îl vedea pe Bradfield după ce luase documentele aferente ultimei dintre cele trei identități create de el. Prima fusese plasată într-o filială a ABN-AMRO din Amsterdam, a doua, într-o cutie de valori în Paris. A treia, în Londra. Până să revină Petra la masă cu halba de Guinness proaspăt turnată, Bradfield își rulase o altă țigară subțire perfectă, cu toate că avea bandaje pe trei dintre degetele de la mâna dreaptă și două de la stânga.

— Ce ți s-a întâmplat?

— Arsuri de acid. Riscurile meseriei!

Petra sorbi din paharul de cola și apoi îi dădu plicul pe care îl luase de la Rutherford. Bradfield îl acceptă cu un aer nemulțumit. „Un alt risc al meseriei", își zise Petra.

— Ce-i înăuntru? întrebă bărbatul, coborând un pic vocea, cu toate că în jur nu se afla nimeni care să poată trage cu urechea.

— Instrucțiuni.

— Pentru ce?

— Totul e scris. Vei găsi înăuntru un număr de telefon și o serie de cuvinte și expresii. Care explică cum să iei legătura și ce trebuie să spui.

— Cu cine să iau legătura?

— Nu e nevoie să-i cunoști identitatea. Va fi vocea de la celălalt capăt al firului și atât. Nu trebuie decât să urmezi instrucțiunile și totul va fi bine.

— Când?

— Mâine. Poate.

— Poate?

— Mâine, începând de la amiază, ține radioul sau televizorul deschis. Și ascultă știrile.

— La ce anume ar trebui să fiu atent?

— O deturnare de avion. Pe o cursă cu decolare de pe Aeroportul Heathrow.

Bradfield trase din țigară şi-şi păstră gândurile pentru sine.

Petra se apleca în față.

— Nu vei deschide plicul decât dacă deturnarea are loc. Dacă după douăzeci și patru de ore nu se întâmplă nimic, arde plicul fără să-l deschizi! Ai înțeles?

Bradfield dădu aprobator din cap și luă o primă sorbitură din halba de Guinness.

— Ceea ce aş vrea eu să ştiu este de ce crezi că poţi avea încredere în mine.

— Pentru că atunci când ne-am cunoscut, ai văzut prin mine. Mi-ai spus să nu port niciodată o armă asupra mea dacă nu sunt pregătită să o folosesc. Îţi aminteşti?

Bărbatul încuviință încet.

— Da!

— Totuși, după aceea nu m-ai dat afară.

— Și ăsta e motivul pentru care ai încredere în mine?

— În parte, da.

— Și restul?

— Restul îl ştii.

Brewer Street. Își promise că era pentru ultima oară când ajungea acolo, apoi se întrebă de câte ori oare făcuse același jurământ. Ploaia se mai domolise, transformându-se într-o burniță sâcâitoare. Trecu de ușa care era închisă, dar nu și încuiată, era sigură. Pentru că nu era niciodată. O mică îmbrâncitură avea să dea la iveală holul întunecos pe care îl știa atât de bine. Se uită în sus la ferestrele de la etaje, unde lumina era blocată de draperii, apoi continuă să meargă.

Două minute mai târziu, se afla pe scara de incendiu din spatele clădirii învecinate cu cea în care lucrase. Treptele de fier erau la fel de nesigure ca întotdeauna; zidul de cărămidă de care erau prinse se scorojea, iar praful se adunase pe ele. Ajunse în capul scărilor și verifică încuietoarea care parcă fusese pusă de formă; zăvorul tot nu avea unde să culiseze. Forță ușa cu umărul. După ce intră și închise în urma ei, aprinse lanterna din plastic primită de la Rutherford. Raza era slabă, dar suficientă pentru a lumina mansarda.

Locul arăta în continuare ca un muzeu, o relicvă perfect păstrată. Vrafurile de ziare și de reviste legate cu sfoară erau tot acolo. La fel și cutiile aruncate. Petra se duse spre rezervorul de apă gol și lumină interiorul. Computerul lui Proctor era tot înăuntru. Reveni la ușa de la intrare, pentru a număra scândurile, apoi se deplasă la stânga până la locul pe care îl căuta. Se așeză în genunchi și scoase scândura. Cele șapte dischete ale lui Proctor se aflau acolo unde le pusese, alături de o mică trusă albastră de toaletă care aparținuse cândva companiei Varig Airlines. Petra o așezase lângă dischete în săptămâna dintre Crăciun și Anul Nou. Înăuntru plasase un sul de bancnote – lire sterline, dolari, franci și mărci germane –, precum și al treilea set de documente de identitate creat de Bradfield special pentru ea.

Laptopul lui Serra se afla pe masa din camera de zi, lângă cele două walkmenuri Sony, cel primit cadou și cel pe care îl cumpărase. Lumina pâlpâitoare a ecranului era singura din încăpere. Fișierele pe care le examină confirmară adevărul neplăcut: fără unitatea de disc, nu avea nimic relevant. Totuşi, cine putea şti dacă ceea ce se afla pe disc furniza cu adevărat o soluţie?

Petra îşi luă capul în mâini şi răsuflă adânc.

„Dacă zborul nu va decola mâine, aproape patru mii de oameni vor muri."

Acestea fuseseră cuvintele lui Serra. Le răsuci în minte pe toate feţele. Ce voiau ele să spună? Era un bluf din partea unui om care-şi cunoştea soarta şi se împăcase cu ea sau o ultimă încercare de a se salva a unuia mult prea speriat de moarte? Aproape patru mii de oameni. De ce tocmai acest număr? Poate că nu exista niciun motiv. Indiferent cât se strădui, nu izbuti să îşi dea seama de ce ar putea muri atâţia oameni în cazul când aeronava rămânea la sol. Dar dacă decola, era posibil ca lucrurile să se schimbe. Odată ajuns în aer avionul, era imposibil de determinat ce fel de stricăciuni se puteau produce. Numai că Serra o asigurase că aeronava deturnată avea să aterizeze în Malta şi că pasagerii şi echipajul – în marea lor majoritate, în orice caz – urmau a fi eliberaţi. Pe de altă parte, chestia cu Khalil fusese – *din cât se părea* – o minciună, deci de ce nu ar fi fost la fel şi cu Malta?

Analizarea posibilităţilor nu o ajuta defel. Cu cât se concentra mai mult asupra lor, cu atât devenea mai confuză. Aşa că îşi îndreptă atenţia asupra lucrurilor pe care le ştia. Alexander nu ar aproba niciodată participarea ei la deturnare. Dacă deturnarea era împiedicată, patru mii de oameni *ar putea fi* în pericol. Dacă deturnarea avea loc, peste trei sute de oameni aflaţi la bord s-ar afla în mod cert în pericol. Şi, lucrul cel mai important, Alexander n-ar crede pentru nimic în lume în inexistenţa lui Khalil, cu toate că el fusese acela care o crease pe Petra Reuter. Dacă tocmai ea ar sugera aşa ceva, Alexander ar considera ideea absurdă, poate comică şi, fără îndoială, regretabil de previzibilă.

Petra nu mai era sigură de nimic. Închise laptopul și îl sună pe Frank.

— Marina?

— Mmm...

— M-am gândit la tine toată ziua. Pot să vin acolo?

— Nu. Vreau să ies din casă. Vin eu la tine.

Ne sărutăm și mă ia de mână ca să mă conducă în camera de zi. Îmi oferă un pahar cu vin. Are o sticlă de Rioja deja deschisă. Accept oferta cu recunoștință. Vinul mă încălzește. Mă prinde de braț și mă trage cu blândețe către canapea. Își apasă degetele pe rana de cuțit proaspăt suturată. Mă cutremur - din reflex - și vărs câteva picături de vin pe măsuța de cafea și pe covor. Frank nu se supără. Se uită la mine îngrijorat.

— Te simți bine?

Nu vreau să îl mai mint, așa că nu-i răspund.

— Ce-ai pățit la braț? mă întreabă.

Mă mulțumesc să clatin din cap. Nu fiindcă aș vrea să tac. Ci pentru că nu mă simt în stare să vorbesc. Nu în clipa aceasta. Frank pare să mă înțeleagă. Sunt îmbrăcată cu o cămașă neagră groasă peste un maiou gri. Îmi deschide nasturii de la cămașă. Trage materialul deoparte și vede bandajul de pe bicepsul stâng.

— Ce s-a întâmplat?

— O tăietură.

— Cum ai căpătat-o?

— De la un briceag.

Evident, face ochii mari.

— Cine?

— Stai jos! îi spun.

— Marina...

— Stai jos!

Se conformează. Mă așez pe canapea lângă el.

— Frank, am ceva să-ți spun – de fapt, am foarte multe să-ți spun – și vreau să mă asculți până la capăt înainte să zici ceva. OK?

— OK.

— Numele meu nu este Marina Gaudenzi.

Deja expresia feței lui Frank se schimbă când mă aude că vorbesc fără accent.

— Mă numesc Stephanie Patrick. Sunt englezoaică și am douăzeci și trei de ani.

Îi povestesc despre familia mea și despre cât de rea am fost în copilărie și în adolescență. Se cutremură când îi spun de cursa NE027 și de implicarea mea. Ceea ce urmează îl șochează și îl dezgustă. Îmi dau seama de asta, deși, desigur, se preface că nu e afectat, însă adevărul are modalitățile lui de a ieși la suprafață. În povestea mea, Keith Proctor apare și dispare într-un fel vag. Nu îi pot spune despre Alexander, despre Magenta House ori Serra sau despre fantoma pe nume Khalil de teamă ca informația să nu-l pună în pericol. Mă rezum la ceea ce îi pot povesti, iar el acceptă lucrurile ca atare. Când mă întreabă despre tăietura de pe braț, refuz să-i dau detalii. Când mă întreabă ce s-a întâmplat cu persoana care m-a rănit, îi spun adevărul. Dă din cap sumbru și, după ce cade pe gânduri un moment, îmi zice: „Bănuiam eu".

Când termin e trecut de ora unu dimineața. Trei ore am vorbit încontinuu. Cele petrecute seara trecută au fost date uitării; au devenit insignifiante prin comparație cu povestea pe care i-am spus-o. Suntem amândoi extenuați. Nu îl întreb ce părere are pentru că nu a avut timp să înțeleagă nimic, iar răspunsul pe care mi l-ar da ar fi cu siguranță unul diplomatic, de care n-am nevoie acum. Și niciodată, de altfel. Îmi spune că vom discuta din nou a doua zi și îi răspund că sunt de acord.

Deși a avut la dispoziție puțin timp pentru a trece peste șocul inițial provocat de confesiunile mele, sunt surprinsă de cât de calm pare. Surprinsă și recunoscătoare, căci am nevoie de sprijinul lui mai mult decât oricând și de la oricine. Vreau să fiu ținută în brațe. Vreau să fiu consolată. Vreau să mi se spună că totul va fi bine.

Facem dragoste.

E diferit. Nici mai bine, nici mai rău, doar diferit. Poate fiindcă Stephanie este cea care face în noaptea asta dragoste cu Frank, nu Petra sau Marina. Sentimentul este mai important decât numele. Într-un fel, în noaptea asta mi-am pierdut virginitatea. Nu fizic, ci emoțional. În adolescența ei rebelă, Stephanie făcuse sex, dar niciodată dragoste.

Mai târziu, în întuneric, simt umezeală pe față. Sunt lacrimi. Nu-mi vine să cred. Faptul că plâng nu mă deranjează, iar asta mă uimește. De fapt, simt cum îmi zâmbește fața.

Sunt Stephanie. Mâine voi fi din nou Petra. Însă în noaptea asta, stând întinsă lângă Frank, sunt Stephanie. Acum recunosc sentimentul care mă mistuie.

Încet de tot, ca să fiu sigură că Frank nu mă aude, șoptesc cuvintele interzise: „Te iubesc".

Cred asta cu toată ființa mea.

5

SECȚIA RITMICĂ

29

La optzeci de minute după decolarea de pe Aeroportul Heathrow, cursa BA283 fu deturnată. Petra născocise un plan relativ simplu pentru a împiedica operațiunea. Intenționa să-l sune pe Alexander din aeroport și să îi spună că avionul urma să decoleze în jurul orei douăsprezece ziua pentru ca el să alerteze autoritățile competente. Pe urmă, avea să insiste ca nicio măsură să nu fie luată până ce nu telefona ea din nou. Evident, se aștepta ca el să respingă o asemenea propunere, însă hotărâse să nu-i dezvăluie numărul cursei, punându-l astfel în dificultate. În această situație, Alexander nu avea la dispoziție decât două posibilități: fie să marșeze la propunerea ei, fie să închidă întreg aeroportul. Însă, așa cum avea ea să îl prevină, dacă aeroportul se închidea, avioanele care urmau să aterizeze aveau să fie deviate, iar teroriștii aflați în ele scăpau. Și din câte se părea, *toți* deturnătorii veneau la Heathrow cu alte zboruri, cu excepția ei, a lui Yousef și Mirqas, singurii trei care urmau să se îmbarce din Londra. Luând în calcul toate aceste aspecte, avea încredere că Alexander va fi, în final, obligat să cedeze.

Deturnarea avu loc în timpul prânzului, când majoritatea pasagerilor se aflau pe locurile lor, incapabili să se miște din cauza măsuțelor coborâte pentru servirea mesei. Locul Petrei era în partea din spate a avionului, ultima asupra căreia deturnătorii preluară controlul.

Totul începu cu o serie de țipete ascuțite venite dinspre secțiunile din față ale aeronavei Boeing 747. În jurul Petrei confuzia se instală repede, pe măsură ce rugămințile și strigătele din față stăruiau. Fețele încremeniră de spaimă și o liniște mormântală se așternu peste pasageri până ce Zyed apăru ținând într-o mână o carabină MP5 și cu cealaltă, o însoțitoare de bord. Un antebraț musculos înconjura gâtul femeii, iar gura țevii îi apăsa obrazul drept. La vederea scenei se auziră icnete de uluire și oroare. Panica se răspândi, iar zgomotul crescu: strigăte de indignare amestecate cu scâncete de spaimă. Câțiva începură să se roage să scape cu viață, dar cei mai mulți erau prea șocați pentru a scoate vreun sunet. Mouna își făcu apariția în partea din față a celuilalt culoar, zbierând instrucțiuni pe care Petra nu le putu auzi. În capătul îndepărtat, un bărbat îmbrăcat cu o jachetă din molton bleumarin dădu să se ridice din scaun. Zyed răsuci carabina spre el. Însoțitoarea de bord strigă la bărbat, implorându-l să se așeze. Omul rămase pentru o clipă nehotărât între a sta și a se ridica în picioare, după care se lăsă să cadă pe locul său.

Zyed și Mouna așteptară ca larma să se mai domolească înainte ca femeia să repete cele două instrucțiuni: nimeni nu trebuia să-și părăsească locul și toți trebuiau să facă ce li se spunea. Dacă aceste reguli erau respectate, îi asigură ea, nimeni nu avea să pățească nimic. Însoțitoarea de bord repetă mesajul cu o voce ascuțită care tremura de frică. Șocul îi reduse pe pasageri la tăcere; curând, cu excepția câte unui smiorcăit, nu se mai auzi niciun sunet.

Mai târziu, Mouna, care ținea în mâini un pistol Beretta de calibru 9 mm, o porni încet pe unul dintre culoare, apoi pe celălalt, cercetând fețele pasagerilor. Petra era așezată în spate, pe locul 45K. Pe măsură ce numărul fețelor neanalizate se micșora, observă un soi de panică pe fața Mounei. Unde era Yousef? Unde era Mirqas? Ochii Mounei se intersectară cu ai Petrei. Nu dădură niciun semn că s-ar recunoaște. După ce își încheie examinarea, Mouna reveni în partea din față a cabinei, îi șopti ceva lui Zyed și se făcu nevăzută.

După zece minute, aeronava o porni spre stânga.

Petra nu plănuise să se îmbarce. *Intenționase* însă să facă check-in-ul pentru că trebuia să treacă de controlul pașapoartelor înainte de a-l suna a doua oară pe Alexander, dar mai aproape de avion decât atât nu se așteptase vreodată să ajungă. Pe Cyril Bradfield nu-l contactase decât preventiv. Ca o poliță de asigurare în caz că se întâmpla ceva neprevăzut. Când îl sărutase pe Frank de rămas-bun și îi spusese că aștepta deja cu nerăbdare să îl revadă în seara aceea, vorbise serios. Fusese convinsă că, până la sfârșitul zilei, totul avea să se termine într-un fel sau altul. La urma urmei, dacă planul ei mergea ca uns, nimeni nu avea să pățească nimic, iar teroriștii aveau să fie prinși cu toții. Iar dacă planul nu mergea decât parțial, măcar aeronava nu avea să se ridice de la sol și cei trei sute optsprezece pasageri, șaisprezece membri ai echipajului de zbor și trei piloți aveau să fie cruțați.

Așa ar fi trebuit să fie. Așa planificase Petra lucrurile. Dar până să ajungă la Aeroportul Heathrow își dădu seama că nu așa avea să se întâmple.

„Dacă zborul nu va decola mâine, aproape patru mii de oameni vor muri."

Petra știa tot ce era de știut despre minciuni și mincinoși. Era o profesionistă în domeniu. Ca Stephanie, apoi ca Lisa și acum ca Petra - ori ca Elizabeth Shepherd, Marina Gaudenzi sau Susan Branch -, prefăcătoria devenise pentru ea a doua natură. O înțelegea și o recunoștea la alții, vedea de ce și în ce moduri diferite o foloseau ei. Minciuna fusese cea care o ţinuse în viaţă. Cea care o protejase. Nu o judeca în termeni de bun sau rău, ci ca pe o alegere de ordin strict pragmatic.

În adâncul inimii ei, ştia că Serra n-o păcălise. O ştia din instinct şi, dând curs acestui impuls natural, convingerea i se întări şi văzu ceea ce ştiuse de la început, dar încercase să nu ia în seamă pentru că nu voise să creadă.

Petra îl înţelesese pe Serra. Îi înţelegea pe bărbaţii de genul lui şi pe el în mod special. Serra făcuse acea afirmaţie din dorinţa sinceră ca ea să afle ce avea să se întâmple, aşa încât, atunci când se va întâmpla, Petra să ştie că se aflase în avantaj, fiind prevenită, şi că ar fi putut să împiedice derularea evenimentelor. Serra ştiuse că o să moară, aşa că nu recursese la o încercare jenantă de a-i trezi compătimirea. Dimpotrivă, ceea ce făcuse era o ultimă luare de poziţie, o sfidare dulce-amară. Moştenirea pe care i-o lăsa Petrei. Un astfel de bărbat fusese Serra. O provocase şi murise, asumându-şi victoria.

Dar unde erau dovezile care să-i sprijine teoria? Nu existau. Dacă, totuşi, se înşela? La urma urmei, nimeni întreg la minte nu ar risca viaţa a trei sute optsprezece pasageri, a echipajului de zbor şi a piloţilor de pe un Boeing 747 pentru a-i permite Petrei să dea curs unui instinct bazat numai pe o autoproclamată înţelegere a minciunii şi a mincinoşilor. Ea acceptă ideea şi, de aceea, singura opţiune rămasă fu să le refuze şansa de a lua acea decizie.

La aproape patru ore şi jumătate după capturarea avionului, cursa British Airways 747-400 îşi începu coborârea spre Malta. Panica iniţială trecuse, iar acum spaima plana în tăcerea apăsătoare care o înconjura pe Petra. Spaima pasagerilor nu se mai făcea auzită, dar ea o vedea pe feţele lipsite de culoare, în ochii care nu clipeau, în încheieturile albite ale mâinilor care strângeau prea tare brațele scaunelor. Prea speriați pentru a putea gândi coerent – și aproape prea speriați pentru a mai respira –, călătorii supraviețuiau în hotarul teribil de îngust care despărțea controlul autoimpus de crizele de isterie. Cât despre Petra, ea supraviețuia în amorțeala pe care o cunoștea atât de bine și era mulțumită de divorțul corpului de minte.

Cu puțin înainte de ora locală opt seara, aeronava atinse solul la Aeroportul Luqa, aterizând pe pista trei-doi înainte de a fi îndrumată spre zero-nouă. Căpitanul îi instrui pe pasageri să închidă jaluzelele în timp ce avionul opri cât mai departe posibil de terminal.

Durã o jumătate de oră pentru a-i aduna laolaltă pe cei trei sute optsprezece pasageri, cei de la clasa întâi și Club World fiind conduși spre cabinele de la clasa economic, unde nu mai rămaseră decât câteva locuri neocupate. Petra înțelese rațiunile manevrei. Lipsită de doi oameni, echipa de teroriști îi concentra pe pasageri într-o singură zonă, pentru a nu fi nevoită să se răspândească în avion.

— Am nevoie de un doctor vorbitor de franceză. *Je cherche un médecin.*

Teroristul pe care îl cunoscuse sub numele de Markoa se afla în partea din față a cabinei și căuta voluntari. Era un bărbat înalt și slab, numai oase și ascuțimi. Petra ridică încet brațul. Markoa se apropie.

— Sunteți doctor?

— Da!

— Luați-vă lucrurile și veniți după mine!

Locul Petrei era la geam. Cei doi pasageri din stânga ei fură nevoiți să se retragă pe culoar pentru a-i permite să iasă. Își luă bagajul din compartimentul de deasupra scaunelor și îl urmă pe Markoa. În capătul din spate al aeronavei stăteau doi terorişti, câte unul pe fiecare culoar, ambii poziţionaţi astfel încât să poată vedea culoarul pe toată lungimea lui, până la cabina pentru clasa economic. Un alt terorist, Obaid, se afla în bucătăria de bord aflată între rândurile 38 şi 39. Alţi doi terorişti, Fatima şi Zyed, se postaseră în partea din faţă a secţiunii destinate clasei economic, unde perdelele care despărţeau cabinele fuseseră trase. Markoa era cel însărcinat să patruleze. Şi desigur, mai era şi liderul echipei, Basit. Sau, mai bine spus, Reza Mohammed.

Îmbrăcat într-un costum negru şi o cămaşă albă uni deschisă la gât, acesta stătea în cabina de la clasa întâi, la bordul anterior al aeronavei.

— Yousef şi Mirqas nu sunt la bord.

Enunţul fu făcut pe un ton întrebător.

— Sunt morţi, spuse Petra. Serviciile secrete britanice i-au ucis pe amândoi.

Surprinse un licăr de teamă în ochii lui Markoa, însă Reza Mohammed îşi păstră calmul şi se concentră asupra Petrei.

— Când?

— Ieri.

— Ce s-a întâmplat?

— Nu ştiu. Nici Serra nu ştie. Şi nu a vrut să rămână în Londra ca să afle.

— L-ai văzut?

Petra dădu din cap afirmativ.

— A venit aseară la Londra şi ne-am întâlnit.

Mohammed se holbă la ea, în aşteptarea unui semn de trădare, pe care Petra nu i-l oferi.

— Dacă serviciile de securitate britanice i-ar fi ucis într-adevăr pe Yousef şi Mirqas, Serra ar fi stat la distanţă.

— Am fost singura pe care a putut să o contacteze. Pe nimeni altcineva dintre voi n-a putut.

Chiar în timp ce dădea această explicație, Petra se întrebă în sinea ei dacă era adevărată. Serra i-o oferise, dar oare era corectă? Mohammed continua să o privească, iar pe fața lui nu se citea nimic.

— Ce a spus Serra?

— Că totul merge înainte conform planului. Și că trebuie să vă vin în ajutor în caz de nevoie. Mi-a dat computerul lui. Cu aerul cel mai nepăsător pe care putu să-l afișeze, luă sacul de umăr și scoase din el laptopul lui Serra, apoi zise: Mi-a spus că data diskul e la tine.

Reza Mohammed rămase tăcut un moment, iar Petra se temu că făcuse o greșeală. Însă apoi bărbatul se lovi ușor cu palma peste buzunarul de la piept al hainei.

— Da, e la mine.

— Mi-l dai să mă uit pe el?

— N-ai de ce! Pe disc nu e nimic important. Am verificat.

Petrei îi veni să protesteze, însă se abținu. Se sili să ridice nepăsătoare din umeri, ca și cum nu conta pentru ea.

— Serra ți-a spus cumva ce intenționa să facă? o întrebă Reza Mohammed.

— Doar că avea să dispară.

Mohammed dădu din cap.

— Atunci asta a făcut. Cât e ceasul?

Petra își verifică ceasul de la mână.

— Aproape 9.30 aici, 8.30 GMT.

— Și deci... 3.30 la New York. Cred că a venit vremea să ne facem cunoscute revendicările. Poți să mă însoțești.

Se întoarseră și străbătură cabina Club World inferioară, de unde urcară scările și traversară Club World superioară, pustie la acel moment, și ajunseră pe puntea de zbor, unde Ali stătea în pragul ușii deschise cu un Ruger de calibru 9 mm în mâna dreaptă. Ali, cel mai vârstnic dintre membrii echipei de deturnători, lucrase ca pilot la Saudia[1]. După ce schimbă câteva cuvinte cu Mohammed, le făcu loc să treacă.

Reza Mohammed îi spuse căpitanului aeronavei că voia să anunțe revendicările. Petra aruncă o privire spre cei doi copiloți. Tensiunea se citea cu ușurință pe fețele lor, cu toate că păreau să-și fi păstrat calmul. Se uită apoi pe geam și zări în depărtare strălucirea luminilor aeroportului. Mohammed luă căștile copilotului și așteptă un semnal din partea căpitanului.

Instrucțiunile, care fuseseră scrise pe o bucată de hârtie, erau precise și concise.

— Am de făcut o declarație. Cerem punerea în libertate a șeicului Abdul Kamal Qassam. Cerem să fie eliberat din închisoarea din Statele Unite ale Americii, unde a fost încarcerat ilegal. Până mâine la amiază, ora Greenwich, cerem să părăsească penitenciarul de maximă securitate din Colorado unde este deținut în prezent și să i se pună la dispoziție o aeronavă. Având în vedere distanța pe care va trebui s-o parcurgă până la destinație, cerem ca zborul să poată face o escală de realimentare pe coasta americană estică. După ce vom avea confirmarea poziției aeronavei deasupra Atlanticului, vom începe eliberarea treptată a pasagerilor, care se va încheia cu eliberarea tuturor ostaticilor rămași în aeronavă de îndată ce Qassam va ajunge la destinație. Dacă solicitările noastre nu vor fi îndeplinite, vom riposta rapid și fără milă. La fel, orice încercare de sabotare a cererilor noastre va fi aspru pedepsită. Vom înceta orice comunicare de la bordul acestei aeronave până cu puțin timp înaintea primului termen limită. Revendicările nu sunt negociabile. Sunt finale și necondiționate. Noi suntem Fiii lui Sabah.

---

[1] Saudi Arabian Airlines, compania națională de transport aerian a Arabiei Saudite (n. tr.).

Petra porni după el înapoi pe puntea superioară. În drum îi spuse:

— Guvernul Statelor Unite ale Americii nu vă va accepta niciodată revendicările.

Reza Mohammed dădu din cap.

— Știu.

Sunt singură în bucătăria din față. Fac câteva întinderi ca să-mi dezmorțesc gâtul. Aeronava e straniu de tăcută. De unde mă aflu s-ar putea crede că e pustie și mă bucur că n-am rămas înțepenită pe locul 45K. Mă uit la ceas. 3.46 GMT. Peste un sfert de oră, teroriștii își vor roti pozițiile în cabina de la clasa economic, doi dintre ei fiind înlocuiți de Zyed, care, în momentul de față, patrulează, și de Mouna, care își va ocupa locul pe puntea de zbor. Numai eu și Reza Mohammed suntem scutiți de schimbul de ture.

Ar trebui să simt milă față de oamenii din aeronavă, pentru că eu i-am adus aici, dar nu simt. Privesc înainte, căci nu-mi permit să mă uit înapoi.

Încerc să nu mă gândesc la Frank, dar imaginea lui nu-mi dă pace. Oare ce-i trece prin minte acum? Că am dispărut pentru totdeauna? Undeva, în cotloanele adânci și întunecate ale minții mele, stăruie teama că nu-l voi revedea niciodată. Aș putea muri sau, și mai rău, m-aș putea întoarce la el doar ca să descopăr că nu a putut trece peste înșelătoriile mele. Și de ce ar face-o? Frank s-a îndrăgostit de Marina Gaudenzi. N-are nicio idee cine sunt eu. Nici eu nu mai știu.

Mă aflu într-un avion care a fost deturnat. Mă simt ca un ostatic, ca o victimă, cu toate că, de fapt, sunt un criminal; mă simt de parcă aș fi Stephanie, deși sunt Petra. Sau poate nu sunt?

Într-o vreme am crezut că pot ține lucrurile separat. Am trecut, încrezătoare în propriile-mi forțe, de la Petra la Marina și la Susan Branch și apoi înapoi la Petra. Mi-a fost la fel de ușor ca butonatul telecomenzii. Dar acum primesc semnale confuze, iar imaginea s-a încețoșat și a devenit de nerecunoscut. Nu sunt niciuna dintre aceste femei și, în același timp, sunt toate. Petra a fost cotropită de Marina, în timp ce Elizabeth Shepherd, Susan Branch și celelalte s-au contopit într-o singură ființă amorfă. Cât despre Stephanie Patrick, nu mai am idee cine e ea acum.

Reza Mohammed stătea așezat la geam pe primul rând al cabinei Club World; își dăduse scaunul complet pe spate. Haina o pusese peste speteaza alăturată. Părea frânt de oboseală. Petra se cocoță pe rezemătoarea scaunului aflat de cealaltă parte a culoarului. Mohammed crăpă jaluzeaua, apoi o închise la loc.

— În curând va răsări soarele.

— O să vorbești din nou cu autoritățile? îl întrebă Petra.

— Poate cu o oră înaintea primului termen, doar ca să le amintesc că mai au la dispoziție numai o oră.

— Și ți se va răspunde că au nevoie de mai mult timp.

— Bineînțeles. Iar eu le voi spune că au avut suficient timp până atunci și că termenul de peste șaizeci de minute rămâne bătut în cuie.

— Pot să te întreb ceva?

Mohammed ridică din umeri.

— Dacă vrei…

— Cum ai procedat cu zborul acela al North Eastern?

Văzu cum privirea bărbatului trece de la dezinteres la alertă.

— Serra mi-a spus, adăugă ea.

Își dădu seama că Mohammed nu știa dacă să o creadă sau nu. Rămase relaxată, ca și cum nu conta dacă bărbatul îi oferea sau nu un răspuns.

— Sunt doar curioasă, atâta tot. O curiozitate strict profesională, sper că înțelegi.

Suspiciunea lui inițială începu să pălească.

— N-a fost prea greu.

— Serra mi-a spus că s-a folosit o încărcătură de Semtex făcută la comandă. Este adevărat?

— Da.

— Și cum ai reușit să o treci prin aeroport?

— Cu ajutorul personalului de la sol.

Petra aruncă o privire spre haina bărbatului, aruncată pe speteaza scaunului de partea cealaltă a culoarului, la numai un metru distanță de ea.

— Nu cred că a fost ușor, cu controlul de securitate și toate celelalte.

— N-a fost așa de greu pe cât ai crede. În primul rând, am decis să nu ne infiltrăm, ci să recrutăm o parte dintre membrii personalului. Eu n-am fost implicat decât la final. Dar una peste alta, nu a fost o experiență satisfăcătoare.

Petra se încruntă.

— De ce nu? Doar v-ați atins obiectivul.

— Dar procesul a fost prea inflexibil. Prea mulți oameni au fost implicați și, prin urmare, ne-am asumat prea multe riscuri. Noi am fi vrut altceva.

— Noi?

Mohammed răspunse la fel de enigmatic precum o făcuse și până atunci.

— Eu nu sunt decât o verigă dintr-un lanț.

Cu Reza Mohammed la unul dintre capete, lanțul se întindea până la granița muntoasă a Afganistanului cu provincia de frontieră din nord-vestul Pakistanului și până la Kamal Ibrahim Karim însuși.

— Așa cum suntem toți.

— Nu și tu! se rățoi la ea Mohammed. Banul e pentru tine singurul stăpân.

— Dar tot există o linie de comandă.

Reza Mohammed ridică iar din umeri.

— Nu văd de ce banii ar fi un stăpân mai rău decât religia, spuse Petra.

— Poate că nu. Dar ce treabă are religia aici?

— Păi nu despre asta este vorba? Despre uciderea dușmanilor islamului?

Când Reza Mohammed o privi, Petra nu putu descifra expresia de pe chipul lui.

— Așa ți-ar plăcea ție să crezi, nu-i așa? zise el. Ar fi cel mai ușor pentru tine.

— Pentru mine nu are nicio importanță.

— Eu am trăit în Europa. Știu ce înseamnă să fii musulman în Europa. Am cunoscut rasismul înnăscut al europenilor, le înțeleg stereotipurile, demonizările. Noi suntem niște sălbatici barbari. Suntem niște fanatici. Suntem animale venite din Lumea a Treia.

— Ești paranoic!

— Crezi?

Petra nu răspunse.

— Războiul Rece s-a încheiat, dar Occidentul are în continuare nevoie de dușmani. Israelul are nevoie de dușmani în exterior pentru a nu fi nevoit să se confrunte cu amenințările din interiorul granițelor. Europa are nevoie de un dușman comun pentru a împiedica fragmentarea. Puternicii producători de armament din America au nevoie de un dușman pentru a-și menține rata de profit înaltă. Frica funcționează. De aceea islamul este descris în mod eronat ca fiind o religie a intoleranței și a agresivității. Pentru că *e nevoie* să fie perceput astfel.

— Dar parcă ai zis că religia nu are nicio treabă aici.

— Așa și este. Dar asta nu înseamnă că musulmanii nu sunt priviți drept monștri.

— Bun, dar dacă nu religia este cea care te-a adus aici, atunci despre ce e vorba?

Mohammed rămase câteva clipe tăcut, apoi răspunse:

— Dacă va fi să mor, nu va fi în numele islamului. Nu pentru gloria lui Allah Răzbunătorul.

— Atunci în numele cui?

I se răspunse cu tăcere. Reza Mohammed se uită în ochii Petrei. Furia pe care ea se aştepta să o vadă pe faţa lui nu era acolo. În ochii lui nu se citea nimic.

Într-un târziu, Petra zise:

— Ai spus că aţi fi vrut altceva.

Bărbatul se încruntă.

— Poftim?

— NE027.

— Ah, da!

— Să înţeleg că operaţiunea NE027 nu a fost un succes?

— A fost un succes, însă ne-a arătat şi slăbiciunile. Dacă nu aş fi amplasat dispozitivul cu mâna mea - dacă ar fi fost pus într-o altă parte a aeronavei -, nu ar fi distrus-o. Iar infiltrarea personalului de la sol - sau recrutarea lui - nu a mai fost considerată începând de atunci drept o variantă realistă. E o soluţie care nu poate fi repetată cu uşurinţă. Şi nici uşor de realizat.

Petra îşi aminti de cursul urmat de Reza Mohammed la Imperial College şi de facultatea pe care o făcea Mustafa Sela. Se întrebă dacă în faţa ei nu se aflau, de fapt, amândoi. Stând lângă el în Boeingul 747, şi-l putea imagina cu uşurinţă într-un amfiteatru universitar, studiind structura unei aeronave şi căutând punctele cele mai vulnerabile.

— Nu ştiu cum de aţi putut depăşi asta, spuse ea.

— Să depăşim ce?

— Dificultatea recrutării unor membri din rândurile personalului de la sol. Sau a infiltrării.

— De fapt, e ușor, deși nu și pentru cineva ca tine, răspunse Mohammed cu un dispreț nedisimulat. Trebuie să poți apela la voluntari pregătiți să moară pentru ideile în care cred. Știu că ești mercenară și, prin urmare, crezi în puterea banului, dar ai fi dispusă să mori pentru bani?

— Sigur că nu. Pentru un mercenar, raiul e aici, pe pământ, și e plătit cu bani.

— Ei bine, asta e diferența.

— Dar un atentator trebuie să amplaseze bomba la bordul avionului.

Reza Mohammed respinse remarca.

— Asta e partea cea mai ușoară. Știi că o dată am zburat cu o cursă Alitalia din Roma cu un pistol în bagajul de mână? Nu glumesc. S-a întâmplat acum vreo doi ani. Când am ajuns la Londra, am fost uimit să-l descopăr pe fundul genții. N-am idee cine îl pusese acolo. Probabil a fost o greșeală din neatenție. Pe de altă parte, n-am fost deloc uimit că am putut trece cu arma prin filtrele de securitate. Cu o bombă, lucrurile sunt și mai simple. O desfaci în bucăți ca să o poți transporta. Declanșatorul îl poți ascunde, de pildă, într-un dispozitiv audio personal. Cronometrul – dacă ai nevoie de așa ceva – poate fi un ceas de mână ieftin. Mai rămâne, desigur, explozibilul propriu-zis. Dacă e lichid, îl poți transporta în orice fel de recipient. Ca de exemplu o sticlă cu soluție de curățare a lentilelor de contact.

— Și pe urmă te duci la toaletă, asamblezi părțile componente, pui bomba în geantă și..

— Și o plasezi în aeronavă. Ăsta e lucrul cel mai important. Într-o aeronavă ca aceasta, în unele locuri din cabină distanța până la rezervoarele cu combustibil e de doar cinci metri și jumătate. Și ai idee cât de rezistentă este podeaua? Îți spun eu. E testată pentru a suporta presiunea exercitată de o femeie încălțată cu pantofi cu toc. Zborul acela North Eastern a fost un experiment. Un punct de plecare. Un unicat de necopiat și irepetabil, dar care a deschis calea.

— Spre ce?

— Spre ceea ce se întâmplă acum.

E ca și cum aș fi rămas fără aer; am uitat să respir. Îmi amintesc ceva ce mi-a spus Anne Mitchell o dată, pe vremea când începusem să mă transform din Stephanie în Lisa. Mi-a zis: „Nu știi ce înseamnă decăderea totală până ce nu ajungi să te vinzi mai ieftin doar ca să descoperi că nu are importanță." Ceea ce simt acum e similar. Am atins un nou prag de jos.

Faptul că părinții mei – și toți ceilalți pasageri de la bordul cursei NE027 – au murit așa cum au murit este în sine un lucru prea cumplit pentru a putea fi uitat sau iertat. Dar să fi murit în ceea ce poate fi descris drept un experiment parțial reușit e și mai rău. Nu m-am gândit niciodată că așa ceva ar fi posibil. Și, într-un fel, nici nu ar trebui să fie. La urma urmei, sunt morți. Așadar, ce mai contează acum? Nimic nu-i va aduce înapoi.

Totuși, nu pot înlătura sentimentul. Golul din mine pare să se fi adâncit cumva, așa cum, în copilărie, atunci când încercam să-mi imaginez spațiul cosmic, nu puteam să mă împac cu ideea de infinit. Spațiul trebuia să se termine undeva, așa credeam eu. Dar dacă așa era, ce fel de barieră se afla în capătul său și ce se afla dincolo de ea? Poate că ecuația care ar exprima cel mai bine felul cum mă simt acum este următoarea: tristă și pustie multiplicate cu infinit plus unu.

Șocul revelației lui Reza Mohammed mă aruncă într-o stare de tulburare maximă. Sper că ceea ce simt nu transpare la suprafață. Încerc să-mi adun gândurile și emoțiile și să mă concentrez pe ceea ce am de făcut în continuare.

Îi spun că, dacă are nevoie de mine, mă poate găsi în cabina de la clasa întâi. Mă ridic de pe rezemătoarea de scaun pe care am stat cocoțată. Mă prefac că mă întind ca să mă dezmorțesc și ating ca din întâmplare jacheta lui cu șoldul. Haina cade pe jos. O iau și o așez la loc. Nu observă mișcarea dibace cu care scot data diskul din buzunarul interior peste care a bătut cu palma mai devreme. E o abilitate pe care n-am învățat-o la Magenta House. Am moștenit-o de la Lisa. Ultima oară când am folosit-o, am furat portofelele a doi oameni de afaceri bulgari beți într-un hotel ca vai de lume din King's Cross.

Acum e mai ușor.

Singură în cabina de clasa întâi, Petra se așeză pe un scaun și deschise laptopul. Nevoia de a cunoaște lucrurile de bază. La asta recursese Serra pentru a răspândi informațiile. Reza Mohammed avea dreptate. La prima vedere, datele de pe disc nu prezentau nicio valoare. Numai că Petra știa că fișierele puteau găzdui o serie de programe ascunse, printre care unele de implementare a încriptării și a decriptării. Serra proiectase sistemul, astfel încât laptopul și discul să lucreze în tandem. Niciunul nu funcționa la maximă capacitate decât în combinație cu celălalt. Împreună formau un sistem închis și autosuficient. Rosie fusese cea care îi explicase cum anume să caute elementele ascunse.

Din greșeală în greșeală, se familiariză treptat cu directoare gazdă și cu subdirectoarele pe care le conțineau. Examină folderul FDS/12 pe laptop. FAT, FAT/1 și FAT/2 erau goale, așa cum le văzuse prima oară în apartamentul lui Serra, dar nu și FAT/3. Încercă să deschidă fișierul, dar i se ceru parola. Își aminti codul de bază format din paisprezece litere: LESFILSDUSABAH. Ecranul se lumină și fu înlocuit de o pagină purtând numele FAT/3. Sub ea se înșirau douăsprezece rânduri și cincizeci de coloane cu numere și litere amestecate. În josul paginii i se oferi o alegere: „Continuă” sau „Anulează”. Apăsă tasta „Continuă”. I se ceru altă parolă. Tastă din nou LESFILS-DUSABAH, însă parola fu respinsă. Încercă SONSOFSABAH, apoi SERRAMARC și alte versiuni ale numelui său, apoi numele teroriștilor. Timp de o jumătate de oră încercă fără succes să ghicească parola.

Atenția îi zbura. Mărturisirea făcută de Reza Mohammed, care stăruia în mintea ei, se combina cu teama de a fi descoperită și-i micșora capacitatea de concentrare. La fiecare câteva secunde se uita peste umăr pentru a se asigura că nu e urmărită și, cu cât timpul în care nu fusese observată se prelungea, cu atât se simțea mai neliniștită.

Își îndreptă atenția spre cele douăsprezece rânduri din fișierul FAT/3 pentru a încerca să găsească un tipar. Din nou un eșec. O imagine cu părinții ei îi veni în minte. Erau pe câmpul care cobora de la casă la izvor și îi zâmbeau. Era o zi rece și luminoasă, iar vântul răscolea iarba, transformând-o într-o mare sclipitoare. Reveni la parolă și tastă NE027. Cele două litere și trei cifre așteptau în box confirmarea ei. Privi cele douăsprezece rânduri și cincizeci de coloane de deasupra, care formau un caroiaj fără sens de șase sute de căsuțe. Apăsă tasta care transmitea comanda de continuare.

O masă de litere și numere – peste jumătate din total, estimă Petra – fură brusc subliniate cu albastru. Pe urmă dispărură. Cele rămase se mișcară pe ecran, sortându-se între ele, asumându-și noi poziții. Când vânzoleala de pe ecran se opri, rândurile rămase erau tot douăsprezece, însă numărul de coloane fusese redus la nouăsprezece. Petra studie primul rând. BA117LHR0845JFK1125. Zborul British Airways BA117, cu decolare de pe aeroportul Heathrow la ora 8.45 și aterizare pe Aeroportul Kennedy din New York la 11.25. Examină restul listei. Două zboruri din Frankfurt, trei din Amsterdam, unul din Paris, unul din Zürich, unul de la aeroportul Gatwick, patru de pe Heathrow. Trei curse erau operate de British Airways, trei de American Airlines, două de United, două de Delta, una de Lufthansa, una de KLM. Zece din cele douăsprezece zboruri urmau să se afle în aer până la amiază, toate douăsprezece urmând să fi decolat o oră mai târziu. Sub titlul FAT/3 era trecută o dată. Azi.

Soluția de curățare a lentilelor de contact și Anglo-Egyptian Cargo Company din Earls Court Road. Își aminti că în încăperea din spate, printre celelalte mărfuri depozitate, se aflau și două lăzi cu sticle conținând soluție pentru curățarea lentilelor. Își aminti și ceasurile de mână ieftine Casio și bateriile vrac și, cu toate că nu credea că văzuse dispozitive audio personale care ar fi putut servi drept declanșatoare, exista posibilitatea ca acestea să fi fost ascunse cu ușurință într-un alt produs. Sau poate că fuseseră pur și simplu depozitate în altă parte. Reza Mohammed nu ar fi avut cum să știe că ea intrase în sediul Anglo-Egyptian Cargo Company. Atunci când îi vorbise despre asamblarea unei bombe, dăduse impresia că discuția era una pur teoretică, însă Petra știa acum că, de fapt, descrisese o situație reală.

Fiii lui Sabah. Serra nu o mințise atunci când susținuse că nu-i cunoscuse decât pe unii dintre ei. Ar fi trebuit să-și dea seama, semnele erau acolo. Deturnătorii erau zece, dar pe lista FAT/3 erau douăsprezece rânduri.

Indiferent dacă autorul planului fusese Serra ori Kamal Ibrahim Karim, acesta înțelegea bine care era lucrul esențial în terorism: inocularea spaimei în inimile celor nevinovați. Reza Mohammed aproape că îi râsese în nas atunci când Petra enunțase un adevăr evident: faptul că era imposibil ca guvernul american să accepte eliberarea șeicului Abdul Kamal Qassam. Dar planul viza cu totul altceva. Fiii lui Sabah nu urmăreau eliberarea lui Qassam. Obiectivul lor era răspândirea terorii.

La miezul zilei, Reza Mohammed avea să ia din nou legătura cu autoritățile pentru a cere eliberarea lui Qassam. Autoritățile vor răspunde că solicitarea e imposibil de satisfăcut sau vor trage de timp, după care Mohammed va întrerupe probabil orice comunicare și va aștepta derularea evenimentelor. Opinia publică va privi cele douăsprezece avioane distruse și cei patru mii de morți drept răzbunare. În trecătorile montane înalte de la granița Afganistanului cu Pakistanul, sihastrul nomad Kamal Ibrahim Karim își va savura victoria.

El era, de fapt, cel care îi omorâse pe părinții Petrei, pe sora și fratele ei. Dar Petrei nu-i mai păsa acum de el. Karim era departe și nu avea chip, era un monstru anonim aflat într-o altă parte a lumii. Fețele pasagerilor din cele douăsprezece curse care urmau să părăsească Europa mai târziu în acea dimineață erau însă reale. Le știa pe toate. Acasă sau în camerele lor de hotel, oamenii se trezeau în clipa aceea, luau micul dejun și-și pregăteau bagajele. Afaceriștii încercau să reducă timpul alocat agendei lor de lucru aglomerate. Turiștii se gândeau cu nerăbdare la vacanța care îi aștepta sau se bucurau de ultimele clipe ale vacanței care era pe cale să se sfârșească. Oameni fericiți la gândul revederii celor dragi și oameni cu inimi grele la gândul despărțirii. Pentru echipajele de zbor și piloți era o zi de muncă la fel ca oricare alta. Toți oamenii aceia erau familia Petrei, erau Martin Douglas, erau ea.

Stând aici, la bordul anterior al acestei aeronave, mă simt de parcă întreaga mea viață s-ar fi scurs picătură cu picătură printr-o pâlnie imensă, reducând totul la momentul prezent. Nu mai pot aştepta. Zborul BA117 este primul planificat să decoleze dintre cele douăsprezece luate în vizor. Am la dispoziţie mai puţin de şaizeci de minute. Cum pasagerii vor începe îmbarcarea cu ceva vreme înaintea plecării înseamnă că am mai puţin de atât. În realitate, nu mai am timp deloc. Trebuie să acţionez acum.

Am încercat să găsesc o cale de transmite un mesaj. Cu un telefon mobil, poate. Numai că Reza Mohammed a pus pe unul dintre terorişti să mute bagajele de mână de la clasa întâi şi Club World în partea din spate a cabinei de la economic. M-am gândit să scriu un mesaj pe o bucată de hârtie pe care să o lipesc pe geam, în speranţa ca o lentilă sau un telescop de mare putere să o zărească şi să descifreze scrisul. Dar şansele sunt atât de mici şi nu-mi pot permite astfel de riscuri! Nu mai am timp, iar ceea ce voi face trebuie să fie eficient şi sigur.

Nu pot părăsi aeronava, aşa încât cabina de pilotaj rămâne singurul mijloc de comunicare viabil cu lumea exterioară. Dar cabina este permanent păzită cu arme. Aş putea să-l elimin pe teroristul de serviciu fără a atrage atenţia celor aflaţi la nivelul inferior al aeronavei, dar chiar şi aşa, victoria nu va fi decât temporară. Mai devreme sau mai târziu, se va descoperi ce am făcut şi cu asta totul se va sfârşi. Dar alte variante nu există şi nu am de făcut nicio alegere.

Iau bucata de hârtie pe care am notat datele curselor. Scot din geanta de mână inhalatorul pentru astm şi înlocuiesc tubul cu Salbutamol cu tubul cu gaz CS[1]*. Sunt gata.*

O dată, Alexander mi-a mărturisit opinia lui despre teroriştii fundamentalişti islamici. Eram la Londra, iar cuvintele lui mi-au rămas întipărite în minte. Mi-a spus:

---

[1] Gaz lacrimogen, clorobenzalmalononitril (n. tr.).

— Oamenii aceştia nu vorbesc în numele tuturor musulmanilor din lume. Ceea ce fac ei neagă existenţa de paisprezece secole a islamului. Reduc toate cunoştinţele acumulate de religia lor în acest răstimp la o formă embrionară de islamism, care ar fi putut sau nu să existe în Medina pe vremea domniei profetului Mohammed. Şi ştii de ce fac asta?

Cred că la vreme aceea nici că-mi păsa de teoriile lui. Probabil că ridicasem din umeri în semn de neştiinţă.

— De ce?

— Pentru că sunt înfricoşaţi de lumea modernă. Nu se pot adapta la ea şi asta îi scoate din minţi. Aşa că îşi caută refugiul într-un trecut care nu a existat cu adevărat niciodată în felul în care îl interpretează ei astăzi. Se tem de viaţă - de viaţa modernă - şi, de aceea, venerează moartea. Acesta este motivul pentru care tânjesc să se târască înapoi în pântecul istoriei. Vor să se simtă protejaţi şi în siguranţă. Vor să simtă căldură într-o lume rece.

30

Pășesc pe puntea superioară. *Acum nu mai e cale de întoarcere. Mă deplasez de-a lungul culoarului. În față văd ușa întredeschisă de la cabina piloților. Cercetez totul din ochi, nu ratez nimic. O siluetă se desprinde din întuneric în apropierea celor două toalete din față. Recunosc corpul îndesat și musculos. Este Fatima. Are părul tuns scurt, băiețește. Mă aflu la două rânduri de scaune de ea, apoi mă apropii la unul. Nu știu dacă Fatima vorbește sau nu englezește, așa că nu spun nimic. Îi întind în schimb foaia de hârtie din mâna stângă și schițez un zâmbet.*

Nu are motive să creadă că reprezint un pericol, iar orele de tensiune și-au pus amprenta asupra ei. Reflexele i s-au atrofiat. Înclină capul pentru a se uita la cifrele și literele scrise pe hârtie și nu observă când ridic mâna dreaptă. Golesc inhalatorul pe fața ei. Un val de gaz CS o lovește în ochi, dar nu poate să țipe pentru că o las fără aer.

O lovitură în abdomen, urmată de alte două. De la umăr spre pumn, pielea mea devine dură ca oțelul. Cu fiecare lovitură, anxietatea se eliberează din mine. Orbită temporar și gâfâind, Fatima dă să se facă ghem, dar n-o las. O salt în picioare și o pocnesc cu capul în cap. Nasul îi pârâie. Alunecă în jos și o prind de subsuori; nu vreau să cadă cu zgomot. O las uşurel pe podea şi-i smulg Beretta dintre degete. Geme încet.

O lovesc de două ori cu pistolul peste faţă şi aproape imediat îşi pierde cunoştinţa.

Petra luă bucata de hârtie din mâna Fatimei şi verifică Beretta. Zece gloanţe, din care nouă pe ţeavă. Pătrunse în cabina piloţilor. Căpitanul şi cei doi copiloţi o priviră uimiţi, dar şi cu speranţă. Păreau dispuşi să asculte o explicaţie, dacă le-ar fi fost oferită, numai că Petra nu avea timp. Ştia că toţi piloţii de pe zborurile de linie erau instruiţi să dea curs cererilor deturnătorilor.

Îndreptă pistolul spre căpitan.

— Trebuie să transmit urgent un mesaj!

Accentul ei, la fel de englezesc ca al lor, îi şocă pe cei trei bărbaţi din cabină.

— Vrei să vorbeşti cu turnul de control? întrebă căpitanul.

— Nu! Îi dădu foaia de hârtie, explicându-i. Aceste douăsprezece curse urmează să decoleze din Europa spre Statele Unite. La bordul fiecăreia se află un sinucigaş cu bombă. Niciuna dintre curse nu trebuie să se ridice de la sol. Ai înţeles?

— Da, sigur.

— Ce poţi face ca să transmiţi mesajul?

Căpitanul schimbă câteva priviri cu copiloţii, apoi răspunse:

— Am putea folosi ACARS.

— Ce-i ăsta?

Căpitanul arătă spre un mic ecran şi o tastatură de la bordul cu instrumente de zbor care despărţea scaunul său de cel al copilotului.

— Este un fel de radio. Funcţionează pe frecvenţe foarte înalte. Tastez un mesaj pe el şi îl trimit. În clipa când pleacă de aici, mesajul ajunge la destinaţie.

— Adică unde?

— Oriunde vrei să-l trimiți.

— Și unde crezi că ar trebui trimis un astfel de mesaj pentru a declanșa cel mai repede o reacție?

— La Heathrow.

Petra primi răspunsul cu scepticism.

Căpitanul continuă:

— Acolo se știe deja că am fost deturnați, așa că mesajul va fi transferat automat către centrul de crize.

— Care centru de crize?

— Cel din aeroport. Este situat sub Queen's Building[1].

— Bine, atunci dă-i drumul! Grăbește-te, dar anunță-mă înainte să-l trimiți!

Căpitanul începu să tasteze. Petra se așeză pe strapontina din spatele lui, în stânga celui de-al doilea copilot. Se uită pe geam, în căutarea prezenței forțelor de securitate, dar nu văzu nimic. Pe urmă aruncă o privire peste umăr către culoar.

— OK! Am terminat!

Petra examină mesajul de pe ecran. URGENT! OPRIȚI DECOLAREA URMĂTOARELOR! Căpitanul listase cursele în ordinea cronologică a decolărilor. PASAGERI ATACATORI CU BOMBE ÎN TOATE.

— Acum adaugă așa: semnat Market-East-unu-unu-șase-patru-R-P.

Când termină, căpitanul apăsă pe butonul „rezumat", apoi pe „trimite". După o clipă, pe ecran apăru înscrisul MSGXMIT.

— Gata, spuse el. Și acum?

— Nu știu, fu nevoită să recunoască Petra.

— Cine ești?

---

[1] Terminalul 2 al aeroportului londonez Heathrow (n. tr.).

— Crede-mă, nu vrei să știi!

Petra trase corpul leșinat al Fatimei de pe culoar și îl împinse într-una dintre cele două toalete din partea din față a punții superioare. Al doilea copilot îi arătă cum să încuie ușa pe dinafară.

Revenită pe strapontina din cabina piloților, Petra nu putu să-și ia ochii de pe minutarul ceasului de la mână. Fiecare mișcare a acestuia părea să dureze mai mult decât precedenta. O tăcere apăsătoare se așternu în cabină, până ce căpitanul aeronavei exclamă:

— Uite, am primit răspuns!

Studia ecranul principal central. Indicatoarele arătau mesajul ACARS MSG. Imprimanta încorporată începu să scuipe hârtie. Căpitanul activă ecranul ACARS pentru ca Petra să poată vedea mesajul.

CĂTRE: MARKET-EAST-UNU-UNU-ȘASE-PATRU-R-P.
MESAJ PRIMIT, ÎNȚELES. 12 REȚINUTE LA SOL.
TU: FORȚELE DE SECURITATE PREGĂTITE.
LA COMANDA TA.
I.B./SECȚIA RITMICĂ

Sunt uimită de viteza cu care am primit răspunsul, care mă face să cred că Alexander se află la centrul de control. Ar avea sens, dacă Cyril Bradfield a urmat instrucțiunile pe care i le-am dat. Apelul lui anonim ar fi semnalat adevărul neplăcut celor de la Magenta House: faptul că dacă deturnarea chiar a avut loc, Petra Reuter se află la bordul avionului. Și asta l-ar fi motivat pe Alexander să se afle în centrul operațiunii forțelor de securitate. Îmi imaginez că în clipa aceasta este sub Queen's Building.

Mă uit din nou la ecran. I.B./SECŢIA RITMICĂ. Descifrez rapid partea cea mai uşoară: I.B. înseamnă Ian Boyd. Partea cu SECŢIA RITMICĂ mă trimite cu gândul la Scoţia. Sunt pe o culme de deal învăluită în ceaţă. Eu şi partenerul meu de alergare suntem forţaţi să rămânem pe loc, aşteptând să se ridice negura. Ploaia ne şfichiuieşte, aşa că ne adăpostim sub nişte stânci zimţate de pe marginea unei gropi de turbă. Nu vrea să-mi spună cum îl cheamă, aşa că îl rog să inventeze un nume. Geordie, zice el. Numele se potriveşte cu accentul lui. Are păr blond tuns scurt şi faţa permanent încreţită de încruntare, chiar şi atunci când zâmbeşte. În timp ce aşteptăm să se ridice negura, îl întreb cum se poate să ucizi cu sânge-rece. La început nu vrea să-mi răspundă, apoi îmi spune că secretul stă în autocontrol. Dacă intri în panică, pierzi. Cheia e respiraţia. Ţine-o sub control şi atunci e imposibil să intri în panică. Plămânii şi inima, basul şi tobele, secţia ritmică.

„Supraveghează-ţi secţia ritmică şi muzica va veni de la sine."

Asta mi-a spus Geordie, acum îmi amintesc cu precizie. Geordie era soldat. Genul de soldat care apare de nicăieri şi se întoarce în neant, de acolo de unde a venit. Genul de soldat căruia nu i se permite să aibă nume.

Deodată aud o voce masculină venind din spate, dinspre puntea superioară.

— Fatima?

Petra rămase cu spatele la uşă şi-i murmură căpitanului:

— Trimite imediat alt mesaj. Scrie-le să declanşeze operaţiunea. Mai scrie că pasagerii se află în cabina clasei economice din partea din spate. Semnează Secţia Ritmică şi înlocuieşte I.B. cu P.R.

Vocea din spate răsună mai insistent a doua oară.

— Fatima?

— Acum! sâsâi Petra în urechea căpitanului.

Se răsuci pe călcâie și ieși din cabina de zbor. Reza Mohammed stătea în picioare în capătul îndepărtat al punții superioare. Era îmbrăcat cu haina. Păși înainte. Văzându-l cum ieșea din umbră, avu impresia că bărbatul pășea din trecutul lui Stephanie și intra în prezentul Petrei. Mohammed ținea un pistol în mâna dreaptă. Acea parte din mintea ei care încă aparținea de Magenta House îl analiză: un Smith & Wesson 645 automat cu gloanțe de 45 mm puternice într-o magazie de cartușe cu sistem de dublă acționare. Cealaltă parte din mintea ei rămase parcă suspendată într-o stare de confuzie.

Reza Mohammed se încruntă la ea.

— Unde e Fatima?

— Jos.

Preț de o clipă bărbatul păru înclinat să o creadă. După care clătină din cap.

— Nu. Am lăsat-o aici, sus.

— A coborât.

Ochii lui începură să se întunece. Petra recunoscu semnele.

— Unde e?

— Ți-am spus...

Mohammed ridică pistolul. Petra ridică și ea Beretta.

— Lasă arma jos! spuse Mohammed.

— Las-o tu primul!

— Lasă arma jos sau o să arunc avionul în aer și toată lumea o să moară!

Acum Petra înțelegea totul. În mâna stângă, Mohammed ținea un walkman Sony, cu degetul mare suspendat deasupra butoanelor „reverse" și „fast forward".

— Dacă apăs, voi declanşa o bombă amplasată în cală, în apropierea rezervoarelor cu combustibil.

Oare acela era walkmanul ei? Sigur, de la distanţă aşa părea. Mohammed ar fi putut să îl ia din geanta ei din cabina de la clasa întâi. În care caz, dispozitivul era inutil. Totuşi, nu putea exclude posibilitatea ca bărbatul să fi fost echipat cu propriul mecanism declanşator. Dacă aşa era, oare mecanismul ar fi putut să fie ascuns în acelaşi tip de dispozitiv, de acelaşi model și aceeași marcă precum cel primit de ea de la Serra? Chiar foarte plauzibil, îşi zise Petra, gândindu-se la mărfurile pe care le văzuse la Anglo-Egyptian Cargo Company. Mai mult decât atât, Mohammed menționase mai devreme dispozitivele audio personale care puteau ascunde bombe.

— Nu o să arunc arma, îl preveni Petra. Și dacă voi observa și cel mai slab tremurat al degetului tău pe trăgaci, să ştii că o să-mi încerc norocul și o să te împușc.

Reza Mohammed zise:

— Asta e diferența dintre noi! Mie nu mi-e teamă de moarte.

— Atunci mă subestimezi.

Se măsurară din priviri. Petra se aşteptă din nou să vadă acea ură fanatică în căutătura lui. Și din nou nu o văzu. Privindu-se în ochi și cu armele îndreptate unul spre celălalt, se părea că nu mai era nicio cale de scăpare.

Într-un târziu, Mohammed întrebă:

— Ești căsătorită?

— *Poftim?*

— Ești căsătorită?

— Nu!

— Eu am fost. Cândva. Dar ea a fost ucisă.

Petra primi lovitura din plin în piept.

— S-a întâmplat acum cinci ani în Ierusalim, adăugă bărbatul, apoi făcu o pauză și înghiți cu greu. Un grup de tineri palestinieni zvârlea cu pietre în niște soldați israelieni. Militarii, înarmați cu puști automate, au ripostat, deschizând focul. Au omorât un adolescent și un băiat de nouă ani. Și au rănit alți cinci oameni. Mi-au ucis soția. Ea se ghemuise în pragul unei case, încercând să se pună la adăpost.

Petra continuă să se concentreze pe linia care pornea din ochii ei, trecea prin vârful Berettei și se oprea în mijlocul pieptului lui Reza Mohammed.

— Copilul din pântecul ei – ar fi fost primul nostru copil – a fost ucis pe loc, dar ea s-a agățat de viață timp de trei zile. Am vegheat la căpătâiul ei până în ultima clipă.

— Nu ești singurul om de pe lume care a suferit.

— Israelienii mi-au răpit de trei ori familia.

Petra încercă să nu se lase distrasă.

— Despre ce vorbești?

— Pe 16 iunie 1982, Israelul a invadat sudul Libanului. Aviația israeliană a împrăștiat din avioane fluturași peste Tyre, orașul unde locuiam noi atunci. Pe bucățelele acelea de hârtie scria că armata israeliană avea să arunce în aer toate casele unde suspectau că se ascund teroriști din Organizația pentru Eliberarea Palestinei. Au ordonat tuturor cetățenilor să atârne steaguri albe la ferestre și balcoane, dar asta nu a împiedicat tancurile lor să tragă asupra clădirilor. Familia mea a reușit să fugă din oraș cu puțin timp înainte de a fi încercuit. S-a refugiat alături de alte sute de familii în nord, în Sidon, sperând că acolo va fi în siguranță. Numai că Sidonul era ținta unor bombardamente intense ale aviației și artileriei israeliene. Și când au intrat în oraș, soldații n-au avut nicio reținere. Au distrus clădiri, au ucis civili. Bunicii și tatăl meu au fost executați în plină stradă. Mama a fost forțată să se uite cum soldații israelieni îmi violau sora, după care a fost violată și ea. Și pe urmă au împușcat-o. Sora mea a scăpat cu viață, dar abia după doi ani am putut s-o revăd și numai după alți trei a fost în stare să-mi povestească ce se petrecuse.

Petra își ridică, fără să vrea, capul. Reza Mohammed coborâse mâna în care ținea walkmanul Sony. Își dădu seama că ea observase, dar nu încercă să facă mișcarea inversă.

— Eram în Egipt atunci când a avut loc invazia. Mai târziu, am fost trimis să locuiesc la Paris cu unul dintre unchii mei. Un bărbat înțelept. Care a înțeles că nu ne putem asigura viitorul decât prin compasiune și toleranță. A înțeles că, pentru a primi, trebuie să dai. La Paris, el și-a câștigat o bună reputație, ajutând palestinienii săraci să-și găsească locuințe și slujbe. A întemeiat o mică fundație care le cumpăra haine și mâncare. Și care îi ajuta pe copii să meargă la școală. A fost un om care și-a folosit averea în sprijinul celorlalți. M-a învățat să nu-i urăsc pe israelieni pentru ceea ce ne făcuseră, ci să înțeleg *de ce* o făcuseră. A predicat și a practicat iertarea. Și în 1991, ei l-au ucis.

— Israelienii? întrebă Petra.

Reza Mohammed dădu din cap în semn de încuviințare.

— Dar de ce?

— Mossadul a acționat în urma informațiilor primite de la CIA. Aceștia credeau că unchiul meu folosea fundația ca acoperire pentru a ajuta teroriștii să se deplaseze prin Europa. Dar s-au înșelat. Informațiile pe care le dețineau erau eronate, și nu se întâmpla pentru întâia oară.

Un schimb de priviri. Nerostită și totuși incontestabilă, dinamica dintre ei se schimbă. Petra îl văzu pe Reza Mohammed cum lasă pistolul Smith & Wesson să atârne pe lângă corp.

— Mai întâi părinții și bunicii, apoi unchiul. Și în final, soția. Aș vrea să-i pot ierta, dar mi-au făcut prea mult rău.

Petra încă avea Beretta îndreptată spre el.

— Chiar crezi că asta o să mă oprească?

— Israelul se poartă așa cum se poartă pentru că e finanțat de Statele Unite. Nu trebuie să facă niciun efort, fiindcă se poate bizui întotdeauna pe sprijinul american.

— Deci vrei să pedepsești America pentru a pune presiune asupra Israelului?

Reza Mohammed dădu din cap.

— Americanii n-au de ce să-și bage nasul în partea noastră de lume. Trebuie să înțeleagă că a sosit momentul să se oprească. Ei nu ne înțeleg, așa că ar trebui să ne lase în pace. Eu nu-i urăsc pe israelieni. Nu îi urăsc pe americani. Nu îi urăsc decât pe cei care îmi fac rău.

— Dar cum rămâne cu victimele nevinovate? Este în regulă să le faci rău lor ca să-ți demonstrezi punctul de vedere?

Reza Mohammed deschise gura, dar niciun sunet nu ieși din ea; răspunsul automat îi rămase blocat în gât. Petra era familiarizată cu conceptul de „sacrificii acceptabile" și cu acela că „scopul scuză mijloacele" pentru că la Magenta House erau des vehiculate, însă ei doi ajunseseră prea departe pentru a recurge la astfel de minciuni ieftine. Reza Mohammed lăsă tăcerea să vorbească pentru el. *Ceea ce e nejustificat nu poate fi apărat*. Petra avea în fața ochilor un om cu credințe și suferințe legitime și sincere, dar care, în adâncul inimii, cunoștea amărăciunea adevărului.

— Nu știu cum ar putea asta să rezolve ceva, zise ea.

— Dar nu încerc să rezolv absolut nimic. Nu încerc decât să-i opresc. Mohammed rămase gânditor o clipă, apoi o privi curios. Cine ești?

— Dar *tu* cine ești? ripostă Petra.

Expresia lui se schimbă din nou. În loc să se uite la ea, acum privea la ceva de dincolo de limitele avionului. Un alt timp, poate, sau o altă lume.

— Numele meu este Mustafa Sela. Sunt palestinian. Țara mi-a fost furată, familia mi-a fost distrusă. Occidentul ne privește pe noi, palestinienii, ca pe niște câini.

Ochii i se ațintiră din nou asupra Petrei.

— Ai vrut să afli ce m-a adus aici. Ei bine, nici religia, nici politica. Gândește-te la ce ți-am spus și spune-mi dacă, în locul meu, nu ai ajunge să fii la fel ca mine.

„Dar eu sunt deja ca tine; soarta asta ne-a distrus amândurora familia."

Petra nu zise nimic, iar Mohammed dădu încet din cap.

— Nu, nu-ți poți imagina așa ceva, nu-i așa? Furia e cea care m-a adus aici. Am încercat să o țin sub control, dar ce șanse aș fi avut? Niciuna. Asta înseamnă să fii palestinian.

Petra lăsă mâna dreaptă în care ținea Beretta să-i atârne pe lângă corp.

— Indiferent ce se va întâmpla cu noi, planul vostru, al Fiilor lui Sabah, a eșuat. Am identificat cele douăsprezece curse pe discul pe care l-am luat din buzunarul hainei tale. Au fost toate reținute la sol. Și când vor verifica pasagerii din avioane, restul Fiilor lui Sabah vor fi prinși.

— Minți! spuse Mohammed, dar pe un ton neconvingător.

Petra zâmbi trist.

— Nici măcar nu ai verificat dacă discul mai e în buzunarul hainei. Știi deja că am aflat de cele douăsprezece zboruri, nu-i așa? Și mai știi că am fost în cabina piloților. Deci ce altă concluzie ai putea trage? Mesajul meu a fost trimis.

— Dar cu oamenii din acest avion ce se va întâmpla? Nu-ți pasă de ei?

— Totul s-a terminat, spuse Petra.

Mohammed își înclină capul pe umăr.

— Da, dar mesajul nostru va rămâne. Lumea va afla ce *ar fi putut* să se întâmple și va fi de ajuns. Salvarea aceasta în ultima clipă nu va fi uitată, iar amintirea ei va îngheța inimile mult timp de acum încolo. Și în final asta e ceea ce contează. Se priviră fără ostilitate și Reza Mohammed adăugă: Așa că, de fapt, e chiar și mai bine. E perfect.

Luminile se sting. Cineva din afară a oprit Unitatea Electrică Auxiliară. Operațiunea a demarat. Cu jaluzelele coborâte și ușa de la cabina piloților închisă, suntem cufundați în beznă. Nu ne mai vedem unul pe celălalt. Antrenamentul și instinctul natural de autoconservare se activează simultan în mine. Ridic Beretta și o îndrept spre nicăieri. Ridic piedica și îmi așez degetul pe trăgaci. Dar nu trag. Nu pot.

Nici Reza Mohammed – sau poate Mustafa Sela – nu trage. Mi-l imaginez stând în fața mea ca o imagine în oglindă; nu-l pot împușca pentru că nu mă pot împușca. Pentru că asta aș face dacă aș trage acum. Blochez piedica și cobor din nou pistolul. Ce-o fi, o fi! Mă resemnez.

Niciunul din noi nu vorbește. Auzim țipete venind de jos. Auzim bubuit de explozii. Auzim pocnet de împușcături. Auzim strigăte, auzim un accent pe care îl recunosc; este cel al soldatului anonim. Auzim bocănitul greu al bocancilor pe scările care urcă de la secțiunea principală a aeronavei spre puntea superioară. Lasere roșii taie bezna. Un punct luminos roșu aprins dansează peste fața mea și se oprește pe mijlocul pieptului.

Avionul nu a explodat. Mustafa Sela nu a apăsat butoanele de pe walkmanul Sony. Nu a tras cu pistolul Smith & Wesson 645. Eu și bărbatul acesta suntem la fel. Niciunul din noi nu s-a oferit voluntar. Am fost amândoi târâți în acest loc de pe pământ și la acest moment.

Din spatele punții superioare se aude tusea unui foc. Nu văd nimic în bezna sinilie, în afară de scurta străfulgerare a unei guri de armă. Și pe urmă aud o bufnitură; un trup mort a lovit podeaua. Ar fi putut să fie al meu. Dar nu e.

Sunt încă în picioare, deci trăiesc.

0617 GMT

Alexander aprinse un Rothmans și se holbă la caseta de pe biroul lui.

Șapte din cei opt teroriști care deturnaseră cursa British Airways BA283 erau morți. Celălalt fusese descoperit într-o toaletă încuiată. În alte împrejurări, scena ar fi putut părea comică. Doi pasageri fuseseră omorâți în timpul operațiunii SAS, iar alți paisprezece fuseseră răniți, trei dintre ei aflându-se în stare gravă. Pierderile erau, desigur, regretabile, însă remarcabil de puține după părerea lui Alexander. Având în vedere spațiul limitat al unei aeronave comerciale, ar fi fost de așteptat ca numărul victimelor colaterale să fie mult mai mare.

Cum se ajunsese aici? Pentru Alexander era de acum limpede că Petra își alcătuise un plan pe care îl pusese în aplicare independent de el. Apelantul anonim care sunase la Magenta House folosind codul de securitate al Petrei nu fusese încă găsit, iar Alexander se îndoia profund că avea să fie descoperit vreodată. Petra își luase toate măsurile de prevedere. Apelul îl alertase pe Alexander asupra prezenței ei la bordul avionului, dându-i astfel timp să-l contacteze pe Boyd, care cunoștea oameni sus-puși în ierarhia SAS; tot el aranjase ca Alexander să se alăture operațiunii în calitate de „ofițer de legătură pe probleme tehnice”.

Unde era Petra?

În haosul de nedescris declanșat imediat după operațiune, aceasta reușise să treacă de filtre și să se facă nevăzută. Alexander era conștient că, pentru cineva cu pregătirea ei, ar fi fost un lucru absurd de ușor. În cele trei zile care trecuseră de la operațiunea din Malta niciuna dintre identitățile ei nu fusese folosită și nicio sumă de bani nu fusese retrasă din conturile deschise pe acele nume. Alexander fu nevoit să admită că, cel mai probabil, Petra făcuse rost de cel puțin încă un set de documente de identitate de care Magenta House nu avea habar.

Un ciocănit la ușă. Rosie.

— A venit? întrebă Alexander.

— Da, domnule. Vă așteaptă jos. Dar mai e ceva.

— Ce?

— Tocmai am primit confirmarea că Petra a fost alaltăieri în Zürich. A mers la Banque Henri Lauder. A plecat de acolo la 3.30 după-amiaza.

Contul la banca elvețiană fusese deschis pentru plățile pe care Serra urma să le facă în beneficiul Petrei. Nu era unul dintre conturile ei pe numele fictive.

— Bun, deci din Malta a mers la Zürich, spuse Alexander. Și mai știm că aseară s-a aflat la Paris. Ce concluzii putem trage de aici?

— Domnule, banii nu mai sunt.

— Poftim?

— Banii pentru lichidarea lui Leon Giler. Au fost retrași. A închis contul și a plecat cu banii cash într-o geantă de umăr din piele.

Culoarea dispăru din obrajii lui Alexander.

— Un milion de dolari?

— De fapt, un pic mai mult. Prima tranșă din cei cinci sute de mii de dolari pentru operațiunea de deturnare fusese deja vărsată în cont. Scăzând comisioanele, rămân circa un milion optzeci de mii.

Alexander își turnă o cană de cafea. Camera era mică și fără ferestre. În centru se afla o masă rotundă înconjurată de șase scaune rotative tapițate în piele. Micile becuri electrice cu filamente din tungsten încastrate în tavan aruncau douăsprezece conuri de lumină asupra încăperii. Pereții erau cenușii. La fel și covorul.

— Îți cer scuze că te-am chemat la o oră așa de matinală.

Frank White spuse:

— Nu mă interesează scuzele tale.

— Atunci o să trec direct la subiect. Femeia aceasta, Marina Gaudenzi, să înțeleg că ai avut o relație cu ea?

— Da.

— Cât de convenabil pentru tine! Doar locuiați în aceeași clădire…

— Ce vrei să spui?

— Vreau să spun că treaba ta era să stai cu ochii pe ea. Nu să te culci cu ea.

Frank se lăsă pe spate în scaun, își încrucișă brațele la piept și nu spuse nimic.

— Ce s-a întâmplat? întrebă Alexander.

— Uite ce-i, dacă voiai să o spionezi, ar fi trebuit să o trimiți să locuiască în altă parte. Nu în clădirea unde stau eu. În plus, nu mi-ai explicat niciodată la ce anume ar fi trebuit să fiu atent.

— Am crezut că era ceva de la sine înțeles.

— Nu și pentru mine. Aranjamentul nostru nu prevedea așa ceva. Mai ții minte? V-am făcut ocazional favoruri atunci când eram în străinătate și când sferele noastre de interes au coincis. Am încercat să obțin informații, mi-am făcut contacte la nivel inferior și mi-am ținut ochii deschiși în zonele mai sensibile din punct de vedere politic în care efectuam teste. Dar nu mai mult de atât. O știi la fel de bine ca mine. Așa că nu încerca să rescrii acum regulile. E prea târziu.

Alexander se așeză la masă, vizavi de Frank.

— Deci ce ai crezut *tu* că ar fi trebuit să faci?

— Să văd cu cine se întâlnește, să mă uit ce corespondență primește, genul ăsta de lucruri...

— Și cu cine s-a întâlnit?

— În afară de mine, cu nimeni, din câte știu. Nu am văzut-o niciodată cu cineva. Cât despre verificarea corespondenței, nu m-am obosit să o fac. Sincer să fiu, după ce am vorbit cu ea o dată sau de două ori, mi-am pierdut orice interes pentru ceea ce așteptai de la mine.

Alexander se crispă.

— Ah! Ești un romantic! Ce drăguț!

— Mda... Presupun că nu ești genul care ar putea înțelege așa ceva.

— Și unde crezi că ar putea fi ea acum?

— N-am idee. Nu m-a informat că intenționează să plece. Ultimul lucru pe care mi l-a spus a fost „Ne vedem diseară".

— Crezi că o să o mai vezi?

Frank clătină din cap.

— Nu, nu cred.

— De ce nu? Am crezut că voi doi...

— Nu o să riște să mă contacteze din cauza ta.

— N-ai de unde să știi.

— Ba știu. Știu cine este ea, de fapt. Se numește Stephanie Patrick. Mi-a povestit totul. Dar fără să-mi spună despre tine, presupun că din dorința de a mă proteja. Habar n-avea că știu cine ești. Și *ce* ești.

Alexander rămase ceva vreme pe gânduri.

— Atunci teamă mi-e că ai pierdut-o.

— La fel și tu. Numai că eu mă bucur. Pentru că Stephanie e acum, în sfârșit, liberă.

Frank coborî din taxiul negru pe Curzon Street și intră în supermarketul Europa ca să cumpere lapte și pâine. Își aminti cum dăduse peste Marina - ba nu, Stephanie - pe unul dintre culoarele magazinului. Ea se purtase neprietenos, iar amintirea discuției lor de atunci îl făcu să zâmbească. Faptul că se îndrăgostise de ea fusese un miracol minunat. Plăti cumpărăturile și ieși din supermarket. Afară ploua torențial. Lângă el, un bărbat stătea în pragul supermarketului, așteptând să treacă aversa. Își rula expert o țigară, cu toate că avea bandaje pe trei dintre degetele de la mâna dreaptă și două de la stânga. Aprinse țigara, apoi spuse:

— Am un mesaj pentru tine.

Frank nu era sigur că auzise bine.

— Poftim?

— M-a sunat aseară. Era la Paris. O să plece de acolo azi, dar m-a rugat să te contactez.

Un fulger ilumină Curzon Street, urmat de un tunet; amândoi simțiră cum trece bubuitul prin ei. Prea multe întrebări se învălmășeau acum prin capul lui Frank. Se mulțumi în schimb să se holbeze la bărbatul de alături, care păru că-i înțelege uimirea și îi zâmbi. După care spuse:

— Deci, vrei sau nu să auzi mesajul?

Alexander se întorsese în camera lui de lucru și stătea în fața ferestrei în clipa când fulgerul transformă tot peisajul într-un instantaneu alb-negru. Ploaia trasa dâre pe geam. Merse la birou și luă în mâna caseta care conținea înregistrarea unui mesaj lăsat pe robotul de la Adelphi Travel cu puțin după ora zece în seara precedentă. Apelul fusese făcut de la un telefon cu fise din Paris. Alexander vârî caseta în aparat și apăsă butonul „play".

Khalil e mort. Indiferent ce vei auzi, fii sigur că așa este. Eu l-am ucis. Și indiferent ce-ți închipui, contractul dintre noi e reziliat. Nu te obosi să mă cauți. N-o să reușești să mă găsești; m-ați antrenat prea bine și știu să mă ascund. Lumea e un loc mare și nu văd niciun motiv să ne mai întâlnim vreodată. Un lucru însă aș vrea să fie limpede: o să stau cu ochii pe tine și pe ceea ce a mai rămas din familia mea. Și dacă vreunul dintre ei pățește ceva, voi ieși din nou la lumină, după care voi dispărea pentru totdeauna. Înțelegi ce-ți spun? Sper că da, pentru binele tău. Dacă mă vei mai vedea vreodată, o să fiu ultimul lucru din viața ta pe care îți vor cădea ochii.

MULȚUMIRI

Dintre toți aceia care m-au ajutat pe parcursul scrierii acestei cărți, aş vrea să-i mulțumesc în mod special lui Julian Warren, pentru asistența tehnică acordată. Mulțumiri și lui Susan Watt, care a făcut din redactare un proces atât de uşor de suportat.

Îi sunt deosebit de recunoscător lui Toby Eady, din motive mult prea numeroase pentru a le înșira aici. Într-un fel, consider această carte rezultatul unei acțiuni comune.

Pentru comenzi şi informaţii, contactaţi:
GRUPUL EDITORIAL CORINT
Departamentul de Vânzări
Str. Mihai Eminescu nr. 54A, sector 1, Bucureşti, cod poştal 010517
Tel./Fax: 021.319.47.97; 021.319.48.20
Depozit
Str. Gării nr. 11, Mogoşoaia, jud. Ilfov
Tel.: 0758.053.416
E-mail: vanzari@edituracorint.ro
Magazin virtual: www.edituracorint.ro

ISBN: 978-606-793-701-5

9786067937015

Format: 16/54x84;
Coli tipo: 33

Tiparul executat la:

EVEREST din 1994
TIPOGRAFIA